刘醒龙当代文学研究丛书

刘醒龙研究

（一）

主　编　黄永林　李遇春
副主编　张　冀　杨晓帆

武汉大学出版社

图书在版编目(CIP)数据

刘醒龙研究.一/黄永林,李遇春主编.—武汉:武汉大学出版社,
2016.9
 刘醒龙当代文学研究丛书
 ISBN 978-7-307-18580-7

Ⅰ.刘… Ⅱ.①黄… ②李… Ⅲ.刘醒龙—文学研究 Ⅳ.I206.7

中国版本图书馆 CIP 数据核字(2016)第 209769 号

责任编辑:白绍华　　责任校对:汪欣怡　　版式设计:马　佳

出版发行:武汉大学出版社　(430072　武昌　珞珈山)
　　　　　(电子邮件:cbs22@whu.edu.cn　网址:www.wdp.whu.edu.cn)
印刷:武汉中远印务有限公司
开本:720×1000　1/16　印张:27.75　字数:399 千字　插页:1
版次:2016 年 9 月第 1 版　　2016 年 9 月第 1 次印刷
ISBN 978-7-307-18580-7　　定价:89.00 元

版权所有,不得翻印;凡购我社的图书,如有质量问题,请与当地图书销售部门联系调换。

序

黄永林　李遇春

唯楚有才，于斯为盛。现今学界有个共识，楚地人才井喷有两个高潮期，一个是古楚八百年，二是晚清以降。尤其是后一时期，人才集中涌现于鄂东，主要是黄冈地区。罗田籍学者、晚清翰林周锡恩说过，"吾黄人文，号为冠楚"。哲学大师熊十力也曾言，"（黄郡人）饭稻羹鱼，多出异人"。20世纪以来，鄂东文坛学界可谓斯文鼎盛，黄梅有汤用彤、废名，浠水有陈曾寿、闻一多、徐复观，团风（以前的黄冈县）有熊十力、殷海光、秦兆阳，蕲春有黄侃、胡风，罗田有王葆心，红安有叶君健等。将他们置诸湖北乃至整个中国的现代文学史或思想史，无一不是灿烂星辰。文学有个接力棒，及至当代，尤其是改革开放以来的新时期，这片学统绵延、文风炽盛的土地该由谁来接力？答案其实已经摆在了人们的面前。祖籍团风的作家刘醒龙三十年来笔耕不辍，树立了自己鄂东文学盟主的地位，代表着湖北文学新的荣誉与高度，甚或置于当今世界文学版图来看，也完全可以跻身于"大作家"行列。

刘醒龙1956年1月10日出生于古城黄州，曾客居英山，人生阅历丰富，做过英山县水利局施工员和阀门厂工人，后调入黄冈地区群艺馆任文学部主任。1994年又调至武汉市文联任专业作家，现为中国作家协会全委会委员、中国作家协会小说委员会委员、湖北省政协常委、湖北省作协副主席、武汉市文联副主席、华中师范大学名誉教授和刘醒龙当代文学研究中心名誉主任、湖北省博物馆荣誉馆员、著名文学杂志《芳草》总编。刘醒龙1984年开始发表小说，自此创作势头强劲旺盛，创作成果之丰硕，当今文坛并不多见。著有长篇小说《威风凛凛》《生命是劳动与仁慈》《痛失》《弥天》《圣天门口》《天行者》《蟠虺》等10多部，中短篇小说《村支书》《凤凰琴》《秋风醉了》《分享艰难》《挑担茶叶上北京》《大树还小》等都在文坛产生了强烈反响，散文集《女儿是父亲前世栽下的玫瑰》《抱着父亲回故乡》以及长篇散文《一滴水有多深》、诗集《用胸膛行走的高原》独树一帜，最近又推出了《刘醒龙笔记书法展作品集》，展示了一个小说家华美丰赡的艺术才情。刘醒龙的作品曾荣获茅盾文学奖、鲁迅文学奖、中国当代文学学院奖、人民文学奖、中国小说学会大奖、世界华文长篇小说红楼梦奖决审团奖（香港）、百花文学奖、庄重文学奖等重要奖项。刘醒龙有多部小说被改编成影视作品和舞剧，电影《凤凰琴》和电视连续剧《圣天门口》广受观众喜爱，曾获中国电影金鸡奖、百花奖、政府奖、中国电视剧飞天奖、金鹰奖和文化部戏剧文华奖等。刘醒龙的作品被翻译成英、法、韩、日等多种文字，在世界范围内有着良好声誉。

  作为中国新现实主义、新乡土小说的代表性作家和著名的文学编辑家，刘醒龙在文学创作上传承和重构着屈原所开创的中国"诗性现实主义"艺术传统；在文学编辑上承接的是胡风和秦兆阳等人为代表的"人文现实主义"编辑传统；在文学思想上他接续了鲁迅先生所开创的"人文启蒙主义"思想传统，矢志追求高雅的、有风骨的文学。鉴于刘醒龙30多年来的卓越文学贡献，2014年10月29日至30日，由中国新文学学会、华中师范大学文学院、湖北文学理论与批评研究中心、《语文教学与研究》杂志社联合主办的"刘醒龙当代文学研究中心成立暨刘醒龙文学创作三十年学术研讨会"在华中师范大学隆重举行。一百多名来自全国各地的专家学者、评论家、作家，还有中国作协、中国现代文学馆、湖北省委宣传部、湖北省文联、湖北省作协、武汉市委宣传部、武汉市文联、黄冈市委宣传部的各级领导济济一堂，对刘醒龙文学创作三十年历程展开了热烈而充分的研讨。与会者总结了刘醒龙文学创作取得的巨大成就，深入探究了他的文学创作规律，并希望以此为契机，为湖北乃至全国文学创作的发展与繁荣探索出可资借鉴的艺术经验和智慧。在这次会议期间，华中师范大学"刘醒龙当代文学研究中心"揭幕成立。这是全国首家以刘醒龙冠名的文学研究中心,既可以集中发挥华中师范大学人文社科研究的学术优势,又能最大范围内团结全国刘醒龙研究的专家学者队伍,进而促使刘醒龙研究常态化和组织化。中心主要从事刘醒龙研究、中国当代文学研究、湖北当代文学研究。这三个方面齐头并进,以刘醒龙研究为龙头,大力推进湖北当代文学的整体研究,努力扩大"文学鄂军"的全国乃至世界影响,其目标是为了促进刘醒龙研究的深化与中国当代文学和湖北文学事业的繁荣。

自中心成立以来,已经与中国新文学学会联合主办了大型文学评论季刊(集刊)《新文学评论》,上面专门开辟了《刘醒龙研究专辑》和《湖北文学微观察》专栏,初步取得了比较丰硕的学术成果,广受业内好评。在此基础上,为了稳步实现预定目标,华中师范大学"刘醒龙当代文学研究中心"的同仁们又迅速行动起来,准备逐年系统地推出《刘醒龙当代文学研究丛书》,这套丛书将包括《刘醒龙研究》系列、《湖北文学研究》系列和《中国当代文学研究》系列。率先推出的是《刘醒龙研究》(一)和(二),这两本书较为全面和系统地整理并收录了近三十年来国内刘醒龙研究的重要成果,编纂初衷是为了厘清当下刘醒龙文学研究的现状,为以后进一步深入研究做一些基础性的资料工作。为此,我们在刘醒龙先生的支持与帮助下,主动面向全国刘醒龙研究的各位专家学者广泛征集研究成果,经过一年多的努力,呈献给读者两部《刘醒龙研究》论文集。以后我们还将陆续推出《刘醒龙研究》的续集,与广大刘醒龙文学爱好者和专家同行们分享。

《刘醒龙研究(一)》主要包括四个部分:一是"刘醒龙当代文学研究中心成立暨刘醒龙文学创作三十年学术研讨会"的会议文献资料,立史存照;二是"讲演·对话·访谈·印象",主要选录了部分现场感比较强的文字,有助于读者深化对作家刘醒龙的理解;三是"刘醒龙文学创作综论",收录了从宏观或整体角度对刘醒龙展开研究的部分文章;四是《中短篇小说评论及其他》,选录了部分关于刘醒龙的中短篇小说佳作的品评文字。《刘醒龙研究(二)》主要是"刘醒龙长篇小说研究"的论文选集,同时也附录了《刘醒龙创作年表》和《刘醒龙小说研究综述》以飨读者。以下就我们在编选过程中的阅读印象，谈一点体会，以期就教于国内外刘醒龙研究的专家和同行。

相对而言，"讲演·对话·访谈·印象"这一辑更能拉近作家与读者之间的距离，更能做到引人入胜，从不同侧面展示给大家一个独特而鲜明的刘醒龙印象。编选这一部分的目的，在于通过刘醒龙自己和他人之口，让读者能够较为全面地了解刘醒龙的文学创作思想与文学创作道路，做到知人论世。收录的刘醒龙讲演稿《启蒙是一辈子的事情》主要阐述了其文学理想、文学立场与文学道路。他说"一个人的生命之根，是感恩的依据，也是文学情怀的根源"，又说"文学作品中的每一个字都应该用来表现爱，表达爱，要给别人以爱，而且要珍惜来自生活，来自自身之外的哪怕一丁点儿的、最细微的一些爱。文学不是用来教化仇恨和更仇恨，残暴和更残暴，血腥和更血腥"。针对目前快餐化、平面化阅读，刘醒龙甚为忧虑，他认为"对阅读的选择的不同，是一个很重要的问题。它甚至可以作为一个国家、一个民族、一个单位、一个群体和一个人的文明的标志"。在《文学是小地方的事情》这篇对话中，刘醒龙认为作家的思想源自他的血肉与灵魂的投入，思想与艺术的地火奔突于他所站立的土地。对话谈及《圣天门口》创作的缘起及创作技术问题，梳理了刘醒龙的小镇情结，具有文学地理学的意义。在《和谐：当代文学的精神再造》这篇访谈中，刘醒龙讲述了他的文学启蒙之路，解答了《圣天门口》创作中读者存在的疑窦，申诉和澄清了他自己追求的"和谐"文学精神。丁帆、洪治纲等人与刘醒龙之间亦师亦友，他们用真切炽热的笔触记录了各自所熟识的刘醒龙的生活与文学的点点滴滴，对于我们深入了解刘醒龙大有裨益。丁帆是较早关注刘醒龙的文学批评家，他以《凤凰琴》为例，着重分析了其写作艺术，尤其是在方方、池莉等已经名声大噪的背景下，抽绎出刘醒龙现实主义创作的独特性，高呼"湖北有个刘醒龙"。目下刘醒龙在中国文坛举足轻重的地位已经证明了丁帆先生的远见。李贯通梳理了刘醒龙20世纪80年代的小说创作，得出的结论是"充盈、扎实和沉稳"，坚信刘醒龙还会在故土上挖掘，"写出更具历史感和命运感、更博大深沉的作品"。这同样显示了批评家的远见卓识。王光东谈到阅读刘醒龙的作品,文如其人,为人朴素,为文也朴素,朴素源于他的情感中有"一种沉重的悲凉和柔情的深刻,过去的历史、生活过的乡村与他就有了一种血肉相连的生命关系"。洪治纲则认为刘醒龙有一以贯之的忧患意识,他的写作是"面对现实生存的焦灼而发出的内心吁告",是一种有情怀的写作。刘富道先生高度评价了刘醒龙作为编辑家的地位,赞赏他以期刊引领湖北文学的繁荣。此外,刘益善、樊星、海飞、叶舟、李修文等也纷纷用温情之笔记述了刘醒龙的人品与文品,都有可观之处。

整体研究有助于读者明了和通晓一个作家的创作演变过程,全面把握其文学艺术特征,便于总结利弊得失。此为"刘醒龙文学创作综论"这一部分编选的出发点与落脚点。丁永淮先生是刘醒龙的乡党和前辈,曾执掌黄冈文联帅印,是较早关注刘醒龙的批评家。《一片充满生机的青翠草木》这篇文章聚焦刘醒龙上个世纪90年代前期的小说创作。丁氏认为,彼时刘醒龙的小说贴近现实,充分展现了时代精神特征,具有生活真实之上的艺术真实,包孕着浓烈的悲剧意识。於可训先生的《刘醒龙与大别山之谜》,重点考察了刘醒龙具有先锋意识的"大别山之谜"系列小说,显示出一个优秀批评家的求真精神,他认为该系列小说有创新也有亟须突破的局限,尤其是人与地理环境之间的距离掌控问题。作为一个年轻的刚起步的作家,"大别山之谜"体现了刘醒龙对人与自然、历史与现实、义与利的思考。贺仲明的《平民立场的现实审察》全面梳理了刘醒龙小说中众多的"平民"形象,然后得出结论:"从整体来说,刘醒龙的创作(尤其是近期创作)基本上是立足于平民的立场,以平民的视野和价值观来审察评判现实社会的,刘醒龙基本上承担着为中国现代社会平民们代言的角色和任务。"黄发有在20年的刘醒龙阅读历程中,为刘醒龙的小说创作提炼出了一个关键词"生长性"。他在《写作的"生长性"》中指出:"'生长性'的内涵,一方面是指其写作具有类似于自然界的生物生长变化、循环往复的生命力,能够随环境的变化而变化;另一方面,其审美结构不是静止的、封闭的、稳定的,而是在适应外部环境的过程中内生出新的艺术元素和美学形态。"何言宏在《现世空间的批判与重组》中认为,评论界对以刘醒龙为代表的"现实主义冲击波"存在着误读,刘醒龙展现的是"充满根本性差异与冲突的'公共生活'","是站在劳动与仁慈的基点上对现世空间的不义真相进行批判,其拯救与重建的基础,也正是这样一个新的支点",它体现了刘醒龙朴素热忱的劳动理想主义和仁慈情怀。他由衷希望刘醒龙能够清醒地意识到自身公民/知识分子的双重身份,变单纯的"公民叙事"而为"知识分子公民叙事",同时承担知识分子/公民的双重责任。赵怡生的《刘醒龙与新乡村小说》,将刘醒龙的乡土小说放置于乡土小说发展的历史框架中,从乡土小说发展的规律和变化中寻找刘醒龙新乡村小说的基本因素和重要变核。吕幼安在《故事新说》中试图用"新改革小说"来指称刘醒龙90年代的小说,虽然这种界定是否准确还有待商榷,但论者通过比较,认为刘醒龙小说叙事的特殊性在于"情节的错综交叉永远与沸腾的当代生活保持平行","为改革文学增添了一个个好看而难忘的故事",还是不失为一家之言。

  长篇小说素来被认定为衡量一个小说家文学史地位高低的试金石。刘醒龙说:"从一个作家的成长过程、创作经历来讲是应该写长篇的。前几年中篇小说在文学史上一直处于一个可靠的地位,会留下许多优秀篇章。但一个作家若想把自己几十年历史变迁所形成的大的思考表达出来,最好的选择就是写长篇。"刘醒龙认为写作长篇小说具有极大的包容性,诸如作家的胸怀、写作才能以及对社会、历史与人生的认识力度。刘醒龙有这样的认识,也必然有这样的实践,截至目前,他已经创作了11部长篇小说,数量与质量俱佳,在当代文坛上傲然挺立、卓然成家。同样,学界对刘醒龙长篇小说创作的关注力度之大、成果之多也是显而易见的事实。在编选"刘醒龙长篇小说研究"这一辑的过程中,我们最大的感受是学界名家云集,从《威风凛凛》到《蟠虺》,作家本人的写作技巧与文学思想逐步成熟成型,批评家的声音也由先前质疑与赞誉并存到后来发自内心的交口称誉。当然,纵观刘醒龙长篇小说的评论文章,以《圣天门口》《天行者》与《蟠虺》的关注度为最。《圣天门口》曾获首届中国当代文学学院奖,是中国新历史小说的代表作,也是作者

"恢复现实主义"的经典之作。《圣天门口》与《白鹿原》有着相似的写作取向,但前者较之后者究竟是否有所突破?陈思和在《论〈圣天门口〉》中告诉我们,"《白鹿原》以民间叙事表达了中国政治斗争史的多元解释,陈忠实想说明的是,在政治伦理之上,还有一个更为稳定的民间伦理,其背后有民族文化传统作为支撑力量,起着关键性的历史作用。而《圣天门口》则超越了民间文化与现实政治的二元对立,作家努力揭示的是:在政治伦理之上,不仅仅有民间伦理的笼罩,而且在更高的层面上,还有精神伦理笼罩其上,那就是非暴力。它超越了政治暴力,也超越了民间伦理,直接从精神层面来展开对话"。西方人说一切历史都是当代史。历史就是过去,是时间的线性流逝,注定我们无法返回。但任何历史的撰写都有所遮蔽有所张扬,实录只能是理想。那么回到历史现场是否可能?或者说,我们是否能够知晓真实过去的冰山一角?陈美兰、陈晓明、吴义勤、施战军、张志忠等众多批评家,从多个角度、多个层面,阐释了作家触摸本原历史的努力与意义。革命是一个歧义丛生的术语,也是一个渐趋稳定的术语。为何革命,如何革命?这对于今天的人来说,已经是影视屏幕上固化的图像了。但《圣天门口》在气势恢宏的革命历史叙事下,庄严与吊诡并存,昭示了革命的暴力性值得我们警惕。此外,洪治纲、王春林等人认定该作有史诗的品格与气象,表征着刘醒龙文学思想观的成熟。

长篇小说《天行者》与刘醒龙的中篇小说成名作《凤凰琴》有着血缘关系,依然是关注乡村教师群体,这也是他荣获"茅盾文学奖"的力作。曾几何时,中国农村教育的主体是那些没有吃"商品粮"的民办教师,他们启蒙扬智,承担着中国广袤乡村的知识传播与人生启迪的使命。可是,正是这一代代的民族脊梁却被淹没在历史的尘埃中,他们在传道授业解惑上的尽职职责以及与乡村政治博弈中的悲欢离合,被宏大的历史烟云一抹而过。许多批评家都看到了小说中乡村知识分子窘迫的生活境遇及艰难的社会角色生存博弈,认为这部作品写出了当今中国底层人生活之艰难,堪称为我国教育史"补史之阙"。谈到作者为何要塑造这一样一批乡村知识分子,夏元明等人认为,不应该将《天行者》归入所谓的"底层写作",

因为其中贯注的是刘醒龙的个人诗学，它体现了作家一贯的诗性写作，关注的是健康人性，"显示了作者对现实复杂性的尊重和拒绝遗忘的努力"。刘醒龙另一部产生巨大反响的长篇力作是《蟠虺》，出版于2014年，旋获"人民文学奖"。它的出现，让我们见识了作家写作功力之深厚，辗转于乡村与都市的游刃有余与才略胆识。"识时务者为俊杰，不识时务者为圣贤"，小说的开篇语随着小说的出版已广为传颂，实际上它也是小说的核心思想之一。本雅明曾说过，小说揭示的是生活的深刻与困惑。批评家洪治纲在《传统文化人格的凭吊与重塑》中则指出，刘醒龙的《蟠虺》"围绕着青铜重器的真伪之辨，在学界泰斗、政商名流、江湖大盗等各色人等的重重纠葛中，将浓厚的历史意识和强烈的现实关怀融为一体，再一次体现了创作主体自我超越的艺术冲动"。汪政在《价值、知识与话语》中对刘醒龙的艺术变法大加赞赏，他总结道："每个读者读完这部作品都会发现，这是一部整体设计，一次成型，结构精细，对缝合榫，成竹在胸的作品。同时，它充满了弹性，预留了空间。古典与现代，写实与浪漫，已经没有了边界，而推理、悬疑、奇幻，甚至，盗墓等许多类型小说的因子也都被整合进来。摘叶为镖，折枝当剑，刘醒龙已经进入了自由之境，大起大落，大俗大雅，他追求的是元气淋漓。不能不说，刘醒龙进入了他的长篇新话语。"刘醒龙常言，小说应该是优雅和高贵的，青年批评家汤天勇、张琴等人认为优雅与高贵，是作者心灵舒展的方向，也是小说绽开的意义，对于小说本身而言，是语言、形式的生长状态，更是小说的精神指向，正如作家刘醒龙的"茅奖"获奖感言所云："生命之上，诗意漫天。"

实际上，刘醒龙最先让读者知晓，并成功登陆文学史的应是他先前的中短篇小说创作。彼时的他，不仅拨动着读者的阅读神经，也对文学批评界的命名与界定发生挑战。"中短篇小说评论及其他"这一部分选录了近二十篇评论，虽有挂一漏万之嫌，不过足以让我们领略刘醒龙中短篇小说的创作轨迹及艺术风光。王先霈《你的位置在哪里——致刘醒龙、何存中》寄希望于年轻时的刘醒龙在语言上少一些人工雕琢的痕迹与"能指自炫"，要从生活中来，从情感中来，从体验中来，不能为现代而现代。金宏宇《刘醒龙"大别山之谜"系列小说述略》是知网能见到的最早的刘醒龙评论文章。该文把"大别山之谜"系列小说放在20世纪80年代文化寻根小说潮流中考察其承继与创新，着重思考刘醒龙这个大别山之子为何写谜、写什么谜及怎么写谜等关于写作的根本性问题。樊星在《〈秋风醉了〉跋》中认为，"'大别山之谜'为评论家研究'楚文化与当代文学'提供了又一份丰厚的标本。因为它颇得《楚辞》'其言甚长，其思甚幻，其文甚丽，其旨甚明'之神韵"。周毅在刘醒龙作品"联想"中说，刘醒龙行走于现实却未被市侩气污染和淹没，"作品常是关于'事实'的作品，同时又是关于'无限事实'的作品。他只有靠一种实际的行动去努力抓住这世界，再能考虑从其中去吸取营养，决定取舍。这就构成支撑江汉写实的一种罕见的写作动力——求知欲。""他不朝特立独行的高峰寻问，而是到众生中求解，以坚固不坏的善意来容纳自相矛盾的整体，在最困苦处也始终不放弃对人类总体超生、人人皆有佛性、与人可以沟通的希望。"刘醒龙曾说，周毅是懂他的人，这就叫心有灵犀，或许正是切入了他的创作初衷，抑或攫住了他的创作诉求的缘故。刘醒龙曾经有句话很让人震撼，那就是"再伟大的男人，回到故乡也是孙子"。刘醒龙擅长"小地方写大故事"，写作的根系始终在于童年，在于生育养育他的那片乡土。那是他至亲生活过的地方，是他魂牵梦绕的精神家园，是漂泊在外游子可以冥想的客观实在。刘醒龙将对故乡、亲人的挚爱用真诚的文字表达出来，这正是他的散文感人之所在。这一辑中选取了两篇刘醒龙散文的评论，虽然容身于小说评论大集合里显得形单影只，也足可说明学界对刘醒龙的研究疆域正逐步在拓展中。

光阴荏苒，岁月无痕，转瞬间刘醒龙已至耳顺之龄，但他从来留给大家的都是青春不老、意气风发的印象。唐人杜甫曾作《戏为六绝句》云："庾信文章老更成，凌云健笔意纵横"。对于当下的刘醒龙而言，他的文学生命依然是一棵常青藤，再续新的辉煌可期可待。毫无疑问，刘醒龙及其文学创作在当代文学史上已然占有重要地位，已经构成了中国当代文学史上的一道不可或缺的精神风景线。刘醒龙的小说在精神与艺术特征方面,实现了力与美、男性力量与诗性柔情的完美结合,延续了捷克汉学家普实克所指出的现代中国小说的主观或抒情传统。当然,相对于刘醒龙丰富渊博、立体系统的文学实绩,当今学界的应对声音稍嫌单薄疲软,系统性与学理性的批评文章或者研究专著还远远不够。尤其是刘醒龙的文学史定位研究,刘醒龙小说的传承与比较研究,刘醒龙小说的叙事学研究,刘醒龙的各体文学创作的互文性研究、刘醒龙的文学地理学研究以及刘醒龙文学思想谱系研究等方面均有待掘进。这正是我们中心以后要重点开掘的地方,盼望关心和热爱刘醒龙的学界同仁共襄盛举。

  最后要感谢这两本《刘醒龙研究》中所有的论文作者,如果不是他们的慷慨相助和对作家刘醒龙的无限关爱,我们在短短的一年多的时间内是无法将如此庞大而又齐整的论文集汇编成册的,必须向他们对华中师范大学刘醒龙当代文学研究中心的支持表示诚挚的谢意和敬意!还要感谢中心的两位年轻教师张冀副教授和杨晓帆讲师,还有本学科的博士生朱一帆、叶澜涛、邱婕以及部分硕士生,他们在这两本论文集的编校过程中都付出了辛勤的劳动。我们将一步一个脚印地认真开展刘醒龙当代文学研究中心的各项学术活动,以刘醒龙研究为纽带,推出系统而扎实的《刘醒龙当代文学研究丛书》,争取不负读者诸君的厚望。

2016 年 8 月 18 日

目 录

刘醒龙当代文学研究中心成立暨刘醒龙文学创作三十年学术研讨会 ……………………………………………（1）
 在刘醒龙当代文学研究中心成立暨刘醒龙文学创作
  三十年学术研讨会上的讲话 …………… 黄晓玫（3）
 刘醒龙当代文学研究中心简介 …………………………（6）
 刘醒龙当代文学研究中心组织机构 ……………………（10）
 刘醒龙文学创作三十年学术研讨会会议综述 …… 朱一帆（13）

讲演·对话·访谈·印象 ……………………………………（21）
 启蒙是一辈子的事情
  ——在华中师范大学的讲演 …………… 刘醒龙（23）
 文学是小地方的事情
  ——刘醒龙、李遇春对话录 ………… 刘醒龙 李遇春（45）
 和谐：当代文学的精神再造
  ——刘醒龙访谈录 ……………… 周新民 刘醒龙（80）
 分享"现实"的艰难
  ——刘醒龙访谈录 ………… 曾 军 李 骞 余丽丽（95）
 湖北有个刘醒龙
  ——读《凤凰琴》所想起的 ……………… 丁 帆（103）
 充盈之美
  ——刘醒龙印象点滴 …………… 李贯通 陶 纯（109）
 觉醒之龙 ……………………………………… 刘富道（113）

刘醒龙的贺年片 …………………… 刘益善(115)
初识刘醒龙 ………………………… 樊　星(117)
感悟刘醒龙 ………………………… 王光东(122)
有情怀的写作 ……………………… 洪治纲(124)
他的琴
　　——小记刘醒龙 ……………… 海　飞(127)
阿卡刘醒龙 ………………………… 叶　舟(130)
进得此门的人有福了
　　——小记刘醒龙 ……………… 李修文(133)

刘醒龙文学创作综论 ……………………………(137)

一片充满生机的青翠草木
　　——评刘醒龙近年的小说创作 ……… 丁永淮(139)
刘醒龙与大别山之谜
　　——刘醒龙创作散论 ……………… 於可训(144)
刘醒龙作品联想 …………………… 林建法(155)
平民立场的现实审察
　　——论刘醒龙近期小说创作 …… 贺仲明(156)
刘醒龙小说创作论 ………………… 王春林(163)
写作的"生长性"
　　——刘醒龙小说读札 …………… 黄发有(187)
刘醒龙："高贵"文学理想大厦的精心
　　构造者 ……………………… 刘川鄂　邓雨佳(198)
乡村想象与启蒙叙事
　　——论刘醒龙的乡土小说创作 …… 叶立文　但红光(218)
现世空间的批判与重组
　　——刘醒龙的两部长篇及相关话题 ……… 何言宏(233)

刘醒龙与新乡村小说 ………………………… 赵怡生(244)
故事新说
　　——刘醒龙"新改革小说"印象 ………… 吕幼安(251)
现实主义品格·乡村情怀·生命意义
　　——刘醒龙小说解读 ………………… 沈嘉达(258)
现代审美视野中的新景观
　　——刘醒龙"新乡土话语"的叙事分析 … 程世洲(270)
论刘醒龙乡土叙事的美学特征
　　——兼论当代乡土小说的历史化倾向 ……… 肖　敏(280)
用方言朝圣
　　——刘醒龙创作的语言维度 ……………… 但红光(289)
色彩斑斓的生活画卷
　　——评刘醒龙农村题材小说创作 ………… 何青志(301)
论刘醒龙小说的影视改编与传播 ……………… 黄　兵(305)

中短篇小说评论及其他 ………………………… (311)
你的位置在哪里？
　　——致刘醒龙、何存中 ………………… 王先霈(313)
动人心魄和发人深省之作
　　——读《村支书》 ………………………… 冯　牧(318)
西河：刘醒龙开挖的一条河
　　——《异香——大别山之谜》序 …………… 刘富道(323)
生命中不可缺少之重
　　——跋刘醒龙小说集《秋风醉了》 ………… 樊　星(327)
但愿有青青翠翠的一片
　　——刘醒龙小说创作评析 ………………… 李运抟(335)
刘醒龙"大别山之谜"系列小说述略 ………… 金宏宇(340)

刘醒龙，分享艰难 ………………………… 杨迎平(347)
《凤凰琴》的美学追求 …………………… 普　生(356)
乡村教师的生命赞歌
　　——读《凤凰琴》 …………………… 郭大章(363)
从《凤凰琴》说起 ………………………… 杨海波(367)
以真诚直面崇高
　　——从《凤凰琴》说起 ……………… 胡　彻(371)
心如明镜台
　　——刘醒龙作品联想 ………………… 周　毅(374)
电影《背靠背　脸对脸》与小说原著的
　　互文性研究 …………………………… 刘海玲(384)
刘醒龙《分享艰难》对时代艰难的良知抒写 ……… 覃碧卿(389)
描画城市的眼影
　　——读刘醒龙小说集《城市眼影》 … 许　琦(397)
《孔雀绿》解读
　　——刘醒龙小说又一面 ……………… 赵怡生(403)
居安思危与作家的某种预演
　　——读刘醒龙新作《心情不好》 …… 刘安海(406)
此心安处是吾乡
　　——刘醒龙散文创作论 ………… 张雪原　贺仲明(413)
一份消费时代的情商试卷
　　——读刘醒龙长篇散文《一滴水有多深》 …… 吴平安(423)

刘醒龙当代文学研究中心成立暨
刘醒龙文学创作三十年学术研讨会

在刘醒龙当代文学研究中心成立暨刘醒龙文学创作三十年学术研讨会上的讲话

黄晓玫

尊敬的各位专家、学者，
女士们、先生们、朋友们：

秋高气爽，惠风和畅。今天，来自全国各地的专家、学者齐聚桂子山，参加由中国新文学学会、华中师范大学文学院联合举办的"刘醒龙当代文学研究中心成立暨刘醒龙文学创作三十年学术研讨会"。我相信，这将是中国现当代文学研究界的一件盛事，也必定是我们桂子山的一次盛会。借此机会，我谨代表华中师范大学，并以我个人的名义，向莅临会议的各位专家、学者表示最热烈的欢迎，向前来参加会议的刘醒龙先生表示最诚挚的敬意。

刘醒龙先生从1984年开始正式发表文学作品，从事文学创作三十年来，他以丰硕的艺术成果，感人的艺术形象，深邃的艺术思考赢得了广大读者的喜爱。刘醒龙先生是"茅盾文学奖"和"鲁迅文学奖"的"双冠王"，是从湖北走向全国、享有世界声誉的当代著名作家。今天我们在这里召开"刘醒龙文学创作三十年学术研讨会"，是为了回顾刘醒龙先生所走过的艺术创作道路，总结刘醒龙先生在创作上取得的成就，探究刘醒龙先生艺术创造的规律，并以此为契机，为新时期文学创作的发展与繁荣提供可资借鉴的艺术经验与智慧。刘醒龙先生在他的长篇代表作《天行者》中塑造了一群在大别山深处默默坚守、甘于奉献的民办教师形象，具有感人肺腑的艺术力量。他的其他名作《村支书》《凤凰琴》《威风凛凛》《燕子红》《圣天门口》《蟠虺》无不享誉中国当代文坛。他的长篇新作《蟠虺》更是在最近掀起了一股刘醒龙旋风，全国各大媒体纷纷聚焦，《人民日报》甚至少见地以专版的形式进行深度报道，足以证明刘醒龙的巨大影响。今天，我们齐聚桂子山，召开这次学术研讨会就是为了重温刘醒龙先生创作的时代艺术精品，从他的文学作品中汲取精神与信仰的力量。其实早在20世纪90年代初，文学院王先霈教授就在我校率先组织召开过刘醒龙的小说创作研讨会，那次会议对于刘醒龙先生的文学创作转型具有很大的推动作用，这也是我校与刘醒龙先生结缘的开端，我希望通过今天这次更大规模的会议让这种缘分源远流长。

华中师范大学是教育部直属的重点综合性师范大学，是国家培养各类教师的重要基地，改革开放以来，我校已经为国家的教育事业输送了二十余万一线教师。我校近年来科研工作发展势头良好，科研实力逐年增强。近五年，我校科研项目总经费快速增长，仅2012年科研项目经费已超过2亿元。在人文社会科学研究方面，2011、2012年，我校获得国家和教育部重大攻关项目17项，在全国高校中排名第五，其中章开沅先生领衔的《荆楚文库》编纂项目，被称为湖北的"四库全书"，是独具荆楚特色的文化地标；近三届获得高等学校人文社会科学奖共52项，其中一等奖4项，二等奖21项，排名连续三届位于全国高校前10位；我校获湖北省社会科学优秀成果奖，连续五届在湖北高校中排名第二。无论教学还是科研，我校立足湖北，面向中南，辐射全国，全体华中师大人正以昂扬的斗志，为争取把学校建设成为教师教育特色鲜明的综合性研究型高水平大学而努力奋斗。

华中师范大学文学院具有悠久的历史和优良的传统，教学和科研实力一直居全国高校中文院系前列，去年甚至历史性地在教育部学科评审中名列第五。近五年来，文学院承担各类科研项目120余项，总经费1100余万元，发表学术论文1200多篇，其中CSSCI期刊收录550余篇，在《中国社会科学》《新华文摘》《文学评论》《文艺研究》《中国语文》等权威期刊上发表论文80余篇。王齐洲、聂珍钊、胡亚敏教授的著作先后入选国家哲学社会科学成果文库，在全国同类文库入选中名列前茅，体现了我校中文学科的学术实力。近年来，以胡亚敏教授牵头的湖北文学理论与批评研究中心已成为省级人文社科研究基地，各项科研成果斐然。文学院现当代文学学科长期以来在国内外学术界享有盛誉。早在新中国成立十周年之际，我校中文系就集中开展中国当代文学研究，并在北京正式出版了全国第一部中国当代文学史教材。改革开放以来，以王庆生先生为代表的一批现当代文学学者进一步将华师中国当代文学研究推向了新的历史高度，在学术界产生了重大影响。这一切为在我校成立刘醒龙当代文学研究中心打下了坚实的基础。

最近习近平总书记在北京主持召开了文艺工作座谈会，为新世纪中国文艺大发展与大繁荣指明了方向。我们要大力发扬刘醒龙先生文学创作中的忧患意识和精神正能量，大力推动湖北当代文学的整体研究，努力扩大"文学鄂军"在全国乃至世界的影响，努力促进湖北文学和文化事业的大发展与大繁荣。我希望文学院以"刘醒龙当代文学研究中心"的成立为契机，大力推进学科交叉和融合，成功整合学科资源，为文学院学科建设再立新功！在这里，我谨代表华中师范大学，向前来参加此次盛会的全国各界朋友和专家学者表示由衷的感谢！

最后，预祝本次大会取得圆满成功！谢谢大家！

刘醒龙当代文学研究中心简介

刘醒龙是中国当代著名作家,是中国当代文坛少见的"茅盾文学奖"和"鲁迅文学奖"双料得主,在中国当代文学史上占有重要地位。华中师范大学"刘醒龙当代文学研究中心"是以刘醒龙冠名的中国当代文学研究机构。该中心主要从事刘醒龙研究、中国当代文学研究、湖北当代文学研究。

一、目标定位

1. 大力推进和深化著名作家刘醒龙的文学创作整体研究,总结刘醒龙文学创作历程中的成功经验,集中出版刘醒龙研究丛书。

2. 在刘醒龙研究的带动下,大力推进和深化中国当代文学史研究和中国当代文学批评实践,积极传承湖北当代文学研究和批评的学术传统,并团结全国文学评论界同人,集中推出以刘醒龙当代文学研究中心和中国新文学学会联合主办的《新文学评论》(大型文学评论季刊)。

3. 以刘醒龙研究为龙头,大力推进湖北当代文学的整体研究,努力扩大"文学鄂军"的全国乃至世界影响,促进湖北文化事业的大发展与大繁荣。

4. 重视信息库建设,通过建立"刘醒龙当代文学研究中心资料数据库"等,为刘醒龙研究、湖北当代文学研究和中国当代文学研究提供学术资源和交流平台。

5. 注重人才培养与团队建设,加强各研究方向的建设和学科交叉,进一步整合优势力量,加大创新人才培养力度,加强与国内外学术界的联系,将该中心打造成为在国内外有重要影响力的当代文学理论与批评研究基地。

二、人才队伍

中心有自己的研究和教学人事编制，规划总编制数35人，流动编制5人。其中本校15人，外聘特约研究员15人，正高级职称20人，副高级职称10人，中级职称5人；50岁以上8人，40~49岁15人，30~39岁12人；博士30人，硕士5人。

三、研究特色

华中师范大学中国当代文学研究一直在国内外学术界享有盛誉。早在新中国成立十周年之际，文学院现当代文学教研室就集中开展中国当代文学研究，并在北京正式出版了全国第一部中国当代文学史教材——《中国当代文学史稿》(科学出版社1962年版，华中师范学院中国语言文学系编著)。改革开放以来，以王庆生、王凤、张永健、李逸涛、王又平、李遇春等为代表的当代文学学者进一步将华师版中国当代文学研究推向了新的历史高度，先后接受国家教委或教育部委托编写中国当代文学统编教材，在学术界产生了重大影响。与此同时，华中师范大学文学院文艺学教研室多年来也积极推进文学批评学研究，王先霈、胡亚敏等教授一直致力于中国当代文学理论与批评工作，在全国文艺学界有重要地位；民间文学教研室也长期致力于中国当代民间文学研究，刘守华、黄永林等人的中国现当代民间文学研究一直在国内外学界有着重大影响。

华中师范大学刘醒龙当代文学研究中心正式成立后，将不断加强学科建设与学科交义，通过整合华中师范大学现当代文学、文艺学、民间文学、古代文学、比较文学与世界文学、戏剧影视文学等优势学科的学术力量，同时聘请多位国内外专家，形成刘醒龙研究、中国当代文学研究、湖北当代文学研究等三个特色鲜明的研究方向，在国内发挥积极影响，体现中心的整体学术优势。

四、社会服务

本中心积极参与以刘醒龙为代表的湖北文学研究和中国当代文学研究，坚持文学史、文学理论和文学批评三个层面的立体式研究模式，紧密联系湖北作家和全国知名当代作家、对当代作家作品和文学现象及时展开探讨，扩大其影响，总结其特色，发现其不足，共同探讨文艺发展方向，为推进刘醒龙整体研究、繁荣湖北地方文学事业和中国当代文学事业作出积极贡献。

本中心积极申报刘醒龙文学研究、湖北文学研究和中国现当代文学研究等方向的国家级和省部级人文社会科学研究项目，对刘醒龙的各体文学创作以及中国当代小说、诗歌、散文、戏剧、文学理论与批评等展开深入研究，定期编辑出版《新文学评论》季刊，及时反映刘醒龙研究、湖北文学研究和中国当代文学研究的学术动向。计划成立"刘醒龙文学艺术研究基金"。

本中心积极为政府部门提供文化咨询与对策研究，为中国作协和湖北省、武汉市宣传部门建言献策，为繁荣当代中国和湖北地方文化事业作出贡献。

五、中心名誉主任、主任及常务副主任

名誉主任：刘醒龙，1956年生，湖北黄冈人，著名作家。现为中国作家协会全委会委员，湖北省作家协会副主席，武汉市文联副主席，《芳草》杂志总编。曾获茅盾文学奖和鲁迅文学奖。2013年当选为湖北省政协常委。

主任：黄永林，1958年生，湖北仙桃人，文学博士。现任华中师范大学副校长、教授、博士生导师，国家文化产业研究中心主任，中国新文学学会会长、中国民俗学会副会长、《新文学评论》主编。主要从事民间文化、文化产业和中国现当代文学研究。

常务副主任：李遇春，1972年生，湖北武汉人，文学博士。现为华中师范大学文学院教授、博士生导师，中国新文学学会副会

长兼秘书长，《新文学评论》执行主编。入选 2009 年度教育部新世纪优秀人才支持计划。

六、中心网站

拟开通。

刘醒龙当代文学研究中心组织机构

顾问委员会：（以姓氏笔画为序）

王庆生（华中师范大学原校长，教授、博士生导师）

王先霈（湖北省作家协会原主席，华中师范大学教授、博士生导师）

刘永泽（湖北省文联党组书记、常务副主席）

刘守华（华中师范大学教授、博士生导师）

李师东（中国青年出版社副总编辑）

李敬泽（中国作家协会书记处书记、党组成员、副主席）

张永健（中国新文学学会常务副会长，华中师范大学教授、博士生导师）

陈美兰（武汉大学教授、博士生导师）

朱训集（湖北省作家协会党组书记、常务副主席）

名誉主任：刘醒龙（著名作家，茅盾文学奖、鲁迅文学奖得主）

主　　任：黄永林（华中师范大学副校长、教授、博士生导师，中国新文学学会会长）

常务副主任：李遇春（中国新文学学会副会长兼秘书长，华中师范大学教授、博士生导师）

副　主　任：樊　星（中国新文学学会副会长，武汉大学教授、博士生导师）

贺仲明（中国新文学学会副会长，山东大学教授、博士生导师）

周新民（中国新文学学会副秘书长，湖北大学教授、博士生导师）

学术委员会

主　　　任：於可训(湖北省文艺理论家协会主席，武汉大学教授、博士生导师)

　　　　　　吴义勤(中国现代文学馆馆长、《中国现代文学研究丛刊》主编)

委　　　员：(以姓氏笔画为序)

　　　　　　王又平(华中师范大学教授、博士生导师)
　　　　　　刘川鄂(湖北大学文学院院长、教授、博士生导师)
　　　　　　何向阳(中国作家协会创联部副主任)
　　　　　　何锡章(华中科技大学人文学院院长、教授、博士生导师)
　　　　　　李国平(陕西省作协副主席、《小说评论》主编)
　　　　　　汪　政(江苏省作协党组成员、创研室主任)
　　　　　　朱小如(原《文学报》评论部主任、评论家)
　　　　　　周晓明(华中师范大学教授、博士生导师)
　　　　　　胡亚敏(湖北省作协副主席，华中师范大学文学院院长、教授、博士生导师)

办公室主任： 张　冀(华中师范大学文学院)
科 研 秘 书： 杨晓帆(华中师范大学文学院)

特约研究员： (排名不分先后)

　　　　　　(一)省外特约研究员

　　　　　　王　迅(《南方文坛》编审、评论家)
　　　　　　叶　舟(《兰州晨报》作家、评论家)
　　　　　　刘　艳(《文学评论》编审、评论家)
　　　　　　刘　颋(《文艺报》评论部主任)
　　　　　　何　平(南京师范大学教授)
　　　　　　何言宏(上海交通大学教授、博士生导师)
　　　　　　李建军(中国社会科学院文学研究所研究员)
　　　　　　黄发有(南京大学教授、博士生导师)
　　　　　　王国平(《光明日报》评论版主编)

刘　琼(《人民日报》文艺评论版主编)
谢　锦(《小说界》主编)
韩春燕(《当代作家评论》副主编)
李美皆(空军指挥学院军事学术编辑部)
王双龙(《文艺争鸣》主编)
王春林(山西大学文学院教授)
李　雪(哈尔滨学院文学院副院长、副教授)

(二)省内特约研究员

王杰泓(武汉大学艺术学系副主任、副教授)
刘保昌(《江汉论坛》编审)
但红光(江汉大学学报编辑部编辑)
李建华(湖北省文艺理论家协会副主席、评论家)
李俊国(华中科技大学教授、博士生导师)
吴　艳(江汉大学人文学院教授)
李鲁平(武汉市作家协会秘书长、评论家)
罗义华(中南民族大学文学与新闻传播学院教授)
杨建兵(武汉工程大学副教授)
杨　彬(中南民族大学文学与新闻传播学院副院长、教授)
夏元明(黄冈师范学院教授)
韩永明(湖北省作家协会理论研究室主任、作家)
蔚　蓝(湖北大学教授)
熊唤军(《湖北日报》东湖副刊主编)

刘醒龙文学创作三十年学术研讨会会议综述

朱一帆

  2014年10月29—30日，由中国新文学学会、华中师范大学文学院、湖北文学理论与批评研究中心、《语文教学与研究》杂志社联合主办的"刘醒龙当代文学研究中心成立暨刘醒龙文学创作三十年学术研讨会"在华中师范大学隆重召开。在开幕式上，华中师范大学党委副书记、纪委书记黄晓玫教授致欢迎辞，并为刘醒龙颁发客座教授聘书。中国作协党组成员、书记处书记、副主席李敬泽先生和黄晓玫女士为"刘醒龙当代文学研究中心"揭牌。武汉市委宣传部、武汉市文联给予"刘醒龙当代文学研究中心"启动资金支持。莅临开幕式并致辞的还有湖北省文联党组书记刘永泽，湖北省作协党组书记蒋南平，武汉市委宣传部副部长陈汉桥，中共黄冈市委宣传部长王立兵，中国现代文学馆馆长、《中国现代文学研究丛刊》主编吴义勤，湖北省委组织部副部长、人事厅厅长翟天山等。吴义勤在讲话中认为刘醒龙正在经典化，他是一位能传递"正能量"的中国作家。开幕式最后，李敬泽先生做了重要讲话，他认为刘醒龙是一位"有筋骨，有道德，有温度"的"大作家"，他也是当代中国写教师人生最多的作家，他对教师具有最深切的文化情感。开幕式由华中师范大学副校长、中国新文学学会会长黄永林教授主持。随后，不同代际的教授、学者、媒体人等围绕着刘醒龙文学创作三十年进行了热烈而深入的学术交流。

启蒙，是他一辈子的事情

鲁迅开创了中国现代文学史上启蒙话语的先河，他以人自身为目的，以人的权利与解放为旨归的启蒙学说，影响着一代代的中国作家。百年来曲折盘旋的文学史进程，几度使启蒙话语断裂或湮没，但无数知识分子作家的缝补与坚守，却也使得这份学说历久弥新。刘醒龙便是其中极具代表性的一位。他始终将自己的视野放置于百年中国现代化进程中的历史现场，融会传统中国文人的"士"气于现代知识分子的现代性追求之中，把启蒙作为他一辈子的事情去完成。这种启蒙精神主要体现为文化性、批判性、隐喻性的融合。

於可训（武汉大学）认为："不能因为刘醒龙作品题材的现实性和多变性而忽略了他作品中一以贯之的东西。我们往往从题材这个平面去解读，其实他的作品中始终在寻找人的人格、尊严、价值。如《村支书》里'村支书'的个人人格尊严，《威风凛凛》中给乡村带来文明的人，受尽各种打击迫害，但最后还是活得威风凛凛，因为他有其人格尊严与操守。《生命是劳动与仁慈》虽然讲的是农民进城的遭遇，但隐含着的还是农民工在城市中坚守的人格尊严。《蟠虺》中构造了以物观物的对视结构，寄中华文化浓重的人格于青铜重器中，着重讲的还是知识分子在物欲横流的时代如何坚守自己的人格。用顾彬的话来讲，就是有心的文学，有灵魂的文学。"韩春燕（《当代作家评论》）认为，多元文化构成了刘醒龙的启蒙文化品性。自然无为的道家思想使其能摒弃尘嚣，返璞归真、拥抱自然；仁爱至善的儒家济世思想让他具备了直面现实的入世精神与忧患意识；荆楚之地造就的吊诡民风，为启蒙披上天然外衣；西方宗教文化对其影响下的建构，增添了救赎色彩。何言宏（上海交通大学）认为，刘醒龙为我们这个时代的文明重构，提供了有建设性意义的思考。崇高被消解，拼贴甚嚣尘上，日常生活审美化、娱乐化，无不是后现代社会的特征。思想界、文化界惯于用文明的紧张与焦虑来观察文学界，城乡二元对立成为涵盖一切的标签。但是，刘醒龙却试图回到文明根部去寻找,在对文明不断的追寻与失落之中,拷问现代社会的灵魂。刘艳(《文学评论》)认为,美国著名学者玛莎·努斯鲍姆在《诗性正义:文学想象与公共生活》中写道:"之所以捍卫文学想象,是因为我觉得它是一种伦理立场的必须要素,这种要求我们关注自身的同时也要关注那些过着完全不同生活的人们所站的伦理立场。"而源自文学想象的正义应该是有人文关怀的内在纪律和自觉追求的。刘醒龙表达了自己在时代转型中知识分子对"诗性、正义、价值、伦理谱系"的建构。王先霈(华中师范大学)认为,文学应该敢于面对社会严重的、深刻的矛盾。刘醒龙是敢于担当、有批判精神的作家。李建军(中国社会科学院)认为,刘醒龙具有批判意识和启蒙精神。当下诸多文学作品都将特殊人群特殊化。"这个时代不怕人堕落,就怕人清醒。"在这样的背景下考察,刘醒龙的批判精神就极其难能可贵。如《弥天》中女知青被枪决的过程,比鲁迅的《药》还更让人震惊。因为不仅枪决女知青变成了盛大的嘉年华,而畸形时代导致的人性之恶、人性的黑暗更令人触目惊心。何平(南京师范大学)认为,刘醒龙一以贯之地坚持知识分子独立的、启蒙的批判立场。罗义华(中南民族大学)认为,刘醒龙通过不同意象的建构,以更为隐秘的手法来表现启蒙精神。《天行者》中神秘界岭意象的存在,隐喻高高在上的庙堂;升国旗和祭旗的仪式,隐喻远离庙堂的荒野。界岭的困境,印证了过去的殿堂或当下的理想在今天面临的困境。庙堂与荒野的重叠,隐喻荒诞与神圣的并存。李俊国(华中科技大学)认为,透过《蟠虺》象征性的寓言式中国叙事,刘醒龙匡扶正义的雄心、楚人征服世界的蛮气、知识分子的担当、师爷式的自信,表露无遗。

生命之上,诗意漫天

从1981年发表小说处女作《黑蝴蝶,黑蝴蝶……》到2014年出版的《蟠虺》,刘醒龙的作品绵延盘亘于整个当代文学的"新时期":寻根文学、现实主义冲击波等文学思潮中有《大别山之谜》《村支书》《凤凰琴》《分享艰难》;社会转型期经历的民族阵痛中有《生命是劳动与仁慈》《蟠虺》,拷问历史的力作有《圣天门口》《弥天》等。不论是从作品的内部构成剖析,还是从作品的外部形态甄别,与会者都认为刘醒龙的文学作品是"审美感悟"与"以诗证史"相结合的典范。

就作品的内部构成而言,何向阳(中国作家协会)认为,刘醒龙的小说中存在着父子传承的隐形结构。很多优秀的文学作品都存在着同构关系,如世界文学中的《简·爱》和《蝴蝶梦》,杜拉斯的《情人》《洛丽塔》等。这些小说都具备着一个原型,即是灰姑娘神话的延展,都有着女性被拯救的痕迹。又如莫言的作品中,具有强大的生命力量的女性生命形象的存在,打着深深的母系氏族的特征。但是,刘醒龙的小说中却有着非常强大的父亲形象和与父亲相对位的青年形象。如《凤凰琴》中,父辈的形象就是老校长,青年的形象是张英才;《蟠虺》中的父辈的强大形象是曾本之,青年形象是郝文章。纵观刘醒龙20世纪90年代至今的小说创作,一直存在着这样的结构:"父亲是儿子的榜样,儿子是父亲的传承,两者是互为镜像的。不论是知识分子的人格传承还是文化传承,父亲不是审父、拭父的形象,而是非常强有力的圣贤人格的形象。无论是曾本之还是老校长,刘醒龙都是在试图接近和解读中国君子人格中的'筋骨'。"陈美兰(武汉大学)认为,刘醒龙的小说《生命是劳动与仁慈》呈现了乡下人进城的叙事模式。现代化与现代性,鞭笞着乡下人的神经。"熟人社会"稳定结构的崩溃,撩拨着乡下人最后的承受力。乡下人真正进城之后双重身份的置换,以及由此造就的身份认同感缺失与错乱、城乡文化冲突引发的心理危机,都是值得更深入地关注与研究的。李俊国认为,刘醒龙的小说有着独特的叙事特性。"刘醒龙作为男人的柔情、细腻都刻画在他的作品中,尤其是从《圣天门口》开始,他打破了所有传统叙事的推进、情节与设置。"他已经完全跳脱传统小说"讲故事"的叙事模式,而是在舒缓、从容中去"展示"。汪政(江苏省作家协会)认为,"恕道"是刘醒龙作品叙事上的特色。"所谓'恕',是以己度人、理解与认同,在以人性为底线的、去掉暂且的功利、道德、政治、思维框架和现行制度的约束,在文学上来建构人与人之间的关系。"从这个角度上讲,刘醒龙是从中国传统哲学或伦理关系哲学中来建构与呈现作品中人与人之间的关系。"这样的关系不仅是语义关系,同时是一个共时的框架,也是作家来解决矛盾冲突的方式。"

就作品的外部形态而言,王先霈认为,刘醒龙的作品是与现实有着紧密联系的。"我觉得一个作家的作品有两种情况:一个是一出来大家就说好,而且一直也说好,比如说《哥德巴赫猜想》,到现在看,还是极其了不起的作品,对推动中国的现代化起了积极作用;还有就是作品出来之后引起非常不同的反应,甚至引起激烈的批评,刘醒龙有这样的作品。我非常看重《分享艰难》,这是一部非常好的作品。中国的改革在争论与探索中向前发展,对一种事情与现象有不同的理解与评价,非常自然。正是因为作家的作品触及了社会的关键的问题,才会引起强烈反响,如《人到中年》。巴金说一辈子只写这一部作品,就满足了。文学是应该敢于面对社会严重的、深刻的矛盾。刘醒龙的作品在这一层面上讲,是极其成功的。王春林(山西大学)表示赞同,并进一步指出一个优秀的作家与现实应该是一种紧张、对抗、冒犯的关系。李建军则认为,刘醒龙根据真实生活来写,因此给人以真实的感受。汪政认为,刘醒龙的长篇小说是"中国的国情读本"。他的《蟠虺》可看作是"由个人经验到地方经验再到民族经验最后到国家经验的反复书写"。刘保昌(《江汉论坛》)认为,刘醒龙在小说文体上有着巨大贡献。他的中篇小说是古典式的一种写法,结构扎实、针脚紧密、玲珑剔透,一气呵成。长篇小说从容舒展、大气喷薄、气象万千、浩浩荡荡。刘醒龙在长篇小说创作中得到了一种大自在、大快活,夺造化之功,在创作中他就仿佛是艺术的上帝。另外,他文体上很重要的特色是警句式的语言。如"在黑夜与黎明之间是一场梦"。"识时务者为俊杰,不识时务者为圣贤。""欲知朝中事,去问乡下人。"

自我涅槃中走向经典

一切理解都是生产性的。刘勰讲,经典是承载恒久道理的典籍。伊格尔顿讲,经典是意识形态的建构。20 世纪 50 至 60 年代的描写革命历史的小说是经典,沈从文、废名、汪曾描摹乌托邦乡土生活的小说也是经典。艺术价值与审美价值的标准,成为托起经典的两大基石。从这一角度来讲,毫无疑问,刘醒龙及其作品正在走向经典。

与会代表认为,不断建构与确立刘醒龙作品的经典地位可以从参照系、文本视野与互文性研究三方面考察。王春林认为,应当将刘醒龙的研究放置到整个当代文学的背景中来探讨,以此来阐释他的意义和价值。用代际的观点来看,莫言、贾平凹、刘醒龙都是50年代出生的作家,如果把代际观念和"文革"结束之后整个新时期文学发展演变的过程联系起来考察,将近有40年历史的中国新时期文学,整个50后作家在支撑着这样一种存在。莫言与阎连科的获奖,意味着用现代汉语写作的新时期文学,获得了世界的承认,是50后作家成功的证明。另一方面,如果把刘醒龙的《圣天门口》纳入90年代后期至今的长篇小说创作的革命叙事谱系中来研究,无疑它是一部经典。刘颋(《文艺报》)认为,不能继续使用因为历史局限性造成的狭隘观念、术语来界定作家,应该真正地梳理当代文学的现场。何平认为,应该反思狭隘的局部文学史视野。如《分享艰难》几乎成为现实主义冲击波思潮的概括,新农村写作也因此被定义为"分享温暖"。蔚蓝(湖北大学)认为,刘醒龙的小说创作可以分为三个阶段。第一阶段:是离文学最近的时期,如《大别山之谜》。第二阶段:是生活的写实者,如《天行者》。它能甄辨当下社会现实的人,能够抓住现实敏感点,更注重于现实社会的体验。第三阶段:对语言的重新重视,如《蟠虺》。只有把历史现场与社会现实相融合,现场性与历史性相统一,并采用一种整体观照的文本视野,才能更好地把握刘醒龙及其作品的文学史地位。李俊国认为,纵观刘醒龙的三十年文本创作,所有的焦灼与悖论元素都表明了单一性价值的轰毁;在不断地涅槃中,由个体经验写作者走向对现实的关怀,由前期自我经验的封闭走向糅合了都市、当代、横向、平面的立体化视野。汪政认为,应该用互文性影响来研究并界定其地位。一是作品文体的互文性。打破刘醒龙创作的小说、散文、文学理论之间的壁垒,从综合层面研究,更容易见其创作的完整性。二是作家身份的互文性。文学编辑身份与文学创作身份可以进行互证。三是刘醒龙的文学影响与文学对刘醒龙的影响之间的互文性。"一般来讲,当代的共时性研究中,不太重视作家的影响,但是对于文学研究来讲,一个作家的创作不是孤立的,在共时性的文学现场,他所产生的辐射作用,对于当前小说创作的影响力,可以通过实证的方式进行研究。"

  闭幕式由华中师范大学文学院院长胡亚敏教授主持。刘醒龙在闭幕式上深情致辞。中国新文学学会副会长兼秘书长、华中师范大学文学院李遇春教授致闭幕词。他在总结陈词中认为刘醒龙及其文学创作在当代文学史上占有重要地位,已经构成了中国当代文学史上的一道不可或缺的精神风景线。刘醒龙的小说在精神艺术特征方面,实现了力与美、男性力量与诗性柔情的完美结合,延续了捷克汉学家普实克所指出的现代中国小说中一直存在的中国古典文学的主观或抒情传统。但相对于刘醒龙丰富而立体的文学创作,学界对其研究却缺乏更具体系性与权威性的批评话语实践。这一方面需要学院派不断地进行研究、阐释,在研究和阐释之中来确立他在中国当代文学史上的位置;另一方面需要研究者将更多的目光投向刘醒龙文学创作中的同一性与差异性之间的关系研究。刘醒龙是新时期以来中国文学史上最具代表性和影响力的作家之一,他的作品集思想性与艺术性于一体。因此,通过这次会议的研讨与总结,不仅是对刘醒龙文学创作三十年的回顾,也是对整个中国新时期文学的梳理与总结,展现了现代汉语文学在新时期全球化背景下的自信与自觉。

(《文艺争鸣》2014 年 11 期)

讲演·对话·访谈·印象

启蒙是一辈子的事情
——在华中师范大学的讲演

刘醒龙

曾经听到你们的老校友、我的一位朋友说,华师门口的人行天桥,是全世界最拥挤的人行天桥,她曾经用了二十分钟才从这头走到那头。(笑声)但是我今天感觉到,华师音乐厅是全世界最拥挤的音乐厅。我对大学一向是心存敬畏,因为我没有上过大学。所以我虽然在华师经常开着车从东门进西门出,或者从西门进东门出,见到每一位莘莘学子,我都感觉到,这都是未来的大学者,得小心一点,把车开慢点,不要按喇叭。

人在这个世界最渴望享受的不是幸福,不是爱情,而是自由!这也是各个时代的读书人,都要做一做文学梦的原因之一。毫无疑问,作家是最自由的。这种自由首先表现在思想上。其次是表现在自己写的文章上。然而,作家又是最不自由的。作家写出的作品都要经过杂志社或者出版社,一审、二审、三审,一层层地盘剥,一层层地删改,到变成出版物时,往往作者认为最精彩、最在意的一些段落,已悄悄给你删掉了。所以,我有一个习惯:作品发表和出版的时候我都不再看。但是当我有机会结集的时候,比如中短篇小说有机会结集时,一定会按照原稿来做,不会把发表在杂志的作品复制一下,提供给出版社。至于出版社会不会再次给我删掉一些,我还是不知道。

长篇小说《圣天门口》出版的时候,我特别留意了一下,因为我特别在意其中两段。拿到样书之后,我翻到那个相关部分一看,两段都被他们整整齐齐地砍掉了。我后来跟人民文学出版社的社长说，"你们把这些文字给砍掉了，也不给我说一声"。他说，"跟你说有什么用，跟你说你肯定不同意，作为出版人，也是没办法的事"。他们这样做，我也能体谅。我要特别向同学们申明，你们千万不要以为报纸上有些记在我名下的话真是我说的。事实上，有百分之九十不是我的话，而是记者的话，甚至不是记者的话，而是他们值夜班的副总编的话。前不久，有件事，媒体需要我发一点声音。我用短信将自己的话发给记者后，同时也发给平时对我言行比较关注的一些朋友。我说你们注意，我的原话是这样的，报纸出来之后是不是这样，那和我没关系。后来出来一看，没有一个字是我说的。所以，今天站在这里，我可以负责任地跟大家说，今天所有的话都是我说的。（掌声）不过，等我离开时，你们学校网站上发布的相关消息里，可能又有不是我说的话。因为再牛的速记员，错误率也要达百分之十左右。

刚才进来的时候，看到沿途有一些横幅"欢迎茅盾文学奖得主某某某来我校"。如果你们将这个横幅换成"欢迎首届中国当代文学学院奖得主刘醒龙来我校"，我会有一种更加特殊的荣耀感。两年前，我在武汉某大学与学生们交流时，有同学站起来，对"经典文学"表示不屑："现在有博客，有微博等，再不需要经典了，因为博客和微博就是经典"。我就跟他们开玩笑，"你说什么是经典不算数，我说什么是经典同样也不算数。什么是经典，要你的老师说才算数。因为你的老师，除了教你，教你的师兄师姐，还要教你的许许多多的师弟师妹，他会从09届、10届、11届、12届，一茬一茬，一年一年地重复讲下去。只有用这种传承的方式往下讲的东西才是经典"。首届中国当代文学学院奖，是南京大学主办的一个奖，2009年评出来之后，至今没有颁。但是，全国各地的报纸都及时发布了相关新闻。它是由中国当代文学界最有权威性的一批教授作为评委评出来的。通过这个奖对一部文学作品进行肯定，它的意义自然不同凡响。

第八届茅盾文学奖颁奖的那天——9月20日，正好是我父亲的86岁生日。这之前的20天，也就是9月1日，我去老家，就是黄冈市的团风县，一个叫张家寨的小地方，为父亲寻找他生命的最后一个愿望,也就是他的归宿之地。用俗话说,就是为还活着的父亲找一块墓地。我曾经对这个地方十分的陌生,尽管我很在乎,我的故乡在哪里。但是,在我30岁,第一次回到故乡的时候,我对这个"故乡"非常之陌生。甚至不敢相信,这么陌生的一片丘陵,真的是我日夜牵挂的故乡,是我1岁多就离开的故乡。但是,当父亲领着我,在我爷爷的坟前磕了几个长头之后,再站起来,突然发现,眼前的每一棵草,每一棵树,每一口水塘,甚至每一头牛,每一只鸡,所有一切都是那么熟悉。后来每一次路过老家的时候,我都要到爷爷的墓地看看。9月1日,我又回去给爷爷磕头,当我站起来。同行的本省一位诗人,随口蹦出一句诗——"再伟大的男人,回到家乡也是孙子"。

同学们别笑,其实再伟大的学者,回到母校,哪怕学问再高,永远都是学生。所以,同学们当你们将来有了成就的时候,回到母校,千万不要趾高气扬。否则,就有可能找不到自我。从我写小说有些名气之后,每次回到自己成长的地方,甚至害怕出门。怕见到和我一起成长、一起工作过的那些熟人,不知道跟他们说什么,不知道怎么面对他们,不知道是该冲着他们笑,还是板着脸,不知道该迎上去和他们握手拥抱,还是赶紧扭头躲开。所以我回去之后,基本上就是大门不出,就坐在屋子里,陪着家人,陪着父亲母亲,有话说话,没话就坐在那儿。沉默着,不愿意出门。我想这是一个很好的感觉,它说明你内心还有敬畏,你对那与生俱来的东西还心存敬畏。也说明这个人还有希望。任何人一旦对那些与生俱来的东西,那些相伴相生的东西,都不在意了,这个人基本上是废掉了。比如,没有羞耻,就叫无耻;没有道德,就叫缺德;没有崇高,就叫猥琐。

一个人的生命之根,是感恩的依据,也是文学情怀的根源。最简单的事情,往往就是最深刻的。就像在乡村,一棵大树就是一个哲学家;在城市里,一条老巷就是一本教科书。人都是这样,年轻的时候,(我是自己说自己,不是说你们),好高骛远,心比天高。但是当我到了现在这个年纪,当自己的孩子都已经长大,看到自己的孩子青春洋溢的样子时,才发现,人越成熟,很多的想法、很多的做法，开始向最基本的地方回归。一些年轻写手，对像我们这样行将老去的作家、作品表示不屑和质疑时，我特别能够理解。因为我也年轻过，我也曾经如此对待前辈作家，认为他们不过如此。比如我们当初，曾经一帮年轻作家在一起，嘲笑巴金巴老。巴金老人的最有名的话——"文学的最高技巧就是无技巧"，一致认为那是一句废话，等于没说。但是，当我们走过来，已经到五十多岁了，年过半百之后，才发现，这才是大道理。

1825年12月14日，在俄罗斯圣彼得堡发生了一件惊天动地的事情。一帮俄罗斯的贵族军官发动了后来被称为"十二月党人"的暴动。这群具有民主进步思想的青年军官，他们的目的是趁沙皇亚历山大一世突然去世的时候，改变俄罗斯的国体，推动俄罗斯历史的进步。他们的行动遭到了刚刚登基的沙皇尼古拉一世的血腥镇压。不是用枪，不是用刀，而是直接用大炮轰击圣彼得堡广场上的示威者，当场打死了1200多人。镇压发生之后，沙皇尼古拉一世想挽回声誉，也为了做些姿态，就把当时被软禁在俄罗斯南部的伟大诗人普希金请回到圣彼得堡。普希金一回到圣彼得堡，尼古拉就接见他，并当场问，如果十二月党人起事的时候，你在圣彼得堡，你会怎么做？普希金说：如果他们请我参加，我一定会参加。尼古拉就很诧异，问为什么？普希金说了一句非常简朴的话，他们都是好人，好人请我参加，我无法拒绝。给同学们讲这个故事，是想说明一点，伟大者从来不事声张，不会说一些高嗓门、高调的话。就像普希金，他用一句"好人"来肯定了"十二月党人"，所以，成为伟大的方式总是极为简单。

对于写作者来说，无疑天赋很重要，我们要遵守天赋的原则。但是，我们还要记住，在天赋之外，因为天赋是有限的，还有无限的"天职"。什么叫天职？那就是"十二月党人"请普希金参加，普希金一定会到场。就像现在的作家面对中国社会的历史性变迁，不能躲在自己的书斋里，写些残荷败柳、风花雪月，必须让自己的作品融进到这场伟大的变革当中。好人不一定能成为好作家，好作家必须是一个好人。这么多年，我自己看自己，我觉得我基本上算是好人。人不可能不做一点好事之外的那种事情，（笑声）我不好说那个词啊，但确实也不够那个词。有时候，人还是有些私欲，在私欲之下你可能做些可以理解的事情。总体来说，我基本都是在做好事，不管是在文学当中，还是在文学之外。就像前几天早上，我去一个地方游泳，捡到了几张卡，而且都是武汉通，这个卡是不记名的，可以随便使用。我老老实实地交到服务台，服务员毫不在意地哼了一声，就收下了。也许是好多年没有机会做这种拾金不昧的好人好事，一时间显得很不习惯。愣了一会，像是等着服务员口头表扬一次。其实，生活中几乎全是这样的小事。就像笑话中说的，一位怕老婆凡事言听计从的男人对别人说，他在家里只管大事，从不管小事。别人问他，家里有哪些大事。那位男人说，到目前为止，他们家里还没有发生过大事。如果总是嫌这嫌那，不在乎生活中的凡人小事，那还有什么大事业等着你去做呢？

　　文学和做人的道理是相通的。做人要有理想，要寻求生命的价值；文学中也要有生命的理想，也要表达对个人价值的寻求与探索。文学作品中的每一个字都应该用来表现爱，表达爱，要给别人以爱，而且要珍惜来自生活，来自自身之外的哪怕一丁点儿的、最细微的一些爱。文学不是用来教化仇恨和更仇恨，残暴和更残暴，血腥和更血腥。

　　在长篇小说《圣天门口》（这个小说有一百万字，我用六年时间闭关写作，把它写成的）中，我用了两条线，一条是实的线，那就是从辛亥之后的1927、1928年开始，一直写到1970前后，就是"文革"后期；然后另外一条虚线，那就是从中国远古神话女娲杀共工开始，用中国汉族史诗《黑暗传》贯穿历史，一直写到最近武汉正在大肆纪念的辛亥革命。实线、虚线两条线，贯穿起来，实际上就是中华民族，或者说是整个大汉民族的人文史。在实线所写这些阶段，发生了很多血腥的、残暴的战争、战斗或者是争斗：中国人杀中国人，中国人杀外国人，外国人杀外国人，外国人杀中国人。包括我在开篇就设问"谁是历史上第一个被杀的人"，而到最后我依然在设问"谁是历史中最后一个被杀的人"。写了很多很多的事件，很多很多的事情。我做了一个自认为是十分了不起的，对中国当代文学的贡献，那就是在这一百万字的书写当中，没有出现一个"敌人"这个词。

　　小时候,学校进行革命教育,老师带我们去一个叫"烈士塘"的地方,这个地方被杀的全是红军。我们去的时候,还能看到没有人收拾的累累白骨。当年红军的一个独立连,在那里驻守,却在一夜之间,因为内部"肃反"而被杀光。后来,我去红安革命烈士纪念馆,在革命烈士纪念馆上看到了被我后来成长的那个地方的人视为魔鬼的一个人的名字。这个人的大幅照片下面,写着"董必武的学生""革命先驱"。在我的童年教育当中,当地所有大规模杀戮的事件都是这个人干的。那时候,我突然就不明白了,什么是敌人?什么是朋友?什么是革命?什么是反革命?这种困惑有很多年。后来明白,得益于现代文明的进步,海峡两岸关系的解冻。作为后人,对于前辈干下的,当然是不可挽回的历史当中的一些让人叹息的事情,如果还用他们当时的观点,我们还叫后人吗?我们这么些年的教养还算什么呢?我们不就白读过书了么?白受过启蒙了么?在这个背景下,我开始有这样一些念头。尽管这种想法在2005年11月底北京召开的《圣天门口》学术研讨会上,被有些人公开质疑过,但我不后悔,我至今依然认为,我的这一思想是个人的一大进步,是文明在我个人认知上的一种体现。

　　在生活当中,我们也许认为"朋友"这个词是不靠谱的,是靠不住的,因为朋友是最容易发生背叛的。其实,最不可靠的应该是"敌人"这个词。"二战"后期的《波茨坦公告》约定,在亚洲,美国、苏联、中国等战胜国要对日本进行占领。1945年3月,当时的"中华民国"政府陆军总司令部就拟定了一个占领日本名古屋、京都、大阪和神户的计划。1946年初,经过战胜国之间的协商,决定由中国派一个陆军师去占领日本名古屋。当年的2月份,当时的国民政府军令部,下令调派当时驻扎在云南蒙自的荣誉二师(这是一个缅甸远征军中立下赫赫战功的部队)进军名古屋。5月份,这支部队从越南的海防上船前往名古屋,在大海上航行的时候,突然接到命令,匆忙改变航向,前往苏北地区,在苏北起岸之后,直接投入到当时另一方由陈毅领导的华东战场参加内战。

　　同学们年轻,不大知道当初有个电影叫《东进序曲》。我们上小学的时候就看过,"文革"之后,对这些旧东西进行解禁,又放映过一阵子。这部电影所描写的那场战斗,就是写陈毅领导的华东野战军,如何歼灭准备进驻名古屋的荣誉二师。事实和电影所说的一模一样,荣誉二师在登陆苏北不久,就被解放军的华东野战部队全歼。历史很吊诡,想想如果他们当初没有改变航线,而是直奔名古屋,在名古屋驻扎下来,荣誉二师作为当时国民政府军当中的王牌之师,不仅整个建制都可以保留下来,甚至有可能成为中华民族的荣耀,而对中国当代史产生巨大的影响。日本是一个敬畏强者的民族,它为什么敬畏美国,因为美国军队一直在它本土驻扎着。当年,荣誉二师在缅甸打得日本军队望风而逃,日本人一听到荣誉二师来了,打都不打了,拎上武器就跑。如果有这样一支王者之师驻扎日本本土,当今很多事情处理就不必像现在如此吃力,如此复杂。这样想起来,在《东进序曲》里,从头到尾出现过无数次的"敌人"这个词,我们是不是要表示某种程度的怀疑和反省?

1949年以后,在中国大陆完成学业的人,没有不知道"狼牙山五壮士"的,却很少有人知道,比"狼牙山五壮士"早三年零三个月的"陕军八百壮士投河"的壮举。

在武汉市最繁华的汉口中山公园内至今还有一座受降碑,上面镌刻着孙蔚如将军亲自撰写的铭文:"中华民国三四年九月十八日,蔚如奉命接受日本第六方面军司令官冈部直三郎大将率二十一万人签降于此。第六战区司令长官孙蔚如题。"

孙蔚如是西北军领袖杨虎城的结拜兄弟。"西安事变"(1936年12月12日)后,杨虎城被迫出国,临行前,将自己苦心经营多年的西北军交给了孙蔚如,并一再告诫:一定要牢记"兵谏"之初衷,一切以抗日大局为重……"卢沟桥事变"后,孙蔚如向蒋介石请战,并向国民政府和陕西民众盟誓:余将以血肉之躯报效国家,舍身家性命以担日寇,誓与日寇血战到底!但闻黄河水长啸,不求马革裹尸还……蒋介石批准了孙蔚如的请战要求,将孙蔚如为军长的38军(杨虎城的17路军在西安事变后被缩编为38军)扩编为31军团。1938年7月,这支由三万多名"陕西冷娃"组成的队伍夜渡黄河,开进了黄河北岸的中条山,坚持抗战近三年,先后粉碎了日军的十一次大扫荡，使日军始终未能越过黄河，进入西北。

1939年6月，日军向中国军队发动了规模空前的大扫荡。日军此次扫荡投入大量兵力，中国军队后来在战场上缴获的日军作战命令中有如下记载——"（1）大皇军在运城附近集结一个师另一个旅团的兵力，附野炮50门，战车30辆，向平陆、芮城之线进攻，目的是将该处守军，第四集团军所辖38军、96军一举歼灭，为今后扫荡中条山，进攻豫陕奠定有利基础。（2）敌情判断：敌人系陕西军队两个军，实际只有12团，不足两万人，武器较差。96军是从陕西调来，原来参加过大战，战斗力待查。38军据报系杨虎城嫡系，战斗力较强。该军之17师于1937年八九月间在平汉线被我军打击受创甚大，后在娘子关雪花山附近损失过半……元气未复。基于以上情况，我军应以主力先歼灭芮城附近之96军，尔后再集中兵力于平陆茅津渡间聚歼38军"。事实上，日军的这个作战计划中还少列了一个兵种——空军，拥有38架战斗机的山口集成飞行大队将全部参战。无论是兵力、武器、空中、地面，日军的实力都远远高于中国军队，特别是飞机、战车、远程山野炮都是中国军队根本没有的。按照日军既定的目标，这场战役将以"在茅津渡聚歼38军"结束。

茅津渡是三门峡左侧、平陆境内、黄河北岸一个古老的渡口，它与潼关以北的风陵渡一样，历来为兵家必争之地，战略位置十分重要！1939年6月6日凌晨3时许，日军兵分九路进攻国民政府军第96军之主力177师所在的陌南镇，很快就突破的第一道防线。177师只好退守镇内。驰援的38军途中遭到日军的封锁，战至下午4时许，陌南镇失守，177师全体官兵被日军逼到了黄河岸边。面对着日军愈来愈小的包围圈，师长陈硕儒命令40名机枪手排成一道墙，一声令下，40名陕西冷娃甩掉血渍斑斑的军衣，端起机枪杀向敌阵。自以为胜券在握的日军万万没有想到177师会杀个回马枪，一时乱了阵脚……177师杀出重围，到中条山腹地休整数日，收拢散兵后再杀回陌南。成为史称"六六战役"中的一段"神话"。

然而，177师杀出黄河滩时，有两支队伍没能跟上，他们是新兵团和工兵营。这两支队伍分别被困在了黄河岸边的许八坡和马家崖。新兵团有一千多人,都是些十七岁左右的新兵。小战士们在黄河滩上与日军舍命拼杀,在牺牲了二百多名弟兄后,八百多人被逼上了河岸边一百八十多米高的悬崖。史料是这样记载的:八百多名年轻的中国士兵站在高高的悬崖上,身后是奔腾咆哮、一泻千里的黄河;面前是密密麻麻、张牙舞爪的鬼子;放眼望去,东、西、南、北重峦叠嶂,云雾缥缈处则是他们的故乡……一位被敌人的战刀砍断了一条胳膊的战士双膝落地,向着西北方向,咚咚咚磕了三个响头,然后站起来,一头扑进黄河……八百多名小战士学着断臂壮士的样子,齐刷刷地跪在悬崖上,向着家乡跪拜之后,一起跳进奔腾的黄河……几乎在八百壮士投河的同时,在相距十余里的马家崖,我177师工兵营二百多位士兵也为捍卫中国军人的尊严而集体扑进黄河……

今天到场的学生有多少?听老师说,有五百多人。大家可以想象一下,八百壮士呀……

我一直想不通,当下的电视屏幕上,哪来那么多的"敌人"!而且这些"敌人",除了帽子和制服不同,说话时某些名词的不同,其余各个方面,再难找到明显的区分。

在美国波士顿犹太人屠杀纪念碑上,铭刻着一位叫马丁·尼莫拉(Martin Niemoller)的德国新教牧师留下的发人深省的短诗:"在德国/起初他们追杀共产主义者/我没有说话/因为我不是共产主义者/接着他们追杀犹太人/我没有说话/因为我不是犹太人/后来他们追杀工会成员/我没有说话/因为我不是工会成员/此后他们追杀天主教徒/我没有说话/因为我是新教教徒/最后他们奔我而来/却再也没有人站起来——为我说话了!"这首短诗对我所讲的"天职"一词是一个最好的阐释。当我们只讲天赋,不讲天职;只讲技术,不讲伦理;只讲利益,不讲气节;总有一天,如此种种的短视,会转过身来伤害到我们自己。就像最近两天在网上疯传的一件事,佛山市那个才两岁的小悦悦,被车子反复地碾轧,18个路人全都视而不见。如果我们任由这样的事情发生下去,总有一天,这种车轮会碾轧在我们自己身上。

一个民族的文字必须表现这个民族的灵魂力量，假如认为灵魂无益，总有一天灵魂将不再维护我们。文学的选择是不受任何利益驱使的。现在很多小报记者，见面总要问："你获得茅奖拿了多少奖金？"总要问："你的书的发行量是多少？"这些问题，并不是让我感到尴尬的问题。我只是觉得，作为新闻记者他们不应该问这个问题，所以每次他们问这个问题的时候，我总是用很不客气的话把他们顶回去，用各种很不礼貌的话把他们顶回去。《红楼梦》作为中华文化中伟大的经典，哪怕把它读上一万遍，也休想让银行的取款机面对着你往外掉钞票；去超市买东西，收银员照样该收多少还是收多少。但是，我们就会因此说《红楼梦》是无意义的么？人和动物不一样，人是有精神境界的，离开了精神境界，只为物质而活着，人最终会被自己所毁灭。中国人为什么如此痴迷《红楼梦》，就因为《红楼梦》体现了我们这个民族的最伟大的文化精神。《红楼梦》里面有一段香菱学诗的描写，十分精彩，除了是艺术上的点睛之笔，更是中国人文精神的最精彩的体现。

香菱学诗，不就近找宝钗，非要求远拜黛玉为师。除去因为宝钗是小姑子和主子等不方便处，更是因为宝钗一开始就不赞成女孩子学诗，她自己能写几笔也是为了娱乐，并不当真。所以才总是劝告黛玉，不要因为书本而移了性情。宝钗爱诗（爱文学）是为了娱乐。黛玉却是将诗（文学）与生命融为一体，她的《葬花词》："一年三百六十日，风刀霜剑严相逼。明媚鲜妍能几时，一朝飘泊难寻觅。"每个字都是在抒写自己。在宝钗那里，诗只是不同平仄分别组合的一种语言技巧。黛玉却说："若是得了奇句子，连平仄虚实不对都使得的。"什么是奇句子？当然是一般时候感悟不到的东西，就像我们能将日常生活过得行云流水，却难以把握自身命运。所以，黛玉是把诗当成能够挑战命运的另一种完全属于自己的生命。

为什么在超高速发展的现代化中国进程中，还有那么多人在关注乡村，关注乡村里的知识分子？在事隔多年之后，把茅盾文学奖评给了《天行者》，正是因为乡村知识分子，用十分简朴、简单的方式体现着我们的民族精神。《天行者》所描述的这些民办教师，之所以受到社会的普遍关注，不仅仅是他们的命运，而是他们身上所体现的是中华民族的风骨。《天行者》之所以能够获得中国当代文学的最高荣誉，应当是当代社会对中国知识分子的一种期许。像《红楼梦》，它所表达的其实是每一个读者内心的理想与渴望。真正不朽的文学作品，它所表达的力量，是我们在成长过程中十分重要的，但后来又会慢慢忽视、忽略甚至忘记的启蒙。只要文字没有消失，只要人类没有毁灭，文学就不会死亡。人在一生中需要不断地启蒙，而这种启蒙更多地是由文学作品来完成，更多是通过我们对文学的阅读来完成。启蒙是一辈子的事情。为什么我很在乎南京大学评出来的"中国当代文学学院奖"，就因为南大一直以来倡导并坚守五四以来的启蒙精神。

我给大家讲一个故事：有一个法官，刚退休就去找牧师忏悔，说自己年轻的时候因为没有经验，对法理知识运用的不娴熟等问题，错把一个有罪的人当庭释放。为此，他一辈子都在忏悔。牧师就问他，后来见过这个人没有。他说，因为愧疚，所以他对这个被错放的罪犯一直十分关注，经常去他生活的地方看看，看他现在怎么样，有没有重新犯罪。牧师问，那他有没有再犯罪呢？法官说，没有。牧师又问，那他是不是一个好邻居，邻居对他的看法怎么样？法官说，邻居一致认为他是一个好人。牧师又问，那人成家了没有？牧师说，那人不仅成家了，而且是一个好丈夫，好父亲。牧师当即表示："谢谢你，法官先生，你做了一件天大的好事，因为你自认为的误判，这个世界上少了一个罪犯，而添了一个好人。"我十分喜欢这个故事，这个故事极其有文学性。而文学的意义也在于此。我想我们读这个故事，对我们内心的情感，对我们内心的思想，甚至对我们的灵魂都有某种启迪作用。每一个人终其一生，都会面对形形色色的许多人，但是任何时候，我们都没有权利以战争、法律、条约和规定等各种借口粗暴地对待心灵。

我们这个时代，被称为作家和艺术家的人越来越多。无论有多少种说法，无论因为文学之外的其他因素而引起多少风云际会，文学最根本的东西还是不能变的。那就是当我们选择文学的时候，我们是爱文学艺术，还是爱文学艺术所带来的利益。我可以大言不惭地说，如果我在生活中换一种方式，我会挣很多钱。我曾经帮助过的一位 18 岁的文学青年，我将他从乡下带到武汉，他的第一份工作、第二份工作，都是我替他找的，最初一段时间里，还让他和我住在一起。他现在成了湖北省赫赫有名的富豪。我的高中同学当中，更有一位是赫赫有名的中国证券界大鳄，当年深交所的三分之一的股票都是经他之手上市。我佩服他们，但又觉得，自己的生活方式更好。我并不讨厌物质，对任何物质的东西，我一点都不讨厌，我也喜欢好车，看到街上跑的宝马奔驰，也觉得很潇洒。我的儿子，很小的时候就许诺，长大后要给爸爸买台宝马。后来，女儿出生，稍大些时，女儿也说要给爸爸买宝马车，为此还与故意逗她的哥哥争吵，并大哭了一场。现在我已经有条件买宝马。但是我想，为什么要买宝马呢？就为了那点虚荣？其他很多车的性价比更好，比如说我现在开的雪铁龙 C5，性价比特别好，很多人坐了 C5 之后，说这个车坐起来好舒服，很稳，又便宜，不贵。买一台宝马可以买两三台 C5。生活当中，除了物质之外，我觉得还有更好的选择。

当我们聚在一起赞美文学时，我们应当明白，应当记住，在我们的肉身和心灵之外，无论在城市、乡村、学校、家庭，有大量无聊的、粗俗的、寡廉鲜耻的、蛊惑人心的、可能使人变得恶毒、野蛮甚至是堕落的一种印刷品正在泛滥成灾。

南师大的一位教授今年暑假去中国经济最发达的苏南地区做一个村庄阅读的调查。那天很晚的时候，他给我打电话说："醒龙，告诉你一件十分可怕的事情。"我问他是什么事，他说，"我正在这儿做一个村庄调查，今天刚刚把发出的问卷拿到手，我简直是吓坏了。这个村庄的所有人都在读同一本杂志，（恕我不点这家非常恶俗的杂志的名），除此之外什么都没读"。见到你们会心一笑，我想你们应当知道我所指的是什么了。如果我们的民族，我们的阅读是靠这样一本杂志来完成，试问，全世界将怎么看中国人？再往小处说，对一个贵为大学生的年轻人来说，如果其日常阅读只是一些粗浅的、低端的文字，很难设想其未来人生境界会有多高。对阅读的选择的不同，是一个很重要的问题。它甚至可以作为一个国家、一个民族、一个单位、一个群体和一个人的文明的标志。对一般人来讲，能够判断哪些书是坏书就够了。一个走上健康道路的社会，必须有一批中间阶层选择正确的阅读，放下轻松娱乐的心情，寻找有深刻文明内涵的经典。

我的几个朋友，有在国外漫长的工作、读书、教学的经验。他们给我讲了一个同样的故事，在德国，最感人的一个场景，是在黄昏时分，无论是在城区还是到乡村，都能见到某个家庭的男主人在拿着剪刀修剪花园，在花园旁边或者在阳台上，女主人在拿着一本书在那儿读。我听见很多同学在笑，这种情景是很让人羡慕的。刚才旅游学院的胡静院长，说他们系里有个同学弄了一个创意说，中国的车牌号完全没必要弄得如此复杂，很多人都不认识 ABC，不如就用麻将的筒条万来取代，全体中国人绝对都认识。比如说，一筒代表太原，二筒代表西安，一看就明白。笑话归笑话。看看现在的"和谐社会"，不要说晚上，就是白天，无论是大街小巷，还是山野乡村，从上午十点钟开始，中国大地上就是一片麻将声，参与者不仅是那些养老金领取者，更多的是一些年富力强的人。把这种场景和朋友们所描述的那些诗意的德国黄昏做比较，我们能说什么呢？我们能想什么呢？难道还不明白我们的欠缺？难道还不明白我们需要做些什么？

我要重复北大曹文轩教授说过的一段话，我很欣赏这段话。其实也是我很早以前就说过的话。为了避免遭受互联网上语言暴力的"迫害"，我必须变得狡猾一些，（笑声），直接引用曹文轩的话。曹教授是桃李满天下的名师，那些想骂他的人，心里得好好掂量一下，就算骂得过北大的学生，但骂得过北大的教授吗？想骂曹教授，就得先做好遭受天下围攻的准备！我把曹文轩的这段话念给大家听一下："文学是有血统的，经典文学的血统是高贵的，但凡血统高贵的文学作品，内涵一定有迹可循，符合普世价值。是否与那些具有高贵文学血统结缘关乎一个人，一个家族，一个社会的格调品位，关乎日常生活中友善的宽度和深度，以及婚姻、爱情的烂漫与纯洁。"有道理没有？（掌声，有！）真的是有！

我还要说一句我说的话，恐怕有好多人不爱听，但我还是要坚持，也算是提个醒。在泛时尚时代，真理不是用鼠标点击出来的。

将屈原、李白、杜甫加在一起也抵不过那位口齿不清的娱乐天王。还有一句，只怕你们笑不起来——将中国所有中文系教授在互联网上的点击率加起来，也比不过粉丝如过江之鲫的几位写手。在互联网上，我只是个打酱油的，但我坚持认为，这类"鼠标时代"的少数，是真正具有独立境界和自由精神，并且离真理最近的少数。同学们，你们比我年轻，会走得更远，相信你们对这一点，会有更深的体会，有更深刻的发现。有些书可以红极一时，但是很快就会被遗忘得干干净净。历史对文学的选择是很严酷的，其选择的关键肯定不是当前传播界媒体所大肆渲染的那种粗俗、粗鄙和粗暴，而一定是现在市场上基本上卖不出去的优雅和高贵。

　　在我的第一部长篇小说《威风凛凛》的开头，写了这样一个故事：牧师和修女在路上走，天上过来一只飞鸟，不偏不倚把一泡鸟粪撒在牧师头上，牧师很不高兴，他气愤地就骂了一句三字经："他妈的"。修女在旁边提醒他，"上帝会发怒的"。当牧师的如果不是上帝的化身，至少也是上帝的使者，怎么能说这种粗话呢？牧师连忙点头。走了几步，天上又过来一只飞鸟，又把一泡鸟粑粑拉在牧师头上，牧师忍不住又说了一次三字经。修女又提醒他，上帝会发怒的。牧师知道这个事情不能再做了，几乎要对天发誓，决不再犯这种恶俗之错。哪想到，第三只鸟过来，拉下第三坨鸟粑粑，第三次掉在牧师头上，牧师第三次说出那句三字经。声音刚落，晴空响起一声霹雳，但见——《水浒》里面是这样说的——但见修女应声倒地。牧师正在那里奇怪，"不是要打我吗？怎么打了修女呢？"空中忽然传来一声低沉的叹息："他妈的，打错了"。生活中有很多这种事情，我们这个社会正在经历的确实有很多这类相似的事情。我们要记住：上帝偶尔的粗俗，不等于上帝真的粗俗。上帝也会说俗话，还会说不堪入耳的粗话，然而，不管这些俗话粗话是不是上帝说的，终归成不了圣经。从上帝舌尖上掉下来的臭痰，说好听点，也只不过是唾沫，而绝不会成为甘露。

　　黄校长跟我讲，这场讲演开始是准备放在学术报告厅，因为只能容纳200来人，怕同学太多，就换成了音乐厅。一听到音乐厅，我很兴奋，因为它让我想到一个故事。先给大家讲清楚，不是我亲身经历，但是我觉得这个故事太好了，特别是放在音乐厅里来讲更好。

大家都知道全世界的音乐圣殿是维也纳金色大厅，全世界的艺术家最大的梦想就是去维也纳金色大厅一展才艺。可同学们知不知道，维也纳金色大厅为什么让人如此神往？除了它是世界顶级艺术家表现艺术天才的圣地之外，还有一个更重要的原因，就是维也纳的观众是全世界最伟大的观众。第一次听朋友讲维也纳金色大厅观众的故事时，我就佩服得五体投地。在维也纳金色大厅，那些观众，那种掌声是世界上最特别的掌声，它甚至超过了艺术家的演唱。当一个节目或一首歌曲表演完或者演唱完，观众的掌声最开始很小很轻，像是微风扑来，接下来像是松涛阵阵，最后才是山呼海啸。这种由弱到强、再由强到弱、再由弱到强的掌声，只有维也纳的观众会，这是维也纳观众的伟大发现、伟大的体验，甚至是比音乐还伟大的贡献。维也纳观众鼓掌的特别之处在于，他最先是用自己一只手的五个指头轻拍另一只手的掌根。同学们可以试一下。然后再向上到达掌心，最后才是两只手掌完全彻底地合在一起拍打，（演示鼓掌，由下到上，由上到下），我想这也不是一次就能训练出来的。金色大厅始建于1867年，1869年竣工，1870年1月6日，举行首场演出。维也纳的观众练了将近一百五十年，才练成这么一手绝活。所以，音乐家们才感叹，他们有幸遇到这样一批懂音乐、和音乐共舞、与音乐共鸣的观众。这才叫知音！是伯牙摔琴遇上钟子期那样的知音，而不是将《白雪公主与七个小矮人》，活生生地弄成"苦命的妹子呀，你那义薄云天的七个小哥哥，为你撑起一片天"那样的"知音"。当艺术在中国大地上，一次次出演时，无论是在剧场，还是在所有其他演出场所，我们身临其境所听到的都是些什么样的声音？联想到维也纳金色大厅的掌声，我就觉得害羞！想一想，这就是文明和文明的差距，这就是教养和教养的差距。与其说，我们要向所有在维也纳金色大厅演出过的艺术家表示敬意，还不如说，我们要向维也纳金色大厅里的观众致敬。

香港人有句口头禅，连张国荣都要遵循，它说的意思是，做人做事都要从细微之处做起，不要以为许多卑微的不起眼的东西就不值得去做，就像我们过去经常祈祷的，一部机器要有质量过硬的齿轮和螺丝钉，没有高品质的齿轮和螺丝钉，这部机器虽然不一定是坏机器，但起码也是一部豆腐渣机器。当一名好观众，需要悟性与造化，做一名好读者，同样需要教养与学养。如果中国人只满足于欣赏某某人的小品，只需要阅读那本将赚钱当成唯一目的伪文化杂志，还要大学干什么？

文学体现的是时代精神。当拜金、拜官、拜色之风盛行的时候，这种价值偏移会使社会向不良方向发展，也正因为这种价值偏移才凸显经典文学的价值所在。我的获奖小说《天行者》，描写了界岭这样一个不起眼的小地方，在这个小地方里更不起眼的一所小学里特别不起眼的一群民办教师。写他们的人生状态，写他们的生活遭受，本身就表达了对当下价值偏移的一种批判，一种不认可。批判这个词，说出来总感觉有点刺耳，又回到那种敌对的场景当中去了。文学必须对当下的社会生活进行反映，这是文学的生命之所在。我从不讳言，自己是一个有理想的现实主义作家。但在我的小说当中，更多的是表达我对现实的多重质疑。比如说《天行者》，其中的一个细节。讲到一群乡村教师十分艰难，面对艰难，他们也难免做一些荒唐事情。恰好被刚从山外来的一位年轻教师张英才所察觉，在不理解之后产生了质疑，并导致他做出错误判断，这一系列的错里错，在一连串的误打误撞后，学校蒙受到直接的经济损失。本来铁定评优，没有得到，就没有奖金，没有奖金，破败的校舍就没办法修整。张英才发现自己的失误之后很愧疚，就写了一篇新闻稿给省报。省报悄悄派记者下来暗访，发现所有事情都是真实感人的，记者就许诺回去之后要把这所学校、这些老师们的动人的事情写出来，发在省报的头版头条上。过了不久，省报出来了，这条新闻也确实是发表在报纸的头版上，但不是头条，头条是"大力发展养猪事业"。日常社会，不能没有伦理，伦理是社会生活的基础，也是起码的要求，它是法律所无法替代的。我相信善、相信爱，相信善和爱是不可战胜的，是最为有力量的。所以我才在《天行者》的结局当中，让深受苦难的民办教师孙四海，以三票之优战胜了不得人心的村长余实，而那个历经苦难的余校长，最终也转为公办教师。不如此，我会一辈子觉得心里不安。尽管在现实生活当中，是政府欠他们的，是社会欠他们的，是历史欠他们的，但在我的小说里，我不能有丁点对他们的亏欠！在这里我要说一句狠话，如果有人昧着良心无端地说这是意淫、是美化，那是要遭天谴的！

20世纪90年代，我曾经独自一人在长江三峡中行走，为一部关于三峡的长篇小说做准备。这部长篇小说叫《爱到永远》，在《收获》上发表后，由江苏文艺出版社出版，并被武汉市歌舞剧院改编成大型舞剧《山水谣》，最终获文化部的文华奖，这也是中国当代作家的作品被改成舞剧的仅有一例。改编成戏曲、话剧、电影等，这些都有很多，但是改编成舞剧的再无第二例。那一次，在峡江边上的一座古庙里，碰到了一个18岁、才出校门的年轻小学教师。那个小学就设在那座古庙里。18岁的年轻老师，见到我之后十分激动，手足无措，话都说不出来。一遍遍地说，刘老师，真没想到，真是想不到，在这个地方竟然碰到您。他反复地只说这样一句话。直到我走的时候，他还是不知所措的，搓着双手，不知道说什么好，并坚持将我送到江边的木船上。他告诉我一件让我一辈子都忘不了的事情。作为一名师范生，他进校的时候，校方让所有的新生看了根据我的小说改编的电影《凤凰琴》。几年大学读下来，临到毕业典礼了，校方仍然是放映电影《凤凰琴》送别他们。听他这样说之后，我不知道、不记得自己对他说了多少抱歉和对不起。当时我也不明白为什么要对这位素不相识的年轻的乡村教师说对不起和抱歉。很久之后，才明白，自己其实是想表达内心的敬意。如此青春洋溢的生命，本可以到更广阔的世界里去灿烂，去闯一闯前景更加光明亮丽的天下。几年之后，我再去那个地方，那所学校已经被拆了。当我问当地人，那位老师去哪里了，当地人指着身后更高的一座大山说，到那边的一个学校去了。这些年，我经历了很多事情。那天在东湖边的一座茶社里，湖北电台的两个女记者采访我，谈到这位年轻教师时，我哽咽着讲不下去。但今天，我好像好了一些，也许看到同学们生活得如此好，脸上如此有光彩，心里像是有某种安慰。《天行者》获奖的消息传开后，互联网上的网友们，说了各种各样的话,其中有讲父母经历的,有讲朋友经历的,也有讲自己经历的,那些事情,只要讲出来,没有不感人的。我看了其中一些文字,除了向他们表达无语的敬意,真的什么也说不出来。凤凰卫视的"名人面对面"11月13日晚八点三十分播出我与许戈辉的对话后,我收到两位女记者从湖北最贫穷但也是最美丽的恩施发来的短信:"在海拔1800多米的恩施高原小学与一群乡村教师一起看您的访谈,感触多多!终于明白了您的眼泪从何而来。这些至纯至善的灵魂让我们一次次泪如雨下,真心谢谢您,让我去走进他们的世界,也让自己的灵魂有了去杂提纯的机缘!"

在《天行者》这部小说中,我还引用了这些年说过无数遍、也被无数人引用过无数遍的一首小诗。我不知道有没有哪位同学带了我的《天行者》来了没有,如果没有,我这里有一本,我想请一位同学上来,这首诗很短,网上说这首诗只有52个字,上来朗诵一下,我就把这本书送给他。(请一位同学上去朗诵《油盐饭》)"前天我放学回家,锅里有一碗油盐饭/昨天我放学回家,锅里没有一碗油盐饭/今天我放学回家,炒了一碗油盐饭,放在了妈妈的坟前"。说实话,我是不敢读这首诗的,因为每每读到它,我都会泪流满面。1989年,我第一次接触到这首诗,当时在场的有二百多人,只有我一个人泪流满面,或许这就是缘分吧。这些年,这首诗流传得很广。这首诗,是一个18岁的女孩子写的,写完这首诗不久,就因为车祸去世了。我不知道她的其他事情,只听当时将这首诗朗诵给我听的一位老前辈讲了这么简单的背景。我在这个小说里面引用这个诗,其实也有一个非常简单的原因:我喜欢这首诗,它用足以充盈生命每个毛孔的诗意来表达对伟大人性的敬意!

对一个人来说,有些东西总是与生俱来的,这样的与生俱来应当是我们全部理想和全部热爱的原始起点,不管是主动的写作还是被动的阅读,无论是热爱文学的读书人还是普通人,爱都是生命中最具影响力的天赋,无论我们愿意和不愿意,努力和不努力,爱都将是我们终其一生最强大的生命力。

最后,请允许我重复自己在第八届茅盾文学奖获奖感言中的一句话——"生命之上,诗意漫天"。谢谢!

现场答问

问：刚才您的讲座中多次提到了"天"字，如"生命之上，诗意漫天"、"天职"、《天行者》、《圣天门口》等，请问这个"天"对您到底意味着什么呢？

答：这个问题我还真的没有考虑过。或许可以这样理解吧，当自己成熟的时候，对文学的理解比以前博大了一些。如果说以前想的都是地上的事情，我现在想到天上去了。过去只管地上的事情，现在管到天上去了，管得宽一些。开句玩笑。对于一个成熟的作家，他的心胸应该大一些，或许是潜意识让我不知不觉做出了这种选择。至于谈到"天职"，这只是换了一个词而已，比如以往我们讲作家要有责任感，"天职"某种意义上就是责任感。除了写作，还要想到其他。举一个小例子吧，对一个作家来讲，你写的作品敢不敢拿回家给自己的女儿看。如果不敢，我敢断定这不是一部好作品，如此，就有负于你的天职。

曾经和一群80后的作家一起座谈，我讲到一个话题，家里买的一个豆芽机，将黄豆放进去，三天之后还没有发芽，而说明书上说48小时就会发芽。到第四天，黄豆开始发臭。第五天，我只好将黄豆给倒掉了。黄豆倒掉之后，我又跑到菜场去买了些绿豆，放进豆芽机里。48小时后绿豆果然发芽了。于是我就想到了一个我们早该关注的话题——转基因。转基因黄豆是不会发芽的。它在食物链、生长链中缺了一环，从中间断掉了，这个东西吃下去安全吗？再狭隘一点吧，为什么美国人不惜通过贸易战，也要把转基因黄豆都卖到中国来？难道仅仅只是因为全世界吃豆制品最厉害的是咱们中国人，仅仅只是想赚中国人的钱吗？

也许这不是一个话题，也许不是一个科学真实，也许有很多很多的也许。但是我想，相对我们这一代人，就算"临时抱佛脚"地去了解它，也只是半路出家，只能来些"急就章"。对于在信息时代熏陶出来的年轻的写作者，应当有着与生俱来的兴趣和感觉。因为年轻，你们会在这种转基因的恶果当中循环得更久，当然，也会受害更深。如果 80 后的某些作家，尽早地走出个人天地，走出太多的自怨自艾，或许会更早地超越前辈。我想这也是刚才那位同学谈到的"天职"。

问：当文学面对苦难的时候，不同的作家有不同的处理方式。比如杨显惠的《夹边沟纪事》就有自己的处理方式。请问您是怎么处理的？

答：杨显惠的《夹边沟纪事》在《上海文学》连载时，《上海文学》正在推我的一系列中篇小说。从 96 年开始，到 97、98，连续三年，每年第一期的头条都是发我的小说。当时的《上海文学》主编周介人，每年一到 9 月份就找我约要第二年的小说头条。他说了一句让我很激动，当然也特别激励我的话，"全国人民都在等着看你的小说"。当年的《上海文学》影响之大，是你们现在无法了解，无法感同身受的。像李遇春教授等做现当代文学的，应该知道这个经历。在周介人去世之前，他所主持的《上海文学》在全国文学界的地位是非常高的。

提问的这位同学对我的作品是不了解的，会不会是基本上没有读过？如果读过了就不会问这些问题。

1996 年《上海文学》第一期头条刊发我的中篇小说《分享艰难》，小说写了时下的种种艰难，不仅仅是日常生活的艰难，还有社会时世的艰难，可以说是当时社会艰难的一种百科全书，小说发表之后影响很大。同期《上海文学》的卷首语是周介人亲自撰写的。他讲了"大善"的概念，周介人把善分成两种，一种是小善，一种是大善。这几年，这些词出现得比较频繁，包括互联网上也可以见到这个词汇。但是在 1996 年，这个词是极少见到的。小善，也就是普通的善，就是做好事；但是大善，那就包括对恶的包容和改造。

在杨显惠的系列纪实作品当中，其实也体现了这种大善的精神，他写那些非常事情，那种非人的社会生活，确实是很震撼人，也是写作者的良知驱使才能写出来的。对苦难的写作有很多角度，就像刚才我请这位女同学上来朗诵的这首叫《一碗油盐饭》诗，它写出了我们每个人曾经经历过，也许经历过，而今天的年轻人可能不会再经历的生活中的苦难。我希望有机会你读一读《天行者》。

我不敢保证你泪流满面，但我想你会有所触动。对苦难的描写，纪实手法当然震撼人心，但是，还有另外一种表现。

今年的五月份，我去太原，有一位女作家说了一句让我醍醐灌顶的话。她说，当然有点瞧不起我们，"你们写的那叫什么苦难，那都是吃不饱，吃饱了不就解决啦。我们现在所经历的苦难是无法形容的，见到食物就讨厌，不想吃，一说到吃，就恶心。想吃没有吃的，是物质的苦难；而有吃不想吃，那是精神的苦难"。我真的大吃一惊。她讲的特别有道理。苦难和幸福，对每一个人来说其实都不一样，当一个人认为最苦难，那对他来讲一定是最苦难的，我们千万要尊重他对苦难的感觉。同样，当一个人感觉到幸福的时候，我们千万要尊重他对幸福的理解，而不要去质问，"你的这个感觉是不对的"。人的阅历不一样，或者说人的欲望不一样，体会自然不一样。

问： 在当前您所处的时代，是不是和"五四"时期的启蒙有共同点？作为一名语文老师，现在的年轻人不关注文学，流行的是企业家，请问我该怎么办？

答： 我觉得现在的孩子真的是很了不起，他们的心智经常超乎我们的想象。今年的"五一"节，我们省的"三峡杯"作文大赛，邀我挂评委主任的职务，颁奖之后要我上台归纳、做一些象征性的发言。我即兴讲了几句话。我说，今天到这里来，发现所有的小朋友都不会笑了，得了一等奖的不笑，得了特等奖的不笑，拿了特等奖的上台来代表所有获奖者发言的孩子也不笑。这让我感到很痛苦，如果你们不会笑，我觉得这个奖项可以取消。家长、老师辛辛苦苦地做了那么多的准备，做了那么多工作，以为你们很看重，以为你们很在意，以为会给你们带来快乐，哪想到都没有，那有什么意义呢？我最后说了一句话，不管你们在写作文也好，还是今后你们真正进入个人写作也好，我希望写作能给你们带来快乐。写作对我来说，不管作品出来之后产生何种影响，但在写作的时候我是快乐的。当然，我的写作是自由的，我想写什么就写什么，而不是命题作文。同时，我对在场的老师讲了一句话：现在的语文教学最重要的一点，是让孩子们认识生活，回归自然。比如说，要求孩子们每周要认识几种虫子，认识几种花草，认识几种树。为什么这样说，是因为我女儿和她班上同学，在教室里发现一只我们叫潮虫，孩子们自己取名叫西瓜虫的虫子，就是黑乎乎的在潮湿的墙角里面爬来爬去的那种，只要发现这种虫子，孩子们就会里三层，外三层地围上去，玩那只虫子，快乐无比。

　　我还要说一个更沉重的话题，现在的年轻人，包括在座的某些同学，本来对文学心存非议，或者是了无兴趣。之所以来了，只是想看看获得茅盾文学奖获的作家长什么样子。在你们内心中对文学的缺失，归根结底，是语文教育的失败。我跟编教材的朋友讲过我的看法。某地的中学语文教材，将一位在学校当门卫的女子写的散文收进课文里面去了。论文采，肯定写得不会错。只是忽略了语文的意义。就像刚才这位老师说的一样。语文是什么？语文是一种人文精神的启蒙。以前我也不理解，我们的语文教材为什么这么多年一直要选叶圣陶的《游金华双龙洞》。相关金华双龙洞的文章，写得好的多的是，为什么非要选他？后来我才明白，因为这是一扇让后来者了解叶圣陶的窗口。就像我们为什么要选冰心的《小橘灯》，这也是一个窗口，通过这个窗口对冰心有初步了解。但是，现在的语文都成了什么样？一篇完整的文章，好生生地被肢解成一个个句子与词语以及没完没了的语法分析，好比一件精美的瓷器被打碎了，所看到的当然是没有任何美感的垃圾。当年我们上学时，年年写的是"好人好事"。现在的学生，年年要写"我的爸爸妈妈"。"楚才杯"作文竞赛获特等奖的一篇作文，写自己的妈妈去世了，日子过得很悲凉，但是孩子自己很努力。没想到颁奖的时候，孩子的妈妈领着孩子一起来了。这叫什么？这就叫语文教育的一种失败！小学语文也好，大学语文也罢，其核心目的都是人文精神的启蒙。"五四"时期的启蒙运动和我们当下语文教育的启蒙是不冲突的。启蒙对于人来讲，是一辈子都需要的。启蒙的重要性，每时每刻都不要忘却。

2011 年 10 月 19 日

(《新文学评论》2012 年 02 期)

文学是小地方的事情
——刘醒龙、李遇春对话录

时间：2012 年 12 月 15 日下午
地点：武昌　未来城　芭拉娜咖啡馆

李遇春：很抱歉，刘老师。《上海文学》一年前就约我找您做一场比较有深度的对话，但由于大家都很忙，一直拖到现在，已经到年底了。今天您终于有空接受我的专访，很荣幸，谢谢您！让我们还是从您的长篇小说《圣天门口》开始谈起吧。先说说您在写《圣天门口》中间的一些插曲吧，这部长篇据说耗费了您五六年的光阴。

刘醒龙：写《圣天门口》的中间我曾经写过一部长篇叫《弥天》，就因为这个插曲，把《圣天门口》前面的文字搞丢了。原因是写完《弥天》，再回到《圣天门口》时，面对已经写出来十来万字，实在找不到继续写下去的感觉。

李遇春：这是一个遗憾。《圣天门口》第一部分的内容在进入历史叙事状态的时候，不同的人有不同的看法。可能就涉及这个丢失的问题。

刘醒龙：后来又重写了。其实，《圣天门口》的写作有三个阶段：第一阶段我写了几万字以后，插进来写《痛失》。《痛失》本来是答应给上海文艺出版社的谢锦，但后来被长江文艺出版社生生给抢走了，时任社长的周百义，说是让我夫人的领导找我要，我无法拒绝。因为签了合同，没有办法，我只好给谢锦另写一个长篇。第一次的几万字，因为《痛失》丢了；重新再写，写到十几万字，又因为《弥天》把这十几万字弄丢了。

李遇春：这都是书名惹的祸，题目包含了一种隐喻，所以就把《圣天门口》的十几万字"痛失"了，这里面似乎有一些很神秘的因素啊。

刘醒龙：（笑）读《圣天门口》前面一段的时候有些静不下来，原因是没有跟上写作者的情绪。那几年，我将自己关在家里，将外部的纷杂挡在门外，如果能像安静写作那样安静阅读，一定会像我自己那样，喜欢前面这一部分的。谈到《圣天门口》，有人觉得前面的章节可以砍掉或者留个引子就可以了。作为一个职业批评者，以批评的眼光来看是这样的，但若是以艺术的眼光来看，它可能有缺陷，相对于整部作品的气质来说却是不可或缺。好像有人长了颗滴泪痣，或者有的人左脸比右脸歪了那么一点点，反而会形成个性与气质。

李遇春：确实是这样。如果把这部作品整形成规范的、标准的、一模一样的文学成品，整得符合批评家的眼光了，那就很有可能成为批评家的作品了，而不是您的了。

刘醒龙：批评家能认真研究作者的写作心理，在这一点上，我喜欢《文汇报》周毅的文章。第一次写我的时候，彼此不仅未见过面，我甚至没有听说过她的名字。当时《上海文学》主编周介人先生很欣赏这个女子，说她文采了得，上海那么多有名气的批评家，他都没有找，就只找了周毅来写。文章在《上海文学》刊载，我看了大为惊讶，如此陌生女子如何晓得我的内心？她很注意相关细节，个人生活和社会生活的细节，个人情绪和社会情绪的细节，她把这些细节都联想在一起，然后推测作者为何要这样写，作者这样写的意趣何在！后来跟周毅见面，聊起她的猜测基本上符合我写作时的心态。她也觉得很诧异，说自己完全是估计着写的，没有想太多，只是跟着感觉走。这种状态是批评家和作家的一种心灵的契合，形成了一种信任，这种信任对于文学批评中的建树，哪怕是执拗的坚持，也会更充分、更有力一些。

李遇春：作家和批评家的关系也是很复杂的，现在我们国内批评家和作家之间出现了一种比较扭曲的关系。所以有人提倡批评家和作家之家应该保持适当的距离。

刘醒龙： 这种关系还是和社会整体的批评风气相关。实际上，不仅仅是批评家，我们每个人都有属于自己的整套的观念，认为就应该是这样！就像女人逛街，见到喜欢和想要的东西就刷卡埋单，对不喜欢和不想要的东西，不是横眉冷对，便是绕着走。世间百事最忌先入为主，批评也不例外，还没有看作家的作品怎么就晓得作家是怎样的呢？从文本出发，这样一种进入文学批评的状态，无疑是更科学一些。针对某一部作品或作家，一定要从他的经历、他的文本着手。有人认为我是一个农民的儿子，并从农民的角度来研究我的写作。有的人认为我是个干部子弟，是官本位的主旋律角度的写作。如此产生的偏差是很明显的。我恰恰是二者之间，在社会的夹缝里面生存。我既不是农民的儿子，但我也不是纯粹的在城市长大的、在父母荫护下长大的乡村高干子弟。我当年作为"走资派的子女"，在乡下总是受欺负，在内心里我害怕乡下的孩子，经常讨好他们。作为乡村干部子弟，其实我的精神生活比他们更苦。

李遇春：《威风凛凛》里面那个叫学文的男孩，父母早亡，他从小与爷爷相依为命，那个人物身上应该有一点您当年的影子。

刘醒龙： 只能说大概如此。我是跟着爷爷长大的。这比较夹生，我既不是城市的，也不是乡下的。我曾经写过一篇这方面的文章，这恰恰也是我的优势，因为我站在二者边缘，向左看我可以看到城市，向右看我又了解乡村，向前看我了解农民，向后看我了解干部。如果是纯粹的农民的儿子，所写的作品当中，更多是对于干部的怨恨批判。在《痛失》《分享艰难》等写乡村的作品里，我也有批判，但这种批判或者批评往往显出一些温情，这是因为这里有我父母的影子，我也了解他们的为人，他们虽作为普通干部确有这样那样的问题，作为个体，他们也是普通人，他们是一个男孩或女孩的父母。

李遇春： 很多研究者认为您对于您笔下的中国农村干部、乡镇干部形象的批判不够彻底，由于您父母的身份，所以您给予他们很多同情和理解，与其他作家对农村干部体制的严厉批判相比，就显得不那么有深度。而另外有一些作家，他们对于当代中国农村体制进行了尖锐的批判。这就形成了一种写作上的两极，您怎么看待这个问题？

刘醒龙：这正是当代文学不成熟的地方。文学批判更多的应该是从人性的角度出发。文学不应该是虚张声势地说自己是批判，或是虚张声势说自己是浪漫，文学唯一的标准就是人性表达。在这点上，你相信世界上有完全兽性的人么？

李遇春：采用夸张的方式、变形的方式，把人性恶的方面展览到极致。当代文坛是有一批像这样的作家，是沿着这个路子在写的。但您确实不是沿着这个路子在写。

刘醒龙：文学的主旨到底是审美还是审丑？可能近些年我们的文学教育、文学传播途径和方式受到时尚的诱惑，需要其他更强劲的东西来吸引眼球。娱乐界所有的绯闻都是为了吸引眼球，于是审丑过度发展，这与文学审美的第一要素相背离。如果文学也是如此，那真的要走进死胡同了。文学应该是传承善和美，文学也不是新闻的补充。按新闻的要素，狗咬人不可写，只能写人咬狗。看看古今中外的经典文学，包括《红楼梦》，写的都是正常人的日常生活、正常家庭的正常命运，是在正常的框架下表现人性的复杂性。画鬼容易画人难。文学也是用来写人的。对个人的写作，我一直是有坚持的，不会轻易地去改变。

李遇春：我觉得在您的创作中也没有回避现实中的丑恶，包括人性恶的方面，无论是《威风凛凛》还是《圣天门口》，乃至于像《天行者》这样高扬底层理想主义精神的作品当中，也有很多对社会丑恶现象的批判。社会外在的丑恶现象肯定是人们内心中人性恶的一种表现，它是外化出来的一种东西。《威风凛凛》里面的五驼子、金福儿，都喜欢抖威风、斗狠，所以在西河小镇上充满了很多暴力、流血。他们杀来斗去，有段时间五驼子赢了，再过段时间又是金福儿胜了，但归根结底他们都是失败者，而赵老师才是最大的赢家和最后的赢家。赵老师表面上是他们谁都敢欺负的对象，实际上却是西河镇上唯一的精神贵族。他的肉身被欺侮了，被杀了，但灵魂还在，精神不灭！所以《威风凛凛》好就好在它超越了人性恶的表演，写出了理想和良知的高贵。我觉得《威风凛凛》应该是《圣天门口》的雏形，因为后者里面也是写的生活丑与美、人性恶与善的搏斗，通过精神和心理的搏斗写历史、写现实、写人生。您刚才反复强调文学应该教会读者去认识人性的善和美，这是一种文学理想境界。而您的作品中并没有回避理想与现实的冲突，丑恶和善美之间的冲突。正是因为有这样的一种深度的冲突和张力，我觉得实际上您的作品也写出了生活的复杂性和人性的复杂性。

刘醒龙：我们谈论的美和善良，首先是一种理想。也许有人认为在写作当中、在日常生活当中，人是善的，人是美的，但是这种善和美在生活中、在写作中不一定是你所希望的那样，它肯定是有丑和恶。我曾经在《圣天门口》中写了一章叫"人是一种易碎品"，就是感觉到了人性的理想在残酷的现实面前所遭遇的破碎与痛苦。对大多数作家来说，他们写作都有一个源头，一定是他的童年，童年时期的心理对写作者是很有影响的。实际上，作家作品品格的走向在童年时就定格了。我的文学品格和理想也早就定格了的。

李遇春：您的这种文学观念，认为文学是传递真善美的信仰这种文学观念，用现在流行的话来说就是正能量的传播，但您肯定也注意到了，和您同时代的很多作家与您的文学观念并不一致，请问您为什么要一直坚持这种观念？

刘醒龙：我是想把自己的人生和文学能够同步起来，尽可能不要让它们分裂。有的人是天生的写作者，这种写作是可靠的。而有的人是以写作来谋生做秀，谋取个人私欲的满足，这种人与写作是分裂的。我想对于一个真正的写作者而言，他必须做出选择。二十年前，我曾说过，作家写作有两种，一种用智慧和思想，一种用灵魂和血肉，但我一直坚持成为后者。虽然它很吃力、很痛苦。中国文学中所谓的思想和智慧，已经到了泛滥的程度，已经背离真正的思想和智慧，而成为一种谋求利益的生存技术。

李遇春：现在所谓的思想、智慧，其实不是真正的大思想、大智慧。很多时候它已经成为一种谋生的手段，做学问的手段，只是把某些大人物的观点拿过来贩卖一下而已。坚持灵魂和血肉写作，我认为这应该是作家的精神底线，如果没有灵魂和血肉的写作，肯定是会被历史淘汰、被读者唾弃的。您的创作是用灵魂和血肉来写，但里面也有您的思想和智慧。

刘醒龙：这两者不是对立的。作家肯定是具备一定思想品质和智慧能力的人，在表述的时候肯定不是喊口号、不是直接开枪打子弹的。更重要的是写作态度，过于偏重技巧容易丧失了写作的灵魂。

李遇春：我能从您的作品中体验到您的血肉和灵魂的投入，但是如果您没有对中国历史、人生、乡村展开深邃的思考，您就不可能有思想和智慧涌现。我认为作家的思想和智慧应该来自于他的血肉和灵魂的投入，真正的独特的思想和智慧不是外在于作家的血肉和灵魂，相反，前者是内在于后者的，也就是说，作品的思想和智慧不是外在的、强加的，而是内在的，是从作家的血肉和灵魂的投入过程中自然地生长、升腾出来的。这就好比说思想和智慧是理性形态的东西，血肉和灵魂是非理性的东西，真正的理性是从非理性状态中自然生长、升腾出来的，而不是外力强加的结果。只有这样才能确保一个作家的独立之人格和自由之思想。我很喜欢您的这种文学观念，请问您的这种文学观念是怎么形成的呢？

刘醒龙：我也在想这个问题。也许是自己笨一些吧，给自己找一个借口，人家说起来巧舌如簧，我就只好找另外一种途径，我把自己所想到的、所认识的最真实的东西，包括人生的理想和现实告诉大家。

李遇春：这个问题涉及您的创作心理的形成机制，能谈一下吗？

刘醒龙：曹雪芹就是用灵魂与血肉来写作的，这就是《红楼梦》与其他作品的区别。我们都崇拜鲁迅，但是从才华来讲，他并没有写长篇小说，而选择了一针见血的杂文。我们那个时代的人都说鲁迅这辈子最遗憾的是没有一部长篇，从作者的角度来讲，作家都希望自己有一部好的长篇。只是因为他那个时代需要杂文，所以他放弃了写长篇，他选择了遗憾，我想这就是文学精神。

李遇春：其实到了鲁迅创作的后期，选择什么文体已经不再重要了。不管是小说也好，还是杂文也好，它们都投入了鲁迅先生自己的灵魂和血肉，然后再催生出独特的思想和智慧。所以只要是他的文字，都有他的精神的印记。鲁迅的创作之中，有血肉也有思想，有灵魂也有智慧，这和他的社会经历和人生阅历有关。那么在您的大量作品当中，能够打动读者的那些作品肯定投入了您的血肉和精神。

刘醒龙： 文学精神是自然生长的，它是来自你脚下的大地，除此之外你找不到其他任何理由。就像我们的父母生养我们一样，我们的大地只能生长我们的文学。我信奉这一点，我的创作源自我的大地，而不会是其他。

李遇春： 土地孕育了人，土地也孕育了文学。一个作家离不开他所生活过的土地。俗话说一方水土一方人，同理，一方水土一方文。莫言离不开他的高密东北乡的土地，贾平凹也离不开他的陕南商州故地，所以他们写长篇的时候经常要躲回老家去写，去沾沾地气。陈忠实写《白鹿原》就是躲在西安郊外的老屋里写的，而且是连续写了好多年才写成。土地对作家的重要性不言而喻。养育一个作家的土地其实是那个作家的血地，是那个作家及其文学的诞生之地。所以我认为土地是作家的血缘脐带，它是不能剪断的，如果剪断了，就会丧失文学的精气神。这样的文学必然是虚浮的，是没有灵魂和血肉的，那就更谈不上思想和智慧了。即使有所谓的思想和智慧，那也是装模作样的虚假的思想和虚伪的智慧。土地在您的创作中确实很重要，那么，您能否结合自己的亲身经历谈谈养育您的土地呢？

刘醒龙： 前不久，陪母亲去了我出生不久后待过的地方——团风，那时候我还在襁褓中。团风是历史名镇，古称乌林，建县才十几年。当年，母亲带着我和我姐姐在镇上的酒厂里待了一年多。厂里生产的赤壁大曲在当地曾经颇有名气。当年做酒厂的地方已经成了一片菜地，而我也是五十多岁的人了。想想自己一岁的模样，就像看到了菜地里生长着的那棵大白菜。母亲说我出生在黄州城内的地委招待楼上时，我什么感觉都没有。但是现在看到的这片地，除了生长着白菜什么都没有，我却能真切地感受到在这片地里自己是怎样成长的，能够感受到自己成长的痕迹。后来，我在很多小镇上生活过。一岁多离开团风时，父亲请了两个挑夫，将我和我姐姐以及家里的行李挑到了英山的石头嘴镇。我前几天碰到石头嘴镇年轻的镇长，他让我再回去看看。对这个邀请，我心里是婉拒的。因为我已经路过好几次了，记忆中的美好都已经不在了，包括小时候在那儿光着屁股游泳挨过打的，夜里在河滩上乘凉听别人梦话说"狼来了"惊慌失措撒起腿就跑。还有一次，后半夜突然醒来，发现整个河滩就只剩下我们一家人了，真的是很恐怖，因为那时候，狼吃小孩和羊是很真实的事情。那时候，镇上是真的有座教堂，但是很多年前就已经没有传教士了，都被打跑了。民国初年，著名的"安徽教案"就发生在石头嘴镇，山里的农民因为传教士奸淫当地妇女，而放火烧了教堂。最早关于科学的记忆，就像我写的《圣天门口》里的气象站，也来自石头嘴镇。镇后边的山顶草地上放着一个百叶箱，百叶箱里面只有一只温度计，每天早中晚都有人去看。当时我们觉得很好奇，只要有人去开百叶箱，我们就在后面跟着，其实什么也没看懂。

李遇春：那您接受启蒙教育是在哪个地方呢？

刘醒龙：也是在石头嘴镇。我四岁半上学，但我不是神童，因为家里孩子太多没人带，是"被上学"、"被启蒙"的，由姐姐带着去学校，说是上学其实是带我玩。一年级完了，姐姐升到了二年级，我留级继续读一年级。记忆中，比较恐怖的还有"美蒋特务"。那时候，离镇不远的大别山主峰天堂寨，夜里经常有信号弹升起来。有时候还有枪响。只要有动静，镇上的民兵就会集体出动去搜山，那场面让我们觉得心惊胆战。具体时间应该是50年代末期和60年代初期，大饥荒的时候。1962年春天，我们搬家到八十里外的红山区的金家墩。金家墩不是镇，是一座较大的村落。村旁有所没有五六年级的初级小学，印象当中最深的是我的数学老师。传说她是反动军官的小老婆，因而对她有种莫明其妙的害怕，只要她出现我们就躲到一边去。还有她的女儿，也让我们感觉很害怕，她有癫痫病，为了冲喜17岁就嫁人了。她之所以得这个病，传说是在"四清"的时候，工作队去村子背后的乌云山上砸庙里的菩萨，她跟着去看热闹，回来之后就得了癫痫病。用乡下的话来说，她是"被菩萨敲"了。

李遇春：您的《威风凛凛》里的赵老师原型来自哪里？

刘醒龙：算不上是原型，只能说是外形。他来自我生活过的第三座镇子——贺家桥。我在当地中心小学读书的时候，语文老师姓金。赵长子这个人物的外形正如金老师，又瘦又长，人特别书呆子。记得他的寝室兼办公室里除了床桌，还有一个柜子，柜门上的对联是"蕴金如蕴玉，储学胜储金"。金老师在"文革"中被斗得很惨，因为平时教书很严格，很多学生都不喜欢，所以贴大字报斗他。我当时在五年级，六年级的学生斗他斗得最厉害。

李遇春：作家普遍对童年的记忆很深刻，很鲜活。而一般做不了作家的人往往都把童年的记忆给遗忘了。人长大了，书读多了，理性渐长，早年的形象记忆都褪色了。

刘醒龙：实际上，我们记住的都是有用的。有些东西对生活产生了影响，就形成敬畏。之所以形成这种观念，这一定程度上是和生活经历有关的。到贺家桥镇之后，我们家的生活就更困难了，我们租住在一个姓石的农民家里。干打垒的房子，很怕下雨。房子的缝隙很大，麻雀能自如进出，夜里能见到星星、月亮。当年农民盖房子，每一把力都用得很实在，如果是现在的豆腐渣工程，早垮一百次了。我们在这所房子里面住了7年，每一天都在提心吊胆。到后来，房东找了几根柱子从外面把房子撑住。还有一个印象深刻的，我在散文中写过，对我来说是一种致命的深刻。我们的租住屋在一个山坳里，只有这么一个独户人家，隔着一座山嘴，离镇上更近的另一个山坳里面住有两家：一家是富裕中农，比较有趣，刚搬来此地时，正好赶上他们家的婆婆和媳妇一起生孩子；隔壁家是个地主，他们家的房子是两间茅屋，这一家对我的审美观念的形成，潜在影响实在太大了。

李遇春：能不能具体地解释一下？

刘醒龙：那时候，地主成分是了不得的，总是受欺负，抬不起头来。我们小时候也会去欺负他们，但心里常常会感到恐惧，长大后才晓得这不是恐惧而是敬畏。原因就在于，别人家的稻场到处都是鸡粪、猪粪、牛粪等，肮脏得不成样子，而地主家的稻场的地面总是被打扫得干干净净。地主家就只有两间茅草屋，屋里的泥巴地都磨得锃亮，条案上放着整整齐齐的一排书。还有一点，那个时候乡里孩子穿得都很破，地主家的孩子衣服穿得比一般的孩子更破，别人家的孩子是破罐子破摔，破衣服就当破衣服穿。地主家孩子的衣服也破，但都缝上了补丁，一个个窟窿全补得整整齐齐的。那时候，一般农民家的孩子鲜少刷牙洗脸，而他们家的两个儿子脸上永远白白净净的，绝不流鼻涕，每天还要用湿布擦牙齿。更重要的是，他们口袋里还有一条用破布做的，洗得干干净净的手帕。我觉得这可能就是当年震慑着我的地方——文明的教养。

李遇春：我觉得这个里面就涉及您创作的主题了。在您的很多作品里，如《圣天门口》《威风凛凛》，人们对赵老师，对雪家人，对所有有知识、有文化的人，都有一种很恐惧的东西。这是野蛮对文明的恐惧、愚昧对知识的恐惧。您的小说里经常写到小镇上的乡民对知识分子、文化人的一种仇视和畏惧。畏惧并不可怕，最可怕的还是仇视。仇视知识，仇视文明，就会越来越愚昧和野蛮，暴力将会在社会上泛滥。畏惧则不同，畏惧可以发展为您所说的敬畏，敬畏知识、敬畏文明，这是一个人、一个民族、一个社会走向文明的起点。

刘醒龙：《圣天门口》里的董重里。董重里的重字，要念成重要的重，而非重复的重。他本来是押送银元到大别山北麓的白雀园，后来因为一些事被欧阳大姐肃反了，准备杀他。欧阳大姐最终放了他，是因为董重里一个细节把她震慑到了。董重里历尽艰险一路走来，将银元送到了，当被抓起来审问时，他很镇定地从口袋里拿出一方干干净净的手帕揩了自己一下。作为女人的欧阳大姐被这种举动打动了，这是她此生唯一一次例外，因为她从来没有见过如此洁身自爱的男人。越是铁血女人，心里越有柔软的角落。这种细节的来源，正是童年的记忆。

李遇春：这是一种很刻骨铭心的记忆，您的很多作品中都写到过类似的细节。这其实就是我所理解的那种灵魂、血肉投入进去的写作，也许你没有思考太多。我们说记忆是鲜活的，是铭心刻骨的，就是说记忆是有血有肉、有灵魂的。没有血肉、没有灵魂的记忆是不可靠的，不是生命的记忆，可能仅仅是表层的生活记忆，可能时过境迁就遗忘了。而生命的记忆不一样，它潜伏在人的灵魂的深处，或者说它一直就在塑造着一个人的灵魂。一个伟大的作家必然具备伟大的灵魂，而伟大的灵魂正是由无数的生命记忆塑造出来的。

刘醒龙：记忆这种东西在不同的人那里就成了不同的样子。我的潜在想法和别的孩子不一样，我对这类的事情记忆要多一些，这也是我能成为一个作家天生的一种气质吧。其实，当年的聪明人和有智慧的人，更擅长当地流传的机智人物的俏皮话和机智故事。就像现今的手机短消息段子，这些东西算不上哗众取宠，但是能够迅速取得周围舆论的好评。从小时候起，我就对此没有太多兴趣。反而是上述那种属于人生细节的东西，通过童年的记忆，被深刻地保存下来。

李遇春：后来您还去过什么镇没有？

刘醒龙：第四个镇是西汤河镇，还依然在。过去英山有四个汤河，东南西北各一个，南汤河被沙压到河底去了，现今只存在三个了。石头嘴镇、贺家桥镇、西汤河镇，都是西河边上的。西汤河镇上，留给我的记忆就是"文革"。我小学毕业时，因为"文革"，中学闹革命停课了，停止招生，小学还在继续办着。于是，我在西汤河小学又读了一个六年级。因此，我的小学是读了八年的。在西汤河小学，我第一次看到曾经敬畏的老师，怎么样被孩子们折腾、批斗、谩骂。老师从没有教过的邪恶的字眼，纷纷出现在大字报和小字报上，对我来说，"文革"的最深印象，是学会写那些肮脏的、邪恶的字了。也许是自己的格格不入，有一群同学，公开放话要狠狠地揍我。这件事没有发生在我的身上，便发生在我的弟弟妹妹身上。所以，在以后的很长时间里，只要听说某人是该小学的学生，在我心里就会引起某种警惕。我在西汤河镇上待的时间并不长，我们家同样租了一个农民家的一间半房子，一间是爷爷带着五个孩子一起住，另外半间在牛棚隔壁，用来做饭、吃饭。我父亲当时是区长，经常到各地蹲点，不能回家；而母亲是供销社的售货员，以店为家，白天卖货、晚上值班。那时候我们只能和爷爷待在一起的，几个孩子全是爷爷带大的。这次回团风的时候，我姐姐突然回想起来，当时外婆跟着妈妈在团风酒厂里住了两个月，后来外婆住不惯，坚决要回去，回了麻城。我想，假如我们是外婆带大的，对我们性格的影响，肯定是不同的。所以一个作家的早年家庭生活环境是很值得注意的。

李遇春： 您住过的小镇还真是多啊。刘醒龙的小镇人生，这是一个很有意思的话题。

刘醒龙： （笑）第五个镇——雷店镇。那个时候，我已经是高中毕业了，1973年属于"文革"后期。我本来应该要下乡当知青的，因为我家里太困难，再加上父亲工作搞得很好，所以县委书记法外开恩说："老刘家的儿子不下去。"很多人都写信告状，但县委书记说的话在当时就像法令，意见提得再多也没有用处。1973年元月毕业一直到5月份，我在家玩，没有事情做。我读书的时候数学成绩不错，号称年级第一。我找了一本类似今天的奥数的试题书，在家攻读。随后写了一封关于数学的一些问题的长信给教我高中数学的郭老师。如果当时我的郭老师回了信，我的人生可能走的就是另外一条路了。但郭老师没理我，自己又实在解决不了那些数学难题，只好就此放弃。在那个镇上，我印象最深的是，武汉的知青来了。我母亲工作的地方有个很漂亮的阿姨，武汉知青有事没事便来挑逗她。当年镇上的风气很纯朴。知青来了后，当地的人忽然变得最爱对我们说："不要跟武汉知青学坏了。"事实上，身边的青少年反叛地跟着他们学，穿着人字形拖鞋干活或者上街闲逛，当着大人的面抽香烟，同长辈吵架时，偶尔也会冒出一句"个婊子养的"！在中篇小说《大树还小》中，我写了这样的乡村场景，"老三届"们很烦我，说我把"青春无悔"知青的形象写坏了。

李遇春：《大树还小》确实在当年激发了意外的反响。我记得评论界当时有的人把这种知青题材的小说称之为"后知青文学"，一带上"后"字就包含了解构主义色彩。您要解构的就是长期以来形成的一种知青文学叙事模式，一种把知青形象塑造得很英雄、很理想、很悲壮，或者很浪漫、很诗意、很温情的叙述规范，这种知青文学我们见得太多了。人们会怀疑，这种知青记忆到底是不是真实的？有没有另外不同性质的知青记忆？在您的笔下，人们并不觉得知青使当地变得更好了，相反还给当时当地农民的生活带来了不好的影响。一般的知青作品，写的都是知青给当地带去了知识、文化，而您的《大树还小》里面的知青，非但没有带来福音，相反还把人心教坏了，把既有的生活改变糟了。

刘醒龙：说带坏了，只能当小说来看。这不是我说知青坏，而是当地的人这么说，我只还原当时的场景。小时候，民众一直将太平天国的军队说成是"长毛贼"，官方的意识形态却称其为英雄……《大树还小》因为挑战了社会上形成的所谓主流意识，所以引起了很多争论。我写《大树还小》时格外冷静。城市的青年下农村生活三年五载是一场悲剧，但从乡村中的普通人的角度来看，三年五载就那么苦不堪言，那些在乡村生活了三代、三十代的人们呢？他们不是一直这么苦过来的么？我们的知青文学，只是就知青说知青，而没有把知青放在整个大的社会背景去看，没有放在中华民族共有的苦难史之中去看，而是把自己的苦难单独地挑出来，而不在乎别人的感受，我以为这是一种自私。就像城市现在对乡村的态度是一样的：喜欢乡村的风景，但讨厌乡村中的人。希望乡村中人来城里干那些没人愿意干的脏活苦活，但不情愿乡村中人留在城里共同生活。

李遇春：这就涉及了您对于乡村的一种复杂而矛盾的情感关系。

刘醒龙：在写作的时候，我自以为是触动了社会的敏感点，触动了很多人不愿意谈到的问题。比如《分享艰难》这个话题。"分享艰难"其实招致很多人的反感。人人都会说："我只喜欢分享幸福，不喜欢分享痛苦，凭什么要我们去分享痛苦？"但是，改革除了带来幸福之外，也有可能带来痛苦，对一个旧的东西进行改变的时候，哪里能全部都是好的呢？改革之初，我们都没有做好艰难的准备，整个社会的心理准备严重不足。生活并不像小说写的那样，来了一个能改革的厂长或者书记，就能改变一座工厂和一个县的面貌。改革带来的痛苦不是挥之即去的。十几亿人都在渴望改革能深入下去，然而，下一步改革带来的痛苦也许会更大。比如说政治体制改革，我们做好这方面的准备了吗？是将自己的个人恩怨写在选票上，还是真正认定选票所圈定的是一个能干的、成熟的、靠得住的政治家？当然还有其他问题，比如，会不会像"文革"时成立造反组织那样，十个人就有十个"司令部"或者"战斗队"，人人都想当乡长、县长、省长？能否克服人性中丑恶的一面，真正地体现现代化制度的良性循环？

李遇春：这涉及一个社会体制变革的问题，变革总是艰难的，作家不仅要写外在的社会制度、政治制度、经济制度的变革，而且还要写出在这种综合的社会体制变革过程中的人的命运，尤其是写出一个民族在变革中的精神世界或心灵世界的变迁。如果把这写好了，那就是很了不起的作家和作品，是能够当作民族的心史来看待的，因为它保存了一个民族的集体记忆。不说集体记忆了，集体记忆太沉重，我们还是继续说说您的个体记忆。

刘醒龙：我天生比较敏感，我讲的童年的事情，很多伙伴们毫无记忆。民族记忆其实也是不能忽视的，我们也不能专门讲个体记忆。我就不相信，我们中华民族就是靠劣根性生存下来的。像《圣天门口》里面所写到的，从女娲杀共工开始，经历了那么多血腥杀戮，民族文化仍被延续下来，我们民族一直在向前走，这说明肯定存在着比劣根性更伟大的东西在作为支撑。我们的文学、我们的作家很少在研究这个问题。反过来，总跟着别人说中国怎么怎么不好。单凭这一点，我就觉得中国是很了不起的，因为我们是最具有民族自省精神的国家，始终记住自己的缺点，这是很了不起的地方。

李遇春：这是近百年来的事情，其实以前总是看到自己的优点。鸦片战争以来，一次次的战争，我们不是惨败就是"惨胜"，于是有了事事不如人的民族自卑情结。

刘醒龙：大汉、大唐、大清、包括宋元，都是很了不得的。每一个朝代开始的时候，都是很自负的。作家也是如此，年轻时自负得要命。中年往后就变得安宁了。

李遇春：我觉得这也是可以理解的，因为不同的历史大势使然。国家在繁荣兴盛的时候就会更多地看到自己民族的优点，国家在腐败没落的时候就更多地看到本民族的缺陷。其实在繁荣中恰恰隐藏着衰败的病根子，只不过被一派繁荣景象遮蔽了而已，大多数人士是看不到的，只有少数的精英分子可以看到，他们的思想眼光比较超前，这就是所谓历史的智者。反过来，在衰败中也埋藏着重新繁荣的种子，这就是民族复兴的火种！当年"九·一八"事变爆发以后，日本人侵占东三省的时候，国人大多悲观失望，正是鲁迅先生站出来提倡民族的自信力，而我们知道鲁迅是一贯批判国民劣根性的，他是批判民族劣根性的现代祖师爷。鲁迅那篇文章我记得叫做《中国人失去自信力了吗》。他在晚年转而批判中国人的"他信力"，批判中国人的"自欺力"，而倡导民族"自信力"。我们上中学的时候学过这篇文章，是要求背诵的。我记得有一段很有名的话，大意是说我们民族之所以能绵延至今，是因为千百年来，我们一直有埋头苦干的人，有拼命硬干的人，有为民请命的人，有舍身求法的人，纵然是帝王将相的家谱，也掩盖不了他们的光耀。这种人就是我们民族的脊梁。所以我反对现在有些人歪曲和诬蔑鲁迅，好像鲁迅批判民族劣根性就是汉奸，就是卖国贼似的。其实鲁迅比那些盲目自信和自大，盲目爱国的人要清醒得多，他对我们民族和国家有着更深沉更激烈的爱！我觉得我们中国从晚清到民国、到现在，将来很可能还要延续很长的时间，我们将一直处在与西方世界交融和对接的过程中，在这个过程中间，我们肯定会关注我们民族劣根性的一方面，这能保持民族的基本清醒。但在清醒地看到民族劣根性的同时，又必须寻找我们民族精神中各种积极的东西、有价值的东西。我们反对"他信力"，正在恢复"自信力"。

刘醒龙：我承认中国的知识分子认可对"劣根性"的批判是一种深刻，但思想的深刻应当还有别的表现方式。我觉得很多中国知识分子有意无意之中都放大了这个劣根性。

李遇春：您说的这种情形确实是存在的。鲁迅那一代人所处的历史境遇毕竟和我们今天的不一样。他们那代人认为矫枉必须过正，所以批判起来不遗余力，确实有过激、过火、放人之处。但90年代以来的中国已经不一样了，不再是民国时期那个积贫积弱的"旧中国"了，也不是1949年那会儿刚刚建立起来的"新中国"了，"新中国"在遭遇"文革"那样的重大挫折之后，经过不断的改革和开放，在社会经济发展上逐步融进了世界文明的大潮之中，并且是引人瞩目地"崛起"了、"复兴"了。在这种新的历史情境下,这些年来也有很多当代中国作家在有意无意地反拨鲁迅那种批判国民劣根性的写作模式。其实,像余华的《活着》、刘恒的《贫嘴张大民的幸福生活》等作品很受欢迎,按说福贵和大民的身上都有所谓的国民劣根性,但今天的人却觉得那种"劣根性"似乎也没什么不好,表达了跟鲁迅不同的看法。愚昧也好,麻木也罢,还有忍辱偷生之类,都变成了民族绵延的潜在力量。这只能说是时代变了,历史语境变了,人们看问题的方式和角度都发生了变化。

刘醒龙:我觉得鲁迅对知识分子的影响最大,对百姓的影响其实并不大。多数人还是受到传统文化的影响。

李遇春:我觉得《圣天门口》表达了您对历史的新的认识,既有时代精英的认识,如对暴力、人性等的反思,也有《黑暗传》那种历史循环论的观点的接受,比如您根据民间流传的古老叙事诗《黑暗传》的角度和语言风格,把近现代以来的历史事件几乎都编织进去了。此时的您仿佛就是古老的民间叙事诗人的灵魂附体,散发出民间智慧的光芒。因为从《黑暗传》原本,以及您所编织或续写的《黑暗传》来看,中华民族的苦难史是连绵不绝的,甚至在某种意义上也是亘古未变的,这个历史发现很可怕,您其实道出了历史陷阱的真相。通过您把20世纪中国历史的现代性融合到了传统的、民间的历史模式之中去,不难看出您在构思方面致力于将传统与现代融合的努力。但这种融合本身还是表明了您的精英立场。《圣天门口》的叙述者仿佛是站在云端上俯视这个苦难的人世间,您的精英姿态是不言而喻的。

刘醒龙:中国的历史一直在一个怪圈里循环,每一个朝代的更迭都是通过血腥来完成。这就需要第三股势力的介入——梅外婆和雪家人。既不同于杭家人(杭九枫)投奔共产党,也不同于马鹞子投靠国民党,梅外婆和雪家人的存在就是要打破这种历史的暴力循环,因为任何暴力方式的获得最终都还是会回到暴力上来,但是梅外婆和雪家人在任何时候都不用暴力来回报,他们期望再创一个新的社会、历史模式。很多人都没有理解《圣天门口》和《白鹿原》的区别,《圣天门口》坚决地从暴力循环中破解出来了。这种破解正是来源于生活。比如说,当我们欺负地主家的孩子时,做母亲的地主婆不是生气,而是以怜悯和惋惜的态度来看我们,甚至还走上前来,替我们揩去脸上的鼻涕。也有人说我的作品当中有宗教情怀,我不否认但也无法承认,因为文学的想象力无不来源于刻骨铭心的人生。

李遇春:《圣天门口》写的是天门口镇。能不能再来谈谈您生活中的小镇?

刘醒龙:我的成长是在小镇上完成的。进到县城时,我已经18岁了,很多东西已经形成了。最有趣的记忆都与小镇相关,比如说雷店,那个镇上印象最深的是知青,还有就是孤独,不能读书,又不能工作,父母太忙不能陪我,爷爷又回老家了,还没有朋友,我经常趴在窗口看人,却和人没有交流,就这样熬了几个月。然后就去了大别山深处,与安徽省交界的占河水库管理处。管理处的人,从管理处的处长到下面的员工,差不多都在排斥我。想起来,我的到来确实做得有点不妥,他们大部分是修水库的民工,因为表现好留下来的。我的到来,正如他们背后所说,是"从峨眉山上下来摘桃子"。但对我来说,有事做总比待在家里吃喝玩要好。管理处早期做的事情就是在因为修水库被炸碎的山上复耕,要在山上种玉米、种高粱,然而乱石堆里怎么种东西呢?我印象最深的有两点,一是将炸药化进水里,当作化肥施在禾苗上,另外一个是让我负责挑水,将一座巨大的粪坑灌满。与粪坑相距不到几米,有一条水渠。负责排工的干部让我用桶挑水。因为旁边正好扔着一根水管,我就运用虹吸原理,通过水管放水到粪坑里。当天晚上处长就不点名批评了我,说我没有革命精神,但我第二天依然如故。凑巧那天晚上我感冒发烧没有去开会,处长便点名批评了我。他宁可让我挑水,却不允许我用这种巧办法,这给我留下了深刻印象。另外,我生平唯一次被偷,也是在管理处的时候,第一个月满后,我领到12元工资。一觉醒来,其他东西都在,单单钱不见了。整个管理处的人全都怀疑是同屋的人偷的,这种猜忌让他完全抬不起头来,猜忌对一个人的杀伤力太大了。

李遇春:这个时候可能是您刚刚踏入社会,之前都是学生阶段的事情。

刘醒龙：因为表现不好，县水利局抽调一部分人去另外一个水库工程，大家都不愿意去那种需要另起炉灶的地方，我因为才参加工作，觉得无所谓。新地方是西河最上游的张家嘴水库。张家嘴也是一座小镇。镇上家家户户都在打草鞋，也就是编草鞋。别处打草鞋都是男人的事，张家嘴镇上男男女女都会打草鞋。《威风凛凛》里面不写了卖草鞋吗，那其实就有这里的影子。这个时候我已经开始留意风情了。镇上有个刚结婚的女子，在家学裁缝。我们的水利工程队里，有几个黄州来的人，是黄冈地区水利局的技术人员，我们要做的事相当于给他们打工，扛几米长的测量用的花杆，由他们指挥着漫山遍野乱转。每天收工后，他们就将自己洗干净，去找那个小裁缝，去跟她调笑。其中一个叫小向的，还会往脸上搽点雪花膏。这是我第一次见到男人在夏天里用雪花膏。整个夏天，我们都住在张家嘴。多年以后，我对一位从乡镇上走出来的女子说，如果她没有考取大学，只怕也会在家里学缝纫，做个女裁缝，像"镇花"一样生活也挺有风情的。的确，小镇上年轻的女裁缝，是那个时代的乡村美景。

李遇春：这个时候"文革"快结束了吧？

刘醒龙：是1973年夏天。中国人的精神悲剧还在高潮中。

李遇春：别人1973年还在当知青的时候，您当时修水库去了。

刘醒龙：对，1973年的秋天我就开始进入到了《弥天》所写的那个环境。主要是当年的岩河岭大队，有机会我带你们也去看看我修的岩河岭水库。小说里的主要人物叫温三和，温三和所修的是一座名叫乔家寨的水库，别人都晓得修这座水库的内幕，但都不告诉他，为什么别人都不告诉他？从那个203首长到水利局长，从县委书记到大队支书，他们没有人不晓得的，其实，坚决要修和极力不想修的都晓得。只有青春少年的温三和什么也不晓得，所以他非常认真，担心这座水库将来会被洪水冲垮。他为了这些，甚至吵闹、打架，最终他才发现，如此水库竟然是个弥天大谎。《弥天》是我的小说中最具自传品相的。

李遇春：其他方面写得挺好，就是情爱方面稍微欠缺一点，至少您在《弥天》里写的爱情故事没把我打动。我觉得《圣天门口》、《威风凛凛》《燕子红》里的爱情写得挺好。

刘醒龙：那个时代的爱情，是最难描写的。小说中的情事都有发生，只是分别在其他人身上。

李遇春：是的，关键是您把它们组合起来了。正如鲁迅所说："杂取种种，合成一个。"

刘醒龙：1973年秋天，我到了岩河岭水库。工地上有一万多民工，正式施工才一个多月，真正的技术员却被调走了。与小说写的一模一样。将一万多民工劳动时的技术指导与督察，这种重大责任交给我一个人，真让我觉得很可怕，怕出工程事故。因为水库如果垮了坝，是要坐牢甚至被枪毙的。那时我才十八岁，没见过大世面，又特别认真，对太多东西是不了解的，对时局、政治更是个外行。那个去了别的工地上的技术员给我留了两本书。一本是小型水利工程的设计与施工方面的，还有一本是小流域承雨面积计算方面的。这两本书，对我来说是如获至宝。因为施工需要，刚开始只是努力看那本有关小型水利工程设计与施工的书。后来我想，如果自己当时看的是小型水利工程承雨面积计算那本书，就晓得怎么回事了。所以，直到水库快完工我才恍然大悟，为什么这些人把水库修到一定的高度后就完全不顾工程质量，是因为所修的这座水库到了这个高度后，就已无水可蓄。这是由水库的承雨面积决定的，按照大别山区年降雨量一千毫米左右，就算将全年所下的雨，一滴不漏地装进来，也装不到水库库容的一半。就像现在城市里搞形象工程一样，作假，把外墙贴漂亮一些，管它背后破成什么样子。那个时候用一万多人，花了整整一个冬季去搞这个形象工程。

李遇春：这就是您在《弥天》里写到的"弥天大谎"。

刘醒龙：对，那座水库是我对社会政治上的初步认知，即便这样也还是日后慢慢消化的。当时只是突然明白一个技术性的问题，而对这种技术背后的种种还没有多想。但是从个人经历来讲，在那处水库工地，第一次有女孩子婉转地向我示爱。

李遇春：您那时候十八岁，正是朦胧的恋爱心理萌动的时候。新时期以来的很多"文革"题材的小说里，写那个时期的恋爱有的也很大胆，比如说通过演戏、演"样板戏"，进文工团等，创造青年男女的恋爱机会。虽然"文革"小说不等于现实，但毕竟是生活的反映。

刘醒龙：那女孩虽然不像是童养媳，但是父辈指腹为媒的。男方比她小两岁。她经常去安徽那边的所谓婆家去看看。安徽那边的人生活过得闲适一些，有吃有喝有玩的，穿的衣服是"的确良"或者"的卡"做的，冬天时，女孩子一般都有呢子短大衣。湖北这边普遍贫穷，穿的又破，劳动又累。她每次去都会带一堆花生、瓜子回来。有意思的是，每次她都会将自己的手帕忘在我的床上。那时候我们住在工地指挥部，她在下面的营指挥部。下次她再来的时候，我就说你手帕丢了。我真以为她是忘了拿，就还给她。但她临走时，又会忘在她所坐着的地方。

李遇春：那个年代里的手帕可是个信物啊。

刘醒龙：后来一个老同志告诉我，小刘，人家对你有意思了，还说了很多教育我的话。

李遇春：您那个时候肯定很风光，一个十八岁的青年人负责那么多人的工作调度。

刘醒龙：在我心里对那段生活是充满怀疑的。虽然我工作很努力，却丝毫感觉不到这种工作的意义。在那个地方，我初步了解了男女之间爱和非爱的一种区别。据说，那个女孩子对我的这种表示是非常真实的，每次走都是很不舍。但在工程指挥部内部，发生了另外一种非爱的男女之事。一个所谓"军婚"女子，被某副指挥长强暴了。这种丑恶的事情，就发生在我们临时居住的那间大屋子里。

李遇春：走上社会就不一样了，看来到了这个水库还真的发生了许多事情。

刘醒龙：1974年底，有个招工机会，县里面给了我们家一个指标，也就是给我，我就填了那个表，离开了水利局去了阀门厂。当时有三个厂在招工，招工对象集中培训时，所住的县招待所在半山坡上，隔着整个县城，对面山上的那些工厂历历在目。在选择去哪家工厂时，我看中了阀门厂有半个篮球场，别的工厂除了车间和宿舍，什么都没有，就这样我去了阀门厂，并在厂里待了十年整。

李遇春：阀门厂的记忆，好像写到《燕子红》里面了。《燕子红》这部长篇我当年写过评论的，当时这部小说不叫《燕子红》，叫《生命是劳动与仁慈》，书名很能说明您的创作意图。但说实话，我当时看这部小说的时候就觉得应该叫《燕子红》，这不光是因为小说中有一章的题目就叫做《燕子红》，更重要的原因还是"燕子红"是这部小说中最为动人的意象，与女主人公的精神和外形特征十分的吻合，小说中的爱情也很能打动人。

刘醒龙：我很少写关于工人生活的小说。有些事情，个人参与太深反而写不好。其实很多东西都可以写，但是我总是怀疑因为自己卷入太深，自己所在乎的那些人与事，是否具有生活的真实性，是否具有真正的艺术意味。任何写作都应当是有效的，那些无效的写作，只要一出现，写作的意义就会消散。

李遇春：您刚才谈到了那么多的乡镇和县城，都是您早年成长的地方，而且都留下了您个人的一种生命的记忆。很有趣，也很有生命的质感。

刘醒龙：还有最后一个镇，那就是我写作的那个镇——罗田县的胜利镇。我父亲在这个地方工作过，在家庭生活中，父亲母亲经常谈到这个地名，所以我决定写《威风凛凛》时，就去了那个地方。胜利镇的地理地貌最契合我早期的记忆，所以当初筹拍《圣天门口》的电视剧时，我曾将导演和制片人带到那个镇上去看，他们对这个镇也非常感兴趣，最终没有选择它，有其无关文学的原因。我最早生活的石头嘴镇已面目全非。比如说白花花的沙河消失了。上游修了水库后，下游水量减少，不需要那么大的河面了，就在两岸新修两道大堤，把河床挤得非常狭窄。胜利镇旁边的沙河一如既往，上面没有水库，就需要一个很宽阔的河床，山洪暴发时，能让洪水漫过去，不使其决堤冲毁两边的稻田。胜利镇所保持的风貌，很契合我小时候在河滩上玩的感觉。每天黄昏，放下写作后，便独自一人在那沙滩上走走，那种光着脚走的感觉很能让人想起童年生活的记忆。比如，天黑之后，对某种野兽的恐惧。

李遇春：胜利镇是您父亲工作和生活过的镇，您在写小说之前其实并没有在那个镇上待过,但是这个镇却非常符合您的记忆中经过的各种各样的镇的印象。这对您在小说创作中把童年的印象复原、把早年的记忆复活,肯定帮助很大,有一种梦回故地的感觉吧。

刘醒龙:它最接近我小说里写的,包括我之前写的很多中短篇里面的小镇。一条小街,背后就是白花花的大沙河,后门一打开就可以到河里去。风声、水声甚至夜里有动物经过,都能很清晰地感觉到。它很安静,夜里没有任何外来之声。容易使人产生对原野的敬畏,并伴生那些有关神、鬼、怪的传说。在这种环境里,非常适合文学深造。《威风凛凛》所写的场景,是自己记忆中的石头嘴镇以及镇子旁边的西河,一条清幽幽的小街,出街口就是大河。胜利镇正是这样,一出街口就是大河,河边还保留着一处小小的码头。记忆中的西河,雨季的时候,会有小轮船从下游开上来,停靠在同样的小码头上。哪怕洪水退去,西河里也能常年通行竹排,用竹排来运送货物。

李遇春:那个时候的运输工具不是很发达,水运还是能起到很大作用的。传统的水运比现代的运输工具显得更有诗意。您刚才对胜利镇的描述就很诗意化,很古朴,您的小说里面也写到了的。我觉得很奇妙的是,您写的很多文学中的镇,您的文学意义上的镇的形象,跟您父亲生活过的那个镇是非常契合的,尽管那个地方您以前并没有怎么去过,而您所待过的那些镇,却已经没有了,或者发生了很大的改变。所以我们需要把您生活的镇和记忆的镇,您的文学版图中的镇和您父亲生活的镇,区别开来。但与此同时我们也不能回避您父亲生活的镇对您的创作的影响。实际上,您的文学中的镇的形象,是您早年记忆中的镇的形象与您父亲当年生活过的镇的形象的一个艺术合体,已经很难分出彼此了。在这里,我们看到了一个儿子与父亲的生活记忆的重叠、交叉,或者叫做叠合。我想顺便问一下,您父亲在您的生活成长过程和小说创作过程中有一种什么样的作用?

刘醒龙:在我早期的中短篇里面,"父亲"很少出现。一直到《异香》,到《威风凛凛》,作为长辈的主要形象还是"爷爷"。早期的写作更应该是凭一种直觉，因为在我的成长过程中，父亲很少介入，一直陪伴并呵护我的男性长辈是爷爷，所以在写作中很自然地就产生了这种关系，孙子和爷爷的关系。我对父亲几乎是不太了解的，而在成长过程中几乎没什么交集。当写作经验、人生经验不是很充分时，直觉成了最大的依赖。后来情况改变了，不仅仅是随着父亲的年迈，离开工作岗位回到家庭生活中，我和父亲的交流变通畅了，重要的是我自己成了一个成熟的父亲。在这种情况下，父亲的角色就自然会出现得多些。如《大树还小》里父亲叫小树，儿子叫大树。再后来的《圣天门口》和《天行者》，其中亲缘关系，自然地在父母的背景下展开。

李遇春：您生活的镇子，您的家族，您的爷爷、父亲，包括您的一些亲人对您的创作肯定会带来影响。刚才您谈到了那么多的小镇的一些往事，让我大开眼界，看来想做一个好作家，生活的复杂性确实很重要。您刚才说您所生活的这些镇，都是您当年的一种个体的记忆，有些记忆也不是非常全面的，是有选择性的，留给您的印象非常深、震撼到您的一些记忆，主要是像地主婆那种在当时社会上很受排斥的人的故事。我想问的另外一个问题是，您对这些镇的一些历史在早年有了解吗？或者是后来为了创作再去了解的。

刘醒龙：在生活中自然接触到的历史是最可靠的。小镇的历史无需去啃书本，它是口口相传的。

李遇春：您的第一部长篇《威风凛凛》实际上不光是写了那个小镇的现在，而是写了整个小镇很大的一个历史跨度的社会变迁，从抗日战争一直写到"文革"，写到改革开放了。后来的《圣天门口》更是如此，历史跨度更大，但写的还是一个小镇的历史变迁。当然，《圣天门口》比起《威风凛凛》来，对小镇的历史的反思更加宏大、更加忧愤深广。

刘醒龙：小镇之所以称之为小镇肯定是因为它小啊，正因为它小，所以没有秘密，或者是几乎没有秘密。每一个家庭的历史、每一个家庭的现在，都在大家的视野范围内，哪怕看不见也听得见。更特殊的是，每个小镇都有其传说。

李遇春：革命传说也有吧？因为是英山嘛，英山是革命老区。

刘醒龙：我们是在传说当中长大的，这种传说有经典的，有大的、历史方面的，更多的却是小的、小地方的，不为外人所知的而被本地人津津乐道的一些东西。各个地方的人莫不如此。因此我觉得童年能够生活在小镇上是很幸福的事。那些小镇的历史和记忆，不需要后天培养和教育，从小经历过，就会记得，一直忘不了。

李遇春：正如您刚才说到的那样，您的童年记忆也是有选择性的记忆。您在有些方面比较敏感，能够意识到生活里很多微妙的东西，这跟您的同龄人不一样，那个时候，很多人也许对地主婆之类的就是一种敌视、一种排斥，完全是从众心理，根本不会想到去关心她，偏偏小时候的您去关注她，或者您对她的家庭生活方式很好奇，作为一个被社会排斥和歧视的"反动"家庭，居然能把家里搞得那么干净、整洁，这个里面包含了很多复杂的人性因素，超越了政治，超越了阶级成分划分的时代因素，而这恰恰是文学的兴趣之所在。

刘醒龙：我很想打听她的那两个孩子现在怎么样了。记得她家姓饶，她的隔壁的那户人家姓叶。然而，打听到、问到了的时候，自己又能说什么呢？可能什么也说不出来。我想还不如把它留在记忆当中。就像人们面对历史，更多的时候，只能扼腕长叹。

李遇春：根据您的讲述，我觉得您从小就有一种文学的个性和气质。也许跟您同年龄段的孩子，对地主、富农，根据社会上的宣传是一样的看法，和他们保持距离根本不去接近，相反您去观察所谓的地主婆，甚至有接近的冲动，那个时候的您心中就有一种人性的温暖的感觉涌动，别人都把她当一个反面人物或者反动家庭的人进行批判，但是您却对她很同情。这是一种本能，文学的本能，文学家是需要柔软的内心的，心太硬不行，心太软才行。心太软是一个作家的基本素质，哪怕是对人性恶的剖析，也是植根于人性的精神抚摸。冷峻的背后有作家的热肠，残酷的暴力叙事之后有作家对人性的悲悯。《圣天门口》就是如此。

刘醒龙：其实我并不敢去接近她，只是有一些跟他们不一样的想法。

李遇春：我觉得今天谈得最深的，能够把您的话匣子打开的应该就是关于您所生活过的那几个小镇。那几个小镇给您带来的记忆，还有那些记忆对您的文学创作的影响，今天谈得意兴盎然。可以说您的作品基本上都和那几个小镇有关。

刘醒龙：从团风、石头嘴、金家墩、贺家桥、西汤河、雷店，直到张家嘴等，确实都和小镇有关。当年在岩河岭水库工地负责施工技术工作时，每次从工地出来，或者是返回工地，必须经过一座名叫红花镇的小镇。我总是莫名其妙地不相信这个地名是与生俱来的，固执地认为是"文革"时期被红卫兵改过的。实际上，小镇一直叫这个名字。之所以如此胡思乱想，也是因为等县内班车的时间太长，往往一等就是半天。班车每天只有两趟，如果没赶上早上那趟，只有在镇上晃荡，等下午的那一趟。运气十分好时，才能在班车之外搭上运粮食或山货的货车。等车的时候，我喜欢去镇边的小河看看。小河边经常有位老人在水边钓鱼，光光的脑袋，被晒得油亮锃亮的，一脸笑容活像弥勒佛。只要不是涨水，小河总是极其安静。水流不大，最窄的地方，不用脱鞋就能跳到对面的河滩上。老人总是在这种因为狭窄，水流相对湍急的河滩旁边钓鱼。看老人钓鱼是一种对神奇山水的享受。老人用的钓竿是用罗汉竹做的。这种竹子较为少见，乡间传说，只有大吉大利的地方，才能长出罗汉竹。罗汉竹根部有拇指粗。这部分很短，只有半个巴掌长，然后迅速地变成很纤细的竹竿和竹梢。上面系一根鱼线，鱼线上却没有鱼钩。老人从河水里拿起一块石头，抓住一只生长在石头背面的小虫子，直接系在鱼线上，然后静静地放进水中。老人偶尔一抖手腕，一条小鱼就飞起来，正好掉在挂在胸前的那只做工精巧的竹筐里。那个动作轻柔流畅，如同表演杂技，很少失误。遇上有钓起来的小鱼没有飞进竹筐，而是掉回河里，老人脸上的笑容反而更加迷惑人。自从离开岩河岭水库，离开红花镇，我再也没有见过如此垂钓之人。这种山里的小河与小镇，掩藏着某种不为外来者所知晓的特别有意味的人生技能。

李遇春：您讲得很让人着迷。我觉得好像是小镇造就了您，文学意义上的刘醒龙是小镇造成的。这让我想起了一个问题，二十世纪中国的很多作家，包括鲁迅、茅盾在内，都是写小镇的高手。鲁迅笔下最有名的镇子是鲁镇,茅盾笔下最有名的镇子是乌镇,这些都是非常有名的文学小镇。小镇确实成就了二十世纪中国文学中很多有名的大师和作品。

刘醒龙: 那个时候的小镇各有特色。1971年,我们家离开贺家桥镇边的破败农家土屋,搬到镇中心的一位同学家里。同学家过去是临街的商铺展,所租的两间房子,是记忆中我家住过的最好的房子。在那里一直住到高中毕业。当时,镇上来了一批在西河上修大桥的广西佬。暑假时,我们曾步行二十多里,专程跑到大桥工地上看"铜头",也就是潜水员。"铜头"潜到水底工作一两个小时,我们便蹲在河边盯着,直到"铜头"出水了我们才回家,那种享受,比像看电影《奇袭》和《南征北战》过瘾多了。那时,也有跟着工程队来的像包工头一样的人。其中一个白白胖胖的男人,印象尤为深刻。我们住在镇边的农家时,他经常到房东家晃荡。房东家的男主人长期在外面做副业。那个包工头一样的男人是来撩带着几个孩子在家的女主人。女房东为人正派,虽然也有打情骂俏的时候,别的事情不可能发生。当时她说的一些话,我似懂非懂,住到所谓的街上后才慢慢明白,前女东家的其言所指。与我家新住所相隔四五座大门的那户人家,哪怕在"文革"闹得最凶时,也还半公开地做着针头线脑的小买卖,主顾都是手头没钱的当地人,他们用自家的鸡蛋或别的土特产,换得食盐、火柴等必需的日常小百货。镇子里也就这户人家能够如此,而不受别人批判。这又是小镇文化中奇特的一种。那户人家的女主人,约四十几岁。夏天,街上的人都在外面乘凉时,那包工头模样的男人,便在那一带转来转去。那女人的家里人都在,也不见那女人搭理他。但是不知道什么时候,两个人就不见了,时间不长,又先后出现了。大家都平平静静的,看不出有暧昧或苟且的蛛丝马迹。说起来,那女人家里在从前也开店铺,临街的墙都是用可以卸下来的门板做成的。镇上有风传,开店铺的时候,那女人就很风流,卖东西捎带卖风情,公婆和丈夫都管不了,只好睁一只眼闭一只眼,任由她红杏出墙。不过,除了男女私情,那女人别的方面都没得说的,持家过日子更是一把好手。看不出她家有何特别的经济来源,但过日子的水平,明显超过镇里大部分人家。1972年的"文革"气氛有多厉害,如此风花雪月之事在小镇上都没有间断,足以让那些得以见识的少年产生丰富想象了。

李遇春:"文革"时期的禁锢,也就是在公开场合和场景里面,比如说"样板戏"不允许上演爱情故事,文学作品中不能有性描写之类的。但是中国这么大,肯定在一些小地方有一些各种各样稀奇古怪的事情,想必这些东西给您的创作带来了很多民间资源。

刘醒龙:在"文革"的时候,还有一些旧的风俗依然在流传。贺家桥镇后面有一条小河,小河上修了一座石桥,石桥对面对着的一个垸叫河西垸,它背靠一座像虎头的山。河西垸有几十户人家,垸子的正前方有座水塘,水塘两边各有一眼水井,当年有风水先生悄悄地告诉贺家桥的人,说河西垸是只吊睛白额虎,背后的山是脑袋,水塘是嘴巴,两口井是两只眼睛。并说这只饿虎是冲着贺家桥来的。为了破坏河西垸的风水,风水先生出了个主意,在贺家桥与河西垸之间的小河上修了一座石桥,石桥像利剑一样,对着虎头。从小学四年级到初中毕业,我们一直通过这座桥去学校上课。一般来说,给人便利的桥梁,都会修在镇子里最方便的位置,贺家桥镇上的这座桥不一样,恰恰修建在正对着虎头的位置。即使"文革"的时候,贺家桥镇与河西垸的人,也没中断过因为这传说而发生的纠纷。

李遇春:您的早年记忆主要是60年代、70年代是吧,刚好就是在政治化、集体化的年代,但就是在那样的年代里,您还是记住了很多非常鲜活的、和政治没有关系的东西。

刘醒龙:社会历史的很多东西,是由小镇来维系的。

李遇春:我今天和您谈话,最大的收获就是在小镇里找到了您创作的源头。

刘醒龙:文学写作是要表现小地方的大历史,小人物的大命运。韩少功的《马桥词典》,陈忠实的《白鹿原》,王安忆的《长恨歌》,都是如此。

李遇春:韩少功描写了马桥镇很长的一段历史,一些稀奇古怪的人和事。所以说五六十年代出生的一些作家都是相通的。在我们研究中国当代文学的时候,村庄是一个很重要的对象。很多作品都是通过写一个村庄来展现一个大时代的变迁，这在五六十年代非常常见，《三里湾》、《创业史》、《山乡巨变》都是这么写出来的。八十年代以来也有很多作家都是通过写一个村庄来写国家的命运、民族的命运、时代的命运。《白鹿原》写的就是白鹿村的村史，通过村史来写国史，写大历史。其实除了村庄之外，乡镇或小镇也是20世纪中国文学研究中的一个十分值得关注的艺术载体。一些现实中的包括文学意义上虚构的小镇，它们给您带来深刻印象的不是那些集体化的政治记忆，恰恰相反，是一些集体记忆背后的个人非常鲜活的记忆，包括像钓鱼老头之类的稀奇古怪的事情，或者是民间那些穿越了正统的道德伦理与政治规范的人物，这些肯定是您创作中的一些非常鲜活的源头。这方面的思考不知道以前有多少人注意到或者研究过，但是从今天下午和您的对话来看，我觉得应该是一个非常有趣的、值得深究的话题。关于小镇、小镇的记忆，如果让您就今天下午集中谈论的这一个话题想个题目，您个人有没有一些灵感的概括之类的？

刘醒龙：文学是小地方的事情！

李遇春：好！您上次在华中师大讲过"启蒙是一辈子的事情"，我就把那句话拎出来做了您的讲演录的标题。这次又提出来"文学是小地方的事情"，很有意思。那您能不能说一下，小地方和大地方的区别、差异；您为什么要说文学是小地方的事情呢？

刘醒龙：文学写不了大地方，你看哪个文学写的大地方？你就是写北京、上海，像王安忆的《长恨歌》也就是写石库门，老舍写北京也就是写胡同，一些人写武汉写来写去也就是写吉庆街、汉正街、粮道街，写的都是小地方。文学不是写不了大地方，而是那种所谓的大地方、大事情与大人物，不是无聊透顶，便是恶心难忍。

李遇春：小地方才能写实，才能写得很饱满，把生活写得很丰富，很细腻。

刘醒龙：小地方才是人待的地方，那里才能容得下鲜活的人。

李遇春：是的，文学是人学。像很多冠冕堂皇的大地方，那是神待的地方，那些地方不宜进入文学，进入文学就很危险。国外也是这样，像马尔克斯的《百年孤独》，写马贡多小镇，福克纳的约克纳帕塔法县,这个县其实也算是一个镇。所以说,文学确实是小地方的事情。今天的对话很有意义,我做作家对话做得不多,因为对话有时候交流起来蛮困难。有的作家愿意按照你列的提纲来谈话,看过提纲后讲起来有条有理的,比如说陈忠实就是如此。像贾平凹就说自己普通话不好,又不善于言辞,谈话谈着谈着就跑题了,你得花时间把话题带回来,这种状态也挺有趣的,自在自得。两个作家的个性完全不一样。说实话,我为了这次谈话还专门做了一些功课,好些大的话题都没谈,不过我觉得那些话题已经没什么谈的必要了。因为那些大话题谈起来,戴个帽子虽然容易,效果却并不会很好,弄得您一本正经的,像答记者问一样,挺难受的。我们今天谈谈小地方的事情也蛮不错。

刘醒龙: 作为对话,就是要讲些平时听不到的话题。关于我的创作之类的,有些访谈平时都谈过了、写过了。在这个地方就是要神侃。

李遇春: 在神侃的过程中能够把小镇谈得如此有意思,而且得出了"文学是小地方的事情"这样有趣的结论来,我觉得这确实是一次很有意思的谈话。

刘醒龙: 正因为是这样,当我在武汉这座城市里有了属于自己的一块地时,所做的第一件事情就是将关于个人记忆的东西,比如母亲亲手栽的石榴树,父亲亲手栽的桂花树,移栽到自己的院子里。

李遇春: 看来您还是对小地方充满留恋,就是您小时候住过的那些地方。

刘醒龙: 我这样才有意思啊,否则我在这个城市里买个房子就是安身而已,安身还要立命啊。我现在在院子里看到桂花树,就想到三十多年前父亲的情形。看着石榴丛,自然而然地记起母亲还没苍老的样子。还有那时候,整个家庭的故事。这些树就像亲人一样,立在新地方陪着自己。比如说石榴树,那是因为外甥女总是馋邻居家的石榴,我们家和邻居家关系又不怎么好,母亲上邻居家讨要时,每每无奈得要命。后来母亲索性将邻居家的石榴树苗,挖了一株回来,自己栽上。几年后石榴树结果了,相关情形也倒了过来。我们家的石榴，比原来主人家的石榴更甜，更大。邻居家的孩子不吃自己家的石榴，非要吃我们家的石榴。在乡村，一棵大树如同一位哲人。这种故事的真实产生，让人如何不时时眷恋，长长思索。

李遇春：每一个小镇都是有历史的，这种历史不是教科书上的历史，不是政治意义上的宣传性的大历史，而是很鲜活的小历史，小镇都承载着某种鲜活的民间记忆，而文学的力量很可能就是来自于这种民间记忆的东西。

刘醒龙：文学绝对属于民间记忆，而不是官府的。作为民间记忆的东西更可靠。

李遇春：您写的东西大多是六七十年代的历史，您的记忆也基本上是六七十年代的，而您写得最好的作品，基本上也是反映那个年代的，或者跟那个年代有关。

刘醒龙：在我的写作中，六七十年代背景的作品，确有相当部分。一个作家的写作能力在其童年时代就决定了。我深信这一点。童年的感觉是什么状态，后来的文学感觉就会是什么状态。假如你的童年对周围充满仇恨、厌恶，那么你将来做什么事情都可能是这样，从事文学创作更可能是这样。

李遇春：是的，这又回答了一开始我们谈到的您的文学观念的问题。您的文学观是怎么形成的，其实也就是这些小镇的记忆使然。记得有一年我们在华师搞了一次湖北青年作家对话会的活动，当时女作家苏瓷瓷也来了，她那几年很受瞩目。当时有学生问她为什么写作，她就说我就是抱着仇恨来写作的，仇恨就是我所有创作冲动的来源。她的小说就是如此，都是写的精神病人的生活，因为她本人学过医，在精神病院里工作。这就很好理解了。每个人的创作观念都不一样，她肯定是她的那种工作环境和人生经历形成了她的那种文学观。余华说他小时候就是在医院里长大的，父母都是医生。医院这种环境很容易发生死人现象，他小时候常常半夜被医院里要死的病人的呻吟声，或者病人死了后亲人的哭泣声吵醒，所以他就会有这种童年印象。这显然影响到了余华先锋小说时期的小说创作观念。但是后来他的生活环境改变了，他的人生观念和文学观念也随之发生改变了，他就不再有那么多的仇恨冲动了。有的作家的文学观是会发生改变的。

刘醒龙：但这种改变所产生的作品是不彻底的，它是矛盾的，会和自己的潜意识打架，经常发生冲突。

李遇春：也是。您说的这种情形确实存在，所有的创作转变都不会是纯粹的断裂，而且其中肯定会隐含着创作矛盾和艺术冲突。这确实是切中肯綮的经验之谈。我想换一个角度问一下，早年的小镇的那种生活记忆，它从情感积淀上给您带来了创作上的积累和冲动，那么，您对中国小镇所负载的文化内涵有没有兴趣来探讨一下。比如说您笔下的天门口镇、西河镇，它们所负载的文化含量都是非常复杂的。

刘醒龙：现实的情况是，经典文化消失得太快。文化的大一统，首先就是这种各具特色的小镇的消失。

李遇春：现在我们去很多小镇旅游，表面看到的原生态东西其实都是虚构的、仿制的，留不住人的心。你都不想多停下来一会儿，看旅游点就像赶场子一样。

刘醒龙：过去的那些小镇，那真是千姿百态，千奇百怪，每个小镇都有它独特的地方。哪怕隔十里地，这个镇和那个镇就不一样。

李遇春：现在都是那么整齐划一，走到哪里都是一模一样的。

刘醒龙：现在所谓的古镇都是后来造的古镇，真实的古镇已经死掉了。

李遇春：是的，真实的古镇已经死去，而在文学里面还活着一些古镇。

刘醒龙：这就是文学的意义。文学的意义就是让已经冰冻的文化苏醒过来，让已经消失的再生。迟子建写北极村，笔下描写的林林总总的人与事，也可以说是小镇！只是在语感上"北极镇"没有"北极村"听来抒情。

李遇春：不管叫村还是叫镇，反正都是讲述一个小地方的故事、讲述一个小地方的事情。

刘醒龙：从语言上来看，北方人喜欢叫"村庄"，南方人喜欢叫"镇"，这是一种语感上的、文化上的、生活习性上的差异。

李遇春：《红旗谱》里面的锁井镇，可能是个例外，也许北方也有叫"镇"的。

刘醒龙：那当然，只是要少一些。南方作家写"村"的也有，这只是个概率多或少的问题。

李遇春：这快成了一个社会学问题了，为什么北方更多的是"村"，而我们南方更多的是"镇"？我觉得，"镇"其实是带有一些城市味道的乡村，但又不是现代意义上的城市，"镇"的城市化程度很低，只是初步的城市化而已，骨子里还是乡村。

刘醒龙：还有地理的原因。南方山多，水多，不太容易形成较大的村庄，可能更多是在山坳里面几户人家，这样的话，商品的集散、文化的交流、行政上的管理、军事上的攻守等，就在某个交通要道上自然形成了一个镇。村庄可能不一样，村庄是不是由某种较为原始的势力而形成的？

李遇春：形成村庄的势力主要是家族宗法势力。村庄往往是一个家族居住在一起，王家村、刘家庄什么的，或者几个姓氏聚居在一起，姓张的、姓李的，混居在一处。有的姓氏聚在一起几十年、上百年，一直在那个地方繁衍下来。这个家族的宗法势力是可想而知的。而镇里面呢，姓氏肯定要复杂一些，可能也有的以一、两个姓氏为主，但还是姓氏混杂的情况要多一些，家族宗法势力也就要弱一些。按照费孝通在《乡土中国》里面的说法，乡村讲究的是血缘，城市讲究的是地缘，但我们所说的小镇的地缘肯定是不彻底的，小镇中同样埋藏着复杂的血缘关系，复杂的家族宗法势力的冲突，您笔下的天门口镇就是如此。但小镇毕竟不同于村庄，其中还是有商业化的成分在内。您看湖南作家古华的《芙蓉镇》就很明显，里面的那个风情万种的女人——"米豆腐西施"胡玉音就很有商业化色彩。

刘醒龙：从这个意义来讲，南方更发达一些。

李遇春：大约从南宋定都杭州开始，中国的经济重心就开始南移了。南方的经济越来越发达了，城镇化的程度越来越高。经济的因素多了之后，小镇上的人的思想可能就要开放一些，即使在"文革"时期都有商业性的性关系存在呢,您刚才不就提到了一个很真实的例子么。但如果是在一个村庄里面,性的限制和禁忌可能就强大多了。

刘醒龙:村庄里面有宗法,相对封闭保守,但只要是镇,它一定会有体现现代政治文明的镇长,社会性更清晰一些。

李遇春:宗法性是比较私人化的,它是拒绝社会化的。在宗法制度里,很多事件都是依靠家族宗法内部力量解决的,不需要借助社会上的行政和法制的力量。如您所言,居住在镇上,人的活动空间,包括外在的社会空间和内在的心理空间会更大一些,包容性会更大一些。村庄里面可能更多的是传统的宗法力量,而小镇上现代性的东西要强大一些,更趋近于文明一些。经济发达了,交流多了,人的观念更开放一些,胸怀也会更宽广一些。在这个意义上,20世纪中国文学中的村庄叙事和小镇叙事还是有着很大的区别的,最好不要混淆起来。我们一般都喜欢笼统地说鲁迅的乡土文学,茅盾的乡土文学,沈从文的乡土文学,但这些人笔下的乡土其实还是有村庄和小镇的区别的,小镇是传统的村庄向现代的城市过渡的一种社会结构状态。在我看来,您的文学的根应该来说还是在小镇上,而不是在村庄上。当代有很多作家的根是在村庄里面的,路遥是在村庄长大的、莫言是在村庄长大的。但贾平凹是在小镇上长大的,他的那个棣花街处在三省交界处,与我们湖北鄂西接壤,所以南方小镇的经济文化因素渗透在其中,这是他与路遥、陈忠实等地地道道的陕西作家不一样的地方。陈忠实和路遥延续了陕西作家的村庄写作传统。贾平凹其实在陕西文化和陕西文学中是一个异数,所以有鬼才之说嘛。以我愚见,小镇在现代中国造就文学的力量要比村庄强大,但遗憾的是,小镇这种造就当代文学大气象的力量或者说潜力,还没有完全被激发出来。

刘醒龙:希望你能做深入的研究。你说高密的猫腔是真的存在么?

李遇春:据说这个倒是真的存在的,本来应该是"茂腔",但是那种唱腔像猫叫一样,所以又叫"猫腔"。西北作家喜欢秦腔,秦腔是那种撕心裂肺的,让你感觉悲凉、苍凉的唱腔。但猫腔很符合莫言的文学风格，西方人说莫言小说里有种放荡不羁甚至是很淫荡的东西，这和山东地方戏猫腔是有联系的。猫腔的旋律如同猫的哭诉，悲伤、凄凉，但也有放荡、放浪不拘的特点。《檀香刑》就是如此。这是说的民间戏曲对莫言创作的影响，就如同民间叙事长诗《黑暗传》对您的《圣天门口》有着同样的影响。当然，莫言的小说创作里面的政治意识也是很强的，莫言自己也说他的作品当中有很多政治，但他确实是站在人性的立场上写作的。这是个老话题了。文学离不开政治，因为文学离不开生活，而生活里显露着或隐藏着政治。关键不在于作家是否写政治，而在于他怎么写政治。

刘醒龙：写作的政治意图不应当是表演，必须是还原。

李遇春：还原是很强大的一种力量，特别是当别人都是按照覆盖在真相上面的一层幕布来写作的时候，还原是无声的叙述力量。

刘醒龙："文革"时看枪毙犯人，就好像过节一样。平时，工作队管得很严。但只要说是去县里看枪毙人，工作队就管不了。干活的人，锄头一放；爬上拖拉机就走了，出去晃荡一天再回来。那时的公审大会，真的是人山人海，不问原因，不管公审的是什么人。

李遇春：我记得贾平凹那年也跟我提到了这个现象，他说"文革"那个时期大家最喜欢看的犯人有两种，一种是政治犯，另一种就是生活作风有问题的。特别是生活作风犯人，宣判或执刑的时候，大家就觉得像过节一样的。很狂欢的宣泄，也是很隐秘的宣泄，大家心照不宣，表达了对一个禁欲时代的愤懑。你们那代人还是有一些共同的记忆。

刘醒龙：当年一个女人谋害亲夫，因为长得很丰腴，两枪都没有打死。当时是不能够多打枪的，第二枪没有打死的话，就得由行刑者站上去踩死。

李遇春：有时候，人们是出于一种恶意，比如说对生活作风有问题的妇女，可能死后就故意去踩踏等。当代一些写小镇的作品，都会写到相关场景，这是一个共同记忆。

刘醒龙：父亲过世的时候，我回去守夜，朋友过来陪，聊起当年一些事情。小时候一位玩伴的父亲，他现在还活着，但是他两任妻子都早早过世：第一个妻子是地主家的小姐，30多岁时患精神病死去；之后他娶了一个很有风韵的半老徐娘，两个人手挽手在县城里散步也是一道风景，没多久，这个女的又死掉了。还有他的两个儿子，小儿子制造了县城里最为轰动的绝情惨案。因为曾经相恋的女孩子要与他分手，他威胁女孩子说要炸死她，女孩子不相信。没想到他后来真的用一包炸鱼的雷管实施了。男孩子敲门进去之后便死死抱住了女孩子，看着导火索一点点地燃烧。讲这事的朋友进去看的时候，墙壁和天花板上挂满一串串的人肉，看过的人全都呕吐了好几天。大儿子是我同学，老早就得了高血压，但极为固执，从不看医生，也早早地去世了。同学的父亲，16岁的时候就在区公所当通讯员，一听说枪毙人就来劲，提着枪往前跑。当时是用手枪打，一打一个准，他亲手枪毙了好多人。县城里的人都说这是报应。这样的故事，你觉得在北京、上海和武汉这样的城市里面会发生么？不可能。它很有秩序，不可能发生这样的事情。

李遇春：那可能就是另外的故事了，城里有城里的故事，乡下有乡下的故事。但是中国的城市文学一直不发达，这是大家公认的，一直没有写出骨子里的城市味儿来。

刘醒龙：但是你想想看，世界上哪个国家的城市文学又发达呢？哪里有发达的城市文学呢？城市就强调娱乐、消费。其实看是否城市文学，主要还是要看那种情怀。有很多人，表面看起来都写的是城市生活，但是其情怀还是乡村的，伦理道德都还是乡村的。

（录音整理：胡蓓）

（《上海文学》2014年04期）

和谐：当代文学的精神再造
——刘醒龙访谈录

周新民　刘醒龙

周新民：刘老师，您好！非常感谢您在繁忙的工作中抽空接受我们的采访。您走上文学创作的道路比较早，在小说创作领域取得了很好的成绩。这么多年了，您还记得您发表的第一篇作品是什么吗？

刘醒龙：《黑蝴蝶，黑蝴蝶……》是我的第一篇作品，发表在1984年第四期《文学》上，这个杂志在1983年叫《安徽文学》，1985年以后也叫《安徽文学》，就这一年叫《文学》。

周新民：您还记得它的具体内容吗？

刘醒龙：《黑蝴蝶，黑蝴蝶……》写了几个年轻人的事情，思考了人应该如何认识自己，如何实现自己的价值。表现了对前途、命运、青春的思考，也认定和思考了个人价值。现在看来这部小说还有些有趣的地方，有些可取的地方。小说中的一句话"机遇是只有少数人才能享受的奢侈品"，到现在还经常看到有人在引用。

周新民：您的作品一下就切入到了"人"的问题，基本奠定了您以后文学创作的大致走向。但是这样的思考在当时还是很"前卫"，与当时主流文学创作的主旨有很大的不同。我想，当时的编辑发表您的这篇小说，也许是看中了您的这篇小说的其他方面吧！

刘醒龙：文学这个东西还得信点缘。我觉得我写这部小说就是缘分到了。1984年我把小说给《文学》杂志寄过去，编辑苗振亚老师马上就给我回信了，随后还专程来湖北看我。他喜欢我的小说，主要原因就是他看重我的写作中透露出了和皖西一带完全不同的小说气质，所以他想来看一下。《黑蝴蝶，黑蝴蝶……》虽然有些幼稚吧，但怎么说总还是有些生命力。

周新民：在发表《黑蝴蝶，黑蝴蝶……》之前，您就没投稿？

刘醒龙：不，不是这样的！前些天，我在浙江青年作家讲习班上提到，早发表不一定是好事。如果我要急于发表，1981年就可以发表作品。当时我给一家刊物寄出一篇小说，编辑部也是马上回信了，说可以发表，但提出了4条修改意见。我只接受了1条意见。我还写信过去驳斥其他3条意见。这当然让对方很生气，一生气就直接把我的稿子枪毙掉了。如果我遵照他们的意见修改了那篇作品，那就发表了。但是，那会在我心里建立起一根并不完美的标杆，认为文学就是这样的。我没有按照编辑的意见去修改，因为我的文学观念和他的文学观念不同。当时很多有名的小说如《班主任》《在小河那边》《我应该怎么办》，我的那篇小说就是模仿他们的，现在看来都是一种笑话。这篇小说没发表倒是催促我继续思考文学的问题。《黑蝴蝶，黑蝴蝶……》只能算是我的习作，之后我写了《卖鼠药的年轻人》《戒指》等，然后就迅速转向了"大别山之谜"系列的写作。

周新民：看来您很坚持您的文学观。"大别山之谜"系列充满魔幻的色彩，充溢着浓郁的地方风情，您的创作是否和当时的"寻根"文学一样，都受到了拉美魔幻现实主义文学的影响？您的文学启蒙教育源自哪里？

刘醒龙：我的文学启蒙教育，更多的是受到了民间传说的影响。小时候，每到夏天，在院子里乘凉，爷爷就会给我讲很多的民间故事，有《封神榜》这样的民族文学，也有当地的民间故事，这才是我的文学启蒙教育。

周新民：除了民间文学的教育外，您应该也接受过正宗的文学教育吧！

刘醒龙：尽管小时候我也读过《红岩》《红日》《红旗谱》，但是这些小说并没有在我的记忆中留下什么印象，只是为了阅读而阅读。我后来的写作和这些阅读简直就是毫不相关。根本原因就在于，一个人，特别是一个有艺术气质的人，他的艺术特征恐怕早在童年时就形成了。因为童年没有经过后天种种训练，童年时的认知主要是直觉，是无邪的，喜欢和不喜欢是没有来由的。艺术也就是这样，艺术本应不受任何其他东西影响。一切了不起的写作者，他的高峰写作一定是和童年经历有关的。艺术的选择在童年就完成了，至于你能达到什么境界，那才是后天的修养问题。

周新民：您觉得"大别山之谜"系列还有哪些地方到现在您还比较重视？

刘醒龙：我看重的是这种小说充分地展示了我个人对自然、对艺术、对人等一切通过文字来表现的那种想象力。在这种小说里，个人的想象力完全发挥了。但是问题也出在这里，就是想象力过于放纵了。毕竟写小说的目的还是要给别人看，过分放纵自己的想象力，而不考虑别人怎么样进入到这种想象中，不考虑别人怎么样去理解你的想象力。这就形成了后来人们所说的读不懂。几乎没有人跟我说过能读懂我的"大别山之谜"。这些小说，也许连我自己都不懂。也许这种写作是任性的，我在创作中完全展示了我的想象力。在后来的写作中，我就慢慢意识到了这一点：最好的文学，只有在相对收敛、相对理智的背景下写作才能把它写好。否则自己认为写得怎么好，其实效果可能适得其反。

周新民：您认为您的整个文学创作经历了哪几个阶段呢？"大别山之谜"应该是您的创作的第一个阶段吧。那么第二个阶段的创作有哪些作品呢？

刘醒龙：我的文学创作明显地存在着三个阶段。早期阶段的作品，比如《黑蝴蝶，黑蝴蝶……》、"大别山之谜"，是尽情挥洒想象力的时期，完全靠想象力支撑着，我对艺术、人生缺乏具体、深入的思考，还不太成熟。第二个阶段，以《威风凛凛》为代表，直到后来的《大树还小》，这一时期，现实的魅力吸引了我，我也给现实主义的写作增添了新的魅力。第三个阶段是从《致雪弗莱》开始的，到现在的《圣天门口》。这个阶段很奇怪，它糅合了我在第一、第二个时期写作的长处而摒弃了那些不成熟的地方。

周新民：《威风凛凛》是第一个转折，也就是第二个阶段的开始，如果说第一个阶段您的文学创作过多地是依赖于一种想象力的发挥，那么从《威风凛凛》开始探讨人的精神问题，这也是您以后的创作一个非常重要的线索。那么请您谈谈您对这部小说的一些看法。

刘醒龙：我同意你的说法，这个时期小说是对于个人精神状态的探讨和表达。"大别山之谜"写到后来，就陷入了迷惘状态。我突然不明白写作究竟是怎么回事，我不明白这样写下去的意义何在？我如何接着写下去。所以写到"大别山之谜"中后期的时候，也就是写到《异香》的时候，我很苦闷，我发现不能再写下去了。

周新民：是的，写作完全依赖个人想象力，是很难继续下去的。写作毕竟是一件复杂的过程。最终是什么样的一件事情，让您的创作出现了新的转机。

刘醒龙：有一个契机，大约是1988年。在红安县召开的黄冈地区（就是现在的黄冈市——访谈者注）创作会议上，省群众艺术馆的一位叫冯康兰的老师，讲到一首小诗《一碗油盐饭》："前天我放学回家/锅里有一碗油盐饭/昨天我放学回家/锅里没有一碗油盐饭/今天我放学回家/炒了一碗油盐饭/放在妈妈的坟前"。在场的人有一百左右，这首小诗对其他人也许没有任何影响。而我却感动至极，泪流满面。在听到这首诗的那一瞬间我突然明白艺术究竟是怎么回事，原来就是用最简单的形式，最浅显的道理给人以最强烈的震撼和最深刻的启示。一首小诗只有三句话，三个意境，它所表达的东西却太丰富了。年轻时藐视权威，甚至嘲笑巴金先生"艺术的最高技巧是无技巧"的箴言。是这首诗让我恍然大悟，并且理解了巴金先生之太深奥和太深刻。

周新民：在《威风凛凛》中，您曾提到了"百里西河谁最狠"这一暴力主题，谈谈您对它的认识。

刘醒龙：暴力是我们民族的历史习惯，历朝历代的人，都喜欢用暴力手段解决问题，在精神上征服不了对方时，就会情不自禁地实施消灭肉体的办法。殊不知对肉体的消灭会带来更大的精神灾难。《威风凛凛》是个承前启后的作品。后来，从《村支书》《凤凰琴》《秋风醉了》到《分享艰难》《大树还小》，总体上有一种一以贯之的东西，那就是对人的关怀，对生命的关怀。具体一点就是对人活在世上的意义的关怀。人活在世上的真正意义也许找不到，也不是小说所能解决的。小说的写作只是提供一个路径，引导你去运作，引导你去尝试。如果小说最后加个结论，告诉别人应该怎么做，就像当年的《金光大道》《艳阳天》等，硬去加上一些未卜先知的内容，就会无法避免地成为日后的笑料。

周新民：那您怎么解决这个问题？

刘醒龙：成熟的文学作品往往还是表现有一定程度的迷惑的状态。比如后来的《村支书》，作品出现的时候引起了很大反响。尽管多数批评家认为，在当时到处都是"新写实"那种灰暗的基调风行的时候，《村支书》却表达了一种光亮、一种理想。就小说来说，它究竟表达了什么光亮什么理想，并不知道，也说不清，通常会将其认识为表现人性的美的一面。其实并非如此简单。《村支书》这篇小说中，老支部书记是那么的可爱，深受当地人欢迎，但相对于时代来说，却又是明显落伍。然而这种落伍，并没有妨碍他的非常强大。我并非想通过这样的人物来表达自己的理想，而是为了在变化太快的现实面前，提醒时代关注，除了生存的舒适度外，还应该有更为紧要的人格强度和生命力度。

周新民：是否可以说您开始树立了一个道德理想主义者的形象？

刘醒龙：这个是你说的，我确实没想过这个问题。

周新民：您的作品开始涉及了一个道德救赎的问题：人要在历史困境、现实困境中，用精神力量、用信仰来拯救个体，实现个体的价值，彰显个体的力量。市场经济时代，是个人的精神、信仰受到冲击，个体的精神开始萎缩的时代，您在作品中却致力于塑造在现实、功利面前有着自己坚定的价值趋向的主题。我想，这是您的小说深受欢迎的主要原因。

刘醒龙：是的，我作品中的人物大多面临着精神和利益的对峙。像《凤凰琴》，所有人都为转正名额明争暗斗，但当以转正名额为象征的利益突然来了之后，大家一下子都在想：它有什么意义，既然我不能离开这个穷山沟，这样的利益又有何意义？其实，拿到转正名额和没拿到转正名额，这里面并没有可以办成铁案的对与错。小说因此提供了一个极大的思索空间。一个人在一生中都会遇到这类问题，在道德上选择对了，以日常人生的标准来衡量却是错的。还有完全相反的一种选择，道德关乎人生，利益关乎日常。一定含义的对与错，免不了总在其间逆转，并且关乎到人的一辈子。

周新民：在您的小说中，除了个人的价值与现实环境的冲突之外，还隐含了个人的精神价值、人格尊严、道德问题和历史趋势之间的矛盾和冲突，是不是呢？

刘醒龙：对。很多人把《凤凰琴》当作是写教育问题。这种认识没有看到文学的发展，其文学意识还停留在50年代。用旧的文学意识来套当下的文学，就像研究如何让神话里的千里马在高速公路上奔跑。不要以为当代中国文学只在现代主义上有了长足进步，现实主义的文学同样进步非凡，在艺术性与思想性诸方面，其进步幅度甚至还超过现代主义在同一时期的表现。

周新民：您的作品开始关注在历史发展中，个人的尊严和价值问题，个人在面对历史和现实的趋势时，如何从精神层面来应对现实和历史趋势。《分享艰难》这部作品遭受到很多批评，您如何看待这些批评？

刘醒龙：我是不赞同这些批评的。实际上，批评这部作品的批评家，不久之后就开始表示对自己当初批评的不认同，认为自己误读了。

周新民：你也这样认为吗？

刘醒龙：的确是误读了。这部小说本身写得有种焦虑，批评家应当比我更理智。腐败等一系列早已存在的社会问题，仿佛是在1996年前后的一夜之间突然爆发的，在此之前，大家好像都对改革充满了理想，以为只要今天改革了，幸福就会在明天早上降临。但在那一段时间里，人们才真正意识到，也许还不仅仅是意识到，而是不得不接受改革是不可能一蹴而就的这样一种事实。改革带来的大量后遗症压迫着我们，文学界对《分享艰难》表现的焦虑远远超过我自己在这部作品中表现的焦虑。

周新民：这么说来，您认为对《分享艰难》的批评，在很大程度上是社会普遍存在的焦虑的缘故？

刘醒龙：分歧最大的其实不在于我的文学观，而在于通过这部作品所表达的社会意识。那个时候，很多批评家尽管批评了这部作品，所使用的武器却是落后的。比如说他们之前一直批评的所谓"清官政治"，在此背景下的"清官文学"，早就被大家所抛弃了。这时候又突然情不自禁地重新捡起来。写这部小说时，我并没有直接的意识，是大家的批评让我清醒过来，思索自己为什么会这样写，然后我才明白，其实内心有另外一种想法。我一直对庸俗的清官文学很唾弃。清官文学喜欢解民于倒悬，实际上只是一剂虚妄的心灵鸡汤。那些清廉的文学形象更是当年所谓"高大全"的盗版。如此我才明白，我的小说最大的不同点就在于，我懂得了人要活下去，社会要向前发展，必须对特定事物进行一定程度的认可，包括对那些干坏事的乡村政治家，因为他也会做一些好事。

周新民：我想问您一个问题，《分享艰难》要说的是谁分享谁的艰难？

刘醒龙：这也是批评家后来就一直在纠缠的问题：作为老百姓的我们为什么要为贪官污吏分享艰难？确实是这样的，没错，我们不应该为他们分享艰难，这是毫无异议的！但是，我们也还要想到另外一点，就是在这个社会上，我们是否应该承担一定的社会责任，我们不能只想享受改革带来的大量社会福利。

周新民：您就是说，我们也应该分担改革的艰难。

刘醒龙：对一个负责任的人来说，如果不是由每一个社会人去共同分担改革带来的艰难，这个世界上还有哪些人能够替代呢？不改革，国家就完了，民族就完了。而改革就会出现大量的问题，那么谁来分担？靠官员，他们承担得了吗？其实，清官文学也是一种负担，一种灾难。清官文学所赞美的清官政治对我们的民族改革也是一种灾难，为什么我们民族一直无法建立现代政治体制，其原因就在于我们自己放弃了某些责任。我想表达的是，既然我们选择了，我们就要承担。但是，在当时，社会普遍处于焦虑。改革开放初期福利好，让人们只看见改革带来的好处、带来的福利，没有想到改革也会带来那么多痛苦。所以当理想一旦破灭，就把责任推到某些人身上，认为是某些人带来的。这就带来了一种全新的矛盾：我们该不该在以改革名义下犯下可以谅解或者不可饶恕的种种错误的管治机制面前，承担时世的艰难？其实，这部作品表达的正确的意思应当是，作为社会人的我们，在分享改革带来的成果的时候也应该分享改革的艰难。这才是现代的、健康的人格。

周新民： 有批评家认为，《分享艰难》缺乏人文关怀，您怎么看待这个意见？

刘醒龙： 我跟几个批评家讨论过，其实他们不是说我的这个作品缺乏人文关怀，而是一说到《分享艰难》，就把这一类作品都包括了，就针对这一类作品统一来谈。如果读细一点，就会发现《分享艰难》与他们总在类比的一些有着根本的不同。在那些小说中，有些细节虚构得太离谱。比如，老干部用好不容易到手的一点养老金，去保释因嫖娼而被派出所抓了起来的前来投资的外商等。这种事即便是真的发生过，也是有违文化与传统的。说《分享艰难》缺乏人文关怀的批评主要来自小说中的一个细节：洪塔山把孔太平的表妹给糟蹋了。所有的人都认为，不应该原谅洪塔山，我们怎么应该原谅这样的人呢？有批评者曾经著文说：孔太平的舅舅给孔太平跪下来，要孔太平放过洪塔山。在我的小说中，正好相反，是舅舅不打算公开追究洪塔山后，孔太平扑通一声跪了下来。从文化心理及太多的日常事实来看，这样处理是极为真实的。在中华文化渗透到的每个地方，谁家出了这种事愿意张扬呢？这是和批评者眼里属于同类小说里，根本不同的情节。遗憾的是，处在比小说家更为激愤状态下的部分评论家混淆了两类完全不同的写作立场。

周新民： 看来我们在阅读小说的时候要细致一些！

刘醒龙： 写作粗糙不得，阅读小说更粗糙不得。

周新民： 您的《大树还小》也引起了争议，您怎么看？

刘醒龙： 针对这部小说的争议是最浅薄的。如果说《分享艰难》的争议还有它的社会意义，这一次的争议真的没有意义。其实根本就没有过争议，只有一方在骂街，我懒得同这些将文学常识丢在一旁的人说什么。

周新民： 主要分歧在哪里？

刘醒龙：我在作品中，是要解释一个精神层面问题。我想在还原那个时期乡村真实的同时，借助"下乡知识青年"这样的群体来表达一种想法：有一类人总在控诉曾经受到了磨难，但斯时斯地那些同样受着磨难，至今仍看不到出路的另一类人，他们的出路，他们生命的价值又何在呢？我其实要表达的就是这点。但他们却认为我在丑化"下乡知识青年"。

周新民：的确，您的追问确实很有意义。

刘醒龙：他们最恨的是小说中的四爷说的一番话：你们知青来这里受过几年苦，人都回去了，还要骂一、二十年，我们已经在这里受了几百年几千年的苦，将来也许还要在这里受苦，过这种日子，可谁来替我们叫苦呢？只要稍有良知的人都不会跳出这块地方来进行批判。小说其实是在提醒历史与社会注意这样一个伪真理：知青生活再怎么苦，几年后就离开了这个地方，然而，土生土长在这个地方的人，就该如此祖祖辈辈在这里受苦受难吗？

周新民：可惜，有这种思想和情怀的人太少了。您创作了许多优秀的中篇小说，您知道我最喜欢您的哪部小说吗？您可能想不到的，我最喜欢的是《挑担茶叶上北京》。

刘醒龙：那确实是没有想到。

周新民：《挑担茶叶上北京》有历史的与现实的内涵，同时包括政治思想与个人意志的较量。在思想、艺术、叙述和情感控制上都超越了您以前的作品。

刘醒龙：比较《挑担茶叶上北京》和《分享艰难》，应该说在艺术上，《挑担茶叶上北京》更成熟一些。《挑担茶叶上北京》和《分享艰难》是同时期的作品，是姊妹篇。

周新民：这两篇小说您怎么看。

刘醒龙：《挑担茶叶上北京》比《分享艰难》的小说味道重些，艺术气息更浓。

周新民：谈谈您的长篇小说，您在1996年出版的长篇小说《生命是劳动与仁慈》，好像反响不是太强烈，在您看来，它是一部怎样的作品？

刘醒龙：有评论家说它是"打工小说的发轫之作"。《生命是劳动与仁慈》与我有很多的亲密性,属于精神自传吧。我把我在工厂生活、工作十年的所见、所闻、所想、所接触的问题在小说中都表现出来了。在小说中,其实我表现了我的困惑:普通劳动者的个人价值如何体现。对普通劳动者的价值的认定问题,很多时候是很无奈的。从个人感情来说,具体到所说的,就是工人作为一个阶层在当下所面临的困境。我们到目前为止,对普通劳动者没有应有的认识,从1977年恢复高考以来,我们所有的教育都是精英教育,精英意识。我在1996年写了这么一部不合时宜的作品。

周新民: 但出版社似乎还很高调,人民文学出版社是以"探索者丛书"的名义出版的,出版社大概也意识到您的这部作品在某些方面的超前性吧!

刘醒龙: 这部小说出版时,有人用所谓先锋性来怀疑我是否写得了探索小说。《生命是劳动与仁慈》在社会、在人的精神状态的层面上的追问,也许比现代主义旗号下的探索者走得更远。属于终极关怀的问题当然需要探索。那些被忽略了的我们所处时代的小问题,同样需要探索,因为这样的探索更能昭示某种大方向。一个小人物、尤其是一个社会地位低下的小人物,一类人、尤其是一类处在社会底层的人,他们的精神状态与生存状态,从来就是一条贯穿我的全部小说的命定线索。

周新民: 《生命是劳动与仁慈》和其他作品只是拘泥于探讨人的终极性关怀的作品相比,也是一种探索。其实,您的这篇小说中也有一些很有意思的细节。

刘醒龙: 小说中有个细节,有人在名叫武汉的大城市里开了个乡村风格酒店,有斗笠有蓑衣有水车等东西。当时很多人认为是笑话。他们说,这怎么可能呢,人们还没有享够幸福,怎么会怀念那些苦日子呢?我是毫不怀疑,在城市的现代化过程中,人心中那种与生俱来的怀旧心理,特别是对乡村怀念,肯定日甚一日。所以,写作时,我想象了这样一座酒店。现在,一切都印证了。小说不可能是预言,但小说家一定要有预见。

周新民: 您是哪一年到武汉的?

刘醒龙: 1994年。

周新民：您到武汉后，创作题材发生了某种转变，开始创作《城市眼影》《我们香港见》这些都市题材的小说。

刘醒龙：当时有种心境，想换个脑子写一写。但这不是我兴致所在，只是一种尝试，是为了表明另一种能力。这是一种性情文字，它不代表什么，我也不想向别人证明什么。

周新民：我们集中地谈一下《圣天门口》吧。我认为，《圣天门口》在当代长篇小说史上是一部集大成的小说，也是你个人创作历史上集大成的作品。有些人认为这部作品完全超越了您以前的作品。而我个人认为，这部作品和您以往作品的联系还是很紧密的，谈谈您怎样认识这部作品与您以往作品的联系？

刘醒龙：《圣天门口》与我以往作品是有内在联系的。同我第一、第二阶段作品相联系比较的话，我认为它是取了二者之长的，它继承了我第二阶段对写实风格的痴迷执着和第一阶段对想象、浪漫的疯狂。可以说它综合了我第一、第二阶段的写作风格，而又在二者之上。

周新民：请您在革命历史题材小说的视角坐标上谈谈《圣天门口》吧！

刘醒龙：在刚刚结束的第七次全国作代会上，《文艺报》记者曾就文学如何创新问题采访了我。在我看来，在建设和谐社会的历史背景下，写作者对和谐精神的充分理解与实践，即为当前文学创作中最大的创新。中国历史上的各种暴力斗争一直为中国文学实践所痴迷，太多的写作莫不是既以暴力为开篇，又以暴力为终结。《圣天门口》正是对这类有着暴力传统写作的超越与反拨，而在文学上，契合了"和谐"这一中华历史上伟大的精神再造。

《圣天门口》相对于以往写近现代史居多的小说，一个重要的分歧就是它不是在相互为敌的基础上来构造一部作品，来认识一段历史。而是最大限度地、最有可能真实地接近那个时代的历史状态。比如就《圣天门口》来说，小说从头到尾写了那么多的斗争、争斗、搏杀和屠杀，但我非常注意不让任何地方出现"敌人"这种措辞。《圣天门口》从汉民族创世到辛亥革命这条虚一点的线索，从辛亥革命到60年代"文革"高潮这条实一点的线索，通过这种虚实结合的写法,来求证我们对幸福和谐的梦想。写任何一部小说都应有一种"大局观",这是很重要的。

周新民:你认为文学家和历史学家对历史的写作有什么区别?

刘醒龙:作为文学家,在写历史时,必须用现在的眼光而非当时的眼光来看待历史事实,应该有新的视角、新的意识。否则就很难超越,那样我们无非是只能模仿别人、刻录别人。

周新民:最初触动你写《圣天门口》的机缘是什么?

刘醒龙:对我而言,那是内心的一种情结、一种感觉。从我出生那一天开始就有一种东西在积淀,多年的写作,一直没有很好表达出来。所以,我一直想写一部能够表达成长至今的经历中最为纯朴、深情和挚爱的作品。

周新民:请您谈谈《圣天门口》素材的积累?

刘醒龙:从我一出生的那天开始,很多东西仿佛就在那里等着我去搜集等着我去发现,还有一些民间流传的东西。具体讲,比如说我小说写到的那个小曹书记——曹大骏,这个人是有真人原型的。当时鄂豫皖政治保卫局局长兼任红山中心县委书记,"肃反"时杀人如麻,小时候,大人都用"曹大骏来了"吓唬我们。那时候,我们总觉得这个人是个十恶不赦的家伙。后来却发现,他竟是一位在革命纪念馆里挂有大幅照片的烈士。在写作《圣天门口》之前,这类可以化作文学元素的东西,可以说是早已在血液中流淌着,而无需临时抱佛脚。

周新民:《圣天门口》标志着您的创作进入到了一个崭新的阶段。由发表《黑蝴蝶,黑蝴蝶……》开始,您的小说开始延续着对人的精神和生存的关注。并在此基础上生发出道德救赎的主题。而从《圣天门口》开始,对人的救赎转向神性救赎,就是对人的生命的敬畏。小说中的一系列人物都体现了这个观点。请谈谈您对作品中梅外婆、阿彩、马鹞子、杭九枫等人物的感想?

刘醒龙:在谈梅外婆之前,我想先打个比方。我认为,一部好的作品应该是完整的,就好像我们说的一杯水,它应该是一个整体。它由水、杯子以及杯子中没有水的空的那一部分组成。而我们往往会忘记杯子中无水的空的那部分,不去写这一部分,而好的小说应该是完整的，应该包括这三个部分。《圣天门口》中梅外婆就是杯子中没有水的空的那一部分，就是需要去充分想象、完善和提炼的，它提供了一种艺术的空间让你去展开想象。中国小说以往的问题就在于把这些都割裂了，你要写什么就得写什么，不能写什么就不能写什么。其实，藏在"实"的背后的应当是一个时期的理想、梦想。梅外婆就是被作为这个民族过去、现在、未来的一种梦想来写的。想想我们在以往作品中所见到的那么多暴力、苦难、血腥、仇恨，如果仅仅是这些东西，我们的民族怎么能延续几千年？我时常在想，说中国人的阿Q精神，有人被处决了而我们还在拿着馒头蘸那个血吃。汉民族如果仅仅就这样，那他们绝对延续不到现在。我们的文学，缺乏对一只杯子的整体表现与深究。杯子本身以及杯子里的水，普通人都能看见。文学除了这样的看见外，还要发现杯子中那些确实存在的无形部分。比如总让马鹞子和杭九枫感到敬畏的梅外婆，那才是脊梁所在。写这部作品时，我怀有一种重建中国人的梦想的梦想。我并不知道要做什么，但我觉得中国人有些梦想是要重建的，我们不应该继续采用暴力的方式解决问题，不能再崇尚以血还血以牙还牙。小说中，我写到巴黎公社那一笔，我以我的梦想来看这段历史，我认为巴黎公社没有失败，它只是换了一种方式，不是用暴力的方式，而是用和平的方式，实现了其理想。

周新民：很多人喜欢拿《圣天门口》和《白鹿原》相比较，您对《白鹿原》这部小说是如何看待的？

刘醒龙：《白鹿原》写得很好，它是一部很诱惑人的小说。从小说本身来说，它将陕北气质表现得淋漓尽致，从头到尾贯穿得非常好。它肯定会是中国小说的一种标志。

周新民：您的创作从文学题材来看，主要是表现社会底层人的生活，有很强的"底层意识"，您对"底层写作"有何看法？

刘醒龙："底层"这个词语对我不合适。用"底层"这样一个充满政治倾向的词汇来说文学并不合适。我认为，用"民间"两个字更合适一些。我所有的写作，正是体现了来源于民间的那些意识。

周新民：为什么您的作品有那么强烈的民间意识？

刘醒龙：除了我的文学启蒙教育主要是民间文学外，还有两点决定了我的作品充满民间意识。首先，我从小生活在这种地方，我没有见过大世面，既不知道主流是什么，也不知道大地方的人关心什么，大地方的生活状态是什么。我是1990年5月第一次去北京，那时已经30多岁了。武汉我也是20多岁才第一次来的，就连县城在我们少年时期也是不常去的。当时的这种环境使我们无法接触到"精英"和"主流"。且不说非正规的茶余饭后，就连正式的乡村课堂，也不过是一种换了模样的民间。其次，我的成长经历决定了我和主流思想、精英思想保持了一段距离。在别人眼里，"文革"是天大的灾难，可"文革"对我的最大影响，是让我成了实实在在的自由人。这种自由自在很容易使我处于无政府、无组织和无主流的民间状态。所以"文革"时的主流成分，在我成长的关键时期，也无法对我施以特别大的影响。正是这样的无拘无束，使得我习惯于当一种"主流"产生时，基本上下意识地先表示一种不认同，回头再说其理由。真正的写作确实需要和以一己之经验，与外界保持距离。

周新民：您被看作是乡土文学的代表性作家，您是如何看待乡土文学的？

刘醒龙：乡土是我个人的情感所在。乡土在不同时期有着不同的调整、不同的意义。只要人在这个世界上生存，只要人还对自然，对田野，对山水怀有深深的留恋，乡土和乡土文学就一定会沿着它既定的模式发展下去，我对这一点深信不疑。

周新民：这就是您的文学作品一直弥漫着乡土气息的主要原因吧！您认为好的乡土文学应该是什么样的？

刘醒龙：中国乡村小说有几大败笔。第一种败笔是刮东风时写东风、西风来了写西风的应景之作，其间生硬地安插一些投城里人所好的所谓乡村的变化和极为媚俗的所谓人性觉醒之类的情爱，还美其名曰敏感。这类写作态度不诚实，有人媚俗，有人媚上，这种人是在媚自己，其笔下乡村只不过是个人做秀的舞台。第二败笔是所谓时代的记录员，经常带着笔记本下乡，记到什么东西回来就写什么。当年的现实主义冲击波本是由主编《上海文学》的周介人联手雷达先生一起提出来的，但周先生却明确说过，他其实不喜欢有些人的写作。还有一个败笔，那就是将乡土妖魔化，还硬要说成是狂欢式写作，我对这样的小说总是感到深深地恐惧，读到最后很害怕，因为我所读到的全是仇恨，没有一点点爱与仁慈。

周新民：那么你认为真正的乡土写作是什么呢？应该站在什么立场上去看待乡土？

刘醒龙：首先不是上面说的三种。在乡土越来越处于弱势、边缘化的局面下，首先必须有一种强大的、深沉的爱和关怀，它既不应该是乡土的浅俗的"粉丝"，也不是乡土的指手画脚者。应把乡土当作自己一生的来源之根和最终的归宿。具体怎么去写，那是个很宽泛的话题。

周新民：您刚才说的关怀和爱怎样理解？关怀什么？爱什么？

刘醒龙：这是个很简单的道理。当然这不是我们所说的爱心。爱乡村，不是要给乡村、乡村人提供多少物质援助，这种物质援助可能是一种恩赐，是一种居高临下，真正的爱乡村是一种由衷的爱，你可以不给它任何东西，但是你的心应该和它在同一位置。回到写作上，我说的这种爱、这种关怀，应该是一种对乡土的感恩。没有乡土，哪来的我们当下的文化和当下种种的一切。

周新民：最后我想请您谈谈您的小说观。

刘醒龙：从长篇小说来讲，它应该是有生命的。在小说当中，中短篇小说确实很依附于一个时代，如果它不和时代的某种东西引起一种共鸣，它很难兴旺下去。但长篇小说不一样，长篇小说是一个独立的生命体，它可以不负载当下的任何环境而独立存在，可以依靠自身的完整体系来充实自身。比如这几年一些好的长篇小说《白鹿原》《马桥词典》《尘埃落定》，它们和时代没有什么关系，但它们都有自身的丰富性，构造了一个完整的生命体。

(《小说评论》2007年01期)

分享"现实"的艰难
——刘醒龙访谈录

曾 军 李 骞 余丽丽

就一般意义而言,"现实"与"现时"之别并非指涉"现在"或"当下"与否,而在于它们对待时间的连续性的态度。当我们置身于"后……"时代,而充分体验到"除了现时之外,什么都没有"的欢悦或迷惘时,刘醒龙仍旧怀着他从大别山之谜走出来时的质朴与真诚善意地关注着身边的大众,关怀着眼前的现实。在他的作品中,痛苦与希望共存,现实与浪漫同在,正如他那部引起普遍反响以至争议的作品一样,刘醒龙在以自己的方式分享着"现实"的艰难。

李:您的作品大多透露出一种淡淡的悲凉,这是否您的一种偏好?

刘:我更喜欢作品中具有一种悲凉,这比柔美的东西更好一些。像在《村支书》、《凤凰琴》中你就比较容易感受到这种悲凉的情绪,而在《分享艰难》中,这种悲凉感就不易感受到,它是一种骨子里边的悲凉,知道疼但不知疼在哪里。

李:现实悲凉是一种文学上的浪漫。您在答丁帆的信时说:"浪漫是希望的一种。"也就是说希望包容了浪漫。是否也可以说悲凉是希望的一种,只有认识了悲凉并且能够承受悲凉时才表明看到了希望。

刘:浪漫是人心灵的胜境。有些问题不是我所能解决的,目前我看到的就是这种情况。我只是作为一个写作者进行写作的,我无法超越这个时代。如果以浪漫主义的方式,我在作品中可以跨越这个时代，但作为现时代的人，我不能忽略我的周边。现实中的洪塔山没有改造好，还在街上招摇过市，还在台上讲话、作报告，你没办法，你说这不是悲凉吗？这个现实古往今来一直存在。你在建设一个新的世界，往往要遇到很多痛苦的东西，这令人非常无奈。就像在旧房地基上建新房子，虽然你明知道要建新房子，但你还是很难受。

曾：所以您总在固守着某种东西。

刘：固守是理论界的一种评说。对于一个作家来讲，他固守的并不一定是他文字上表现出来的东西。固守应该是一种做人的境界，而不仅是写作表现出来的形式。我内心感觉到某种东西是对的，我就固守它，而不在乎外在的环境。虽然不一定每一个固守都能成功，但每一个固守都有它的意义。浪漫主义也需要固守。

曾：所谓"浪漫"也好，固守也好，都表明了作者对现实的态度，您的态度是什么？

刘：尽管人类环境很糟糕，我不想对这个现实失望，否则我们该向何处去？

曾：既如此，您的希望从何而来呢？王副馆长的"看穿"，还有孔太平的无奈？

刘：在《秋风醉了》里，有的人只看到王副馆长，但却忽略了王副馆长的父亲。对这部作品来讲，我最看重的是王副馆长的父亲，如果没有王副馆长的父亲，这部作品就不重要。很多人写这类作品会写王副馆长，但不会写王副馆长的父亲。王副馆长的父亲代表一种善，明知别人是欺负他的，他还是那样，这样的人格是很强大的。我很多作品都是这样的，次要人物甚至每一个人物都很重要，不能忽略。这就像树与电线杆的区别，电线杆再大，一眼也就看清了，树就不一样，有枝有叶有花，作品就不能像电线杆那样。电线杆永远一个样，树就是千姿百态。

李：王副馆长的父亲所代表的善也可以说是您的一种理想。在当下竞争激烈的生存环境中，社会需要善、需要宽容。所以每个人都应该强调审视自己，审视自己与社会的关系，这样，个人与社会才会健康发展而不会导致畸形。

刘：我主张善，主张宽容。我觉得自己有点"阶级界限划不清"。我现在看不清人与人之间的恶，总觉得大多数人是善意的，我看到的是他们善意的一面。

曾：与同情或批判相比，宽容背后包容的是一种大善？

刘：我觉得这话有道理。因为我们周围经常接触到一些小善，也可以做到一些，但对整个人类来讲还有对大善的追求，这种追求是最困难的。

曾：在这种大善里，包含着对恶的态度，善一方面要包容恶，另一方面要改造恶，包容而不放纵。

刘：这又回到最基本的，但又最难理解的问题了。

李：实际上，善与恶、大善与小善也只是相对而言。有时在小范围是善的，一旦涉及整个人类便不是善的了。有时小范围是恶的事情，上升到整个人类的进步的高度，它又转化成了善的了。

刘：有些东西根本就不用我们去讨论，你说善，没有恶哪有善，有善也才有恶，这是一对。就像毛泽东说的有矛有盾，就是那种客观存在，世界没有恶便没有善，全是善就不是善。

曾：所以是大善而不是至善，大善追求一种自然的境界。

刘：这就像现在说的一种终极关怀，到底什么是终极关怀，没有一个人能弄懂。

李：终极关怀实际上是一种不断追求的过程，只能无限接近目标，但永远不能达到。

刘：那现实关怀呢？

李：现实关怀与终极关怀是统一的，现实关怀是追求终极的一条路径。一个作家关注现实，不断向现实深处开掘，他便行进在这条路径上，并不断靠近终极。

刘：我的理解是许许多多的现实关怀综合到一起就是终极关怀。

李：这是另外一种言说方式，也是很有道理的。

曾：回到您的作品中来吧。您的《村支书》《凤凰琴》中的两个人物都说办事要凭良心，良心就好像是您作品中的这两个人物承担责任的一种道德感，而这个良心恰好是中国普通老百姓经常挂在嘴边的事，这可不可以说普通人办事的标准就是凭良心？

刘：如果说普通人做事要凭良心，那不是普通人办事就不凭良心？良心与善是同一个范畴的东西，不仅仅对中国人而言，而是人类普遍的情感。每个人在内心深处都给自己划定了一种标准：这样做对，那样做不对。

李：如果每个人做事都按照自己的标准，那么各种各样的标准就会产生冲突，作为整个社会、整个人类的标准就没有了。

刘：这也有道理。我们过去总说善恶相冲突，实际上善与善也相冲突，良心和良心也会相冲突。正因为这样，这个世界才没有一天真正平静过。作为一个旁观者，你知道他们都是好心，但有时就是闹不清。

李：对洪塔山的处理并不是一种善良的表现。

刘：我没有处理洪塔山，虽然我心里非常憎恨他，想处罚他，但作为一个写作者，我没办法。社会上没有处罚他，我拿他又怎么办？我只有换成这种方式揍他一顿，大家心里都可以接受，如果用法律制裁他，大家反而不能理解。这是我对生活的看法，是我对生活中浪漫的理解。

李：别人都坚持说您是现实主义者，而您说自己是一个理想主义者，追求浪漫。

刘：没有什么比生活更深刻，所有的东西都来源于生活，不能来自其他方面，不可能有纯粹的抽象。

曾：所以《生命是劳动与仁慈》概括了人类的两个特点。劳动维持了人类个体的生存，仁慈便维持了个体之间的关系。

刘：劳动是人类最基本的需求，属于物质的部分；仁慈是一种精神活动，属于人类的精神需求。

李：因为您对理想的追求从而使您的小说中不断出现理想的人物，比如《寂寞歌唱》中的林奇，他虽然退休了，但仍不断发挥他的余热，做了许多他不必做的事情。

刘：我们这个时代的人丢的东西太多了，丢得太快，很轻率地丢掉了许多有价值的东西，一点也不心疼，像丢垃圾一样。像现在我可能沉进去太深，比较依恋过去的东西。其实，我们上一辈有许多可敬的东西。面对这种高度的商品化时代，我真是难过。我希望有种家园式的东西。

曾：所以您特别看重王副馆长的父亲和孔太平的舅舅，他们代表过去，是现在正活跃的这批人的父辈。您就用了这种方式把失去的东西借他们表现出来。

刘：也可能这里边表现了我面对这个社会时的精神失落。

李：是因为主宰这个社会的人的某种缺乏？

刘：也不能说他们就缺少什么，他们也还是有某种精神的，比如《凤凰琴》中的张英才。

曾：我们有这样一种感觉，自从您写了"大别山之谜"后，人虽走出了大别山，但心态一直没有走出大别山，您一直在寻找您所说的家园式的东西。不管这大别山是实在的还是虚构的，您总是在找。其实您一直身在其中，"大别山"也就成了您浪漫主义追求的象征。现在，您的小说中的浪漫主义内容虽然变了，但大别山情绪仍在，似乎您早期创作的思绪对现在还有重大影响。

刘：这并不是早期创作对现在的影响，不能这样看。对一个作家一段时间或终身都有影响的往往是他的青年，甚或童年的一段经历。而对一个作家的艺术而言，最本质的东西可能是一出生就有的，它是没法改变的。可能你在形式上有所变化，但这最深层的东西你绝对变不了。

曾：那么您的经历对您的创作有什么影响？

刘：我的经历也不是很复杂。家里人说我吃了很多苦，但和别的人比起来，那根本就不叫吃苦。我们就在小镇上长大。书读完了之后参加工作，之后才进县城。那个年代与现在不一样，整个环境就是一种浪漫，但它并没有真正浪漫起来。这与国民性有关，中国人本就不是一个浪漫的民族。

李：因为这些经历和看法，使您在写作中具有了与别人不一样的角度。

刘：角度不一样，对生活的理解方式也不一样。对于我来说，从小生活在那样的环境中，更多地看到下层干部的可贵之处。不像有些人，他们更多地看到干部贪污腐化。当然，每一个人都有他的局限，必须综合地看。每一部作品也一样，不能只根据一部作品来确定一个作家的风格。如果连这一点都不能理解，那只能带来千篇一律、千人一面。你们经常谈到我的作品是现实主义的，没有批判性，但我觉得不是这样。任何批判归根结底都是为了建立。你可以批判，但你千万不要叫所有的人都这样，这是很可怕的。

李： 您说过您不想把批判的矛头指向大众，又不想放弃批判的立场，那么您把批判的矛头指向哪里？

刘： 我想应该是这样，对自己的批判多于对作品中人物的批判，不要把批判的矛头对准人民。文化大革命给我们最深刻的教训就是不要只批判别人，实际上你和别人一样。我们以前批判国民性，现在还在批，究竟有多少成效？这责任到底在谁？如果责任在于被批判者，那么批判者批判了那么多为什么就没有作用呢？你批判者就没有责任吗？我们现在的批判往往是一厢情愿的，只批判别人而忽视了批判自己。现在中国最大的问题在于知识分子和普通大众的沟通。知识分子一旦把自己作为精英的时候，从骨子里面就开始划出一道鸿沟：我跟你不一样。实际上从心态上讲没有什么两样。你上街买菜也要讨价还价，除了做学问的时候你是学术家，你放下笔，就跟卖肉的放下刀一样。

曾： 不同的场景确定了人的不同角色，一旦人们的场合变得一致，任何人都只能说是普通人、俗人，精英的称号便不复存在。

刘： 这种知识分子和普通人共有的东西有时很高尚，有时也很庸俗。但知识分子往往就瞧不起这种东西。譬如我请来装修房子的木匠为我节约5分钱、1毛钱，他认为是对你的一种帮助，他的心里觉得这种行为很高尚。我们不能只把批判的矛头对准别人，我宁可把批判的矛头指向自己。想想我自己的行为到底对这个社会负了多大的责任，起了多大的作用。如果这样去理解，可能效果会更好些。

曾： 这意味着您要放弃知识分子的立场转入普通人甚至农民的立场？

刘： 这样的说法让我觉得非常悲哀。如果我们是非常文明的一个社会，这些问题是不存在的，一天到晚总将自己当作知识分子的人，那样子是很滑稽的。

李：知识分子在当下应该采取一种新的立场消融这种差别。

刘：立场这个东西说有就有，说无就无，今天这个立场，明天那个立场。我们选择对当代社会的批判可以有多种形式，不必那么刻薄。我们常谈官方话语与民间话语，官方话语不一定全对，民间话语也不会是胡说八道，没必要把官方话语与民间话语完全对立起来，对立太让人难以接受了。不管从社会的认识或从人本身的认识，我们都应该处于一个和平的环境，心平气和地促进这个社会的进步。

李：您的小说中的人物往往以职务作称呼，这与您的小说内容有什么联系？

刘：小说人物的名字只是为了醒目，称呼的方便，没有什么深刻的含义。

李：这似乎从另一种角度表明您善写官场人物。

刘：写"官场人物"也就四篇：《秋风醉了》《菩提醉了》《清流醉了》《伤心苹果》。

曾：有人说您的长篇《威风凛凛》是一种文明与愚昧的冲突，但我认为仅仅用文明与愚昧的冲突不能完全解释赵长子在西河镇的经历。赵长子在西河镇的一个重要原因就是为了报恩，但是您没有讲赵长子为什么报恩，给读者留下了一个永恒的悬念。

刘：事实上，我也不知道。我们中国人有时老叫报恩，也并不真正知道到底报什么恩。

曾：这就隐含了一种神秘，不可言说。

李：您写得最痛快的作品是哪一部？

刘：《生命是劳动与仁慈》，还有最近一部作品《大树还小》。

曾：最重要的一部作品呢？

刘：先前是《威风凛凛》，它在关键时刻表达了我内心的情感，最初我写每一句话时都充满了仇恨，但我写完之后才发现，所有一切都是为了爱，世界充满爱。再加上最近的《大树还小》。

李：您现在着手写什么样的作品？

刘：暂时还无可奉告。但我发现，我这么多年的写作都是为下一部长篇作准备，我主要的心绪都放在下一部长篇上，它的书名叫《雪杭》。

(《长江文艺》1998年06期)

湖北有个刘醒龙
——读《凤凰琴》所想起的

丁 帆

正是草长莺飞之时,在武汉召开的"中国当代文学史研讨会"热闹非凡,就是在刚进入会议高潮时,老友王又平却拉我参加他们批评中心召开的刘醒龙新作《村支书》讨论会。匆匆看完作品,就在会上放了一通厥词。未曾想到,那夜刘醒龙却和我同居一室,我们一直聊到快天亮。从直觉上我感到刘醒龙的艺术感觉是相当敏捷的,其生活的功底也不凡。然而,又总以为作者的主体意识把握尚未达到一种自由王国的境界。也就是在不同的作品中,作家对人物的把握分寸是有区别的。这充分显现出作家哲学文化意识的不确定性,它给小说带来的是怎样的景观呢?初次相交,刘醒龙就送了我一本他新近出的集子《异香》,读后,很为作者的老到笔力而生慨叹,大别山养育出的这代青年作家,堪称目前国内乡土小说的佼佼者,对刘醒龙的忽视,应是我们批评者的失职。

昨日又收到刘醒龙寄来的中篇新作《凤凰琴》(刊于《青年文学》1992年第5期),当我一口气读完这部悲剧作品时,已是涕泪交流。说实话,这些年读的悲剧也不少,但有如此动情力的作品还属罕见。诚然,像亚里士多德以来的古典悲剧观念已被尼采以后的现代悲剧观念所替代,那种诗意的"同情和怜悯"的悲剧力量还会在中国大地引起共鸣吗?刘醒龙的《凤凰琴》证实了这种悲剧观念的生命力。

中国的文化教育还处在一个落后的境界,广大的穷乡僻壤孕育着愚昧和落后。那种后工业时代的人的悲剧感在农业社区为主的广大乡村还是一个高级的精神奢侈品。作为一种现代悲剧感，它只能存活于少数大都市的精神贵族之中。当你读到《凤凰琴》中那几近原始的穷困山区生活景观时；当你读到几位民办教师为了转正而丧失了自己最宝贵的人格时；当你听到那悲哀苍凉的《我们的生活充满阳光》的变调笛声时；当你看见余校长一家和贫苦的学生们不忍目睹的午餐时；当你闻到明爱芬那皮包骨身躯下发出的腐臭味时……我们每一个人决不会有现代都市人的那种精神焦灼的"矫情"，这种现代悲剧感对于广大渴求温饱、渴求最基本的受教育权利的乡民来说是天堂的痛苦和地狱的痛苦之区别。基于此，可以说，那种古典主义悲剧观念在中国乡土小说的书写领域内还有其恒久的生命力。切不可忘记中国的广袤乡村在20世纪内尚未跨出农业社会的基本格局。

倘使古典主义悲剧观念能使这篇小说获得普遍的共鸣，那么，作者的视角并没有落在古典悲剧的"英雄毁灭"的描写过程中。如果《村支书》这部小说还存在着人为拔高的人物，使个体毁灭不断的"英雄情绪"皈依之嫌。那么，《凤凰琴》的几近原生状态的人物描述使得小说的悲剧力量更有撼人灵魂的效果。我以为，作者的高明之处就在于作家主体意识的自觉。当每每人物要向"英雄"境界升华的轨迹滑行时，作者就遏制住那种"英雄情绪"蔓延，使英雄像安泰一样回到大地上来，尽力不让其"虚化"，而更富有生活的实感。凡是读过这部作品的人，谁也不会忘记那个反反复复被作家皴染过的镜头：在破旧的教室前，每天清晨，十多个住校的孩子衣衫褴褛而神情庄严地站成一排，迎着山风，踩着冰霜，两位老师用笛子吹奏着国歌，红旗和太阳被余校长那大骨节的手掌扯动着冉冉升起……这是一幅多么悲凉，不，多少有些悲壮的情景啊。可是，整个小说的情节进展与之形成的反讽结构，使人想到的是更多更深更远的意蕴。作者并不在这多次的一瞬间显影中让余校长的灵魂出窍，而是以极其平静冷峻的叙述"话语"一次次让余校长在"死水"一样的生活情境中保持性格不在情节中发生"突转"。然而，我们却看到的是一次次震撼人心的真正悲剧的内心冲突。

在"新写实"的小说潮中，湖北出了两个闻名遐迩的女作家：

方方和池莉。如果说她们的成功之所以更合乎现代人的阅读情感，最重要的一条就是她们的平民视角。毋庸置疑，刘醒龙的乡民视角更具有自然天成的韵味，这是因为生活经历的不同。方方、池莉，以及刘恒、王安忆等一大批作家虽然经历过生活的磨难，但他们的出身背景和不能抹去的"上层"生活情结以及知识分子的隐形视角，就决定了他们在写作过程中的"自上而下"的"视点下沉"痕迹。他们试图摆脱"矫情"，就利用大量的反讽、调侃的"话语"来对"贵族气质"进行反叛和嘲讽，迅速向非英雄化、非典型化的普通人心理靠拢。而刘醒龙这个大别山之子却根本就没有意识到要将自己的"视点下沉"，相反，他几乎是用一种无意识来逆向地反照现代文明。在《凤凰琴》中，张英才是个受到过现代文明熏染的乡村"高级知识分子"，他刷牙勤快，他吃鸡蛋卫生讲究，与他那个生存环境形成了极大的文化反差和落差。作者并未去指摘评价张英才的是与非，而这种反差和落差的描写本身就形成了反讽的结构。

由此可见，刘醒龙的《凤凰琴》的悲剧觉醒，其意义并不滞留在引起人们的同情和怜悯的古典悲剧感上。更重要的是，作者背逆了古典悲剧对英雄个体的灵魂升华，使人物在人格的两重性中，在视为平常的生存境界中悄然逝去。余校长也好，邓有米也好，孙四海也好，当他们站在国旗下庄严地进行升旗仪式时，祖国、理想、情操使他们的灵魂得以净化；然而，当在张英才的转正假象的恶作剧圈套中，他们谁也脱不了俗。存在决定意识，人的丑行的裸露，使他们在现实生活的痛苦中寻觅到了中国悲剧的聚焦点——在生存归宿和精神归宿的追求过程中，人物在循环往复的上下求索过程中永远得不到正确的答案。唯有一种情感的纽带支撑着人们的生存世界和精神大厦。

无可否认，《凤凰琴》的悲剧美学效果还来自于它强大的伦理道德力量的感染。作为视点人物和叙述人物的张英才的思想转变，完全是由于对道德力量的臣服。他由以一种"文明视阈"俯视原有的人到用山乡人的情感来进行价值判断的转变过程，是令人惊讶的。作者并不是想由此来衬托主题，而是要显示道德力量的强大。小说从"争名额"到"让名额"，决不是各人原采取的酷似阿Q式的精神逃路,其主旨还是由明爱芬的悲剧故事要求引发出来的强大道德力量的感召。明爱芬这个瘫痪多年,为一个转正指标而精神分裂的民办教师在拿到表格时的激动,使她在填表过程中"定格"而死,有谁不为之潸然泪下呢?这是小说的悲剧高潮。明老师虽死犹生,你看,她享受了国殇的礼遇:下半旗致哀(没有人会指责其违反国法),学生们一片恸哭,葬礼竟然自动麇集了千把人,山乡最奢侈的布料酒菜作礼,比当地最高首长老支书的去世还要隆重得多……这一切的一切,验证着传统道德力量——师道尊严对于山乡农民的文化制约,我们的民族是一个重视文化教育的礼仪之邦,正如小说中叶碧秋父亲所说:"你教伢儿一个字,可是能受用世世代代的。"渴望受教育和生存危机所形成的矛盾使山村文化教育不可能发展,人们处于别无选择的境界。然而,山民们懂得知识的高贵,也就懂得尊重传授给他们知识的人,只有在山民的认同中,民办教师的自我价值体现才有意义。整个小说的悲剧内涵就是通过明爱芬的死来确认人物自身价值的,为什么余校长、邓有米、孙四海最后都彻悟了呢?除了各自独特的生存处境外,最重要的还是孙四海所说的"我的一切都在这儿"。维系民办教师和山民的精神纽带并非完全是理想主义的情操,更重要的是那层传道者和被传道者之间的价值确认,这才是相互依存的道德规范和血缘关系。当然,还有更深一层的是其受着社会关系的制约;但即便没有这层关系,文化的道德力量同样可以维系其相互的情感。孙四海是个无牵无挂的人,他让转正名额则完全是从道义出发,从文化情感出发的。他们留在这荒漠的山野之中,陶冶着自身的道德情操,同时也重蹈明爱芬的覆辙,同样会导演出一幕幕人生的悲剧来,而这种悲剧的必然性已似乎成为他们生活的一个必不可少的生命内容,作品正是在这一点上摒弃了社会英雄意识对于人物的强加,赋予人物全新的悲剧生命意识,当然,这并不影响小说对于教育作用和认识作用的主题开掘。问题就在于,当我们将悲剧当作一种生命的过程来阅读时,其人物的自我价值体现就显得更加真实化、平民化和无距离感了。无疑,刘醒龙的悲剧为中国现代乡土小说悲剧观的更迭提供了新的范本,问题是我们怎样去更好地读解它。

湖北有个刘醒龙——读《凤凰琴》所想起的

读过刘醒龙的许多小说后，你会感到，他90年代前的作品受着"寻根"文学的很大影响。他尽力用扑朔迷离的笔墨去描写夷蛮山地的变态人物。他的暴力代表作是"大别山之谜"，作者似乎要以全新的笔墨写出大别山之魂，初看起来，其笔力很雄健，作品留下的艺术空白亦很能使人展开想象的翅膀。但总觉得小说缺少一点底气。当然，我很佩服作家的艺术吸收力，正如刘富道先生在《异香》的序言中所说的那样："他常常采用现实的和超现实的相交融的表现手法，使他的作品达到现代启示录的效应。"我以为，从艺术技巧的运用上来说，刘醒龙既然经过了对现代艺术技巧的吸收和借鉴，就必然会将其融化成自身的艺术风格。如果说《村支书》的视角所采用的是第三人称的外视角的话，那么，其中还不乏那种全知全能的评判和切入。而在《凤凰琴》中，作者虽然也是用第三人称作为叙述视角的主体，但是，与刘醒龙其他小说相异的是，这种叙述多了一层透视，也就是小说往往通过张英才这个人物来观察人和事，这样，小说的意味就不同了。人物——叙述者——作家主体，往往是在错位和交迭中，体现出更加寥廓的生成意义。整个小说的叙述情感在这三者之间，有时是统一的，有时呈分裂状态，这就无形中增强了小说内容和形式的张力。例如，小说一开始在写张英才时，作者是带着嘲讽、揶揄的话语来批评这个"文明人"与山乡生存环境的格格不入；尔后，当张英才来到了界岭小学，真正进入角色时，作家又透过张英才这个滤色镜来观察这个山村的表象世界，这时的作家主体意识和张英才的视角是重叠的、一致的；而当张英才制造的"恶作剧"，将小说情节逐渐推向高潮时，显然，作家的主体意识又与人物"貌合神离"了；当人性的假丑恶一面和真善美的另一面的双重心理世界完全袒露在人物和作者面前时，张英才的思想升华也标示着作者心声的倾诉，人物和作者的最终重叠，造成了小说的情感循环和终极圆满。从这组关系上来说，分与合所构成的叙述效果是不言而喻的。从人物和叙述者的关系来看，我以为整个小说中的张英才是从扮演"故事"的叙述者开始，再到直接进入人物的"角色"，再到退出"舞台表演"的过程，他的出场与退场恰如小说的"序幕"和"尾声"。倘使说他有何象喻意义，未免有些夸张，但说他是整个小说故事的一个叙述载体却是有一定道理的。从中，我们可以看出作者在叙述变换中所取得的艺术自由。

有人认为刘醒龙的《凤凰琴》和《村支书》是现实主义的胜利。我以为，首先要说清楚的是，这种现实主义既不同于老巴尔扎克，也不同于"拉普"以后的革命现实主义，更不同于那种"高大全"式的现实主义。现实主义在中国经历了新时期以来的十年洗礼，它的包容性更大，而且注进了新质。正如上文所述，《凤凰琴》这种强烈的平民意识驱动着作者去描写两重性格的普通人；它在悲剧观念的呈示上剔除了拔高人物的英雄悲剧观，使悲剧更趋向于社会性的思考，更趋向于对人性和人的生命本体的思考。在叙述方式上，小说亦不再陷入"全知全能"的单一视角的叙述上。如果将《凤凰琴》这样的作品仅仅当作"独调小说"来读，而忽略了其"复调小说"的意味，那么这种误读并不能扩张小说的阅读层面，而只能将阅读引入死胡同。同样，只将这类小说当作"平面人物"来读，而忽略了他们的"圆形人物"价值意义，则就更加可悲了，经过80年代的那段写作经历的刘醒龙，决不会回到那个最简单的"方程式"中去的。

从"五四"的"乡土文学浪漫"到如今，整个乡土小说的历史演变充满了时代思想留下的痕迹。历史即将翻完20世纪的最后一页，在90年代的最后几年里，中国内地的乡土小说发展还有赖于像刘醒龙这样的青年一代作家。继"知青作家"之后的乡土小说家，就目前的状况来看，队伍尚未形成，扶植这批乡土小说作家应是当务之急。像刘醒龙这样既有生活功底，又有一定艺术功力的青年乡土小说作家，写出了如此有力道的作品，是值得评论界普遍关注的。因此我要疾呼的是：湖北有个刘醒龙！

(《长江》1992年03期)

充盈之美
——刘醒龙印象点滴

李贯通　陶　纯

在八十年代热火朝天的中国文坛上，我们没有见到1956年出生的刘醒龙的身影。也许那时他正苦苦地默化积攒，期待着有朝一日的喷发。终于，时光进入到九十年代初，刘醒龙"威风凛凛"地在文坛亮了相。如果说他的中篇小说《威风凛凛》是其发轫之作，是他的第一次跳跃。那么，《村支书》便是第二级跳，影响更为广泛的《凤凰琴》即是第三级跳。他在一年时间里呼啸着完成了三次跳跃，成功地塑造了自己。从那以后，他马不停蹄，一发而不可收拾，基本上总是在当代文学创作的前沿阵地上游走，屡显身手、令人称叹。

纵观新时期的中国文学，可谓流派纷呈，思潮滚滚，手法万千。从"伤痕"、"意识流"、"文化寻根"，"现代派"，再到"新写实"，以及当下的所谓"新状态"等，每一个潮流都涌现出了自己珍贵的代表性作品。也许可以认为，新时期以来中国文学的辉煌，正是借助于这些流派得以实现，但到了八十年代末，各种文学实验暂时无奈地停歇了，而一度被认为"过时"的现实主义创作手法重新"复活"（或曰"回归"）。虽然现实主义作家尚未掀起足够大的"风浪"，然而也正是这类作家挽住了当代文学渐渐下滑的车轮，带来了一定数量的读者——而没有读者的文学状况当然是可怕的。

人生活在现实之中，文学的主流作品自然也应扎根于现实，古今中外的文学创作概莫能外。刘醒龙是一个典型的现实主义作家，他的一系列作品紧扣时代脉搏，敢于和善于在剧烈变动的当代中国经济与政治背景下，近距离地展示新旧交替时期的诸种社会矛盾，不遗余力地关注民生民态，并把它们化作文学的魅力，呈现给读者。仅就这一点来说，他已经成功了一半。

我们不妨先梳理一下刘醒龙的创作轨迹。他的作品主要有两类：一类反映乡村干部（包括普通农家百姓）的生存境遇，代表作有《村支书》《分享艰难》《白菜萝卜》《黄昏放牛》《挑担茶叶上北京》《路上有雪》等；另一类反映城乡文化人的微妙心态，代表作有《凤凰琴》《伤心苹果》《去老地方》等。读他的前一类作品，我们不免感到沉重、冷峻和苦涩，再读他的后一类作品，我们又会感到温润、尴尬和少许的辛酸。但刘醒龙的全部作品有一个共同点，那就是充盈、扎实和沉稳。

虽然我们同醒龙有过几次比较投入的交往，却对他个人的生活道路所知不多，只知道他当过工人和县城文化馆创作员。通过他作品的字里行间，我们不难揣度，这一段生活积累对于他来说，是至关重要的。湘鄂一带原属于楚文化的范畴，楚文化与儒家文化最大的区别也许就在于它的浪漫气息和干预生活的程度不同，前者多忧愤，后者多温恭；前者浪漫空灵，后者博大厚重。刘醒龙自小受楚文化的滋养，较多地秉承了其忧思悲悯的人文主义精神，表面上看，虽浪漫和诗意的东西少了点，但他把浪漫和理想变得沉重化了，他总是在苦涩中给人以甘霖，在艰难中给人以希冀。尤其是他的平民化倾向和扎实、厚重劲儿有所加强，这充分凸显了他对生活，对故乡，对民众的一腔赤诚。他双脚牢牢踏在城乡交合点上，以自己厚实的生活积累作土壤，以一个作家的社会责任感和艺术良知作动力，一会儿浓描山山岭岭间的乡村生活，一会儿轻抒小小城镇的文化心音。他热切地寻找着崇高与真诚的人世情怀，善意地批判和嘲讽着当下的缺憾与陋规。于是，我们看到，在他的笔下，走出了许许多多令人过目难忘的人物——各种类型和风格的乡镇长、村长村支书，进城求生存的农民、各式各样的小城文化人，等等。这些人物大多带有农业文明的胎记，都有着较强烈的社会典型性，他们艰涩地生活在作家熟悉的土地上，在社会剧烈变革中柔软地沉浮，不乏狡猾与智慧透过他们的身影，我们能够感受到浓艳的忧怅、淡淡的温馨和远处的希望。如果读者稍微留意一下还会发现，作者在选择人物类型时，似乎刻意不使他们处于社会最底层，而把他们置于接近最底层的位置，这样就为各色人物营造了比较广阔的生存空间，使他们更富有文学意味，从而便于展示丰富多彩的时代风云和社会矛盾。这或许也是他的聪明之处吧。

应当说刘醒龙并不是一个靠题材取胜的作家，他关注现实而不追求时尚，他干预生活而不图解生活。你看他笔下的人物，乡镇长也好，文化人也好，在我们的文学画廊里，这类人物形象俯拾即是，但刘醒龙每每都能写出新意来，可见他观察之细致，触角之灵敏，构思之精到。在他最近的力作《路上有雪》中，他居然写了全乡的村支书集体"逃亡"，到大城市打工的事情，而在人们的想象里，这些人物都是农村的"既得利益者"，他们似乎不可能离开自己的势力范围，但刘醒龙却赋予了他们"逃亡"的时代背景，揭示了农业社会新的矛盾，真实可信、令人惊觉。另外，他对民生民态的关注也体现了其强烈的现实主义精神，海涅曾说过：的确，肉体有时候似乎比精神看问题更深刻，人们用脊梁和肚皮思考往往比用脑袋思考更正确。刘醒龙较多地描摹乡村经济生活的场景，介入矛盾而又不开"药方"，也许正应了海涅这几句话。

我们不得不再次指出，刘醒龙的叙述风格也有其独到之处。他总是密不透风、诙谐有趣、不唯形式、平铺直叙、不温不火地推进着人物和故事，看似平拙，实则锐利，有棱有角；看似缺乏技巧，实则圆熟老辣的一部数万字的中篇，他常常不分大的段落，就这么一气呵下去，但你读起来，又感觉不到累，似乎作品的字里行间带着"粘"性，能够"粘"住你的眼睛和思绪，随它进行下去，读完之后，我们觉得比较强烈的感觉即是充盈。借用刘醒龙本人的话来说，现实主义的质量是充盈，用河流来概括它只能是一贯奔腾的长江，而不是这些年的黄河，汹涌泛滥过后是枯涸；充盈是从现实主义中区分"现时主义"的重要标准，在充盈之中是生命，是世界，是一个人的灵魂和血肉，是对生活的公允，是对艺术的实在与平静。的确，刘醒龙刻意追求着作品的充盈之美，并且一以贯之地实践着，虽不能说已臻于完美，但艺术风格却是比较明显的，这使他在当代文坛上找准了自己的一个位置。

　　生活中的刘醒龙也是一个很有魅力的人。与他交往交谈时,你看不出他身上的浮躁之气。就像他的作品一样,他显得真诚。朋友们聚会时,酒量并不大的他,在情谊面前一醉方休是常事。我们还发现,每次乘车外出,他都把舒适的座位留给别人,自己到后面挤。平时他沉默寡言,一旦有机会讲话时,言谈之中他不由自主地流露出的社会责任感和艺术良知也令人佩服。这种心态在现阶段尤为可贵。记得去年秋天在济南的一个座谈会上,他谈到一个作家的作品应该主动去体现这个国家的民族精神,比如《老人与海》体现了美国精神,《阿信》体现了日本的国民精神,而如果把阿Q视为中国的国民精神,他感到悲哀。他还说我们学习鲁迅先生,除了学习先生批判的锋芒之外,更应学习先生对故土的深情和挚爱,写出并塑造我们民族自己真正的优根性。他的发言令我们怦然心动。

　　现实主义常写常新,就像长江之水不停地那样奔腾。当然,充盈是一种美,空灵也是一种美,美不仅仅在于形式,更重要的在于内质。对于刘醒龙来说,保持这种可贵的心态,避免重复,超越自己,继续在他熟悉并深爱的故土上开掘,写出更具历史感和命运感、更博大深沉的作品,应该说只是时间问题。我们期待着,并愿意分享他再度成功的喜悦。

(《当代作家评论》1997年05期)

觉 醒 之 龙

刘富道

方方曾跟醒龙说,你要想获得成功,比起我们来要付出十倍的功夫。为什么呢?因为我在省城,你在下面;因为我是女性,你是男性。这是十多年前醒龙亲口告诉我的,不一定是原话,但肯定是原意。一个小地方的男性写作者比起位居大城市的女性写作者,出道和成名要艰难得多。

醒龙最早的作品,发在周边省份安徽、河南的刊物上。在他当时居住的鄂东英山县城看来,似乎进军武汉,比到邻近的安徽河南遥远得多。他的《大别山之谜》系列小说前几篇,在周边省份受到青睐之后,湖北、武汉的刊物才把注意力投向他。他从工厂借调到县文化馆还有过被退回去的经历。后来他成为武汉市民,是作为特殊人才引进来的,武汉市文联慷慨地给了他一个专业作家的席位。此前,他的《天行者》的前身《凤凰琴》已在中国大地奏响。

让我来写我眼中的刘醒龙,不能不说起最初的印象,这就有点倚老卖老的味道。1986年,他同姜天民一道来看我,给我的印象是一个身材瘦弱的白面书生,从不多的言辞中也看不出特别出众的才华。及至读到《大别山之谜》系列小说,我被他编织的现代童话迷住了,我迷惑不解地暗自发问:他的这些怪念头是怎么产生的呢?他羸弱的身体怎么容得下这么人一个奇异世界呢?

这里也不能不提到1991年由我们《长江》丛刊发起,同《长江文艺》《芳草》杂志联办的刘醒龙作品研讨会。当时这样的规格让许多年轻作家觊觎。研讨会上的学术气氛非常浓厚,辩论一直延伸到午餐的饭桌上,醒龙非常有个性地站起来进行自我辩护。与会学者对醒龙的赞誉是充分的，也对他未来创作走向开了不少药方。真正让我感觉醒龙能成大气候，是在这次研讨会之后，他没有依照那些"药方"乱吃药，而是坚持走自己的路。这条路用一句话说，就是坚守民间立场，对民众做一个知冷知热的作家。一时间，他的《凤凰琴》《秋风醉了》《分享艰难》等一批优秀的中篇小说，都在全国范围内产生了非凡的影响。

20世纪90年代中期，有人说湖北文坛是阴盛阳衰，我当时写过一篇文章《莫道阴盛阳衰》作为回应。然而，不可回避的事实是只要到外地走走，人家谈论湖北作家的名字，频率最高的还是方方、池莉。自从有了醒龙等几位年轻气盛的男性作家，可以说湖北文坛才进入了滋阴壮阳、协调发展的良性生态。

醒龙特别能吃苦，特别能耐得住寂寞，写三卷本长篇小说《圣天门口》的六年间，他几乎从朋友们的视线中消失。方方当年忠告那个十倍功夫，醒龙是不是已经达到了呢？就是这么十多年，出版了11部长篇小说，出版了几十本书，像个得奖专业户一样，在全国各地到处拿奖。现在我们湖北自称为文学大省，靠哪些作家和作品支撑呢？其中当然包括醒龙这一个支点。

如今留着小平头的刘醒龙，壮实的体魄显得底气十足，能够应对玩命般的写作。虽然口头表达不是他的强项，但他在当今社会已经掌握了话语权，我们经常可以听到他在各种媒体发出的声音。虽然他从来不耽误写作，但他把一本大型文学期刊——《芳草》原创版，经营成全国有影响的名刊。虽然他男子汉气势十足，而他偏偏策划了一个《芳草》汉语文学女评委大奖，而且已经成为全国文坛引人瞩目的文学奖项。

我不能不说他是小地方走出来的高人。

(《湖北日报》2012年1月5日)

刘醒龙的贺年片

刘益善

陆续收到不少贺年片，那些吉祥的祝辞，令我愉快。

作家刘醒龙写道："谢谢三百六十五个关照！"这话令我心里一动，温馨向周身弥漫。我不是说我对刘醒龙真的有多少关照，在刘醒龙的创作上，假如他当年从英山起步时，我和我服务的《长江文艺》月刊对他有什么帮助的话，那也是应该的。他的中篇小说《秋风醉了》最早向我谈故事时，我就叫他快写，写出来后我立即签发了，使得此稿与他的《村支书》《凤凰琴》成为他的代表作，被多家杂志转载。后来上映的电影《背靠背脸对脸》，正是根据《秋风醉了》改编的。刘醒龙在《长江文艺》发表过不少中短篇小说，获过《长江文艺》的奖项，这其实对我和我服务的杂志也是一种关照。

我写这些决不是表白什么，而是写我读到刘醒龙的祝辞时的那一刹那的感觉：关照。是的，我们太需要关照了，我们需要友谊，需要一份真情一份爱。随着经济大潮的到来，人们的商品意识越来越强，人与人之间的交往，金钱、利用的成分增多了，而人情与爱心似乎越来越淡薄了。有人落水，站在岸上看热闹。救人？给多少钱；看到歹徒行凶，赶忙弯路，把脸别到一边，少惹是非，保住自己的平安要紧。周围的人有困难，明明可以帮助一下，但干嘛要帮助他呢？帮助他有什么好处？没有好处的事做了何益。人们啊，怎么这么生分了？怎么这么没善心了？怎么这么没同情心了？让人与人之间，少一分麻木，多一些关照吧。

关照，不是停留在口头上的两个字，是人的一种教养，一种品质，一种档次。你可以没有多少财富，你可以能力不大，但你拥有关照别人之心，就是一个有教养有品德的人。缺爱人之心，缺少关照之心的人，虽是大款，虽有很强的能力，甚至位列高官，但仍然是一个人格不完善的人。西装革履，文质彬彬，见人握手，腰肢微躬，口里说着"请多多关照"的场面我们见得多了。但要人关照，首先自己要关照人。口说关照，实际上只要人家关照你，自己却不关照人，更是可鄙自私的了。

让我们每个人在日常生活中，尽自己的能力关照别人吧！唯其如此，世界就进步，社会就前进，人间就会充满了更多的温暖。世界才会变得更美好！新的一年，愿我们每个人都付出三百六十五个关照。

（载刘益善著《作家在左　编辑在右》，武汉大学出版社2015年版。）

初识刘醒龙

樊 星

第一次见到醒龙是在90年代初,华师为他开的一个研讨会上。那时,他从黄冈赶过来,时间有点晚,大家已经准备吃饭了。他急匆匆地进来,满怀期待问了一句:"冯牧在哪里?"得知在另一个房间,就匆匆过去了。当时就听说冯牧先生对醒龙的《村支书》赞赏有加,专程从北京赶来,参加这个会。

此后不久,当时名气很大的《跨世纪文丛》主编陈骏涛先生打来电话,约我为醒龙的小说集《秋风醉了》写一篇跋。我如期交了稿。在那篇跋中,我谈到了醒龙小说创作的一个基本主题:寻找精神家园,并认为:"在世纪末这么一个风云变幻之世,在许多文人都为生命中不可承受之轻而烦躁不堪之世,强调这一点,对于驱散遍被华林的悲凉之雾,对于重塑民族的人文精魂,无疑十分重要。"我这么写,当然是有所指的。90年代初,是世俗化浪潮高涨的年代,也是不少知识分子纷纷"下海"的年代。到了1993年,知识界关于"人文精神"的大讨论异军突起,为时代敲响了"知识界向何处去"的警钟。而醒龙的中篇小说《村支书》《凤凰琴》在1992年接连问世,聚焦乡村基层村干部、民办教师的生存困境,字里行间涌动着引人长叹的灼热情感,因而明显不同于当时风头正健的、抒发普通人苦闷欲望的"新写实小说",使人不禁想起"为民请命"的古训,也可谓与知识界的"人文精神"大讨论不谋而合。《村支书》《凤凰琴》,连同稍后发表的中篇小说《分享艰难》、长篇小说《威风凛凛》《生命是劳动与仁慈》一起,共同烘托出作家坚守现实主义立场、满怀忧患意识关注乡土命运的人文情怀。其中,根据同名小说改编的电影《凤凰琴》在1994年的公映并产生"轰动效应",对于呼唤全社会关注乡村民办教师的艰难处境发挥了重要的作用。因此,醒龙就成为了当代现实主义思潮再度高涨的代表人物。读他的上述作品,很容易使人想到50年代那些"干预生活"的名篇,想到80年代关注乡土命运的那些力作(例如矫健的《河魂》、路遥的《人生》《平凡的世界》、贾平凹的《浮躁》,等等)。可以说,90年代文坛上以醒龙和河北"三驾马车"(谈歌、何申、关仁山)为代表的"现实主义冲击波",与知识界的"人文精神大讨论"一起,延续了文学关注忧患、为民请命的光荣传统。

在一次文学讨论会上,醒龙提出了这样的问题:"为什么一谈到中国人,人们常常想到的是阿Q?为什么我们缺少正面的英雄形象"当时我就想,醒龙显然是知道中国文学一向有塑造英雄形象的传统的——从《三国演义》中的诸葛亮、关羽到《水浒传》中的林冲、武松,而"十七年文学"中也产生了不少令人难忘的英雄形象,如《红旗谱》中的朱老忠、《红岩》中的许云峰、江姐、《林海雪原》中的杨子荣等,都是证明。然而,他还是提出了"为什么我们缺少正面的英雄形象?"这样发人深思的问题。的确,在新时期人道主义回归、作家们更加关注普通人的命运的浪潮中,渲染普通人的平庸、烦恼的文学浪潮显然更具有影响力。尽管蒋子龙笔下的改革家英雄、朱苏进笔下的军人英雄、张承志笔下的回民英雄、还有那些历史题材长篇小说中的英雄形象(从唐浩明的《曾国藩》到二月河的《康熙大帝》)也都令人难忘。尽管上述作家为了呼唤英雄主义的回归竭尽全力,可事实是,随着改革进程的举步维艰,随着现代主义虚无情绪的持续扩散,也随着生活水平提升以后狂欢情绪的急剧升温,有些热烈歌颂过英雄的作家也渐渐淡出了文坛。正是在这样的背景下,醒龙发出了"为什么我们缺少正面的英雄形象?"的问题。而他笔下那些顽强坚守良知的乡村基层干部、民办教师,也因此显得格外感人。他们也有他们的困扰与窘境,但他们一边叹息、一边坚守的生存状态,就是当今许多平民英雄的真切写照。事实正是如此。在这个世俗化浪潮高涨的年代,在这个"吐槽"已成时尚的年代,在传统的道德底线不断被贪官与刁民践踏的年代,我们常常被那些忍辱负重、自强不息、慷慨奉献、感动中国的英雄事迹、好人故事所感动。与过去年代的英雄和好人相比，今天的英雄和好人更加难做。他们常常显得更低调、更淡定，更具有含辛茹苦、欲说还休的品格。醒龙的小说写出了这一点，也就写出了当代人坚守人文精神的不易。

因此，他的作品显示了这个时代的精神高度。他讴歌了一种可贵的精神，却在这讴歌中融入了深深的叹息与忧思；他渲染了一种默默奉献的诗意，又在这渲染中添加了感慨与无奈。他以这样的风格打动了评论家，也赢得了广大读者。

不知不觉间，时光如流水。醒龙也是"奔六"之人了。2014年，醒龙出版了长篇小说《蟠虺》。小说围绕古代青铜重器——曾侯乙尊盘如何激发了现实官场、学界的利益博弈，写出了当代人文精神沉沦的危机以及依然有人在危机中的坚守。虽然故事发生在当代，但小说中对古代青铜重器之谜的探寻仍然能够触发读者的思古之情，唤起人们对于楚魂的想象。

"识时务者为俊杰，不识时务者为圣贤。"小说开篇先声夺人，发出了讴歌不识时务者的感慨。小说主人公曾本之面对官场、学界"争名于朝，争利于市"之风，保持了知识分子耿介、清高的气节。虽然，这种保持显得那么艰难："以曾本之一己之力，能够化解熊达世那样惯于搞歪门邪道的偷天换日贼，却无法应对那些强权在握的明火执仗者。"然而，就凭着"青铜重器只与君子相伴的古训"，以及"人在做，天在看"的良知，他超越了滚滚浊流。他好像"不识时务"，却堪称当代圣贤。这个老人，常常使人情不自禁想到屈原的诗句："虽体解吾犹未变兮，岂余心之可惩！"

因此，《蟠虺》就谱写了一曲当代知识分子的"正气歌"。这样的"正气歌"体现出作家的忧患意识，也是时代的强音。从90年代的《村支书》《凤凰琴》到2014年的《蟠虺》，时代已经发生了巨大的变化，但作家呼唤正气的热情一如既往。

另外，小说通过一封神秘的甲骨文信件设置了贯穿全书的悬念，还通过调动各种神秘元素渲染神秘氛围：从关于甲骨文的怪梦到老专家曾本之关于"研究甲骨文的人没有不会卜卦的"说法，还有"所谓祥瑞只是一种文化暗示,但是,很多时候,暗示是可以变成某种神秘力量的"的体验,以及郝嘉、曾本之本人有意无意弄破手指,"将几滴血滴进曾侯乙尊盘,尊盘里马上冒出一股紫气"的奇特现象,还有他关于"一切都包括在天意之中,人在做,天在看"的信念,都若隐若现昭示了种种的神奇:文物的奇异、文化暗示的不可思议,还有信念的匪夷所思。此外,作家写这位老专家预感到老省长插手学会的别有心计,写他"信手用甲骨文写的两封信,居然受着冥冥之中的某种引领,准确无误地指向曾侯乙尊盘的掩埋地点,可见世间万物都不是没来由的,看似随心所欲,其实受着时空事无巨细的安排,难怪古往今来一直有天网恢恢之说,也难怪那些商界成功之士,争相往佛门里钻……"也写出了预感的神奇、命运安排的巧合。读《蟠虺》很自然使人联想到历史的重重云烟,那些经过历代名家言之成理的解读却依然难以澄清的不解之谜,那些理性、理论都无能为力的神秘现象,都昭示了历史的神奇。而那些不解之谜、神秘现象不是也足以昭示人心的深不可测吗?历史,常常云诡波谲,如梦如烟。

而这样一来,《蟠虺》也就写出了楚魂的神秘。是的,神秘,是楚魂的特色之一。因为"楚国社会是直接从原始社会中出生的,楚人的精神生活仍然散发出浓烈的神秘气息……天与地,神鬼与人之间,乃至禽兽与人之间,都有某种奇特的联系,似乎不难洞悉,而又不可思议。在生存斗争中,他们有近乎全知的导师,这就是巫"①。因此,史书上才多有楚地"信巫鬼,重淫祀"(《汉书·地理志》)、"湘楚之俗尚鬼,自古为然"(顾炎武:《天下郡国利病书》)之说。这样的民风自然生成特别的浪漫之风,就如同李泽厚、刘纲纪先生指出的那样:"氏族社会风习的大量存在,使得楚国及其文化不像北方那样受着宗法制度等级划分的严重束缚,原始的自发产生的自由精神表现得更强烈,对于周围世界更多是采取直观、想象的方式去加以把握,而不是进行理智的思考。这一点,特别集中表现在楚国巫风的盛行上。而这种巫风,又已经不同于远古那种完全

---

① 张正明:《楚文化史》,上海人民出版社1987年版,第112页。

愚昧的迷信和自然崇拜，明显地带有艺术的性质了。"①因此，鲁迅才这么赞美《楚辞》的特色："较之于诗，则其言甚长，其思甚幻，其文甚丽，其旨甚明，凭心而言，不遵矩度。……其影响于后来文章，乃甚或在三百篇以上。"②从这个角度去看，《蟠虺》中种种神秘元素一方面为小说增添了浓郁的悬疑感、神秘感，另一方面，也体现出作家对于楚魂的追寻。事实上，从80年代的《大别山之谜》系列小说对于大别山神秘氛围的渲染到最近的《蟠虺》，作家在营造神秘氛围、写出自然与人生的神秘方面，是下了相当功夫的。同时，《蟠虺》比起当年的《大别山之谜》，又明显多了书卷气、多了历史底蕴，显示出作家开拓新的文学园地的可贵努力。因此，对于醒龙，大家有了新的期待。

为他再加油！

(《新文学评论》2015年04期)

---

① 李泽厚，刘纲纪：《中国美学史》(卷一)，中国社会科学出版社1984年版，第367页。
② 鲁迅：《汉文学史纲要》，人民文学出版社1973年版，第20页。

感悟刘醒龙

王光东

刘醒龙是朴素的，为人朴素、为文朴素。

在一个流光溢色、追逐时尚的时代里，能保持一份朴素的心性是多么的让人佩服。朴素的刘醒龙不管取得了多大的成就，有多少闪亮的头衔，总是执著、谦逊地行走于他的艺术世界中，在黑色的土地上，把心交给那些承受苦难、抗拒苦难的人们，总是能够避开流淌于生活表面的泡沫，看取生活的真相，把民间底层人们的精神和灵魂真实地表现出来，以坚硬的抗争和如水的柔情给人以深深地感动。

"过去"的刘醒龙和"现在"的刘醒龙，在我的感觉中并没有多少本质的变化。想象中，他心灵的上空总是有鞭子闪击而出，抽打着他的良心，拷打着、逼问着他是否忘记了与他一起成长的父老乡亲们，是否忘记了土地上的人性最本质的内核是什么。于是，刘醒龙不敢懈怠，不敢有所取予和忘记。他像"追日"的夸父，越山蹚水，在漫漫乡野寻找着灵魂的真谛，在《凤凰琴》山村一隅的角落看到了贫穷教师的高尚精神，在《大树还小》的山坳里，发现了人性的美丽与痛苦……当他一旦意识到自己离乡土太久太久、太远太远的时候，内心里就有了隐隐的不安，他在《弥天》这部长篇小说的序言中谈到内心的这种感想时，特别让我感动，他说："不知不觉中，对过去的痕迹产生莫大兴趣已有一段时间了。在我心情郁闷时，这痕迹就像乡土中飘来的炊烟，时而蛰伏在屋后黝黑的山坳里，时而恍恍惚惚地飘向落寞的夜空。假如我的心情不错，本是无影无踪的痕迹，就会是雨过天晴之际，经由那肥硕的蚯蚓一耸一耸地爬过,犁出一条宛如房东女人的粗针大线,并且像小路弯弯的五彩和七色。更多的时候,心平如水,一切如同从来没有发生。痕迹便成了秋收之后弥漫在田间地头的各种野花,有四瓣、有五瓣,有墩实、有轻盈,那是狐狸和黄鼠狼,还有狗獾、猪獾,甚至还有果子狸,总之都是小兽们留下来的脚印。"我常常想,乡土世界的细微之处能在一个人的心中留下如此深刻的印痕,他的情感就会有一种沉重的悲凉和柔情的深刻,过去的历史、生活过的乡村与他就有了一种血肉相连的生命关系,怀想过去就不仅仅是一种情感的抚慰,更为重要的是在社会的发展和生命旅程中,看到"过去"在为"今天"提供哪些有益的东西。由这朴素的乡土之情,我理解了刘醒龙在日常生活中对朋友的纯朴之情,理解了他从不伤害别人的那种谦逊的生活态度,我更理解了在《弥天》这部长篇小说中,他对"极左"路线对人性的扭曲所表示的深深的愤怒,对留给这块土地的惨重创伤的刻骨回忆。在灾难和不幸面前,他美丽的怀想,没有了缠绵和柔情,柔情退隐到了文本的后面,生发出的是批判的、尖锐的声音,他用利剑挑开土地上上演的荒诞,看到人性变异的原因,看到人的疯狂和丑陋,但他从未对"人"的心灵之美失去注目的信心。在《弥天》中他写到一个细节:作品的主人公温三和病重时,按照乡村的习惯去"叫黑",作为"封建迷信"活动,在当时是被严厉禁止的,然而领导人乔俊一却偷偷地和温三和的母亲达成默契,去完成这样一种乡村的"仪式"。作品中这一细节在我的感受中有别样的魅力,它是民间社会中人与人之间相互理解、信任、同情的一种伟大精神,它让人在残酷中看到了诗性、在疯狂的人性裸露中感受到了人之"为"人的温暖。这种"深刻"大概只有像刘醒龙这样把"心"安放于土地中的作家才能有,这是刘醒龙作品的底色,也是他作为一个作家的独特性所在。

(《时代文学(上半月)》2011年07期)

有情怀的写作

洪治纲

刘醒龙是一个有情怀的作家。我这样说，是因为读刘醒龙的小说，我常常会在他的故事之中感到剧烈的疼痛、无奈甚至愤懑——我知道，那是来自作家内心深处的忧患意识所致，是他在面对现实生存的焦灼而发出的内心吁告。从《凤凰琴》《村支书》到《挑担茶叶上北京》《分享艰难》再到《痛失》《弥天》《生命是劳动与仁慈》，他总是将自己的叙事目标对准当下的底层生活，对准那些被日常表象所掩盖的幽暗地带，在倾力书写中国底层生活沉疴的同时，又饱含着他那特有的体恤情感，在一种酣畅的叙事话语中，展示了一个个沉重悲凉的生存图景。

坦白地说，拥有这种浓烈的体恤之情的作家并不是很多。在当下的文坛中，更多的人，或许更乐于选择某种所谓的知识分子立场，在一种想象性的底层话语中重建各种启蒙理想，以及某些道德化的价值观念。唯因如此，我们常常读到许多关于底层生活的叙事，总觉得有些隔膜，有些游离，缺乏那种来自泥土深处的自然气息，而他们的体恤和怜悯，也多多少少地因此而显得有些居高临下。但刘醒龙却像一丛质朴的灌木，紧紧地匍匐于乡土之中，依土而生，吸露而长。所以，读刘醒龙的小说，我们不仅可以感受到土地的气息，感受到基层生命的自然、率真与质朴，还能够感受到那些苦难和伤痛背后的许多痼疾——这些痼疾，紧紧地熔铸于人物的血脉之中，就像鲁迅笔下的劣根性，让人哀其不幸，怒其不争。

这种沉迷于现实底层，但又不是简单地再现底层生活表象的写作姿势，展示了刘醒龙作为一个现实主义作家，显然比那些在现实表层搔痒的模式化写作更有价值。因为它们融入了作家大量的理性思索和文化考量,体现出作家对底层现实的多方位思考。在这种思考中,刘醒龙从来不以揭露生存的苦涩和尴尬去谋求道义上的关怀姿态,更不会玩"红肿之处,艳若桃李;溃烂之时,美如醍酪"之类粉饰性的手法,他总是努力带着自己的灵魂和思想去寻找现实背后的真相,去探究失范秩序的内在症点,譬如乡村社会中的权力结构及其腐败与人性的纠结,譬如基层官场的吊诡与乖张,譬如在改革机制催发下的欲望膨胀,譬如对劳动、土地、生命和高贵人性之间关系的多维度演绎……这些思考的有效性如何或许并不重要,重要的是,刘醒龙通过这种思考,表明了自己是一个灵魂在场的作家,是一个永远将情怀置于故事深处的作家,是一个具有人格力度的作家。

正是在这种情怀的驱动下,刘醒龙的小说始终洋溢着浓烈的叙事激情。这种激情,就像涌动不息的岩浆,给人以扑面而来的灼热感,仿佛作家的热血在文字间翻滚和跃动。所以,刘醒龙的小说常常有一种特殊的感染力——我们既被故事的曲折走向所吸引,被人物鲜活灵动的言行所感动,又被叙述者的激情所融化,被叙事话语的狂欢式流淌所吸引。而且,这种激情不是简单的抒情,而是渗透在人物的理想冲动里,贯穿在话语的酣畅通达中。它带领我们在幽暗中寻找亮光,在无奈中打探希望,在艰难中分享顽强——就像《生命是劳动与仁慈》中所叙述的那样,无论时代为我们提供了多少的生存方式,无论人们对"劳动"持以何种观念,但是,在人的生命中,劳动以及对劳动的最原始的感受,依然是我们充实生活品味幸福的核心方式。

当然,我不想讳言的是,刘醒龙的激情同时也破坏了他对叙述的有效控制,使得他的早期小说显得酣畅有余而又精致不足。但这一点,在他的长篇新作《圣天门口》中获得了重要的改观。《圣天门口》以其均衡的笔力,在洋洋洒洒的三卷本中,对中国20世纪前半段的历史进行了一种独特的反思和再现。他一方面将汉民族的文化史诗《黑暗传》通过说书人的言说融入叙事之中,另一方面又让主体故事开始于文化史诗终结之处,使整个小说的时间结构从开天辟地一直延续到 20 世纪中期，呈现出蔓延数千年的波澜壮阔的"史诗"特征；在主体故事上，小说从 20 世纪初期的民主革命开始，一直讲述到"文革"为止，极力演绎了在中国上演半个多世纪的种种"革命"生活，其中既有军阀混战、国共战争、中日战争，又有解放战争、土地改革乃至"文革"武斗，基本上可视为一部充分民间化了的"战争小说"；在空间结构上，作者尽管也写到了武汉等大城市的社会背景，但其主要舞台基本限定于大别山区一个叫"天门口"的小镇，因此，它又可称为中国乡村社会结构的变迁史；从人物的结构谱系来看，它主要围绕着雪、杭两个家族的恩怨情仇以及彼此的兴衰起落来展开故事。所以，从某种意义上说，它也是一部较为典型的家族式小说；从人物生存的文化指向来说，以梅外婆、雪柠、雪蓝、雪茋等雪家女人为代表所尊崇的基督教义，通过无数次身体力行地布施与救赎，将生命中的"福音"理念非常自然地熔铸于乐善好施的传统伦理之中，而天门口的那座小教堂更是一个罪恶与惩罚、沉沦与救赎的人性符号，这些无疑又使整个小说呈现出对人性原罪的追问与启蒙的明确特征……无论从何种角度来解读，它都具有一个看似相对完整且贯穿至终的意义系统。但是，如果你严格地遵循单一化的系统结构来阐释，又会发现它的审美内涵不停地溢出本系统之外，向各种其他的系统渗透。因此，我曾说过，这是一部具有"百科全书式"的丰饶之作，也体现了刘醒龙在叙事上的巨大潜能。

(《时代文学(上半月)》2011 年 07 期)

他 的 琴
——小记刘醒龙

海 飞

　　昨夜的南方阵雨下得酣畅淋漓，我为赶一个稿件而离别妻女，在杭州西溪湿地的一所小房子里独居。将秋未秋的日子，如果是往常这样的夜晚，必定是秋虫秋蛙的声音争先恐后地挤进小房子里来。而今夜只有密集的雨声，那暗夜里雨的精灵，呈倒灌之势将小房子团团围住。我能看到灯光的近处和远处，能看到雨从玻璃上滑落时急急奔走的身影。在这样的雨声里，我打开长篇小说《天行者》的第一页，这是刚获茅奖的一部小说，而我读它，与是不是获茅奖没有多大关系。只因了作者是我认识的一位师长，一位朋友，一位可敬与可亲的大哥……他叫刘醒龙。

　　在我的青年辰光，十分认真与虔诚地读过《凤凰琴》。这样的说法，显得有些落俗套。在那个年代凡喜欢文学的，差不多都知道这个小说。那时候阳光稀薄，我的日子也慵懒得一塌糊涂。我十分热烈地喜欢着一种民间娱乐，那就是和人通宵地打扑克牌。读小说是我之外的唯一爱好，然后因为这个小说让我的心不断下沉与上升，在工厂一排排的宿舍门口我开始发呆，让我知道了文字原来有如此钝而厚的力量。我记住了作者的名字，他叫刘醒龙。

　　现在，请允许我回忆和刘醒龙认识与交往的一些细碎的片断。细数起来，我们并不十分熟，所有的交往也因为文字。认识他是在杭州的临城富阳，我在富阳陪陈东捷、朱燕玲、章德宁等诸位老师游龙门古镇，程德培老师陪刘醒龙老师也到了富阳，两支队伍在富阳会合，其间有富阳地主、郁达夫先生的长孙郁峻峰忙碌奉迎于其间。这是我第一次见到刘醒龙,面对宽阔的富春江江面,他掏出了随身带着的泳裤,找一个树林换了直接下水去游泳。这是富春江的某一段还显得有些"野"的水面,不如城区那一段水面的温文与干净。近处、远处,以及远处的远处,轮船不时地在穿梭其间。现在想来,那宽阔的泛着白光的晃荡的水面,以及水面上一个不时游动的人影,还有那水面上叶片一样漂浮的轮船,像极了一部荒凉的电影的镜头。我就是在这样的镜头里,对刘醒龙老师有了一个初识的印象。平头,结实,精悍,却又有那么一丝温文。中午在当地居民——郁峻峰的表兄弟家中吃饭,他开始兴致勃勃地聊起了文学。于是就想,写作的人不管聊得多海阔天空,最初或者最后的话题必定还是文学。

那以后我按他给我的信箱地址给他投去了长篇小说稿件,一段时间后他回复,看完了,很好,可以发在他主编的《芳草》杂志上。此后是一段时间的等待,此后是《芳草》的样刊寄来。据我所知,他联络了评论家看作品,点评了我的长篇《花满朵》。于是就想,他首先是一个敬业的人,把他主持的杂志看作是另一个生命。其次他是一个愿意扶持后学的人,因为我们实际上素昧平生。

后来是在绍兴,刘醒龙老师携夫人来看望正在参加一个活动的女儿,给我以及绍兴的朋友们带来了他的新作。在咸亨酒店,我们谈起了文学,以及文坛的一些琐事。他不太喜欢招摇与热闹,所以我们一直都待在小屋子里喝茶,然后时光就过得飞快。接下来就是在湖州的一个文学活动上见了一面,十分匆忙,期间在一座不知名的木塔前,我第一次和刘醒龙老师留了影。

我相信我们都是一生与文学相关的人,也相信因了文学我们有了这种淡淡如水的交情。刘醒龙老师获茅奖的消息传来时,我给他发了祝贺短信,他在短信中回复,武汉的天气变凉了。我相信他一定十分冷静地看这一个奖项,也相信他仍然会继续生发出他的文字。其实我十分喜欢他另一个长篇《圣天门口》,我觉得那个小说更有汹涌之气。因了平常编电视剧本的原因,我在一个电视节上拿到了《圣天门口》的精美画册。那些在画纸上表情丰富的人们,让我看到了那个年代刘醒龙老师笔下的恩怨情仇。

我十分的喜欢这种淡淡的交情，也十分的喜欢与刘醒龙老师之间有关文学的话题。我们每一位作者都有着各自的方向，而刘醒龙一路走来是《圣天门口》，是《天行者》，是所有的文字。那些密密麻麻的文字是心血，也是他的琴。他在琴声里审视自己的文字，像一个农民，时时关注着一亩田和田里四时不同的庄稼。他从不计收成，只看满眼葱茏。

我期待下一次相见。

(《鄞州日报》2011年9月26日)

阿卡刘醒龙

叶 舟

是在东湖,在武汉。那天下午,李敬泽、李修文和我三个人,坐在水塘边钓鱼。其实不准确,钓鱼是个幌子,我们是在晒太阳儿,在仔细抽烟。秋末的日光落下来,泻在水面上,将三个人的嘴脸写得很危险,鱼群和我们对峙着,不分高下。其间,修文断喝一声,动作夸张,收获可怜,七米长的竿子,挂着四五厘米的小鲫子。修文不忍,后慈眉善目地放了生,惹得敬泽与我很尊重,连连夸奖。这时,刘醒龙来了,中等个儿,寸头,上身铁锈红的休闲装,满脸笑意。

——日光很亮,也照在他身上,有一层红晕,仿佛一袭藏传佛教的袈裟。按着我在藏地的经验,我觉得他像一位刚刚走出了寺院的僧侣,闭关经年,苦修完毕,刚刚踏行在红尘世上。后来才听说,他的那部皇皇大作《圣天门口》,果是苦修的成果,六年磨砺,一朝问世,惹得业界好评如潮,众说纷纭。

他打过招呼,站在岸边,瞧三个人嬉戏。修文作了介绍,他与我握手问候。这是我们第一次见面。与我此前想象中的刘醒龙迥异。他安静、内敛、轻声细语、脚不沾尘,似乎刻意不去惊动什么。但他的"杀气"却重,消息慈悲,鱼群早已掩面而去,不露端倪。此后的时间里,我的鱼漂若三寸铁钉,纹丝不动地钉在水面上,萧条不已。

收了竿儿,逆光走在回去的路上,照旧有一层红晕。我越望他,越觉得是一位喇嘛。不知为什么,这一印象始终留存在我的脑海里,挥之不去,时至今日。

晚上凑了一干有意思的人，在宾馆地下室的酒吧里闲谝，大多是江湖传闻和段子。谢有顺口才极佳，记忆惊人，出口成章。我也不闲着，顺势抖了几个包袱，大家频频笑场。刘醒龙坐在吧台一侧，安静若一尊瓷器，抿嘴，绽笑，恰到好处地捧场。我猜想，这应该是个有内力的人——"坐密室如通衢，驭寸心如六马"（冯友兰语）。半夜时散场，不见了刘醒龙，他走得悄无声息。

不久后，他动静却大。一本本新鲜的《芳草》，显示出他的另一面才华。扉页上的"汉语神韵，华文风骨"，当是他的自信和雄心。几年来，以"主编刘醒龙"的名义和品牌，《芳草》办得风生水起，有口皆碑。也算不辜负他。

去年四月，我有幸获得了该杂志的一个奖项，去武汉沽吉。行前，刘醒龙嘱我，想听一听西北民歌"花儿"。我遍寻兰州的音像店，只挑剔地找出了两张碟片，心存狐疑。后来，修文说，刘醒龙是个对边疆有无限神往的人，草原、雪山、沙漠、戈壁等旷远的风景，对他有一种莫大的诱惑。我知道，这些风景乃世上的神迹，犹如歌中所唱，"不是真人不显圣，只怕你是半信半疑的人"。我还知道，这种神往其实是一个人内心的"气象"，遂心生感佩。

他在正午的日光下迎来，寸头，含笑，依旧是一层红晕。我幻觉丛生，误以为是黄河上游的某座寺院里，偶然走出的一介喇嘛。我将碟片交给他，光斑一跳，仿佛神示。

颁奖是在黄鹤楼上举行的。青山不墨千秋画，绿水无弦万古琴，一派古意。刘醒龙是仪式的主持人，他羞涩、红脸、讷言、静安，声气不大，仍旧规矩地坐在主席台的末端，按部就班。他身后是一列青铜编钟，亘古地挂着，将内心的轰鸣敛入骨骸。我猜想，这或许是他的一丝敬畏使然。会后，他陪同一车的客人前往古赤壁采风，一路上静默，萧然前行。那时候，荆楚大地的樱花开了，香气袭面，像他的小女儿，被众人问候，被他时常挂在嘴上。

再见他时，是去年岁尾。他到北京办差，专程来鲁迅文学院，看望第七届青年作家研讨班的朋友们。在一家湘菜馆，他几乎将全班一网打尽，办了整整三桌的宴席。不善酒饮的他，居然喝得满脸赤红，来者不拒。我坐在一畔，很为他担心，拦挡数次，无功而返。他和同学们频频举杯，一干而尽。在高原的寺院里，喇嘛们就是如此激烈辩经的，高下胜负，难以立判。餐中，有同学引吭高歌，歌声杂沓。他支颐谛听，依旧是守着一份安静。

但他是一个热心肠的人。师妹郭海燕，既是他的粉丝，又是他的手下。当初在报名入学时，刘醒龙慨然送给她一台笔记本电脑，又奖励每月千元的生活费。提及此事，同学们除了歆羡外，多是自恨世无伯乐，黄金入土。小郭也极为争气，在南下实习的火车上，还在为编辑部四处约稿，通宵审读。我偷偷给刘醒龙发了一则短信，赞美此举。刘醒龙复：小妹妹，多多照顾。

"……我们是在黄昏时到家的。从车窗里望见系着旧抹腰的母亲，孤单地等候在院门外的那一刻，我第一次发觉，一生中最先学会、叫得最多、最了不起的称谓，竟然无法叫出声来。最后还是女儿趴在怀里，冲着奶奶，响亮而又深情地替我叫了一声生命中最爱的母亲……"对于动辄洋洋百万字的作家刘醒龙来说，这一篇小散文《母亲》，或许是他安静的另一份写真：大爱无言，怀着信念与感恩。该文载《读者》今年第7期，可以一阅。

在那次宴席中，我吼了一首西北民歌，说送给"阿卡"。刘醒龙一脸迷惑，不知何意。现在我可以解释了。它是一个藏语词汇，意为："兄长"。

潦草此文，送给阿卡刘醒龙。

(《光明日报》2008年9月19日)

进得此门的人有福了
——小记刘醒龙

李修文

多年之前，我还在念中学。有一天，在学校的图书馆里读到了一部小说，因为图书馆的藏书实在不多，这本书已经被翻阅得残破不堪，我不知道它叫什么名字，也不知道它的作者姓甚名谁，但是，一经读过，从此记得书里写的是一起寻常的乡村案件，但却毫无疑问地包藏了作者的良苦用心，经由这起案件，人心的软弱与贪婪，一个苍老的家园在面对不断更新的世界时手足无措的惶恐，还有强大的外部世界施加给村野乡民的那些令人难堪的沉默。它们都被作者清晰而果决地传达了出来。更重要的是，它们并未被刻意篡改，我们依然能清晰地看见质朴的炊烟和河流，听见婴儿的哭泣和隐藏在田野深处的一声号啕。直到今天，我仍然认为这部小说是中国最好的乡村小说。

还要等上一些年，等我上了大学，这才知道，我当年看过的那本书，叫做《威风凛凛》，他的作者，名叫刘醒龙。人世自有机缘，机缘自会流转，谁能想到，有一天，我又会和这个叫刘醒龙的人成为同事和相隔不远的邻居呢？经历了十年的写作，我已经习惯于将世上的作家分为两种：一种人依靠揭示和发现；一种人依靠倾诉和追忆。在回答一些人的提问时，我曾广为散播我的如此之念，好吧，我还是承认了吧，这仍然和这个叫刘醒龙的人有关，仍然和那本《威风凛凛》有关，假如我没记错，在那本书的封面勒口上，他曾写过这样的话："我认为，世界上的作家有两种：一种是用思想和智慧，一种是用灵魂和血肉，我希望成为后者。"

倏忽之间，我和他成为同事已经六个年头。这大好的六年，却恰恰是他因为写作《圣天门口》而深居简出的六年，我偶尔能在楼下的餐馆和散步的路上遇见他，也就多少见证了他六年里的悲欣交集。在许多时候，写作是一件残酷的事情，孤立无援，唯有一己之力，《圣天门口》行将完成之时，他有好几次对我说起自己的大脑供血不足，有许多次，坐在电脑面前，竟然忘记了自己是谁，自己又在干什么，他感到悲伤，但是，几乎是下意识地，他觉得自己正在拥有巨大的幸福。毫无疑问，我能够理解他，当一个人将热爱视为自己的命运，他往往会变得无所畏惧，就如陈独秀所说："什么是革命？所谓革命，就是闭上眼睛往火坑里纵身一跃。"

"进得此门的人有福了"——无论是写作还是生活，这样的人也理应获得欢乐和奇迹。这个叫刘醒龙的人，他身上一直有我所羡慕的充沛的底气，无论是身体里的信念，还是梦境里的土圩与田野，都是他可以依靠的东西。他是少数有信念有依靠的人，而对于更多的作家来说，他们的信念和依靠又在哪里呢？毫无疑问，写作赐予他安宁和淡泊，但是同样会带给他紧张和对峙，这种对峙既发生在他与写作之间，也发生在他与身外世界之间，这没有办法。既然将这些不安宁视为一场生涯的前提，那么，它们就会和那个叫做信念的东西一起作用于写作，并且来指导自己的生活，上天造化，心性铸成，他唯有顺从它们的旨意。

因此，我可以负责地下一个论断，他并不是一个我们见惯了的聪明人，从很多地方说来，他仍然是一个正在不断生长的人，那些热情与执拗、感动与慷慨，都还鲜明地停留在他身上。有一次，我们在餐馆里吃饭，为了一个字的正确读音争论起来，饭吃完之后，我才刚刚到家，他的电话就来了，原来，他是手拿字典，要和我继续讨论这个字。必须承认，一想到他的认真样子，我当时的确是有些忍俊不禁了。而另外一些时候，我也数次见识过他的慷慨之气，譬如在一个不少要人参加的会议上，他突然杀出，要求给新近调来的同事林白分房子，语声激昂，许多人都痛心地看到，他将会议主题越带越远，最后的结果，是真的有人答应要给林白分房子了。

六年里，刘醒龙没有变成那种"我就是唯一逃出来向你报信的人",他也从来就不是,稍加留心就可以注意到:从他的"大别山之谜"系列开始,再经过闻名遐迩的《凤凰琴》《痛失》等,直至今日的《圣天门口》,那么多的欣乐与痛失,他根本不愿意匆忙给它们定下一个判断,甚至不热衷于给它们定下一个标准。如果它们是写作的血肉,他其实是把自己当作了血肉中的一块,跟随他们一起辗转浮沉,长歌当哭,大树还小,他唯有继续这危险与无望之旅,才有获救的可能。为什么说这是一趟危险与无望之旅,因为他总是在发现而且展示这些朴素但是致命的问题:知青是否只代表着过去岁月的美好情怀,如果是,它难道不可疑吗;即使在天门口一隅,革命与仇杀、爱情与苟且,等等,究竟哪一时刻里的哪一桩事情,才是真正作为最真实的人性而存在于世界,很不幸,他还是探究者,就像他是发明了武器的人,却还要作为武器的一种被投掷于战场,这本身就是一个悲剧。是许多优秀作家共同的宿命而甘愿的悲剧,我们知道托尔斯泰死于对"幸与不幸"的追问之中,我们也知道梵高在阳光与向日葵所迸发的金色之光中濒于疯狂,但是对不起,我们爱莫能助,对于这个名叫刘醒龙的人身怀之悲痛与呼告,我们同样爱莫能助,因为几乎每个人都清楚:悲痛的人有福了,这几乎是一个真正作家的美德与福分。

这么多年,在一些人的笔下,刘醒龙及其作品,一时被认定于此,一时又被认定于彼,其实,多数人未能说清楚的一个话题是:和那些效颦者不一样,刘醒龙不是一个机械地热衷于充当时代书记员的人,那些在眼前、甚至在当代产生的道理,他并不喜欢用来关照他要描述的现实,是啊,与其说他描述现实,莫如说他是要描述暗藏在现实之下的幽秘而锐利的神经。从根本上说,支撑他的写作的是二十年如一日的艺术气质和现代性,正是在如此质地之上,城市也好,乡村也罢,他认真地聆听过众生的内心,成为了少数真正明白在新的时代中国人的内心到底发生了什么的作家之一,才产生了刘醒龙式的简朴道德和沉郁情怀。

诗人沃尔科特有云:"不要问你的写作抵达了哪里,而要问你的生活抵达了哪里。"对于刘醒龙来说,他的生活和写作恰巧平行,"进得此门的人有福了"——他行走在接送可爱的女儿上课下课的路上，与此同时，他也行走在自己的伤口与梦想之上，已经开始，必将持续，我常常想：如果哪一天我不再费心追问自己的出处和来历，像他一样对自己的依靠知根知底，那么，我也是有福的了。

(《时代文学(上半月)》2011年07期)

刘醒龙文学创作综论

一片充满生机的青翠草木
——评刘醒龙近年的小说创作

丁永淮

刘醒龙是从草木青翠、生机蓬勃的大别山深处走来的一位文学新人。从1991年以来，他接二连三地推出了一批小说作品，以中篇《凤凰琴》(《青年文学》1992年第5期)为代表，格外引人注目。尽管这位青年作家早在10年以前即已发表了他的中篇处女作《黑蝴蝶！黑蝴蝶！》(《安徽文学》1984年4期)，并陆续地发表了数十万字的作品，出版了中短篇小说集《异香》(长江文艺出版社1992年)，其系列小说"大别山之谜"及另一个只有两篇作品的系列《女性的战争》(《芳草》1990年)也曾受到相当广泛的好评，但真正标志刘醒龙的小说创作登上新的高度的是近两年的作品。这些作品，全部是中篇，主要的有《凤凰琴》之前的《威风凛凛》(《青年文学》1991年第5期)、《村支书》(《青年文学》1992年第1期)，《凤凰琴》之后的《秋风醉了》(《长江文艺》1992年第11期)、《农民作家》(《青年文学》1993年第2期)、《黄昏放牛》(《莽原》1993年第3期)、《暮时课诵》(《上海文学》1993年第4期)、《合同警察》(《中国作家》1993年第3期)等。还有一些比这数篇艺术水准略低一些的作品。刘醒龙在关于《凤凰琴》的创作体会谈《留下青翠的草木》(《小说月报》1992年)一文中叙述了他创作《凤凰琴》的经过，说这个中篇的"构思，是从山里几位当民办教师的朋友身上得到的"，在心里郁积了"好多年"，写时"无暇按部就班地虚构思考，只好匆匆忙忙地将那种生活，从记忆中挤出来"，留下了生活的"青翠的草木"。的确，他的这些作品留下了生活的一片充满生机的青翠的草木。这些作品，以它们对大别山地区在当前社会的巨大变革时期的现实生活的真实描绘，对人民群众的真实状态和真实形象的深刻表现，显示了独具光彩的创作实绩和艺术特色。

刘醒龙的这些小说，一个显著的特点是紧密贴近现实社会生活，切入当代的现实人生，描绘社会转型期的变革现实，正面无欺，具有很强的责任感、社会使命感、鲜明的时代精神和时代特色。它们几乎无一例外的都是反映和表现大别山地区的急剧变革中的社会生活的，表现这种生活中的农民以及与农民有联系的其他阶层人民群众的生存状态、社会矛盾，以及他们的精神困惑与拼搏。《村支书》是第一篇给刘醒龙带来广泛好评的作品。熟悉本地情况的人都可以看出，这篇以一个真实的英雄人物的某些素材为缘起而创作的中篇，却没有简单地将主人公村党支部书记方建国写成一般的英雄人物。作者没有回避贫困的大别山区严酷的生存，艰辛的付出，在向现代化迈进中的艰难步伐。望天畈是一个落后、贫困的山村，老党支部书记方建国具有廉洁奉公、不谋私利、为人民的事业鞠躬尽瘁、勇于献身的精神和质朴、诚实的品德；但另一方面，他的思想方法和工作方法又是陈旧的、过时的，不能适应变革时期的新形势。在农村经济体制改革后的社会主义市场经济的形势下，他思想波动，行动失措，工作无能为力，作为农村基层的带头人，他无法带领群众致富。在汛期到来的日子里，为了修复已有危险的水库大坝，保护群众的生命财产安全，他四处奔走，好不容易筹措到五千元的拨款，可因某些上级部门的扯皮、调包及腐败现象的存在，这笔资金迟迟不能到位。洪水在坝尚未修复的情况下来了，为保住坝，在险情出现的危急时刻，他毅然跳进激流，用身躯堵住了漏洞，牺牲了。他的死使以村长为代表的只顾自己发家致富而忘记人民群众的干部受到了震动，决心挑起带领群众致富的重担。作品极为深刻地、真实地反映了经济体制改革后的农村现实，反映了农村党的基层组织和基层干部的现状，也反映了在商品经济大潮的冲击下，像方建国这样的干部所面临的困惑和问题。作品所着力刻画的方建国这个人物，是有血有肉的。他有思想方法和工作方法落后于形势的一面，但他的把人民利益置于个人利益之上、为人民利益勇于献身的精神和共产党员的高尚品德，却永远闪耀着光芒。一发表即受到国内外好评的中篇小说《暮时课诵》，描写了改革浪潮冲击下的大别山区的俗界和佛界的人物，表现了已溶化到现实生活的毛细血管里的改革现实和世态人心。作者没有直接写改革，但无处不在写改革，所写的无一不与改革有关。作品写县财政局的三个年轻人，一男二女，同去县城附近的佛教胜地灵光寺散心，一天之内，在俗界与佛界之间游离，俗界中的权力的运作，人事关系的微妙，人际之间的情面与交易，佛界的种种世俗的侵入，诸如和尚争权，众多和尚尸位素餐，和尚之间等级分明，飞短流长，打小报告等，都写得异常真实，读后耐人深思。

　　刘醒龙的这些小说的另一个显著特点，是对人民群众的真实存在状态和真实形象的正确把握和真实表现。在表现创造历史的主体的人民群众的形象的问题上，我们的文学创作曾经走过弯路。在"极左"思潮盛行时期，许多作品中的"人民群众"都成了脱离人民群众的"高大"的"超人"，远远偏离了人民群众的真实存在状态。在近些年来出现的许多描写所谓"小人物"的作品中，那些"人民群众"又都被写成了浑浑噩噩、卑鄙委琐、放纵生物本能的行尸走肉，大大歪曲了人民群众的真实面目。刘醒龙的这些小说，都是以人民群众为表现对象的，描写的是普普通通的农民，生活在农村的知识分子。它们的可贵就在于，作者异常准确地把握和表现了这些普通群众的真实形象，中篇小说《凤凰琴》这方面的表现是十分出色的。这篇小说描写了大别山区一所极偏僻、极贫穷的山村小学的四位民办教师，在作者的笔下，这几位农村知识分子都是极普通的人物，但他们又都是高尚的，坚持在那样困难的情况下忠诚于教育事业，工资被拖欠、被克扣，照样坚持工作；修理破旧的校舍缺钱，有的自愿挖了自家还没有长熟的茯苓卖了垫上，有的为离校远的学生腾出房子做宿舍、为学生做午饭。他们家徒四壁，仅能维持最低的生活水准，却念念不忘学生入学。余校长说："我不是党员，可我讲做人的良心，这么多的孩子不读书怎么行呢？拖个十年八载，未必村里的经济情况不会好起来，那时再享福吧！"每天早晚，在破旧的操场上，用笛子伴奏，庄严地举行国旗升降仪式，唱起国歌，在他们平凡的贫困的生活中蕴蓄着不平凡的伟大的精神力量。但他们是普通的社会生活底层的人物，也都有普通人的七情六欲，有普通人的困顿、艰辛、痛苦和烦恼，为求自我的生存与发展也能做出许多不高尚的事来。为求得"民办"转为"公办"教师，他们相互拉关系，打小报告，诽谤他人，为求评上先进能得800元的奖金，他们弄虚作假，谎报升学率。作者塑造的这些普通的人民群众的形象，既没有拔高而使他们成为"超人"，也没有贬损而使他们成为"非人"。作者着重揭示了他们在困境中的挣扎和抗争，他们身上有庸俗和自私，但更有崇高和奉献。他们是栩栩如生的"圆型人物"，而非那种观念很强的"扁平人物"。

刘醒龙的这些小说的又一显著特点，是相当鲜明的悲剧意识。在他的"大别山之谜"系列小说中，众多人物的命运蕴含了相当鲜明的悲剧因素，但作者并未深究这些悲剧的含义和根源，而从他的笔下表现出来，却仿佛都是命中注定的，带有相当浓厚的宿命论的色彩。但从《威风凛凛》以后，特别是《凤凰琴》，这种神秘的宿命论消失了，作者对生活在社会底层的农民和山区知识分子的命运中的悲剧因素的理解和把握，都是很准确的，也是很深刻的。《凤凰琴》所表现的是一个真正的悲剧，以其真诚的悲剧魅力感动着许多人。但它和以往的悲剧不同，它没有描写错误政治路线对人的伤害，也没有描写邪恶势力对人性美的毁灭。在这部小说里，悲剧冲突的双方都不是坏人，都是正面人物。作品的故事情节是四名民办教师围绕普及教育检查，民办教师转正等发生矛盾冲突的，其根本原因不在于他们，而在于不合理的旧体制阻碍了他们推进教育事业进步的努力，消极的社会势力以压倒的优势毁灭了他们的种种抗争和挣扎，扭曲了他们的人格。在忽视教育的旧体制下，他们不能公平竞争，他们对发展教育、推动教育事业进步的努力得不到支持，他们不能凭自己的才干和作为以实现自己的抱负和理想，而只能以自己人性的扭曲、人格的分裂来适应这种生存环境，来适应这种非改革不可的旧的体制。作者以很深刻的生活洞察力，准确而又极其动人地表现了这种悲剧，给人以强烈的精神震撼和艺术感染力。中篇小说《秋风醉了》中的王副馆长、《威风凛凛》中的中学教师赵老师，都是塑造得很成功的悲剧形象，表现了他们命运中的不同形态的悲剧。

　　刘醒龙的这些小说还有一个显著特点是在创作方法上显示了一些新特色。这些小说在切入生活矛盾、揭示时代精神、塑造人物形象、展现生活形态方面都有一些新的特征。作者注重表现当代农民的生存状态，但又不忽视典型概括，不忽视人物形象的典型化，而注重在生活的真实中描绘典型性格。这些小说许多细节的描写都达到了极其逼真的程度。但他们不排斥理性的、人文的评价，不排斥对生活本质的揭示，从而让形象蕴藏更丰富、更深厚的社会内涵。现实主义的创作方法在这里显示了强大的生命力。在艺术手法上现实主义的环环相扣而依时递进的叙事方法，现实存在形态的时空表现形式，相当强烈的故事性，细节和场面的鲜明生动的叙述，人物形象鲜明丰富个性的刻画，也都运用得极其娴熟而鲜活。

　　　　　　　　　　（《文艺理论与批评》1994年04期）

刘醒龙与大别山之谜
——刘醒龙创作散论

於可训

一

刘醒龙有一组小说叫做《大别山之谜》。大别山对于刘醒龙来说，何以会成为一个谜，在人看来，它的奇丽的自然景观自然是原因之一，但是刘醒龙的"醉翁之意"又似乎不在山水；那么，是它的历史，是在这块土地上曾经有过的革命与反革命的厮杀与搏斗？是，又似乎不全是，因为刘醒龙的这些作品又不在忠实地记述这些已经发生过的历史事实；那么，是它的民情风俗？但深知刘醒龙作品和鄂东民情风俗的评论家又明确地说过，刘醒龙的作品其实并没有多少鄂东的地方色彩。那么，究竟是什么东西使大别山这块土地成了刘醒龙笔下的一个谜呢？我想，其原因只在于刘醒龙自己。

似乎应该把这个话题说开去。苏轼有一句诗说："不识庐山真面目，只缘身在此山中"，是因为身在庐山中，对庐山缺少一个审美距离。"二战"后，苏联的卫国战争在本国作家笔下，已经经过了几代人，愈到后来，愈显得扑朔迷离，是因为这场战争对后代作家来说，已经有了一个久远的距离。而所谓风俗云云，本来就是一种习惯的结果，久习成俗，在人看来或奇或异，而身在其中的人，是绝不会有奇异的感觉的。这似乎也存在着一个距离问题。

我以为刘醒龙之于大别山，是有着一个特别的距离的。他是处在这个特别的距离所确定的位置上。刘醒龙不可能是土生土长的大别山人，即使是，也一定是如加西亚·马尔克斯写作《百年孤独》一样，经由山外文明的熏陶，已经获得了一个特殊的观照角度，不再是"只缘身在此山中"了。这同时也使刘醒龙获得了识别庐山真面目的可能性。但是，这并不意味着大别山因此就清晰地将自己的真面目展开在刘醒龙面前。对于对象的审美观照需要一定的距离，这似乎是一件天经地义的事，但是，这个距离的选择如何才算恰当，即选择怎样的距离才能保证获得对于对象的清晰的能见度，这似乎又不仅是美学理论同时也是艺术实践中的一个难度很大的课题。

刘醒龙之于大别山，是自觉或不自觉地站到了一个距离上。因其自觉，故而他的某些作品似乎照见了大别山的某些真实的面目，又因其不全自觉或某些方面的全不自觉，故而他的某些作品又一如"身在此山中"一样地"不识"面目。这即是大别山之于刘醒龙会发生谜一样的感觉之所在。也是刘醒龙的作品之于我们，会唤起一种谜一样的感觉的主要原因。刘醒龙的作品的全部成绩和不足，即存在于他对于他的艺术对象的这种审美距离的自觉或不自觉的选择之中。

二

刘醒龙似乎不太喜欢静止地再现历史，一如某些被称为历史题材的小说那样。在涉及历史的小说中，他也很少孤立地描写现实。历史和现实之于刘醒龙，恰如站在陆地观海，海浪被看作连绵起伏的山峦，平静的时候，被比喻为一望无际的草原或如湖泊一样的巨大的明镜，有时候，还要在幻影或想象中窥见海上有仙山琼阁。一切关于海的发现都从陆地出发，陆地不但是海的观照角度，而且还是评价海上事物的标准和依据。人们总是背对陆地看海，刘醒龙因而也背对现实去看他眼前的历史，在他的许多涉及历史与现实的作品中，历史对于他来说恰如未知的海，一切关于历史的描写和判断，都是基于他对于现实的经验和理解。

这结果有如下三种趋向。其一是以《女性的战争》为代表，以历史对于现实的价值激起对于历史的敬意和崇高感。在这个题目下，有两篇小说《十八婶》和《抗妈妈》，面对的都是抗日战争中的英雄女性。两篇作品都采取了二段式的叙事方法。即历史的叙述在先，现实的情境在后。在《十八婶》中，现实的情境是所有人都在为一个"烈士"的母亲保守一个秘密；过去的故事是，这个秘密告诉我们，这个后来成了"烈士"的儿子，原来正是我军传文捉拿的一个逃兵。在《抗妈妈》中，现实的情境是"七妹"是一个受人尊敬的抗日英雄——"抗妈妈"；过去的故事是，这个当年的"七妹"为了向日本人复仇却误杀了我军九名干部。在这两篇作品中，现实的情境和过去的故事恰好构成了结构主义对于作品的分析所要求的"二项对立"的形势。英雄和逃兵、"毒死日本人"和"毒死新四军"，无论是就事实的性质和对其所作的价值判断而言，都是泾清渭浊、水火不能相容的。但是，在这两篇作品中，作者却意外地将二者集于一人，注于一身。"十八婶"的儿子先当了逃兵而后慎遵母命和受着正义的感召，用炸药炸死日本兵，与敌人同归于尽。"抗妈妈"为了复仇用毒药毒死了一个汉奸和八个日本兵，但这九个却是化了装的我方军政人员。前者无疑揭示了人的复杂，即使是英雄烈士也不例外；后者则刻画了历史的偶然，即使是敌我分明的战斗中也不可免。二者都是悲剧，但这种悲剧的崇高无疑又都有缺陷。从历史的角度来展示这场悲剧，自然不难明辨是非，分清功过。但刘醒龙却以"二项对立"的方式，以现实的眼光来表现这场惨烈的历史悲剧。这样一来，这两个悲剧性事件本身的是非功过就变得极其次要了，相反，作为那一场伟大的民族战争的一个有机的部分，两个悲剧性事件以一种偶然性方式所显现出来的对于敌人的刻骨仇恨和殊死的战斗精神，却是永远值得后人崇敬的。人们为"抗妈妈"为"十八婶"保守那个众所周知的秘密，正是基于对于历史的这种崇高的敬意而不是对于事实本身的判断。这使刘醒龙在这些作品中处理艺术的偶然性找到了一个恰当的角度，因而这些作品既有因这种偶然性运用得当而造成的强烈艺术效果，同时又不失悲剧的崇高和庄严的艺术风度。

像《女性的战争》这样的作品，不但对于刘醒龙，对于任何作家来说,都是可遇而不可求的。因为艺术中偶然性的运用稍有不慎就会从根本上改变作家所描写的事件本身的性质。不足,则不足以摇动人心;过之,又使作品堕入神秘一途。同样是以偶然性和"二项对立"的方式结构故事,《大水》代表了刘醒龙的作品处理历史与现实的关系的另一种类型。有人指出这篇作品类似于王润滋的《内当家》,正是指出了这篇作品的现实性。现实中完全有可能使当年的"国军"师长以一个爱国华侨的身份出现在他的对手面前,正像我们在《内当家》中已经见到过的那样。但是,刘醒龙的作品却不像《内当家》那样,意在表达主人公在政治的风云变幻面前的自主自立精神,而是企图通过一个现实的故事表现历史向现实的延伸。在这篇作品中,当年的赤卫队员独臂佬无论如何也不能消解对于"国军"师长武瞎子的仇恨和敌对情绪。他用一种独特的方式,即企图借镇水之物赤石牛的神威来发泄这种积郁在胸的仇恨和怨气。结果在一场大水中,这一对宿敌竟"紧紧抱在一起"同归于尽。究竟是因为互相救助还是作最后的较量,不得而知,但是这个故事的这种沉重的结局,就足以警示我们,尽管现实在发生深刻的变化,历史已成为过去,历史在人心中沉积的善恶是非却不可能与时俱逝。这至少使人们不敢以轻慢的态度对待历史,因为历史活动虽然已经结束,但是历史的魂魄却在我们心中,它与现实同在,只是改换了一种存在的方式。

刘醒龙的作品处理历史与现实的关系的第三种类型,便是如《牛背脊骨》和《鸡笼》这样的将历史与现实掺和起来。这同样也是用的"二项对立"和寻找偶然性的方法,不过在这些作品中,"对立"的"二项"是潜在的,偶然性的因素更加显得突出了。因此使这些作品带上了一种神秘的色彩甚至有某种宿命的意味。在这些作品中,历史已不是一些完整的事件,而是以偶然性的方式与现实相联系着的众多的"全息"片断。例如《鸡笼》,在解放某座县城的时候,因为一只鸡笼暴露目标,招致我军的伤亡。破城后,我军胡营长杀鸡毁笼。后来又惩办了曾用法术控制鸡叫,使我军得以顺利攻城的陈先生。但是,这位胡营长在以流氓罪(还有装神弄鬼)惩办了陈先生之后,却秘密地收养了一个酷似陈先生的弃婴,因为陈先生说过他能死而复生,四十年后再与他作对。这个弃婴后来成了本城汽车运输公司的经理,为捐建革命历史纪念馆要拆除当年的攻城英雄胡营长的下级杨广的鸡笼。这位现在已是"革命老人"的杨伯在几经周折之后,竟以允拆鸡笼为条件,换得了子女的工作安排,等等。关于鸡笼,这显然都是一些偶然性的故事。有些地方又显然过于地巧合和过分地追求戏剧性。作者编织这个故事,似乎意在表达某种关于"笼"的意念,即我们在有意无意之间都在被一种有形或无形的"笼"所笼罩。这个作品的宿命论和神秘色彩即是由此而来的。但是,从这个方面说,这部作品又实在没有达到预期的结果,因为整个作品的艺术描写给人的感觉是,鸡笼只是一个贯通整个作品将历史和现实串联起来的道具,而不是一个将历史和现实抽象出来的象征的意象。这只要比较一下钱锺书的《围城》和类似的象征性的作品就不难看出,鸡笼在整个作品中所起的作用是过于地实在了。至少是由于作者过分地追求偶然性的巧合而在无意间强化了诸如因果轮回之类的固有观念,削弱了作品对于作者认定的哲学意蕴的追求。倒是围绕鸡笼展开的关于胡营长和杨广的奇特的心态和命运的变迁,积累了更多的历史沉淀。从这一方面说,作者掺和历史和现实,使作品在这些人物身上,产生了一种艺术的穿透力量。至于作品中穿插的一些类似于"间奏曲"的关于一次笔会的描写,显然是为了表达"笼"的观念而拼贴的一种艺术的花边,它徒然增加了作品的繁复,而与作品的主体部分缺少一种有机的艺术联系。

  在上述问题上,《牛背脊骨》掺和历史和现实,使之成为有机的统一的整体,较之《鸡笼》,显然有着明显的优势。这篇作品虽然同样存在着大量的偶然性的巧合和有一种人为的戏剧性效果,但是却减少了神秘性,增加了现实性和可能性的程度。与《鸡笼》相较,这篇作品的题旨也不在表达一种观念。而是立足于在大别山这块土地上所发生的沧桑之变和在这种变迁中人的命运的变化及与此相关联的种种复杂的情感纠葛。这可能是刘醒龙的大别山系列作品中最富现实性最有力度的一个中篇,虽然作者并不冠以"大别山之谜"的名称。出现在这部作品的前台的是一批现实中的年轻人,城市的乡村的、幸运的不幸的、智者愚者贤不肖,等等。但是,在这一群年轻人背后，作为背景站立着却是他们整个的上一代人，活着的死去的、幸运的不幸的、官居高位和依然故我的，等等。这两代人的关系在作品中都是复杂的，复杂到藤缠蔓绕、纠结不清。但是不管这种关系多么复杂，在作品中，我们却可以看到，有两种力量在以各自的方式，把这些人的命运紧紧地纠结在一起。其一是历史活动本身的复杂性，这即是作品中写出革命战争年代敌我之间和革命队伍内部的、残酷的、错综复杂的斗争。其二是从事历史活动的人自身的复杂和微妙，这即是作品中写到的同样是发生在革命战争年代的那些说不清的灵与肉的纠葛。这当然也应当包括作品中所涉及的现实在内。只不过，在现实中历史上的生死搏斗已经改换了一种争取新的生存方式的斗争罢了。这两种力量实质上也是以不同的方式表现出来的情欲的力量。前者是功利的，后者是情感的。正是这两种力量的交互作用，才使得这两代人像我们在作品中所看到的那样，以种种奇特的方式与这块土地紧紧地联系在一起，因而这块土地上所发生的任何一点变化，也都是受着这两种力量驱使作用的结果。因为前者的变迁是历史性的，因而尽管艰难，但毕竟在发生变化。那棵象征着老一代山民的生存方式的"千年古樟轰隆倒地，天没塌地没陷山不动水不惊"。这些变化将要把些山民引向何方尚不得而知，但奇迹毕竟已经在这块古老的土地上发生了。因为后者的纠葛是情感性的，因而那个由上一代人留下的琴声才会带着几分忧郁和凄楚，以至于"叭"的一声，"牛背脊骨猛地一抖，二胡弦断了"！这是这块古老的土地在发生翻天覆地的变化时，在人们的灵魂深处所引起的剧烈震动。将历史的和情感的东西如此水乳交融地交织在一起，又写得如此声色繁丽、文情并茂，这在刘醒龙的大别山系列作品中，是不可多得的，确实给人带来了山一样凝重的感觉。

三

刘醒龙另有一部分作品的主题指向是人与自然的关系，这可以他的成名作《灵猁》为代表。这篇作品对这一主题的处理类似于艾特玛托夫常取的角度，即以自然对人类的报复对人类轻率地对待自然发出警告。这篇作品中的灵猩确有一种象征意味，所象征的显然是一种自然的力量。作者把这种自然的力量充分地人格化、伦理化了。他让它通人性、明是非、知善恶，在冥冥之中高踞于人类之上，对人类的行为作出裁决和判断。灵猩既属于子虚乌有，有关灵猩的故事显然就是作者所说的"童话"。但是作者却让他的主人公瑞良老头生活在这个童话之中，让这则童话作为一种永恒的预言，向这个世界发出末日裁判的声音："当山空了，林没了，……再也听不到獐群的鸣叫，再也看不见对对獐子挟着它的幼子，鹞鹰般掠过松树坪时，洪水猛兽就要来了！""那时，灵猩也要走了！"这篇作品依旧有一种神秘的气氛，但因为这种神秘正切合冥冥之中裁判人类的自然力，反而有一种极强的现实的感觉。能将一个熟知的主题写得如此空灵洒脱，在这样的作品中是最能见出刘醒龙的艺术气质和功力的。

　　细心的读者只要比较一下《灵猩》和《牛背脊骨》就不难看出，在这两篇作品中。刘醒龙对待自然物的态度是存在着极大的价值反差的。试看《牛背脊骨》中千年古樟的被砍伐，如上文所引，是有一种如释重负的感觉的。这是基于对大别山这块古老的土地上将要发生的变革的呼唤，是一种历史的判断。但是，在《灵猩》中，同样是一棵古树的被砍伐，却带有浓重的悲剧意味："那五龙盘项的老松树——他的树王真的倒下了。这是一笔债，一笔毫不过分的'阎王债'。只要有人出生和死去，无论世界上发生了什么，都改变不了这笔债的沉重感。"这却是从人与自然的关系的角度作出的判断，属于今人所说的"自然伦理"观的范畴。这两种判断的价值取向是相对的，甚至是相反的。言改革则视千年古树为历史的负担，爱自然则以千年古树为性灵之物。这种矛盾态度在刘醒龙的作品中自然是十分有趣的。岂但有趣而已，它在另一方面也让我们窥见了刘醒龙的另一部分作品在"义"和"利"两个字的关系上表现出来的首鼠两端的态度。

　　这一部分作品最有代表性的是《河西》《两河口》《返祖》等三五个短篇。这些作品一方面一无例外地都写到了正在发生变革的现实，另一方面虽不纯粹是自然事物。但却是在自然状态下形成的一些古老观念。例如《河西》中，一方面是钟华的"逐利"，竟"逐"到在西河上架起一座桥来，收乡亲们的过路钱。另一方面是十三爷的"重义"，竟又迁到集资重建钟华的祖人"积德行善"修的花桥，不让乡亲们从钟华的桥上经过。在《两河口》中，一方面是淘铁沙的人淘空了西河的石堤。最后石堤垮了，洪水滔滔，另一方面是长乐爷不忍见石堤坍塌，竟纵身跳入急流之中，以身刑堤。这也可谓是"义"和"利"的冲突达于极点。在《返祖》中，一位搞地质的科学家历尽艰苦，经于找到了一种足以医治自己的"豕尾"（返祖现象）又可以赚钱的矿泉水，却没有勇气跳进这如少女、观音一样纯净圣洁的泉水中去。如此等等。就这一类作品的主题而言，在近十年反映社会改革的作品中并不乏见，但刘醒龙的好处就在于，他虽然对改变古老的事物和观念有自己的偏向，即偏向于变，却又对以"利"为指归的行为持一种保留的态度，甚至有某种程度的批评。结果就在刘醒龙的这一类作品中出现了一种奇特的现象，即在将变之时，他对旧事物和旧观念持否定态度，在既变之后，却又对这些被他否定过的东西有所眷惜和留恋。试看如下的文字："雨欲停下之际，乌云中迸裂出一头巨大的银包恐龙，先是膨胀的西河，后是石堤，再是长乐爷，心寒胆颤的一抖没完，憋了两天两夜的雷声震响了。……长乐爷大叫一声。老人不肯让石堤塌在他死之前，伤心地朝漩涡跳去"，"那个黄昏，有了壮阔，有了辉煌"。这是《两河口》中写长乐爷的死。就这篇作品而言，可能有更实在的意义，比如保护河堤等，但是这其中却包含着一个更普遍的东西是正在发生急变的现实中，人们对"利"的追求给固有的生存观念和生活秩序带来的冲击。作者先极言长乐爷的固执旧物，而后却让他"辉煌"地与旧物一起归于毁灭，从中不难看出他的上述矛盾态度。其他如前引《返祖》中的怜惜泉水，《河西》中十三爷最后对钟华表示的关切和怜悯等，都是这种矛盾态度的曲折表现。

　　这使得刘醒龙的这些作品较之同类作品有比较丰富的内涵。改革虽是革故鼎新，但并非与"故"物一刀两断，这在实际上是想办也办不到的。古人有"参伍因革""通变"之说，即是说新旧是相对的交互作用的，不可截然划分。即以刘醒龙的这类作品所涉及的"义""利"而论，对二者的辨析，自古至今，聚讼纷纭。就今天的改革发展商品经济而言，似乎应当"利"字当先，但当利的追求至于刘醒龙的作品中所描写的危及文明传统和时代风尚乃至于群体的生存和社会公益时，"义"作为一种精神的价值物，又不是新旧二字所能区分的。至少在刘醒龙的作品，十三爷反对钟翟华只认金钱不认乡亲，长乐爷不惜身家性命保护乡邻利益，乃至那位地质工作者的不忍亵渎圣泉等，都很难说是一种新的精神还是一种旧的传统，但它们都有一种消解"利欲熏心""唯利是图"之类的对于利的极端追求的作用，这是从批判现实主义文学，或者说是从资本主义开始在西方萌芽起，就一直是困扰作家的一个艺术问题。近十年围绕《鲁班的子孙》等也有过许多争论。刘醒龙是无意间走入了这块是非之地了。他的这些作品虽然够不上深沉和厚重，但他走出大别山这块古老的土地上山、水人事二重的自然景观，面对一个大潮汹涌的商品社会所发生的困惑和矛盾，却是对一个急变的时代的忠实的记录。就这一点而言，刘醒龙在这一组作品中同样是营造了一个谜，却没有给我们一个明晰的谜底和答案。

四

刘醒龙的上述作品，就主题而言大致可以归入历史与现实、人与自然和义与利等三个基本类型，他的与大别山有关的另一些作品，如《鸭掌树》《异香》《人之魂》等，虽也具备上述主题的某些因素，却不似上述作品那样表现得比较单纯，而是模糊了道德的和历史的判断，却有意识地凸显了普遍的人性因素。例如《异香》中写到的猜忌和仇恨、膨胀的欲望和畸形的情恋，《鸭掌树》中写到的喜与恶，佛性和俗念的冲突与报应等，尤其是这些作品中写到的两性关系，作者往往滤尽了其中的精神的和社会性的因素，只把它归入本能的冲动和肉的结合。所有这一切，都是刘醒龙破译大别山之谜的又一个侧面。即从这些山民的思想和行为方式、性格和心理特征，以及某些情绪习俗等方面来透视大别山的历史和现实。从这个方面说，这些作品还应当包括《老寨》《地火》《麦芒》《小说二题·黄龙　黑爹》等众多篇章。

在这些作品中，也不乏一些精彩片断，例如《老寨》写驮树佬的奇特生活、《地火》《麦芒》写山民的迷信、《黄龙》写怨恨、《黑爹》写生之企盼等，都有一种人性的力量。从中也隐隐透出这块古老的土地如何经过风雨剥蚀、雷火相加，从远古蛮荒到现代文明的沧桑之变，在山民的心理性格和灵魂深处刻下的印痕。这当然是以人性来透视环境。极言人性的奇特，雕琢这种人性的环境自然也就显得扑朔迷离了，这后一层的意义是在言语之外的。唯其意在言外，因而这些作品在处理"言"与"意"的关系方面，是无意间扩大了二者的间距而使读者难于追踪它们赖以联系的蛛丝马迹。这样一来，《老寨》流于野性而不自知，《地火》失于神秘而难自拔，其他作品也或多或少地存在着这种对于深意的偏离。这是刘醒龙在艺术分寸上的处理失当而误入歧途的结果。

在这些方面，刘醒龙的长处和短处暴露得最为彻底的，莫过于《鸭掌树》和《异香》两个中篇。就这两个中篇对于人性的刻画而言，《鸭掌树》借生死、善恶、佛俗的对抗和逆转，确实把人心中埋藏的那一点因缘的种子，点拨得了然分明。俗人向佛、佛门恋俗，善成恶因，恶结善果，这些生生死死、恩恩怨怨、善善恶恶的故事，皆因人心中未了的那一点欲念。《异香》更把这种欲念推向极致，让人物受着欲念的支配，堕入一种几近疯狂的状态。就这一点而言，这篇作品对于"打猎的老灰"的刻画，确实入木三分，竟至于不无残忍之处。就艺术地揭示人性的深邃和窈渺幽微而言，刘醒龙在这些作品中表现的艺术功力是弥足珍贵的。但是，就这些作品各自作为一个独立的艺术机体而言，刘醒龙在对于人性的深刻浅画的同时，却忽略了此中形色与它的生成背景之间的联系。虽然这些作品也写到了具体的生活事件和历史内容，但这些描写只是作为作品中具体的艺术环境存在才有意义，与这些作品中所刻画的人性并无特别的依存关系。正因为如此，将这些作品的艺术时空作一个置换，并不影响这些作品对于人性的刻画。这不是有意苛求作者，而是其中实际上已经蕴含着某种将人性的描写抽象化的倾向。世界上确实不乏出色地描写人性的作品，但这些描写总是紧紧地粘贴在它赖以生成的历史的或现实的背景之上，是如浮雕之突出于前景而不是如气球可以悬浮在任何一处天空之下。否则，言恶则令其杀人，言善则使其布施，虽极尽其致，也只是一种技巧的表演，是不会有真正意义上的人的内容的。

  选择大别山作为自己的艺术对象，而且立意于索解它的千古之谜，刘醒龙是给自己定下了一道艺术的难题。大别山入既不易、出亦艰难，何况在出入之间要保持一个恰当的审美和艺术观照的距离呢！就刘醒龙当下置身的位置看，有时嫌其近，近则难免被繁花蓐草所遮蔽，为藤葛蓬蔓所缠绕，故而刘醒龙的有些作品失于枝蔓，铺陈太过。有时嫌其远，远则难免为烟所笼、雾所罩，或目力不及，冥冥渺渺，故而刘醒龙另有一些作品又失于神秘，过于玄奥。刘醒龙最深厚的是那些既身在此山之中，脚踏坚实的土地，又极目千峰万壑、穿越丛林榛莽，直达纵深腹地的作品。这些作品在刘醒龙笔下，恰好又处在历史和现实的结合部。看来，在这个"阴阳割昏晓"之处，刘醒龙将要像写下这句诗的唐人杜甫一样，长久地凝视着大别山，直到真有那么一天，会出现"一览众山小"的奇迹的时候。

(《长江文艺》1991 年第 1 期)

刘醒龙作品联想

林建法

《上海文学》1996年第1期"编者的话"指出，在近年来的"江汉作家"中，刘醒龙是最具独创性因而无法被任何文学流派"归类"的一位。他既不是"新写实"，更不属于"先锋实验"，也不表达"文化关怀"之旨。刘醒龙是伴随着九十年代中期以后这个多元化的世界格局与多元化的中国社会而一起诞生的多元作家。他在生活感受、生活见解、哲学态度上的多元性与包容性突出地表现出本期推出的中篇小说《分享艰难》之中。农村（包括乡镇）经济体制的改革，是使中国震惊的经济体制改革的排头兵，从某种意义上说，生活在城市中的我们，今天都在分享着那一场伟大改革的成果。刘醒龙的独创性在于，他敏锐地将"分享成果"这个社会性话题，及时地转化成他自己的话题：那么，是谁首先分享了这一场改革的"艰难"呢？《分享艰难》的故事发生在中国农村比较贫困的地区。故事表明，人们有信心也有可能来战胜贫困。战胜贫困的真正艰难在于他们各自有各自的局限，而这局限又同中国农村几千年的积贫积弱、几十年僵硬的旧体制所造成的愚昧和落后联系着。刘醒龙的可贵，在于他一贯不仅仅停留在展览生活中的种种"艰难"。在他的眼中，"艰难"是同我们每个人的人性相关的客观对应物，因而是对于我们每个人人性的一种挑战。刘醒龙不主张人性对于"艰难"的躲避，他擅长于描写人性对于艰难的"分享"；当然，不同的个性以不同的方式"分享"这份主要由人自身造成的艰难。同时，周毅在评论刘醒龙作品的文章中，对"江汉作家"的艺术风格也作了很有新意的描述。

（《当代作家评论》1996年02期）

平民立场的现实审察
——论刘醒龙近期小说创作

贺仲明

本文所言的"平民",指的是排除了知识分子和游民之外的中国普通老百姓群体,它的主体成分有处于社会下层的普通工人农民以及部分小知识分子。在文化的内涵上,由于他们社会地位和教育的局限,普遍性地缺乏历史感和社会整体感,并且由于局限于传统中的意识形态的影响,他们的保守守成意识也较为浓厚。在历史和现实中,由于知识匮乏而导致的独立话语权被剥夺,他们的生活和思想往往为人所忽略。但是,平民们的庞大而丰富的生活是会孕育和找到它的代言人的。我们认为,当代青年作家刘醒龙就是它所找到的一个优秀代言人。

出身于乡村干部家庭,有着熟稔的乡村和工厂生活经历并对老百姓有着深厚感情的刘醒龙,平民们的生活、愿望、理想于他的影响是深刻的,尽管他是一个知识分子,那也必然是不纯粹的、经过平民生活和文化孕育和洗礼的知识分子,所以,刘醒龙在进行他的文学创作时,时刻不忘自己是"老穷人的后代",他厌弃"那种居高临下,对农民品头论足,说三道四的人"①。而是有意识地主张"文学应当……回到生活的视野,看看这十几年到底发生了什么,看碌碌的灰色的人群到底在干什么"②。可以说,尽管刘醒龙的创作不可避免地要带有他的个体色彩,但从整体来说,刘醒龙的创作

---

① 刘醒龙:《留下青翠的草木》,《小说月报》,1992 年。
② 刘醒龙:《首要的是生活》,《中篇小说选刊》,1993 年。

(尤其是近期创作)基本上是立足于平民的立场,以平民的视野和价值观来审察评判现实社会的,刘醒龙基本上承担着为中国现代社会平民们代言的角色和任务。

"小人物"眼中的"艰难"世界

数十年的改革开放,给中国社会带来的变化是巨大的,中国的平民们也从这场改革中获益匪浅。但是,他们也承担了许多这场改革所产生的负面效应,贫富悬殊的加剧,使他们更加深了在社会上的无足轻重感;农村的严重摊派和国有企业普遍的不景气,更使他们中许多人在生计上都感到艰难。同时,举目可睹、泛滥成灾的腐败,疯狂追逐金钱和道德日益的沦丧,犯罪率的增高不下,使他们对社会也充满了不满和愤怒,在价值观上也不可避免产生怀疑和恋旧情绪。社会加深了他们的"小人物"的无力感,他们也深刻体会到身边社会的"艰难"。

刘醒龙近期的小说作品几乎全都是围绕着这些生活中的"小人物"——普通平民而展开的,尽管这些人物身份有别(从农民、工人到介于官民之间的基层乡村干部),但他们的站在平民地位的基本视点都是一致的,在他们的视野中出现的生活也都体现出一个共同特征——艰难。

物质决定着人的生存,物质的贫困是人生最基本的艰难——改革尽管使社会大大富裕了,但在平民之中仍然存在着令人触目惊心的贫穷。如果说《凤凰琴》尽管也叙写了乡村的贫困,但却被人物精神的美好而冲淡了的话,那么《彼岸是家园》则描绘了贫穷给人的心灵所带来的巨大伤害,在西河镇上,贫穷无疑是其丑陋和罪恶的深渊。此外,《白菜萝卜》中透露了一丝"靠捡菜叶度日"的城市贫民的生活气息,《孔雀绿》初步描绘了面临困境的工人们艰难生计的场景。到了《寂寞歌唱》,贫穷得到了更充分的表现,作品通过老工人林奇的视野,叙写了下岗工人艰难度日,乃至有不少人迫于生计而出卖肉体和尊严的艰难生活,为我们描绘了一幅为人所忽略但却又是必须得到重视的城市贫困生活图景,其中体现的物质贫困于人的肉体和心灵的压迫程度丝毫不逊于描绘贫穷乡村生活的《彼岸是家园》。

　　物质贫困构成现实"艰难"最突出的部分，但是平民们所体会的艰难却远不只此。首先，是不良社会风气的泛滥使平民们的精神受到巨大腐蚀和不良影响。《孔雀绿》中原本正直的工人吴丰在社会影响下也不由自主地加入到偷盗工厂财产的队伍，他的无奈感喟正是对社会风尚无言的控诉。《白菜萝卜》也一样，大河一旦走进城市，他的诚实正直就全然失去了意义，而最后他也开始接受城市的诱惑。正如《黄昏放牛》中老农民胡长升在离乡五年再回乡后所看到的，民间原本具有的质朴诚实已经丧失殆尽了，取而代之的是贪婪浪费、不孝和不义，有甚者更走上无人道的犯罪。

　　其次，不当的苛捐杂费和官僚们腐败的重压也是平民们摆不脱的艰难。《路上有雪》里的乡民们禁不起苛捐杂费被迫背井离乡，年老无依的老农只能借求神拜佛寄托希望。尤其是《挑担茶叶上北京》和《分享艰难》中讲叙的"冬茶"事件更令人深思。茶叶本为春采，但干部们为了私利，向上级行贿，不惜以强行摊派命令乡民冬天采摘，这种"半斤茶叶就要冻死一亩茶树"的巨大代价的茶叶摊派难道不是压在乡民身上的巨大枷锁？"挑担茶叶上北京"的题名显然包含着深刻的反讽寓意。《寂寞歌唱》对贪污腐败的现实作了更充分更全面的揭露，作品中上至县委书记，下至工厂厂长，几乎无一官员不贪，无一干部不压榨平民们身上的血汗和泪水。

　　而且，《寂寞歌唱》还通过勾勒现实物质贫困、社会道德败坏和官场腐朽三者之间的关系，向我们揭示了腐败是前二者最根本的原因。也就是说，在作者看来，物质生活的艰难，社会道德生活的艰难，归根究底都是源于腐败这一根本性的症结，它是艰难生活的渊源。

　　艰难的时世，使这一世界中众多的"小人物"们充满了困顿，举步维艰。姑且不说那些生活在贫困线上、终日为衣食忧心的最下层百姓，即使是身为乡干部的孔太平在无孔不入的腐败关系网前也束手无策（《分享艰难》），所以老农民胡长升只能带着心中的痛苦和疑问在叹息和感怀里向往昔追慕（《黄昏放牛》），石得宝也在愧疚和无奈里看着老父亲被欺骗、家中的茶园被踩蹭践踏(《挑担茶叶上北京》)。《路上有雪》的结尾似乎带有些喜庆气氛,但事实上,安乐和高天元们又解决了什么根本性问题,他们又能解决什么根本性问题呢?

寓爱于恨的现实批判

"人小物"们的现实生活是如此之艰难,他们对于这艰难世界的批判态度是自然的。

对于物质贫困的艰难,《彼岸是家园》曾作了透辟的揭露,"我"的对西河镇的厌弃与拒绝即明确表达了作者对贫穷的厌弃;在《黄昏放牛》《白菜萝卜》中,作者更侧重于对社会道德沦丧的抨击,被逼为娼的周玲固足以警醒世人,大河的面临危机不更发人深思么?但是,正如作者在《寂寞歌唱》中明示出社会艰难的根本根源在于腐败,他的对物质贫穷和道德沦丧的批判也必然要深入到其背后的背景上去,他的批判笔触很自然也更准确地主要落在了对于腐败的揭露和批判上。

所以,《黄昏放牛》在揭示乡村道德沦丧的同时,也塑造了不务实业、借四处考察躲避现实矛盾的镇长官僚形象;《割麦插秧》则更对利用职权欺凌百姓的乡村干部进行了揭露,到了《挑担茶叶上北京》,作者对无视老百姓利益和愿望,不惜以巧取豪夺行径以逞私利的官僚们的谴责几溢于言表,石得宝等乡民们的痛恨更寄寓作者同样的情感。在《寂寞歌唱》中,尽管叙述事件复杂,涉及面广,但作者对于县委书记和林茂等"硕鼠"的基本否定态度是毋庸置疑的,作品结尾赋予林茂车祸而至也寓示了林的罪有应得。

腐败使改革受到重重阻力,也使平民们蒙受了不应受到的损失。所以,刘醒龙不但借人物之口发出疑问:"怎么改革改得像文化大革命时一样,大家这么多的意见,这么多的难处?"(《寂寞歌唱》),更不惜借"陈胜、吴广"名字之寓意(《路上有雪》)来表达平民们的现实激愤。应该说,刘醒龙的对于现实、尤其是对于官僚腐败的强烈批判,是切合处于社会下层、深受改革不完善之苦的平民百姓们的思想感情的。身处艰难困境的平民们对社会不公正和腐败怀着强烈的愤懑，即使偶有激愤过当之言辞也属常理。

　　然而，平民们对现实的态度也是复杂、充满着矛盾的。他们虽然愤懑于改革中的缺陷，但他们并不反对改革，并且是盼望改革。改革所带来的物质利益固是巨大的，改革前后社会对人的禁锢程度亦不可同日而语。同时，中国平民传统的文化心理也使他们宁可忍辱负重也愿国家安宁、社会太平。所以他们不满现实的目的是希望改善社会中的不善，他们的愤怒与批判亦是为了更美好更安宁。所以，对于现实，他们是爱与恨交织，肯定与否定并在。在某种程度上，他们的愿望与当前社会的主流意识形态有着暗合的一面，他们对于社会对于生活在批判之下是蕴含着理想、蕴含着希望和信心的（虽然限于他们的历史和知识，他们不可能有更高的愿望，对现实的失望往往使他们追怀社会安宁的往昔，追寻焦裕禄式的好干部好英雄，尽管它们有着许多的乌托邦性）。

　　这种现实态度的复杂与矛盾也深刻地体现在刘醒龙的创作上。他在《为什么写〈彼岸是家园〉》一文中即明确显示出这种矛盾。他一方面指出"仇恨"是他创作的基本主题，但另一方面又试图以"爱"去抚平它、融化它，两种情感交织在这篇短短的创作谈中，似乎"爱"与"恨"都没有真正拥有绝对的权威。

　　所以，在刘醒龙对现实的批判中，有时候却奇怪地夹杂着认同与妥协，在揭露中有时亦暗含着欣赏。比如《分享艰难》中的洪塔山，显然是一名地痞恶棍，但作者却给予他很多的宽容。作者不仅让孔太平屡屡为他解脱，还让他"乡镇企业家"的砝码压过了正义和法律。再如在《寂寞歌唱》中对林茂行为的描写，也显得有些态度犹疑和暧昧。与此相应，刘醒龙在《分享艰难》中令人醒目地提出了"分享艰难"的口号，《路上有雪》更塑造了高天元这样一个富于理想色彩的乡干部形象，《寂寞歌唱》中的林奇在排解工人与政府警察的冲突时，使用的语言"打起来对双方都没好处"显然切合中央"稳定压倒一切"的基本方针。而同时，"为人民服务"的毛主席语录成为了某些乡民们用以向神祈祷的经书（《路上有雪》），胡长升等人也只能在对以往清廉时期的怀念里寄托对现实的失望（《黄昏放牛》）。

这里我们不想评判这种平民的、复杂的现实态度和希望理想正确与否，但是就刘醒龙作品的艺术表现而言，由于价值判断态度的含混而影响了作品立场的坚定和批判的力度（《分享艰难》中已谈过）。事实上，作者对洪塔山的纵容和认同显然是违背了法的规则，也客观上轻视了其他人的利益。《路上有雪》中前面的现实批判较为成功，但结尾显得有些人为的喜庆气氛明显勉强，也冲淡了作品的悲剧性。

立足于平民立场来审察现实，确实能够得到其他立场所不能替代的真切生活感，也能够使文学作品深切地表现生活反映真正的社会现实。因为平民是中国社会人口最多、也最得体现出现实得失的阶层，他们的利益、愿望和要求，不但直接映射出现实的真实状貌，而且也是真正意义上的"文学"所必须关注的对象，是现实主义文学不可忽视的一个广阔生活领域。这种立场，在普遍性疏忽真正现实生活、轻视平民大众的当下文学界，更有不可否定的现实意义。刘醒龙近期反映平民大众生活的作品，广泛受到社会和大众的好评和欢迎，正反映出来这一点。

但是，单一的平民立场还远远构不成真正的现实主义，它的缺陷不可忽视。正如前所述，由于种种原因，中国的平民文化有着较强的保守和短视色彩，现代理性精神和纵深的历史感是它所缺乏的。所以，要想达到真正的现实主义文学的高度，在具备立足于平民立场的基础上，更要能超出平民立场，站在历史和高于其群体利益的高度对现实进行审视和批判，以现代的理性主义对现实予以烛照，这样的现实审察才能既具有现实基础、与大众利益相呼吸，又能进入历史层度，对现实进行更准确也更有力的剖析与批判，从而更具有历史穿透力。

刘醒龙在这方面显然有所欠缺。他虽然也并不绝对是平民立场（由于他的个人性，他的主流意识形态影响色彩也较浓），但却显然缺乏真正的现代理性精神。拘泥于现实立场，使他的作品明显缺乏悲剧感，也缺乏历史性，甚或在价值评判上也存在一些含混处（见前所论述）。刘醒龙欲突破自己，真正达到他所希望进入的真正现实主义殿堂，加强现代理性精神的投射是至关重要与不可或缺的。

(《当代作家评论》1997年05期)

刘醒龙小说创作论

王春林

作家刘醒龙曾经把自己的小说创作划分为三个不同的阶段:"早期阶段的作品,比如《黑蝴蝶,黑蝴蝶……》、《大别山之谜》,是尽情挥洒想象力的时期,完全靠想象力支撑着","第二个阶段以《威风凛凛》为代表,直到后来的《大树还小》,这一时期,现实的魅力吸引了我,我也给现实主义的写作增添了新的魅力","第三个阶段是从《致雪弗莱》开始的,到现在的《圣天门口》。这个阶段很奇怪,它糅合了我在第一、第二个时期写作的长处而摒弃了那些不成熟的地方"。① 在我看来,刘醒龙此处所谓"糅合",其实明显意味着作家一种思考与写作能力的增长——即从仅止于对于现实表象层面的描摹与表现到具备某种能够穿透现实的卓越思想能力的蜕变。正如我在以前的一篇关于刘醒龙的文章中所作出的论断:"对任一优秀的作家而言,仅有对现实世界充分的关注与表现是远远不够的,一个更重要的问题在于作家是以一种什么样的方式关注并进入现实世界的。无数的文学事实证明,举凡一个优秀的作家,在其观照表现现实世界的过程中,其实都是拥有一种相对成熟成形的或可称之为世界观的精神哲学的。此处所谓精神哲学并非某种哲学理念,当然也并不是在要求作家应该成为哲学家,而是强调作家某种深邃的思想能力的具备"②。从刘醒龙的写作历程来看,这种

---

① 周新民,刘醒龙:《和谐:当代文学的精神再造——刘醒龙访谈录》,《小说评论》,2007年第1期。

② 王春林:《对二十世纪中国历史的消解与重构》,《小说评论》,2005年第6期。

思想艺术蜕变的发生是理所当然的，可以说是他在一次又一次的写作实践过程中所逐渐完成的一种从量变到质变的变化。按照不同的时段区分来理解分析刘醒龙的全部小说创作，固然不失为一种有效的手段。但如果我们转换一下思维方式，从作品的取材方向来进行切割，那么，自然也就不难发现，实际上，刘醒龙迄今为止的所有创作，都或是对于现实生活困境的关注，或是对于某种历史情景的探究。换言之，所谓刘醒龙的现实关怀与历史叙事，正可以在某种程度上看作是对于刘醒龙全部小说创作的一种整体把握。本文之主旨，就是要从现实关怀与历史叙事两个层面切入，尝试着对于刘醒龙的小说创作有所发现。当然，需要指出的一点是，虽然在其相对漫长的写作过程中，关注的对象或有变化，但一个有趣的现象却是，刘醒龙的思想深度尽管一次次地抵达让人惊讶的高度，但其创作思想的基本坐标却自始至终却没有改变过。那就是，从创作之初一直到鸿篇巨制《圣天门口》在新世纪的问世，刘醒龙一直清醒而坚定地遵循着自己一种不迎合、不媚俗的写作理念，保持着自己对更为阔大的现实与历史世界的关注与表现。

一、"没有浮华、虚伪和欺骗"

20世纪80年代中期以来，在经济体制改革和社会转型的时代背景下，西方文艺思想的强势进入与各种文学样式兴盛，促使许多作家的文学观念发生着重大的转变，文坛遂呈现一片欣欣向荣之景。但一个值得注意的现象却是，在文学多元化的同时，曾经作为主流存在的现实主义却日渐式微。我们的文学似乎确实在逐步地疏离于中国社会现实生活之外，日渐远离了人民大众的物质和精神生活。就是在这种情况下，方方、池莉、刘恒、刘震云等一批所谓"新写实"作家的出现，终于让文坛"舒了一口气"。这批现实主义作家，开始把他们的关注视野转换到了平庸的世俗生活之上，特别注重"小人物"的日常琐碎生活，努力还原生活，以充分展示这些普通人的生存状况。进入90年代之后，市场经济的发展，促使知识分子的社会地位日益趋向于"边缘化"。这样的一种现实处境，迫使他们开始对自身的价值观和文学观产生了最初的怀疑。创作主体心态的这种变化，便使得这个时代的现实主义作品呈现出了与八十年代颇为不同的思想艺术内涵。洪子诚认为："在90年代文化意识和文学内容中，80年代那种进化论式的乐观情绪受到很大的削弱，而犹豫困惑、批判和反省、颓废等基调分别得到凸显。"①实际的情形也的确如此，市场经济时代的到来，使旧的格局被打破，九十年代新的格局正在努力地被重新构建。各个阶层的人们，在参与的过程中逐渐走向了成熟，主体参与的意识和使命感愈来愈强烈。而且，"中国十多年的渐进式改革的实效已经大大缓解了中国知识分子因文化滞差而产生的焦虑感和亢奋心理。这使人们能更冷静和理性地认识中国问题的复杂性和中国现代化的长期性"②。一批作家敏感地察觉到了现实生活所发生的种种变化，以一种积极主动的姿态参与到其中。这批作家把创作转向更加丰富而复杂的现实人生，倾力关注普通百姓的生存状况，给文坛带来了新的气象。批评家张新颖把这种文学现象称之为"现实主义冲击波"，而刘醒龙则很显然是其中的代表作家之一，他以自己独特的视角给我们呈现出了社会转型期间的艰难世事和尖锐矛盾。《凤凰琴》中的民办教师们，在一个被繁华所遗忘的角落里艰难地生存着，《路上有雪》中夹在矛盾中心的村支书被逼无奈只能选择集体大逃亡，《分享艰难》中为了河西镇的发展，为了顾全大局一次又一次放弃道德准则游走在灰色地带的孔太平……就这样，刘醒龙用他的笔摇醒我们沉睡的思想，直面残酷真实的社会现实。这不是简单意义上的一种现实主义回归，而是站在传统现实主义的基础上以新的、更高的起点对新时代的冷静审视。在我们充分享受改革开放成果的同时，也应该注意到转型过程的艰难。在传统的价值观业已被瓦解，但新的体制和价值观却没有建立起来的时候，生活在其中的普通人就必须承

---

① 洪子诚：《中国当代文学史》，北京大学出版社2007年版，第333页。

② 萧功秦：《走向新现实主义——转型期中国知识分子的心态变化》，《探索与争鸣》，1995年第3期。

受这种动荡带给他们的沉重的精神负担。

　　对当下社会现实生活的关注是刘醒龙进入90年代以来有意识地选择的一个创作方向。虽然说现实主义不能简单地等同于写现实题材，衡量一部作品是否具有现实主义品格，关键要看作品中的人文内涵和批判精神，要看它是否抓住了实存世界中根本的精神冲突和价值追求，是否能够表达一个民族、一个时代精神发展的轨迹和形态。但反过来说，能够以短兵相接的方式直面复杂的现实生活，也的确应该被看作是对于现实主义精神的一种充分体现。从刘醒龙发表九十年代的一系列作品，如《凤凰琴》《分享艰难》《生命是劳动与仁慈》《威风凛凛》《痛失》《弥天》中，都不难感觉到它们有着一个显著的共同特点，即正面描绘回应中国社会转型期间一些无法回避的重大时代命题。作家在勾勒社会利益格局下不同生命的真正形态的同时，也表现出了一种深沉的思索和忧虑。导致这一点的关键原因在于，他总是能够在市场经济浪潮中，敏感地感受现实世界的巨变给生命带来的痛楚。因此，对于那些在繁华的时代表象下艰难生存着的人们的谛视与表现，自然而然也就成为了刘醒龙小说所表现的重心所在。诸如《秋风醉了》《清流醉了》《菩提醉了》《去老地方》《分享艰难》《路上有雪》《痛失》《村支书》《挑担茶叶上北京》等作品所集中描写表现的，就是一大批中国基层官员在面对社会转型期所出现的种种问题时的各种情态。其中，《村支书》中所塑造的方支书的形象令人印象深刻。方支书可以说是一个传统意义上的好官，刘醒龙对这一人物的刻画塑造，让我们看到了一个处在国家、社会和个人重重矛盾中的中国基层官员的形象。为了得到五千元的修水闸资金，方支书骑着自行车前后来来回回地跑了十八趟，但却依然没有拿到手。待到最后大坝遇险时，方支书只好自己抱着棉被跳下去堵住了裂缝。而《分享艰难》所描绘的，却是一个与方支书截然不同的另类官员形象。乡镇干部孔太平总是面临着种种艰难的选择，当洪塔山被告嫖妓，孔太平不仅没有对其严惩，反而花钱找关系将检举材料销毁；洪塔山强奸了他心爱的表妹，但他却向派出所所长求情放出了洪塔山。从这些自觉"保护"其实劣迹斑斑的洪塔山的行为来看，孔太平实在并不能被归入"好官"的行列之中，但是他的种种行为的出发点,却是为了保全河西镇的利益。除此之外,《寂寞唱歌》《生命是劳动与仁慈》等一类型的作品,所展示的也都是身处在国家、社会和个人重重矛盾之中的中国基层官员的生存境况。通过他们的种种挣扎与无奈,刘醒龙让我们看到了这个时代总有被遮蔽着的不那么美好的一面。可以说,刘醒龙总是这样,总是以一种直面的姿态来揭示转型期中国社会独特而复杂的状况,把人性最真实的一面展现在广大读者面前,让诸如孔太平此类活生生的、有血有肉的形象,强力侵占我们早已被温情式的阅读所培养出的日渐疲软的精神世界。

李扬曾经指出,以刘醒龙等人为代表的"现实主义冲击波"强烈关注当下,把目光和笔触直接切入"大中型企业"与"基层农村"两大阵地,某种意义上填补了文坛的空白或断层,但这种填补仅限于"主旋律下的现实",他们所宣扬的良知是"有限度的良知"。在我看来,这种说法未免有失偏颇,在刘醒龙的作品中,我们并没有看到来自作者主观意愿的妥协,而他的良知与社会责任感恰恰是隐藏在残酷逼仄的现实空间中,我们不能单单从一个颇具复杂性的人物——孔太平的形象上就断定其"'人文关怀'与'历史理性'"的双重缺失。文学并不只是呈现美与善,也会呈现丑与恶。殊途同归,它的艺术旨归终归是善。从刘醒龙在90年代写作的中篇小说《凤凰琴》,以及在新世纪重写的长篇小说《天行者》这两部作品中,我们可以明确地感受到作者在敏锐关注现实的同时,心中满怀着的是爱与善。

发表于90年代初期《凤凰琴》是一部中篇小说,描写了一群山区的民办教师。张英才高中毕业当年差三分未能考上大学,于是就又补习了一年,没想到补习一年的结果居然是不进反退,离分数线又多差了一分,变成了四分,这样当然就更没指望上大学了。没指望上大学,张英才只好在舅舅万站长的帮助下,来到全乡最贫穷的界岭小学,当了一名民办教师。然而,界岭这样一个只有三个,不,准确地说应该是四个民办教师,因为除了余校长、邓有米、孙四海之外,还有同样身为民办教师但却早已瘫痪在床的余校长的妻子明爱芬,只有二三十个学生,办学条件极其恶劣的小学,让心高气盛的张英才感到万分失落。然而，随着对余校长等人的慢慢了解，张英才逐渐改变最初的看法。他把自己来到界岭小学之后的所见所闻，写成了一篇名为《大山·小学·国旗》的文章，并把文章投寄给了省报，结果不仅文章见报，而且上级部门还格外开恩，专门给了界岭小学一个民办教师转正的指标。那么，这唯一的指标应该属于谁呢？余校长他们这几位民办教师的高尚人格，在这样的试金石面前，也就自然是熠熠生辉了。先是张英才主动让出了这个指标，然后，又是大家一致同意把指标留给早已对转正望眼欲穿的明爱芬。多年的愿望终于满足，瘫痪多年的明爱芬溘然长逝，这唯一的指标最后还是落到了年轻的张英才身上。小说借助于张英才的独特视角，通过转正指标事件，将余校长他们这些民办教师发展教育事业的自我牺牲精神充分地表现出来，这恐怕才是刘醒龙多年前创作中篇小说《凤凰琴》真正的意图所在。"只要生活有一份寄托于充实，生活之外的任何'指标'都不再那么诱人和重要了。"这一曲"凤凰琴"曾感动过无数个人。

  到了2009年，刘醒龙在《凤凰琴》的基础之上，推出了同样是以民办教师为主要表现对象的长篇小说《天行者》。文本还是紧紧围绕"转正"的问题，但张英才这个角色的离开使得小说的叙事重心从《雪笛》开始转向了对余校长、邓有米、孙四海这几位民办教师人生历程更为充分的艺术展示。它充分展示了那些民办教师们苦难的命运遭际、坚韧的生存姿态、崇高的精神境界。余校长、邓有米、孙四海、明爱芬等这样一些几十年如一日地坚守在偏僻贫瘠的界岭小学的民办教师们，虽然生存条件十分艰难，且只有极其微薄的工资收入，但为了能够让这些身处穷乡僻壤的孩子们得到受教育的机会，他们却硬是以自己十分单薄的身架，承担起了教育孩子健康成长的重大使命。虽然这些民办教师并没有什么豪言壮语，虽然他们之间也还是避免不了会发生一些蝇营狗苟、你蹭我踹的矛盾冲突，但是在以一种兢兢业业的姿态对待神圣的教育事业这一点上，他们却表现出了惊人的一致性。余校长说："当民办教师的，什么本钱都没有，就是不缺良心和感情，这么多孩子，不读书怎么行呢？拖个十年八载，未必经济情况还不会好起来么？到那时候再享福吧!"在一个消费主义观念早就占据了上风的市场经济时代,刘醒龙的作品依然能够感动许多人,就不能不说是一种文学的、甚至是精神上的奇迹了。《天行者》的封底介绍道:"中国农村的民办教师,一度有四百万人之多。他们在极其艰苦的环境里,担负着为义务教育阶段的一亿几千万农村中小学生'传道授业解惑'的重任,将现代文明播撒到最偏僻的角落,付出巨大而所得甚少。"不可否认,在一个相当长的历史时期内,真正承担"传道授业解惑"职责,真正把现代文明传播到穷乡僻壤的广大农村世界的,正是如同余校长这样普通的民办教师。60、70年代的读者可能还都拥有这样的记忆。在某种意义上,"不缺良心和感情"正是支撑着这类小说的坚韧脊梁,或者说,是作者所期望的能够让整个时代发展的精神支柱!从另一个角度来说,这又何尝不是作家的"良知与责任"?

纵观刘醒龙20世纪80、90年代的作品,无论是思想精神内涵,还是具体的艺术表现形式,都呈现着某种日益上升的趋势。我们发现,虽然他所涉及的题材都扎根于现实主义,但是,他思想的纵深却在逐渐增强——对时代命题的深刻思考,对深沉而勃发的生命力的执著表现。一句话,刘醒龙用他的小说拷问着时代,希望能够唤醒社会的良知,寻找到对症的良药,从而更好地解决这些问题。在《凤凰琴》和《天行者》中,刘醒龙虽然一直在围绕民办教师"转正"的问题大做文章,但两部小说却又有着明显的不同。《凤凰琴》只写了一次转正事件,这次转正事件的描写拥有着十足的正剧意味。而且,这种描写很显然是为了凸显余校长他们的崇高精神服务的。但到了长篇小说《天行者》中,却先后出现过三次关于转正事件的叙述。这三次对转正的描写叠加在一起,与《凤凰琴》中一次描写的意味绝不相同。如果说,"凤凰琴"中第一次关于张英才转正的描写,还具有崇高的正剧意味,那么,到了"雪笛"中关于蓝飞转正的描写,就已经带有了明显的闹剧意味,而到了"天行者"中关于余校长、邓有米、孙四海他们最后的转正描写,所表现出的干脆就是带有突出荒诞色彩的悲剧意味了。这种突出的悲剧意味,就表现在余校长他们总是如同盼星星盼月亮一样地期盼着能够有一个转正的机会，然而，富有讽刺意味的是，当这种转正的机会终于降临到他们身上的时候，他们却由于自身的贫穷而转不起正了。多少年来一直孜孜以求地谋取着转正的机会，希望能够通过转正的方式改变自己贫穷的生存方式。然而，令余校长他们根本无法预料的一点却是，等到转正机会来临的时候，同时来临的居然是要求民办教师们必须首先缴纳一万元左右的所谓工龄购买费。如果不能够按时缴纳这一笔对民办教师来说特别昂贵的费用，那么，所谓的转正自然也就成了幻灭的肥皂泡。转正本身，是为了从根本上改变自己的贫穷状态。但要想转正的前提，却又必须缴纳自己根本拿不出来的昂贵费用。这样的一种描写，读起来颇有一些"第22条军规"的意味。余校长他们这样充满悖反意味的人生遭际，只能被看作是彻头彻尾的一出人生悲剧。这样看来，虽然同样是余校长、邓有米、孙四海几位在《凤凰琴》中出现过的人物形象，但到了《天行者》中，在他们身上所体现出来的，却已经是一种曲折深沉的命运感了。值得注意的是，我们从这两部小说的对比中可以体会到刘醒龙对世事的思考愈发深入，他所呈现的已经不仅仅是一种强烈的悲悯情怀，还有一种对社会、体制等批判的锋芒喷薄而出。因此，我们可以断定的是，文学的表现形式并不只有一种，对"90年代末出现的以'现实主义冲击波'的出现作为中国文学的世纪结局是悲剧性"的这样的定论恐怕还是有待斟酌的。①

雷达在《思潮与问题：20世纪末小说观察》中谈到当代文坛的乡土小说创作时说道："……当代乡土小说，在人们习焉不察的迟钝中，在某种沉落的氛围中，正在艰难得向深处探索。它在艺术视角、任务类型、切入矛盾的深度和揭示时代性精神困惑的程度上，呈现了一些新的特征。例如，由静态的观照、揭示转向自傲动态中的剖析、挖掘；城乡二元视角的自觉运用；抛开正负的两极化偏执，更客观地对农民灵魂进行双重性思考；具有复杂心态、集纳诸多矛盾的农村干部形象的增多；农村现代人的形象及其哲理指向，

---

① 李扬：《中国当代文学思潮史》，上海社会科学院出版社2005年版，第230页。

等等。当然，最根本的还在保持现实主义精神，致力于民族灵魂的重铸。"①我们不得不说，从梦幻般的"大别山系列"走出来的刘醒龙，扎根于他血液之中的乡土情怀让他找到了一条与他的灵魂真正相契合的文学之路。"我现在越来越偏向普通人，我觉得他们更可靠。"②在诸如孔太平、张英才、夏雪、吴丰等普通人的身上，刘醒龙找到了文学的价值所在。"一个小人物、尤其是一个社会地位低下的小人物，一类人，尤其是一类处在社会底层的人，他们的精神状态与生存状态，从来就是一条贯穿我(刘醒龙)的全部小说的命定线索。"③在中国社会的现代化进程中，来自城市的蛊惑让农村文化遭到了巨大的冲击和毁灭。农村人受到城市的吸引，纷纷离开农村去城市里讨生活，乡土意识渐渐地被城市文明覆盖消亡，造成了乡土文明的极大缺失。面对这样的现实问题，很多作家选择用文学叙述的乡土想象来弥补现实的缺失，以想象中诗意的乡土文明来抵抗现代文明。刘醒龙也选择了这个文化母题来进行创作，但他却选择坦然面对乡村文明所遭遇的每一次伤痛，每一道伤疤。他曾坦言不喜欢"知青情结"，甚至有些反感。《大树还小》中，母亲与欧阳、姐姐和白狗子、秦四爹与文兰之间的感情让我们感觉到的只是一种深刻的悲凉。他描写乡村，是为了孜孜不倦地从乡土文明中寻找一种坚韧朴实、厚重无垢的精神来抵抗被异化的城市文明。《生命是劳动与仁慈》这部小说表现得尤为明显。操劳一辈子的陈老小，坚守劳动信念的陈东风与不再固守乡土的段飞机、嫁给陈西风的方月之间不同的价值观，象征着乡土文明与城市文明之间的对峙。父辈们坚守的价值观随着乡村一起凋敝了，而年轻一代的农民抛弃了看似"落后"的农村，拼命想挤进城市这个公共空间，然而城市文明却并不接纳他们。公然的欺辱、压榨和歧视，使得城乡之间形成了

---

① 雷达：《思潮与问题：20世纪末小说观察》，人民文学出版社2002年版，第75页。

② 刘醒龙：《浪漫是希望的一种——答丁帆》，《小说评论》，1997年第3期。

③ 周新民，刘醒龙：《和谐：当代文学的精神再造——刘醒龙访谈录》，《小说评论》，2007年第1期。

无法改变的二元对立体。当然，刘醒龙不是仅仅为了展示，他在清醒地面对这一切的同时，更多地指向了对传统乡土价值观的回归。所以陈东风最后回到了西河镇，回到了让他安心的家园。他的回归，其实是对城市文明的一种无声抵抗，是遵循了本心所作出的决定。与它有着相同文学意味的还有《白菜萝卜》中重返乡村的青年大河。如雷达所言："应该看到，一些非审美化倾向正在严重困扰长篇创作——其实是整个文学的发展，却并未引起我们足够的注重。首先是，为了追求某些虚悬的目标，以文学性的大量流失为代价的现象。我发现，在不少被媒体叫好的长篇里，很难读到隽永有味的细节，栩栩如生的人物，感同身受的浓郁氛围，扑面而来的鲜活气息。……我们欠缺的仍然是思想的穿透性，但这种穿透不可能通过牺牲诗性来获得。这种思想魄力并非西式观念的中国式转述，而应是扎根本土，饱蕴感性、灵魂和血肉，与中国当下的人文命题紧密结合的一种形象的力量。"①其实，在某种意义上，从刘醒龙乡土小说创作中所透射出的深邃光芒足以弥补这一缺憾。作家苏童认为他的"血脉在乡村这一侧"，而"身体却在城市的那一侧"。刘醒龙用他与生俱来的乡土情怀证明了这一点："对于生命来说，劳动是物质的根本，仁慈是精神的根本。在此之上的生命才是有意义的。"在他的笔下，只有那"没有浮华、虚伪和欺骗"的被遗落的乡村和土地才能抵抗城市文明对人的侵蚀、变异。

  刘醒龙在创作实践中并没有严格遵循传统意义上的现实主义创作方法和精神，而表现出一种突破和超越。从无距离的真实这一点来看，刘醒龙的现实主义创作与80年代所风行的新写实小说并无不同，但他的视角已不再满足于形而下的原生态呈现，不再是通过对一个小人物的日常琐事来展示其生存境地和精神状态，而是以更全面、更冷静、也更求实的眼光来审视现实关系的复杂性，来关注某些尖锐的现实问题，甚至带有更强烈的关注世事、着眼国计民生

---

① 雷达：《思潮与问题：20世纪末小说观察》，人民文学出版社2002年版，第67页。

问题的色彩。他的作品不削平、淡化或回避社会关系和生活中出现的种种重大矛盾,把现实主义文学的领域拓展到一个新的层面和广度。同时,刘醒龙的作品不再刻意地去追寻生活的意义,而更多是去关注处于生存困境中的人们的生存方式与生存意识。刘醒龙远离了所谓"消解激情"的写作,他秉承自己独有的创作理念,不遗余力地倾注了他的悲悯与良善之心,抛弃了以"零度情感"来反映现实的写作模式。

以《分享艰难》这部小说为例,作者在谈到这篇小说的创作动机时说道:"那时,从老家来的两个青年干部正在上省委党校,我经常去看他们,他们向我诉说了在基层的许多苦衷,其中包括为了摆脱贫困,不得不违反良心做了些事,不但别人骂他们,他们也骂自己无能,但现实又让他们无法作出别的选择。后来,我将这些捏在一起写成《分享艰难》,当写到孔太平为了公众的利益,不得不放过强奸了自己表妹的洪塔山时,我的心有一种被人撕裂的感觉,最先读到这部作品的编辑和评论家都说读到这一节时他们不禁泪眼模糊。我也流过眼泪,擦干眼泪后,我不止一次地问自己,如果自己面对这些又会怎么办?我一遍遍地回答:谁敢这样就宰了谁!可生活不是这样选择的,它默默地承受起这最让人不能接受的艰难。生活又一次告诉我,仅靠情感是无法实现超越的,必须用自己的灵魂和血肉去作无情的祭奠。"①就这样,作者在小说中把日益凸显的金钱和道德、物质与精神,恶的手段与善的目的之间的矛盾,深化为一种社会、道德、政治性问题,而不仅仅是生活自身的呈现。作者立足于社会与时代的两难课题,直面现代化进程中所必然会遇到的困境以及身在其中的中国人面对这些困境所必然会出现的种种精神状态。何为"分享艰难"?在分享改革成果之前,必然先要分享的是一个艰难的过程。正是因为有这样理解和包容的胸怀,刘醒龙的作品才能让读者在面对现实的同时生出一种无畏的勇气。

---

① 刘醒龙:《仅有热爱是不够的》,《当代作家评论》,1997年第5期。

二、为历史正名

新世纪伊始,沉寂多年的刘醒龙便以一部长篇历史小说《圣天门口》震惊文坛。这部时间跨度很大(从20世纪初一直到60年代)的长篇历史小说,不管是从思想艺术内涵还是基本叙事模式来看,都充分证明着刘醒龙的确已经实现了某种堪以"脱胎换骨"称之的艰难的思想艺术蜕变,进而使自己的小说创作步入了一种全新的最起码臻于当代一流的思想艺术境界。

这种论断并非夸大或粉饰,《圣天门口》的出版让我们看到,刘醒龙在他多年的创作过程中已经具备了一个优秀作家所应该具备的超越现实表象直抵存在本质的深邃意识和眼光。"人的一切经验都来自历史,只有历史才能给我们一双看未来的明眸。我写历史目的就是为了更有效地认识现实。"①不可否认,一个优秀的作家只有能超越现实的拘囿,把视野拓展到更为深远的本民族的全部历史过程中,才可能对本民族所走过的独特道路进行重新审视和深刻反思,才能够最终升华出对当下社会现实的观照更加通透的特殊能力。而史诗性的创作,则要求作家必须把目光投向更为宏大深邃的历史空间,从宏观的角度来看待历史,以深沉而博大的胸怀理解历史,才能使作品具备深厚的历史内蕴和积极的现实意义。因此,对历史的重新叙述,对作家来说就的确意味着一个极大的挑战。而且,从历史小说发展的过程来看,自1949年之后迄今已经六十多年时间的中国当代文学史上,就先后出现过两次影响巨大的历史小说创作潮流:"十七年"期间的"革命历史小说"与新时期的"新历史小说"。当然,也还有诸多无法被纳入这两大创作潮流之中的散落于这两大潮流之外的同样不应该被忽略的其他历史小说,比如"十七年"期间李六如的《六十年的变迁》、李劼人的《大波》、黄秋耘的《杜子美还家》,比如新时期姚雪垠的《李自成》、凌力的《少年天子》、二月河的"帝王系列"等。以上的这一系列事实就充分地说

---

① 刘醒龙:《写作史诗是我的梦想》,《新京报》,2005年7月10日。

明，历史小说的写作在中国当代文学中确实有过丰富异常的创作实践过程。有了这样的一种创作背景，批评家们对于《圣天门口》这部小说的出版，显然只会带着更为苛刻和挑剔的目光来进行审视。值得庆幸的是，当我们终于读完这部长达百万言的长篇历史小说之后，终于不无惊喜地发现，刘醒龙在承继传统历史叙事经验的基础上，确实找到了另一种更为独特的叙述方式。

《圣天门口》是一部由诸多矛盾线索交错混杂而成的结构相当复杂的长篇小说，在小说的前十二章亦即1949年之前的那个历史阶段，以傅朗西、杭九枫、阿彩等为代表的一派与以马鹞子、王参议、冯旅长等为代表的一派之间的矛盾对立构成了小说的主要矛盾。而在小说的后三章，到1949年之后，执政后的共产党内部的矛盾冲突以及执政者与广大民众之间的矛盾冲突取而代之，上升为小说的主要矛盾。除了以上两个不同历史阶段各自不同的社会矛盾之外，小说中实际上还有另外两种贯穿文本始终的矛盾线索存在。一条是天门口小镇雪、杭两大家族之间绵延长久的恩怨情仇以及彼此之间的消长起落。而另一条更为潜隐然而也更为重要的却是一种暴力文化与一种以仁慈、宽恕、博爱为根本内涵的或可称之为基督文化之间的矛盾冲突。小说中的梅外婆、雪柠、董重里（转变后的）等当然应被视作基督文化的突出代表，而在这个意义上看来，则无论是杭九枫还是马鹞子，无论是傅朗西还是冯旅长，则都可被看作是暴力文化的体现与张扬者。以上我们只是从批评便利的角度出发，从《圣天门口》中梳理提取出了几条主要矛盾线索，在文本的实际中，这些被我们所条分缕析出的矛盾线索，其实都是水乳交融般地互相交错缠绕在一起的。在某种意义上，也正是这诸多交错缠绕在一起的矛盾线索共同构成了现实生活本身的复杂性与日常性，我们所谓在"革命历史小说"中被遮蔽了的历史真实所指称的，其实也正是现实生活的这种复杂性与日常性。应该注意到，在这个充分接近历史真相的叙述过程中，作者的叙事立场其实站在了以梅外婆、雪柠她们为代表的带有突出的仁慈、宽恕与博爱特征的基督文化这一边。

在小说中，梅外婆、雪柠当然是历史的当事人，她们都在不同程度上被卷入了充满杀戮与争斗的历史进程之中。但在另一个方面，我们却又可以把她们看作是20世纪中国历史进程的一种带有突出超然意味的局外人。得出这一结论的关键原因在于，在20世纪中国历史的发展演进过程中，梅外婆们始终没有被某一狭隘的党派立场或政治立场裹挟而去，她们总是能够在超越种种复杂的利益纷争之后坚持"用人的眼光"来看待世界。"用人的眼光去看，普天之下全是人。用畜生的眼光去看，普天之下全是畜生。"这正是梅外婆与雪柠终其一生都身体力行着的一种人生信条。正是依托于这样的一种人生信条，小小年纪的雪柠才会如此地憎恶暴力："天下的事有一万万种，她最不愿看到的就是用暴力强行夺走他人的性命。再好的枪，只要不杀人，就是一文不值的废铁，一切为了杀人的手段，哪怕只要她拿出一根丝线，她也不会答应。这就是她的最大仇恨，也是她对仇恨的最大报复"。而惨遭日军兽行蹂躏之后的梅外婆，也才会讲出这样一番令人格外震惊的话语来："很多时候，宽容对别人的征服要远远大于惩罚，哪怕只有一点点的体现，也能改变大局，使我们越走越远，越站越高。惩罚正好相反，只能使人的心眼一天天地变小，变成鼠目寸光。"这样，在坚持着以一种宽容的非暴力的"人的眼光"来看待世界的梅外婆们看来，一部20世纪的中国历史其实正是一部党派利益的纷争史、杀戮史，是一部由种种杀戮与争斗的暴力行为所必然导致的广大民众的受难史。也正因此，所以他们才忍辱负重拼尽全力地为消弭这种种纷争与苦难作出自己全部的努力，这正如梅外婆所说："一个人的能力救不了全部的人，那就救一部分人，再不行就救几个人，实在救不了别人，那就救自己，人人都能救自己，不也是救了全部的人吗？"

我们注意到，小说中曾经几处借人物之口将"圣"字赠与到梅外婆与雪柠等雪家女人的身上，小说标题中的"圣"字很显然也正来源于此。如果说小说的确借助于天门口这样一个小镇而浓缩了20世纪中国历史的风云变幻的话，那么这个"圣"字则正意味着一种超然于党派或政治立场之外的超越性视点的最终确立。前文曾经强调梅外婆们的以非暴力化为突出特征的所谓基督文化立场其实也正是刘醒龙的基本叙事立场所在。事实上,也正是因为刘醒龙所描画勾勒出来的20世纪中国历史图景,与我们在既往的"革命历史小说"中习见的历史图景之间存在着如此巨大的差别,所以我们才断言刘醒龙《圣天门口》的一大突出成就,正体现为对于20世纪中国历史一种极为成功的消解与重构。更准确地说,刘醒龙通过自己的艺术努力所消解颠覆的,其实也只不过是在既往的"革命历史小说"作品中业已完全固型化的,带有鲜明意识形态特征的20世纪中国历史的景观而已。

可以说,刘醒龙在消解和重构历史的同时,也建立了自己的一套叙述话语。他曾说道:"在我用一百万字写了各种各样的争斗,却没有使用描写那段历史一贯使用的一个词:敌人!一个民族间的内战,不管是正义或者是非正义,都不应该再由后人来继续互相称呼为敌人。这种时候,写作者的立场,应该是儿女们面对父母间纠纷时的立场。所谓家丑不可外扬,其实是让人心里有一种耻辱感。在这种至关重要的细节上,我可以大言不惭地说,《圣天门口》是现当代中国文学中第一个吃螃蟹的。在小说中,我所写的是人物,而不是阶级;是对和谐社会与和平崛起的渴望,而不是历史进程中的暴力血腥和族群仇恨。①这种对政治性、革命性的质疑与消解,之于刘醒龙重新建构历史话语来说具有某种必然性,他在写作之前就已经摆出这样一个客观的姿态——力图回到历史现场进行现实意义的描述。这样,小说中人物的塑造自然也就带有了某种特别的客观性,他们不再让读者产生极端的憎恨或者热爱,而是随着历史进程的不断发展变化而成为了活生生的人。而历史事件的再次演绎,也变得更为冷静真实,从而使读者获得一种传统历史观念消解式的阅读。回溯20世纪的中国历史,"革命"恐怕是最为重要的关键词之一。在某种意义上,可以说20世纪的中国历史实际上也就是一部革命的历史。因此,当刘醒龙意欲借助于《圣天门口》对20世纪的中国历史进行一种消解与重构的艺术性努力的时候,"革命"便

---

① 汪政,刘醒龙:《恢复现实主义的尊严——汪政、刘醒龙对话〈圣天门口〉》,《南京师范大学文学院学报》,2008年第2期。

成为他必须面对的一个问题，如何理解、评价并叙述"革命"，实际上成为衡量《圣天门口》思想艺术成就如何的一个重要方面。

在这一方面，小说结尾处关于傅朗西在"文革"中被批斗一节的描写格外显得意味深长。在樟树凹，有一户人家，家里的六个男人都先后为革命献出了生命，婆媳三代只剩下了四个寡妇。直到"文革"开始，她们方才醒悟到"她家的男人全都是受了傅朗西的骗"。于是，当傅朗西在"文革"中被押回天门口进行批斗的时候，这四个寡妇便上台去控诉质问傅朗西。"你这个说话不算数的东西，你答应的幸福日子呢，你给我们带来了吗？""为了保护你，我家男人都战死了，你总说往后会有过不完的好日子，你要是没瞎，就睁开眼睛看一看，这就是我们的好日子，为了赶来斗争你，我身上穿的裤子都是从别人家借的！""老傅哇老傅，没有你时，我家日子是很苦，可是，自从你来了，我们家的日子反而更苦。"也正是这些普通百姓朴素的真切追问，击中了傅朗西的内心世界，促使他在离开人世之前对自己的一生行径进行了深入的反思，对自己倾毕生心血从事着的"革命"产生了堪以幡然悔悟称之的深刻认识："这么多年，自己实在是错误地运用着理想，错误地编织着梦想，革命的确不是请客吃饭。紫玉离家之前说的那一番话真是太好了，革命可以是做文章，可以雅致、可以温良恭俭让，可以不用采取一个阶级推翻另一个阶级的暴力行动。"傅朗西是《圣天门口》中一个十分重要的人物，他终其一生都在致力于革命的事业，可以说是一个彻头彻尾的革命家。然而，最后的傅朗西却走向了自己终身事业的反面，完成了一种虽然痛苦但却又必然的自我否定。必须强调的一点是，小说中所描写的傅朗西最后的幡然悔悟，绝非毫无根据的空穴来风之举，从刘醒龙的基本创作动机来看，我们甚至可以说他的整部《圣天门口》中关于一部20世纪中国血腥暴力史的展示与叙述，其实都是一直在为小说终结时傅朗西的自我否定进行着铺垫与准备工作。在这个意义上，也就完全可以说，其实在傅朗西的自我否定背后，潜藏着的是刘醒龙自己同样十分痛苦的对于"革命"所进行的质疑与反思过程。其实，这种质疑和反思不是突然发生的，在他90年代的创作中就已初见端倪。被人指责为丑化下乡知识青年的

《大树还小》就是他对以往知青苦难、悲壮形象的一种消解和颠覆。他没有参加到为那段历史进行"立言"、"叙史"的队伍中去，而是站在一个客观自持的距离进行阐述，反思被话语中心遮蔽的历史。另一部小说《弥天》则是对"文革"历史的质疑和反思，比起回避、粉饰，他更愿意直面历史的真相——人性的扭曲和毁灭，一次政治的荒诞事件的发生。"文革"其实是我们民族历史进程中的一段悲剧，他的直面其实就是反思的起点。由此看来，到了《圣天门口》中，对革命历史的反思自然也就水到渠成了。

《圣天门口》在全面地勾勒表现 20 世纪的中国历史的同时，最终是要对 20 世纪中国历史的"本质"作一种深入的挖掘与探究。从这个意义上说，《圣天门口》毫无疑问是一部"史诗性"的作品。首先，从文本的实际情形来看，刘醒龙的确从自己个人对历史的理解角度出发，极有力地挖掘表现出了 20 世纪中国历史的"本质"。对于呈示出如此面目的一部 20 世纪中国历史的"本质"，作家刘醒龙的态度是批判、拒绝与否弃的。其次，是"在结构上的宏阔时空跨度与规模"。应该说，刘醒龙《圣天门口》的一大突出特征，便是时间跨度的巨大宏阔，主体故事时间从 20 世纪初一直延伸到了 20 世纪 60 年代，但更值得注意的却是小说中对于汉族创世史诗《黑暗传》的完整传插。在某种意义上说，正是《黑暗传》的适时而完整的传插，更加明显地拉长了《圣天门口》的时间维度。从空间跨度来看，虽然作家的笔力集中于天门口小镇，借天门口小镇而浓缩凝聚 20 世纪中国的历史风云，小说的标题很显然也正来源于此。但与此同时，我们也应该注意到，作家的笔墨其实还是经常游离于天门口小镇之外，且不断地延伸辐射至武汉、香港，甚至东京、巴黎这样的地方的。如此看来，《圣天门口》中的空间跨度也就不可谓不宏阔了。此外，小说中人物的众多与情节线索的纷繁复杂，同样也可以看作是《圣天门口》具有宏阔规模的一个突出表征所在。再次，是"重大历史事实对艺术虚构的加入"。从本质上看，小说当然是一种虚构的文体，事实上我们所阅读着的大多数小说都是纯然的虚构作品。但是，从"史诗性"的角度来看，它就必然会要求有重大历史事实的充分介入。以这样的标准来衡量要求《圣天门口》，则

《圣天门口》的"史诗性"同样是当之无愧的。在《圣天门口》长达六十多年的时间跨度内，我们所熟知的诸如土地革命、白色恐怖、肃反、中日战争、解放战争、国共的合作与破裂、土地改革乃至于"大跃进"、"文革"武斗这样一些发生于20世纪中国的重要历史事件，均在小说中得到了一种格外形象生动但却又十分深入的艺术表现。而且，与那些凌空蹈虚的"新历史小说"形成鲜明对照的是，小说中的傅朗西、杭九枫等人物都有着历史上真实的人物原型。如此看来，说《圣天门口》中有着充分的"重大历史事实对艺术虚构的加入"便绝非妄言了。最后，则是"英雄形象的创造和英雄主义的基调"。《圣天门口》中当然有着传统意义上的英雄形象的创造，在这一方面首当其冲的便是杭九枫。更何况，作家刘醒龙对于这样一位与朱老忠、周大勇、梁大牙们属于同一英雄人物谱系的英雄形象的塑造，还显得格外真实且别具一种人性的深度。然而，关键问题在于，我们不应该拘泥于传统英雄观念而对英雄作出一种狭隘化的理解。从一种更为现代也更为宽泛的意义上看，如梅外婆、雪柠乃至于董重里、王参议这样的人物形象，又何尝不可以被理解为是一种更加本真的新型英雄形象呢？梅外婆与雪柠虽然自身饱受凌辱，但却依然不改以"爱"的行迹拯救众生与自我的人道主义悲悯情怀；董重里不惜担当"叛徒"罪名而从革命队伍中坚决出走；王参议在梅外婆的精神感召下日渐倾向于一种仁慈、博爱的情怀，并在抵御日军的细菌战时惨死。如此种种，在我看来，其实都可以被当作英雄行为加以理解看待的。如果我们承认，不仅仅杭九枫、傅朗西是英雄，梅外婆、雪柠、董重里、王参议他们同样是英雄，而且还是更大的英雄，那么说《圣天门口》是一部沉淀交响着英雄主义基调的优秀长篇历史小说也就自是顺理成章之事了。由以上论述可见，刘醒龙的《圣天门口》确实有着突出的"史诗性"艺术追求，而这，也充分说明在刘醒龙内心深处的确存在着一种强烈的重建"宏大叙事"的冲动与努力。

刘醒龙曾经明确强调："对史诗的写作历来时每个作家的梦想……一部好的小说，理所当然是那个时代民间的心灵史。做到这一点，才是有灵魂的作家。我写《圣天门口》，是要给后来者指一条通往历史心灵的途径。"①王又平认为,所谓的"史诗性","可以说是中国当代文学批评中的最高级别的形容词,称道一部作品是史诗,也就是将这部作品置于最优秀的作品的行列。因此'史诗风范'在相当长的时期内作为一种文学理想一直为作家所企慕、所向往,形成了作家的'史诗情结'。当一部作品具有宏大的规模、丰富的历史内涵、深刻的思想、完整的英雄形象、庄重崇高的风格等特点时,便可能被誉为'史诗性'"②。与此同时,对于"宏大叙事",王又平也发表了相当精辟的看法:"在利奥塔德看来,在现代社会,构成元话语或元叙事的,主要就是'宏大叙事'。'宏大叙事'又译'堂皇叙事'、'伟大叙事',这是由'诸如精神辩证法、意义解释学、理性或劳动主体解放、或财富创造的理论'等主题构成的叙事。"在王又平的理解中,不同的地域、不同的时代存在着不同的宏大叙事。现代西方曾以法、德两国为代表分别形成了"解放型叙事"与"思辨性叙事"这样两种宏大叙事。而在当代中国,"在中国当代文学的正史观念中,也形成了一套宏大叙事,它们以毋庸置疑的权威性和正统性向人们承诺:阶级斗争、人民解放、伟大胜利、历史必然、壮丽远景,等等都是绝对的真理,真实的历史就是关于它们的叙述,反过来说,只有如此叙述历史才能达到真实和真理。……中国当代文学中的历史叙述及叙述风格虽有变化,但从总体上说都本之于宏大叙事,它们也因此而在中国当代文学史的众多作品中居于'正史'的地位"。③ 对于"史诗性"与"宏大叙事",洪子诚的看法同样值得注意,虽然他是将二者合二为一加以谈论的。洪子诚认为:"史诗性是当代不少写作长篇的作家的追求,也是批评家用来评价一些长篇达到的思想艺术高度的重要标尺。这种创作追求,来源于当代小说作家那种充当'社会历史家',再现社会事

---

① 刘醒龙:《写作史诗是我的梦想》,《新京报》,2005年7月10日。
② 王又平:《新时期文学转型中的小说创作潮流》,华中师范大学出版社2001年版,第380页。
③ 王又平:《新时期文学转型中的小说创作潮流》,华中师范大学出版社2001年版,第329~330页。

变的整体过程，把握'时代精神'的欲望。中国现代小说的这种宏大叙事的艺术趋向，在30年代就已存在。……这种艺术追求及具体的艺术经验，则更多来自19世纪俄、法等国现实主义小说和20世纪苏联表现革命运动和战争的长篇。……'史诗性'在当代的长篇小说中，主要表现为揭示'历史本质'的目标，在结构上的宏阔时空跨度与规模，重大历史事实对艺术虚构的加入，以及英雄形象的创造和英雄主义的基调。"①可以发现，王又平与洪子诚对于"史诗性"内涵的理解几乎达到了惊人一致的地步，他们的区别体现在对于"宏大叙事"的理解上。洪子诚基本上将"宏大叙事"等同于"史诗性"。而王又平则更多地援引利奥塔德，在一种元话语或元叙事的意义上归结出了中国当代文学中一套"宏大叙事"的基本内涵与特征。值得注意的是，王又平不仅只是对于"史诗性"与"宏大叙事"的基本内涵作出了自己的界定，而且他还更进一步谈到了"史诗性"与"宏大叙事"在新时期以来的文学中逐渐式微的问题。"但是进入80年代以来，由于社会的转型，稳定和统一的文化语境出现了裂痕，仅仅根据元叙事或元话语来讲述历史再也不能使作者和读者感到满足，更何况由于正史总不免要掩盖、隐藏、筛除或舍弃某些历史材料（大到若干关涉亿万人的重大历史事件，小到历史人物的个人动机和偶然的抉择对历史的影响），因此宏大叙事的合法性和权威性开始受到怀疑。"②"但是在新时期，史诗或史诗性却好像失去了昔日的辉煌。……在各种历史叙述的冲击下，史诗性已经不再是这个文学时期普遍的美学理想和美学标准，它已经成为'古典'而从往昔的高位上跌落下来，失落了当年至尊的荣耀，也失去了对作家绝对的诱惑。"③从新时期以来中国文学的发展演进过程来看，我们的确应该承认王又平的观察与分析都是极其到位的。在一

---

① 洪子诚：《中国当代文学史》，北京大学出版社2007年版，第96页。
② 王又平：《新时期文学转型中的小说创作潮流》，华中师范大学出版社2001年版，第330页。
③ 王又平：《新时期文学转型中的小说创作潮流》，华中师范大学出版社2001年版，第384页。

个王纲解纽的解构主义时代,作家们的确已经不再具有以"史诗性"的追求构建"宏大叙事"的艺术雄心,他们的艺术兴趣更多地集中在了对于历史角落中的历史碎片的寻绎与阐释上。在这个意义上,"新历史小说"的应运而生,"新历史小说"对于既往"革命历史小说"的颠覆与消解,也就自在情理之中了。

因此,我们在具体面对解读刘醒龙的《圣天门口》之前,首先需要面对的,就应该是横亘于中国当代文学史上的"革命历史小说"和"新历史小说"。毋庸置疑,刘醒龙这部历六年之久而成的长篇巨制,当然应该被看做是刘醒龙小说创作历程中的一个重要突破。这样一部重新恢复对于"史诗性"的艺术追求,并凭此而重建"宏大叙事"的长篇历史小说,相当程度上可以说是站在了"革命历史小说"和"新历史主义"的肩膀之上。但这并不意味着刘醒龙的写作只是一种简单的模拟和重复。的确,刘醒龙《圣天门口》的写作确实是在很大程度上受惠于"新历史小说",例如在一种新的历史观念方式的确立方面,在一种解构性写作技法的运用方面,"新历史小说"对于刘醒龙的写作产生了极为重要的启示与榜样作用。我们的确很难想象,如果没有大量成功的"新历史小说"作品的存在,还会不会有刘醒龙《圣天门口》在新世纪中国文坛的出现。但是,在承认"新历史小说"对刘醒龙所产生的重要的滋养作用的同时,我们也应该充分地认识到二者之间存在着的巨大差异。在某种意义上说,正是这种巨大差异的存在,极鲜明地凸显出了刘醒龙《圣天门口》同样重要的思想艺术价值。"新历史小说"的一个根本特点在于它只"解构",而不"建构"。对于这一点,王又平同样有着极敏锐深入的洞察:"应当说,指出正史对于'历史真相'的某种遮蔽性和正史中的虚构性是有意义的,但是由此而导致对历史真实的根本怀疑则是极端化的表现,也是新历史小说的主要缺陷。意识到一切历史话语隐含的意识形态动机(它们是造成遮蔽性和虚构性的原因之一)并不能断言人们无从把握历史的真实。恰恰相反,如果我们能够清楚地了解某种历史话语中隐含的意识形态动机,明白历史为何要如此叙述或虚构,那么一旦我们滤清这些因素,也许有助于我们通过多种历史话语的分析去接近历史的真实。更进一步说,如果说一切历史话语不可避免地存在遮蔽性和虚构性的话,那么更深刻的问题也许是:人们为什么要遮蔽某些'历史真相'和虚构某种历史话语。……对这个问题的提出和深究,就涉及了人们是如何通过对于历史的叙述来确立自己终极的精神价值的问题,历史之所以不是社会科学而属于人文学科,正由于它要解决的不仅仅是一般的客观真实问题,更重要的是一个精神价值的问题。这则是不少新历史小说力图规避的问题"①。如果说"新历史小说"的根本缺陷之一正在于它只"解构"而不"建构",或者如王又平所说它只是表达"对历史真实的根本怀疑",而拒绝"通过对于历史的叙述来确立自己终极的精神价值的问题",那么,刘醒龙的《圣天门口》的根本价值则正在于对于这一艺术缺陷的修正与弥补。具体来说,刘醒龙在他的这部长篇小说中一方面极有效地消解了"十七年"期间的"革命历史小说"对于20世纪中国历史的固型化叙述,但在另一方面,他却并没有走向历史的虚无主义,在消解历史的同时,他也在积极地进行着一种艰难但却十分重要的重构历史的工作,或者说,他通过自己对于历史的一种个性化的叙述过程,而最终成功确立了"自己终极的精神价值的问题"。"写这部小说时,我怀有一种重建中国人的梦想的梦想。我并不知道要做什么,但我觉得中国人有些梦想是要重建的,我们不应该继续采用暴力的方式解决问题,不能再崇尚以血还血以牙还牙。"②由此,我们可以很明显地察觉到,刘醒龙在反思历史的同时,也在不断地确定和肯定以梅外婆、雪柠、董重里等人物为代表的非暴力文化立场——即使这种确定和肯定是基于个人立场的一种道德重构。当刘醒龙成功地将在"革命历史小说"中占主导地位的阶级矛盾置换为暴力与人性、人道主义之间的矛盾冲突,并以此来烛照20世纪中国的血腥暴力史的时候,我们便可以说,刘醒龙终于完成了对于20世纪中国历史的极为艰难的重构工

---

① 王又平:《新时期文学转型中的小说创作潮流》,华中师范大学出版社2001年版,第354~355页。

② 周新民,刘醒龙:《和谐:当代文学的精神再造——刘醒龙访谈录》,《小说评论》,2007年第1期。

作，他终于依凭于自己的艺术性努力在《圣天门口》中确立了"自己终极的精神价值"立场。从这个意义上看，就的确是"怎一个圣字了得"了。如果说小说中的天门口小镇的确浓缩了20世纪中国历史的风云变幻的话，那么正是依凭了这个"圣"字，刘醒龙在确立自身终极精神价值立场的同时也完成了对于"新历史小说"的成功超越。同时，与"新历史小说"观念性的写作特点相比，刘醒龙的《圣天门口》中不仅有着对于20世纪中国历史上一系列重要历史事件的艺术性表现，而且他笔下的一些人物，比如傅朗西、杭九枫等都是有人物原型的。既曰历史小说，那么便应该有真实的历史根据，在某种意义上，这正是刘醒龙《圣天门口》与"新历史小说"的根本差别所在。而这，也正是刘醒龙《圣天门口》对于"新历史小说"实现艺术性超越的一个极为重要的方面。事实上，也正是依凭着这种超越性，《圣天门口》才成为了当下中国小说界一部不容忽视的长篇历史小说佳作。在某种意义上，我们完全可以说刘醒龙的《圣天门口》是一部涵纳融汇了"革命历史小说"与"新历史小说"的艺术优势，然而同时却又突出地体现着刘醒龙巨大创造性的历史小说的集大成之作。

三、结　　语

如果说对当下社会现实生活的关注是刘醒龙创作的横坐标，那么对历史进程中人类普遍问题的透视就是其创作的纵坐标。从刘醒龙90年代的新现实主义作品到新世纪《圣天门口》的出版，我们可以看到，他一直在恪守"现实主义"的创作原则，并且不断地构建自己独特的历史意识和叙述模式——消解与重构。现实观照与历史意识是互相补璧的，对现实的观照是一种横向的时代的世界眼光，而历史意识的产生则是一种纵向的历史的眼光。一个优秀的作家只有站在现实与历史的交汇点，才能具有一种宏观的、整体的、博大的审美认识能力，使主体意识获得一种跨越时间和空间的能力，进而拥有一种历史的眼光和胸怀。因此，正是由于刘醒龙对既往的小说创作进行了不断深入反思，在意识到自身所存在的思想艺术不足的前提之下，真正地突破了既往小说创作中那样一种狭隘且不无简单化嫌疑的现实主义写作格局，"眼界始大，感慨遂深"，将自己的艺术关注视野投射向了整个20世纪的中国历史，最终在《圣天门口》的创作过程中切实地实践并确立了一种堪以博大深邃称之的真正的现实主义精神。但不可否认的是，刘醒龙在自己几十年的创作过程中，能够带给我们启示的不只是一种经验，一种视角，更多的是他对现实与历史的吸纳和重铸，是他对于可靠的道德理想与精神支柱的不懈追求，更是他在反思中不断重构新的人文精神的努力。

（《扬子江评论》2011年06期）

写作的"生长性"
——刘醒龙小说读札

黄发有

在攻读硕士学位和博士学位期间，我曾经持续关注刘醒龙的小说写作，并专门在一本厚厚的笔记本上做了几十页的阅读笔记。从发表于1991年第7期《青年文学》的中篇小说《威风凛凛》，到《上海文学》1998年第1期的《大树还小》，我搜罗并阅读了当时刘醒龙发表于全国各地文学期刊的几乎所有作品。为了写作研究九十年代小说的博士论文，我阅读了五六千万字的小说作品，现在回顾那种疯狂的阅读激情，我自己都觉得吃惊，真有点难以置信。随后对刘醒龙作品的阅读，不再那么集中，而是时断时续，但是重点阅读了他的《圣天门口》、《天行者》和《蟠虺》。梳理跨越了将近二十年的阅读过程，刘醒龙的作品给我留下最深刻的印象，正是其"生长性"。"生长性"的内涵，一方面是指其写作具有类似于自然界的生物生长变化、循环往复的生命力，能够随环境的变化而变化；另一方面，其审美结构不是静止的、封闭的、稳定的，而是在适应外部环境的过程中内生出新的艺术元素和美学形态。

一、有根的写作

刘醒龙的创作历程，总让我联想到一棵大树的生长过程，从生根发芽到枝叶繁茂，从花团锦簇到果实累累，其间有季节轮换的枯荣，有不断探索和超越的变貌。值得注意的是，刘醒龙的写作不同于一些作家的速成或爆发，而是有一个渐进的过程，慢慢长大，慢慢地积蓄潜能，慢慢地激发潜力，使得不可能变成可能。

在20世纪80年代的"大别山之谜"系列小说中，他与当时风行的寻根小说形成呼应，扎根于大别山深厚的文化土壤中，在这片庞大的想象空间中毫无顾忌地挥洒自己的创造激情。《黑蝴蝶，黑蝴蝶》《我的雪婆婆的黑森林》《老寨》中神秘的黑森林，把读者引入蛮荒、奇诡的原始氛围；《两河口》《河西》展示的两代人之间的性格冲突和文化断裂，折射出变革年代人心的躁动与文化的失衡；《返祖》中的"美女现羞"和《灵猩》中在人陷入绝境或作恶时现身的神狗，最为典型地体现出刘醒龙想象的诡谲与灵动。有别于阿城、郑义等知青作家从城市到乡村"扎根"，进而返身到传统中"寻根"的经历，青少年时期的刘醒龙追随频繁调动工作的父亲，在大别山腹地的乡村中不断成长。这片土地尤其是生活于这片土地上的朴素的人群，给他带来源源不断的滋养和熏陶。打一个生动的比方，知青作家的寻根作品类似于嫁接的果木，果苗来自于城市，而树基则植根于偏远的乡村。这种嫁接的后果，使得作家与笔下的乡村之间，潜存着一种情感的隔膜，所谓的"根"在作品中成为一种先入为主的观念，表现为一种移植的符号。刘醒龙的《牛背脊骨》以知青眼光展现大别山之谜；《大树还小》则以新的视角省察知青生活，作品中四爷的一段话还引发了争议："你们知青来这里受过几年苦，人都回去了，还要骂一二十年，我们已经在这里受了几百年几千年的苦，将来也许还要在这里受苦，过这种日子，可谁来替我们叫苦呢?"刘醒龙不同于知青作家的地方在于，他并不需要从外部去寻找一种根基，他的任务是对脚下的土地的重新发现与深入发掘。

大别山腹地广阔的乡村，正是刘醒龙文学创作厚实而又充满灵性的精神基地。刘醒龙的写作之所以能够不断生长，很重要的一点是，他从事的是一种"有根的写作"。他和这片土地血肉相连，那种油然而生的情感，驱使他从内部去理解那些普通的乡亲，站在他们的处境中去面对现实，而不是表面上故作姿态地摆出"关怀"的样子，内心里却无视甚至践踏他们的个体尊严。在创作谈《留下青翠的草木》中，刘醒龙说："其实，所谓'落后的农民意识'在每一个中国人身上都存在，只是表现形式不一样。那种居高临下，对农民品头论足，说三道四的人，其行动契机本身就是'农民意识'在起作用"。"现在，我终于懂得，天南地北的乡亲的出路，唯有靠他们自己去创建，而我唯一能做的一件事，就是贡献自己的真情。"①

进入90年代以后，刘醒龙的笔触变得沉重起来，他不是以一个旁观者去记录现实的表象，也绝不满足于再现生活沸腾的泡沫。现实如同奔腾的水流，而他则如同游动的鱼群一样潜入现实的深处，与现实融为一体。一首偶然听到的小诗《一碗油盐饭》给他带来强烈的思想震撼②，小诗以简单的词句勾勒出一个母亲对孩子浓烈的爱意，也勾勒出无言的苦难给她带来的不幸。因为用心体会那些被苦难压迫的人们的困境，并善于发掘民间底层被挤压的灵魂深处的精神闪光，尤其是像《村支书》《凤凰琴》的主人公身上卑微却不弃的尊严，使得其创作在表现现实时获得了一种纵深感和厚重感。原刊于《莽原》1993年第3期的《黄昏放牛》中暗涌着对尖锐现实的一种生命痛感，作品借胡长升的眼光，写出了20世纪90年代初期在种种矛盾和税负挤压下变形的乡村，在膨胀的金钱观念的冲击下，传统的价值观分崩离析，牢牢盯着祖传的金戒指的李国勋夫妇和贩毒并活割牛肉的王超杰，他们的人生选择交汇成一幅斑驳的现实拼图。更耐人寻思的是德权的两个儿子的命运，他们进城打工后被拖欠工钱，还被罗织罪名，被拘留了一个星期。充满戏剧性的是，被误认为抢银行的劫犯的兄弟俩，最终成了抗击歹徒的英雄，被所在城市授予荣誉市民。吴树西、吴树东的道路，包含着作家对农民进城的坎坷道路的一种深沉忧虑，他们圆满的结局反映出来的仅仅是作家一厢情愿的美好期待。秀梅去世之后，了无牵挂的胡长升唱起了《翻身谣》，在本来欢天喜地的歌谣中，涌动着难言的怅惘和复杂的况味。原刊于《上海文学》1994年第4期的《菩提醉了》

---

① 刘醒龙：《留下青翠的草木》，《小说月报》，1992年第8期。
② 黄晓环：《将灵魂和血肉融入大别山中——记著名作家刘醒龙》，《武汉文史资料》，2003年第8期。

也是一个被低估的作品,文化馆的一群文化人在争权夺利的漩涡中不能自拔,对权力场规则的服膺,将他们异化成权力棋盘上的一枚枚棋子,自以为牢牢掌控着自己的命运,事实上都沦为权力的玩物,权力的排他性使得这群人之间没有真正的合作共存,只有你死我活的明争暗斗。政治上的是非、道德上的善恶、智力上的贤愚、专业素养的高下都变得不再重要,谁掌握权柄谁就能支配别人的命运,知识分子的使命感和社会良知也在这种相互倾轧中灰飞烟灭。更为关键的是,只要体制没有根本性的改变,这种循环就会继续下去。原刊于《上海文学》1993年第4期的《暮时课诵》则是机智的文化寓言,作家同时描绘出"红尘"与"佛门"的现实图景:滚滚红尘中的人到寺庙里求神拜佛,都是为了功利的执念;佛门中的"假和尚"是为了到菩萨面前吃闲饭,即使像显光师父、慧明、慧隐等真和尚,也是凡心不灭,将积累下的二十多万元借给林场办制药厂。这篇小说显示出刘醒龙的另一套笔墨,在佛门与红尘的相互对照中,作家的幽默与机智隐而不彰,拿捏得恰到好处。

长篇小说《生命是劳动与仁慈》(2014年收入上海文艺出版社出版的"刘醒龙作品系列"时改名为《燕子红》)具有较为鲜明的自传色彩,刘醒龙自己就做过十年的阀门厂工人。作品以小城中的一个阀门厂作为核心场景,表现了城乡之间的交汇与冲突,其中最有光彩的人物是进城的农民工陈东风,他对劳动的由衷的热忱和宽厚仁慈的品格,使得他很快就得到认可。与此形成对照的是赵家喜、玉儿、小英等进城的乡村青年,赵家喜通过与一个精神病女孩结婚来改变身份,玉儿、小英不惜牺牲自己的贞洁以换取命运的转机。汤小铁、李师傅、高天白等城里人对农民工的不同态度,更是意味深长。厂长陈西风对高天白埋头苦干的嘲讽,以及他心里只惦记着升官的态度,反映了国有企业管理者长期缺乏职业精神的积弊。作品中对"铁屑湛蓝"的劳动场景充满诗意的描绘,使得作品将叙事和抒情有机地融合起来。作品结尾部分那个神秘的放牛老人对陈东风说:"并不是所有的劳动都有用处,并不是所有的劳动都会有收获,但无论如何劳动是一个人生命的证明。""失掉劳动就失掉了生命。"在功利观念的冲击下,对劳动的尊重和仁慈的伦理观念都在慢慢消失，作品对劳动和仁慈的热烈赞颂，蕴含着一种低调而朴素的理想主义品格。

《圣天门口》无疑是刘醒龙迄今为止的创作集大成者。作品在从辛亥革命到"文革"的历史时空中，以天门口这个小镇作为中心舞台，并将武汉三镇和大别山区的岁月浮沉作为扩展的历史背景，通过雪、杭两家的恩怨情仇与明争暗斗，在家族叙事的框架中折射出波澜壮阔的历史风云。《圣天门口》对于宏大叙事的重塑，打破了革命历史小说简单的阶级对立模式，也矫正了新历史小说沉迷于拆解与颠覆的游戏心态。《圣天门口》的情节环环紧扣，撼人心魄，充分展现了刘醒龙高超的叙事技巧，但尤其值得称道的还是其成功的人物塑造。在中国传统的权力格局中，女性历来处于陪衬地位，在绝大多数男性作家的笔下，文学中的女性形象也往往黯然失色。《圣天门口》中的梅外婆和雪柠真可谓光彩夺目，她们在动荡的环境中不断承受打击，目送着一个个亲人的消失，但是她们并没有随波逐流，更没有同流合污，而是在苦难的包围中坚守着仁慈、宽厚的本性和博爱、悲悯的情怀。曾经惨遭日军蹂躏的梅外婆，面对前来为兄报仇的小岛和子时，依然用自己赤诚的爱心坦然以对，并最终感化了被仇恨控制的小岛和子。梅外婆是作家在《生命是劳动与仁慈》中尽情赞颂的仁慈品格的人格化身，这个具有女神气质的形象，也寄托了作家对母亲和像母亲一样的乡村大地的无限依恋。在《一滴水有多远》中，刘醒龙说："作为母亲的乡村从不绝望，连一分钟都不肯耽搁，明知田野里还有残雪碎冰，就开始一点点地寻觅那希望的地米菜。"①因为梅外婆和雪柠身上闪耀的人性光芒，《圣天门口》中展现的残酷而冰冷的历史，尽管拥有一种强大的控制力，但是在其无法覆盖的缝隙中，依然有柔情和暖意慢慢升腾。在某种意义上，《圣天门口》的家族叙事中，承续了曹雪芹在《红楼梦》中表达的悲天悯人、怜香惜玉的人文情怀。作品对于傅朗西的塑造，和"十七年"革命历史小说中符号化、公式化的革命者形象相比，作家更加突出其个体特征，并深入挖掘其丰富性和复杂性。

---

① 刘醒龙：《一滴水有多深》，地震出版社2014年版，第236页。

傅朗西在"文革"时对他当年用生命捍卫的"革命"理念的否定，恰恰展现出其性格的多面性，作者也通过这一情节的设置，深刻反思了"文革"对"革命"的残暴颠覆。傅朗西和两任妻子麦香、紫玉的情感纠葛，都有了更为鲜明的世俗色彩，情爱不再是革命的一种附庸和工具，在艺术表现上也不再作为点缀革命的一种浪漫花边，它作为人性中的本能欲求具有了独特内涵。刘醒龙并没有像一些热衷于解构的作家那样，对左翼文学"革命+恋爱"的模式进行一种简单的颠覆和嘲弄，而是通过对人性的复杂性和丰富性的勘探，使得"革命"和"恋爱"在相互撞击中，敞开那些曾经被长期遮蔽的层面。

《蟠虺》的写作让人觉得意外，这部长篇小说的题材领域具有一种陌生化效果，在刘醒龙的创作中显得有些另类。作为情节枢纽的楚文物曾侯乙尊盘，它时隐时现、真假莫辨，真可谓草蛇灰线、伏脉千里。如果深入追溯刘醒龙小说创作的轨迹，就会觉得《蟠虺》的创作水到渠成。在《菩提醉了》《农民作家》《去老地方》等作品中，作家都聚焦于文化官员和知识分子的人格分裂现象。另外，这部小说对于楚文化传统的痴迷，又让我看到了刘醒龙在"大别山之谜"中对于神秘的文化传统的痴情。《蟠虺》在故事的表层关注文物考古领域的行业特色和专业奥秘，对青铜文化的深入浅出的展示，引人入胜，但在意义的深层，却以抽丝剥茧的叙述，揭示了形形色色的知识分子的人格表演。曾侯乙尊盘作为一个巨大的隐喻，在作品中成了知识分子品格的试金石。青铜器专家曾本之凭借早年提出的曾侯乙尊盘采取"失蜡法"铸造并不可复制的观点，奠定了在学术界的权威地位；他在年过古稀时接到一封用甲骨文书写并只有"拯之承启"四字的神秘信件，这封信件促使他想到郝嘉郝文章父子的坎坷命运，进而反思自己提出的"失蜡法"的草率，尽管内心承受着巨大的压力，但他最终还是勇敢地进行自我否定，并义无反顾地退出了院士的评审。在找回被调包的曾侯乙尊盘的过程中，他更是表现得智勇双全。与之相映成趣的还有马跃之、郝嘉、郝文章、万乙等，他们以不同的风格维护着知识分子的良知和责任感。靠学问起家的郑雄则把专业知识作为名利的敲门砖，他趋炎附势、构陷同侪，对手握重权的老省长极尽谄媚之能事，甚至不惜付出常年戴绿帽子的代价,这个"伪娘"是鲁迅所批判的"主奴二重性"的鲜活见证。作品在写到郑雄的尴尬状态时,有这样一段文字:"不敢笑,又不能不笑,他将嘴角咧两下,又让眉梢扬两下"。作家将一个把"生进中南海,死进八宝山"作为目标的名利之徒刻画得入木三分。作品中一个官员将血滴进曾侯乙尊盘看是否有紫气升起的细节,也具有极强的艺术爆发力,一针见血地抓住了官场心态的敏感点。在某种意义上,曾经作为国之重器的曾侯乙尊盘,在深埋地下上千年之后重见天日,得而复失,失而复得。其充满戏剧性的命运与当代知识分子的命运具有一种隐秘的同构性。作品开篇的题词为"识时务者为俊杰,不识时务者为圣贤"。在一个功利滔滔的时代里,曾侯乙尊盘象征着一种逆流而上的知识分子的理想人格和精神尊严。值得思考的是,楚文化和曾侯乙尊盘作为一种消失了的传统,它们在现实世界中还能恢复其活力吗?

二、可持续的生长

在中国现当代作家的创作生涯中,写作缺乏生长性是一个具有普遍性的问题,不少作家的成名作就是其代表作,在获得成功之后往往故步自封,形成一种惯性和惰性,在自我重复的恶性循环中难以超越。王晓明对此有言:"人们一直都在喟叹,说二十世纪的中国没有大作家。就拿七十年来的那些富于才华的小说家来说吧,他们都能不同程度地获得一份独特的人生感受,却又似乎都无力使这份感受进一步深化。有的人要经过多次试验和调整,才能谱出一支比较完整的旋律,这以后就筋疲力尽,只能一遍遍地重复这个旋律。有的人比较幸运,一上手便能奏出一曲新颖的旋律,可是后也就每况愈下,技巧虽然圆熟了,激情却日益消退。当然,那种因为分心去维持剧场的秩序,终其一生都谱不出一曲合调的旋律的人,数目就更多了。"[①]

---

① 王晓明:《潜流与漩涡——论二十世纪中国作家的创作心理障碍》,中国社会科学出版社1991年版,第66页。

刘醒龙在三十余年的创作历程中，特别值得重视的就是他对自我的成功经验的反思与超越，不断地学习和体悟，在对自我的反叛中化蛹为蝶，开拓新的空间，提升自己的艺术境界。值得新生的作家借鉴的是，超越自我绝不是推倒重来，更不是抛弃自我。从20世纪90年代以来，有不少刚刚出道的青年写手热衷于追逐热门题材，市场上流行什么就写什么，力图紧跟文学主潮，结果在疲于奔命中无所适从，始终无法形成自己的个性和特色。刘醒龙写作之所以能够渐行渐远，关键在于既守住根本，又不墨守成规，而是以海纳百川的胸怀兼收并蓄。我个人认为其写作之所以能够一直保持生长的状态，其活力来自于三个方面：

　　首先，扎根故乡，眺望中国。刘醒龙始终把故乡经验作为自己创作的基石，从中获得源源不断的滋养和启示。故乡作为一个活态的样本，是刘醒龙建立在成长经验基础上想象出来的一个文学王国，也是他深度开掘现实和历史的一个生命通道。值得注意的是，这个世界绝不封闭，因为刘醒龙不断地变换视角，用获取的知识和外来的经验去激活它，使得这儿成为中国的一个缩影，使得这里的民众的欢乐与艰难，和中国其他地区乃至世界各地的底层声音，形成呼应与交响。他通过审视自己的故乡，在中国大地上打了一口深井，并通过这口观察井，去感应时代潮流的回响，折射中国整体的现实脉动。在作家的创作历程中，故乡的文化内涵从单一变得丰富，从轻灵变得厚重，从生命的故乡变成精神的故乡，从现实的故乡变成象征的故乡。

　　其次，在创作方法上，以现实主义为根基，开放性地吸纳其他创作方法的形式要素。现实主义作为中国当代文学的审美主流，在"十七年"和"文革"期间因为意识形态的强力渗透，逐渐形成了一套教条的、僵化的创作成规。从"伤痕文学"、"反思文学"到"改革文学"、"寻根文学"，一批批优秀的作家致力于解放长期受到束缚的现实主义，使之在新的文化环境下重新焕发活力。刘醒龙的写作正是在这一潮流中起步，并逐步成长为推动现实主义的自我革新的中流砥柱。作为"现实主义冲击波"中的一面旗帜，刘醒龙在这一潮流中显示了其创作的爆发力，其独特之处在于并没有像谈歌、何申那样上演"一波流",而是经过沉淀和磨砺,重新上路,打造出突破之作——《圣天门口》。在"大别山之谜"中,对魔幻现实主义的追慕,成为作家展示楚文化的神秘符码的形式利器。《生命是劳动与仁慈》中诗化的语言和理想主义的品格,都显示出一种独特的浪漫主义气质,现实主义与浪漫主义的深度交融,赋予作品以饱满的艺术张力。在某种意义上,浪漫主义是刘醒龙文学创作的一种底色。他自己认为:"我一直不大信任自己这个被人强加的'现实主义'者,我宁肯相信自己的写作是浪漫主义的。写到这里,心里忽然有个念头,我们这个民族究竟有多少年代忘记了浪漫?那种充满活力富于幻想的精神世界,对于我们这个民族是不是更加重要。当然,浪漫是与人的生存环境和历史环境有关。可无论如何我还是喜欢浪漫,浪漫比别的什么更接近艺术的真谛,而批判更像是政治家的一把两刃利剑。"①以《蟠虺》为例,在文体形式上,我们能够隐约发现文本中与侦探小说、悬疑小说、网上流行的盗墓小说相似的审美元素,这一方面增强了作品的可读性,另一方面,在作品的立意、旨趣上显然有别于流行趣味,显示出一种汇通雅俗、化俗为雅的创作趋向。

再次,忠实于生命体验的灵魂写作。刘醒龙写作的成长与其个人的生命轨迹具有一种同步性,也与中国"文革"结束以后的时代进程具有一种同步性。他的笔下流出的文字从来都不是一种形式游戏,始终具有一种贴近自己的内心、贴近时代的生命含量。他的笔下活跃着形形色色的人物,有英雄也有枭雄,但让他最为心痛的还是那些在底层摸爬滚打的卑微人群,尽管生存环境极端恶劣,但是,生命的尊严却不能弃守。刘醒龙总是在创作中努力发掘现实与文化中的积极力量,同时并不粉饰,而是真诚地袒露内心的犹疑与迷惘。他的创作组合在一起,多角度、多层面地交汇成一个动态的生命过程,其中有喜悦也有苦痛,有拼搏也有挣扎,创作主体和所处时代在对话、冲突中相互印证。刘醒龙的文字饱含真情,但又注

---

① 刘醒龙:《浪漫是希望的一种——答丁帆》,《小说评论》,1997年第3期。

意节制,避免流于宣泄。难能可贵的是,对于自己浓郁的乡村情感,刘醒龙也有深入的反思,他说:"在经历了太多的感情波澜之后,我却发现,感情只能作为一种动力,而无法成为一种诺言和保证。当社会整体出现麻木不仁时,强调感情是必要的。然而,从长久来看,真正能保护乡村整体利益的反而是理智"①。

"生长性"写作的核心特征是持续性,这也正是作家保持长久的艺术生命力的关键。必须指出的是,持续生长并非匀速的生长,更不是一种机械的、模式化的、习惯性的写作状态。在刘醒龙的写作生涯中,也经历过一些沉潜乃至低潮阶段,譬如从"大别山之谜"向"新现实主义"过渡的阶段,以及在酝酿和写作《圣天门口》的阶段,刘醒龙都显得相对沉寂。在这些阶段,写作的生长显得缓慢。但是,生长并没有停滞,而是蓄势待发。在悄然无声的思索中,内在的力量在积累,精神和艺术的成长根基也就变得更为厚实,具有更强的审美冲击力。要保持持续的生长状态,不能单纯依靠外部的推动,外部世界的变化是影响生物生长的重要因素,甚至是决定性因素。然而,对于精神的生长来说,主体的自觉显得更为关键。对于文学主体而言,既可能对外界的变化麻木不仁,也可能对时代的变化产生过度反应,亦步亦趋。也就是说,独立的主体必须保持思想和艺术的自主性,外部世界可以影响他,但不能主宰他,他与外部世界必须保持一种紧张的对话关系,既有适应,也有必要的反抗。一个作家要持续地激发自己的创作活力,既需要保持一种内在的定力,不能随波逐流,也需要拥有一种艺术的敏感,在瞬息万变中敏锐地把握时代的核心问题,发现症结所在并积极地回应现实的挑战。基于此,"生长性"的写作都有鲜明的个体性,生长是健康的、充满活力的个体精神的基本状态,也是一种内在的追求。作家的个人经历、生存环境、文化背景、精神气质都会影响其生长模式,使其成长和成熟表现出差异性和丰富性。在这种生长过程的特殊性的背后,往往蕴藏着打开一个作家的精神之门的密码,这种精神特质也往往是赋予其作品以艺术特色的思想酵素。持续的

---

① 刘醒龙:《一滴水有多深》,地震出版社2014年版,第221页。

"生长性"处于一种未完成的开放状态,是一种充满意义诱惑的、不确定的生命过程,在不断的生成中超越自我。因此,我们有理由期待刘醒龙的写作还可能打开另一扇精神之门。

(《新文学评论》2015年01期)

刘醒龙："高贵"文学理想大厦的精心构造者

刘川鄂　邓雨佳

刘醒龙在20世纪90年代初期以《凤凰琴》登上文坛，又在90年代中期以《分享艰难》刮起"现实主义冲击波"。21世纪初的《弥天》使他跻入少数几个从体制和人性双向互动中拷问现实的优秀现实主义小说家之列，而《圣天门口》更是新世纪中国文坛的重要收获之一。

世纪转型期中国社会价值多元，文学选择也是多元化的。有的作家用精致的技巧来消解意义，有的遁入琐屑世俗的生活而躲避崇高，有的以玩票的态度用文字"搞笑""狂欢"，有的双眼直勾勾地盯着市场赚得盆满钵满。而刘醒龙偏偏执拗地坚持自己的文学理想："高贵"地写作、写"高贵"的文学。在他看来，文学在政治与市场的奴役下一次次成为俘虏，这些都是"猥琐"的表现。他无法忍受这样的"猥琐"，要用"认真得近乎刻板"的"高贵"姿态与之对抗："文学所表达的，一定要做到自始至终不让高蹈的精神出现丁点儿低就。最终才会发现，在这样的书写背后，是对仇恨、暴力、淫秽、恐惧、无耻、绝望、怯懦、虚妄、妒忌、猜疑和死亡等等反价值观念的仁爱和和解"①。在许多人书写理想失落、价值迷惘的时候，刘醒龙拒绝虚无、拒绝暧昧、拒绝低就、拒绝回避棘手的价值判断。他固守乡土，表达底层人质朴的诉求；他钟情现实主义这个似乎"吃力不讨好"的手段，直视现实与历史，追问意义；他愿

---

① 刘醒龙：《历史是当下的心灵》，《齐鲁晚报》，2005年10月4日。

意花六年时间写一部百万字小说，挑战消费时代读者有限的阅读耐心。以乡土为地基、以现实为骨架、以"高贵"为风韵，这就是刘醒龙尽心构建的文学大厦。

一、"高贵"的文学理想

刘醒龙对为人生寻找价值皈依满怀热情。他说："从《村支书》《凤凰琴》《秋风醉了》到《分享艰难》《大树还小》，总体上有一种一以贯之的东西，那就是对人的关怀，对生命的关怀。具体一点就是对人活在世上的意义的关怀。人活在世上的真正意义也许找不到，也不是小说所能解决的。小说的写作只是提供一个路径，引导你去运作，引导你去尝试。"①刘醒龙的"高贵"的文学理想，正是用"高贵"的方式为灵魂探索一个"高贵"的出路，而"善"是探索的基点。

"高贵"的文学信念在他的作品中突出表现为对"善"的发掘。关于"善"的命题可以上溯到刘醒龙20世纪90年代初的创作中。在成名作《凤凰琴》里，作家设置了一群出自人性的"善"，在现实利益与道德操守之间选择了后者，并默默承受由此带来的苦难的乡村民办教师，获得了动人的艺术效果。他的第一部长篇小说《威风凛凛》已经开始由"善"而探讨人的终极价值。知识者赵老师来到西河镇散尽千金、执教一方，用启迪民智的方式实现"报恩"梦想，却反成为当地蒙昧野蛮者肆意欺侮的对象。他外表谦卑甚至窝囊，内心却无比强大，他说："面对别人的侮辱与伤害，不管有多深多重，只要自己能坦然以对，那么它们不但达不到本身想达到的目的，相反地能使自身得到深刻的解悟与锻炼"②。赵老师才是西河镇最威风的人，他的威风不是来自蛮横粗野的行为暴力，而是来自灵魂的不可征服与精神理想的高蹈。怀着"高贵"的"梦想"，拥有超拔的品格与智慧，忍辱负重地承受苦难，坚持对周围人的改

---

① 周新民，刘醒龙：《和谐：当代文学的精神再造——刘醒龙访谈录》，《小说评论》，2007年第1期。
② 刘醒龙：《威风凛凛》，作家出版社2009年版，第61页。

造——从某种程度上说，赵老师可以被视作《圣天门口》中雪家女人的"雏形"，其生存遭遇、精神理想里潜伏着她们的多种"基因"。

最能代表刘醒龙"高贵"文学观的当属其代表作《圣天门口》。他的一篇《圣天门口》创作谈的题目即为《我们如何面对高贵》，显露了作家的"高贵"的创作目标："这部小说是要表现——人伦的高贵，才是潜藏在历史最深处的中华文化神奇而伟大的动因。现当代中国文学一直在片面地强化文化传统中的种种灾祸。近代中国文学史实际上成了一部苦难史。提及苦难时，人人都是如此理直气壮。导致少有人去想，能够走出苦难，使之生生不息的正是被苦难当成天敌的人伦的高贵。……过去一百年，文学承袭了太多《水浒》习气……社会这条大船要前进和不被沉没，核心还是因为我们的理想是要追求理想的人性。"①用宽恕和仁爱来消除暴力和仇恨、塑造理想人格正是《圣天门口》的主旨。杭、雪两个家族被作者赋予了不同的象征意义：奉行以牙还牙的草莽之家杭家是暴力和杀戮的象征，而坚守宽恕仁爱的书香门第的雪家是坚韧仁爱的美好人性的象征。围绕着两个家族展开的种种历史就变成了暴力、杀戮和宽恕、仁爱的矛盾斗争，20世纪中国的那段复杂的历史被呈现为暴力杀戮与和平仁爱矛盾斗争的历史。审视批判血腥的暴力，张扬个体生命的价值和仁爱之心，是作家鲜明的态度。

刘醒龙在"天门口"这个气象颇为博大的地名前冠以"圣"字："优雅是一种圣，高贵是一种圣，尊严也是一种圣。一个圣字，解开我心中郁积八百年的情结。"②而"圣"字在文本中反复被解释为"一耳一口一个王"，展示出一种高尚的、永恒的品质，作家苦心孤诣的"高贵"追求显露无遗。"圣"是高贵风骨的神性表达。刘醒龙将种种"高贵"的形态赋予一群美丽女性：她们不仅拥有一个冰清玉洁的姓氏——雪，还拥有绝世的美貌、脱俗的气质；她们爱穿旗袍，举手投足都时刻保持优雅，绝不在生活细节上有半点苟且；

---

① 刘醒龙：《我们如何面对高贵》，《文艺争鸣》，2007年第4期。
② 周毅，刘醒龙：《觉悟——关于〈圣天门口〉的通信》，《上海文学》，2006年第8期。

她们善良、悲悯，对一切人与事怀着崇高的感情。雪家女人的骨肉是水做的，从外形到内心都冰莹剔透。利用各种隐喻，作家让这些近乎完美的女性形象承载起"高贵"的"梦想"，"梅外婆就是被作为这个民族过去、现在、未来的一种梦想来写的"①。然而，即便高洁如梅外婆、雪柠，在外族侵略者与身边男性的蹂躏下也常常无力自保。"梦想"被无情地践踏令人痛心，"梦想"在现实面前显露出的天真、无力同样令人扼腕，但在作家看来，这却不妨碍它获得永恒的价值。至少从文本中我们读到，梅外婆总会让马鹞子心生敬畏，雪柠竟能使杭九枫对她始终不越雷池一步。故事结束时，不仅阿彩、傅朗西变得像梅外婆，整个天门口的人们都对梅外婆的精神理想产生强大的皈依。爱栀说"有梦想的男人是女人的最爱"，那么依据作者的叙述，我们完全可以大胆推出这样一句："有梦想的女人是所有人的最爱。"作家让"高贵"的"梦想"以并不完美却很悠远的方式获得价值。她们身上表现出高贵、优雅的人格，她们所做的每一件事情，每一个动作都告诉世人：人的生命是高贵而有尊严的，都具有不可否认的平等价值，任何道德判断与意识形态的评价都不是衡量生命的最终标准，只有爱才是人世间最温情与值得珍惜的东西。

20世纪中国的"恐惧的世纪"里，依循着"革命"的意识形态将"杀戮合法化"，既是一种相当普遍的事实存在，又是当代文学的书写主流。刘醒龙曾谈道："中国历史上的各种暴力斗争一直为中国文学实践所痴迷。太多的写作莫不是既以暴力为开篇，又以暴力为终结。《圣天门口》正是对这类有着暴力传统写作的超越与反拨，而在文学上，契合了'和谐'这一中华历史上伟大的精神再造。"②说"和谐"未免笼统而空泛，但我们能够清晰把握到的，是刘醒龙建构反暴力的精神价值的努力，是他对"善"的"梦想"的追寻，以

---

① 周新民，刘醒龙：《和谐：当代文学的精神再造——刘醒龙访谈录》，《小说评论》，2007年第1期。

② 周新民，刘醒龙：《和谐：当代文学的精神再造——刘醒龙访谈录》，《小说评论》，2007年第1期。

及对"梦想"存在意义的高度自信。作家高调地在"梦想"的层面行文,一次次对生命的终极价值发起叩问,不躲避崇高,不消解意义,他对"善"的力量充满信心。在《圣天门口》对历史的宏大叙事中,刘醒龙发下"重建中国人的梦想"的宏愿,他说:"写这部作品时,我怀有一种重建中国人的梦想的梦想。我并不知道要做什么,但我觉得中国人有些梦想是要重建的,我们不应该继续采用暴力的方式解决问题,不能再崇尚以血还血以牙还牙。"①"善"对暴力的和解过程,正是《圣天门口》的"梦想"建构过程。傅郎西的暴力价值最终臣服于梅外婆的仁爱价值,是《圣天门口》对当代中国文学的特殊贡献。

在刘醒龙的文学实践中,"高贵""梦想"的建构往往落实为对"高贵"人伦的呈现,他又独出机杼地将"高贵"的人伦概括成"优根性"。关于这个"优根性",刘醒龙给出这样的解释:"一个伟大的民族,经历那么多灾难,甚至灭顶之灾,但它依然能喘过气来,依然能够再发展,依然独立于世,为什么?靠劣根性,行吗?'优根性'这个词虽然不一定完全准确,它的本质却是一个民族立世的根本,这就是最最简单的、所有人都知道的仁爱"②。刘醒龙的表述并不足以从根本上证实"优根性"存在的合法性,这个缺乏坚实的立论基础。通过非此即彼的思维方法推导出的"优根性"只是他一厢情愿的推论,在价值上显然不具备与"劣根性"对话的可能。然而诚如刘醒龙自己所说,他在这个并不"准确"的"优根性"背后苦心经营着的"本质",乃是"最最简单的、所有人都知道的仁爱"。在刘醒龙的作品里,我们可以发现这样的"仁爱"不仅在细节里俯拾即是,它更是一以贯之的精神支柱,是以清晰、突出的面貌示人的"善"的力量。刘醒龙对"向善的强大力量"充满信心,他正是在"善"的基点上实践着"高贵"的文学理想。

---

① 周新民,刘醒龙:《和谐:当代文学的精神再造——刘醒龙访谈录》,《小说评论》,2007年第1期。

② 刘醒龙:《真正的小说无需炒作》,《北京青年报》,2006年5月29日。

刘醒龙将"高贵和优雅"视作"小说最重要的气质"①。他自信地说："现在，有些小说可以红极一时，但很快就会被遗忘得干干净净。历史对小说的留存是有选择的，其关键，肯定不是当下某些作品中被渲染和夸张的粗鄙与暴力，而是可能会在庸俗市场上卖不出好价的优雅，以及不去名利场上左右逢源的高贵。"②刘醒龙试图用文学向世人证明，他有自己笃信的价值、执著的梦想，支撑在它们背后是一股强大的精神力量，这便是在文学、在人性中具备永恒意义的悲悯、仁爱、善。

二、民间与乡土

刘醒龙认为，乡土是一个人的生命之"乡"，灵魂之"土"。"高贵"在乡土、在民间，站在乡土、站在底层人小人物的立场说话，在他看来正是一种"高贵"的姿态。当城市文学蓬勃茁壮、乡土文学越来越边缘化的当今，乡土仍是他不离不弃的精神土壤。要实现"高贵"的文学理想，乡土也是他必备的资源。

刘醒龙生长于鄂东大别山区，童稚时期耳濡目染乡土风物、聆听长辈口口相传的民间故事，获取人生原初阶段的性灵。从18岁到28岁的十年间，他在县城阀门厂度过了十年的工人生涯，由于不满现状，又转而从事文学创作。从在县文化馆录像厅卖门票，到进入县创作室，再到成为武汉市文联一名专业作家，刘醒龙由乡土、底层一步步走来。对于乡土这个给予自身"奶奶"之爱的空间，刘醒龙充满了近乎疼痛的爱恋，他始终认定自己无论是情感根基还是创作之源都深深埋藏在这里，乡土对他意味着"灵魂！血脉！肉体"！③ 长期与底层人打交道，刘醒龙说自己"对他们的勤劳、仁

---

① 刘醒龙、刘颋：《文学应该有着优雅的风骨》，《文艺报》，2006年8月10日。

② 刘醒龙：《真正的小说无需炒作》，《北京青年报》，2006年5月29日。

③ 刘醒龙、刘颋：《文学应该有着优雅的风骨》，《文艺报》，2006年8月10日。

慈以及种种的无奈与无赖有着切肤的了解"①,"一个小人物、尤其是一个社会地位低下的小人物,一类人、尤其是一类处在社会底层的人,他们的精神状态与生存状态,从来就是一条贯穿我的全部小说的命定线索"②。多数时候,刘醒龙以一位持民间立场的写作者形象示人,他说:"我所有的写作,正是体现了来源于民间的那些意识。"③我们也的确发现,对于底层人,刘醒龙的情感尤其柔软:"面对这样辛劳的人,这样诚实的人,我无法举起批判的利器",然而他又表示"这样说并不意味自己已放弃了批判的立场,而是恰恰相反,只是我的锋芒不能对着这些在历史的海平线下苦苦潜行的大众"④。出于恻隐之心,作家"不忍"对这个群体加以严厉鞭笞,比起揭示劣根性,他更愿意呈现"优根性";较之批判,他更倾向于以宽容的心态对其弱点加以谅解。于是在刘醒龙的笔下,这些底层的小人物往往表现得尤其善良、高尚,"闪烁着质朴的光辉"⑤。他笔下的乡土是他"高贵"理想的载体。一方面他忠实地记录社会转型期乡村的艰难和矛盾,又对乡村文明寄予着理想化的情感。乡村的传统美德,老人、女人在道德和人格上的优势,都承载着他要表现的"高贵"。

立足乡土、融入民间的刘醒龙认为:"最好的作家应该是仁慈的、悲悯的。这是我们对乡土小说最应该持有的态度。乡土给我们最有价值的东西就是仁慈。实际上,任谁说什么,乡土都不在乎,它依然那样生活。当你需要乡土来宽容、安抚的时候,它依然会接纳。这已经不是我们对乡土的认识,而是对世界的认识,是一种世

---

① 刘醒龙:《浪漫是希望的一种——答丁帆》,《小说评论》,1997年第3期。

② 周新民,刘醒龙:《和谐:当代文学的精神再造——刘醒龙访谈录》,《小说评论》,2007年第1期。

③ 周新民,刘醒龙:《和谐:当代文学的精神再造——刘醒龙访谈录》,《小说评论》,2007年第1期。

④ 刘醒龙:《浪漫是希望的一种——答丁帆》,《小说评论》,1997年第3期。

⑤ 刘醒龙:《一首小诗的启发》,《读写天地》,2009年第5期。

界观。这是一个伟大的小说家所应该具备的。"①刘醒龙从乡土中获取仁慈、悲悯的情怀，并以之来观照乡土中人，我们因此能从他的文字中看到底层小人物心灵世界的丰富，看到被持其他"立场"的写作者所忽略的另一种真实。他甚至曾经直言自己"不喜欢'知青情结'，甚至还有些反感"，原因是"在'知青情结'中"的作家们"总是在审视那祖居在知青点四周的粗俗怪人，总在寻找着批判的靶子"，而自己则"宁肯固守，决不去逐流"②。在按照这一理念创作的《大树还小》中，知青与农民的描写无疑揭露了这样的真实：知青下乡的苦难生活犹有竟时，而世代土生土长的农民的苦难生活却似乎绵绵无绝期；知青对遭遇的控诉得到广泛同情，而农民的苦厄仿佛在人们习以为常的观念里被长期忽视。站在农民的弱势地位，刘醒龙提出了惯于从知青视角进行思考的作家们看不到的问题。

　　乡土是民间的一部分，是民间的主体。"民间"是世纪转型期的一个显词，其内涵众说纷纭。民间大致是指疏离政治意识形态和权力中心的底层社会。民间视角也就是指作者自己潜入民间底层社会，书写民间社会的历史，从民间社会的角度出发，站在人道主义的立场对历史进行反思和重构。而对于刘醒龙来说，乡土是民间的全部。他曾有意识地强调自己的民间立场，在写作《生命是劳动与仁慈》后甚至明确提出："我是有些放弃所谓知识分子的立场，而站在普通人甚至农民本位的立场发出一种让人刺耳的声音。"③其创作也的确显示出他对知识分子精英立场的不时疏离。然而在那"刺耳"的声音中，刘醒龙是在将"知识分子立场"与"农民本位的立场"做着非此即彼的对立理解，并流露出对前者不乏激愤意味的排拒态度。在对乡土的过分"溺爱"、对自我知识分子身份的"怀疑"中，

---

　　① 《刘醒龙：中国乡土文学有二大败笔》，《南方日报》，2006年5月28日。
　　② 刘醒龙：《浪漫是希望的一种——答丁帆》，《小说评论》，1997年第3期。
　　③ 刘醒龙：《浪漫是希望的一种——答丁帆》，《小说评论》，1997年第3期。

刘醒龙急切地划清"立场"间的界限，对自身"立场"展开过于激进的确认，而忽视二者殊途同归的使命，失去对真正民间立场的把握，这些都妨碍了其民间立场获得真正的价值发挥，其最直接的负面效应，即是导致批判意识的缺位。"我的锋芒不能对着这些在历史的海平线下苦苦潜行的大众"，作家带有选择性的批判以对象是否"苦苦潜行"为标准，因为对他们满怀恻隐，所以"无法举起批判的利器"，既然作家无意对他们的劣根性大加挞伐，那么作品中的底层人通常以高尚的面貌示人也就不足为奇了。

刘醒龙对"立场"的设置也是为了实践"高贵"的文学理想。实际上，与其把问题归结为"立场"的选择，不如说这是"视角"上的差异。真正的知识分子立场与民间立场从根本上说并非水火，二者间的不同更多地在于具体的写作手段、方法以及看待问题的视角。当视角发生位移，作家的观察自然也就跟着移步换景，呈现不同的真实，激发不同的情感。《大树还小》对知青形象的处理正是以农民的视角为观察点的，相较于以往的知青叙事，这也不失为一条辩证的思路。因此，问题的关键并不在于作家站在何种立场上说话，而在于是否真正具备超越性的认知和对生命存在意义的普遍关怀。真正的批判既不应以作家的"立场"为转移，其力度也不应因对象的地位、生存状况而有所差异，它应当是对一切不合理现象的揭露、反思。刘醒龙举起批判"利器"时的"不忍"，是道德之所限，亦是智慧之所限。因为"对这土地爱得深沉"，就让"泪水"模糊视线，这无疑妨碍了作家获得超越性的认证。当刘醒龙以"高贵"方式进行文学实践，却沉醉在自己营造的"高贵"世界中，作家应有的启蒙精神也正容易在这"高贵"中迷失。

《圣天门口》中这种情况得到有效的突破，正如有的评论家所指出的那样，"在上个世纪80年代中期以《凤凰琴》《分享艰难》《秋风醉了》《威风凛凛》等小说崛起于当代文坛的刘醒龙，一直擅长于也醉心于现实题材的写作，尤其是直面艰窘的乡土现实、塑造刚劲的平民英雄；而且，由作品透示出的作家主体来看，也是格外的爱憎鲜明、臧否分明，毫不掩饰自己对人对事的好恶所在、美刺所向。""但在《圣天门口》这部作品里，刘醒龙变了，较之以前变得比较复杂了，又相当蕴藉了。"①的确，较之刘醒龙以前的创作，《圣天门口》无疑拥有更宽广的心态，更博大的气象，同时也变得更加文人化，更具知识分子气质。小说对革命的书写会涉及许多"斗争、争斗、搏杀和屠杀"的相关情节，刘醒龙却避免《圣天门口》的"任何地方出现'敌人'的措辞"，而是站在"善"的基础上看待世俗标准下的"对立"，他说："写任何一部小说都应有一种'大局观'，这是很重要的。从国共两党斗争开始后大半个世纪以来，种种文学作品一直纠缠在谁胜谁败、谁输谁赢、谁对谁错"，"但是我们如果用发展的眼光来看，我们一百年之后再来纠缠对和错、输和赢就显得一点不重要了。"②建构"幸福和谐的梦想"才是《圣天门口》的意图所在。作家在历史的尘埃里，展示仁爱与暴力、宽恕与复仇这些两两相对的命题的"和解"过程，从"梦想"的层面展开形而上的思考，比起曾经逼仄的视角，《圣天门口》的视野无疑更为宏阔。同时，作家对既往暴力革命进行反思，甚至不乏对主流意识形态的大胆挑战，也都显示出作为"社会良心"的知识分子作家的可贵品质。

当然，乡村和民间的要素在这部小说中依然光彩照人，单看那些美妙丰盈的细节可证。譬如：杭九枫一次次用芒硝水给阿彩治癞痢头，竟渐渐地奏效了；人们将烧得火红滚烫的石头丢入闭室里，以此来蒸出董重里体内的所谓"阴柔之水"；梅外婆面对一张嘎白的信笺，却能读出柳子墨所讲述的关于小岛和子的种种信息；瞎子常天亮虽然没有了双眼，但是却拥有超人的听觉和判断力，每每让人惊魂不定；马鹞子为泄自己内心的公仇私恨，拿大量的松毛虫放在床上来折磨杭九枫；驴子狼每次受到人们的攻击，便会成群结队地来到天门口镇，公然与人类进行较量，而当大炼钢铁开始之后，驴子狼在绝望之中竟然选择自沉河底来"自绝"于人民；为了恶心雪家人，锻炼一省的暴力胆识，杭九枫居然想出一种恶招——让一

---

① 白烨：《历史叙述中的人文思考》，《文学自由谈》，2006年第2期。
② 周新民，刘醒龙：《和谐：当代文学的精神再造——刘醒龙访谈录》，《小说评论》，2007年第1期。

省到雪家门口当众宰杀一只白猫……在这种细节拓展的过程中,刘醒龙的艺术虚构与想象始终与民间传奇保持着密切的关联,始终与大别山区特有的风土人情保持着精神上的沟通,虽然带着某种传奇和神秘的质色,但它们却在作者所建构的叙事语境中产生了特殊的说服力。

刘醒龙认为一部好小说理所当然是那个时代民间的心灵史。然而,在中国历史上从来就有正史与野史,官修历史与民间历史的分别,对历史功用性的强调使正史、官修历史成为一部意识形态史和帝王将相史,它远远不能反映历史的真实面貌和人的真实生活。刘醒龙在回答《新京报》记者问时宣称:"如果是史,那一定只能是中国南方大别山区中一座名叫天门口的小镇镇史。……我向来坚信,民间那些口口相传的历史才是那个时代人文精神的体现。如果你说的历史是指这样一种历史,我就回答说:'是'。如果所指的是某种印刷成文的范本,我就要回答:'不是'。"① 只有在民间的历史里,人在内心潜藏着的种种不满与反叛才能够被真实地反映出来。在古代中国这样一个缺乏民主传统而专制传统源远流长的社会,这种不满与反叛长期处于一种受压制的地位而得不到正常地发泄,正因如此,中国民间一直涌动着潜在的暴力倾向。然而善的信念始终存在于人们内心深处,它的力量使得宽恕、仁爱时时制约着暴力倾向,即便在施行暴力时,人们心底对善的向往仍不曾弃绝。《圣天门口》给我们所描绘的也正是这样一部民族的心灵史,作家在追索中国暴力和杀戮这种"恶文化"时,抛弃了大社会和大历史的角度,转而从家族历史的变迁,从民间人物的悲欢离合中去寻觅。它对传统的历史进行消解,使之呈现日常化和生活化,并用一个虚构的天门口这块方寸之地浓缩广阔的社会,借雪家和杭家两个家族的历史变迁寓示民族的命运,从民间历史的角度给我们展现了另一种历史画面。《圣天门口》渗透着乡土与民间的精魂,而它观照历史的视野又是超乡土超民间的,具备一种史家眼光和史家思维,其在立场与视角上的定位能力也早已不能与以往同日而语,这便是刘醒龙的

---

① 刘醒龙:《写作史诗是我的梦想》,《新京报》,2005年7月1日。

进步。

三、"真正的现实主义"

由于过分强调文学的认识教育作用,由于过分强调文学对社会本质规律的把握,现实主义于是成为当代中国文学最强势的创作方法。然而在20世纪80年代中后期,当社会改革遭遇瓶颈,中国人的现代化追求受到阻碍,中国作家纷纷迷失在对本质、主流的无所适从中时,一地鸡毛式的"新写实小说"便成了主潮,并一直绵延至90年代。作为现实主义作家的刘醒龙之独特和可贵处在于,他总是带着对理想的追求和现实的批判从事写作,"高贵"地写作。他似乎不合时宜,却往往独领风骚。正因为多少有些"另类",他在收获赞誉的同时也免不了饱受争议。

20世纪以来,在现实主义这个显词之前有太多的限制词。如"冷峻的"、"社会主义的"、"革命的"、"零度的"等,各有其特定的时代指向,但在学理上却纠缠不清。鉴于现实主义的"至尊"地位,当代中国绝大多数作家自称是现实主义信徒,对现实主义情有独钟。但这些对文学理论和文学史实并不熟稔的作家们对之鲜有清晰的认知,往往以给自己的写作贴上现实主义标签为荣。刘醒龙之所谓"真正的现实主义",亦是有现实指向但无学理表述的"个人化表达",是生存体验和文学经验的再生发。

其实,刘醒龙之"真正的"实为他之所谓"高贵的"。他关于好小说的一段话透露了其"真正的"含义的全部密码:"好的小说如同真正的男子汉,没有花言巧语,也不会卖弄风骚,甚至还会冷若冰霜地拒人于千里之外,内在却是一团熊熊燃烧的暗火"[①]。不是一地鸡毛的生活碎片,不是零度情感状态下的情景展示,更不是价值颠倒的以丑为美,刘醒龙的现实主义之"真"在于:源于高贵、尊重高贵,以高贵这"一团熊熊燃烧的暗火"烛照、辨析体制和人性中的美丑。所谓"真正的现实主义"是有高贵理想支撑、有善恶评

[①] 刘醒龙:《历史是当下的心灵》,《齐鲁晚报》,2005年10月4日。

判的现实主义。他对"真正的现实主义"的定位正是基于这些标准，而"真正的现实主义"则是刘醒龙实现"高贵"文学理想的路径。

刘醒龙初出茅庐时也曾是现代主义的崇尚者，创作过一组名为《大别山之谜》的小说。但不久他"发现这样的写作指向历史的时候很乏力"，于是"转向现实主义"，以此法执笔直至现在，其间也经历了"现实主义冲击波"的"冲击"，受到过质疑。"从放弃《大别山之谜》，到重新挑战在历史中迷失的大别山，正好十年时间"①，这也是刘醒龙的现实主义不断成长、发展的十年。他越来越不满足于单纯地陈列现象、描述事实的所谓"纯客观"写法，自觉投入更为鲜活的人性感知、情感褒贬、价值评判。

刘醒龙的现实主义写作经历了一个发展的过程，它始终有"理想"相伴，因而也始终显露着对"高贵"的追求，但在现实的层面上，它还存在一个从经验现实主义向反思的现实主义进发的链条。尽管刘醒龙从写作之始就有意关注体制与道德的关系，但其着眼点在于从恶劣环境中升华道德人性之善。他的早期作品多从道德的善恶角度叙写个体的苦难，人性赞美的成分较多。在《凤凰琴》中，寒酸的民办教师的道德感化力量之强掩蔽了对教育体制的批判分量；《生命是劳动与仁慈》更强烈地表达了对劳动、仁慈这些基本道德原则的关注；《分享艰难》的分享主题的虚拟化和分享对象的简单化，更是受到评论家的诟病。"现实主义冲击波"在冲击新的现实方面功不可没，但在精神建构方面杂乱无章，因为刘醒龙和其他"冲击波"作家们在认知新的市场经济时代时，尚处于无章可循、难以应对的状态。

如果说20世纪90年代中期创作的《生命是劳动与仁慈》《分享艰难》等将现实中的尖锐矛盾以道德化、想象性的方法进行解决，批判精神有所欠缺，对"现实主义"方法的运用还没有达到"真正的"程度，那么21世纪初的《痛失》《弥天》等则在批评精神上取得了跨越。《痛失》通过一个乡村干部孔太平的转变，从体制层面对腐败堕落现象进行了深刻的反思。孔太平原是一个郁郁不得志的镇

---

① 刘醒龙：《历史是当下的心灵》，《齐鲁晚报》，2005年10月4日。

党委书记,在压倒了仕途上的竞争对手、如愿以偿地被提拔为代理县长后,逐渐走上了腐败堕落的歧路,开始贪财、恋色,学会了说假话、看火候,甚至还学会了借刀杀人。小说中,维护民众利益和追求个人功利、张扬人格力量和释放内心欲望这些复杂的心理机制相互掺杂、作用,将人一步步诱入歧途,并且越陷越深。这样的情形引发了人们对体制上的监管缺失的思考,充分展现了农村苦难根源的复杂性:它不是简单而明晰的善恶对峙和美丑对立,而是充满公与私、情与理、直与曲、远与近、大与小的隐性矛盾的相互交织、彼此勾连的繁复性与芜杂性,乃至难以仔细分辨和准确把握的或然性与神秘性。

刘醒龙认为:"平常的善与恶,只在人性的层面上发生。大善和大恶的产生,除了人性因素外,一定还带着深深的文化根源。《弥天》所表现的就是这种大恶。"①大恶的文革是一场无人幸免的灾难,大恶的"文革"也是一场人人都在表演丑陋的活剧。《弥天》有意识地从体制和人性两方面反思"文革",在两者的复杂关系中,透视人性在社会体制出现重大问题时发生的可怕变异:权势者的凶悍与嗜血、农民身上"精神奴役底创伤",都在糜烂而癫狂的体制下被唤起,形之于暴力。而体制则在这样的人性变异中一步步被摧垮,走向更加彻底的崩溃。病态的人性与病态的体制就这样两相纠结,互为生发,造成深重的灾难。以往描写"文革"有伤痕小说、反思小说、知青小说等模式,它们通常停留在感性的、道德的层面,或是拘囿于对不良体制就事论事的反省,而《弥天》则以其深邃的理性意识、勇敢的批判精神、广博的历史视野,通过对人性和体制的双重批判,把对"文革"的反思往纵深处推进了一大步,促成文革题材小说创作的一次较大跨度的超越。作品出版后,学术界和读者对它予以高度评价。许多评论家认为,这是当代文学中从政治与人性角度表现文革的有重大突破之作,是近年长篇小说的新收获。对刘醒龙自身而言,这样的视角虽是很早便开始运用,却一直

---

① 刘醒龙,葛红兵:《只差一步是安宁》,《上海文学》,2002年第9期。

因操作能力的欠缺没能收到良好效果，而《弥天》的理性意识、批判精神无疑也让自己在追求"真正现实主义"的道路上取得重大进展。

剪掉了《凤凰琴》阶段道德理想主义的辫子，突破了《分享艰难》阶段经验现实主义的局限，《弥天》成功的现实主义实践，使刘醒龙更坚定了从体制和人性双向互动中拷问历史辨析现实的写实路向，并试图进一步在《圣天门口》的写作中"恢复文学中的'现实主义'尊严"、"为现实主义文学正名"①，不仅是为当今文坛的现实主义文学"正名"，也是为十年前那场"冲击波"中自己反受到冲击的"现实主义""正名"。新作品直面历史的勇气，宏阔的历史视野，以及丰饶多姿的人性展示都证实了他的努力收到成效。

《圣天门口》，描述了20世纪初到60年代之间大别山区腹地一个名叫天门口的小镇的历史风云变幻。作者把人物命运的"个别历史"与时代风云影响下小镇的"公共历史"融入了自己对历史的反思和对历史悲剧的拷问。怀着"揭开迷雾"的强烈"冲动"，他自信而大胆地突入这段革命史，开掘真相，提炼意义，"把历史当作一扇窗口来观照今天的现实，并眺望未来"②。小说展现了"革命"发生的自觉的、有组织的一面，但更深刻的还是揭示了"革命"冲动的非自觉和非政治的一面。常守义、杭九枫、阿彩之类的革命者和傅朗西这样的革命者是完全不一样的，对常守义来说，流氓无产者的本性和人性中的恶可能才是其走上革命道路的动力，他的"革命"其实正是与被历史政治化了的"革命"背道而驰的。这种现象无疑使我们从政治理念和历史必然性层面上对"革命"的理解遭到了前所未有的危机。不但从动机上，作品也从过程和结果上对革命进行了质疑："革命"不仅没有能够成为广大民众的真正福祉，反而在相当程度上变成了杀戮与争斗倾轧的代名词。《圣天门口》让我们看到，"革命"从两个方面让人沦为革命的工具。一方面是鼓动

---

① 汪政，刘醒龙：《恢复"现实主义"的尊严——汪政、刘醒龙对话〈圣天门口〉》，《南京师范大学文学院学报》，2008年第2期。

② 刘醒龙：《历史是当下的心灵》，《齐鲁晚报》，2005年10月4日。

革命者的人性欲望，让它成为实施革命的工具；另一方面是让被革命者的生命消失，使其成为革命实现的工具。因此，无论是作为"革命"主语的革命者还是作为"革命"宾语的被革命者，都沦为了革命的工具，作品由此反思了革命的非人属性。《圣天门口》不仅是革命史，也是心灵史，人性的思索与革命的思索交互进行，特别是其中形态各异、风姿万千的情爱描述，在审美呈现与人性展示上收到了双重效果，是小说尤为动人的部分，显示出刘醒龙对丰富灵魂世界的把握与表达能力。

革命与暴力，革命与反革命，政治与性爱，爱与恨，政治信仰与宗教信仰……作家独到的思考和真切的刻画，在很大的程度上校正了中学历史教科书的浅薄之见。现实主义，是特立独行的写作姿态也是独到的发现，它靠丰富的有说服力的细节作支撑。作者"为现实主义正名"的创作动机在作品中得到了完满的实现。

2009年5月，刘醒龙推出了在其17年前中篇小说《凤凰琴》基础上续写和再创造的长篇小说《天行者》。通过几代民办教师的命运悲苦，展现转型期中国艰难复杂的社会矛盾，同时也弘扬了自强不息、坚韧不拔的民族精神，体现出作家强烈的社会责任感和人文情怀。在人性层面，小说以民办教师群体的精神价值作为书写的重点；在体制层面，对现行教育制度的反思和反讽是作家毫不避讳的话题。《天行者》中的民办教师群体，付出许多却得不到社会的肯定甚至基本的尊重，他们作为乡村基础教育的启蒙者、公民意识的最早觉醒者，却受制于乡村权力，村长不把他们放在眼里，一些村民根本无视他们的教师身份而经常找茬儿。在这种自我价值被贬抑甚至践踏的情况下，力量渺小，声音微弱，连在教师大会上发言的机会都没有的民办教师，根本不可能采取什么大的行动，小小的反抗在萌芽中即被教育站的领导识破并彻底打压，只有转而寄希望于国家政策，却又遭遇政策一次次荒诞的戏弄。无法实现转正的他们，实际上生活在人性的精神需求被极度压抑、甚至是被异化的状态下，于是自我和社会之间的矛盾就常常容易被激化。《天行者》所表现的人性与社会发展之间的矛盾具有普适性的意义，较之它的"前文本"，这篇新作加强了体制批判的分量，也再一次演绎了作者"真正现实主义"的含义。

刘醒龙说:"长篇小说并不在乎有新艳资源被发明,老练和持重对其生命力的延续更为紧要。同样,小说资源亦是无法掠夺和占有的,只要创造手法得当,那些貌似的贫瘠和古老,其中艺术原素量,不经意间就能达到震撼心灵程度。在现代主义的世界性话语备受宠爱的当下,深藏在民间的陈年芝麻旧事,反而会被映衬得分外辉煌。"①在他眼中,现实主义更像是文学的守成之道,它厚重的艺术质感让其魅力不逊于现代主义,"只要创造手法得当"。他本人也在通过手法上的改进,向"真正的现实主义"不断靠拢。

四、世纪转型期中国文坛的独特存在

90年代初中期《凤凰琴》等乡土人情人际系列,令读者感服于他厚实的生活积累和可贵的底层同情心;世纪初《弥天》《痛失》等乡村政治系列,他跻入少数几个能从体制与人性这两个关键层面解析当代中国的作家之列。博大爱心、厚实积累、人性洞察,是一个大作家必备的三个条件,正值创作盛年的刘醒龙富足地拥有这些条件,因此人们深信他有实力写出鸿篇巨制。《圣天门口》印证了读者和评论家的期待。《圣天门口》是一部在精神厚度和历史深度上堪与《白鹿原》《尘埃落定》比肩的作品,是新世纪中国长篇小说最重要的收获之一。刘醒龙文学创作二十年,正处中国社会的转型期。在市场化、都市化、高科技化的时代潮流中,他坚守乡土题材、追求"真正现实主义"创作方法,源于他"高贵"的文学理想。他执拗地用"高贵"的写作姿态书写高蹈的精神境界、高尚的道德人格,在文字中构筑"高贵"和反"高贵"博弈的世界。作为"高贵"文学理想大厦的精心构造者,他是转型期中国文学中的一个独特的存在。

同为使命感非常强的作家,张炜、张承志和刘醒龙一样都将笔

---

① 周毅,刘醒龙:《觉悟——关于〈圣天门口〉的通信》,《上海文学》,2006年第8期。

触伸向人类的精神领域,针对破碎的信仰做着"理想"的建构工作。"二张"的建构超越世俗生活,甚至采取严格的宗教戒律约束日常行为,"道德理想主义的'道德'是一种高度超越的、理想化的道德,不是日常生活的伦理准则或人际交往规则。它不是着眼于建构一种切实可行的、用以规范普通社会成员之日常生活的世俗性道德,而是把目标指向一种高标准的、超越的、准宗教化的道德,一种所谓的'终极关怀'、'终极价值'。"①刘醒龙关注的也是终极价值的求证,其路径却不同于张炜、张承志,他说:"《圣天门口》与其他小说最大的不同是,挖掘出了中国人心底最渴望的是日常生活的优雅和生命的高贵"②。如果说"二张"的理想走的"出世"一途,那么刘醒龙的观照更加"入世",充满对现世生活、现实人性的关怀,情感、爱欲都被列入他的表现范畴。而相对于"二张"愤世嫉俗的批判姿态,刘醒龙也显得更为柔和,充满宽容、悲悯的人道主义情怀。不管过去、现在还是将来,刘醒龙都会信守,生命本应是劳动和仁慈。所以哪怕在面对大恶时,他仍要求自己怀着足够的理想。"在大善里,人人都是社会的支点。在大恶里,人人都是历史的罪人。"③刘醒龙在他的作品中怀着大善赞美大善贬斥大恶,满怀当代作家的责任心和使命感。他对农民苦难的忧虑与同情、对其性格弱点的包容与谅解,对他们在苦境中不失健康追求的美德的挖掘与赞美,对身陷贫困但心灵丰富的女性的迷恋与讴歌,都是他一以贯之的特色。刘醒龙说过:"文学不是诗,散文和小说,而是一种精神,一种意义","文学不是历史、现实或未来,而是一个阶段的社会良知"④。因此,积极关照社会公共空间里的各种尖锐的生存状态,关注社会底层各种卑微的生命,去发现他们的价值,给他

---

① 陶东风:《当代中国文艺思潮与文化热点》,北京大学出版社 2008 年版,第 94 页。
② 刘醒龙:《真正的小说无需炒作》,《北京青年报》,2006 年 5 月 29 日。
③ 刘醒龙,葛红兵:《只差一步是安宁》,《上海文学》,2002 年第 9 期。
④ 刘醒龙:《一个人说》,《长江文艺》,2004 年第 1 期。

们以精神上的体恤是他自觉坚持的一个创作方向。

刘醒龙"高贵"的文学理想，指向文学的永恒光荣和人类的共同价值，他用"善"观照人性、表达关怀，虽并不见得高深，却能让我们感受到作家的真诚。怀着良好的愿望，他坚信"大善能包容恶改造恶"①，从建设的方面为人性铺设"高贵"的出路。在价值破碎的时代，这样的追求显得尤为可贵。诚然，"高贵"是中外经典文学的品格，"高贵"指向永恒，但"善"、"仁爱"、"优根性"等解说过于空泛乃至空洞。他某些作品中宣扬的植根传统价值土壤、带有沉重隐忍意味的"善"，往往以违背个体意志、牺牲个体价值为代价来实现。用"善"对一切消极价值进行"和解"，这一类似"道德自我完善"的"和解"法固然是一种"高贵"的方式，然而梦想的高蹈与现实的不堪之间总是令人遗憾地存在悖论，在真正面对黑暗时，它常常既缺乏揭示出病苦的勇气，又缺乏疗救的可操作性。背负着沉重道德感，作家的思维难以轻松飞翔；过度强大的主观意念，让他的"梦想"染上乌托邦色彩。仅以他的近作为例，《圣天门口》对暴力和"恶"的极致书写固然痛快淋漓，却缺乏对中国文化中"恶"的历史文化渊源的铺垫，梅外婆等的基督教之"善"，对于一个没有宗教感的民族，本是奢侈而脆弱的，书中是否有过于理想化的拔高？对于一部有着明显的史诗性追求的作品，这是令人遗憾的。《天行者》亦有思想推动情节的嫌疑，某些地方稍显突兀和牵强。长篇散文《一滴水有多深》写景状物诗意盎然、生动鲜活，但议事说理有时则涩滞空泛。在这些局部性、技巧性的缺憾背后，寄托着我们对刘醒龙更高的期待。

高贵和优雅是作家的审美理想，它源于世界优秀文学的巨大启示。诺贝尔在遗嘱中说，奖金的一部分应该"奖给在文学界创作出具有理想倾向的最佳作品的人"，百年诺贝尔文学奖获奖作品受到评论家和读者普遍认同，亦说明了优雅的品格和高贵的理想是优秀文学之价值存在。因此，刘醒龙的"高贵"文学观是他对大师经典

---

① 刘醒龙：《浪漫是希望的一种——答丁帆》，《小说评论》，1997年第3期。

的认同,亦是为自己树立的一个伟大标杆。同时,"高贵"文学观也是作家针对当下文坛日益粗鄙化的现象的一种拒斥和反驳,所以,刘醒龙是著名文学家而非畅销书作者,是评论家热心关注的研究对象而非读者的宠儿,他无可争议地在当代文学史的好几个重要阶段占有一席之地,却无法成为一个写作富翁。

一个低学历高智商的作家、一个定居大城市但执意书写乡土的作家、一个通过写作在当代中国的几个重要阶段都刻下了鲜明印痕的作家,勤勉超人、聪慧过人。所以他既能写出不同凡响时有超越的佳作,也能提出有其时代指向的文学命题,诸如"高贵""乡土""真正的现实主义"等。这些命题既宏大又虚泛、既实指又空洞,令人难以言尽。

在实现"高贵"的文学理想的路途上,刘醒龙仍可跨越。

(《中国作家》2011年05期)

乡村想象与启蒙叙事
——论刘醒龙的乡土小说创作

叶立文　但红光

  作为一个充满了隐喻意味的象征符号，"乡村"并不总是以真实的面貌出现在中国作家笔下：无论是借乡村俚事的人情之美批判城市文明，还是驻足于旷野大地回望失落的精神家园，抑或是以缅怀故乡风物的方式去追忆似水年华，许多作家都在不同程度上将"乡村"改写成了某种具有价值参照意味的坐标形象——正所谓看山不是山，看水不是水，乡村景观在当代作家笔下，早已失去了客观自在的自然本性，转而成为了一个批判现代文明的有力武器。尽管这种以怀乡之情表达批判意识的写法已在时下的乡土叙事中蔚然成风，但因其对作家自我意识的耽溺，却不可避免地遮蔽了乡村本身的真实面貌——毕竟真正的乡村并不总是知识分子诉诸启蒙意识和审美趣味的集散地，较之那种人为的主观改造，它更是一个地缘学意义上的客观存在。换言之，唯有超越了启蒙主义视野下的乡村世界，中国作家的乡土叙事才有可能在生态学视域内，重新还原乡村世界的真实面貌。

一

  综观当代以乡土叙事见长的中国作家，似乎唯有刘醒龙意识到了这一合乎后启蒙时代思想潮流的创作转向。在论及自身的创作变化时，刘醒龙说"我的文学创作明显地存在着是三个阶段。早期阶段的作品，比如《黑蝴蝶，黑蝴蝶……》、'大别山之谜'，是尽情挥洒想象力的时期,完全靠想象力支撑着,作者对艺术、人生缺乏具体、深入的思考,还不太成熟。第二个阶段,以《威风凛凛》为代表,直到后来的《大树还小》,这一时期,现实的魅力吸引了我,我也给现实主义的写作增添了新的魅力。第三个阶段是从《致雪弗莱》开始的,到现在的《圣天门口》。这个阶段很奇怪,它糅合了我在第一、第二个时期写作的长处而摒弃了那些不成熟的地方"①。从表面上看,刘醒龙谈论的是自己在写作技巧上的不断成熟,但从想象到现实,再到杂糅式的创作综合,显然也能反映出作家在乡土小说创作中的某种思想变化。而这一变化,即体现为刘醒龙对启蒙文学思潮中乡村叙事模式的警醒与反思。

与其他乡土作家一样,刘醒龙在创作初期并未以真正意义上的现实主义去描摹故乡风物,那些瑰丽炫目的乡土故事,实际上寄寓了作家以城市视角反观乡村世界的浪漫想象。其中既有对失落已久的精神家园的回望,亦有城里人对于乡村世界惯有的猎奇心理。如此隐晦曲折的创作观念,颇能折射出刘醒龙浪迹于乡村和城市之间时所特有的身份纠葛。由此也不难理解,为何"想象"这一文学要素会在作家笔下占有一个如此重要的位置,因为唯有通过想象,刘醒龙才能打造出属于自己的故乡风景,并在一种预设式的故乡想象中,借助虚构的乡村图景,传递出作家意欲精神还乡的启蒙诉求;至创作《威风凛凛》和《大树还小》等作品的第二阶段,刘醒龙乡土小说中的叙事模式已然暗自成型:那种以乡村之名批判城市文明,通过揭示人的异化本质,进而凸显乡村精神家园属性的叙述方式,实际上仍然穿插着作家念兹在兹的启蒙情怀。只是与第一阶段相比,此时的刘醒龙,在身份认同上已经有了无比明确的归属感——乡村成为了作家展开其所有价值诉求的初始地。在这个意义上说,刘醒龙直到这一阶段,才真正回到了由"五四"乡土小说所开创的启蒙传统。然而,这种经由乡村想象实施启蒙诉求的文学传统,却往往会因其偷天换日式的故乡改造而背离了"写真实"的现实主义

---

① 周新民,刘醒龙:《和谐:当代文学的精神再造——刘醒龙访谈录》,《小说评论》,2007年第1期。

文学规范。若以此视角衡量，则明显可见刘醒龙对于现实主义的追求，实际上隐含着作家对于乡土文学中启蒙叙事传统的某种回归与质疑。至创作《圣天门口》等作品的第三阶段，刘醒龙又再度放飞了自己的艺术想象，不过这种恣肆狂放的叙述激情却始终包裹于作家冷静客观的理性意识之下。可以这样理解，大概正是因为不满于自己之前对乡村世界的书写方式，刘醒龙才会在这一阶段以重审现实主义的视角，试图超越乡土小说固有的叙事模式。从朴拙率真的乡村想象起步，到对现实主义文学规范的上下求索，再到警醒与反思乡土文学的叙事传统，刘醒龙的创作历程，颇能反映出一位优秀作家永不安于现状的精神追求。

二

刘醒龙曾经说过，"故乡是人的文化，人是故乡的文化"①，这种融会了人文精神与地缘意识的创作观念，集中体现于作家乡土小说中的景观叙事。而刘醒龙对于乡土小说叙事模式的不断革新，也可从这一角度略窥全貌。

作为一种常见的文学意象，自然风景无疑是乡土小说的核心要素，那些山水树木、茅屋篱舍，处处承载了乡土作家的怀乡情愫。从描写故乡的旧时风景出发，感慨韶华易逝与世事沧桑，进而在抚今追昔中传达自己的文化立场，已然成为乡土作家一种最为常见的叙事方式。这种景观叙事，本身就是一种主观化的艺术行为，那些景物的文学形象，完全取决于叙述者的"看的方式"。尽管大自然本身就是一种自在之物，但由于观景者在取景方面的视角差异，从而导致了自然景物客观属性的丧失，以致每一个人眼中都有一份独属于自己的特殊风景。尤其是对于文人墨客来说，景物往往是他们寄托主观情思的常见载体，由是也会使自然成为他们在进行主观抒情时的一个客观对象化产物——人最终以自己的精神活动改造了自

---

① 刘醒龙：《钢构的故乡》，出自《寂寞如重金属》，北京十月文艺出版社2011年版，第5页。

然。譬如生活在大山里的人，对于山川之美不仅熟视无睹，而且还会因其阻碍交通而深感憎恶；相较之下，山外的众多游客却正因为大山的孤寂偏远而对其趋之若鹜。这说明风景其实取决于观景者"看的方式"①：个人的精神内涵、人生境遇，甚至偶尔的情绪波动都会造成景物的万千变化。如何看风景，不仅能够反映出乡土作家的思想观念，甚至也会影响作品自身的叙事艺术。

一般来说，作家们在面对自然美景时，大多习惯于描写自己的故乡。以故乡为基石，进而搭建一个宏伟壮观的文学殿堂，已经成为文学史上一个司空见惯的现象。譬如哈代的威塞克斯郡、福克纳的约克纳帕塔法、马尔克斯的孔多镇、鲁迅的鲁镇、沈从文的湘西、汪曾祺的高邮、莫言的高密和贾平凹的商州，等等。相较之下，刘醒龙则选择了大别山区作为自己的取景对象，他说："一个人无论走多远，故乡的魅力无不如影相随。虽然母亲不是名满天下的慈母，她的慈爱足以温暖我一生。虽然父亲不是桀骜尘世的严父，他的刚强足以锻造我一生。故乡的山，陂陀得漫不经心，任何高峰伟岳也不能超越。故乡的河，浅陋得无地自容，任何大江大河都不能淹没。故乡是人的文化，人也是故乡的文化。……一个人无论走到哪里都有收获思想与智慧的可能。唯有故乡才会给人灵魂和血肉。钢构的团风一定是我们钢构的坚韧顽强的故乡。"②这种对故乡的感佩与挚爱，无疑决定了作家在面对故乡时所采用的"看的方式"就是一种以爱为情感基调的观看方式。而这种"看的方式"也影响了刘醒龙乡土小说的某种价值立场，即作家对于故乡的价值认同远甚于国民性批判的启蒙姿态。在刘醒龙笔下，故乡团风的山水人家，永远氤氲着家的温暖与友善，此情漫漶之处，甚至在作品中形成了一种"反将他乡认故乡"的叙述奇观——作家对故乡的挚爱，已经移情到了所有的乡村世界，以至于有时"异乡"会成为故乡的

---

① 张箭飞：《风景感知和视角——论沈从文的湘西风景》，《天津社会科学》，2006年第5期。

② 刘醒龙：《钢构的故乡》，选自《寂寞如重金属》，北京十月文艺出版社2011年版，第4~5页。

替代物。譬如他说："数年之后的一个黄昏，我在写作另一部有关乡土的小说时，突然发现童年时那条变幻无定的西河已经不见，笔底下的山水人们都属于香炉山，……甚至不用寻找，那谁都认识的敦厚、和善、友爱、怜悯等，都会扑面而来。香炉山正是给了我这类被自身过度消耗了的营养，而我还是将它们作为艺术的灵魂。"①地处湖北黄梅的香炉山，此时也因其敦厚和善、友爱怜悯的气质而与团风融为一体。不仅黄梅，刘醒龙作品中这种类似的被故乡化了的"异乡"还包括安徽霍山的漫水河，在那里他遇到了自己的文学伯乐，以及在写作《威风凛凛》时寓居的胜利小镇，等等。从心理学角度来说，正是出于对故乡团风的挚爱，刘醒龙才会在一种移情的心理代偿中，将包括团风在内的所有乡村世界都视为了自己的精神家园。更为重要的是，刘醒龙这一由热爱故乡幻化而出的对于乡村世界的普泛性认同，最终构建了一个与城市文明相对立的精神乌托邦。此后作家对于所有乡村世界的描写，也都因此暗含了精神还乡与批判城市文明这两类创作主题。

三

需要指出的是，前文所述以爱为情感基调的观看方式，还须以刘醒龙这一观看者自身的生存处境为前提。可以设想，倘若刘醒龙始终深居大别山区，那么他也不会如此切身感受到与故乡的疏离。正所谓"不识庐山真面目，只缘身在此山中"。只有当刘醒龙离开故乡，亲身体验了城市生活的逼仄严峻之后，那份深藏心底的故乡记忆才会适时而出，成为他在城市中安身立命的一种精神寄托。从情感逻辑上看，也正是因为作家憎恨城市文明对人性的压制，他才会以爱的方式回望故乡，并让爱最终实现了对恨的救赎。由此也不难理解，为何刘醒龙在他创作的第一个阶段，总是以一种城乡对立的二元模式去讲述故乡。譬如在他的第一部小说《黑蝴蝶，黑蝴

---

① 刘醒龙：《乡村弹唱·序》，《刘醒龙文集》，群众出版社1997年版，第2页。

蝶……》中，才华出众的知青林桦离开了大别山区，在城市中凭借自己的努力出人头地。与之相比，同样才华横溢的邱光却甘愿留驻山村，在平凡的人生中忘我奉献。直到受够了城市名利场的挤压之后，林桦才发现自己的人生价值其实和邱光一样都在大别山区。在这部具有强烈时代特征的作品中，刘醒龙通过探讨"人生的价值应该如何去比较"这一问题，表达了自己对于乡村世界的价值认同，由是衍生而出的景观叙事，也自然充满了一种爱的情绪。

但问题的复杂性却在于，尽管刘醒龙以城乡对峙的叙述模式再现了一种精神还乡的创作主题，但这部作品却并非真正意义上的乡土小说。正如前文所述，在面对城市与乡村时，刘醒龙的创作态度看似爱恨分明，实则却隐含着一种与身份认同相关的情感纠葛。作为一个山里人，刘醒龙最初的人生目标正是到城市去，但城市生活的严酷又让作家萌生了精神还乡的生命欲望。进城这一渴慕城市文明的行为，与作家良知驱使下对于城市文明的启蒙批判，在刘醒龙身上最终形成了一种奇异的身份冲突，即一方面以怀乡的方式批判城市文明，另一方面却在无意间让乡村沦为了城市的附属物，因为作家对故乡的爱实则是为了救赎自己对城市的恨。说到底，刘醒龙早期作品里的乡村叙述，或多或少都能够折射出城市文明的话语霸权——即便是乡土作家，有时也难逃将乡村世界想象为城市后花园的附庸之心。更为重要的是，城市文明本身所具有的这种话语力量，甚至在一定程度上左右了刘醒龙对于乡村世界的观看方式。尽管这种观看方式首先是一种爱的情绪的体现，但同时也因为作家从城市回望故乡的取景视角的缘故，从而具有了某种东方主义的认知方式。

在刘醒龙早期较有影响的"大别山之谜"系列中，作家正如自己所言"尽情挥洒"了想象力，是想象支撑或曰重构了大别山区，那份古朴神秘、混沌不清，既可爱又可怕的情感体验，正是源自"雪婆婆的黑森林"一般的大别山，它令人神往又让人深深敬畏，山里面有灵异的兽，有千年的树王和古老的咒语，有种种超验的自然法则。而发生于大别山里的故事，也总是那样古老和奇特：长有尾巴的返祖的人，古旧的风俗和对巫鬼神灵的崇拜以及古老的家庭仇恨,等等。这幅凭借艺术想象所构建起来的神秘图画,尽管奇异瑰丽,但显然也熔铸了作家某种有意或无意的东方主义视角。大致从20世纪80年代中期开始,随着先锋文学的崛起,乡土作家在描写自己的故乡记忆时,也习惯于将乡村世界描画成一个神秘原始、甚至具有超验色彩的艺术世界。其中对于主流历史的深刻颠覆以及对于生命本能的无限张扬,都处处反映了乡土作家追求文学现代性的积极努力。但这种对文学现代性的追求,有时也会沦为一种东方主义式的偏执和暴露。"东方主义"(Orientalism),原是研究东方各国的历史、文学、文化等学科的总称。但赛义德却认为它是一种西方人藐视东方文化,并任意虚构"东方文化"的一种偏见性的思维方式或认识体系。① 对于20世纪80年代的众多乡土作家来说,执意表现乡村世界的神秘偏陋,无限夸大底层人民的生命强力,以及渲染故乡风物的精神属性等艺术行为,皆是一种东方主义的文化偏见,即便优秀如莫言和贾平凹者,也难逃此根深蒂固的思想窠臼。相较之下,刘醒龙的大别山系列也在某种程度上遵循了这一叙述视角,他仿佛是一位高明的导游,始终在向外界传达和描绘着大别山的自然景观,这种以服务游客(城市读者)为宗旨的景观叙事,目光看似投向了乡村世界,但实际上却总有一股满足游客猎奇心理的东方主义意味。那份恣意狂放的艺术想象,不仅在美学层面上极大满足了读者的审美需求,而且也在偷天换日式的故乡改造中,无意间泄露了作家为城市读者服务的创作心态。对于乡村读者,刘醒龙笔下的大别山并无谜题可言,因为那是一份独属于作家自我想象的艺术图景;但对于城市读者而言,刘醒龙根据市场口味所进行的自我调整,实际上正是一种对于城市文明话语霸权的本能臣服。当然,设若体察作家当时的生存处境,则不难理解对于一位初出文坛、尚未形成自己创作特色的青年作家来说,借助艺术想象虚构故乡记忆,其实是一种何等的无奈与屈从。不过随着创作的不断成熟和生存环境的日益改善,刘醒龙很快就丢弃了这种简单的乡村想象方式,进而以严谨深刻的现实主义思想,令自己的乡土小说重归五

---

① [美]赛义德:《东方学》,王宇根译,三联书店1999年版,第16页。

四文学的启蒙正统。

四

进入20世纪90年代以后,随着思想认识的不断深化和艺术素养的渐趋成熟,刘醒龙的乡土小说创作也逐步摆脱了早期简单粗糙的创作模式,转而在《分享艰难》《威风凛凛》和《凤凰琴》等作中,传递出了一种具有强烈社会使命感和人文关怀意识的现实主义品格。譬如同是写山中景观,此前的"大别山之谜"系列里神秘莫测的东方主义色彩,这时也已转换成作家对人物内心的深沉凝望。这当然是一种观看方式的转变,如果说早期作品里的景观叙事主要是自然风景,那么这一阶段的叙述焦点就从物转向了人。而这一转变正如前文所述,也标志着刘醒龙乡土小说叙事模式的逐渐成型:那种以乡村之名批判城市文明,通过揭示人的异化本质,进而凸显乡村精神家园属性的叙述方式,实际上仍然反映了作家的启蒙情怀。只是与第一阶段相比,此时的刘醒龙,在身份认同上已经有了无比明确的归属感——乡村成为了作家展开其所有价值诉求的初始地。在这个意义上说,刘醒龙直到这一阶段,才真正回到了由"五四"乡土小说所开创的启蒙传统。

在中国新文学史上,以"怀乡"为主题的小说创作可谓是历久而弥新:从五四时期的鲁迅和乡土作家群开始,直至三四十年代的沈从文、萧红和艾芜等人,乡土小说在上述名家的苦心经营下,业已成为了新文学界一朵瑰丽魅人的艺术奇葩。然而,如此文学盛景也给后来者留下了一个近乎无解的创作难题:似乎不管怎样写景状物和思辨抒情,都难以企及前辈名家的神韵风流。长此以往,焉能不落下无法释怀的"影响的焦虑"?好在描摹怀乡主题的作者背景有异,怀抱亦自不同,故而总有后来者能够独辟蹊径,在书写尘封往事的基础上,重新勾画出一段别具韵味的故乡记忆。在这方面,刘醒龙的《威风凛凛》、《村支书》、《凤凰琴》、《农民作家》和《分享艰难》等作堪称典范。这些现实主义名作尽管内容各异,但在景观叙事的视角方面却有相似之处。譬如为描写人物的思想情感和人生故事,刘醒龙刻意将故事背景设定为人们的现实生活,那些大山里的普通老百姓(如《白菜萝卜》中的大河,《黄昏放牛》中的胡老汉)、乡村精英(如村支书,民办教师、农民作家),还有走出了乡村的城镇官员(如《分享艰难》中的孔太平,《秋风醉了》中的王副馆长)等人物,均各自在自己的人生旅途上起起落落。而作为叙述者的刘醒龙,显然也遵循了现实主义文学常见的全知叙述视角,不以情感的代入破坏叙事进程,反倒以悲天悯人的启蒙情怀,默默凝视着这些乡村人物的命运浮沉。这种"看的方式"正是一种典型的现实主义态度。如果说在第一阶段的"大别山之谜"系列里,刘醒龙还常常以画外音般的插入式叙事为自然景物涂抹东方主义色彩,那么此时的刘醒龙,则严格秉承了现实主义文学不以议论替代叙事的客观主义原则,通过凝望的叙述姿态,让人物的性格命运自己浮出水面。

更为重要的是,在这一阶段的乡土小说创作中,刘醒龙也许是因为刻意回避了启蒙文学惯有的说教方式,所以那份凝望人物现实生活的叙事姿态才更能映衬出一些超越启蒙传统的思想因素。在《威风凛凛》和《恩重如山》这两部以国民性批判为题的作品中,作家都深刻揭示了国人"杀人威风长自己志气"和"养儿防老"之类的封建思想,对于"山坳里的中国"人民之所以无法真正走出大山的原因也进行了广泛探讨。这种深得五四启蒙文学传统的国民性批判精神,无疑契合了中国新文学的启蒙主潮。不过,刘醒龙对于国民劣根性问题的思考,却并不局限于启蒙者和被启蒙者之间的思想隔膜。较之那种对后者进行单纯批判的启蒙文学,刘醒龙的创作更接近于鲁迅式的思想自剖。更确切地说,这种思想自剖主要针对的是乡村世界中的启蒙者形象。在《村支书》《凤凰琴》《农民作家》这三部作品中,刘醒龙集中笔力刻画了乡村干部、乡村教师和乡村作家这三类乡村精英人物的历史命运。一般而言,作为思想境界较高的一个乡村知识分子群体,上述三类人物理应更加清醒地认识到自己的人生处境,但因为某些自身的思想局限,这三类人物却仍然摆脱不了农民在现代化进程中所遭受的普遍境遇。他们虽然心系家国,有能力也有担当,但在新的时代里,在城乡差异和历史世变的背景下，他们并无能力真正改变自己的命运：村支书虽为了振兴乡村经济而鞠躬尽瘁，但思想保守的他在官僚主义体系面前却无力回天，最终在洪灾中因公殉职；民办教师们多年来苦盼转正，但当机会真正来临，他们却又退缩不前；农民作家创作了一出好戏，但在进县文化馆当正式作家的利益引诱下，却将戏完全写砸。在这些人物的尴尬命运中折射出来的正是历史重负与现实环境之间的剧烈冲突，而刘醒龙对这类人物因循守旧的办事方式，以及随遇而安的小农意识的书写，也体现出了他对于乡村知识分子精神劣根性的深刻观察。从描写启蒙者和被启蒙者之间思想隔膜，到彰显启蒙者自身的思想局限，刘醒龙乡土小说中的启蒙叙事，已然具有了一种鲜明的现实主义品格。这种文学特质，既反映出刘醒龙对于启蒙文学传统中知识分子话语霸权的某种警醒和反思，而且也令作品超越了"离去——归来——再离去"之类的乡土小说的叙事模式。换句话说，刘醒龙正是出于对启蒙文学中知识分子话语霸权的深刻质疑，才会在叙事模式上超越了城乡对立这一乡土小说的基本模式，那种知识分子所代表的城市文明，以及被启蒙者所代表的乡村文明，在刘醒龙笔下都已变得日益复杂。譬如在《村支书》这部作品中，刘醒龙对于新村支书的圆滑世故和老村支书的古板迂腐都进行了深入描写，从中已很难看到城乡对立的思想分野。而《凤凰琴》对于一群甘于奉献的乡村知识分子的描写，由于重点刻画了他们急于逃离乡村世界的复杂心态，从而突破了此前精神还乡式的启蒙文学传统。与此同时，刘醒龙对乡土小说"城乡对立"模式的超越，还体现在他对人物道德品性的书写上。如在《威风凛凛》《村支书》《凤凰琴》《农民作家》《分享艰难》等作中，主人公们大多任劳任怨，兢兢业业，他们的目的是为了获取更好(更现代)的生活，但最后却难免收获无法排解的寂寞与心酸，在情感层面他们一再回望山林，以期获得一个隐逸安静之处，并借此逃离名利的纷扰。这既是刘醒龙对传统文学中隐逸思想的现代表达，也是他凝望国人内心风景之后的情感体验。

总体而言，刘醒龙在这一时期已完全步入了一个成熟的现实主义创作阶段，他对历史转型时期乡村人物精神矛盾与现实命运的深入书写,对这些人物内心世界和生存境遇的不断发掘,已然令其作品具有了某种现代性品格,并让小说变成了一门"全副心思关注生活世界、勘查个人的具体生存的学问"。① 而刘醒龙在他的第三个创作阶段,则更是将小说的这一现代性品格发扬光大。

五

作为刘醒龙小说创作走向成熟的标志,《爱到永远》《弥天》《圣天门口》和《天行者》这几部作品在描写宏大历史背景、刻画人物命运轨迹的基础上,也将叙事目光转向了对人物具体生存境遇的"关注"与"勘查"。这种转变主要源于作家在书写乡村世界时所秉承的一种现实主义态度。具体而言,刘醒龙在这一阶段的乡土小说创作中,一改此前乡土叙事常见的工具论色彩,对乡村世界的真实面貌进行了充分描画,因此在书写人物的复杂命运时,作家也能够入乎其内,细致发掘出环境尤其是乡村世界对于人物生存境遇的深刻影响;与此同时,作家亦能出乎其外,真实刻画出那些悲剧性人物的绝望与抗争。这种立足于现实主义文学规范,同时又时刻表达作家关怀意识的创作方式,显然改变了刘醒龙对于乡村世界的想象与叙述方式。可以这样理解,在此之前的两个阶段,不论是东方主义的文学想象,还是启蒙主义的乡土叙述,都或多或少反映了刘醒龙小说创作所具有的某种概念化色彩——那份东方主义和启蒙主义的创作理念,总是在想象式的乡村叙述中遮蔽着乡村世界的真实面貌。这种状况直至刘醒龙将笔触指向人物的生存境遇,尤其是体察到乡村环境对于人物存在的现实影响之后才得以改变。而这一改变,就体现在刘醒龙对于乡村世界地缘学价值的发掘与表现。此处所谓的地缘学价值,意指乡村世界其实具有独立于人物的主体性价值,它对人存在境地的影响,实际上远胜于人对客观环境的主观改造。对于刘醒龙而言,此前以启蒙为主题的乡土小说大多在致力于表现人对环境的抗争,而这一书写方式显然是启蒙文学中常见的一种人类

---

① 刘小枫:《沉重的肉身》,上海人民出版社1999年版,第144页。

中心主义思想。只有将乡村世界的客观独立性,以及它对人生存境遇的现实影响描画出来,作家才能真正体察到人的现世生活,由此阐发的关怀意识,也才能真正彰显刘醒龙对于小说人物的叙事关怀意识。在这个意义上说,作家如何客观描写乡村世界的地缘学价值,实际上已经牵涉到了他对于小说现代性品格的呈现方式。

在《爱到永远》中,刘醒龙以长江三峡为叙事背景,以一棵甜橙树为中心线索,描画了半个世纪的历史风云,并细致讲述了"我"的父辈(父亲和屈祥)与桃叶姑姑之间几十年的情感纠葛。这部作品一改此前创作中"小乡村"或"小时段"的狭小格局,视野阔大,在超越城乡对立叙述模式的基础上,深入书写了人物精神品格的坚忍不拔。这其实就是刘醒龙对人物生存处境的一种关注与勘查,而那份坚韧的生存意志,也正是作家鼎力歌颂的人性力量。引人注目的是,为映衬这一生命主题,作品中的景观叙事也呈现出了一幅崭新的面貌。较之此前的两个创作阶段,这部作品中的景观叙事虽然仍是观看者主体情绪的投射,是一种叙述者主观抒情的客观对象化产物,但险峻的三峡和滚滚长江已然具备了某种物的独立属性:它已不完全是寄托作家主体思想的简单载体,而是成为了考验主人公坚韧意志的炼金石。作品主人公屈祥和桃叶就如江边岩石和甜橙树一样坚韧与守信,为捕获一条鳡钻子,屈祥几十年如一日地待在江中,桃叶则始终在峡岸上等着自己的心上人。作品看似是一部爱情小说,但在言情之外,却分明可见刘醒龙在景观叙事层面的某种艺术创新,正如作品中写到的那样,"山水毁灭人不知痛,也许是这样的原因,才有了新滩的屈祥与桃叶。上苍将他俩做成活生生的能说能唱的峡江,当人毁灭时,人是知道痛的"[①]。这种将峡江和人物命运进行对比的书写方式,其实是在比喻的修辞手法中,隐含了刘醒龙对乡土小说固有叙事模式的超越:以这部作品为标志,刘醒龙不再执著于单纯的故乡想象和启蒙批判,反倒是用动人的爱情故事衍化出了一个探讨人类生存处境的哲学命题,在超越乡土小说形而下现实主义特征的同时,也为重塑乡土小说的现代性品

---

① 刘醒龙:《爱到永远》,江苏文艺出版社 1998 年版,第 301 页。

格开辟了无限可能。

　　从《爱到永远》开始，刘醒龙之后的几部长篇小说大多具有了一种形而上的超越意识。像《致雪弗莱》这样一部关于"我们的父亲"的传记式作品，就不完全是一部写实风格的启蒙之作。作品中的"父亲"从小尝尽人生苦困，为了被"组织"接纳，一再拒绝进入自己家族的族谱；他听组织的话，大公无私，舍生忘死，嫉恨贪腐；为了维护组织的声誉，甚至不惜瞒着家人给自己的妻子发放退休工资，但这一切的付出，却仍然换不来组织的重视。这部作品显然不止于对父辈革命历史的深切缅怀，其中有关父亲生活环境的叙述，处处都彰显出环境对于人物生存境遇的塑形功能。是严峻的自然环境，复杂的人际关系以及人在其中的卑微与无奈，才最终构成了这一出令人唏嘘不已的悲剧故事。更为重要的是，由于刘醒龙在这部作品中极力突出了周遭环境对于人物生存境遇的巨大影响，因而其酷烈严峻的景观叙事，也逐步造就了作品在历史叙述层面的美学风格。刘醒龙此后在几部长篇小说中对历史"恶"之力量的发掘，无疑与这种美学风格密切相关。譬如《弥天》就不再局限于城乡对立，而是致力于发掘历史的"恶"的力量。通过一种启蒙主义的历史批判，呵护并抚慰着那些因历史创伤而破碎了灵魂的孤单生命。这部以成长为题的乡土小说，由于对人物在世生命的倾心关注，以及对其生命意义和存在处境的苦苦探询，从而超越了乡土小说或揭示国民劣根性或借乡村叙事批判城市文明的启蒙主题。

　　正是因为有了上述作品的良好铺垫，刘醒龙才会在自己最具代性的两部长篇小说《圣天门口》和《天行者》中，将此前所积累的艺术经验发扬光大。不论是对乡土小说城乡对立模式的革新，还是以小说之名对人物实施叙事关怀的现代性品格，均在这两部作品中得到了完美体现。《圣天门口》虽然以乡村小镇天门口为焦点，但并不存在一种城乡对立的二元模式，作家那份徘徊于城乡之间的情感纠葛和价值冲突也被一种普世性的存在主题所替代。作为一个风云变幻、历史动荡的现实缩影，天门口小镇其实同时孕育着革命与和平，这个连接城市和乡村的小镇，亦村亦城，既有现代文明的回响，亦有乡村文化的愚昧，两者之间的交融碰撞，最终衍化出了一种与人性善恶有关的存在景观。从城乡环境的冲突与融合入手，表现各种人物的生命轨迹，进而细腻呈现他们变化莫测的内心世界，正是刘醒龙从写景到写人的艺术突破。更为可贵的是，在描写环境与人性之间的复杂关系时，刘醒龙并未以简单的因果逻辑去加以审视，反倒是借助对"恶"之力量的历史叙述，深入表现了人物所具有的仁爱之心。那些来自城市的革命者，虽然以乡村为基地，以城市为目标，不断挑起着乡民们的仇恨之心，但当革命的暴力涤荡了一切的时候，刘醒龙却将救赎的目光投向了原本复杂难测的人性世界。尤其是当这种仁爱之心来自于城市一侧的时候，作家已然摒弃了城乡对立模式之后所隐含的文化冲突立场。此时的刘醒龙，已不再执持于乡村和城市文明之间的对立，较之乡土小说传统中常见的这一创作主题，刘醒龙更倾向于对人物在历史恶之力量压迫下的救赎之途。作品中那些用仁爱之心去抚慰乡村伤痛、在各种对立势力间搭建友善桥梁的正面人物，无疑寄寓了作家以小说叙事所要表达的关怀意识。与此同时，也正是因为有了这样一份普世性的人性关怀，刘醒龙才会在创作谈中，刻意强调了自己在创作时用词的谨慎，譬如在这部长达百万字的鸿篇巨制中，竟然没有出现一个对立意味强烈的词语——"敌人"①。如果考虑到这是一部以革命为题的乡土小说的话，那么就不能不令人感受到作家的用心良苦。"敌人"一词所包含的对立情绪和善恶意识，显然有悖于刘醒龙在这部作品中所极力想表达的普世性的存在关怀。同样，在获得茅盾文学奖的《天行者》中，刘醒龙也改写了《凤凰琴》时期主人公对于城市的无限向往，让张英才在经历了由乡入城的旅途劳顿后，最终又踏上了自己的返乡之路。在这部作品中，深处乡村的界岭小学实际上和《爱到永远》中的自然景观一样，都成为了人性的试金石和冶炼所。而作为叙述者的刘醒龙，在作品中始终以一种人性关怀的叙事姿态，关注和勘查着主人公的生存状态。因此可以说，《天行者》依然是一部表达作家人性关怀意识的"现代"小说。从上述分析可

---

① 周新民，刘醒龙：《和谐：当代文学的精神再造——刘醒龙访谈录》，《小说评论》，2007年第1期。

见，刘醒龙在近期创作的几部长篇小说中，已然消泯了此前主观化的个人情绪，转而将那些世俗意义上的爱与恨逐步发展为一种形而上的存在关怀意识。其中对于人物命运悲剧的深切同情，以及对所有异化人之存在的历史力量的反拨，均能反映出作家的良知与责任。

综上所述，尽管以书写乡村记忆为主旨的小说创作颇为流行，但似刘醒龙一般如此执著于思想探索和艺术创新的作家却并不多见，他对于人物卑微生命的深切关怀，以及由此而生的存在之思，无疑会在呈现人物命运的同时，也涤荡了乡土小说的陈规与偏见。在这个意义上说，刘醒龙对于乡土小说的发展流变所作出的特殊贡献，理应值得我们铭记。

(《湖北大学学报》2014年01期)

现世空间的批判与重组
——刘醒龙的两部长篇及相关话题

何言宏

现世空间:"公共性"的崩溃

选择"现世空间"这样一个术语来谈论刘醒龙的写作,在我是颇费踌躇的。因为从"公共性"、"公共空间"、"公共生活"以及"公民意识"的角度来阐释刘醒龙的写作并肯定其重要意义,已经成为不少批评家的基本共识。这样的阐释也获得了作家本人的响应和认可。但我思之再三,还是回避了这些流行的、对我来说也可能是较为讨巧的谈论方式。也许这是一次凶吉难料的批评冒险,但在我看来,刘醒龙的写作活动是我们讨论九十年代中国文学不容回避的重要话题,他的重要性也使批评者乐于从事这种冒险。

需要指出的是,我并不否认通过对"公共性"的寻求建构和拓展"公共生活"的重要意义。相反,在当下中国价值失范意义崩解的转型时刻,这样的努力不仅是人文知识分子包括作家所面临的紧迫任务,而且一切严肃的寻找本身都因其艰苦卓著而显得尤为悲壮,在此意义上,我对刘醒龙的《生命是劳动与仁慈》与《寂寞歌唱》所做的真诚努力充满敬意。现在的问题在于,我们所应建构或为之辩护的应该是怎样一种"公共生活"?这种"公共生活"的建构基础又当为何?或者说,我们应该在怎样一种"公共性"的基础上建构和拓展"公共生活"?虽然"公共生活"是人类社会克服自然状态、摆脱专制集权进而实现真正的民主自由的唯一通道,但是并非每一种"公共生活"都是充分正当的。有时,"公共生活"内部的暴力、冲突和不义便会作为自我解构的力量造成其"合理性危机"和它的最后解体。正是在这样的意义上,黑格尔所肯定的"公共生活"只是有着"理性的节制"并且一切利己的目的均受"普遍性"制约的"公民社会"。在约翰·基恩那里,他虽然确信"晚期资本主义的彻底改革,关键在于通过建立和巩固独立自主的公共生活领域来削弱公司和国家官僚机构的权力",但在行文时却处处小心地在"公共生活"之前加上"独立自主"这样一个限制性定语。同样,哈贝马斯和丹尼尔·贝尔都曾不断提醒要警惕"公共生活"领域的"重新封建化"。

从这样一个检验"公共生活"是否正当的基本前提出发,我们发现,当前批评界对于刘醒龙以及以刘醒龙为代表的"现实主义冲击波"作家写作的"公共性"及"公共生活"的阐释与辩护,存在着一定程度的"误读",这种"误读"以及建立其上的倡导,导致了部分作家对自身写作的阐释错位,也导致了对于"公共生活"内部差异的掩盖与轻视。与此相关的后果,便是对于现实生活触目惊心的不义现象的谅解与辩护,在一定程度上,它还与社会不公构成了"与狼共舞"式的共谋关系。实际上,刘醒龙的两部长篇《生命是劳动与仁慈》和《寂寞歌唱》(以下分别简称为《生命》与《歌唱》)已经在客观上修正了这种"误读"和"错位"。《生命》与《歌唱》所着力展现的,已经不是"公共性"的创生,而是"公共性"的崩溃。我们所看到的,正是基于不义的"公共性"的基础上所形成的"公共生活"在其内部差异力量的剧烈冲突下走向解体的全部过程。刘醒龙对此过程的逼真揭示,也使《生命》与《歌唱》具备了一定的批判性。

《生命》与《歌唱》里的阀门厂和农机厂这两个"公共生活"便是以这样一种不义的"公共性"为基础的,它的实质在于丧失基本的人道原则和社会公正这一"普遍性"的"容忍"。我们发现,来自乡村的农民工人为了进入这一"公共生活",不仅在工时、工种、定额和工酬上与城市工人有着巨大的反差,而且还在爱情生活上饱受屈辱。他们甚至还会作为无辜的受害者被逐出这一"公共生活"。农民工人所承受的,是公然的掠夺与歧视。农民女工玉儿和小英为了取得城市户口、真正占据"公共生活"的一席之地,不惜以"公费情人"这种卖淫的方式来"分享艰难"。她们不过是特权者的"玩物"。"在农民和城里人之间从来就没有什么道德和良心可讲,城里人总在叫农民学他们的文明,可他们却将农民的野蛮拿去加以合法化,回过头来对付农民……农民的头永远只有城里人胯下的鸡巴那么高",这就是陈西风的阀门厂这个城乡并置的"公共生活"的真正面目。从另一方面看,《生命》与《歌唱》中的"公共生活"是干部和群众共同构成的。这里的真相在于:"你(高天白)当了一生的劳动模范又怎么的,我昨天还听见你老婆哭穷说家里已有二十多天没吃肉了","老高那样的做还吃不上肉,可当官的却成天坐好车,喝好酒,抽好烟,玩好女人","工人挣的利润还不够头头们请客送礼花销"。尽管如此,作为赤贫者的高天白抱持的,却是一种"犬儒"式的态度:"吃吃喝喝并不可怕,怕的是大家都不愿上班做事",这真是愚钝得可笑的"仁慈"……一边是林茂们物欲和淫欲的极度膨胀,一边是石雨们兢兢业业的埋头苦干,极为尖锐的干群对立便以普通劳动者无可奈何的良知的沉默、屈辱的忍让达成了和解。《生命》与《歌唱》之中"公共性"的本质,分明已是丧失了起码人道原则和社会正义的"公共性"。

有的论者可能会以不义的局部性来为这种"公共生活"的整体性不义开脱,因此,我特别注意到了《歌唱》之中"法"的尴尬处境。《歌唱》所展现的"公共生活"有着大量的行贿受贿、卖淫嫖娼、贪污腐化等违法行为,而在这里,"法"并未取得其作为"普遍性"的代表的最高地位。对于形形色色的犯罪,"法"不仅是无效的,而且是"卑贱"的,它唯一有所作为的时候,便是作为县委书记和罗县长权力斗争甚至是意气之争的工具。徐子能的被捕与释放以及林茂的一场虚惊所体现的,已经不是"法"的力量,而是权力的万能。在此,被黑格尔视为社会"公共生活"最高普遍性代表的"法",已经因为权力的僭越丧失了全部庄严,这样的"公共生活"根本不是我们所应该辩护的"独立自主的公共生活"。从而,也不是严格意义上的现代公民社会。

我同样注意到了《生命》与《歌唱》之中两位值得尊敬的老人(陈

二佰和林奇)。他们试图通过自己的劳动与仁慈对堕落时代的执著教化来挽救日趋崩溃的"公共生活"(陈西风的阀门厂和林茂的农机厂)。然而,他们坚持不懈的长老型教化及其终归无效与我刚才指出的"法"的失败,进一步暴露了现世空间"乡土礼俗性的社会本质"。

至此,我们发现,刘醒龙的《生命》与《歌唱》所展现的,根本不是值得辩护的现代公民社会,而是由封建性的乡土礼俗社会向现代法理社会转型过程中的无序之地。这是一个充满根本性差异与冲突的"公共生活",不义和屈辱乃是它的真正基础,它的崩溃已属必然。也许真正合法的、摆脱专制暴力并且唯有"法"的尊严的独立自主的"公共生活",会在新生的段飞机的特种阀门厂和林青、大马们的股份制企业那里出现,但这仍然只是一种期望和可能,决定这种可能性能否实现的关键仍然在于,新空间的重建是否能以合法的"公共性"作为基础,或者,此一空间的"独立自主"性到底如何?

劳动与仁慈:新支点的寻求

刘醒龙是站在劳动与仁慈的基点上对现世空间的不义真相进行批判的,其拯救与重建的基础,也正是这样一个新的支点。诚如《生命》之中陈二佰对陈东风的谆谆教导所指出的:"天下之人在自己一方是要劳动,在对别人的一方是要仁慈",这句箴言,充分体现了刘醒龙朴素热忱的劳动理想主义和仁慈情怀。

在《生命》里,刘醒龙借助陈二佰、陈东风以及高天白之口对于其劳动理想主义的真义作了多次直接阐发:"生命中最美丽的东西是劳动创造的","人活着就要劳动,能劳动才能说是活着"。虽然"并不是所有的劳动都会有收获,但无论如何劳动是一个人生命的证明。打门球、练气功、跳老年迪斯科那只是表演谁还活着,活着不是生命。失掉劳动就失掉了生命"。可以看出,在刘醒龙这里,劳动与生命的同一乃是完全自明的,它是决定生命个体是否存在的终极性标准,所以,刘醒龙便有了对于工艺和农事这些人类基本劳作的不无琐碎的大面积的激情赞美。《生命》所展现的充满劳动的空间都是诗情洋溢的欢乐的空间:"工厂车间里真正的欢乐是劳动的欢乐,真正的美丽是劳动的美丽"。无论是工艺生产"湛蓝铁屑"的出现,还是农耕时节开犁的欢乐,都是"劳动的美丽"和"劳动的欢乐"。而陈东风返归乡土时的田间劳作给他带来的,已经全然不是劳动的艰苦,却是劳动的亲切与沉醉:"在时空阔大无穷的俯瞰里,任何其他舞蹈都是苍白的和滑稽的,唯有劳动才是宇宙看不完演不尽的真正舞蹈"。劳动已经不再是"有用",而是一种审美,是劳动者的至福。

然而,《生命》中的"劳动"又不仅仅是生命诗意方式的存在,对于生命个体的堕落以及现世空间的崩溃还有重要的拯救功能。起码在作为劳动理想主义者的陈二佰们看来,确是如此。阀门厂的破败和汤小铁们的堕落被陈二佰们简单地归过于懒惰,陈东风在就任车间主任之后首要的治理措施,便是工时与定额的增加(还有一个属于"仁慈"的措施,即实行福利及城乡工人的同工同酬),而汤小铁灵魂的得救,也是归于劳动的效用。正如高天白所言,对于劳动的远离会造成生命的空虚,因此,劳动还有近乎神奇的心理治疗作用。王元子精神病态的复归正常、赵家喜和王副县长道德和心理上的自我完善和自我平衡,全部借助于劳动的这种治疗作用。更加重要的是,在王副县长等"干部参加生产劳动,到群众中去"的动人时刻,现世空间严峻的对立与冲突已经得到了彻底的化解:"在金属的奏鸣中,他们默默地作为一个普通的劳动者,没有语言,没有思想,眼睛、心灵和手都在和谐地向着一个方向一种目的,在这种合力之下,坚硬的钢铁顺着意志一步步地变成了人所希望的形状"……由此看来,刘醒龙的劳动理想主义无疑又是过于浪漫的。

刘醒龙批判和重建现世空间的努力还在于对古老的伦理资源"仁慈"力量的求助。《生命》里的陈东风不仅是陈老小、陈二佰和高天白们劳动理想主义的共同传人,更是这种仁慈力量的集中体现。诚如段飞机对陈东风的评价所指出的,他"只相信仁慈的力量"。陈东风在处理自身与王元子及王元子与方豹子、赵家喜的关系时的善良、他在来自乡土的农民工人遭受城市工人欺压时的勇敢和沉着、他对段飞机挤垮阀门厂阴谋的拒不合作而对后者的忠诚，以及他坐怀不乱的自持和对方月的"非礼勿视"与"行止乎礼"……如此种种，刘醒龙笔下的陈东风，不仅"居处恭，执事敬，与人忠"，而且"仁者有勇"，几乎成了一个包罗众德的理想仁者。陈东风和陈二佰、林奇（《歌唱》）一样，不仅运用"仁慈"来处理自身面对的伦理问题，而且还试图以此来化解现世冲突进而挽救日趋崩溃的两家工厂。林奇对于石雨、卢发金的接济和对儿子林茂的谴责，以及对何友谅的举荐，便是这种化解和拯救的一种努力。

　　就人类社会的历史发展而言，劳动的意义无疑是非常重大的。它不仅使人类得以产生，而且也是人类自我保存和自我发展的根本条件。在马克思看来，劳动的真正属人和由手段到目的的转换，更是意味着人类的真正解放。在物质文明高度发达的二十世纪，人类消费欲望的畸形膨胀而人类精神的严重赤贫已是毋庸置疑的事实。在九十年代中国的独特语境中，刘醒龙的劳动理想主义与仁慈情怀对于物欲放荡、道德失控的奢靡世风无疑有着重大的警世意义，它和主流话语不断倡导的坚守平凡岗位埋头苦干一样，都可看作是拯救世道人心的善意努力。

　　正如刘醒龙在《现实主义和"现时主义"》一文中所自谓的，《生命》与《歌唱》的写作，相当明显地体现了作家对于民族"优根性"的寻求。相对于此前后现代主义文学消解意义的游戏态度，寻求新的支点、重建现世空间无疑值得尊敬。以普通劳动者的劳动与仁慈来批判与重建现世空间，也表现了刘醒龙可贵的底层精神与平民意识。另外，这也昭示了刘醒龙已经放弃五四以降现代知识分子所操持的西方启蒙话语，转而从本土传统及社会民间寻求精神资源。然而，问题的关键在于，刘醒龙放弃对于民族"劣根性"的批判，而以劳动与仁慈这样一种"优根性"来重建现世空间的可能性到底如何？这里，我们一方面要考察《生命》与《歌唱》中"劳动"与"仁慈"的正当性，另一方面，更要检讨这种"优根性"的重建努力是否有效。

　　即使是《生命》与《歌唱》里最具劳动精神与仁慈情怀的高天白与林奇，他们的劳动与仁慈也并未取得充分的正当性。在高天白以及以他为代表的阀门厂工人这里,劳动并未真正地属人,劳无所得同样也使高天白感到深重的失落与痛楚。而《歌唱》中的林奇,更因其对于儿子林茂犯罪的"仁慈"与变相销赃颠覆了"仁慈"的正当性。在作为历史性存在的"现世空间",这不仅是高天白与林奇两个具体人物的困境,更是劳动与仁慈自身的历史性尴尬。

《生命》与《歌唱》的现世空间中的劳动与仁慈除了自身的悖反之外,它们的真正命运,乃是不断的受挫与失败。多年的"劳动"模范陈老小让位于"赚钱"模范段飞机、陈东风城市梦想的失败与其对乡土摇篮的回归、陈二佰和林奇以劳动与仁慈所从事的执著教化及其终归无效……这些结局,无不喻示着《生命》与《歌唱》以劳动与仁慈重建现世空间努力的彻底无效。相对于陈西风的阀门厂和林茂的农机厂而言,段飞机的特种阀门厂和林青大马们的铸造厂这两个新的空间的重建基础,已经根本不是劳动与仁慈,而是现代性的野心勃勃的竞争精神(段飞机的特种阀门厂)和利益原则(铸造厂的股份制)。颇具讽刺意味的是,段飞机们所体现出来的作为"优根性"的"仁慈",却原来是一场"欺骗"与"利用"。他们的真正动机,更在于塑造企业形象的利益原则,在当下中国的现世空间,这是历史之恶,也是历史之善。

"公民叙事":主体身份的危机

"公民意识"是作家刘醒龙和部分论者所提出来的一种新的叙事原则,国内文学界极有影响的《上海文学》也很推崇以刘醒龙为代表的"现实主义冲击波"作家的写作所体现出来的"公民意识",并将这种"公民意识"作为一种新的文学审美意识着力倡导。刘醒龙曾经指出:"我们有的人忘记了自己是一个公民。'公民'与'平民'并不完全一样。公民的言行必须有责任。作家的内心是自己的,作品却是社会的,要对社会负责,责任感很重要……我觉得1995、1996年出现的这一批作品(指的是"现实主义冲击波"作品——笔者按),最大的特色是公民意识的出现。在这个社会变革时代,我们应承担起责任,通过写作承担责任和表现这种责任。"

在饱受"怎样都行"的后现代主义游戏的重创之后，作家责任感的复归和"现代公民意识"的出现自然应是文学的幸事，当代文学由"主流叙事"到"知识分子启蒙叙事"和"后现代叙事"的逐步嬗变，"公民叙事"的倡导有可能创生一种更具合法性的现代叙事方式，这种叙事方式，有可能是对已然受挫的现代性的严肃反思和艰苦重建。然而，刘醒龙的叙事实践以及部分论者对"公民意识""平等、参与、容众"的基本特点的阐发，却与我们的期望较有距离。这种"容众"特点，也在很大程度上影响了"现代公民意识"的"责任感"的发挥。我想从对《生命》与《歌唱》中叙事主体的考察入手，兴许能较为清楚地探知刘醒龙"公民意识"的真正内涵以及"责任感"的贯彻程度。

正如有的论者曾经指出的，刘醒龙的"公民叙事"有着明显的"平等"姿态和"容众""气度"。这种姿态和"气度"，造成了叙事主体和现世空间之中紧相纠缠并且有着严重冲突的各种"合理性"的普遍认同，自然也就导致了"公民叙事"理性批判精神的阙如。应当承认，叙事主体对于不同"合理性"的认同有着程度上的差异，差异的存在使我们得以明察作家试图建立的叙事立场。无疑地，这一立场正在于作为民族"优根性"的劳动与仁慈，这也是其批判和重建现世空间的真正基点。所以，叙事主体对于陈东风、陈二佰、陈老小、高天白以及林奇的"劳动与仁慈"，才会有热情洋溢的诗意赞美，对于他们的内心世界，也才有较为生动的细致"讲述"。但是，叙事主体在"讲述"现世空间的暴力、不义等"合理性"时，采取的却是一种"认同性"的"把我们挡在情感反应和道德评价大门之外"的外视角的叙事方式，这种叙事方式最为典型地表现为《歌唱》对卖淫嫖娼、行贿受贿、贪污腐化等社会犯罪行为以及对陈西风方月、林茂赵文两对夫妇性事的写作之中。这时的叙事主体，有点近似于余华及一些"新写实"作家的"零度写作"所表现出来的一个丧失了基本的价值立场和道义原则的冷漠主体。于是，"公民叙事"便在这里表现为对于暴力和不义的"平等"和"认同"，贪欲和犯罪也已成为应被宽容的"合理性"。

叙事主体在劳动与仁慈、暴力、罪恶、淫荡、贪欲和弄权之间的不断游移，已经昭示了它在实质上的分裂。已然分裂的叙事主体严重限制和削弱了《生命》与《歌唱》的现实批判精神。在审美意义上，还使劳动与仁慈的失败丧失了应该具有的悲剧意味。《生命》里的陈东风失败之后精彩的内心独白，也因此失却了可能产生的悲剧性的艺术感染力。由此看来，刘醒龙的"公民叙事"所试图贯彻的现代公民的责任感，已经因为叙事主体的游移和分裂而大打折扣，无论如何，叙事主体对于不义的"冷漠"和"认同"，都是我们难以接受的，这也不是现代公民意识所需要的严正的责任感。

我们发现，《生命》与《歌唱》的叙事实践和作家的叙事主张之间存在着一定程度的"错位"。这是一种深刻的内在矛盾。我对刘醒龙的"公民叙事"陷入如此窘境的尝试性解释是："公民叙事"与此前存在的"主流叙事"、"知识分子启蒙叙事"和"后现代叙事"有着异常复杂的继承关系。它乃是由"主流叙事"的对于体制的辩护与认同、"知识分子启蒙叙事"的现实精神和入世姿态、"后现代叙事"的相对主义和冷漠叙述交杂混生的产儿。从文学创新的角度来看，"公民叙事"的诞生无疑是令人欣喜的。但是，这种新的产儿却又因其主体位置的游移、主体立场的易变和主体身份的暧昧不明足以令人忧虑。我想，造成这种局面的重要原因可能在于，面对90年代中国的复杂状况，作为人文知识分子的作家刘醒龙仍然存在着一定程度的身份迷失。他在知识分子/现代公民/体制人员等多重身份之间，尚未真正确立自己的主体身份。可以说，刘醒龙的困窘其实正是作为知识者的我们的共同的现世处境。在此意义上，我注意到了《生命》之中仅有的知识分子形象肖爱桥。这个意味深长的人物形象典型地喻示了现世空间知识分子的尴尬处境及其严重的主体身份的危机。一方面，肖爱桥近乎痴愚的"开发民智"的启蒙企图使他不断遭到民众的拒绝（陈东风、黄毛等）；另一方面，这种启蒙企图又使他在"体制"那里不断"讨嫌"，强大的"体制"所给予他的，甚至还是残酷的"戏耍"，这是现世空间对于精英知识分子的整体性排斥。当然，刘醒龙笔下的肖爱桥最后放弃了知识分子对于"民众"的教育企图而认同了后者。在《生命》的结尾，肖爱桥是以这样的方式"回归"民众的：

> 大家沉默了一会儿，陈东风想起还缺一个人，算来算去，才知道是肖爱桥还没有来。雪花正说自己绝对通知到了时，从窗口传过来几声萨克斯管声，接着一个浑厚的男中音在这音乐声中朗诵起陈东风昨晚一口气写出的那篇《默默独处》，肖爱桥在音乐和朗诵声中走动的样子极像教堂里布道的牧师。雪花一下子就听懂萨克斯管独奏曲是一种归家的情绪。……肖爱桥突然激昂起来，他连续三遍重复朗诵着一句话：生命是劳动与仁慈。

这里，我们发现，知识分子肖爱桥与民众之间的"科学启蒙"关系已经发生了根本性逆转，取而代之的，却是民众对于知识分子关于"劳动与仁慈"的"启蒙"。这是民众的胜利，是被启蒙者对启蒙者的胜利。知识分子只有放弃自身的精英姿态和"知识分子身份"，才能真正地"归家"，并为民众所接纳，这就是刘醒龙为肖爱桥找到的命运归宿。从刘醒龙对肖爱桥身份建构过程的讲述所体现出的叙事立场来看，他对后者的复归民众显然是无比欣慰赞赏有加的。其实，作为知识分子的作家的主体身份的变化未必不是如此。正如《上海文学》1996年第10期《编者的话》所指出的，"公民意识"的重要特点，便是在于对知识分子精英叙事启蒙立场和"教主"心态的放弃与逃离。这种放弃与逃离昭示出刘醒龙"公民叙事"的根本性误区在于，他在建构自己主体身份的时候，"公民身份"的过度强调取得了对于作家"人文知识分子身份"明显的优先性，从而导致了新的主体身份之内知识分子身份的严重阙如。从身份政治学的角度来看，刘醒龙显然未能处理好公民/知识分子身份之间的辩证关系。其实，公民身份的确立并非要以知识分子身份的取消作为代价，二者并不是截然对立，而是兼容与互补的。知识分子身份的特殊性正是其公民身份的构建基础。对于这一问题，了解一下宣告知识分子之死的后现代主义思想家利奥塔的看法兴许不无启发。利奥塔在强调知识分子应该放弃对于普遍价值（人道、民主、自由等在他看来的"宏伟叙事"）的承担而转为一个"享受着普通公民的权利,行使着普通公民的责任"的普通公民时,仍然指出,当社会存在着无辜的受害者的特殊时刻,作为知识者的普通公民也应该"转账"使用普遍价值所赋予的权威并为受害者的无辜提出控诉,更不用说利奥塔的谈论对象是现代性充分发达国家的知识分子公民。因此,面对目前仍然充满无辜的受害者(我以为《生命》之中农民工人的无辜性尤为强烈)的现世空间,刘醒龙的"公民叙事"也许只有清醒地意识到自身公民/知识分子的双重身份,变单纯的"公民叙事"而为"知识分子公民叙事",同时承担知识分子/公民的双重责任,才能为"现实主义冲击波"文学开拓出更加广阔的未来。

(《当代作家评论》1997年05期)

刘醒龙与新乡村小说

赵怡生

乡土小说是中国现当代文学史重要的一支，从 20 年代乡土小说发端以来到 80 年代经过三次发展阶段，乡土小说本身实际上发生了很大变化，从题材范围的择取、小说结构的营造、叙述语言的追求到主体意识的观照等方面，已经形成了新的乡土小说形态，这就是在 80 年代中期出现的新乡村小说，而刘醒龙就是最突出最有成果的代表。

目前对刘醒龙创作研究很热闹，正处在泛研究阶段，比如刘醒龙小说文本精神、作品主题、创作意识等方面的研究比较多，而对他的小说类别的总体研究还很不够。当然，要对刘醒龙新乡村小说作一探讨和归纳，除了对他创作各阶段以及文本作理论分析，还须把他的创作放在乡土小说发展的历史框架中，从乡土小说发展的规律和变化中寻找新乡村小说的基本因素和重要变核。本文主要从两个方面探讨刘醒龙与他的新乡村小说，一是从"五四"到刘绍棠，为什么没有产生新乡村小说；二是刘醒龙新乡村小说发展的几个阶段，以及新乡村小说形态的基本特征。

从"五四"到刘绍棠，为什么没有产生新乡村小说

乡土小说是新文学中最有成就最有个性的一个类别，自鲁迅提出"乡土文学"的概念，并给以基本界定后，乡土小说的形态基本上没有根本上的变化，这就是以农村生活为内容，以农民为表现对象，以田间气息泥土芬芳为氛围，着力写出地域风俗人情为艺术追

求,以写实与通俗为基本写作原则等诸方面组成为乡土小说的基本形态。

20世纪20年代到30年代产生了一批乡土作家和乡土小说,如许钦文和他的《故乡》《赵先生的烦恼》《鼻涕阿二》《回家》,王鲁彦和他的《柚子》《童年的悲哀》《阿长贼骨头》,彭家煌和他的《怂恿》,王任叔和他的《疲惫者》,许杰和他的《惨雾》等。从作品内容倾向来看,主要是通过反映农村贫困生活,写出人间世态炎凉,来表达作者感伤情绪;从表现手法来看,无论粗犷原始还是细腻写实,都具备浓厚的地方乡村色彩。甚至可以说,不是因为题材所致而正是这种浓郁鲜明的地域乡村生活气息才确立了乡土小说的地位。也正是这样一批作家和作品,不仅构成了20年代至30年代我国乡土小说创作的第一个高潮而成为故乡小说先驱,而且对今后乡土小说的发展影响深远。但是这些作品的本质特征主要是"远离故乡"的"回忆",鲁迅称之为"侨寓文学",也就是说,这些乡土小说作家"在还未开手来写乡土文学之前,他却已被故乡所放逐,生活驱逐他到异地去了,他只好回忆",又因为身着异地,"回忆故乡的已不存在的事物",因此,"隐现乡愁","人间的愤懑","要逃避人间而不能","农村的衰败",都被作家描绘故乡风俗人情的凝重情调,郁闷气氛,缓慢节奏和简单情节掩盖了悲愤。用茅盾先生的观点来说,最早时期的乡土小说的"色味"不是对乡村生活强烈、热忱而忍痛的表现,而是对乡村生活沉闷的脱离,无论他们用怎样的笔调描绘出新鲜的乡村生活,作品所寄寓的是小知识分子的愤感心态,这就是乡土小说第一阶段的"侨寓"特征。

20世纪40年代,两种主要因素影响着乡土小说发生很大变化,一是复杂的社会政治格局对农村生活、农民意识带来变革性的影响,二是关于文艺民族形式的讨论促进了乡土小说创作的调整、充实和深化。在农村题材的具体内容方面有三种主流:第一种是以赵树理为代表的反映农民追求新生活的作品,如《小二黑结婚》、《李有才板话》等,它们体现了传统的乡土小说的成就。第二种是反映农民战斗生活的作品,如孙犁的《荷花淀》,马烽、西戎的《吕梁英雄传》等,这些作品在反映的生活内容和艺术手法上已大大突破了早期乡土小说的格局,以流派的面貌使乡土小说在形态上走向一个新的起点。第三种是反映农村知识分子的生活与情绪的作品,比如沙汀的作品《困兽记》等,在他的作品中,再看不到作家"脱离故乡"、"回忆故乡"的侨寓情绪,而是通过描写他们冲破困境,追求希望,反映了这一时期乡土小说作家被生活重新点燃的热情。从这一类作品中可以看到对早期乡土小说的直接继承与延续。

但是,这一时期还有一种更重要的作品已经萌芽,这就是直接以经济领域的斗争为中心内容,使乡土小说的主题内核发生了重要变化。欧阳山的《高乾大》是最著名的代表,在这些作品中,农民再不是满足于土地的获得者,而是占有土地、领导经济斗争的干部形象。作为反映农村生活的题材,这部作品具有独特的意义。同时,这类作品的概念化倾向也是与之并存的。后来一直影响到《艳阳天》《金光大道》这些作品,从某种程度上说,削弱了乡土小说的艺术魅力。自《高乾大》以后,这类作品在乡土小说中基本不见,这是非常遗憾的。

乡土小说发展到当代,刘绍棠成为最重要的代表之一,他的作品对传统叙事手法的运用,对乡土风情的娴熟勾勒,对乡土人物的鲜明塑造,使乡土小说的形态在传统意义上达到饱和,成为乡土小说发展到当代新时期的典范。他早期的《运河的桨声》,后来的《田野落霞》,新时期的《柳蒲人家》都是当代乡土小说的代表之作。尽管如此,刘绍棠或以刘绍棠为代表的当代乡土小说创作,最鲜明的还是语言上的继承,当代经济变革对农民生活的影响,以及由此引起的反思,农村复杂的新生活画面等,在这些作品中基本上没有被再现。

20世纪80年代,高晓声创作了一批令人耳目一新的作品,如《陈奂生上城》系列。在题材内容和语言表现上开始有所变异,浓烈的乡土气息被富有喜剧性的故事情节所代替,纯朴的语言变得幽默生动起来,农村的生活以及农民对经济生活的追求,实际上是在都市生活的压力和破坏之下迸发出的强大活力。但是,新的乡村生活的本质,即新经济投射下的乡村生活的真实性还未来得及在这类作品中获得充分展示,同时,新乡村小说的语言寻找也还没有一个合适的落脚点。

刘醒龙新乡村小说的实验与创造

在刘醒龙1992年出版的第一部小说集《异香·序》中，提到"他的创作始于1979年"，而在他1994年出版的另一部小说集《秋风醉了》的《作者小传》(自叙)中表明他的创作从"1984年开始发表小说"。从被收入集中的第一篇小说《我的雪婆婆的黑森林》发表时间来看为1984年8月似乎更可靠，这是与作者反复强调"84年发表第一篇小说"相符的。从《黑森林》来看，作者的创作意识、审美趋向、表达能力和语言运用都呈现出惊人的尺度，那么此前有没有作品？有什么样的作品？我们不得而知。假如有，那么他对乡土小说的运作之初究竟是忠实承袭还是执拗反叛，我们也不得而知。但无论怎样，有一点可以肯定，刘醒龙小说面世之初就具有了神奇的乡土风情，"乡土"在他那里，已不再像许钦文、彭家煌那样，是伤感的回忆，逃脱的故乡；也不再像赵树理那样运用明白无误的语言讲叙明白无误的事理；也不是像刘绍棠那样用原始温馨的语言对原始温馨现实的再现。"乡土"在刘醒龙视野里只是一个棋盘，而棋子是按着他的想象与构思去落位，铺成一幅强调主体观照的新乡村图。从1984年起到现在，这幅新乡村图大致经过了反叛、重构、整合三个阶段，使一套新的语体由远而近地建立了新乡村小说的基本形态。

对乡土小说的反叛是刘醒龙创作早期阶段最显著的特征。在他的创作意识和作品里，"故乡"并不是他要追寻的生活场所，而是要追求的精神家园。在这一点上是与早期乡土小说作家有根本区别的。在许钦文他们那里，回忆故乡也好，表现故乡也好，都只是想把精神、怀念和寄托永远丢在那里，而身首却永远离开那里。严格说来，刘醒龙是把乡村的生活场所和追求的精神家园紧紧绑在一起，这就引起小说情节、构思和语言的极大变异，如《黑森林》、《灵猊》、《大火》等，我们从这些离奇的故事，魔般的语言中很难审视出传统乡土小说的形态，但是作品所展示的实实在在的乡村生活场景和风情,的确让我们感到乡土小说巨大的生命力所在。在《河西》、《大水》、《两河口》、《人之魂》、《天雷》这些作品中,人与人的冲突,人与自然的同归于尽,让我们领略到一种令人惊心动魄、喜而猝慄的新的乡村生活气氛,也领略到作者一直对新乡村小说创作既超然又落实的投入。这种反叛的创作气势和艺术结果一直延续到后来的《倒挂金钩》《牛背脊骨》。

如果说反叛是刘醒龙创作走向新乡村小说的第一阶段。其重要之处在于对神奇意识和语言诡丽方面的追求,那么随后的创作调整使他进入了新乡村小说的重构阶段。所谓重构是指作者在奋力寻找漂浮的精神家园时,把更多的寻找可能性投入已远离的异地。将浪漫的视野渴求和最普通实在的生活内容展示完善统一,对生活内容和本质作更深层次地表达。这一阶段持续的时间比较长,大致从1988年开始到《威风凛凛》的产生。经过长时间的审视与艺术积累。作者在反映主体上开始正面切入乡村知识者,在生活层面上开始集中切入经济变革和因之而带来的振动,在语体上开始寻找直率和鲜明的表达方式。《返祖》描写的乡村生活已经与以往乡土小说有了不同的味道。随后努力表现乡村知识分子面对经济变革所造成的压力不亚于过去土地问题给农民造成的压力,这一点在《威风凛凛》以及其他作品中被表现得越来越突出。时代背景和观照视野使作者认识到,神奇的表达方式不足以构成新乡村小说的"现实存在"性。物欲的挤压,灵魂的漂泊,人生的萎缩,令人愧疚的庸俗已不是都市生活独有的特征,而传统的乡土小说又缺少充分的展示。刘醒龙的使命感和责任感强烈驱使他对乡村小说创作的调整,用他的话来说,"苦心经营"是他重构阶段的准确概括。从《威风凛凛》到《村支书》已经具备了新乡村小说的雏形,比如悬念神奇的结构,人物的鲜明刻画,临近的时代氛围,强烈的乡村生活气息,写实幽微兼有的语言,都投入了作者主体意识的观照。

1992年以后,刘醒龙以他无法遏制的创作力创作了《凤凰琴》《秋风醉了》《菩提醉了》《黄昏放牛》《暮时课诵》等,从题材的扩大、主题的深化、形式的变更和审美趣向的突破等方面把乡土小说推向了新乡村小说的确立阶段。在刘醒龙的笔下,乡村再不是远离城市远离我们的"市"外桃源,而是有着同城市一样深刻复杂的生活内容、精神风貌和时代气息,这一切又必须灌注在新的乡村生活中,又从新的乡村生活中再现出来。《凤凰琴》中对乡村生活的风土描写是极节省的。重心放在对简单沉闷事件的挖掘(转正、填表、下山等),在知识者与农民间、学生与教师间、学校与社会变化间、教育体制与国家政策间,多重复合地展现出新乡村生活的震撼来。《秋风醉了》《菩提醉了》等作品已经把对纯朴的乡村生活的描写重心转移到已经非常热闹繁杂的乡镇,使当代乡村生活更具有典型意义。

就小说类别形成来说,从乡土小说向新乡村小说的发展变化是个必然过程。刘醒龙的新乡村小说作品最突出的价值就是在继承乡土小说传统的基础上,从整体上打破了传统的审美格局,在人物塑造、结构处理、地域特色、时代精神、社会风貌、语言运用等方面的总体追求与实践上,取得了有益的经验。较之乡土小说,新乡村小说的基本特征主要有以下几个方面:

一是对语体的改造。乡土小说的语言经过几代小说大师的创造,具有独特的艺术魅力,像鲁迅、王鲁彦、徐玉诺、沙汀、赵树理、孙犁、沈从文、刘绍棠等,在作品中为我们描绘了优美的自然风光,古朴的乡村生活,单纯清新的人物形象,语言平缓,语态质朴,这些作品中的矛盾冲突、无论怎么复杂激烈,人物性格怎么丰富多样,最终为我们勾勒的是一幅或浓郁或恬静的乡村图。刘醒龙似乎不在于对自然风光的描绘和乡村气息的追求,语言指向不是单纯的自然存在,而是有意创造出被剥离了自然外壳,附于扑朔迷离的故乡生活氛围,比如《灵猁》中第一次景物描写的语气语形语态已经超越了静止的客观存在,其间夹杂的历史成分、主观成分已经很重,不仅精练地写出了大别山的迷魔奇幻,也决定了整个作品表现方式和主题呈现,这种语体在乡土小说中很少出现。在后来的更多作品中,如《威风凛凛》《凤凰琴》等,作者开始有意回避语言对乡村场景描写的直接切入,而是把这些附着在人物的个性特征、事件发展与冲突之中,充分显示乡村生活的当代性。

二是结构的切割。传统乡土小说模式的结构,无论是横式或是纵式，多为线型结构，保持故事情节的完整、生动和趣味，清晰地呈现风土人情。刘醒龙在创作中常常打破这种模式，发挥主体在构思中的能动性：一是加强营造悬念，以此来破坏恬静柔缓的乡村生活氛围，建立新的烈与美的乡村现实气氛。如《威风凛凛》中赵先生之死；二是史今糅杂，运用小切割来烘托已发生了重大变化的乡村生活，在《异香》《两河口》等一些作品中都可以看到这种特点。

  三是主题深化。这是新乡村小说最重要的内容。在刘醒龙小说中生活场景再不是田园山乡，而是移位于乡镇，城乡间文化反差、思想碰撞、农商冲突、习俗征服成为新乡村生活中最主要的内容，小二黑结婚的现象已经成为传说，柳蒲人家只是历史，即使是进城的陈奂生也还是个极普通的农民，新时代生活给乡村带来的冲击、刺激、动荡与变化已不能被传统的乡村小说所涵盖与展示。刘醒龙小说既适应了这些又反映了这些，成为最有鲜明特征的新乡村小说代表。《威风凛凛》中经济生活给愚昧者带来了富豪，却为知识者（旧式型）挖掘了墓地；《暮时课诵》虽写了宗教，却写出了当代乡镇中无奈之人在新生活中的拥挤心态；《黄昏放牛》让我们看到了"世道变了"的乡村中种田人的怪现象；《秋风醉了》《菩提醉了》已经表明千年恬静的乡土之中，都市官场的腐臭也在"现形"，等等；这一切都让我们感到当代新乡村生活的强烈变异气息与时代特色，我们被引入一个新的乡村世界。

（《江汉大学学报》1995年05期）

故事新说
——刘醒龙"新改革小说"印象

吕幼安

"新改革小说"这一说,显然不是一个科学的概念,这里只是将它作为某种符号来说明一种创作现象。是否可以作出这种解释,自20世纪90年代初以来,小说创作多元化格局中,有一处令人驻足瞻望的风景,这就是以刘醒龙、何申等人的小说创作形成的连锁反应。尤其是刘醒龙,自1992年初发表《村支书》《凤凰琴》以来,一发而不可收拾地推出十来部中篇,以至于形成一股冲击波,令文坛瞩目的同时,也获得文坛以外的轰动效应。这种久违了的轰动效应,舆论传媒声称为"强烈的忧患意识"和"强烈的责任感"。这里不谈传媒导向的虚实,只想回到小说文本自身进行扫描。小说这个审美形式,自诞生以来,一般理论认为有两种功能,即精神与语言。前者可看作是思想,后者无疑谈的是形式。就小说制作而言,真正可以拿来做文章的恐怕不是前者,而是后者。刘醒龙自己在新近的一次创作技术闲谈时做过这么一种肯定:"小说,还是要有故事的。"

关于刘醒龙小说创作的总结,有一种说法应该是毋庸置疑的,即他走的是现实主义道路(这里指的是他1990年以来的创作)。谈到现实主义,会令人想起巴尔扎克似的"典型化"的人物和场景。巴尔扎克的成功,其实可以用一句话归纳:"再现了一幅法国、尤其是巴黎上流社会卓越的生活场景"。巴尔扎克的经验传到中国时,其实中国早就有了"典型化"的创作范例,比如《红楼梦》,或者较之更早的《金瓶梅》等。中国传统的小说格局,众人心照不宣的一个事实，不是它的经验性，而是它的文本魅力，即特殊性和规律性的完美融合。

　　作为叙事文学的小说，它在中国最早的表现，有一种理论认为它可追溯到上古时期的神话传说，我们不妨称之为小说雏形。这类口头叙事作品，有其共同点，即表现人与自然的斗争，表现超人的力量。如《后羿射日》《精卫填海》等，多半以人得到最后胜利为结局，说明主人公不是一般的人，而是超人。就如恩格斯所说："人间的力量，采取了非人间力量的形式。"(《反杜林论》)这种"非人间力量的形式"，一般说来，情节单纯且趋于完整性，占了作品的主导地位，以至于构成了叙事文学的特殊性。在以后的发展中，得到不断完善，最终成为一种规律，即叙事文学情节化的因素。

　　小说文本的规律性，说到底是由小说的特殊性所决定的，它表现为既有情节、又唯情节中心论；还有一种，它有情节，但不唯中心论。我们不妨将前一种称为故事小说，将后一种称为性格小说。在很长一段时间内，小说的情节中心论，几乎成为一条创作规律，经历了若干年。

　　从这个观点上来谈刘醒龙的小说制作，尤其是他90年代以来所产生巨大影响的一批作品，很显然，刘醒龙注意到小说文本的双重性，睁大双眼，在生活里各个领域找故事，用他的故事暗示生活，抨击生活，甚至是指导生活。

　　刘醒龙的小说制作，最强烈的表现，即他精神的凝重感，这不单纯是所谓的忧患意识和责任感，应该说是一种气质，他题材开拓的频频成功，得力于他的敏锐。他审美观照的触视点撒得很开，情感的雷达器始终开着，对瞬息万变的生活把握得游刃有余。从美学角度而言，作家的创作，实际上是"主体本质力量对象化"的过程，这种过程的初始，一般以情感为凝聚点，契合于一个层面，演绎出一番新说，诉诸笔端，形成凝聚物。带有强烈情感的凝聚物，是意象，也是艺术形象，由意象到艺术形象，应该有一条经纬交织的脉络网，这个网络的形成，我们称之为情节。

　　谈到故事情节，高尔基有一个精辟的观点："情节，是性格的历史"。换言之，小说家的目的和任务，不是要告诉读者一个带有美学性质的精神概念，而是性格历史的证明。小说发展到性格历史的这一阶段，很自然由情节中心论过渡并转化到性格中心论。

为刘醒龙带来巨大声誉的《凤凰琴》《村支书》等作品，情节的走向，不囿于传统形式的起承转合，他透过焦点投放到人物命运的矛盾纠葛上，在冲突中展现品质，并运用细节的功能，以显现式手法，连成情节线。《村支书》里的书记，装着一包自己没舍得抽的阿诗玛烟，求人办事时敬一支，一直敬到人家吸出"一股霉味"，主人公尴尬的心态便显得"意犹未尽"：既有难堪，又有难舍。这一情节线的铺成，有相对的完整性，它证明这位当前农村基层干部的忍辱负重，弥漫着驱散不尽的悲凉。依照关于细节的理论解释，这该是人物"性格的佐证"。

刘醒龙小说故事情节的安排，往往由人物性格的几个层面来组织连网。《村支书》里还有这么一个细节，书记一般不收礼，有人探视他老母送罐头，他收了，还说："别人的礼我不收，他的我要收"。收了这个"暴发户"的礼后，书记又转送给了别人。故事说到此，人物性格的多层面便现凸型。尤其在《凤凰琴》里，很难确定一条强烈明晰的故事线，时而为了应付上面的检查，领导带头搞假象；时而为了一个转正指标纠葛不清。如果将后者概括为情节主线，它充满辛酸的过去时与现在时的片断凸现，常被打断，以至经线不那么明晰，而被大量的生活流碎片所掩盖。很显然，刘醒龙的情节，好似有一个中心，却将这个中心分割成若干有血有肉的性格来表现，他与传统意义的情节中心论相悖，形成其情节张力多变的艺术特色。

传统故事情节的表现，有一个很重要的美学特征，即故事情节的生动性。生动的故事情节是一切艺术作品，尤其是叙事作品吸引读者的最主要的因素之一。生动性作为一个概念，很难给它定一个比较确切的标准。而且，不同的欣赏者也会对一部作品的生动与否，作出不同的评价。但一般说来，我们所说的生动情节，无外乎包含以下表现：巧合，误会，计谋，智慧，错误，意外等。

近年来的小说创作，尤其是写实主义的作家们，在注意情节的生动性时，力图避免它所包含的巧合、误会之类的人为痕迹，这种经验的形成，与其说是"客观再现"的真实需要，不如说是小说文本质变的结果。因为小说发展到当今，已完全走出故事型的框架。作家们关注的是细节的真实，用象征生活的一切标志细节来填充作品。在这点上，"新写实"主义的小说家们作出了成功的范例。刘醒龙的小说制作，是否有"新写实"的某些精神？应该说他的小说"略见新写实的风韵，又不同于严格意义的新写实"。

前面说到，刘醒龙小说给人最强烈的一个集中表现，即他拓宽题材体现出的那种精神的凝重感。他的忧患与责任感，除了他禀赋的敏锐，更重要的是他对文学的钟情，我们不妨给这种情有独钟安上一个标签：即作家的良知，换句话来说，也就是他的情感导向。

"新写实"主义的小说家们，有一个很明显的创作标志，即冷峻地再现原生态，深控情感的"零度介入"法。刘醒龙的这一时期创作，显然不属此辙。他有情，将情化为"趣"，织于字里行间，这种机敏睿智的布局构成，看似漫不经心，实则堪称良苦，它使阅读产生愉悦。《去老地方》这篇，由标题上看，似有一种默契的暗示，它的由来，缘于我们生活中随处可见的幽默。"老地方见！"抑或"还是那个地方！"刘醒龙抓住这个既虚又实的场景意象、填充了一段富于计谋策略性的情节；文化局局长杨一推开虚掩的门，发现两个下属正下棋，见了他，两个下属不安起来。杨一不动声色，先推开窗户，望着院子里一群麻雀说："我小时候最喜欢用石子打鸟。不知现在还有没有那时的那个准头？"随手就抓起桌上的一只"车"，朝着一只麻雀扔去。麻雀不飞，只是跳着躲闪一下。杨一又扔了几只棋子，仍然没砸着麻雀。他这才对两个难堪的下属说："你们也来试试，比比赛。"这么一来，两个下属只好硬着头皮照办，三下两下将棋子扔光。扔光后，杨一这才谈工作，谈完工作，杨一才说："棋子都在院子里，你们去捡回来吧。"

这种富于计谋性的细节，几乎贯穿在整个作品中，成为一种智慧，闪烁在字里行间，让人忍俊不禁。计谋与智慧，应该说既有关又不同。在古典小说中，描写正面人物的计谋成功，通常也表现了这一人物的智慧，如《三国演义》中的神算孔明等。刘醒龙的小说创作，在情节设置上，显然注意到这一点，除上述所例，还有相当一部分作品的情节都富于智慧性。中篇《暮时课诵》里打发申请救济款的和尚又去灵山寺调查这一段,还有《秋风醉了》中那位靠策略行事,而如愿以偿当上正馆长的王副馆长等。刘醒龙赋于小说情节的智慧性,显然不同于传统小说中仅限于所谓正面人物。小说发展到 90 年代,摒弃了许多局限和框框,仅人物塑造而言,刘醒龙依据的是现实生活土壤,是 20 世纪末的人文情绪的反复无常。就拿《秋风醉了》这部中篇来说。有的批评家将它称之为"新官场现形记"。是否真为"官场"或"现形",我们姑且不论。但这部十分精彩的中篇结尾处,有段耐人寻味的心理独白值得一提。那就是通过老谋深算终于当上文化馆正馆长的主人公,偶尔路过老马家门口时,听见老马在训导自己的两个孩子,说"不想读大学的学生不是好学生"。这时主人公王馆长"猛然想到,可不可以说,不想官的干部不是好干部呢"? 这种哲学意味的推理引申,可以说是时代风云变幻,在人们心灵上投下的印迹,也可视为这部作品的主题。主题逐一展开时,既不动声色,又绘声绘色,不动声色的是计谋,绘声绘色的是计谋实施得到的反馈,一旦坐上正馆长的"宝座"后,他猛然在这天晚上顿悟了他的人生哲学。而且有趣的是,他甚至在上任不久碰到和处理了两件事:一是听说宣传部长要来看看(检查工作),他慌了,"将近期来的文件、简报和领导的讲话找来一大堆,想先搞清上面是怎么说的,再想自己如何汇报"。二是女馆员肖乐乐哭啼啼进来,告状说老罗刚才在办公室调戏她。于是这位该主持正义的一把手想也不想说:"老罗就这么个脾气,爱占点小便宜。你就当在舞厅里和一个不情愿的男人跳了一回舞得了,以后自己小心就是。别再哭,让别人知道了不好,这种事,丢面子是女方。"

　　王馆长的心境和口吻,到此已惟妙惟肖。按高尔基的情节论来解释,他的历史是一页页谈不上光彩的,充满策略伎俩的,然而又妙趣横生,带有某种智慧的生活记录。

　　青年作家王朔谈到作家的职责时,用了一个比喻:"作家,是生活的秘书,记录生活而已。"刘醒龙实录生活的本领,不是速写式,而是工笔式的细描精琢,他尤其注重局部的真实,即通过细节的连缀,呈现一条脉络,这么一来,故事情节的经线,若众多充满情趣的光斑，让人目不暇接，非得一口气读完。掩卷而思，我们反复回味的，除了他的机智，他的幽默，更多的是他藏于情节表象外的那个意念——言外之意。

关于小说的言外之意，刘醒龙的小说标题能够暗示给我们一点点。他的小说标题，就这一时期而言。一般不超过四字格：《村支书》《凤凰琴》《秋风醉了》《菩提醉了》，或是《暮时课诵》《去老地方》《黄昏放牛》等。小说的标题，是否该对情节有暗示性？恐怕这是个尚待研究的课题。但刘醒龙的小说标题，不能排除这种可能。《凤凰琴》的故事催人泪下，围绕乡村民办教师的命运跌宕，是否有"命若琴弦"的言外之意？还有他的极有代表性的"三醉"（《秋风醉了》《菩提醉了》《清流醉了》），既被批评家冠以"新官场现形记"，那么是否含有"众人皆醉此公独醒"的讽喻性？至于他的那部被评论家雷达先生评估很高的"新陈奂生进城"的《白菜萝卜》，我们还可探出它的另一种含意，即老百姓常不离口的"萝卜白菜，各有所爱"的人生哲学。

在这些看似平淡无奇的标题统摄下的故事各具姿态、十分好看，以至于成为一处风景立足90年代中国文坛，并形成轰动效应，这种成功的因素，除却所谓的忧患意识和责任感，绝不能排除作家驾驭和营构故事所表现出的独特才华。刘醒龙的"新改革小说"的最大特点，即情节的错综交叉永远与沸腾的当代生活保持平行。换句话说，由于他的敏锐的洞察力，他能很快地将生活改造成艺术形象，对于一个小说家来说，这是难能可贵的，正如刘心武先生谈到90年代多元化文学格局中所赞同的："与生命共时空的文学"。

文学的时空观念，通过情节的转换来体现，新时期文学中的改革文学，初始和发展期中的母题，大概只含有这么一个故事框架，即"改革派与保守派的较量"。但到了90年代，刘醒龙的"新改革小说"的出现，大大发展和丰富了内容，为改革文学增添了一个个好看而难忘的故事。这些饱含作家情感的故事，日益引起人们关注的同时，我们也看到这样一种不足，也就是刘醒龙因创作的频频成功，情激宣泄过猛而留下的艺术上的单一，包括叙事手法的过于单纯，语言过于平直而缺乏张力变化，等等。文学的生命力，大约还不能只是"与生命共时空"的"歌诗合为事而著"的故事新说。世纪末的人文情绪的变幻和浮躁,纵然是文学艺术的源泉,但不能成为根本。文学的根本,大约是营构一种漂亮而不浮华,真实而不平白的文本来,就小说来说,它的精神与语言两种特殊功能,随着时光的流逝而不断被注入新的活力,这个活力,正是一种生命力的表现。

(《江汉大学学报》1995年05期)

现实主义品格·乡村情怀·生命意义
——刘醒龙小说解读

沈嘉达

市场经济体制的确立,为 20 世纪末叶的中国文坛提供了"百家竞起,九流互作"的可能,用巴赫金的话来说就是"众声喧哗"。确然如此,有自诩操作中国"政治小说"最好的张贤亮,也有痴迷于"过日子小说"而代市民立言的池莉;高蹈者如张承志"以笔为旗"寻找"清洁的精神",先觉者如汪曾祺乐于修身养性,了悟人生,更有"新生代"(晚生代、后生代)作家崇尚"边缘化写作"、"个人化写作",把文学变成了真正的精神游戏、语言消费和智力运动……市场经济给这个"千年之末"的社会灌注着生机与活力之同时,亦使得读者目迷五色、耳迷五音而不知所措。

作为这个多姿多彩的社会的文化之一部分,刘醒龙的小说引人注目。自告别"大别山之迷"(并非人们常用的"谜")起,他就一以贯之地夯实着自己的道路(他对评论者将他与何申等人绑上"新现实主义"战车颇不以为然),并以之为一个作家成熟后的必然表现。本文拟就刘醒龙的"核心作品"作一简要评说。

一、"社会的书记员"与"生存现实主义"

恩格斯在《致玛·哈克奈斯》的信中是这样评价巴尔扎克的:"他在《人间喜剧》里给我们提供了一部法国'社会'特别是巴黎'上流社会'的卓越的现实主义历史,他用编年史的方式几乎逐年地把上升的资产阶级在 1816 年至 1848 年这一时期对贵族社会日甚一日的冲击描写出来……他汇集了法国社会的全部历史,我从这里……所学到的东西,也要比从当时所有职业的历史学家、经济学家和统计学家那里学到的全部东西还要多。"正是在这封信中,恩格斯对使用"简单朴素、不加修饰的手法"来描写社会现实的哈克奈斯十分看重,称赞其"表现出了真正艺术家的勇气"。①

刘醒龙的小说视域也是极其宽阔的,我们不妨先后依据不同的标准予以简单的分类:

文化馆系列:《秋风醉了》《清流醉了》《菩提醉了》《伤心苹果》等;

工厂系列:《孔雀绿》《寂寞歌唱》等;

乡镇系列:《分享艰难》《路上有雪》等;

乡村系列:《村支书》《挑担茶叶上北京》《黄昏放牛》等;

知青题材:《大树还小》等;

教育题材:《凤凰琴》等;

历史题材:《至爱无情》等;

……

如果仅仅是涉猎到宽阔的生活扇面,作家还远远称不上"社会的书记员"。刘醒龙作为一个清醒的现实主义作家,他不仅目睹了这一文学上的沧桑巨变:把欧洲"一百多年的文学史压缩在我们新时期十年的短小阶段里",更参与到思索、沉淀并从泥土里开出花来的第二个十年收获期之中,这位大别山之子,对中国经济转型及其文化形态是有着深刻体认的。这样,他就近距离地用笔讴歌了不可逆转的改革大趋势——在《暮时课诵》中,作者借灵山寺显光师父的"动作",引出"尘世在改革,仙界不动也不行"的时代感叹(反之,仙界在动,尘世不动更不行),既巧妙又直接地切入了时代主题,作出了他对改革时代的积极呼应。

雷达曾撰文称刘醒龙等人的意义在于对"现实主义精神"的延续和光大。何为"现实主义精神"?"现实主义精神"更多的是一种

---

① 《马克思恩格斯列宁斯大林论文艺》,人民文学出版社1980年版,第136页。

"批判精神",它要求作家直面现实,正视人生,用自己的笔书写人类社会进程中的现实问题,以求进一步完善社会发展机制,而不是一味地歌功颂德。拉丁美洲魔幻现实主义作家巴尔加斯·略萨在1994年《致中国读者的信》中强调:"一个作家不能仅仅局限于艺术创作之中,他在道义上有责任关心周围的环境,有责任关心他所处的时代,有责任关心社会上重大的政治和文化问题。"刘醒龙正是这样一位作家。在很大程度上,他的小说可以被看作"问题小说":《孔雀绿》中,吴丰这样的老劳模也因贫穷与社会风气的污染而偷盗国家财产,环境与贫困的力量逐渐吞噬了他,哪怕他曾经是环境的改造者;《黄昏放牛》中,市场经济转型期的农村,人心不古,世风日下,从乡村干部到底层百姓都存在着投机取巧、好逸恶劳、缺乏公德意识等诸多问题;《凤凰琴》既是对余校长等人献身山区教育事业的崇高人格的大力讴歌,又何尝不是对山区教育事业的一种忧患;《路上有雪》呢?它是对形式主义、官僚主义的有力揭露,农民、基层干部与上级领导之间的紧张关系不能不令人深思;《伤心苹果》和三个"醉了"与其说是人与人之间关系的一种无奈写照,不如说是对国民劣根性的一种鞭挞……确然,在这个本是百废俱兴(包括精神、观念、理想等)的时代,我们却感受到了太多的忧患,触目所见不能不让有良知、有正义感的作家发出自己的声音,表现出"真正的艺术家的勇气"。

现在的问题是,有人以刘醒龙等为"温和的现实主义者",或称其作品为"生存现实主义"之作,指斥刘醒龙等缺乏强烈的"批判"意识。这该如何评说呢?

笔者以为刘醒龙是一个清醒的现实主义者。这种"清醒",不仅在于作为"书记员",他睁大了眼睛去看去写,更在于他对目前这个社会主义初级阶段、这个有待完善的转型期有一种独特的审视与抉择方式。他说:"对于自己从前的写作和写作对象,我一直是充满激情的,在许多时候都是爱恨交加的。然而,在激情的掩饰之下,真正表达的只是自己的同情、怜悯、愤世嫉俗、痛心疾首。这些恰恰是这一时期文学的通病,在感觉良好的霸气之下,胡乱爬上一个稍许高一点的地方,基本上是胡乱指点一番。"而现在呢?他是在用"灵魂和血肉"写作,真正地感同身受,将心比心。所以,当《分享艰难》中洪塔山强奸了孔太平的表妹时,尽管作者的心"有一种被人撕裂的感觉",但是,现实却令读者清醒,令孔太平清醒,刘醒龙更多地理解了当事人,冷静地审视其具体事件,没有让孔太平作出过激的举动(洪塔山的养殖场掌握着西河镇70%的财政收入,逮捕了洪塔山,也就等于断送了西河镇的大部分财源)。这里,现实关系、利害冲突压倒了情感的冲动,因为正是生活"默默地承受起这最让人不能接受的艰难"。① 明白了这一点,我们就不难理解孔太平为什么还要去派出所向黄所长求情,让其放出洪塔山。同样的道理,谈歌的《大厂》中厂长吕建国也不得不向公安局长求情,请求放出嫖妓的客户(这一点与《分享艰难》何其相似)。这当然不只是一个巧合,我们可将之看作是某种超出个别意味的社会现象。换句话说,如果要责备的话,不应只是责备作家悲剧意识、批判精神的匮乏,更应"理解"社会主义初级阶段所出现的特殊现象! 脱离了这一点,就有凭空放矢之嫌。诚然,笔者不是要躲避崇高,抛弃正义,而只是说,写崇高、正义与良心的无奈甚至泯灭,同样是一种悲剧,也许一种更现实的悲剧,因而也有可能是一种更深刻的悲剧。

其实,刘醒龙的这种悲剧观早在《村支书》中便形成了。作者写方建国,既可以写成"对现实的英雄的满怀崇敬"(像我们今天大多数人所理解的那样),更可以写成"对现实的无奈",因为"英雄的无奈才是父亲这一代人现在真实的处境"。② 基于此,刘醒龙在小说中改变了那种"知识分子情怀",抛却了"大别山之谜"之个人化写作姿态,而将忧患转向现实平民、基层干部之中。如果指责他缺乏一种深刻的悲剧意识的话,我们不妨就把这种"无奈"看作是"平民的悲剧"、"现实生活的悲剧"(而不是古典式的浪漫悲剧)。要强调的是,"无奈"不能看作是"认同",正如刘醒龙在《分享艰难》结尾所写:"孔太平对着霓虹灯自言自语说,养'歹'场就养

---

① 刘醒龙:《仅有热爱是不够的》,《当代作家评论》,1997年第5期。
② 刘醒龙:《仅有热爱是不够的》,《当代作家评论》,1997年第5期。

'歹'场，它可以让人记得'迷你王八'毕竟还是王八。""王八"毕竟是"王八"，刘醒龙当然明白，像洪塔山之类的人可以侥幸一时，但不会永远这么走运的。

二、"血脉在乡村"与精神栖息

作家苏童曾经非常有意思地"瓜分"刘醒龙，认为他的"血脉在乡村这一侧"，而他的"身体却在城市的那一侧"。这其实是说，刘醒龙依然在延续五四以来的文学母题：城市文明与乡村文化、情感与理智的冲突。确然，五四以降，许多作家"人在曹营心在汉"，身居城市却怀念着乡村的静谧与和谐，并以城市为欲望、不义之聚散地。而乡村，那种随遇而安、天人合一、发情止礼的人生态度确实叫许多作家陶醉，如贾平凹者，又如废名者，等等。

中国文人的共同困惑在刘醒龙的小说中得到了进一步的证实：作为现代文明的渊薮，城市充满活力，充满诱惑，这是不争的事实。为此，作家要作出自己的判断：第一，乡村向城市归附；第二，城市与乡村交融与互补（这似乎只是一种愿望）；第三，逃离城市回归乡村。刘醒龙选择什么呢？

笔者以为，如作文化心理分析的话，刘醒龙原是典型的"五四"情结的继承者，在他的骨子里依然汹涌着的是一种对没有被污染的乡村文明的渴望，他所向往的是一种传统型的生活场景、伦理道德、价值观念等。

《乡村弹唱·序》中，刘醒龙对黄梅四祖寺与五祖寺之间的香炉山情有独钟，"无论行走、静卧和伫立，都有一种强烈的亲和之气在滋润着我"，以至"数年之后的一个黄昏，我在写作另一部关于乡土的小说时，突然发现童年时那条变幻无定的西河已经不见，笔底下的山水人物都属于香炉山，继续回溯时，更是恍然看见香炉山在我的抽象与形象的精神中，早就作了深深的依据。作为肉身生命的我一切依旧，然而作为艺术生命的我，内容已非昨日"。香炉山到底给刘醒龙灌注了些什么呢？那就是扑面而来的"敦厚、和善、友爱、怜悯等"，这既是乡村文化的内核，更是乡土文学乃至整个"艺术的灵魂"!

还有一个值得重视的意象。刘醒龙多次提到过《一碗油盐饭》这首短诗:"前天/我放学回家/锅里有一碗油盐饭/昨天/我放学回家/锅里没有一碗油盐饭/今天我放学回家/炒了一碗油盐饭/放在妈妈的坟前"。为什么这样一首稚嫩的小诗竟然会使刘醒龙"感动得热泪盈眶"?这是因为此诗传达出了天下至亲至爱、至纯至真、至朴至厚之情,具有"强大的震撼力与穿透力",充满了人性之力量!

这里就有必要捎上刘醒龙的生活阅历。在刘醒龙出世之前,他就失去了奶奶与外婆,因此,在他的"仰望中,一直渴盼着一位慈祥的奶奶";缺少"奶奶"的慈祥而母亲又忙于工作,使得他"面对周围家庭的温馨和女性的温柔",而"常常在心底渗出一种疼痛来"。更让刘醒龙不安的是,"我们所处的这个社会似乎也是一个没有了奶奶的社会","奶奶""她那充满人性的调和,总在使不同形色的人,在陌生地域和陌生时期,寻找到一种精神上的家园",这就是"在每个人的内心深处潜伏着的总是渴望着的安宁、祥和、温馨和爱情"。然而,在如今这个"浮躁"而又"尖刻"的市场经济社会,在"生存压倒一切"的城市里,人怎么可能寻找得到那种"安宁、祥和、温馨和爱情"呢?这样,刘醒龙便自然而然地把饱经家庭变故和城乡文明冲撞之后的中年梦幻投向了那文明气象其实也已很稀薄的乡村。

我们因之便不难理解,为什么刘醒龙总在自觉不自觉地抗拒现代城市文明,其作品精神指归投向了乡村以及由乡村所引发、所代表的"传统"、"人伦"、"温情"、"信义"与"人性"之上。近作《大树还小》是对毛泽东发出"知识青年上山下乡"号召30周年的一个回顾。在秦四爹与知青文兰、母亲与知青欧阳、姐姐与当年的知青即现在的老板白狗子之间,刘醒龙愤而提问:乡村人的爱情位置在哪里?城里人难道仅仅因为出身"高贵"和一点点"文明修养"(吹、唱什么的)就可以置乡村人的爱情之纯洁于不顾吗?尤其令人不能容忍的是,"母亲"当年对知青欧阳爱得死去活来(终未成),难道"姐姐"今天还不得不去做白狗子的"小蜜"?经济的落后固然是重要原因,城里人的薄情寡义、玩弄爱情难道不是扼杀人性、扼杀情爱的根源？正如秦四爹所言，"要是文兰嫁给我，她就不会死！"在《白菜萝卜》中，大河在乡村本是"好青年"，可是一来到城里，就变得无所适从，城市这口染缸几乎要将大河染黑（旧日恋人今日做"鸡"的周玲就是一个比照），为了纯洁与信义，刘醒龙最终让大河重返乡村……

这样的例子实在可以信手拈来。不过，作为刘醒龙回归乡村寻觅精神家园（摒弃城市文化）的集大成者，是长篇小说《生命是劳动与仁慈》。在小说的结尾，主角陈东风有一长篇自白，对"城市"进行了深刻的描述，兹录其一段：

> 默默独处。默默独处。一条街一条街地被走过，不知就这么地走了多久，脚下却找不到一块可供驻留的土地……我不断地大声喝问，你们要干什么，这样的挤压，这样的吞食，这样的蛮不讲理……城市太大、太残忍，一个人在它的面前是那样的微不足道。每天都有人被它放在汽车道上轧死，每天都有人被它抛入水中淹死，每天都有人被它从大厦的窗户里扔下去摔死，每天都有新娘或新郎被金钱与地位抢走，每天都有勤劳与善良被写成耻辱与卑贱。城市在做着这些可恶的事情时，开始不声张。后来也不声张．白天板着灰蒙蒙的正经面孔，到晚上则让霓虹放出千种风骚，就像女人藏在化妆盒中的浪笑……
>
> ——陈东风到处寻找的"纯洁"（燕山红）又在哪里呢？在翠的怀抱中，在乡村的纯洁劳动中，所以陈东风最终回到乡村与翠结合，指向了传统。

作为"生长在乡下"因而命中注定就是"外省人"、"外县人"的刘醒龙[①]，其精神指归导向"传统"这一面，既是对"五四"以降乡土文学、乡土精神的一种顺延，更是对转型期社会经济大潮的一种反拨。"真实的情形是现在社会整体对劳动与仁慈的鄙屑，而将劳动与仁慈归入无用与无能一类"，所以他写《生命是劳动与仁慈》：

---

① 刘醒龙：《无树菩提·序》，群众出版社1997年版。

"现今的文学中有一股太重太浓的'知青情结'……最近我看了一场知青晚会,整个的是一种知青下乡是受罪,乡下人祖祖辈辈受罪则是活该的鼓噪",而刘醒龙"不喜欢'知青情结',甚至还有些反感"。因此他写作《大树还小》……顺着这种"内容"(理念),刘醒龙在安排结构、刻写人物与语言表达上,也体现出了与"传统"相适应的一面:他的小说从来不进行语言游戏,不进行拙劣的欧化模仿;在结构上,他更乐于通过故事本身来表达什么,而不是玩弄什么诸如"叙述圈套"之类的东西。最令人感喟的是,在他的小说中,"老人"形象(某种意义上说就是乡村形象)往往就是正义与传统美德的化身,如《威风凛凛》中的"爷爷",《挑担茶叶上北京》中的石望山,《分享艰难》中孔太平的"舅舅",《黄昏放牛》中的胡长升,《秋风醉了》中的王副馆长的"父亲",《生命是劳动与仁慈》中的陈二佰、高天白以及"父亲"等。这些人的共同特性就是对现代文明持非认同态度,对传统农耕文化情有独钟;他们乐于助人,与人为善,重义轻利,不愿前瞻而频频后顾,作者在他们身上投注了如许热情!"爷爷"是什么?爷爷是传说、经验、思想、无畏的象征(奶奶是慈祥、不厌其烦、仁慈、随和的代表),因此,刘醒龙常常选择"爷爷"这一老人形象作为某种标高、某种参照,并让"爷爷"传达出作者某种理念,或感化某些逐新的迷惘者。在《荒野随风·序》中,刘醒龙认为自己的爷爷是"再造一个作家"的"文学启蒙者"和"心灵的传说","爷爷比任何教养都重要",这难道不令我们味之再三吗?

刘醒龙,一个属意乡村、依傍"爷爷"(追寻"奶奶")的大"小孩子"!

三、生命拷问与终极意义

迄今为止,刘醒龙已创作出《威风凛凛》《往事温柔》《寂寞歌唱》《至爱无情》《爱到永远》和《生命是劳动与仁慈》等长篇小说。就一般意义讲,长篇小说代表着一个作家的最高创作水平。刘醒龙说:"从一个作家的成长过程、创作经历来讲是应该写长篇的。前几年中篇小说在文学史上一直处于一个可靠的地位，会留下许多优秀篇章。但一个作家若想把自己几十年历史变迁所形成的大的思考表达出来，最好的选择就是写长篇。"当被问到写长篇何"感觉"时，刘称："过瘾。包容性大，许多体验都能包容进去，可以考验你这个人的胸怀是否较大？你的写作才能究竟如何？对社会、历史、人生的认识究竟达到什么地步？"①

刘醒龙几十年来"所形成的大的思考"是什么？他对"社会、历史、人生的认识"究竟达到了什么地步？他最为看重的长篇小说《生命是劳动与仁慈》（以下简称为《生命》）将回答这一切。

生命的本质是什么？这是一个玄而又玄、历久弥新的哲学命题。刘醒龙认定，"对于生命来说，劳动是物质的根本，仁慈是精神的根本，在此之上的生命才是有意义的"。② 真实的情形却是，市场经济下的中国当代社会，"劳动"（刘醒龙以之为工人和农民的劳作行为）和劳动者这种社会最基本的形式及其主体被遗弃，人与人之间有望建立的"仁慈"关系也被纯粹的利害关系所取代。基于此，刘醒龙创作了《生命》，以此来对生命的价值作严酷的拷问，并希冀触摸到它的终极形式。

关于劳动——

恩格斯指出："历史破天荒地被安置在它真正的基础上；一个很明显而以前完全被人忽略的事实，即人们首先必须吃、喝、住、穿，就是说首先必须劳动，然后才能争取统治，从事政治、宗教和哲学等等。"③确然如此，劳动"是整个人类生活的第一个基本条件"④，正是劳动，创造了人类，造就了人类的文学艺术，给予了人们赖以生存的物质条件和精神愉悦之可能。

在《生命》中，刘醒龙再一次凭借"真正的艺术家的勇气"，把

---

① 见 1997 年 8 月 14 日《作家报》。
② 刘醒龙：《浪漫是希望的一种——答丁帆》，《小说评论》，1997 年第 3 期。
③ 《马克思恩格斯选集》第 3 卷，人民出版社 1972 年版，第 41 页。
④ 《马克思恩格斯列宁斯大林论文艺》，人民文学出版社 1980 年版，第 117 页。

"在别人看来是肤浅的东西"(关于劳动)认真地深刻了一回。小说中所指称的"劳动"决不仅仅是谋生的手段,更是生命的意义所在。陈东风的父亲陈老小是作者首肯的对象,从农业合作化伊始(那年他16岁),陈老小就从未间断地把"劳动模范"的奖状每年向家中的墙壁上张贴。"人活着就要劳动,能劳动才能说是活着。"这样的话语一再由作者让陈老小总结和重复着。小说中,陈东风继承了父亲的"劳动"本质,他来到城里当车工,在神圣的劳动与普泛的投机取巧之间,他选择了前者,终于让"铁屑湛蓝",开出了绚烂的生命之花:"每一次车刀走到头退出来时,他那握着中拖板手柄的右手就快活地旋成了一朵花,大拖板向起点的倒退则完全是一只满载而归的渔船,或者是一艘凯旋的舰艇,车床身上光洁的滑轨是水面被犁过的浪迹,刀架上弯弯的手柄是一面飘扬的旗帜,驱动它们的是一种劳动过程中的舒畅与喜悦。"这是对陈东风劳动价值的认可,是对普通劳动者的生命存在的认可!基于此,刘醒龙直接礼赞"陈东风同他身边的人应该是这个社会,这段历史的根本。没有他们一切将不复存在"①。为了强化这种观念,刘醒龙甚至称"回想起(自己)当年的劳动,我不止一次地觉出了自己的崇高与神圣,这种感觉远甚于现在的写作"。② 在《生命》中,这种观念便演化为作为知识分子的阀门厂总工程师肖爱桥向作为工人代表的陈东风的"回归"。小说结尾,正是这个从前鄙屑工人及其劳动行为的肖爱桥"突然激昂起来,他连续三遍重复朗诵着一句话:生命是劳动与仁慈。这是如此地耐人寻味!

刘醒龙对劳动及劳动者的执著礼赞,对"不劳动"行为与思想的猛烈抨击,其实早在《黄昏放牛》《孔雀绿》等小说中便显现出来了,只不过吴丰、胡长开这一城一乡老劳模对人世的慨叹与无奈显得低调些罢了,而在刘醒龙的心底深处,劳动者是"社会的脊梁"

---

① 刘醒龙:《浪漫是希望的一种——答丁帆》,《小说评论》,1997年第3期。

② 刘醒龙:《浪漫是希望的一种——答丁帆》,《小说评论》,1997年第3期。

这个本质认识一以贯之，未曾动摇。只不过在《生命》中，作者对它阐发得更生动更饱满而已。这是劳动者的胜利，更是刘醒龙的胜利！

关于"仁慈"——

如果说"生命是劳动"是基于个人立场而发言的话，那么，"生命是仁慈"可以理解为人际关系话语。什么是"仁慈"？仁爱、慈善是也。爱己及人，与人为善。周介人曾就刘醒龙的《分享艰难》提出了"大善"的观点，我们不妨以此概括刘醒龙的人际观念。在刘醒龙看来，人之恶没有"大善"所感化不了的，换句话说，"无论如何对于恶，光有批判是不够的，关键是对恶的改造，这才是历史对当下的希望所在"。① 如何完成"对恶的改造"这一关键之步骤？行"大善"是也。在《生命》中，汤小铁这个"流氓工人"被感化后生死时刻勇斗蟒蛇而杀身成仁；费尽心机弄垮县阀门厂的段飞机良心发现，将自己的订货单送给县阀门厂，并特意到监狱里看望了因走投无路而不得不实行抢劫的民工，给每位民工家里寄上500元钱；玉儿呢？本是县阀门厂派往省化工厂的"大众情人"，却能够挽救嫖妓的文科长，让黄毛挣脱了大款的怀抱……好人必有好报，作者让段飞机民营阀门厂订单不断，愈加兴隆；玉儿也作了省城娱乐城的总经理助理，修成了正果！

刘醒龙曾云：自己写作"在许多时候都是爱恨交加"。② 因了作者对现实的感应(恨)，他依然保持着对现实的批判意识(这一点毋庸赘言)；另一方面他又自愿"有些放弃所谓的知识分子立场，而站在普通人甚至农民本位的立场"。③ 这也正是一些论者所指斥的"容众"状态。不过，就笔者看来，这与其说是站在现实的立场上去"容众"，也许亦可以说是基于"普通人甚至是农民本位的立

---

① 刘醒龙：《浪漫是希望的一种——答丁帆》，《小说评论》，1997年第3期。

② 刘醒龙：《仅有热爱是不够的》，《当代作家评论》，1997年第5期。

③ 刘醒龙：《浪漫是希望的一种——答丁帆》，《小说评论》，1997年第3期。

场"去行"善"——一种来自于传统农耕文化的行"善"。人性本善，善善恶恶。所以，我们在刘醒龙的小说中能发现许多"行善"人物（如《至爱无情》中的涂如松之母），却很难找到至恶之徒！近作《浪漫挣扎》①中县委书记钟进面对官场的污染与仕途的险峻，在大学同学梅林所赠给的《安娜·卡列尼娜》的"感召"下，最终挣扎出来，销蚀了"恶"（虽然还称不上至善之人，但钟进敢于公开事实之举已是石破天惊的了），成为"善人"。

"我从来感觉到自己是一个现实主义者。"②生长在如今这个万物疯长年代的刘醒龙如是说。确然如此，刘醒龙秉承了现实主义创作之遗风，执著地关注现实与人生，凸显了其小说创作的凛凛风骨。而他就城市文明与乡村文化所作出的看似不合潮流的抉择以及对生命意义的孜孜探求，更是将自身送上了世纪末的祭坛。是无谓的牺牲，还是精神旗帜的飘扬？是痴人说梦还是理想的浪漫演绎？笔者选择了后者，并对此坚信不移。

(《黄冈师专学报》1999 年 02 期)

---

① 刘醒龙：《浪漫挣扎》，《青年文学》，1998 年第 6 期。
② 刘醒龙：《由〈大树还小〉引发的对话》，《江汉论坛》，1998 年第 12 期。

现代审美视野中的新景观
——刘醒龙"新乡土话语"的叙事分析

程世洲

刘醒龙80年代的小说大多重复别人的主题，在形式技巧上也多借鉴他人的经验，表现出对形式技巧的热衷。在这些实验性写作中，刘醒龙表现出了相当出色的小说思维与智慧，如对时间、空间的驾驭，对小说结构、叙事方式的选择，对细节的运用等。从内容上说，刘醒龙早期的小说或是表现对大山的迷恋与沉思，着力描绘大山的神秘与混沌，从而具有一种浓烈的地域风味与传奇色彩；或是以一种"欧·亨利式"的笔法表现一种历史情状，一种历史性的误会。他在80年代的写作被人称为"童话式写作"，代表作即是他的《异香》和《新战争女性系列》。

进入90年代，刘醒龙的创作突飞猛进，创作数量惊人，创作影响越来越大。更可贵的是，在90年代，刘醒龙的创作表现出独特的日趋成熟的艺术经验、观念思想及对一定美学品位的追求。

评论界认为刘醒龙小说有一种充盈之美。的确，刘醒龙90年代的小说不虚浮、不花哨，不卖弄技巧，始终以生活的坚实和故事的真实吸引读者。他的小说没有欧化倾向，没有新潮作家那种时髦，而是坚持用传统的甚至是笨拙的技法写作。总的来说，刘醒龙的小说体现了一种平实的风格。

大致来说，作家有两种类型：一类是"技巧型"或"审美型"；一类是"生活型"或"实在型"。前者依赖自己的想象力、艺术激情和非凡的创造性写作，也就是刘醒龙所说的靠"智慧"写作；后者主要依赖自己的生活积累和对生活的敏感写作，即刘醒龙所说的用

"灵魂和血肉"写作。刘醒龙无疑属于后一类作家。

刘醒龙的小说给人的第一个感受就是作家主体能力的相对缺失。在他的小说中,你感受不到作家主体的强大力量,而时时感觉出一种平实与自然。作家并不是以一种强烈的主体性表现生活,并融入他独特的人生体悟与生命呈现,而只是以一个单纯的叙事者身份在平静地叙述故事。刘醒龙编故事的能力的确很强,但正是在这种刻意的编故事中逐渐丧失了他个人的许多独特的情感体验和可以阐发的原初意义。他的小说能给人情感上的震动,这并不在于作家利用一种具有强烈表现效果的形式技巧法则表现生活、表现人物,并由此融进作家的情感观念和对生活所呈现的意义的揭示,而在于事件本身的"表现性"。是事件本身激发读者的想象,召唤读者去欣赏阅读,并由此生发情感与意义。作家在这里只是有目的、有意识地给读者呈现事件或故事而不是"表现"这一切。不论从意义层面、情感层面,还是从形式层面、审美层面上说,刘醒龙的小说都表现出一种平实的特征,一种"生活型"作家所特有的平实特征。

刘醒龙的小说表现的是他身边现实的人和事、他的故乡、小镇大山的人的现实生活,现代农村在改革背景下的一种普遍的生存图景及在这种生存图景中的现实生活的悲喜剧。刘醒龙的小说着力描绘的是一些现象、状态与世态,是现实生活中人的心态。他很少在小说中表现对人的命运的整体思索和领悟,而只是揭示与表现普通人物的心态。他的小说也很少有明确的理性规范与生活的哲学观念。他没有对生活做高度抽象与概括的兴趣,即使是展现悲剧或喜剧,他也没有将"这一个"悲喜剧上升到整个人生的普遍意义上来,使之具有某种哲学文化的普遍意义,而只是将这些悲喜剧作为一种状态、世态、世相,作为一种生存现象展现给读者。刘醒龙在小说中的确没有对众多的生活表象做过多的、深层的意义开掘与聚合,而是试图将生活还原。这样,刘醒龙的小说自然在意义层面上呈现出缺失与平实。刘醒龙小说的这一特点与中国古代的世态小说或世相小说是很相似的。

如《秋风醉了》,作家并不着力从王副馆长的宦海升沉中体现对人的命运的思索,也没有对更深层次的人的权力心理加以剖析,而只是通过王副馆长与上下级、家庭、社会的复杂关系，着力表现一种权力状态与官场环境以及由此而来的为官者的一种生存状态：权力状态始终将为官者置于一种受愚弄与受摆布的可怜境地。在《村支书》这样明显标识着写人的作品里，作家所注重的也不是村支书的死所体现的社会人生意义，而是将村支书作为一个轴心人物，通过村支书与其他基层干部、与家人、与村民的现实关系，反映乡村的贫困状态和混乱的形色各异的人心世态。自私、狡诈与村支书的正直无私而又有些呆板、愚昧，一起构成一种农村的真实图景。作家并未将村支书的死作为一个悲剧来表现，小说注重的只是一种乡村状态，注重的是人与人之间的复杂、微妙的关系所构成的一种现实生活图像和这种图像中的人的心理、心态及普通的社会现实。

这种意义层面的平实主要是由作家主体能力的缺失造成的，也与"后现代叙事"放弃价值立场的影响有关。在长篇小说《生命是劳动和仁慈》中，刘醒龙似乎是有意识地强化作家的主体力量的"介入"，以弥补小说意义层面的平实的缺憾。刘醒龙从生命哲学的高度来透视社会现实中的"现象"和"状态"，对生命的意义做出了"生命是劳动和仁慈"的形而上概括。《生命是劳动和仁慈》这样的小说在意义层面上呈现出来的特征仍然是平实作家形而上的努力，有一种处于作品整体意蕴之外的感觉。平实是一种缺失，但不一定是缺点。刘醒龙完全没有必要为了迎合某些批评家和读者的想法，而特意改变自己的创作本色。

在情感层面，刘醒龙的小说也有一种浅近与平实的倾向，始终不能给人强烈的震撼和刻骨铭心的感受。作家有意无意间弱化了人的感情冲突与复杂性，弱化了善恶之间的对立，弱化了情感的跌宕起伏变化。作家主体能力的缺失，使得作家把全部感觉、情感体验与审美感受还原到原始、现实、琐屑的生活中，小说中的情感流动始终与生活一样缓急，表现不出情感的深度与强度。刘醒龙的小说的确充满了灵气，但他缺乏对情感的抽象与表现能力，缺乏对人生的体悟，缺乏对情感深沉而独特的体验。他将大山的风土人情、世俗习惯演绎得活灵活现，但他始终保持着一种异乎寻常的平静，从而导致了小说情感层面的平实。《凤凰琴》在刘醒龙的小说中应该是最有"煽情"性质的作品，但《凤凰琴》对一群蒙师诚挚的情感的表现，对善的礼赞，对恶的鞭挞，表现得相当平白。在小说中，作家的确未进行更多的情感上的挖掘与表现，人物情感上的冲撞、纠葛、矛盾表现得不太强烈。诚实笃厚的大山，贫瘠荒凉的大山，人性之美，人之赤诚，在升起国旗的那一瞬间本该变得辉煌壮丽，而在小说中只是一种平静。本应该具有的情感内涵以及由此而来的审美内涵，由于掺杂了作家的这种"平静"而变得有些浅近、含混，善恶判断泾渭分明，人的情感复杂性被众多的琐屑的现实性描写所稀释和消解，一定程度上妨碍了读者对作品的情感内涵与审美意义的领悟。《黄昏放牛》仍属于那种"平实"的小说，但在情感层面和意义层面上都显示出一种相对的"深度"。小说中时时流露出一种人老黄昏的悲怆，小说把老一代农民人格心理上的错位、失衡的悲凉与无奈，乡村的萧条、混乱以及人伦丧失、人性沦落表现得淋漓尽致。小说不仅描写了改革后的农村充满了躁动与裂变的人心世态，而且作家始终关注的是一代农民的心灵状态，他们的人格意识，以及他们身上原始又质朴的道德力量。作品给读者更多的是强烈的情感上的震动与审美心理的共鸣。

　　刘醒龙小说在情感层面的平实，与新写实小说的"零度情感叙事"风格有几分相似。正是由于这一原因，一些评论家把刘醒龙的部分小说如《村支书》《凤凰琴》《秋风醉了》等当做"新写实小说"来读解，甚至干脆把刘醒龙归于"新写实"作家。刘醒龙从创作长篇小说《寂寞歌唱》等作品开始，有意识地改变了自己的叙事方式，使用"公民叙事"的方式，加强了主体情感的投入，在一定程度上增加了小说的情感浓度与情感深度。但刘醒龙依然保持了叙事主体的"平常心态"，在《寂寞歌唱》《生命是劳动和仁慈》这类具有强烈"公民意识"的作品里，情感层面的总体风格还是一种"平实"。

　　刘醒龙小说的现实感很强，这种现实感并不是指他的小说接近中心意识形态，而是指他的小说始终关注民间社会的现实人心世态，而给人以很强的现实感。与改革小说不同，刘醒龙的小说注意的不是喧嚣的社会表象，而是极力展示改革背景下农村的一种现实状况。背负沉重的历史重荷(贫穷、愚昧)的大别山人在新旧交替中的畸变、冲动、惶惑与迷失等诸多心理，人与人之间的复杂而又微妙的关系被作家以一种近距离写实逼真地表现了出来。一个小馆长的沉浮、贫困的山村小学、躁动的一代农民、正直无私而又有些狭隘的村支书、狡诈而不乏善良的大别山人、寺庙的改革闹剧、腐化堕落现象、乡镇企业的艰难处境，一切都那么熟悉、真实。写实的语言、浓烈的生活气息，使刘醒龙的小说始终处在一种强烈的现实氛围中。作家始终将自己的目光投注在现实社会人与人之间的复杂关系之中，通过人与人之间的关系的揭示与描写，给读者一种强烈的现实感。刘醒龙的小说没有脱离社会现实做过多的玄思冥想，而往往是一开始就把读者带进一个真实且现实感很强的生活世界中。刘醒龙小说的现实感来自生活底层，作家把山里人依旧贫瘠的生活方式和世代相传的质朴善良的性格表现得相当真实。刘醒龙小说很注意对乡村环境、乡村礼俗和日常生活场景的描写，这也是他的小说现实感强的一个重要原因。如《村支书》对山村夜景的描写就很生动：

> 方支书将水挑回来，媳妇就一瓢瓢地洒成扇形，往菜叶上浇去，那水光很好看，一闪一闪的，像灯光下新媳妇微启微闭的白牙，那水声也很好听，扑扑扑地，像隔窗偷听到的新媳妇铺床时拍拍枕被的声音。

夜色中的田野，田野上的劳作，一切都散发着泥土的芬芳。刘醒龙的《生命是劳动和仁慈》对陈老小葬礼的描写也很具体。从剃头匠在陈老小临终前为老人理发，到最后入土为安，整个过程的描写很细致，传统的、地域性的礼俗增强了作品的乡土气息。

刘醒龙小说在叙事风格、审美形式、表现技巧等方面都体现了"平实"、"传统"的特点，这使得刘醒龙的小说很适合一般大众的阅读心理。以苛刻的审美眼光来看，刘醒龙的创作观念和技巧显得有一些单调和陈旧，小说故事结构有模式化倾向，故事发展和结局大同小异，人物性格比较模糊，而且互相雷同、重叠。莫言曾说过,没有象征隐喻的小说似清汤寡水,空灵之美和内在气韵也是小说文体所必须具备的"诗性"。只有故事没有"诗性"的小说不是有品位的小说。

刘醒龙的小说标题大多是浅、直、平、实的民间俗语,如《白菜萝卜》《白雪满地》《恩重如山》《大树还小》《故乡故事》《黄昏放牛》《去老地方》,等等。有的小说标题直陈题旨,如《生命是劳动和仁慈》《爱到永远》《农民作家》《村支书》等。刘醒龙小说平实的叙述风格在他的小说标题上也体现得很鲜明。也许是作家已经意识到过于平实会给读者造成平淡的感觉,刘醒龙在创作中有时也有意营造一种诗意的氛围,以疏离过于密集的故事、场景,为读者提供一个超越故事结构的想象空间。比如,他的《凤凰琴》《秋风醉了》《菩提醉了》《暮时课诵》《清流醉了》《浪漫挣扎》等小说都有一个独立的意象结构系统。这些意象结构是实在性故事结构之外的有意味的"空白",可惜的是作家在这方面表现得有些漫不经心。

刘醒龙的长篇小说《生命是劳动和仁慈》是一部十分重要的作品,凭借这部作品,刘醒龙的新乡土小说将载入文学史。这部小说把传统的现实主义乡土小说的写实品格与传统的浪漫主义乡土小说的抒情本性有机地结合在一起,创造了一种崭新的"复合"型的新乡土小说范式。

由上面的分析可以看出,刘醒龙的小说在形式层面表现出来的一种外在形态也可以归结为"平实",实在而又透出些灵气,他把这种"平实"的形式技法演练得相当纯熟,将一种古典式叙事与现代社会生活融合在一起。这样,他的小说便在整体上与中国古典小说保持着外观上的一致性,而又能表达出当代的许多社会生活内涵。因而,读者在阅读他的小说的过程中,既能在一种古典味很浓的氛围中获得与传统接近的愉悦,又能由小说观察现世的社会人生百态。刘醒龙的小说风格构成了现代审美视野中的新景观。

刘醒龙小说现实、平和的品格和古典传统的精神气质契合了转型期的人们对传统道德精神的亲近心理而获得了读者的认同,填补了新潮小说之后的审美空白地带。近年来,相当部分的中老年读者在文化心理和审美心理方而表现出"回归传统"的趋向,刘醒龙的小说能产生广泛的社会影响，就是很正常的现象了。

就小说所传达的主导人文观念来说，刘醒龙的小说表现出对传统极强烈的回归意识，有着极为浓重的古典人文色彩。他的小说往往在开始就展开许多现实的矛盾冲突，但在情节的发展中，又有一种弱化矛盾冲突的力量存在。他总是以一种平静得近乎反讽的笔法去化解现实的悲剧性而使小说获得一种和谐、宁静。《秋风醉了》中的王副馆长应该算是个悲剧人物，但王副馆长的悲剧性和悲剧意义在隐士般的家居生活中被无形消解。刘醒龙更多地以一种喜剧笔法来表现这种现实生活的"泛悲剧"，使小说最后在一种和解、宁静之中结束。李小武与小燕(《合同警察》)终结秦晋之好，化解了那个小山村的一切矛盾冲突；寺庙里香火不断(《暮时课诵》)；村支书平静地死去(《村支书》)；小山村的仇隙、怨恨在旧历年大雪中得到了最后的冰释(《白雪满地》)。刘醒龙始终将一种温情与平静笼罩在现实的悲剧性之上，即使最激烈的冲突，最后也化归为一种无奈的宁静与祥和。刘醒龙在小说世界里极其注重表现人伦、血缘亲情，注重对人物传统美德与传统心态的揭示。《凤凰琴》将山村民办教师的赤诚表现得相当感人，《秋风醉了》则始终将王副馆长置于一种仕途与家庭交织成的困境中，家中的困境是由于王副馆长没有子嗣引起的，而没有子嗣在中国成为问题显然是由于一种血缘心态而致。这种心态同时表现在王副馆长的一家中，王副馆长前后判若两人不能说没有受这种心态的影响。从热衷仕途到蜗居在家，我们依然可以感觉到残存在王副馆长身上的中国士大夫阶层的某种心态。《合同警察》则把中国人那种聚族而居的群居方式所产生的血缘亲情关系以及由此而产生的生存心态与生存方式表现了出来。对同族人的吸引，对异族人的排斥，村支部内部的斗争正是这种心态影响的结果。《黄昏放牛》则表现了一代农民对土地的亲情，对人伦、人情的注重。正是由于这种传统的人文精神的依托，刘醒龙小说的平实才内化为一种审美意义上的平和。正是这种血缘心态、人伦温情、传统道德化解了现实生活中的悲剧。刘醒龙小说在内在气韵上也表现出一种和乐，从而吸引了众多读者在同一人文背景中多层次地接受。

在20世纪90年代的小说创作中，作家们都十分注意挖掘民间资源——民间文化资源和民间审美资源。新写实、新历史主义、新市民、新乡土小说的文化立场转向了民间立场，在审美层面，新小说作家也回归了民间，这是文学市场化、世俗化带来的结果。

在文学史上，"雅"与"俗"之间的关系一直纠缠不清。大致来说，"雅"与"俗"的关系有三种情况：雅俗对立、雅俗转化、雅俗合流，20世纪90年代的小说创作出现了雅俗合流的趋向。一方面，通俗文学的市场空前增大，对高雅文学构成了强大的压力；另一方面，高雅文学自觉地利用通俗文学的形式包装自己，以适应文学市场。新写实小说、新历史主义小说、新市民小说在审美观念、审美技巧、形象包装和写作方式上都吸收了通俗文学的因素，从而具有了商业化写作的特点。刘醒龙的小说被公认为"好懂"，这与他对民间资源的发掘是分不开的。新写实、新历史主义、新市民小说是一种适当吸收通俗文学长处的高雅文学，而刘醒龙的新乡土小说则可以说是纯粹的通俗文学。从这个意义上说，刘醒龙的小说自有其不可替代的价值。

刘醒龙小说远离西方小说修辞而借鉴传统的小说艺术的成功，将引发人们对传统小说、对小说文体本身进行更深层次的思索。刘醒龙小说所追求的这种平和、现实的美学风格打破了新体小说原先形成的审美视野，从而标识着一种新的小说审美视野的出现。刘醒龙始终保持他一贯的平静，他默默写作，生活。他远离了喧嚣的文坛与喧嚣的社会表面而沉入到生活与艺术的最深层，传达出来自生活底部与灵魂深处的真实，从真切的生活内部辐射出作者对生活的严肃思索。刘醒龙走出了先锋文学的试验阴影而从真实的生活出发，以完全的民间立场和民间观念传达出另一种声音。唯其如此，刘醒龙的小说审美品格才能真正构成当代文坛的奇特风景。

民间资源使刘醒龙小说具有了特殊的审美价值。刘醒龙的写作态度与商业化写作态度始终保持一种距离。他说："作家写作有两种，一种用智慧和思想，一种用灵魂和血肉，我希望成为后者。"刘醒龙对民间文化资源的发掘没有商业炒作的意味，他对民间审美资源的利用也不是商业性的形象包装。用"灵魂和血肉"写作是严肃的，也是痛苦的。刘醒龙曾经以一元人民币的象征性价格把自己的长篇小说《爱到永远》的改编权转让给武汉歌舞剧院，可见他对艺术是真诚的。同样是民间化写作，新写实、新历史、新市民小说的商业炒作意味很明显。

作家冯骥才谈到小说创作经验时说过："第一层，好看，有趣，可读性和娱乐性强"；"第二层，直接的象征和喻意"；"第三层，便是前而所述文化的内涵"。商业化时代的写作对文学作品的"娱乐性"和"可读性"是非常重视的，刘醒龙的创作也有"可读性"和"娱乐性"，否则便失去了读者和市场。但刘醒龙的创作没有把"可读性"和"娱乐性"放在第一位，他的创作在商业化写作时代保持了一种难能可贵的特立独行和纯洁清高，使我们相信在当今的文坛上还有不曾被商业气息污染的纯洁文学。

平民立场、平民意识是经由寻根文学创作而逐渐形成的一种新的文学品格。20世纪的中国文学史在某种意义上就是一部平民文学的历史。被人们描述为由"伤痕"而"反思"而"改革"而"多元"的纵向性发展过程。20世纪八九十年代的文学，实际上已经涉及文学的平民意识问题，但在这种纵向性的历史过程中，平民立场、平民意识始终只是一个努力的方向，并没有真正成为20世纪八九十年代文学的基点和审美品格。大致来看，20世纪八九十年代文学中的平民意识可概括为三种情态，即"赞平民之美德"、"哀平民之多艰"、"怨平民之弊弱"。刘醒龙的创作是真正的平民文学。平民立场、平民意识、平民眼光不仅仅是他创作努力的目标，更重要的是已经成为他创作的基点。刘醒龙的创作立场是完全的平民立场，他对现实的关怀是完全意义的平民立场的现世审察，而他的道德意识和价值标准也是完全平民化的。为了实现彻底的平民化，刘醒龙甚至放弃了知识分子立场。因此，我们可以断定，刘醒龙是20世纪八九十年代真正的平民作家。

我们对新写实小说与传统现实主义小说之间的关系的争论往往集中在平民立场这一焦点。这当然也不是没有理由的，新写实小说的平民立场也是显而易见的。不过，新写实小说、新历史主义小说、新市民小说的平民视角是外在的，作家只是以"陌生人"的身份进入平民生活世界，并对平民意识有某种认同。刘醒龙则不一样，他的平民视角是内在的，他的平民立场是完全的平民立场，抑或说刘醒龙的"血肉"和"灵魂"也是纯粹平民化的。

刘醒龙"新乡土小说"的这种独特文化品位和审美品格确实为文坛提供了新的审美经验。

(《当代文坛》2000年05期)

//
论刘醒龙乡土叙事的美学特征
——兼论当代乡土小说的历史化倾向

肖 敏

自从20世纪以来,伴随着剧烈的社会发展和思想艺术变革,中国文学的乡土叙事传统发生了很大的变化。但有一点几成共识,即那种田园牧歌式的乡土叙事方式只能囿于审美领域(譬如沈从文笔下的"边城",无涉于真正意义上的湘西,仅仅是作家虚构出来的想象之地),更多的作家将笔触伸向饱经忧患的现实乡村,创作出一部部激愤深广的作品,鲁迅、台静农、蹇先艾、高晓声、贾平凹等人就是其中的代表作家。进入20世纪90年代以来,刘醒龙以其独具个性的创作,为中国乡村叙事增添了可供谈论的新资源。早在1994年刘醒龙就来到武汉,尽管身居都市,作家的创作始终没有离开过其曾经长期生活过的黄冈乡镇,他不止一次地坦言乡土生活之于他创作的重要意义。对于别人称自己为乡土作家,刘醒龙并不介意:"我喜欢自己的身份,我觉得当一个老土的乡土作家,一点不比时髦的环保作家丢份,甚至相反,应该是更加伟大和不朽。环保作家所鼓吹的任何话题,其实都是乡土意义的某个部分。等到城市有了真正的文化之后,城市也会成为我们的乡土。"①简言之,乡村、乡土构成了刘醒龙创作的核心关键词。本文拟从"乡土叙事"的角度,对刘醒龙的创作道路作一个整体的梳理,并将之置于中国当代文坛的实际语境中,探讨刘醒龙创作的意义。

---

① 刘醒龙:《写大作品是为了尊重读者》,刘醒龙新浪博客:http://blog.sina.com.cn/s/blog_46cd54b5 0100dg6v.h tml。

一、刘醒龙乡土叙事的独特性

在刘醒龙的创作中，城市题材和乡村题材的小说都有，但无论从艺术成就还是从影响度来说，前者显然远不及后者。这实际上更加彰显了刘醒龙的乡土作家的身份特征。从早期的《倒挂金钩》《凤凰琴》，到后来的《生命是劳动和仁慈》《大树还小》《弥天》《天行者》，及至晚近的《圣天门口》，刘醒龙集中心力构建了一个完整的乡村叙事体系。这个乡村叙事体系，从时间跨度上来说，上涉第一次国内革命战争时期，下及新世纪初期；从叙事维度来说，作家着力展现了转型期鄂西乡镇的种种嬗变，并借此开掘中国乡村与城镇文化相互融合背后的种种原因。刘川鄂、程世洲、庹飞、王文初等人都高度评价了刘醒龙的乡土叙事的意义。刘川鄂评价说："90年代中后期以来，他加重了从体制政策和多重人性的角度描写乡土及乡村苦难的分量"、"他对农民苦难的忧虑与同情，对其性格弱点的包容与谅解，对他们在苦难中不失健康追求的美德的挖掘与赞美，对身陷贫困但心灵丰富的女性的迷恋与讴歌，是他一以贯之的特色"①。程世洲则说："刘醒龙的小说表现是他身边现实的人和事，他的故乡，小镇大山的人的现实生活，现代农村在改革背景下的一种普遍的生存图景及在这种生存图景中的现实生活的悲喜剧。"②

确是如此，刘醒龙尤其擅长表现20世纪90年代以来中国乡镇的种种复杂的现实，以及生活在这片土地上的人们的精神要素。这方面的代表作自然首推《凤凰琴》《大树还小》。《凤凰琴》是为作家带来巨大声誉的作品，据其改编的同名电影荣获1993年中国电影政府奖（华表奖）最佳故事片奖、1994年中国电影金鸡奖最佳故事

---

① 刘川鄂：《鄂地乡村的苦难叙事——以刘醒龙、陈应松为例》，《文艺争鸣》，2007年第8期。

② 程世洲：《现代审美视野中的新景观——刘醒龙"新乡土话语"的叙事分析》，《当代文坛》，2000年第5期。

片奖、1994年中国电影百花奖最佳故事片奖。从《凤凰琴》的故事和所获得的官方荣誉来看，这一部似乎是颇有"主旋律"色彩的作品：张英才刚刚高考落榜，本不情愿做民办教师；因年轻气盛，张英才写信将余校长和万站长在县上检查团来调查教育法的贯彻执行情况中的瞒天过海行为，给举报出去，导致余校长的利用八百元修缮教室的愿望落空；由于张英才将来界岭小学后的所见所闻，写成了一篇文章投到省报发表，受到上级重视，专门给界岭小学一个转正指标；张英才让出了这个指标，大家一致同意把指标让给瘫痪多年的明爱芬，岂料明爱芬在办完转正手续后溘然病逝，转正的名额最后还是落到了张英才的头上。在这部小说中，以下元素并不鲜见：悲壮的英雄主义情结、贫瘠而不乏温情的乡土生活环境、乐观的半开放结局(张英才肩负着所有人的期望成功转正)。这些元素都是主旋律叙事所暗许的。然而，这些外在的元素并不能掩盖小说的精神内核。在内在肌理上，小说是将民办教师这个群体作为一种精神现象来进行考察的，而这个群体就是一个后发现代国家在面临转型阵痛时被残酷抛弃的一个群体，从这个意义上来说，《凤凰琴》就与主流叙事拉开了距离。

对民办教师群体的文化考察在长篇小说《天行者》(该作品获得了第八届茅盾文学奖)中得到了更为深入的拓展。《天行者》中的民办教师没有受到过系统的高等教育，也没有什么豪言壮语，彼此之间经常发生一些蝇营狗苟的矛盾冲突，甚至在转正的时刻可能为了一个名额争得头破血流，但是，他们在对待教育事业上，却兢兢业业，付出良多。他们处于社会的最底层却胸怀教育的理想，每天都要进行庄严的升国旗仪式，这个仪式正是对自身乡村理想的坚守。贺绍俊评价说："从这个意义上说，民办教师在半个多世纪的所作所为就是在延续'五四'思想启蒙，将'五四'思想启蒙运动完成得更加全面、彻底。小说故事最后归结到村长选举，也就意味着，民办教师的意义不仅关乎教育事业，也关乎政治的大事。"[①]吴义勤则

[①] 贺绍俊：《为民办教师铭刻的碑文——读长篇小说〈天行者〉》，《人民日报》，2009年7月30日。

评价说:"《天行者》的成就首先就在于其以真实饱满的笔墨立体地呈现了众多底层民办教师的形象……其次,小说的感人之处还在于作家对民办教师的精神世界、情感世界和灵魂景观进行了深入细腻的剖析……总之,《天行者》堪称一曲现实主义的悲歌,小说通过一群底层民办教师的悲剧命运对社会现实进行了严厉的拷问。"[1]评价中肯而到位。

在《天行者》中,作家以精神意蕴的融通性和内容的连贯性,谱写了一曲真实感人的理想主义壮歌。倘若说,多年前作家的《分享艰难》在价值论上尚有争议之处,但《天行者》因其向下沉的价值取向和稳健踏实的民间叙事,显得更为厚重。《天行者》冷静地剔除了主流价值观对民间英雄书写的干扰,以纯粹的民间精神,还原了这个群体的本来面目,小说中的理想主义情节和启蒙主义色彩,极大提升了作品的文化品位。尽管作品在艺术上尚有待商榷之处,但小说中的那种理想主义情结无疑是建立在作家多年对农村底层生活的细致观察和真诚理解基础上的。

刘醒龙还有不少作品表现的是鄂东现实农村的景象,如现实乡土文明在面对城市强势文化冲击时的惨淡现实(《大树还小》《黄昏放牛》)、农村现实改革的种种弊端《暮时课诵》《白菜萝卜》,作家从不回避农民自身的落后性,而是以现实主义的工笔手法直面我们的乡村。这也是刘醒龙被认为是一个乡土作家的根本原因。

二、现实主义的深化与拓展——刘醒龙乡土叙事的意义

有评论家曾经将刘醒龙的创作冠名以"现实主义"加以批判,认为刘醒龙的小说技巧性不够。这种观点立论的基点是将现实主义、尤其是那种传统意义上的现实主义作为一种过时的写作方式加

---

[1] 吴义勤:《远去的精神风景——评刘醒龙新作〈天行者〉》,湖北作家网,http://www.hbzjw.net。

以评判的。这显然是有失偏颇的。刘醒龙的创作确实与现实主义有着天然的联系，但这并不意味着刘醒龙的创作是一种比较粗陋的现实主义创作。

从现实主义内涵的开拓上，刘醒龙不将笔力集中在对乡土日常生活的展现上，而是着重挖掘20世纪90年代以来中国乡镇生活的裂变元素及其对普通大众的精神影响，其作品中大量塑造了乡镇干部形象、不妄加评判的现实主义态度，作家一度被误认为有向主流意识形态靠拢的写作趋势。幸而评论界逐渐认清了刘醒龙小说中贴近底层、开拓现实主义手法的倾向和成绩。杨迎平说："刘醒龙真诚、严肃地表现了中国社会改革开放的艰巨、迫切和必然，揭示了历史转型期的种种矛盾冲突。虽然刘醒龙还不能为我们开出解决矛盾的'药方'，但我们同样被刘醒龙的精神所打动。"[1]可谓一语中的。

刘醒龙在面对现实矛盾时，往往不会采用明确针砭的态度，而是将价值取向隐含在事件的客观描写中。有人将刘醒龙的现实主义创作归为一种"温和的现实主义"，或许不无道理。《分享艰难》是一部颇有争议的小说，小说中镇长孔太平为了避免镇上经济崩溃，不得已放过了强奸自己心爱表妹的养殖场老板洪塔山，这种惨痛的现实却很可能是中国基层乡镇社会的真实写照。刘醒龙太了解中国乡镇生活的原生态面貌，这也是他不愿意在小说中为读者开出一个人文主义药方的主要原因。

刘醒龙的创作，实际上为20世纪90年代以来处于激烈变革中的鄂东乡镇作了一个编年体式的现实主义素描。因为刘醒龙曾长期生活在基层，对乡镇一级的官场十分熟悉，因此作家用大量的精力创作出一批揭示基层官场生存世相的小说出来，系统而全面地展示了转型期中国乡土生活的真实而残酷的画面，传达出作家对乡村现实的深刻体察和对乡村理想的坚守。这类的作品几乎占据了刘醒龙创作的半壁江山，如长篇小说《政治课》《痛失》，中短篇小说《孔雀

---

[1] 杨迎平：《投入自己的灵魂与血肉——谈刘醒龙的小说创作观》，《滇池》，2000年第7期。

绿》《分享艰难》《秋风醉了》《村支书》《挑担茶叶上北京》等。陈海英评价长篇小说《政治课》时说："(《政治课》)生动形象地展示了新一代知识分子步入官场后，面对权力、金钱、情欲的诱惑，挣扎在欲望和道德之间的人性变异和抗争。"①贺仲明评价《分享艰难》《孔雀绿》《挑担茶叶上北京》等作品时说："物质生活的艰难，社会道德生活的艰难，归根结底都源于腐败这一根本性的症结，它是艰难生活的渊源……艰难的时世，使这一世界中众多的'小人物'们充满了困顿，举步维艰。姑且不说那些生活在贫困线上，终日为衣食忧心的最下层百姓，即使身为乡干部的孔太平在无孔不入的腐败关系网前也束手无措……"②这些评价可谓公允。也正如刘醒龙自己说的，他的创作与官场小说没有任何关系，而实际上，刘醒龙的创作与主旋律文学创作确实有着分野，他的一些乡土长篇小说也证实了作家在拓展现实主义创作手法方面的努力。

三、刘醒龙乡村叙事的历史化倾向

倘若说刘醒龙只擅长描写他所熟悉的当代乡镇生活和乡镇干部形象，只能熟练驾驭中短篇小说等体裁，这显然是不客观的。实际上，随着作家思考的深入和艺术功力的提高，他也开始试图展开某些历史领域的叙事，并取得了相当的成绩，这方面的作品有长篇小说《弥天》和《圣天门口》。已有学者对《弥天》的成就予以了肯定，葛红兵评价说："《弥天》是近年文革小说中有重大突破的作品。以往的文革小说有伤痕小说、反思小说、知青小说等模式；这些文革小说都是在感性的层面上或控诉、或怀旧、或反思地写文革；而《弥天》则以其深邃的理性意识、勇敢的批判精神、广博的历史视

---

① 陈海英：《"将最丑恶的东西挖掘出来，用我们的理想来灼照"——评刘醒龙新作〈政治课〉》，龙源期刊网：http://www.qikan.com.cn/Article/xspl/xspl201006/xspl20100619。

② 贺仲明：《平民立场的现实审察——论刘醒龙近期小说创作》，《当代作家评论》，1997年第5期。

野超越了上述文革小说模式，达到的民族性批判的高度。《弥天》向我们揭示了中华民族性格内部柔弱和嗜血、屈从和凶暴、勤勉与狡黠的既矛盾又统一的内在结构，具有深刻的人性关怀力量，这样的小说，近年只有莫言的《檀香刑》、阎连科的《日光流年》可比。"①李遇春评价说："（《弥天》选择了从'性——政治'和'文化——国民性'的双重视角来透视在那个荒唐的历史年代里我们民族的集体病态心理症状，并对当时的历史倒退现象做出了独特的变态心理学的解释。"②王光东评价说："这部作品在写了人性的邪恶、人性的暴力、人与政治之间那种不好的丑陋的一面的时候，又用人性里非常温馨非常动人的那些东西，来举证它对那样的社会的非常宝贵。而这种宝贵的东西不可能存在于政治层面，只能属于民间。从这个意义上讲，刘醒龙在小说的序里说过去是一种深刻，在人类的整个发展里面，人性本身能够保留这么一点东西，不仅是深刻而是人类历史的幸运。"③

《弥天》实际上代表了刘醒龙小说创作的重大转向，即从这部小说开始，刘醒龙开始关注乡村历史的宏大叙事，并试图开始用人性的角度全面剖析我们民族中不可回避的重大事件——"文革"。在《弥天》之后，刘醒龙的创作境界得到提升，到了2005年，刘醒龙的另一部长篇小说《圣天门口》出版了，立即引起了评论界广泛的注意。首先题目就是独特的，既然写的是鄂东大别山深处一小镇的历史演变，为何冠以"圣"一字呢？作家刘醒龙是否真的有一种建构神性伦理的审美冲动？或许这并不是最重要的，重要的是作家在这部作品中成功地借一个鄂东小镇的"小历史"勾勒出20世纪前半期中国历史演变的"大历史"，在写作上实现了自身的突破和转型。评论界也对这部作品予以了较高评价。洪治纲评价说："刘醒

---

① 《刘醒龙长篇新作〈弥天〉研讨会纪要》，荆楚在线：http://www.cnhubei.com/2002-07-17.htm。

② 李遇春：《走出"文革"叙事的迷惘——从阎连科和刘醒龙的二部长篇新作谈起》，《小说评论》，2003年第2期。

③ 《刘醒龙长篇新作〈弥天〉研讨会纪要》，荆楚在线：http://www.cnhubei.com/2002-07-17.htm。

龙的长篇新作《圣天门口》是一部异常丰饶的小说。它以绵密而又均衡的叙事,在复杂尖锐的历史冲突中举重若轻,纵横自如,既展示了现代中国崛起的坎坷与曲折、悲壮与凝重,又再现了中国底层生命的坦荡与纯朴、粗犷与狡黠。与此同时,作者还精心设置了一系列丰富的叙事枝蔓,将小说的审美意蕴不断推向异常广袤的精神空间,从而使这部长篇呈现出某种'百科全书'式的系统结构和文化意旨。"①南帆评价说:"《圣天门口》是一部大书,不仅因为它在风土人情、风俗、天文地理等方面的描写堪称大气磅礴,而且里面有对历史的追问。认知历史是个艰难的事情。过去的事情如何整理成合乎逻辑的脉络,如何在历史中为我们自己定位,这才是历史。我们过去对历史有一套解释的概念,但历史之中有不解之谜,因此历史之中是否还有其他的因素在起作用,《圣天门口》就试图寻找说明其他的因素。"②

  《圣天门口》在写作艺术上也有一定的独到之处。首先,《圣天门口》将民族历史的大叙事和乡村民间的小叙事结合起来,较好地实现了其叙事模式的转型,而刘醒龙在此之前的创作多以传统现实主义的方法描写当代乡村和乡村生活,在艺术视野方面略显狭小。其次,《圣天门口》在空间、时间、人物、细节的设置上十分考究,显示了某种史诗性的追求。施战军评价说:"小说在很多方面挑战了现在已有长篇小说的难度的极限。书中人'说古'和进行中的风云变幻,构成声音复唱关系,无论从生活的广度、理解的多重可能性还是结构、写法、人物关系的复杂程度,这部小说都经得住考量。"③宋炳辉则评价说:"正如刘醒龙明确表明的那样,他并没有回避这部小说中对于长篇小说的史诗性追求和现实主义回归的雄

---

① 洪治纲:《百科全书式的丰饶之作——评刘醒龙的长篇小说〈圣天门口〉》,刘醒龙新浪博客:http://blog.sina.com.cn/s/blog_46cd54b5010000s2.html。

② 《刘醒龙〈圣天门口〉学术研讨会纪要》,中国作家网:http://www.chinawriter.kcom.cn/2007/2007-08-23/43070.html。

③ 施战军:《人文魅性与现代革命交缠的史诗——评刘醒龙小说〈圣天门口〉》,《文艺争鸣》,2007年第4期。

心,他的建立一个独立自足的艺术世界的理想在《圣天门口》中得到相当完美的体现。"①在《圣天门口》中,刘醒龙确实做出了这方面的努力。

(《理论月刊》2012 年 07 期)

---

① 宋炳辉:《〈圣天门口〉的史诗品格及其伦理反思》,《文艺争鸣》,2007 年第 4 期。

用方言朝圣
——刘醒龙创作的语言维度

但红光

刘醒龙的创作有着浓烈的"圣地情结"。他说"一个'圣'字,解开了我心中郁积了八百年的情结"①。鄂东罗田的胜利小镇②、黄梅的香炉山③、安徽霍山的漫水河镇④……都是刘醒龙提及的生命中的"圣地";《威风凛凛》中的西河镇、《凤凰琴》和《天行者》中的界岭、或者《圣天门口》中的天门口小镇……都是刘醒龙所着力营造的神圣、高贵、优雅的精神家园。虽然他的"圣地"并无明确所指,但确定无疑,它们不是作家久居的武汉等现代城市场域;根据刘醒龙的作品呈示,他的"圣地"大体位于作家早年的家园所在地——鄂东大别山区。

索绪尔认为语言和思想是同构的,海德格尔进一步将其阐发为"语言是存在的家园"。在刘醒龙的圣地营造中,语言始终是重要的一维,而其中特色鲜明,个性十足的鄂东方言更是被刘醒龙称为"母语"⑤,在对抗强大的城市文明和现代文化的冲击中成为不可忽略的意象和潜在叙述者。

---

① 王久辛:《刘醒龙的"圣"》,《时代文学》,2011 年第 7 期。
② 刘醒龙:《威风凛凛·后记:失落的小镇》,上海文艺出版社 2014 年版。
③ 刘醒龙:《乡村弹唱·序》,群众出版社 1997 年版。
④ 刘醒龙:《无树菩提·序》,群众出版社 1997 年版。
⑤ 刘醒龙:《寂寞如重金属》,北京十月文艺出版社 2011 年版,第 72 页。

一、刘醒龙的圣地空间

刘醒龙说:"只有相信文学是神圣的作家才能成为好作家。"①他不仅相信文学神圣,还通过文学来书写神圣、指证神圣。

在处女作《黑蝴蝶,黑蝴蝶……》中,刘醒龙叙述了在大城市极其成功的艺术家陈桦回归曾经插队的大别山区寻求精神安慰的故事。文中,女主人公在曾经憎恶的贫穷落后山区,被奉献山村的邱光点亮灵魂后,才找到了情感归依和艺术源泉,真正意识到了自己人生的价值实现地不在繁华、冷漠的城市,而在贫穷、神秘的山村。这实际是一个找寻精神栖居空间的故事,它极具隐寓意义地奠定了刘醒龙此后创作的基调——边缘人(或外来者)的故事、个体与环境的冲突,也即精神家园的寻找与营造的故事。在这一系列充满冲突和对峙的故事中,充满悲剧意义的大别山乡村始终是最后的归宿。

刘醒龙和评论者们都倾向于将其作品以《威风凛凛》和《致雪弗兰》为界分为三个阶段②:第一阶段代表作品为"大别山之谜"系列小说;第二阶段代表作为《凤凰琴》《分享艰难》和《秋风醉了》等;第三阶段代表作为《圣天门口》《天行者》。这三个阶段的作品都是关于空间的故事,三种不同的圣地空间的营造故事。

在"大别山之谜"系列作品中,作者面向现代的城市,展示了大别山区景物的神奇和神秘。在物质形态上,古老大别山的神秘的森林、河流、山寨都是传奇,是上天所赐的地域瑰宝。在《雪婆婆的黑森林》中,向往了神秘的黑森林十七年的阿波罗在入伍前终于鼓起勇气走向了森林深处。《灵猩》中的灵兽、《牛背脊骨》中的老树、《两河口》中的铁砂堤岸、《大水西河》中的花桥、西河岸边的石牛,《鸡笼》中的鸡笼……都是刘醒龙作品中让主人公们敬畏了

---

① 刘醒龙:《生命之上,诗意漫天》,《扬子江评论》,2011年第6期,第1页。

② 周新民,刘醒龙:《和谐:当代文学的精神再造——刘醒龙访谈录》,《小说评论》,2007年第1期。

一辈子,并为之殉葬的大别山的圣物。这种对大别山器物的圣化,既是对大别山空间的神圣化,也是对古老文化传承的神圣化。其时,适逢"寻根文学"盛行。敬畏和梳理"文化的根"的必要使刘醒龙和许多作家在作品中通过对景和物的古老化、神秘化和怪诞化书写来营造文化的圣地。

对于自己第一阶段作品,刘醒龙并不满意,在其后也很少提及。第二阶段,刘醒龙改造境为平实写人,写人在险恶环境中的坚贞与高洁,境退居到了幕后。《威风凛凛》中的西河镇、《凤凰琴》中的界岭、《村支书》中的望天畈村、《大树还小》中的垸、《暮时课诵》中的灵山寺……都平淡无奇,大同小异,奇的是主人公的坚贞与高洁。赵长子在举世皆浊的西河镇听任肉体遭受种种折磨和欺侮,坚持着精神的引导和灵魂的洁净,成为镇上的"圣人";《凤凰琴》中的界岭小学教师们,《村支书》中望天畈的方建国、《大树还小》中的秦老四、《暮时课诵》中笃信菩萨的村妇……他们都在粗粝的自然环境和窘迫的人际圈层中坚持奉献,坚持自我的操守。在这些作品中,恶劣环境因这些"圣人"的存在而圣化,成为了凸显"圣人"的神圣空间。

第三阶段,刘醒龙直接以"圣"为题,以小山村来指代政治社会,通过小山村的"圣化"故事表达出使政治社会空间纯净、和谐的理想。这一理想,在《圣天门口》中是通过优雅、高贵的爱和宽容来化解家族矛盾、党派纷争和情欲纠葛;在《弥天》中,通过女性温馨的爱来化解政治的残酷,温暖成长的心灵;在《天行者》中,通过奉献和感动来实现对环境和他人的感化。

刘醒龙在不同场合多次谈及自己对故乡的"敬畏感":对故乡历史、对曾经的生活和对小人物……的"敬畏感"①,也许正是这

---

① 在《钢构的故乡》和《一滴水有多深》中,他一再提到对故乡及故乡历史、风物的敬畏;在《和谐:当代文学的精神再造———刘醒龙访谈录》(《小说评论》,2007年第1期)中,他一再提到自己对人物与命运的敬畏;《茅盾文学奖获得者刘醒龙:真理不是用鼠标点击出来的》中谈到"内心要有一些敬畏":http://www.ccnu.edu.cn/show.php?contentid=2732;《楚天金报》(2013年1月26日)《刘醒龙:我对小人物充满敬畏》中刘醒龙谈到他对小人物的敬畏感。

种广泛的敬畏感使其在自己敬畏的文学中写出了一个个以自己大别山故乡为原型的"圣地的故事"。而这些关于"圣地"的故事，实际表达的是作家对精神的高贵、行为的优雅，对坚贞、高洁的圣贤的呼唤，对和谐、温馨的人际和社会道德的宗教般的渴盼，对深邃、古典的文化回归的渴盼和朝拜。

二、被"圣化"的鄂东方言

和大多20世纪80年代中后期走上文坛的作家一样，刘醒龙对作品的语言有着清醒的自觉①，在其写作的不同阶段，作品的语言风格大为不同。海德格尔说，想象一种语言即想象一种生活方式。欧美"新批评"学派也认为，语言作为作家的思想的传达形式，并非死的工具，而是作品"有意味的形式"（克莱夫·贝尔）。中国传统文学批评也多次谈到"道"与"言"的对应关系。在刘醒龙有关鄂东大别山故乡"圣地"的书写中，在"圣地"口耳相传的鄂东方言成为其重要的传达工具，鄂东方言也同时被他所"圣化"。尽管在不同阶段，刘醒龙的语言风格变化明显，但大量使用方言始终是其作品所坚持的语言特色。

在《晓得中原雅音》中，刘醒龙称湖北方言为其"母语"②，这种对"母语"的独特定位，表明方言在其心中的地位。文中，刘醒龙称方言为"艺术品"，能带给人"高贵、神奇、美丽的愉悦"。对于与方言相对的普通话，刘醒龙写道："写小说时，我有一道心理防线，从不肯接受以北京俚语为主要因素的各种粗鄙的流行用语。无论它如何甚嚣尘上地表达出人与人之间的强烈亲近感和时髦相。我还会喋喋不休地诘问，作为政治和文化中心的首都之城，不去升华既有的民间人文精髓本来就是大错，那些在此基础上变本加厉制

---

① 其时正值现代派文学和先锋艺术兴盛的时期，对语言和形式的追求，对许多作家而言，甚至超出作品主题的传达。

② 刘醒龙：《寂寞如重金属》，北京十月文艺出版社2011年版，第72页。

造文化垃圾的行为,就应该挨天堂里老祖宗的鞭挞了。不记得是谁写的,只记得那本书名《被委以重任的方言》。就算是望文生义吧,起码对这句话我是深有同感。"①与通常所认为的方言粗鄙、浅白、不便沟通,书面普通话典雅、有内涵、便于交流不同,刘醒龙从文化的角度将二者的地位彻底颠覆。他通过对普通话大量制造浅显文化垃圾的贬斥,来凸显方言的地位。这种贬斥既是对普通话霸权的挑战,更是对以普通话传播的、现代浅薄的流行文化的拒斥,正如其推崇的书名"被委以重任的方言"所揭示的,其中包裹的是作家一颗渴盼文化经典的拳拳赤子之心。

其次,普通话在刘醒龙的书写中,还有着粗俗和轻佻的品格。在《大树还小》中,刘醒龙谈到返城"知青"回乡后普通话夹杂着半生不熟的本地话叫人名字,"后面就出现一个有些调戏意味的儿字音"②,显得粗俗和自以为是。他说:"一滴唾沫,哪怕它来自上帝的舌尖,也还是一滴唾沫,不能当成是普降天下的甘霖。怦然倒地的修女,正如那些深藏于民间的珠玑般的方言。在现代信息狂潮肆无忌惮地泛滥之际,那些曾经不被注意的方言,反而显著地提高了自身的重要性。绵绵不绝的方言是一种经典。稍加整理,就能透出神采飞扬的韵律。又因为基因遗传及文化熏陶等要素,精彩方言和方言精华,会使我们随着潜意识沉入博大的民间叙事和深远的人文理想中。"③在与上帝、修女的类比中,方言虽然是"怦然倒地的修女"但无损其神圣,它是高贵、经典、博大、民间、深远的象征。而与方言相对的"普通话"虽然贵为"上帝",却是文化垃圾的携带者。

王鸿生认为,好的小说语言并不需要眼花缭乱地展示丰富、博杂与时髦的语词,"这样的语言是瘫痪的语言,无根的语言,没有故乡的语言。"好的语言应该有"生命的质感和自然的气息","焕发

---

① 周毅,刘醒龙:《觉悟——关于〈圣天门口〉的通信》,《上海文学》,2006年第8期。
② 刘醒龙:《大树还小》,解放军文艺出版社2001年版,第65~66页。
③ 刘醒龙:《小说是什么》,《小说评论》,2007年第1期,第72页。

出某种经由地域文化长期浸润而形成的韵致和自然的气息"。① 刘醒龙正是通过方言来传达了"好语言"的构想。他将方言提高到神圣的地位,以拒斥文学中的语言炫技,信息比拼及无关痛痒的浅层书写,使其语言配合其作品中的神圣指称,一起抵达其心目中的"圣"。

三、刘醒龙作品中的方言使用

刘醒龙作品在不同阶段语言风格迥异,虽然风格不同,但其作品对方言的重视是始终如一的,他说"我写作的时候,用武汉话讲还是'弯管子'(不标准)普通话,不是标准的,但写作的时候想到的话都是方言。"②"从一九九九年至今,我用六年时间来写作长篇小说《圣天门口》,每天都用母语与上个世纪的一群人物进行交流。"③为了便于阅读,他在写作中习惯于选择性地使用典型的方言词语,而这种使用也都始终如一地服务于作家"朝圣"的目的,虽然其不同时期的"圣"并不相同。

在第一阶段,刘醒龙通过对大别山古老山寨的描写,意图传达出山寨神秘、古老、神奇的文化之根的意境和传统文化的"优根性"。在使用方言词汇时,他多选用那些古奥、怪诞的方言名词,如称老鼠为"高客",称獐子为"灵猩",称银杏为"鸭掌树",称山为"老祖母山"、"牛背脊骨"、"倒挂金钩",其他如"山魈"、"黑蟒"、"瘌子猫"、"撞山"、"招魂"、"阴阳大师"……这些词语充满怪诞、神秘、浪漫的色彩,使大别山空间再现楚文化神奇、瑰丽和天人合一的巫风、神韵。尽管这种"选择性"的方言罗列喧宾夺主地成了文章的主要关注点。在许多作品,如《鸭掌树》《灵猩》《倒

---

① 刘醒龙:《无神的庙宇》,上海人民出版社 2001 年版,第 119~120 页。

② 新浪读书:《实录:〈刘醒龙称文学还是要靠文学来说话〉》,http://book.sina.com.cn/news/a/2011-09-18/2251291053.shtml

③ 刘醒龙:《寂寞如重金属》,北京十月文艺出版社 2011 年版,第 72 页。

挂金钩》《牛背脊骨》等中，作家甚至直接以这种怪诞的方言名称作为作品标题，并将文章的重心放在对怪诞景物的烘托上，以至于忽略了对故事情节的经营和思想内涵的进一步挖掘，但不可否认，作家在"文化寻根"和地域"圣化"方面表现得十分出色。

王先霈认为刘醒龙第一阶段的作品"强调文学作品语言与日常生活语言的区别，有时几乎是'能指自炫'——把选词、造词、词语排列秩序错动的效果看得比词句的含意更加重要"①。而第二阶段语言"日见其平畅，文学圈内的人可以读，圈外的人也可以读，文化水平高的人可以读，文化水平偏低的人也可以读。……他一门心思想描述生活的真实状况，表达自己对现实的看法。语言，不过是表达的工具罢了，作者无意让语言离开生活内容与作者情感表达，独自向读者暗送秋波"②。这很精当地指出了刘醒龙作品两个阶段的语言风格和作家的用心之处。在使用方言词汇方面，如果说前一阶段作家是刻意为之、苦心经营，此一阶段则不露痕迹，顺势而为。

在此一阶段，作家主要着眼现实社会问题，通过具体的事件来表现底层社会中不顾个人得失，不随流俗转向，为民请命的脊梁式人物；展示其坚持与不屈，卑微的高贵。这些圣雄一样的英雄人物如村支书方建国（《村支书》）、界岭上的教师（《凤凰琴》）、陈老小和高天白（《生命是劳动与仁慈》）、荒村劳模胡长升（《黄昏放牛》）……在此一阶段，作家使用的方言词汇也回归到现实与日常，如称呼父亲为"父"，称田里粪肥为"火粪"（《火粪飘香》），称牛为"触人佬"（《黄昏放牛》）及"苕"、"屙尿"等词汇，极显底层与民间。如果说前一阶段的方言作家有意古奥与怪诞，此一阶段的方言作家则着力凸显卑微背景下主人公的高洁品格。如对应映山红的鄂东方言"燕子红"是《生命是劳动与仁慈》中的核心词汇，它以最常

---

① 王先霈：《你的位置在哪里？——致刘醒龙、何存中》，《长江文艺》，1995年第4期。

② 王先霈：《你的位置在哪里？——致刘醒龙、何存中》，《长江文艺》，1995年第4期。

见的山野植物来指称作家崇敬的翠、陈老小等底层社会支柱；如称呼傻子的"苕"，作家用来称呼那些坚定的、不会随风转舵的"傻子式"人物。在新出版的文集中，刘醒龙干脆将其作品《生命是劳动与仁慈》更名为"《燕子红》"①，在访谈中，他也坚称《天行者》中自己最喜爱并尊敬的人物是"苕妈"，而"苕"是其方言中的对人物的一种敬畏称呼。

如果说前一阶段的作品中，刘醒龙的方言使用有炫技或刻意的成分，此一阶段他的方言使用则变得温暖得多，他真正回复到质朴和明朗，立场鲜明地将自己的关怀投向最令他崇敬的底层英雄们。在《关于〈大树还小〉的对话》中，刘醒龙说："我曾以为中国的农民没有大家所云的话语权利。现在我不这样认为了。他们只是无意于纸上谈兵。所谓大辩不语、大辩无言，用沧海桑田来作表述和表达，应该是大智慧与大哲学。"他此期平实方言的使用，也正是出于为底层百姓代言的目的。

对于自己第三阶段使用方言的情况，刘醒龙说"有人评价说，我在《圣天门口》起用了大量的方言土语。其实不然，常用的方言词汇也就二十来个：汰衣服/掇东西/嗍水/阆风/打野/落雨/落雪/往日/昨日/今日/明日/后日/嘎白/晓得/吊诡/唰几口，如此等等。这些较为典型的鄂东方言，与当下常用的同义语对比，明显具备高出一筹的优雅。这种特质犹如定海神针，一旦出现，就会让人觉得无所不在。仰仗民间人文底蕴的长篇小说，不可以视流行俗语为至宝。"②话语充分体现出其此期使用方言的目的性——突出"优雅"和"人文底蕴"。这种"优雅"和"人文底蕴"正是作家从书写底层英雄的坚韧，深华到通过民间社会关系的维持进而探讨整体社会的和谐的普世课题。这些平和、地域特色鲜明的方言词汇，展示出了作家对普通话社会的文本式改造与融合。何平在《革命地方志·日常性宗教·语言——关于《圣天门口》的几个问题》中说："刘醒龙夹

---

① 刘醒龙：《燕子红》，上海文艺出版社 2014 年版。
② 周毅，刘醒龙：《觉悟——关于〈圣天门口〉的通信》，《上海文学》，2006 年第 8 期。

带着韵文的私货，擦亮了方言的蒙垢，回到语言的'外省'，看来他是准备书写一部和自己心灵相关的小说了。它关于革命的'地方'，关于俗世的富有宗教渴望的日常生活。"①刘醒龙正是通过方言的运用，使读者于俗世日常中感受到高贵与圣洁的宗教情怀。在此一阶段，方言更多地和日常生活相关（如"汏衣服"、"打野"、"肉奶奶"等），代表作者价值观的核心人物也大多为女性，如金子荷、梅外婆、雪柠、蓝小梅……显示出作家对现实的温柔转向和对民间优雅与高贵的强调。与此对应，刘醒龙多次谈起童年时期，受人唾弃的"地主婆"在艰苦环境中的优雅与高贵，而这，就是他心中的"圣"；《圣天门口》之所以得名，则出自于他对于女儿舞蹈老师日常谢幕礼的感动②。

四、器物的"方言化"

方言属于地域文化的一部分，是地域文化的携带者，不同地域有不同的方言，并无高下之别。但方言作为一种文学修辞手段，它必定寄寓了作家独特的"意味"。囿于接受，文学作品中的方言无法普泛化，因此所选方言必定具有典型性。这些精选的方言词汇，在韩少功那里是文化的寻根与反思，在张炜那里是回归自然，重拾生命的活力与野性，于范小青是再现苏州风貌，在许多英美文学中是粗俗的象征；对刘醒龙而言，方言的文化符号相对稀薄，更重要的，它是文化精神与价值的象征，是精神家园的所指，是脱离低俗与庸常、走入高雅、仁善与坚贞的必需品。对他而言，方言所对的是普通话所代表的现代城市的低俗与自我，而不是真正的家乡风物，因此，作品中使用哪种方言实际已经变得不再重要。方言共同的敌人只有一个——普通话。他之所以使用鄂东方言只是因为他是鄂东人而已。他在《楚汉思想散》等多篇文章中所提的方言，所指

---

① 何平：《革命地方志·日常性宗教·语言——关于〈圣天门口〉的几个问题》，《南京师范大学文学院学报》，2008年第2期。
② 王久辛：《刘醒龙的"圣"》，《时代文学》，2011年第7期。

也只是普泛的方言。因此，刘醒龙的方言使用意识形态意味明显，化为了乡村对城市的"复仇"行径——在刘醒龙的作品中，乡村始终处于城市的压制与歧视中。而且"复仇"工具不仅限于纯粹的语言，在一定程度上，刘醒龙作品中的许多器物和艺术种类也被"方言化"，而变得阶级特色鲜明。

从这一角度看，他的作品《冒牌城市》最应该被提及。在这部作品中，胡家大垸所在镇变成了县级市，胡家大垸村成了城市一部分；为脱去土气，"村"要改为"居委会"，"胡家大垸"要改成"青春大道"，领导也要从外派驻；但村民认为"只有不要祖宗的人才去改地名"，"小庙只供土地神（本姓人）"；相持不下，上级只得让步，"青春大道"改为"古月大道"，上级派了个姓胡的领导，居委会领导也被习惯称作"居（猪）长"。镇改市之后，城市需要树立现代化的雕塑，竞选的结果是农民艺术家捏的"圣女"最为百姓喜欢，领导称之"神女"，百姓称之为"观音娘娘"，雕像边的意见箱被百姓当作功德箱，纷纷往里捐钱。改市之后，胡家大垸修建了宽敞的公路，但交警与胡姓族人之间不断争夺对道路的控制权，最后公路成了打谷场和放牛场，交通岗成了庙和杂货铺。在这组极有喜剧色彩的城市与乡村、传统与现代对峙中，作者极有讽刺意味地刻画了城市和现代的矫揉造作，故弄玄虚。与此类似，《民歌与狼》中，城里的洋派女孩被称作"假模假样"①，乡村女人却自然清新，辫子像山涧的藤条一样荡来荡去；《民歌小屋》中，象征乡村的"笛子是天籁之音"，所谓高雅的钢琴一点也不文明，学琴的小孩总是挨打；在《天行者》中，乡村的雪是纯洁的，而城市的雪则是肮脏的……

在艺术种类的优劣方面，刘醒龙的"方言化"意识同样突出。在《农民作家》中，刘醒龙谈到民间通俗文学与专业作家的雅文学的分野，作品通过孙仲望戏剧《偷儿记》的曲折修改经历，讽刺了雅文学的做作与脱离群众；在《民歌与狼》中，作家通过民歌的"清雅"来对比流行歌曲的"淫艳"；作品《冒牌城市》将高高在上的现代

---

① 刘醒龙：《大树还小》，人民文学出版社2013年版，第194页。

雕塑与民间捏泥菩萨进行对比,讽刺了现代雕塑的自命清高,实为民间泥菩萨的改头换面和故作深沉;在《音乐小屋》中,作家进一步将钢琴与口琴进行类比……无一例外,城市的、现代的艺术形式一律为可笑的,来自民间的艺术形式才是真正自然、有生命力、值得尊重的。

毋庸置疑,艺术的高下并不以地域或雅俗区分,刘醒龙的艺术优劣分类理论虽然颇可质疑,但其正是作家"方言朝圣"狂热之下不惜做出的偏激之举——正如鲁迅当年奉告青年不读中国书的行为,也是作家在乡村式微、文坛和社会大众态度模糊氛围中的一个表态的手势。

何言宏认为"刘醒龙的本土主义文化认同由于其过分的执拗和褊狭,容易走向一种本土主义的形而上学"①。这种形而上学也即本文所言的"圣化"。对乡村空间、方言和器物和艺术种类的圣化,体现了刘醒龙偏执狂般的本土主义情怀,这种对传统文化根系的强力维护举动令人肃然起敬,但传统并非铁板一块,永远正确,我们在打捞民间、维护传统的同时,也必须懂得突破,不要让传统和本土成为前进的绊脚石。

五、结 语

"什么样的人说什么样的话",语言不仅仅是交流工具,更是主体世界观和价值观的直接体现,是个人与世界关系在语言上的映射。刘醒龙创作中的方言取向,并非对鄂东方言王婆卖瓜式的自我吹捧,更不是坐井观天式的一叶障目。其作品存在一种不为大众所注意的隐性对话关系,方言始终有一个潜在的对立面——普通话,世俗空间之外始终存在着一个作家勾画出的理想的圣地空间,而"方言"和"圣地"并无特定所指,"方言"可以指普通话(刘醒龙所言的北京俚语)之外的一切方言,"圣地"可以是一切在价值取向上

---

① 刘醒龙:《荆山楚水的本土话语》,《黄昏放牛·序》,北京出版社1998年版,第6页。

符合作家个人理念的角落,并不必然是乡村。只是对于深具文化保守主义情怀的刘醒龙而言,更少被外来快餐文化和现代流俗所浸染的沉沦中的乡村更适于表达其悲悯情怀和古典文化理想。方言也即世代承传的民间的、本土的文化精萃和民族优良精神的代指,而普通话实为流行的垃圾文化的代指。这实为作家对现代文化冲击的抗争和文化殖民的恐惧,他寄希望于通过对儒家曾有的圣贤文化的回归,缝补正在沦陷的社会关系,回归曾有的温情脉脉。但作家对此并不自信,其作品总免不了蒙上悲情的色彩。在通过方言书写其圣贤理想的同时,作家也经历了一个空间神化、个人圣化和社会关系圣化的渐进过程。

在新近出版的《蟠虺》(上海文艺出版社,2014年版)中,刘醒龙更是借楚学界泰斗曾本之之口反复吟咏"识时务者为俊杰,不识时务者为圣贤"。抨击了学术圈的造假和逢迎,表明其塑造圣贤的主旨和成为圣贤的途径。文中大量出现的楚简成语(如"楚弓楚得"、"楚乙越凫"、"楚璧隋珍")重申了刘醒龙回归传统和本土、以"方言"朝圣和成圣的主张。只是这一次他走得更远,直接回到了楚文化的源头,并将其上升到了民族兴亡的高度。

(《江汉学术》2014年06期)

色彩斑斓的生活画卷
——评刘醒龙农村题材小说创作

何青志

进入 90 年代后，伴随我国社会转型的改革步履，文坛上曾涌现出许许多多从不同角度透视这场伟大变革的各类题材的文学作品，其中青年作家刘醒龙近年先后推出的《村支书》《凤凰琴》《农民作家》《黄昏放牛》《合同警察》《威风凛凛》等系列农村题材的小说创作，以其紧贴现实生活，密切关注变革现实中农民的心态变化，为我们描绘了一幅伟大变革时期的我国农村色彩斑斓的生活画卷，其浓郁的乡土气息与鲜活生动的人物形象展示了作品丰厚的美学意蕴。

与我国当代文坛上许多同类题材的小说创作相比较，刘醒龙的农村题材的小说创作具有鲜明的特点：即作者采取平视的目光，走近农村、靠近农民，关心农民的生存境况，处在变革中的中国农民的焦虑、困惑、迷茫、憧憬均可在他的作品中得到检视。

在《村支书》中，刘醒龙为读者刻画一个平凡而崇高的党的基层干部形象，同时展示了农村改革的艰难。在《黄昏放牛》中，作者通过主人公胡长升所见所感及为种好田所遇到的一系列挫折，真实而深刻地反映了处在改革阵痛中的农民的现实生活，提出一个令人深思的问题，即自占脸朝黄土背朝天的农民如何在市场经济的大潮中走上致富的轨道呢？

作品没有也不可能给出现成的答案。正如作者所说："中国的农民问题从来没有一个人能够真正地帮助他们指出明天该怎样走，中国农民问题全是由他们自己来解决。如安徽凤阳的联产承包，没有任何人教他们，是他们自己想出来的办法。乡镇企业，也没有任何人教他们这么搞，是他们自己想出来的。"①作品也由此显示了主题的多义性。

与上述两篇小说厚重忧虑的笔触完全不同的则是颇具喜剧色彩的《农民作家》，描写了孙仲望、华文贤两个年过半百的农民，受了1000元奖金的诱惑，开始创作《偷儿记》剧本到后来获省里大奖，再到乡中放录像遭到反对的一系列情节波折，绘声绘色地描写了主人公孙仲望历经的苦辣酸甜，作者风趣的文笔在令你忍俊不禁哑然失笑的同时，又透视出基层文化单位的诸多弊端。

如果说，刘醒龙在上述几部农村题材的小说中展示了变革中的农村各种不同身份的农民的悲喜剧，进而引发人们的诸多思索。那么，在《凤凰琴》《威风凛凛》两部中长篇小说中，作者则将视线投注在农村教师身上，体现了作者更多的人文关怀。前者，作者以深婉的笔触叙述了在困境中企盼转正的一批民办教师平凡的故事，"他们身上有庸俗和自私，但更有崇高和奉献"。作者笔下这些普普通通的民众、教师形象使我们在界岭小学冉冉升起的国旗与悠扬凄楚的笛声中感受到真善美高尚情操的陶冶与灵魂的净化。

长篇小说《威风凛凛》为我们展示了中国农村文明与愚昧的冲撞。"先进真的战胜了保守吗？文明真的战胜了落后吗？"余秋雨先生在其《脆弱的都城》中概述中国历史变迁时发出的深沉的历史质问，不仅在其历史的变迁中出现过否定的答案，在刘醒龙笔下的西河镇同样得到了现实的印证。乡村教师赵长恩艰辛坎坷的一生及其悲惨的结局，不仅深刻地揭示鞭挞了沉疴千年的国民性的痼疾，而且展示了现代文明战胜愚昧落后的步履维艰。他从一个侧面启示我们在后工业社会已初露端倪的中国的土地上，物质文明建设可说已初见成效，然而精神文明的建设，尤其是广大农村的精神文明建设是一项迫在眉睫又任重道远的庞大工程。小说正是在此意义上体现出强烈厚重的历史感和现实感。

众所周知，处在世纪之交巨大变革中的中国广袤农村，其发展

---

① 刘醒龙：《1995年全国农村题材文艺创作会议上的发言》。

速度已超过了历史上任何一个时期，农民的困惑、惊叹、迷茫、挣扎、欣喜共同交汇于这世纪之交，在不容喘息回首之际，世界已"旧貌换新颜"。处在这样迅速变革的时代，任何旧有的思维模式都不足以概括理清各种复杂的心态，以往同类题材的小说创作中的试图以启蒙姿态俯视农民或以仰视的目光替农民代言均无法透视纷繁复杂、瞬间万变的现实生活。只有平视才能走近他们，只有平等对话，才能与他们沟通，才能更深刻地了解农民的酸甜苦辣，才能使创作保持具有时代色彩鲜活的生命力。正如作者自己说的"我写这些小说和农民是平等的，没有高高在上、指手画脚"①。也正因此其小说才散发着强烈时代气息和泥土的芬芳。刘醒龙正是在这个意义上提升其小说创作的美学深度。

与刘醒龙农村题材小说创作丰富内容相吻合的鲜明艺术特色，则是不刻意追求表现形式，而是随着情节的发展自然推进，仿佛是涓涓细流顺势而下，其中的跌宕起伏，自然流畅，很少斧凿的痕迹。读之犹如身临其境。一个个血肉丰满的形象呼之欲出，跃然纸上，使人仿佛品尝陈年佳酿，沁人心脾，回味悠久。他笔下的故事不像新时期初始阶段的小说创作，"仰仗观念骨架的支撑"②，而是"靠自身生命和逻辑显示出勃勃生机"。这正如当有人告知他说他"小说除了内容以外什么也没有"时，他说道："其实，对于生活来说，从来就只有内容。如果生活只是一种形式，那这个社会离毁灭就只有半步之遥了"③。这种不刻意追求形式的创作，不仅表现了作者独特的开掘生活的方式和对现实生活深刻的思考与追索，更见其深厚老道的艺术功力。

如果说在刘醒龙农村题材小说创作中，不乏诸如梦幻、寓言、时空倒错等现代派手法，但更多的则是一种颇见功力的现实主义的创作手法的运用，这不仅见著于作者塑造典型环境中的典型人物，

---

① 刘醒龙：《1995年全国农村题材文艺创作会议上的发言》。
② 叶世祥：《故事：从一个角度透视新时期小说的宏观走向》，《当代文坛》，1995年第1期。
③ 刘醒龙：《内容与形式》，《小说家》，1995年第3期。

而且如卢卡契所言的是"形象地、不外加评论地展现所描写的生活范围中的本质和现象之间的联系"。表现了作者准确地把握了生活现象与本质之间真正辩证统一。使读者从中不仅洞见了生活的真谛，更烛照了作者"用灵魂和血肉写作"的高尚人文精神。刘醒龙农村题材小说创作，是为我们这个伟大变革时代奏响的悦耳的"凤凰琴"，是我们精神家园中充满希冀的一片浓浓绿茵。

(《长白学刊》1996 年 02 期)

论刘醒龙小说的影视改编与传播

黄 兵

刘醒龙是 20 世纪 90 年代成长起来的优秀小说家，不仅是湖北文坛"第一方阵"的重要一员，更是显赫一时的"现实主义冲击波"的重要代表作家。他的小说多写中国当代基层的人和事，乡镇和村舍是其主要的叙事空间，具有传统的写实主义风格和细腻的情节描绘与微妙的心理刻画，不仅使沉寂多年的"改革文学"重放异彩，而且让新时期"乡土文学"焕发出新的生机。1992 年是其创作转折点，几部著名的中篇小说《凤凰琴》《村支书》《秋风醉了》等先后问世，刘醒龙在全省乃至全国声名鹊起。随后又发表了《农民作家》《黄昏放牛》《暮时课诵》《分享艰难》《挑担茶叶上北京》等小说。一时间刘醒龙小说被《小说月报》《小说选刊》《新华文摘》等竞相登载，广为传播。

刘醒龙小说被国内传统媒介（报纸、杂志）广泛传播的同时，也被翻译成英、法、日等文字介绍到国外，并且还受到了现代电子传播媒介（电影、电视）的青睐，多部作品被改编成影视剧，如《凤凰琴》改编成同名电影，《秋风醉了》改编成电影《背靠背，脸对脸》，这两部电影在各大电影节上获得了许多奖项，蜚声中外。因此，我们阅读和研究刘醒龙，其小说的影视改编和跨媒介传播是一个值得关注的课题。刘醒龙"从边城走向世界"（凌宇评价沈从文语），除了自身杰出的文学才华外，大众传播媒介（报纸、杂志、电影、电视）的传播与运作是其重要因素。

一、《凤凰琴》奏响，誉满神州

中篇小说《凤凰琴》是刘醒龙最负盛名的代表作，最初发表于《青年文学》1992年第5期，后被《小说月报》《新华文摘》《作品与争鸣》等文学期刊选登，被誉为"关注现实的'主旋律'小说代表作之一"。1993年著名导演何群将其改编成同名电影（桔生、刘醒龙、卜炎贵编剧），成为20世纪90年代"主旋律"电影的代表作。

小说《凤凰琴》以一个高考落榜者张英才的心灵历程作为叙事线索，对中国当下教育现状特别是贫困地区农村教育问题进行了客观描绘。张英才通过当乡文教站站长的舅舅的关照来到界岭小学当上了民办教师。界岭小学地处偏远山区，可谓穷山恶水，学校共有五名老师（包括瘫痪在床的明爱芬老师），时常有学生退学。校长老余、副校长邓有米和教导主任孙四海各怀心事，彼此也偶有矛盾，但是对教学都极为认真，对学生也极尽关怀。小说的情节有两处高潮：一处是上级来了工作检查团，另一处是投票决定转正指标的归属。县教育局检查团来检查时，界岭小学虚报了入学率，目的是获得奖金用来修理校舍。年轻气盛的张英才觉得这样做可耻，便写信给县教育局揭发了此事，界岭小学的先进被取消了，奖金也没了，其他几位老师都很气愤。张英才自以为做了一件好事，却受到了大家的批评和孤立。后来张英才逐渐为自己的"恶作剧"悔恨，特别是在一次升国旗时被师生们的执著情怀所感动，便将界岭小学的情况写成了一篇叫《大山·小学·国旗》的文章寄给了省报，引来了记者，省报报道了界岭小学的情况并刊登了照片，引起了全社会的关注。县教育局拨来了三千元钱的救济金，还专门给了张英才一个转正指标。张英才却认为余校长、邓有米和孙四海真正具备转正的资格。于是投票，张英才和余校长相互投了一票，邓有米和孙四海各为自己投了一票，这样每人一票，无法决定。张英才提出把指标给余校长，老余却说给他妻子明爱芬。"凤凰琴"之谜终于被揭开了，原来凤凰琴是舅舅送给明爱芬老师的，十几年前，界岭小学只有舅舅和明爱芬老师两人，都想转正，可是上级只分来一个指标。按照业务能力,明爱芬比舅舅强,舅舅却娶了一个有后台的妻子,把指标抢走了。明爱芬气不过,生育后第三天赶到县里参加转正考试,因为趟了冷水河,重病加身以致瘫痪。舅舅离开界岭小学时把凤凰琴留给明老师,并把自己的名字刻在琴上,又怕这样会刺激她,最后就用小刀刮掉了。多少年来,舅舅一直心怀内疚,而瘫痪在床的明爱芬只剩下一个愿望——转正。老余深知妻子的心情,于是提出这个要求,大家一致同意。明爱芬没填完转正表就死了。明爱芬的死让邓有米和孙四海心有所悟,和老余三人都放弃转正的机会,把指标给了张英才。张英才离开了界岭小学。

改编后的电影几乎完整地表达了小说的故事情节,传达了作家的忧思。电影上映后在全国引起轰动,一时间贫困农村的教育问题、民办教师问题成为舆论关注的焦点。但是电影因为有意识地迎介主流意识形态而未能有效地表达出小说的情感力量。何群在接拍这部电影时是想把这种"主题先行"的严肃内容拍得比较感性一些。这样处理固然是由于电影媒介的大众性和通俗性,当然也与导演的认识有关:"小说感情色彩很浓,容量也很大,人物后面的关系比较复杂,影片不敢着更多的笔墨,延伸开来会跑题……有些看来会动感情的地方,我采取省略的态度,试图用最简洁的方式叙事。"① 于是,小说中那段最动情、最震撼人心的情节——明爱芬死去,师生们为她"降半旗致哀",一千多人参加葬礼——在电影中被删掉了,这是电影最大的改动。另一处改动是把男主人公张英才变成了女主人公张英子,并且在叙事上采用了张英子第一人称话外音。这样改动可能是编导想要演绎一个中国版"乡村女教师"的故事,也是有利于表现主人公的情感变化,当然在银幕的性别结构上显得更为合理,可看性增强了。这部影片公映后在全国引起了极大的轰动,获奖无数,包括金鸡奖、百花奖、华表奖、"五个一工程奖"、北京大学生电影节"特别奖"、首届珠海电影节"飞龙奖"等。刘醒龙也因此一跃成为著名小说家。

----

① 何群:《平实自然地讲故事——导演〈凤凰琴〉的体会》,《中国电影年鉴》1994年卷,中国电影出版社1995年版,第83页。

二、从《秋风醉了》到《背靠背，脸对脸》

中篇小说《秋风醉了》原载于《长江文艺》1992年第11期，后被《小说月报》《中华文学选刊》和台湾《联合文学》等选载，成为刘醒龙又一部传播广泛的代表作。这部小说与其后的《菩提醉了》《暮时课诵》《孔雀绿》《寂寞歌唱》等构成"单位系列"，对市民知识分子和小官僚作了全方位的描绘，在中国当代文学中具有独特的价值，可以与刘震云的"单位系列"小说媲美。

著名导演黄建新1994年将《秋风醉了》改编为电影《背靠背，脸对脸》(黄建新、刘醒龙、孙毅安编剧，黄建新与杨亚洲联合执导)，与《站直了，别趴下》和《红灯停，绿灯行》一起构成了"城市百态三部曲"，对都市里小人物的生活形态、人际关系以及权力行为等方面进行了深入细致的开掘，以一种平实细腻的风格在追求文化反思与影像美学的第五代电影中脱颖而出，令人瞩目。

黄建新的电影大部分改编自当代小说，《背靠背，脸对脸》采用他一贯的改编策略：注重顺时叙事，追求人物形象的鲜明和人物关系的明晰，以朴实手法还原都市市民的"原生态"生活状况。"背靠背，脸对脸"既口语化，又达到一种意境效果——同在一个办公室上班的人，彼此背靠着背、脸对着脸，为了些许利益钩心斗角，从片名就可以让人感知小官僚的无聊与庸俗。小说《秋风醉了》是一部"官场小说"，讲述了一个县城里的文化馆王副馆长如何绞尽脑汁斗走了三位正馆长，最终变成名副其实的正馆长的故事。小说因为语言平实、叙事流畅，营造出一种生活化和日常化的审美效果，在清醒的现实主义描写中透露出作家的忧思。电影《背靠背，脸对脸》与小说保持相同的叙事节律，但是为了适应影像表达的需要，主要改动有三处：一是人物形象更加明晰，在原小说中以"王副馆长"称呼的主人公在电影中大名叫"王双立"。二是情节更为集中紧凑，电影把原小说中的三位馆长减少为两个：第一任馆长老马的情节大致小差地移植过来，后两任正馆长——阎馆长和林馆长合并为阎馆长一人，并且把林馆长的部分情节安插在阎馆长这个角色身上,例如小说中林馆长与冷冰冰私奔在电影中变成了阎馆长与肖乐乐私奔了。三是人物的性格较之原小说有了变化,更为复杂多变,更为丰满了。电影中增加了一个人物摄影员小侯,在与两位馆长的斗法过程中起到一定的作用,有效地烘托出土副馆长既工于心计又顾全大局,既曲意逢迎又讲哥们义气的性格特征。另外,电影对李会计的性格行为作了一个重要调整:小说中的李会计虽然富有心计、趋炎附势、仗势欺人,但始终立场坚定,忠实追随土副馆长,成为土的得力助手。电影中则让他在协助土副馆长斗走了第一任馆长老马之后倒向了新任的阎馆长一边,显示出人物多层面的性格。电影并没有把所有的人物都处理得入情入理,比如对土副馆长父亲的处理方式就有失分寸,把小说中父亲的无意帮忙改为主动同谋者,有失偶然性和戏剧感。

改编后的电影获得了极大成功,荣获第15届金鸡奖最佳导演、最佳合拍片奖,第14届香港电影金像奖——大华语片奖,上海影评人奖,1994年最佳影片奖,首届中国珠海"海峡两岸暨香港电影节"最佳故事片和最佳男主角奖等。从小说《秋风醉了》到电影《背靠背,脸对脸》,小说中的小官僚作风被真切地表现出来,而又不动声色。这除了归功于主演牛振华的出色表演外,更得力于黄建新特有的一种非常成熟冷静的电影叙事风格。有学者指出,黄建新电影"表现人生百态",是"一种素描式的当代中国城市人心态恍惚的记录,他笔下的人物,无论是干部、知识分子还是个体劳动者,都不断地被抛出经验的轨道,投进陌生的生存境遇中不能把握自己的命运。黄建新时而痛楚,时而震惊,时而批判地看着思考着这一切,黄建新不外露自己的立场,却在情节和镜语中隐隐地流露出感情和情绪"①。这正是人们对黄建新"常态电影"②的认定,也是作为第五代导演"另类"的黄建新对中国当代电影所作的贡献。刘醒龙与黄建新的遇见,既是文学的有效传播与消费,又是电影的内蕴

---

① 吕晓明:《并不只是边远的地方才有梦》,《黄建新年轻的眼睛》,柴效锋、纪眠、吕晓明编著,湖南文艺出版社1996年版,第435页。

② 曹小晶:《论黄建新的"常态电影"》,《求索》,2004年第3期。

生成与升华，彼此达到了"共赢"。

三、其他作品的电视剧改编

之后，刘醒龙的小说深受影视界的青睐，多次被改编。《黄昏放牛》被太原电视台、中央电视台影视部翻拍成同名6集电视剧，1996年获中国电视剧"飞天奖"三等奖。《农民作家》被太原电视台、中央电视台影视部翻拍成上、下集电视剧《戏》，1997年获中国电视剧"飞天奖"二等奖。《分享艰难》由中央电视台影视部、太原电视台翻拍成10集电视剧《小镇》。《生命是劳动与仁慈》也被上述两单位改编成10集电视剧《劳动的人民在歌唱》。长篇小说《爱到永远》被武汉市歌舞剧院改编为现代舞剧《山水谣》，获文化部戏曲文华奖，等等。

刘醒龙小说正通过报纸、杂志、出版社等印刷媒介和电影、电视等电子媒介广泛传播，声名日显。其最新长篇小说《圣天门口》，被誉为"新世纪具有史诗性特征的乡村小说力作"，荣获首届中国当代文学学院奖、第二届中国小说学会长篇小说大奖，由其改编的40集同名电视剧（邹静之编剧，张黎、刘森森导演，段奕宏、柯蓝、宋佳、黄志忠等主演）已经由华谊兄弟天意影视公司制作完成，被媒体称为"史诗巨片"即将播出，备受关注。刘醒龙可能再一次成为普罗大众和传播媒介瞩目的焦点。

（《青年作家（中外文艺版）》2011年03期）

中短篇小说评论及其他

你的位置在哪里?
——致刘醒龙、何存中

王先霈

醒龙,存中:

多次承惠赠新作,这些作品大部分我都看了。大别山下的艺术土壤很肥沃,你们的创作,撇开已经取得的成绩不说,继续发展的潜力也很大。我对这一点有充足的信心。醒龙近一年的几个中篇,涉及社会变迁中道德冲突的复杂性,半年前我就打算认真探究一下,因为工作忙乱,文章写了一半便搁下;如果稍闲,我还想重新开头,把它写出来。存中的《雷世家说》此次在《长江文艺》获奖,就此机会,我想同你们两位谈谈心,主要谈谈对你们作品文体风格的感受,把一名读者的阅读直觉摆在你们面前。

我所接触的本地区作家中,不少人形成了并且持续表现出自己的比较稳定的风格,他们当然愿意而且确实也是在努力使自己的风格更为丰满,不至于单调枯索,但读者很容易从他们的新作中感受到与原来作品一以贯之的神韵、气质。稳定的个人风格是走向成熟的作家自然具备的,即令有的人风格显得单纯一些,也不等于是单调。邓一光的作品我读得不全,他的笔调我已经能够辨认了,放在很多别的作品中间,我也许能挑得出来。他的风格大概不能说是丰富、多样,我却很喜欢。《孽犬阿格龙》发表已经颇久,我去年年底才读到,非常赞赏。邓一光的语言同你们两位差别很大,他是学校教育出来的城市青年,你们是农民哺育的乡下孩子,"基因"本不一样。地区还有一些作家,也已形成个人风格,但我们更多地看到洲门求变的意向。他们不满足沿着原有的轨道稳妥而平缓地推进，而是想摆脱"昨日之我"，另辟蹊径。这后一种人，自然以青年居多。在我的很不宽泛的观察范围内，你们两位先后表现了艺术上求变的顽强意志。此外，已故的姜天民最后两三年的创作，夸张一点说，简直像是要脱胎换骨。他的成名作《第九个售货亭》同后来被称为"造句运动"的《白门楼纪事》系列短篇放在一起，完全是两副笔墨，陌生人甚至可能不相信会出自同一作家之手。存中的小说，从《感觉》到《马限草》，再到《雷世家说》，变化没有那么陡然，那么剧烈，但文体风格变换的幅度愈来愈大的趋势，不需要作者声明，不需要旁人指点，凡关心的人都可以看得出来。醒龙走过的轨迹，在方向上与以上两位是相逆的。早先《异香》集子中许多篇，作者致力于语句本身，强调文学作品语言与日常生活语言的区别，有时几乎是"能指自炫"——把选词、造词、词语排列秩序错动的效果看得比词句的含意更加重要。从《村支书》以后，那些在全国有较大影响的作品，日见其平畅，文学圈内的人可以读，圈外的人也可以读，文化水平高的人可以读，文化水平偏低的人也可以读。喜欢不喜欢因人而异，但大约不会有人觉得别扭。作者不再是用写诗的方式、写美文的心情对待小说的语言，他一门心思想描述生活的真实状况，表达自己对现实的看法。语言，不过是表达的工具罢了，作者无意让语言离开生活内容与作者情感表达，独自向读者暗送秋波。总之，我的印象是，存中用了相当多的心力去"造句"。醒龙则更关心"写事"（反映社会，提出问题，表达思想，抒发情感）。

这种印象在多大程度上符合创作的实际，还要听听作者，以及了解作者的文学编辑，还有读者们的意见。如果说，这种印象多少有些根据，那么，怎样看待这一现象，怎样评价它呢？据我所知，本地评论工作者，本地文学界的看法颇有分歧。从理论上讲，从文学艺术史上的不少范例来看，毫无疑问，不断求变是成大器的一个重要条件。齐白石五十岁以后变法，由此才成为画坛师首。青年作家的创作道路还漫长得很，哪能止步不前呢！至于注重语言形式，注重语言自身的独立于思想内容之外的魅力，不但是二十世纪由西方兴起的新潮，在中国古代也有久远的传统。骈文、律诗之美，在很大程度上不就是声韵之美，词序错落之美，句式整齐对称之美吗！这些道理我都能接受，都是赞成的。对于你们在语言形式上下的工夫，对于不在艺术上墨守成规、不甘于平庸的精神，我是赞成和感佩的。但是，我得老实承认，无论怎样费力地说服自己，对于《异香》中若干篇章，对于《雷世家说》，对于姜天民的《白门楼纪事》，对这些作品的文体风格，我很难感到赏心悦目，我很难从中获得审美的享受，我很难觉得由衷的欢喜。这里排开了作品的内容，比如《雷世家说》，内容是有分量的，在去年一年的《长江文艺》刊发的作品中，算得上是重头作品。我是说这些作品的语言形式，人工雕琢的痕迹重，而又并不给人有多么新鲜别致的感觉。

我并不一概反对"造句运动"，更不是排斥"新潮"作品。《长江文艺》去年八月刊载的《不祥的呼喊声》，一如作者其他许多作品，近乎象征派的诗歌，笼罩着迷离惝恍的气氛。它的语言的意味与它的寓意两者配合和谐，你要是愿意咀嚼，它不会让你失望，总有那么一点蕴蓄。这篇小说在湖北的受众中没有引起更大反响，我倒觉得遗憾。拿湖北本省作家来说，较多地具有现代派色彩的是刘继明，他的小说，特别是《明天大雪》等几篇，结构和语言都与传统写法判然有别，相比之下，《作鸟兽散》的弱点，恰是"现代"味儿淡了，特色反不鲜明。同《异香》的部分作品，同《白门楼纪事》，同存中的有些小说相比，刘继明小说文体风格的"现代"味儿，显得自然，大抵是本性之流露。我询问过一些人，他们也有这个感觉。为什么如此？有的人说，同刘继明在海南、在新疆的几年闯荡漂泊有关系，同他几年来的境遇有关系。也可能还有其他原因，比如说，他在大学里来往的人、阅读的作品给予他的影响……而在你们的作品中，那山间云霞、门前流水，人物身上的浓浓的泥土味儿，更加自然，作品文体风格上的平实、醇厚，同样也是本性的流露。你们作品中最打动人的地方，是对农民、对土地的深情。读《感觉》、读《村支书》、尤其是读《凤凰琴》，很难只是冷冷地静赏。而你们有些小说文体风格中的"现代"格调，我看着多多少少有点是"挤出来"的感觉。

　　现在的中国，写城市生活的作家不在少数，而扎根农村，心系农民，作品保持农村味儿的作家，本来就不是很多，并且还有减少的趋势。从社会发展上说，城市文化比农村文化发达，总体上属于更高层次，单从文学创作上说，写农村的作家却未必低于写城市的作家。写农村也需要创新，但可以按照自己的路数创新，并不需要像追随服装潮流那样追随某种文体风格的潮流。去年十月存中接我去浠水，一路上，看到"陈潭秋故里"、"李四光故里"、"闻一多故里"的标识，感慨万端。听巴河、浠水河歌唱，看太阳从大别山峰岭间升落，想想近百年来，这片土地走出那么多大文豪、大哲学家、大科学家、大政治家，使人无限景仰。遥想当年，辛亥首义之后第一个冬天，四个黄冈人在武昌雄楚楼各言所志，李四光说"雄视三楚"，熊十力说"天上地下，唯我独尊"。熊氏并非狂妄，他只是借用《长阿含经》里释迦牟尼的故事，表达自己的思想性格，意思是要无拘无束、自由自在。他成名之后居于北京，长夏之时，终日赤膊，无论高官贵客来访还是女弟子求教，他肚脐以上均不若寸纱，且毫无忸怩之态。此正是大哲人之真性情。文体风格是性情之外现，一个作家，认准自己的根，找到自己恰当的位置，大步走去，不必过多地左右瞻顾，不必顾及今年街上的流行色。

　　我绝不赞成在语言上少下苦功，我对醒龙近两年许多中篇评价很高，但也感到这些小说语言上的韵味薄了一点，有时不是很耐读。这封信想强调的则是，语言上下苦功夫的路径绝不只一条，"拗句"并不都是佳句。胡适多次批评他的学生：白话不够白。要把白话写得"白"，像月光一样纯洁，像云朵一样沉厚，像山泉一样明净，那是付出毕生精力也不易达到的呵！不文不白，不中不西，不今不古，固然也可备一格，终非上品。学校即将放假，诸事冗杂，随手写来，多有偏执之处，如能引起你们考虑或反驳，也算起到些微作用了。

　　95年我有两个愿望，一是再去黄冈、浠水，啜饮巴河文化的甘霖，寻访先贤遗泽，也观看今朝英杰们的劳绩；二是读到你们更多更好的新作，看到你们登上新的梯级。我相信，这两个愿望都不会落空。

  谨颂

 笔健

王先霈
1995年1月20日大寒之日

（《长江文艺》1995年04期）

动人心魄和发人深省之作
——读《村支书》

冯 牧

《青年文学》编辑部送来一篇准备作为佳作向读者推荐的中篇小说《村支书》，希望我谈谈自己的读后感。作品的篇幅不长，却具有十分浓郁的乡土气息和朴素扎实的艺术功力，使我在迅速地读过一遍之后，又忍不住重新再读了一遍。我认为，这是一篇动人心魄和发人深省之作。我同意编辑部对于这篇出自一位文学新人手笔的作品作出的判断——这是一篇虽非完美无瑕、却可以称之为难得佳作的很有特色的作品。

近年来，我阅读的新作不多，特别是描述我国农村基层生活和普通农村形象并给我留下难忘印象的作品，似乎并不多见。但是，《村支书》这篇只有三万来字篇幅的作品，却以其震撼人心的生活内涵、引人思考的思想主旨、朴素生动并不乏幽默情趣的语言描写，把我引入到一种激动亢奋的心境之中。

《村支书》并不是一篇以题材重大和曲折动听的故事情节取胜的作品，它的艺术魅力，主要来自作品中所细致入微地展示出来的生活真实本身，来自作家对于他所熟悉的目前仍然处于相对贫困的某些农村的深入的感受、理解和剖析，来自他对于那些正在为农村建设事业而进行艰苦奋斗的普通农民和基层党员所倾注的真挚感情。这篇以简洁的现实主义手法写成的作品，通过对我国湖北地区一个正在急剧变革的普通农村的生动如绘的真实反映，通过作品中以村支书方建国为代表的几个普通农民的不同性格、不同遭际的朴素而又令人信服的描绘，不仅使我们产生一种如睹故人、如返故土般的亲切之感,看到了我国当前处于发展不平衡状况中的农村基层生活的社会风貌,而且也使我们通过展现在眼前的清晰生动的社会矛盾、生活细节和人物形象的发展,感受到我国某些处于有待脱贫的农村正在进行着的改革事业的艰难过程,及其毋庸置疑的迫切性、艰巨性和复杂性。

  我认为,这篇作品能够给人以相当强烈的精神上的感染和震撼,除了由于作者笔下的农村生活使人感到有一种扑面而来的生活气息,显示了作者对于所述的富有地域色彩和时代色彩的农村社会风貌的熟悉程度以外,更主要的还在于他以善于捕捉和表现处在变革过程中的许多农村人物的不同性格和精神状态的本领和功力上。作品以娓娓动听的笔触,把我们带到了一个南方农村之中,围绕着一个水闸工程的维修问题所展开的矛盾,通过一系列生动的生活细节和思想冲突的描述,揭示出了形形色色的人们对于农村改革与建设事业的不同的态度和心理、思想与性格,进而提出了一个无疑是富有启迪性的问题——农村改革虽然是建设社会主义的必由之路,但也是一项十分艰巨而复杂的任务;改革,同时也意味着人们的思想、道德、品格和文化素质的提高,而这种改革与提高,必须是和经济建设同步前进,并且应当是同生活中存在着的妨碍生活前进的社会思潮(包括外来的腐朽思想和传统的落后观念)进行自觉的斗争,密切联系在一起的。否则,就有可能使改革事业处于举步维艰的境地,就如同我们在小说中所看到的望天畈村所正在遭遇着的那样。

  望天畈村的老支书方建国,无疑是作品中所着意描绘、并且是塑造得相当成功的一个人物形象。我们从这个带有悲剧色彩的人物身上,看到了我国劳动人民身上所富有的那种令我们钦敬的正直、善良、勤劳、无私的可贵品德,和全心全意为自己的信念执著顽强地奋斗不息的献身精神。从这个意义上说,方建国应当说是被塑造得相当丰满的富有革命英雄主义色彩的艺术形象。然而,他又不是我们在过去某些作品中时常看到的那种光辉四射、完美无缺的理想化人物。作为一个有着二十多年农村支书经历的老共产党员,方建国有着那种农村基层干部身上所常有的对社会主义的朴素而又真诚的坚定理想。他的历史经验和生活实践使他坚信，只有社会主义、只有在党的领导下进行农村建设和改革事业，才是使农村从贫困走向温饱乃至富裕起来的唯一出路。但从一个优秀的共产党员的严格标准来看，在他身上无疑地又还存在着明显的弱点和不足：他对党和人民的利益是无限忠诚的，在不断涌现的复杂纷纭的新的生活现象面前也不乏农民的机智和幽默感，然而，在改革开放大潮的冲击下，面临着城乡社会生活中频频出现的许多新的情况和新的矛盾乃至一些他未曾预料到的消极现象（比如与改革开放同时出现的官僚主义作风的蔓延以及由于精神文明建设不能与改革事业同步前进而造成的个人主义和利己思想的滋长）的产生，他还缺乏足够的精神准备和分析应对能力。对于基层党支部所存在的涣散软弱现象，对社会生活中随处可见的不正之风和腐败现象，他虽然竭尽全力地进行了坚韧不拔的抵御和斗争，却经常感到无能为力，使自己时常不得不陷入一种极其艰难的生活遭际之中，每前进一步、每争取到一点哪怕是微小的成果，都要付出很大的精力和代价。他身患重病，任劳任怨，安于过着清贫艰苦的生活，连自己的家都无暇顾及以至于连他的善良忠厚、深明大义的母亲和妻儿都对他产生了误解。但他对于自己所肩负的重担和坚持的信念，却从未有过丝毫怀疑和动摇。他是我国社会主义大厦中真正可以称之为"脊梁"式的人物。

方建国就是这样的人物。我们的伟大的建设事业，不正是由于有着无数这样的奋不顾身、知难而进的"脊梁"式的人物，正像鲁迅所说的"埋头苦干的人，拼命硬干的人，为民请命的人，舍身求法的人……"才使得我们对于正在进行着的壮伟的事业和祖国的明天充满信心和希望么？这样的人物，也许暂时还没有很高的理论文化水平，就以支书方建国而言吧，他热心水利公共事业，却并不具备很高的关于发展水利的科学知识；他的办法并不很多，却有着坚定不移、一往无前的信念和责任感。他认为村里的水闸的维修，关系着全村人的利益乃至生命安危，他就要坚持不懈地为此而奔走呼号顽强斗争。为了达到这个目的，他遇到了令人意想不到的阻难，使他常常陷入到各种各样的矛盾冲突之中；为了克服这些矛盾（这些矛盾使人惊心动魄地看到了改革事业的艰巨性和复杂性），他几乎耗尽了精力,拖垮了身体,但他绝不动摇,九死不悔。最后,他的顽强而高尚的精神终于激励了一些人,感动了一些人,启迪了一些人,使他在历尽千辛万苦之后,终于达到了自己的目标——水闸得以维修,而人们在他的崇高精神和英雄行为的激发下,也终于理解了一个忠诚的共产党员的真正价值:认识了正确贯彻农业生产责任制和维护集体利益的重要性;只顾个人发家致富,不但不可能推动农村的富裕和发展,反而会使社会主义农业建设事业走上歧途。在这个问题上,支书方建国的平凡而又崇高的形象,同只重个人发家致富而忘记了共同富裕这条原则的村长文××的形象,形成了鲜明的反差和对照。方支书终于获得了人们的理解和爱戴,但这已经太迟了,这个可敬可爱的人物,为了维护公众的利益,终于在抢救水闸中英勇地献出了生命。作品中的这个严酷而又悲壮的结尾,给这个本应在自己的事业上大有作为的人物身上,蒙上了悲剧的色彩。但也因此,才使得作品具有一种令人亢奋和振聋发聩的动人力量。

与此同时,通过错综复杂的社会生活矛盾的揭示,作者也为我们描写了一批具有不同思想面貌和性格特征的生活在农村基层的男男女女的形象;这些人物,虽然大多着墨不多,作为主人公方支书的烘托与反衬,也大多具有自己各自不同的面貌与性格。比如作品的张部长、支委小林、方支书的母亲和妻子以及会计、文小素、郎税收等,也都是描述得相当清晰可信的。不足的是对于作品中另外一个重要人物文村长的描写,从人物的性格和思想脉络的发展演变来看,就显得有些不够完整。作为一个受到方支书英雄行为的感召而从个人主义的迷误中幡然悔悟的人物,他的思想发展,显然是写得有些简单,使人感到不够自然和充分,因而,他在作品结尾处的猛省和转变,也就显得过于突然和勉强了。

《村支书》的作者刘醒龙,是近年来在湖北出现的一位颇有创作潜力和写作才华的年轻作者。听说他已经发表过不少引人重视和颇受赞扬的作品。尽管我还没有来得及阅读他的其他作品,但他的近作《村支书》,至少在两个方面使我产生了比较深刻的印象。第一,看得出来,这位文学新人对于我国当前农村现实生活有着相当丰富和切实的感受和积累，这就为他今后创作出更为深刻更加富有典型意义的作品，提供了深厚的源泉和基础。第二，也看得出来，作者所追求所选择的文学道路，是健康的，坚实的。他已经相当熟练地掌握了运用朴素、平实和流畅的语言来表现自己所熟悉所感兴趣的生活的能力；这种能力，通过他对于无限丰富和复杂的现实生活的进一步深入的体验和感受，就有可能在艺术上孕育出更加完美更加丰富的繁花硕果来。

(《青年文学》1992 年 01 期)

西河：刘醒龙开挖的一条河
——《异香——大别山之谜》序

刘富道

刘醒龙对我来说至今仍是一个谜。

他的创作始于1979年，我读他的作品始于1986年，最初读的是《小说选刊》选载的《灵猩》，我被这个现代童话迷住了，从那时起，我对这位年轻作家发生了兴趣，跟踪地读了他许多作品。1986年以后他的创作异常活跃，所取得的成果的一部分，就是构成这本集子的《大别山之谜》系列小说。读他的作品，读到饶有兴味处，我常常会停顿下来想想刘醒龙其人，迷惑不解地暗自发问：他的这些怪念头是怎么产生的呢？他年纪轻轻的哪来这么多生活阅历呢？他羸弱的身体怎么容得下这么大一个奇异世界呢？

写《大别山之谜》，醒龙原来没有一个总体构想，他说写到第三篇时忽然想到要写成一个系列，并从这篇开始加了标志系列小说的副题，但发表时编辑给去掉了。首次亮出《大别山之谜》系列的副题已经是第五篇。有意思的是，他原稿本来是《大别山之迷》，几家刊物的编辑无一例外地把"迷"改成了"谜"，大概以为是他的笔误，他以后也只好无可奈何地随行就市了。在我看来，刘醒龙原有的命题似乎更有道理，这个道理很难说清楚，我只能说读这些作品我感觉到的不是大别山的一个个谜的揭开，而是步步深入地迷失在大别山里。

我到过大别山脉湖北一侧的许多个县，到过刘醒龙生活的英山县周围的几个县，遗憾的是至今没有涉足过英山。读了刘醒龙的大别山，我就感觉到好像没有进入过真正的大别山一样，英山，这个湖北最东端的一个小县城,在我脑子里变成了一个很遥远又很神奇的地方。

在《大别山之谜》的系列里,《灵猩》不一定是最好的一篇,但可以说是最具有代表性的一篇。这个以警告世人保护生态环境为主题的小说,开头一句就写主人公瑞良老头"他在这个童话里生活了多久没有人知道",结尾写到瑞良老头之死说"他是去会合自己的童话",从头到尾都像是超越现实的现代童话。醒龙一再给我说过,自然界有灵猩这种动物,它是狗,是狗中间比较特别的狗,优秀的狗。《康熙字典》中可以查到这个"猩"字。而他小说的中"灵猩",又分明是能够显灵的神物,它的似在非在,致使通篇弥漫着神秘的氛围。神秘感,也可以说是醒龙小说的特色。他常常采用现实的和超越现实的相交融的表现手法,使他的作品达到现代启示录的效应。

醒龙完成了《大别山之谜》系列,他的一大贡献在于创造了一条河流。"这条河上下左右许许多多山岳峡谷全都属于大别山。"在《大水》中,作家首次命名"这条河叫西河"。循着他的系列小说,可以找到西河的源头似在大别山主峰天堂寨南麓,可以看到西河流经松树坪岬口,出山口之前有个河西垸,有座早已坍塌已成文物的花桥,出山口下行一百二十里到西河口,与东河交汇。醒龙用笔开挖的这条人工河,如天然河一样真实,真实得令人陶醉。在西河流经的这片土地上,有魔洞、魔泉、魔山和魔林子,还有一个令人神往的叫做美女显羞的幽秘去处。这条西河曾经还是白区和苏区的天然屏障。《大别山之谜》称得上是西河的文化积淀,是一部西河地理志和一部西河人文史。

现代文明进程与传统文化的冲击,可以说是刘醒龙《大别山之谜》系列小说的总主题。西河的昨天,是一个封闭的世界,却又诞生过革命。西河的今天,虽然有着革命往事的温馨眷恋,却依然是一个封闭的世界。今天的西河,更多地保留着传统文化的影响。当商品经济的潮流冲击这块土地的时候,在西河上激起了前所未有的浪花。山里人从来没听说过过桥还要收费,在《河西》中钟华与十三爷的冲突,到了两败俱伤的程度。如今西河里的铁矿砂可以卖钱了,然而掏铁砂却掏垮了堤基,在《两河口》中长乐爷与儿子世久的冲突在山洪暴发时达到了惊心动魄的地步。过去以西河为界的白区苏区,如今都有理由是苏区,在《大水》中独臂佬和武瞎子一对宿敌为何紧紧抱着死于鲤鱼潭,永远是个难解之谜。人与自然相生相克,随着现代文明进程,人野蛮地掠夺自然,自然也无情地报复人,在《灵猩》中,"山空了,林没了",山洪洗劫了一切。读刘醒龙的这些小说,有可能让人把握不住的是,作者是在鼓吹现代文明呢,还是在充当传统的卫道士?对此我想不可以非此即彼加以认定。从作者的意趣看,他极善于从传统和现代的差异中,捕捉到一个戏剧冲突,生发出创作的灵感。从写作手法看,他是从新生活脚步踏在古老土地上发出的回响中,抓住一个形象的契合点,衍生出情节纠葛,调动读者的联想。在《大水》中写道:"牛皮贩子的气体打火机有股怪味,独臂佬盯着那嗍地窜出老远的呼呼火苗,猛想起:闹暴动那年,河对岸那座巨大河摆上架着的马克辛重机枪就是喷着这样的火焰。"这里,气体打火机的"火苗"与马克辛重机枪的"火焰",就把昨天和今天,白区和苏区,传统历史和现实生活映在一起了。今天还分白区苏区吗?刘醒龙没有简单化地把他认识生活的结论告诉读者,他似乎也处在重新认识传统的价值,探讨现代文明进程的困惑中。

细心的读者会发觉青年作家刘醒龙的小说主人公很少是青年。他的作品中大多有一个占重要地位的老头,或者是老太婆。《灵猩》中有瑞良老头,《河西》中有十三爷,《两河口》中有长乐爷,《大水》中有独臂佬和武瞎子,《人之魂》中有个奶奶。他为什么爱写些爷爷奶奶呢?醒龙自有醒龙的解释。我以为,这辈人是历史的见证,传统的化身,封闭的大别山山民中的典型,他们拥有大别山的神话和传说,他们保留大别山的民风和民俗,只有这一代人的存在和消逝,才能体现出大别山传统文化的形态和变迁。《大别山之谜》为要表现现代文明进程与传统文化冲击的总主题,是不能不请这些人物出场的。今天也只有这一代人还生活在女人裤头能避邪、一条月经带可以毁一座桥的幻梦里,也只有这一代人中有人还信金鲤鱼会显形、大鳡鱼显灵的传说。道士一边念经一边调情,这是一个常听的民间故事，刘醒龙把它用在《人之魂》中，表现出冷峻的幽默，对传统迷信颇具讽刺意味。

《大别山之谜》中的一个个老头老太婆都在小说结尾与世长辞了，还有下一代人中的梅所长和桂儿也在小说结尾与世长辞了，再下一代人中的阿波罗也魂归西天。他们有的死得悲壮，有的死的神秘，有的死不过是进入另一场梦境。刘醒龙的英山老乡，已故作家姜天民曾经把死亡表述为"生命的另一端的黎明来临"。我们年轻的作家刘醒龙，对于死亡也有着相当成熟的认识。他从容不迫地把笔下的人物推向死亡的绝境。这个死亡的绝境，从各个人物各自的价值观看，又都是佳境。一位先哲说过，悲剧是"肯定人生的最高艺术"，刘醒龙小说的力度在于它们的较强的悲剧色彩。

1990年10月，由《长江》文学丛刊发起，同《长江文艺》《芳草》三家刊物联合召开了刘醒龙作品讨论会。省内前所未有的这种"规格"，引起一些中青年作家的觊觎。这个讨论会是对刘醒龙已经完成了《大别山之谜》系列所做的阶段性小结，那时他已经开始把另一个名为《女性的战争》系列的作品撒出去一些了。这个讨论会后，我作为他的一个老朋友，有两个忧虑：一是各路专家的意见，会不会使这位年轻作家莫衷一是，从而失去他的创作个性；二是他已充分地显示出了自己的才华，还会有新的突破吗？在我为这本书作序时，1991年刚刚过去。这过去的一年里，醒龙的创作果实累累。我读了他的中篇小说《威风凛凛》，我欣喜地为我的年轻朋友获得的成功鼓掌叫好。他又超越了他自己。这部作品又是一个西河的故事，在西河上作家又描绘出一个色彩斑斓的西河镇。刘醒龙的创作个性不仅保留了而且还发展了，他把自己的叙事语言调理得更加晓畅，他的故事的可读性更加强了。面对着西河镇的奇人奇事，我又在想：刘醒龙怎么还有这么多的怪念头，还有更丰富的阅历，他那羸弱的身体还藏着更博大的奇异世界？

在猴年里，这位走出山乡的年轻作家，带给我们的将会是比《异香》更异香的山珍吧？

(《芳草》1992年04期)

生命中不可缺少之重
——跋刘醒龙小说集《秋风醉了》

樊　星

那天晚上，骏涛先生从北京挂来长途电话，嘱我为刘醒龙的小说集《秋风醉了》作跋——是的，就在那一刻，我脑海中关于大别山的记忆便汹涌澎湃了起来。

一

我与大别山有缘。记得那还是在"文革"乱世中，一本《大别山上红旗飘》，由当年鄂豫皖三年游击战争的英雄何耀榜口述的回忆录，使我第一次领略了大别山的雄奇与悲壮、革命的艰难与悲凉。中学时代，我又有幸去大别山区的红安县，寻访当年的革命遗迹、赤卫队员、红军干部。在天台山，在七里坪，在烈士祠，一次又一次经受了理想主义的洗礼——那种壮怀激烈的少年豪情，一旦拥有，便足以成为坚不可摧的人生支柱。

大别山，你是贫困的，却能以山的坚忍孕育出刚烈的民风，并以此在中国革命史上刻下辉煌的篇章；大别山，你又是神奇的，你能在群山万壑间激荡起无言的豪情，又使这豪情化作浩荡的山风、凛然的松涛、奔流的山涧，使每一个有幸在人生的旅途上与你相识的志士在邂逅的一瞬间就产生强烈的心灵感应，把你的豪情、你的苦难、你的荣誉感、你的使命感摄入胸怀——于是，你成为某种精神力量的象征。这精神力量足以使每一个不愿沉沦的人超越世俗的浊流，面对世纪末的精神荒原，高度警惕地守护着人类古老的精神家园，守护着正义、理性、圣洁的美德。

刘醒龙也是大别山哺育出来的作家。这样，他在90年代初文坛上取得的成功也就不是偶然的了。最近的一次会议上，他告诉我：回首这几年走过的道路，他忽然发现：贯穿于他全部创作的一个基本主题，是——

寻找精神家园。

二

他是以《大别山之谜》系列小说引起文坛注意的。写于80年代中后期的《大别山之谜》是他情系大别山的证明。那一个个令人神往的大别山故事写活了大别山人的风俗民情，使人真切感受到了大别山人的朴实与浪漫，感受到了大别山人生活在童话般的氛围中的那份奇异的诗意，也使人寻思：闭塞的山区竟孕育出那么瑰丽的想象——那想象全然不同于文坛上流行的"魔幻现实主义"，而更带有大别山区清新的山野气息，它源于实实在在的民间传说，民风民俗。山里人自有山里人的想象，他们赋予万物以灵性，又从祖辈那儿继承下古老的传说作为精神的养分。以现代人的眼光看来。这种信神信灵的"原始思维"（借用法国人类学家列维-布留尔的概念）似乎颇有些蒙昧的可笑，可为什么"寻根思潮"又会从"原始思维"那儿汲取那么丰厚的养分？为什么梵·高、高更那样伟大的画家会融入朴野的海岛？为什么执著于描绘美国南方古老美德与传说的作家福克纳会成为20世纪美国、拉美乃至中国大陆"寻根思潮"的一代宗师？为什么中国文坛在1985年完成多元化转型之际会掀起"寻根热"？韩少功、李杭育、阿城、郑义、莫言、郑万隆、贾平凹……这些从"文革"荒漠中跋涉过来的青年作家一旦完成了文学观的转变都会不约而同地从民间文化、从"原始思维"中寻找国民性的奥秘、民族魂的生命之源和文学腾飞的动力。这一现象本身似乎足以昭示某种历史意志：在时代列车加速驰向现代化、国人为了求实、奔小康或发大财而以只好牺牲传统文化、以浪漫精神的萎缩作代价之际，浪漫古魂却注定要在世纪末的浮躁中回归。尽管"寻根热"

作为一场文学运动已经在高涨过后退潮了，但"寻根精神"却已深深铭刻在了那部分苦恋着古魂与民魂的作家心中——"寻根热"过后苗长水的"沂蒙山故事"、张承志的《心灵史》、张炜的《九月寓言》、陈忠实的《白鹿原》、王安忆的《纪实与虚构》……而刘醒龙的《大别山之谜》也是"寻根精神"的结晶。那份神秘之美、空灵之美、奇幻之美，不仅显示了刘醒龙描绘山魂的独特才华，也显然寄托了作家对大别山的一片真情。

《大别山之谜》为评论家研究"楚文化与当代文学"提供了又一份丰厚的标本。因为它颇得《楚辞》"其言甚长，其思甚幻，其文甚丽，其旨甚明"之神韵。①

同时，《大别山之谜》也成为当代作家寻找精神家园的又一成果，因为它再次证明：仅凭着对古老民魂的忠诚与热爱，就可以免于被悲凉、无奈的"世纪末情绪"湮没的厄运。

收入本集的《牛背脊骨》和《倒挂金钩》是《大别山之谜》的续篇。

《牛背脊骨》是一篇以知青眼光看大别山之谜的故事。那儿，历史与现实的恩恩怨怨盘根错节；那儿有山里人为了爱情与自尊而好勇斗狠、直至以与狼搏斗的壮举一睹生命的辉煌的浪漫；那儿，有"天荒地老，四野混沌。小丘蛰伏，大岭雄峙，石崮奔腾，土坡绵延，森林扶大树，灌木眠老藤"的壮美风光，有在这自然中孕育膨胀的神奇传说(关于杀人要遭报应的古训、关于风水龙脉动不得的禁忌、关于女人短裤可以避邪的民俗)，还有因为这些神奇传说而坚定不移的信念：与阶级斗争的狂热格格不入。对战天斗地的幼稚忧心忡忡。政治运动的高压和知青无知的蛮干在大别山人的心中刻下了深刻的创痕，然而当狂热过后，大别山的主人还是山民，而不是知青……政治与民风的冲突，古老文化与浮躁情绪的较量，在这篇小说中，都有耐人寻味的描绘。

《倒挂金钩》则是一曲大别山女性命运的咏叹调。大姑式的悲剧本不鲜见。但大姑为了忠贞而习幽闭功、大姑爷以身殉国后又发

---

① 鲁迅：《汉文学史纲要·屈原与宋玉》，人民文学出版社2006年版。

誓为无情的夫君守节的故事，却充满了大别山的传奇特色。一个"贞"字，是多少苦难、多少坚忍、多少血泪、多少恶梦凝聚而成，偏偏作家又能写出"贞"与变态、残忍的内在联系：大姑尝够了无爱与守贞的苦处，却迫使情同手足的细姑也去吃相同的苦。大姑以酷刑自虐的描写、大姑逼细姑守节的原因竟因为细姑爷曾是她的意中人的描写，大姑以手掐去细狗儿的命根子的描写，还有大姑偷避孕药的描写……都使她固守的"贞"字平添了寒冷彻骨的恐怖色彩。这个使人不禁联想起王蒙《活动变人形》中的静珍的艺术形象，展示了大别山之谜中阴森恐怖的一面，也足以引发人对于人性深不可测的无尽浩叹！

《倒挂金钩》以后，刘醒龙似乎再没写大别山的神秘故事，这意味着什么？意味着寻梦的完成？如果是完成，又何以会以《倒挂金钩》这样的苍凉之篇作结？如果不是完成，而是一种幻灭的象征，就如同李杭育以《流浪的土地》为吴越文化的衰亡唱了一曲挽歌、莫言以《狗道》为高粱梦唱了一曲挽歌一样？

在浮躁的世纪末，寻梦的主题为什么总难免苍凉的意味？

但我仍期待着《大别山之谜》的新篇。

三

寻梦的完结并不是一切。在世纪末的浮躁情绪中，忧患意识的主题也一再奏响。80年代末的中国大陆思想界和文学界，"忧患意识"、"使命感"、"球籍"的呼唤此起彼伏。一本《山坳上的中国》也成为书市的热门畅销书。尽管"新写实"小说的风潮以世俗化的姿态和冷漠的叙事风格进一步渲染了悲凉莫名的"世纪末情绪"，尽管王朔小说在80年代后期和90年代初两度涨起文坛热潮，并以调侃一切"玩的就是心跳"的风格在青年中风靡一时，仍有另一部分作家以"我以我血荐轩辕"、"不啼清泪长啼血"的热忱不断谱写着"干预生活"、呼唤正义的新篇。我注意到，"社会问题报告文学"的兴盛正与"新写实"的崛起同步。梁晓声的《浮城》、张平的《天网》、陆文夫的《享福》、钟道新的《股票市场的迷走神经》等作品也都在 90 年代初的文坛敲响了警世的钟声。

正是在这样的风云变幻中，刘醒龙写出了《村支书》《凤凰琴》那样悲怆动人的力作，在失去"轰动效应"的文坛产生了新的强烈反响。这些作品从艺术的角度看去，似乎只是走出神秘、空灵之美以后返璞归真的新尝试。可它们所产生的"轰动效应"却似乎远远超出了文学的圈子。它们的"轰动效应"耐人寻味。1985 年以后，当文学的多元化似乎已淡化了文学的社会功能之时，当作家们的文体意识高扬、而使命感却趋于淡化之时，当"问题文学"似乎已为时代所遗忘、不少写过"问题文学"的名家也在换一种轻松的活法与写法之时，《村支书》《凤凰琴》却以凝重的笔触写下了新时代的新"问题文学"，并且取得了巨大的成功。它们证明着忧患的不容忽略、良知的不曾沉睡。

收入本集中的《暮时课诵》《黄昏放牛》《孔雀绿》《菩提醉了》都是作家良知与使命感的证明、都是生命中不可缺少的凝重的证明。

曾记得，80 年代中期，在柯云路的《衰与荣》出版以后，曾风靡一时的"改革题材文学"便似乎无可挽回地衰落了。"改革题材文学"的主将蒋子龙、张洁、柯云路都悄悄离开了改革的主题而去开辟新的天地了（蒋子龙转而去解剖人性，写出了《蛇神》；张洁转而尝试现代派手法，写出了夸张变形的《他有什么病？》；柯云路放下了《京都》最后一卷，转而去写《大气功师》）。尽管评论界几度呼唤"改革题材文学"的新高度，无奈终难圆梦。80 年代后期，贾平凹的《浮躁》、钱石昌、欧伟雄的《商界》的问世似乎给"改革题材文学"注入了新的活力，但毕竟势孤力单。只是到了 90 年代初，到了刘醒龙一口气写出《村支书》《凤凰琴》《暮时课诵》《黄昏放牛》《孔雀绿》《菩提醉了》……这么一批旨在"干预生活"发现改革进程中的隐患的力作，才使"改革题材文学"步入了"柳暗花明又一村"的境界。

《暮时课诵》在当代宗教题材的作品中独具一格。刘醒龙不像史铁生、张承志那样从宗教中发掘崇高之美、圣洁之情，而是揭露了在改革的潮汐中出现的怪事："过去一心只想享共产党的福的人，如今见共产党改了章程，就又来菩萨面前吃闲饭"。这真是：

"不该是佛门中人却要赖在佛门。"研究当代"宗教热"的学者，除去从"信仰危机"的角度探讨当代宗教复兴的奥秘之外，似乎也可以从这篇小说中发现宗教被俗念异化的隐忧。这样，《暮时课诵》便再次奏响了新时代"改造国民性"的主题。

《黄昏放牛》是当代农村危机的真切写照。改革开放搞活了经济，也诱发了新的问题："光种田是过不开日子的。发财的都不是种田人"。"世道变了，往日那一套全作废了。如今谁的钱多，谁就当劳模；谁去搞歪门邪道赚钱，就让谁当干部。""这种事政府怎么就不管呢！未必非要等到像60年代那样饿死人后，才来想办法么？"当年的劳模胡长升一心想凭实干"为种田人恢复名誉"，却终于在干部腐化、苛捐杂税、卖粮难等一系列问题的冲击下陷入了无边的苦闷与迷惘中……

《孔雀绿》则是当代工厂危机的真实记录。工厂的不景气挫伤了工人的工作热情，也迫使一部分工人为了应付生活的困窘而偷盗、赌博、自暴自弃，无奈地堕落。甚至连吴丰这样真心爱厂的老劳模也不能不因工资奖金的无着落、因女儿没有肉吃、妻子无钱买一双袜子而长叹息、而受人捉弄、而参与到偷拿公物的行列中去……

《黄昏放牛》中的胡长升、《孔雀绿》中的吴丰，都在这个各种关系尚未理顺、改革的大路尚未铺平的特别年代面临着单凭良心与正直也无法克服的重重困难。他们都曾是有名的劳模。他们的困境因而也才格外引人关注。谁能说得清：究竟是他们落后于时代了？还是这个社会已患上了可怕的"世纪病"？还记得当初蒋子龙笔下的乔光朴、张洁笔下的郑子云、柯云路笔下的李向南么？他们登上历史舞台，手执改革家的权杖，是那样的雄姿英发、光彩照人，但也终于在强大的现实之网的束缚下发生了悲凉的浩叹。而今，到了胡长升、吴丰这儿，悲凉之雾更浓，作家的忧思也更深。这些"改革题材文学"的新篇已走出了改革家与保守派斗争的模式，更逼近日常生活中改革的隐患。而且，像刘醒龙这样从宗教题材、农村题材，工业题材等角度多方面探讨改革隐患、为时代的忧患发出焦灼呐喊的，在当代文坛上，恐怕也是少见的。

生命中不可缺少之重——跋刘醒龙小说集《秋风醉了》

《菩提醉了》则是一部改革中的"官场现形记"。当代作家中，"新写实"的重镇刘震云是写"官场现形记"的高手：他的《官场》《官人》《单位》《头人》《故乡天下黄花》《故乡相处流传》都是针砭传统政治文化与现实官场弊端的佳作。刘醒龙的《菩提醉了》却为我们写出了新意——在改革的大潮中，"借改革以营私"是庄大鹏、老孔这类小文化官僚的共同心态。对于他们，永远至上的问题是"你领导我，还是我领导你！"因此，制定改革方案也罢，设计工作蓝图也罢，查办不正之风也罢，都是为了"改别人的革"，（多么新鲜的提法！）而在百姓看来，这种"改革"无非是"狗咬狗，一嘴毛"，是"槽里无食猪拱猪"的闹剧。于是，阴谋阳谋一起上，权术手腕层出不穷，到头来呢？不过是一场"空"，一场争到那把椅子后的空虚感。这样，刘醒龙便再次提醒读者记起了鲁迅先生关于"争交椅"的忧患之论……

《菩提醉了》之前，作家还写过一部《秋风醉了》，那也是一部"新官场现形记"，但相比之下，我觉得《菩提醉了》写得更深刻、更有时代感，因而也更有独特品格。一句"改别人的革"，又岂止是对当今蛀虫们的冷嘲，其中分明积淀了凝重的历史之思、国民性之思！

作家从1979年开始创作，至80年代中、后期以《大别山之谜》在文坛上树起了自己的旗帜，又到90年代初以一发不可收之势写出一系列充满忧患意识的"改革题材文学"新篇（姑且名之"新改革题材文学"？），并成为90年代初"干预生活"思潮的代表作家，刘醒龙不断寻找着自己的艺术世界，不断寻找着自己的精神家园。诚然，凝重的忧患之思总会或多或少地妨碍艺术的至善至美，但我更感兴趣的问题是：在一个传统价值已被现代潮冲击得七零八落的今天，良知、使命感可否成为我们人生的支柱、我们精神的家园？

答案应该是肯定的。许多伟大作家都坚信：真诚的良知、为民请命的责任感、把心交给读者的激情——这是比艺术更重要的文学之魂，是足以充当文学家精神支柱的磐石。从这种意义上，我们完全可以说：艺术诚可贵，良知价更高——尤其是在世纪末这么一个风云变幻之世，在许多文人都为生命中不可承受之轻而烦躁不堪之世，强调这一点，对于驱散遍被华林的悲凉之雾，对于重塑民族的人文精魂。无疑十分重要。

而眼下，呼唤良知的新思潮不是已经风起云涌、渐成壮阔天地间之势了么？

(长江文艺出版社1994年版)

但愿有青青翠翠的一片
——刘醒龙小说创作评析

李运抟

前不久，收到刘醒龙寄来的他的第一本小说集《异香——大别山之谜系列》。这之前，我已在今年第五期的《新华文摘》上读过了他的《村支书》。应约写这篇评论，我又开始留意刘醒龙其他的作品，于是便见到了今年第八期的《小说月报》上转载的《凤凰琴》。还从报上消息知道刘醒龙的小说创作已在省外有些影响，有关单位已在北京召开了他的作品讨论会。如斯等等信息，说明刘醒龙的小说创作确实已经形成了某种可喜的势头。

在转发《凤凰琴》的那期《小说月报》上，刘醒龙有篇名曰《留下青翠的草木》的创作谈。这篇文字使我很感兴趣，它不但写得生动颇有意思，而且印证了我对他小说创作的某些突出的感受。创作谈中有这样一段文字："《凤凰琴》的构思，是从山里几位当民办教师的朋友身上得到的，好多年了，我一直想写它，却总感觉火候未到。事实上，这感觉是对的。……应当感谢《青年文学》编辑，他们决定一年内连续发表我的3个中篇，实际上只用了10个月。他们接二连三地催稿，使我无暇按部就班地去虚构思考，只好匆匆忙忙地将那种生活，从记忆里挤出来，于是就写得与以前不一样了，不一样得让自己吃惊，甚至不敢相信冯牧先生对自己作品的评价，不敢和别人讨论《村支书》。然而，在写《凤凰琴》时，我被自己的文字感动了，尚未成篇，就迫不及待地对朋友说，这一篇肯定比以前的好。"作家这种良好的自我感觉，确实不是言过其实。就我所读刘醒龙的全部作品来看，《凤凰琴》确为最佳，《村支书》亦为不错。这两部篇幅不短的中篇,基本上可以称为刘醒龙至目前为止的最显功力的代表作了。不过最值得思索的是,刘醒龙为什么会在《村支书》和《凤凰琴》的写作上似乎带有突发性地表现出了质的提高?"写的与以前不一样",且不一样得令作者自己也惊讶的原因在哪里?未必真是"催稿"催出的?未必佳作真能来自无暇"虚构思考"的"匆匆忙忙"?要说明这些,就必须综合来看刘醒龙小说创作的经历和演变。实质上,《村支书》和《凤凰琴》的质的跃起,是有前因的结果。可以说,这是刘醒龙在探索与思考的过程中的一种水到渠成。偶然其实得于必然的催化。

我们先来看刘醒龙《村支书》以前的创作。

就《异香》这本集子所收作品以及系列小说《女性的战争》的某些篇什来说,刘醒龙小说创作的长处是明显的,但不足亦是显豁的。就长处来说,刘醒龙在始终抓住地域文化特征的同时,显示了他驾控与表现地域文化特点及其历史色彩的能力。我们读刘醒龙的这类作品,可以发现作家善于运用意象结构来表达他对地域文化的理解和对历史的艺术构筑。比如"大别山之谜"系列小说对西河的描述,诸如奇山怪水、莽林、异兽、传说和神话等,几乎俯拾皆是贯穿始终。这些其实都是具有象征意味的形象。它们传达的是神秘与古老,显示着自然文化的奇异和悠远,并且作为西河人类文化的铺垫、背景、成因与谶言。与此同时,这些作品中出现的几乎无不带有传奇色彩的众多的"爷爷奶奶",则无疑是作为西河人文史的代表与象征。而所有这些标示着西河地域文化构成的或人或物的意象,除了完成古老文明的诉说与证明,还有一个重要功能便是用来映衬现代文明的形象。事实上,古老与新生的冲突,过去与现在的交锋,历史与现实的矛盾,是刘醒龙诸多小说刻意追求的渲染。当作家持续不懈地极力地渲染这些古老文明与现代文明的关系时,上述所说作家特别用心的意象构置,便给我们留下了较深的印象。因为它们确实是很显豁地完成了最终落实到价值观念上的任务。《灵猩》发表后所以被《小说选刊》选载,就与它较为成功地运用意象结构来显示传统文明和现代文明的冲突不无关系。可以说,立足地域文化,运用古老而神秘的意象,扣住历史与现实的矛盾以显示价值观念的变化与文明进程的曲折,再加上故事情节的较为可读性的构置,这些就基本上成为刘醒龙小说创作很长一段时间的特点,也是长处。

与此同时,刘醒龙这段时间的创作的不足处亦是明显的。他那段时间的作品,之所以并没有形成真正的影响,之所以在国内没有引起一定的重视,创作水准与很多有影响的青年作家相较还只能属一般化,与其不足自是关系明显的。这种不足,概而言之主要有三点:一是历史与现实的切合人为痕迹较重。读刘醒龙的大别山之谜系列可以发现,那些多见不鲜的古老而神秘的意象,它们在象征历史和传统方面比较成功,一旦和现实生活与现代文明发生联系时,就给人以牵强之感。尽管作者以各种戏剧性很强的故事因素来作为联结与过渡,却正好说明历史与现实的内在联系缺乏稳固而深邃的关联,结果只能靠人为痕迹较重的戏剧化故事因素来弥合,由此便导致了内涵的表层化。第二点不足是刘醒龙比较侧重对历史与传统的描述和诉说,而对现实生活的感悟和对现代文明的理解则不够深入,有时甚至失之简单化和概念化。这种缺憾无疑和第一点的不足有关系。我们不难感受到,刘醒龙笔下的那些"爷爷奶奶"和下辈人的"代沟"、冲突,其冲突的根源一般都显示得较单薄浅显。奇山、怪水、异兽、莽林、传说、谶语等,固然于中起到了扑朔迷离的渲染氛围的作用,但仔细想想,它们对映衬现代文明的复杂与丰富却很难深入。至于对现实矛盾的严峻性复杂性,单靠那些巧合的冲突则更无法体现。故事或许热闹,发人深思撼人魂魄的意味传达却不多。第三点不足是价值观念的把握问题。刘富道在为《异香》作的序中说:"读刘醒龙的这些小说,有可能让人把握不住的是,作者是在鼓吹现代文明呢,还是在充当传统的卫道士?对此我想不可以非此即彼加以认定。从作者的意趣看,他极善于从传统和现代的差异中,捕捉到一个戏剧冲突,生发出创作的灵感。"刘富道于此的感觉和认识,确实不无道理。而以为不应非此即彼地断言作者的价值显示,亦是中肯。因为事实上,传统观念和现代文明既非泾渭分明亦不是非笃定。现实脱胎于历史,现代文明裂变于传统文明,演变与扬弃又很复杂和曲折,于此,我们不能苛求刘醒龙完全没有困惑与游移。但我所说的价值观念把握上的不足，指的不是刘醒龙的困惑和游移，而是于此显示的缺乏独见的一般化。从大别山之谜系列可以看出，刘醒龙很多时候并不困惑和游移。他歌颂古朴、纯真、道义、友情、重义轻利、善良和正直，等等。不是这些不值得表现，问题在于这是"众人的声音"，是很多人都不约而同在表示的价值取向，于是刘醒龙于此的显示也只是人云亦云而为一般性了。他批判的是早被批判的，他赞颂的是早被讴歌的，尽管或许不错，但绝无耳目一新之感了。尤其在一些较复杂的价值衡量中，若是缺乏深入的解析和独特的评判，就更是束手无策了。

我们再来看《村支书》和《凤凰琴》。

这两个标志着刘醒龙小说创作走到一个新的高度的中篇，与"以前不一样"是因为它们的创作完全走进了现实世界。其根，不是植于神秘与古老，而是扎入厚实的现实生活土壤中。这种立足点的转变，这种不在神话和传说中寻觅灵感而只是回到现世写身边熟悉的人事的回归，使刘醒龙十分得心应手。编辑的催促是个外因，让记忆中的活生生的人事滔滔流出，以积累与切实的体验取胜，这才是飞身腾起的内因。于是，我们能感受到刘醒龙的叙事方式变得很自然很朴实而令人亲切了，栩栩如生的"圆型人物"取代了观念性较强的"扁平人物"，故事的进展与环节的联结也相当的流畅和谐，而生活的自在的复杂与丰富亦得以较淋漓地显示出了。我们可以强烈地感受到，《村支书》中的诸多人物如方支书、小林、会计、二叔、村长和张部长等，《凤凰琴》中的诸多形象如余校长、张英才、孙四海、邓有米、舅舅和明爱芬等，都写得颇为出色，出色就在于这些人物的塑造，具有黑格尔所说的"每个人都是一个整体，本身就是一个世界，每个人都是一个完满的有生气的人，而不是某种孤立的性格特征的寓言式的抽象品"的特点。而人物形象的丰满，本身就意味着生活的复杂性和深广度得到了体现，因为生活本就是"人化的生活"。

值得注意的是，从《村支书》开始的这种变化，并非一蹴而就的产物。在中篇小说《异香》中，此种变化已见兆头。刘醒龙所以把大别山之谜系列作品合成集子取名《异香》，当然是他以为这篇小说为其间的最佳者。在《异香》中，刘醒龙走向现实、领悟复杂、叙述自然、强化世俗凡尘的悲剧意识，已经得到了较自觉的显示。《异香》的获得好评，以及他可能从方方小说创作的成功中得到某些启示，我以为导致了刘醒龙选择新路的决心。而且在这种转变中，他进一步清理了思路，进行了"写什么"与"怎么写"这两方面的扬弃性的思索，才从而使《村支书》和《凤凰琴》写得手随心使了。倘若无有这种变化前的积累与准备，哪怕来自潜移默化，是很难突然使人耳目一新了。

当然，尽管《村支书》尤其是《凤凰琴》写得颇为出色，也不是无可挑剔了。比如两部作品的结尾，人物的转变都显得急促了些，带有"大团圆"的模式痕迹；又如《村支书》的价值倾向，显示出某种暧昧性，对商品经济的理解过于简单。这些都值得刘醒龙在以后的创作中要更费思索。但所有这些，都只是成功中的欠缺，两部作品在总体上是堪称出色的。

刘醒龙在《留下青翠的草木》这篇创作谈中，表示了他今后的创作意愿，期盼能更好地写出家乡的人世沧桑和现实景观。我衷心祝愿他不但能为家乡同时亦给广大读者创作出更多的佳作，留下充满生机的青青翠翠的一片草木，也给我省的小说创作更添光彩。

(《湖北日报》1992年9月5日)

刘醒龙"大别山之谜"系列小说述略

金宏宇

读刘醒龙的小说，我常常为三个问题困扰着：他为什么写谜（立意）？写什么谜（选材）？怎么写谜（构思与表达）？显然，他对"谜"有一种偏爱，他老是用这个词儿。在他的处女作《黑蝴蝶，黑蝴蝶》中就写着：人生是一个伟大的谜，生活是一个永恒的谜。这种认知方式为他的创作定了一种基调。正因为他是大别山的儿子，对那里的人民和土地有着异常深厚的感情。当认定大别山是一个谜时，他就以其独具的才情与特有的悟性想说透这个谜。他发表的20多个中、短篇小说大多是写大别山之谜的，在大别山的青山绿水背景上精心构筑着充满谜味儿的艺术世界。

一、文化圈之谜

1984—1985年，中国文坛文化小说、寻根小说方兴未艾，刘醒龙正是这时开始发表"大别山之谜"系列小说的。也许是文坛的氛围与文学发展的美学流向给他提供着规范与启示，他的创作一开始就不自觉地选择了大别山这个充满文化之谜的地方。

大别山是一个独特的文化圈。从历史看，它是中原文化、吴越文化和楚文化的交汇处；从政治地理看，它地处鄂豫皖革命根据地中心，是"红色文化"与"白色文化"的交锋处；从地貌上看，它由丘陵与高山环境形成的山地文化亦与四周的平原文化、都市文化相冲突；站在今天的角度看，它更充满了传统文化与现代文化的矛盾。所以这是一个无法进行量性分析的独特文化圈。刘醒龙用

"谜"来概括它的复杂与神秘,并在这种文化背景上构筑着他的艺术世界。具体讲,他的作品是以大别山南笼的一个小县——英山为背景的。这里曾有"吴头楚尾"(英山金铺区发现一石碑,上刻"吴头楚尾"四字)之称。他的作品就写这"邮票一般大小的故乡"。

以这种独特的地域文化为背景,刘醒龙的小说大致可分两大类:一类作品是侧重于表现大别山的"现在"的速写式作品。它们散发着浓郁的现代文化气息。如记述个体商贩投机取巧的《卖鼠药的年轻人》;表现现代家庭解体与组合的《双卡,双卡》;描写当代旷男怨女婚恋的《戒指》;展示当代军人命运的《未归军魂》;铺写退休干部遭遇的《发大水啊西河》,等等。另一类小说侧重于大别山"现在"与"过去"的参照。这类作品不仅描写了现代社会政治、经济等对生活的影响,更重要的是描写了历史、文化的沉重负荷。"大别山之谜"系列属于这类作品。这两类作品实际表现了作者两种不同审美取向:前者追求现实感,后者富有历史感;前者主题较浅露,受社会学主题的困扰,后者意蕴较深刻,走向风俗文化圈内;前者体现了一种敏感与明快,后者展示了一种深沉与神秘。比较而言,后一类作品更有深度、力度,更有开掘大别山"文化岩层"的意义。

在这些作品尤其是后一类作品中,隐约地透示出吴越文化的灵动与机巧,更主要的是楚文化积淀下来的神秘与瑰奇,还混合着山地文化的凝重与质朴。作者凭着自己独特的悟性,使大别山南麓这种地域文化的灵气弥散在作者所描绘的文化景观、文化风俗、审美文化、文化心理以及文化人格(社会群体性格的抽象)中。《灵猱》讲述的那个美丽的神话,《返祖》描绘的那个神秘的"美女现羞",《人之魂》中奇特的葬礼,《老寨》中那古老的性风俗,等等,都让你感受到这一点。而这些作品所塑造的蛮憨中透着机灵,质朴里带点神秘的大别山人形象,更是这种地域文化的精气之凝聚。我不敢说刘醒龙对大别山"文化岩层"的开掘达到了应有的深度,但他本人及他的作品毕竟都是这种文化环境创造的。他创作上所具有的特色,很大程度上决定于这种地域文化氛围的神功。

刘醒龙是用当代意识来审视这种地域文化的。他并不搞单纯的风俗猎奇，也不塑造韩少功笔下的"丙崽"之类的形象。他所要表现的是大别山地域文化对今天的大别山人思想行为乃至潜沉心态的影响。他的小说的文化主题是展示传统文化与现代文化在大别山独特的文化环境中的冲突。这一主题通过他作品的人物形象体系的设置，通过人物的性格冲突和意志冲突明显地体现出来。他的很多作品中都存在两种对立的人物：老年人与青年人，如瑞良与柯简（《灵猩》）、长乐爷与世久（《两河口》）、十三爷与钟华（《河西》）、老篾匠与"他"（《返祖》）等性格都是对立的。表面看来，这是一种代沟，其实是传统文化心理、文化人格与现代文化心理、文化人格的对立。在这些作品中，老年人看不惯新事物，爱闹"文化休克"，青年人则不习惯古老的生活，易得"文化近视"；老年人视为神圣、并千方百计保护的东西，如灵猩、花桥、镇水神牛、美女现羞等，青年人则蔑视甚至损坏它们。《河西》这篇小说很典型地表现了这种冲突。钟华扯了两万块钱的债，在西河修建了一座钢筋水泥桥，任何人过桥他都要收费。十三爷看不惯，集资修建垮了多年的祖先留下的神桥——花桥。这圆木造成的桥完工后，再没有人走钟华的新桥了。钟华倾家荡产，不知去向。一天晚上，一场大火烧垮了花桥，上游水库的水冲走了花桥。第二天，十三爷触电而死。从此河西垸的人只能从钟华的桥上走了。这里的两座桥是两种不同的文化景观，两种不同的文化象征，十三爷和钟华也代表了不同类型的农民。十三爷是老大别山的儿子，是一个心地善良但保守固执的农民。他身上带着过多的传统文化的"纹花"。钟华则是大别山一带常有的那种渴求着山外的新事物的新农民，他心性刚强、机巧，有较强的报复心和竞争意识。

　　这一文化主题，还通过山外文化与山内文化的矛盾表现出来。大别山文化圈并不是封闭的。但由于地理条件的限制，山外的文明、发展与山里的野蛮、落后始终形成一种对比。山里人的文化心理与山外人的文化心理总要发生冲突。在山里人看来，山外边是一个令人困惑——却又充满诱惑的世界。山外边来的人或去过山外边的人总要带来物质与精神的富有以及危险与新奇的因素。《山那边》里的那个"望北"从山那边回来，言谈举止都像换了一个人，变得像一个投机商那样神秘、狡猾。使"像中世纪村落遗址的小县城"失去了平静。《河西》中"南京佬"的到来掀起了河西村的淘铁热,也诱发了世和媳妇的情热;他带来了财富,也破坏着风俗,最后这个都市人受到山里人的惩罚。在《返祖》中,那个年轻的地质工作者,厌倦了都市文化的喧嚣和矫饰,而倾慕大别山的古朴蛮荒,他是来大别山寻找"美女现羞"的。其实这个长着尾巴的年轻人是来"寻根"的。而向导老篾匠根本不希望他去亵渎族人先祖母的"美女现羞"的,但又无法阻拦他。作品展示了他与老篾匠之间无声的心理冲突。

二、神秘美之谜

有人说社会、生命与文化的混合会产生无数的"黑洞"。而刘醒龙正是以探求的目光注视这些"黑洞",想从那里发现一些神秘的东西。所以,他不让他的笔胶滞于那种透明的生活,他所表现的要比大别山人的实际生活更浪漫、更奇特。他写的是大别山的许多未解之谜。他努力捕捉的是这些谜显现出来的神秘感。他曾明确地在《机遇之谜》一文里说出这种偏爱:"苗振亚老师说,世界的确有许多不可思议的神秘之谜,这也是生活永远有魅力的根本所在,爱因斯坦说神秘最美,所以他说他倾向文学作品可以有点朦胧感,有点说不清楚的神秘感。我茅塞顿开,大悟幡然:生活本来就是解释不清的,能解释清楚的就不是真正的生活,因而文学的功能应该是去表现生活,而不是解释生活。"刘醒龙对作为美学范畴的神秘美有他独特的理解,因而作品中表现神秘美成了他的一种美学追求。

他的作品的神秘感,首先是由于大别山地域文化本身的神秘特性所决定的。那些神话、传说、村史、巫术等内容,都带有现代人看来不可理解的原始神秘感。《灵猩》整个故事都带有神奇色彩,而那只神狗——灵猩就更神秘了。它在人陷入绝境时就会出现,它在人作恶时就会出现。它根本不存在,但又实实在在存在于端良老头以及他的祖先的头脑中。它像原始人崇拜的图腾,它是观念的实体化。其他如《返祖》所描述的家族史,《人之魂》中算命先生玩弄的巫术，《老寨》的古风古俗，都使作品罩上一层迷蒙神秘的色彩。

心态空间的开拓无疑也是作品产生神秘感的一个方面。这主要是对潜意识和集体无意识等人们有所感知却不能说清楚的领域的开掘。如《两河口》这篇小说，写及长乐爷对父亲悲壮的死一往情深，又像父亲一样对两河口及石堤一往情深，以至不肯让石堤塌在他死之前；而长乐爷的儿子世久对此也具有一种说不出但"心明如镜"，进而打消了搬家进县城的念头的情感。这些描写都表现了"地之子"对故土固执的眷恋情结，它是自古以来的一种民族的集体无意识。

刘醒龙的小说还给人一种扑朔迷离的感觉便是对死的描写。他笔下的人物有各种不同的死法。《两河口》中塌堤之前大叫一声跳进漩涡的长乐爷死得很悲壮；《人之魂》中"长久地，长久地，入梦了"的奶奶死得很优美。最不可思议的是《大水》中独臂佬这位老红军是抱着他几十年的政敌武瞎子在旱大水中死去的(而县宣传部关心的是他俩到底是谁为了救谁而死)，他们怎么死的只有捉鳖佬知道，可奇就奇在这天晚上捉鳖佬竟让自己养的老鳖咬死了。他们的死都成了未解之谜。上述这些"死"都带着偶然、无常、不可知的因素，他并不说破死之谜。因为死是一种超现实的体验，加上作者处理时的机巧，所以它带有神秘感就不足为奇了。

其他如作品描写的人与大自然的感应(《人之魂》中那只苍鹰与奶奶的情绪交流)，大自然的无常，以及它超越人类的永恒的生命力(许多作品写到山洪的突然到来)等，都因其充满神秘色彩而使人感到惊奇与迷惘。

为了传达这种神秘之谜，刘醒龙在他的小说中大量使用象征、夸张、暗示、时空重叠等不确定性的表现手法以及模糊性语言。其中，作者运用得最多的大概是象征，它所造成的多层次，不确定的意蕴给作品带来神秘感。处女作《黑蝴蝶，黑蝴蝶》中的黑蝴蝶就是作者所说的"有广泛象征的黑蝴蝶"。它是象征黑夜？往事？命运？还是人生之谜呢？可以作多种理解。它神秘，有深广的寓意，决不是生物标本。而《返祖》主人公身上的尾巴，《灵猩》中的"灵猩"等，都是因为它们充当了某种象征的符号而丰富了作品的意蕴，增添了作品的神秘色彩。

三、艺术氛围之谜

　　除了具有那独特的大别山地域文化的总体氛围，刘醒龙的每一篇较成功的作品都注意到了具体氛围的制造与渲染。氛围主要是指笼罩作品的一种特殊气氛或情调。比较而言，他的小说在制造艺术氛围方面要比主题的开掘、人物的塑造显得更为纯熟，有时甚至是氛围的真实可感遮盖着其他方面的不足。

　　这首先取决于他在作品中的场景设计。大别山主峰天堂寨向南有三条南北走向的山脉，三条山脉之间有两条不大不小的河流——东河、西河，接近两条河流的交汇处有一座古朴中略带现代色彩的小县城。刘醒龙就是把他的小说的场景设计在这样的自然环境与人文环境中，从而制造着或宁静或紧张或神秘或魔幻或蛮荒等不同的艺术氛围。当他要表现一种神秘、诡奇的氛围时，他爱描写黑森林。《我的雪婆婆的黑森林》《黑蝴蝶，黑蝴蝶》《老寨》等作品，都是靠那种神秘的黑色、幽深的森林来烘托艺术氛围的。把你带进紧张、壮烈的氛围里去的，则是西河山洪暴发的场景（东河总是温柔的）。《大水》《西河口》中两位老人悲壮的死法，正是通过山洪暴发的场景来渲染的。而《山那边》《戒指》等小说却是通过那座小县城的描绘而透出现代文明情调。还有一种较特殊的场景是与这片土地紧紧胶粘着的梦境与非真世界的营造。魔幻、神奇的艺术氛围由此而来，如《灵猩》等小说。

　　制造氛围，情节也是一个重要因素。一群驼树佬在森林中撒野（《老寨》）与一个少年在森林里找心目中的雪婆婆（《我的雪婆婆的黑森林》），那氛围可不一般。所以场景对氛围作出某种限定，而情节对氛围则提供某种导向。他的两篇烈士小说《未归军魂》《人之魂》的高潮部分都令人感动不已。它们的场景相似而情节相异。前者写十多名缺胳膊少腿的功臣为死去的战友于彬举行葬礼，他们用手给烈士扒坟坑，新土被鲜血染红，山坡上哭声一片，那个葬礼从白天一直持续到天黑。那庄严、悲壮的气氛感动了不准挖山界的

"大姨父",也感动着读者。后一篇是写一位装神弄鬼的算命先生为死去的阿波罗招魂。在黄昏时分的山坡上,他指挥着24条大汉用苍凉的和声呼唤着:"回来吧——阿波罗"。那氛围神秘而苍凉。这里,场景都安排在山坡上。但由于情节不同,所以艺术氛围及其效果也不一样。

制造氛围艺术节奏更是一种内在的条件。它对作品气氛与情调的可感性起着重要的作用,刘醒龙在创作中比较注意这一点。他注意把握作品中爆发与宁静、紧张与松弛、凝重与欢快、惊奇与迷惘等情绪的律动,并通过重现、对比、虚实、闲笔等手法体现出来。《我的雪婆婆的黑森林》,写17岁的阿波罗在去森林寻找雪婆婆时抓住了一个"野人"(从监狱里逃出的罪犯)。作品是把"小男孩"的阿波罗与现在的阿波罗重叠在一起来表现的。虚虚实实,形成对比,构成节奏,从而渲染出一种魔幻与神奇的艺术氛围。《返祖》的情节是在走向森林的进程中展开的。作品不断地重现"黑犍牛……慢慢吞吞"。这种句式,这种镜头的重现增加了作品的凝重、拖滞与神秘的气氛。总之,节奏是在制约你的呼吸时,让你感受到作品的艺术氛围的。

本文无意去描述刘醒龙创作发展的轨迹,而只是想摄取他的"大别山之谜"系列小说中的三谜以明其三昧的。天知道是否说对了,而且就在刚刚说完的时候,刘醒龙又转向了:他开始去写他的"人在大别山"系列小说了。据说,本文评论的这个系列是侧重写大别山人的群体,而那个新的系列则要展示大别山人的个体。茅盾大师说:人是第一目标。所以我更欣喜地期待着刘醒龙"人在大别山"系列小说的问世。

(《黄冈师专学报》1991年01期)

刘醒龙,分享艰难

杨迎平

刘醒龙完成了中篇小说《倒挂金钩》以后就结束了大别山的寻梦寻根。这既不意味着寻梦的完成,也不是一种幻灭的象征,而是刘醒龙感悟到自己更神圣的使命,这使命就是为祖国、为人民分享艰难。刘醒龙的这个转变,首先,是因为我国的国民经济处在艰难的蜕变期,作为一个有良知、有责任心的作家不可能无动于衷,刘醒龙也就不可能继续沉浸在迷茫、神秘、虚幻的大别山之谜中,他必须走出梦境,对现实有一种态度。其次,一个作家不可能用一种方式写到底,他必须有新的构建、新的选择、新的领域,他只有在不断的拓展中扩大自己的天地,开阔自己的视野,永葆艺术的青春与活力。再次,是以父亲为代表的村民乡亲,农民干部对他的要求,父亲曾激烈地批评过他的早期作品,曾在他的一个短篇上做了72个疑问记号,认为他的作品中的神秘色彩令农民乡亲迷惑不解。《村支书》的出现使父亲异常高兴并写信给予肯定和鼓励:"我是你爸爸,又是老干部,老党员。《村支书》是写得好,好在真实,好在好读。我代表我的家庭向你祝贺,并希望你今后写出更多更好的作品。永远不要忘记,你是老穷人的后代……"①刘醒龙没有忘记他是穷人的后代,是在大别山长大的孩子,他牢记着他与乡村百姓血肉相连的关系。这是刘醒龙剪不断舍不了的大别山情结,乡土情结。这情结使他对父老乡亲,农家子弟有着牵肠挂肚的惦念,对他

---

① 《留下青翠的草木》,《小说月报》,1992年8月,以下引文不标注者,皆出自本文。

们的艰难处境有着切肤之痛的焦虑。面对艰难他不能袖手旁观，不能再去云里雾里寻梦寻根，他必须从虚幻的浪漫情调中走出来，去触摸真实而实在的眼前的生活。

关于怎样写农民，刘醒龙有新的看法，他在一次长春召开的农村题材创作座谈会上说："我们新文学对农民的描写经历了三个阶段，'五四'之后的作家曾以启蒙者的姿态去写农民，可视为'俯视'的态度；延安文艺座谈会后，由于重视农民在中国革命中的作用，认识到知识分子要向工农兵学习，遂对农民的描写又取'仰视'的态度；而现在我们这一辈作家由于就是农民或从农民家庭出来的，所以对农民的描写就采取了新的"平视"的态度。"①这个"平视"表现出刘醒龙与农民之间的水乳交融，亲密无间，你中有我，我中有你的关系，也使他深刻地认识到自己不能高高在上地为穷苦的乡村指点迷津，"现在，我终于懂得，天南地北的乡亲的出路，唯有靠他们自己去创造，而我唯一能做的一件事，就是献上自己的真情"。

难得刘醒龙能在"过把瘾就死"的"烦恼人生"的世纪末情绪迷漫时仍保留这片真情；能在商海激战，物欲横流的世俗生活中保留一方净土；能在某些人居高临下对农民和村干部所谓"落后的农民意识"评头论足，说三道四之时，呼唤"留下青翠的草木"，对父老乡亲投来同情理解的目光。90年代，刘醒龙一举推出了《村支书》《凤凰琴》《黄昏放牛》《秋风醉了》《菩提醉了》《分享艰难》《威风凛凛》《路上有雪》《心情不好》，等等一批悲凉苍劲、动人心魂、催人思考的力作。

一、平民意识

改革开放使经济体制从传统的计划经济体制向社会主义市场经济体制转变，取得了不容低估的成效。然而，在这个转变中，经济体制有一个逐渐完善的过程，这个过程是充满艰难，充满风险的，

---

① 《小说月报》，1996年1月。

是要一部分人甚至很大一部分人作出牺牲，付出代价的。社会最基层的农民、工人、乡村干部、民办教师处在承受艰难的第一线，刘醒龙了解他们的艰难处境，并深谙他们承受艰难时的情绪心态，刘醒龙用"分享"替代"承受"，表达出他对这些为祖国分担艰难的贫穷百姓的深刻理解和由衷敬意，同时也表达出刘醒龙面对艰难的行为态度，与冷静无奈的新写实作家相比，刘醒龙的平民小说注入了浓烈的主观情感。

在《黄昏放牛》里，我们看到了农民如何种田难。老劳动模范胡长升经过一年的折腾辛劳，终于明白了人们为什么不种田，懂得了："光种田是过不开日子的，发财的都不是种田人"。胡长升亲眼看到德权、秀梅像逃避黄世仁一样逃避村干部的抢粮，农民像躲租子一样躲避各种苛捐杂税。收"苛捐杂税"的吴支书也茫然，但吴支书理解的是："搞改革总是有得有失，不能面面俱到，这也是改革中的阵痛嘛！"农村最基层的干部村支书，感受着与农民同样的艰难。《村支书》的方支书筹款修补年年失修、破烂不堪的水闸，忍受着晚期胃癌的剧烈疼痛，十八次进城找张部长。方支书最终因堵水闸而献出生命。方支书拼死拼活，既没让村民脱贫，也没让自己脱贫，他有苦劳没功劳，他用瘦弱单薄的肩膀承担着全村一千多人的艰难，他是活活被压死的。农村体制改革使村干部有职无权，像《路上有雪》中毕建成这样精明强干的村支书，也仍然不能使村民摆脱贫困的处境，他们既像"狗腿子"一样向村民收取各种税收，又像地下党一样开秘密会对付乡镇干部，他们常常要一些上有政策下有对策等瞒上欺下的手腕，但往往是上也瞒不了，下也欺不了，得罪了领导，得罪了群众，里外不是人，处于一种很尴尬的境地。他们在左右为难的情况下只有阴谋策划，集体出走。作为党的基层干部，他们做得确实很不光彩，也很不光明正大，但他们不走也很难解决眼前的困难和问题。《白雪满地》中的村干部，像杨白劳一样，腊月二十四全部出外躲债，但"跑得了和尚，跑不了庙"，赵支书的老婆李春玉不得不承担起村干部应承担的责任和艰难，处理村里发生的打架杀人，通奸强奸，死人垮屋等事情，她还动员说服其他村干部家属站出来承担艰难，"谁叫男人是村干部呢"！

村干部这样步步艰难，乡镇干部同样是举步维艰。高天元乡长（《路上有雪》）为了留住企图外逃的村支书毕建民，不得不通过苦肉计搞感情投资，而额头上的伤口却成了长期不能愈合的裂着红彤彤口子的隐患。镇委书记孔太平（《分享艰难》）为了筹借资金为教师发工资，不得不施展一连串计谋，设下一个个圈套，将镇派出所抓赌博的二十万罚款搞到手；为了保住西河镇的经济命脉，他不得不花钱托人将上面掌握的揭发洪塔山的检举信及材料销毁，甚至当洪塔山强奸了他的表妹，孔太平虽然气得咬牙切齿恨不得立即将洪塔山毙掉，却又不得不做舅舅的工作，保住洪塔山。作为一个镇委书记，孔太平似乎太没骨气，太没有原则了，连他自己也承认："明里是一级政权，可是光有政没有权，有时只好做些违心的事，搞些短期行为，欺上瞒下，敲左诈右，不这样日子就没法过"。孔太平确实不算优秀干部，但他能想办法完成上面交给的任务，解决好面临的诸多问题，他的没有原则，不讲路线的错误行为，却是为了把事情做好，而不是做坏。他说："正确的路线不能当饭吃，不能当钱花。"面对他的说法，连县委肖副书记也找不出有力的言辞批评和驳斥。

除了这些农民百姓乡村干部，站在分享艰难最前列的还有"为人师表"的民办教师。《凤凰琴》给我们展现了感人至深，催人泪下的动人画面。界岭小学算上刚报到的张英才一共只有四位教师，他们在三间教室里教六个年级的学生，这些学生都是极贫困的山里娃。教师不仅要用自己微薄的工资为学生买课本，还要管离家太远的学生吃饭，每天有十几个小学生在余校长家吃住，还有二三十个学生吃中餐，但教师们已经有九个月没有发工资了，他们只能吃野菜、咸菜和粗粮，余校长自己的三个孩子个个像非洲饥民。教育站长沉重地说："老余，你老婆已拖垮了，再拖几年恐怕你全家都得垮。"余校长却说："我不是党员，没有党性讲，可我讲个做人的良心，这么多孩子不读书怎么行呢?"余校长没有闪光的豪言壮语，有的只是平民百姓朴素的感情，他们没有能力改变学校和学生的艰难处境，但他们凭着良心、责任心、事业心和对祖国的信心、爱心支撑着学校，主动为祖国承担艰难。

刘醒龙能这样大胆地揭示平民百姓现实生活的艰难处境，尤其是揭示改革开放的当代的艰难，这需要勇气和胆识，更需要真诚和良知，这种正视现实、直面苦难的精神，与玩文学的无病呻吟相比，更显难能可贵。刘醒龙实实在在写出了山区农村生活的艰辛，同时也写出了山区人民为摆脱贫困所作出的坚韧不拔的努力。

二、忧患意识

　　刘醒龙之所以写出这么多沉重的故事，是因为他那强烈的凝重的忧患意识。刘醒龙的使命感使他摒弃了文坛曾一度流行的空疏、冷漠的世纪末情绪，以他的满腔热血描述真实可感的人物和故事，大胆干预生活，揭示改革隐患，发出了沉重、悲怆、焦虑的呼唤。

　　刘醒龙曾在《上海文学》举办的《"现实主义冲击波"大家谈》的座谈会上说："1996年第十期的《上海文学》提出了一个词'公民意识'，是针对现实主义冲击波提出来的。我们有的人忘记了自己是一个公民。'公民'与'平民'并不完全一样。公民的言行必须有责任。作家的内心是自己的，作品却是社会的，要对社会负责，责任感很重要。平民意识是个阶层的划分，公民意识不是这样的。……在这个社会变革时代，我们应承担起责任，通过写作承担了责任和表现这种责任。"[①]公民意识的重要使作家加强了对社会的责任感，公民意识也将刘醒龙与新写实的作家区别开来。刘醒龙面对困难重重的祖国，面对分享艰难的人民，责无旁贷地参与了艰难的分享。

　　改革开放使中国各行各业在从计划经济向市场经济的转型中，经受着一场艰难曲折的蜕变，这个蜕变是意义深远的，这个蜕变又是充满危机的，作为一个现实主义作家，（虽然当前现实主义被有的人肆意歪曲成泡沫和碎片而进行彻底否定。刘醒龙却义无反顾地

[①] 《新华文摘》，1993年第3期。

推出了一批举足轻重的现实主义作品），刘醒龙真诚、严肃地表现了中国社会改革开放的艰巨、迫切和必然，揭示了历史转型期的种种矛盾冲突。虽然刘醒龙还不能为我们开出解决矛盾的"药方"，但我们同样被刘醒龙凝重的忧患意识所打动。强烈的忧患意识使刘醒龙不可能像新写实作家那样对现实采取麻木不仁、自得其乐的态度，他不可能面对老百姓的艰难视而不见，袖手旁观。当工人劳模吴丰(《孔雀绿》)发扬过去吃苦耐劳的精神，废寝忘食加班加点搞实验，实验成功了，照样拿不到工资，得不到奖金，只能让上学的女儿吃稀饭和臭豆腐的时候；当吴丰借贷无门，不得不痛苦地参与到偷铜套的行列中的时候，刘醒龙不可能不怦然心动。当看到当今社会，人们的生活距离越来越大，看到西河镇的两极分化(《彼岸是家园》)，一边是金福儿的吃喝嫖赌，花天酒地，一边是穷孩子没钱上学；一边是没文化的人威风凛凛，一边是有文化的老实人不仅在物质生活和精神生活上被挤压被抛弃，而且还无辜地惨遭杀害，刘醒龙不可能不义愤填膺。刘醒龙揭示了当今社会所存在的不正常的现象。

强烈的忧患意识，使刘醒龙对现实进行了深刻有力的批判，他站在劳苦大众的立场上，在肯定变革历史的真正的物质力量的同时，批判现实中一切丑陋、邪恶、变态的东西，而且触及了转型时期的根本问题。

《秋风醉了》《菩提醉了》是新的官场现形记。官场如战场，《秋风醉了》中为了一个文化馆馆长的职位，人们战斗得刀光剑影，如火如荼。冷部长以权谋私，任人唯亲。王副馆长讨好拍马，费尽心机。王副馆长虽然有些小人行为，但也能干实事，不做违法的事，但冷部长就是不用他，连派三任正馆长，就是不让他转正，直至他心灰意冷，得过且过。官场最终将王副馆长这些人的锐气、勇气、活力、能力消耗得一干二净。"内耗"是当今官场的致命伤。《菩提醉了》则表现庄大鹏、老孔一群小官僚如何借改革以营私，借政策以整人，以及"改别人的革"的卑劣心态。一些正直、善良、有事业心和进取心的人的灵魂已被扭曲、变形。在群众眼里，改革实际成了"狗咬狗，一嘴毛"、"槽里无食猪拱猪"的闹剧。在这里，我们不仅看到了刘醒龙的忧患意识，而且看到他冷峻的批判意识，以及强烈的人道主义精神。

《去老地方》揭示了领导机关的不正之风。县政府为了让下级单位送贺礼，搞什么政通公司开业，到处发请柬，钱送少了还发脾气，给人颜色看。还是不怕县政府的银行行长将此事点穿："王主任真会做生意，一开张就纯赚两万多块钱！……我有个主意准保你们稳赚不折。过十来天，你们将政通公司撤了，再成立一个政富公司，又让大家来祝贺一遍，过一阵再撤了它成立一个政强公司……一个月成立一次，一年不就可以赚上二十几万。"这样搞改革，将会搞出一个什么样的局面？

最近发表的中篇小说《心情不好》，表达了刘醒龙的沉重心情。改革开放时至今日，农民百姓并没有得到多少好处，而农村干群之间的隔阂却越来越深，"千个书记千个法，前面的书记叫栽，后面的书记叫挖"，干部将农民的心伤透了，以致来了"想为群众做件好事"的孙书记，群众也不相信，费尽心机制造事端将他轰走。这是谁的错？难道是农民群众的错吗？我们只要看一看作品中列举的干部"在老百姓头上拉屎拉尿"的种种做法，就会得出否定的结论。难怪群众说："将所有干部排队都杀掉会冤枉一些好人，而隔一个杀一个又会漏掉一些坏人。"群众的情绪就像堆起的干柴，随时都可能燃起熊熊大火。面对此情此景，刘醒龙表现出极度的焦灼和困惑。但是，刘醒龙只是一个作家，"我只是作为一个写作者进行写作的，我无法超越这个时代"①。焦虑和困惑使刘醒龙的"心情不好"，但焦虑和困惑也使刘醒龙誓死要与邪恶丑陋现象斗争到底，并通过揭露与批判激发更多的人去关心改革，投入改革，使改革更快地朝着逐渐完善的方向行进。

刘醒龙一面对现实的弊病进行有力的批判，一面又在苦苦的寻觅，因为他觉察到人们在追求时髦、追求现代、追求物质享受的时

---

① 曾军，李骞，余丽丽：《分享"现实"的艰难——刘醒龙访谈录》，《长江文艺》1998年6月。

候，丢失了一些东西，"很轻率地丢掉了许多有价值的东西，一点也不心疼，像丢垃圾一样"①。刘醒龙说他听到歌曲《小芳》时，产生了强烈的共鸣和共振，"我忽然明白那歌声其实是一种寻寻觅觅之后的忏悔，是一种大彻大悟以后的猛醒，而同时更是那种流浪的灵魂在哭泣！"②这是刘醒龙为那丢失的东西哭泣。为了寻找那丢失的东西，他经历了灵魂的流浪，他面对"眼前这种举目苍茫，望断天涯不知何处是归程的境况"③产生了深深的忧虑，"拭目以观，众生芸芸，可谁还关心美与丑，善与恶，诚与伪？铜臭缠着奢侈和豪华，铺设着洪水泛滥般的灵与肉的腐败。无人相信英雄，无人希冀崇高，甚至连信仰和信念都成了备受嘲笑的东西，仿佛那是一个蹩脚的小丑。……物海肆涌，没有安全的绿洲，没有温馨的村舍，焦虑的灵魂已无处栖息"④。面对物海商战，刘醒龙曾经采取逃离躲避的办法，"我现在一直相信那是一次灵魂的逃亡，不然我不会置我心爱的儿子的病情而不顾，只身沉浸到荒野之中，那时候，我真一直觉得有一种声音在呼唤我，使我在出门之际忽然有一种一去永不回的悲壮感觉"。然而就是在那荒野的黑暗中，刘醒龙作了一次思想的洗礼，他忽然明白："唯有爱才是驶向彼岸的慈航。……谁能爆发出灵魂之爱，谁就能获得彼岸的家园"。刘醒龙发现文学在自觉和不自觉中将自己的灵魂逐离了家园，刘醒龙寻觅的就是这种精神的家园。是的，我们的生活不应该是这般庸俗，我们的人生不应该这么委琐，为了使我们不至于沉沦，并超越世俗的浊流，首要的必须找回自己的灵魂，找到精神的家园。文学迫切需要唤醒全民族的精神，从这个意义上说，文学实在是生命的另一种存在，灵魂和血肉对于它是最重要的。刘醒龙说："聊以自慰的是，自八四

---

① 曾军，李骞，余丽丽：《分享"现实"的艰难——刘醒龙访谈录》，《长江文艺》1998年6月。
② 刘醒龙：《〈秋风醉了〉跋》，长江文艺出版社1994年版。
③ 刘醒龙：《〈秋风醉了〉跋》，长江文艺出版社1994年版。
④ 刘醒龙：《〈秋风醉了〉跋》，长江文艺出版社1994年版。

年发表第一篇小说以来,我能始终固守着这块清贫的阵地,并旁顾无人地苦心经营着。我想如果谁能触摸到我的小说中那颗流浪的灵魂,那他就真正进入我的艺术世界。"①

(《湖北广播电视大学学报》1999年04期)

---

① 刘醒龙:《为什么写〈彼岸是家园〉》,《中篇小说选刊》1995年1月。

《凤凰琴》的美学追求

普 生

青年作家刘醒龙创作的小说《凤凰琴》问世后,改编、摄制成电影和电视连续剧;使得亿万观众、读者为之落泪。中央、国务院领导同志给予《凤凰琴》以很高的评价,并要求各级干部、特别是领导干部要看看《凤凰琴》。

这就引起我的思考,《凤凰琴》不过是阡陌之作;塑造的人物不过是山野布衣之人,叙述的不过是人们司空见惯的故事。与社会主体形象、主体文化、主体文艺相比,充其量莫过是"角落文化",何以引起如此之大的反响?何以备受青睐?可以肯定地说,这是人们审美价值取向,审美情趣的回归,审美观念的变化的一个必然的反映。

我国已经历十几年的改革和开放这个历史性的变革。经济的变革必然驱使属于意识形态范畴的文化艺术变化和变革。事实上,文化艺术在改革开放总进程中的变化轨迹早已显示出来。短暂的伤痕文学、疯狂的拜金文化、消闲的市井文化、虚拟的打斗功夫文化,一度间,使得人们的审美价值取向发生迷茫和失真。追求真实和清晰,形成了人们的一种共同的文化心理。《凤凰琴》的问世,在一定程度上,反映和适应了人们的这种文化心理。作者用土俗的格调、白描、直陈的手法,把人们的审美视线和视角,引向了大别山的一条小山沟。小山沟里的一座破旧的小学校,小学校里几个为实现自己的"生命转折"而苦挣苦扎的民办教师,使人们看到和感受到一个真实的存在——小山沟仍然是那样的古老,那样的传统,那样的闭塞。小山沟里的那所"界岭小学"里,一杆国旗冉冉而升,两杆竹笛吹奏着庄严的国歌，一双双"赤脚片"高唱着庄严的国歌，师生们对祖国的热恋和崇敬之情，绝不为"苦"所减退和泯灭。余校长、邓教导主任、孙老师，还有一位久卧病榻的明老师，为一张民办教师转正表，苦苦地挣扎了十几年，苦苦地渴盼了十几年，而当一份有真正意义的民办教师转正表来到学校时，他们又甘愿放弃渴求十几年的"转正表"，让它去抚慰一颗将离人世者的心灵。人间真情在这条小山沟的一所破旧的小学里实实在在地存在。整个世界已进入了电子时代，而在这所界岭小学里，学生们还得读着因无钱购买课本而不得不用手抄的课本，学校领导和教师一面为自己"民办转正"而忙碌，甚至不惜犯法，不惜弄虚作假；一面为维持学校正常教学而工作。尽管如此，这里还是一所学校，并且实实在在地存在于大别山的一条小山沟里……真实是美的基石，真实是美的载体，真实又是美的本身，是实实在在的美。当人们一下子将自己视线和视角，从盯了十几年的市井消闲文化、虚拟的打斗功夫文化上，移向这条小山沟，这所小学校、这群土俗文化山民，这个容易被遗忘且差不多已被遗忘的真实的角落，这个作为四化基础的教育现状之上，为之动情，为之振颤、为之思索、为之鼓与呼，这是自然的，顺理成章的。这是一种真实美的回射，一种求真的文学心理的回射，一种审美价值取向的回射。

　　美不能脱离真。但，真实的存在只有巧妙地适应于人的某种需要，符合人们审美价值取向，成为人对善的追求和理想的肯定，才具有美的意义。刘醒龙的《凤凰琴》所反映的真实，之所以能激发读者和观众的美感，还在于这种真实，在很大程度上，激发了读者和观众的善性，使中华民族的传统美德得以回归和反射。美始终离不开善。善所注意的是个人的行为是否符合社会的普遍利益，是通过人们冷静地对客观存在进行理性分析来判定的；而美所注意的却是个人如何通过他的活动和努力使善得以实现，它是通过充满感情的观照，欣赏来把握的。

　　还有一点必须提及的是，中华民族美德意义上的善，一个很重要的特征是：同情弱者，支持弱者；同情难者，帮助难者；主持公道，讨回公道。《凤凰琴》摄取材料的镜头焦点是对着严重滞后于现代化建设事业的教育，特别是山区教育。《凤凰琴》中的山区教育状况是：学校地处深山；校舍残垣旧壁；课本无钱购买，只能靠油印；四位民办教师干了10多年还不能吃"皇粮"，只得边教学边翘盼上级的转正指标；村里欠学校教师三个月的工资无钱可发，不得不弄虚作假，骗取奖金来补发教师工资；一个班的学生因无钱交纳学费和购买课本而中途辍学；一位民办教师为了转正盼到生命最后一刻；一位学校领导为了走后门转正迫不得已偷树而被拘禁，这一切的一切，作者浓墨重彩地勾画了一个社会弱者形象——山区教育事业现状形象。这种形象与处于四化建设基础地位的重要性相比，显然形成了一种强烈反差。一面是发达地区的高楼大厦，一面却是山区、老区破旧校舍；一面是挥金如土的"大腕"，一面却是连课本也无钱购买的学生、三个月工资无着落的民办教师；一面是党和国家对教育的高度重视，一面却是农村教育，特别是山区教育如此严重的滞后；一面是强调强化教育基础，一面却是整班级学生的中途辍学……这种真实的存在，是典型的，是强烈的。它迫使一切善良人们——善良的领导，善良的群众进行冷静的理性分析和判断，更多的是同情、怜惜和希冀。同情山区落后的教育，同情山区教育战线上的老师和学生，同情整个教育事业。怜惜历史进入80年代还有这样的"角落"，怜惜作为四化建设事业基础的教育如此苍老，如此步履蹒跚。希冀采取切实措施拯救农村，特别是落后贫困山区的教育，拯救失学的孩子；希冀全民族都来重视教育，都来动手为提高民族整体素质作出应有的贡献，希冀尊师重教成为新形势下的社会公德。这就是善的发掘，善的把握，善的美感力量。《凤凰琴》的胆识和成功，不无与这点有关。它之所以能在观众、读者心灵深处引起共鸣，在四化建设事业突飞猛进的形势下，在社会上引起强烈反响，与作者对善的把握，对善与美异同的认识与把握，是密切相关的，同广大干部群众对教育事业所形成的共识，是密切相关的。善的实现过程，应该说，就是社会的改造过程。已要求社会成员必须用坚强的意志去克服摆在前面道路上的种种困难、险阻，有时甚至要献出自己的生命。事实正是这样，当善的实现感性具体地显示出人改造社会的智慧和力量时，就会引起社会的赞叹、感奋，于是善的同时也就成为美的了。《凤凰琴》在人的善性、善心的挖掘上，在对善的把握上，在用善来激发美感上，应该说是花了功夫的。

英国有一位名叫柏克的美学家说过："美的出现引起我们一定程度的爱，就像冰块和烈火之产生冷或热的观念一样灵验。"美感不仅在于它交织着情感和想象，而且在于它带有突出的直观性，经常表现为一种不假思索的直接感受。在我们的现实生活中，教育关系到千家万户。教育的重视程度，不单取决于政府，而且取决于社会、家庭，取决于区域经济状况。我国是一个尊师重教的国度，孔子被尊为孔圣人便是明证，武训忍辱兴教也是一例。20世纪80年代以来，社会深刻的变革，中西文化的混杂和融合，特别是商潮的冲击，拜金主义的诱惑，金钱的煽动，社会利益分配的调整，一度间，新的读书无用论泛起，教育的投入偏斜，教师的地位下滑，成为公认的社会问题。一些地方，教育萎缩，学生失学，校舍破旧，教师社会地位不高，成为司空见惯的问题。《凤凰琴》的问世，无疑是对社会发出一个呼吁，给人们一个直观的、直接性感受，唤起人们在直观的现实面前，在交织着情感和想象之中，向更高的理性认识靠拢，从而引起全社会所有社会成员对教育的"一定程度的爱"，让中华民族传统的尊师重教的美德，在社会主义市场经济条件下，进一步发扬光大。这也是《凤凰琴》之所以为广大干部群众所接受，产生如此强烈共鸣的原因之一。从另一个角度上看，《凤凰琴》之所以有如此广泛的社会基础，在社会上引起如此强烈的共鸣，还是我们党一贯倡导尊师重教风尚的结果。这也是毋庸忽视的。

《凤凰琴》在情节处理、矛盾安排、悬念设置方面，较为成功地遵循了美学规律。整个故事都是作品中的"我"——张老师的亲身经历和耳闻口睹的事实记述，这就为艺术真实与生活真实的辩证统一；作品的矛盾展开、情节安排，都是围绕着民办教师转正这条主线而进行；一把凤凰琴为什么存在于这所学校之中，为什么本来刻着的名字又被铲掉，为什么有人不愿听到凤凰琴的琴声而偷偷地剪断了琴弦，凤凰琴与民办教师明爱芬的命运有何联系，这些悬念的安置，使作品不仅具有深度和力度，而且具有更深层次的审美情趣。作品因之也更具有可读性、可视性，耐看、耐读、耐人寻味。无疑，它们对于激发美感，对于把生活真实转化为艺术真实，对于矛盾的安排、揭示和解决，都具有重要的意义。

从刘醒龙的《凤凰琴》在文坛上引起震动这件事的本身来看，尽管我们已经开始在市场经济轨道上运行，尽管西方文化思潮的影响，也尽管人们的观念更具有现代意识，但有一点是可以肯定的，人们的审美是多角度，多层次的。人们的审美视角移向了改革开放前沿，移向市井，移向商战的主战场，这仅仅是一个方面的走向。然而，由此而轻视甚至放弃对八亿人口的农村，特别是山区农村的认识和反映，轻视甚至放弃对基层人和事的认识和反映，轻视甚至放弃对深层次问题思考、认识和审视，不仅不对，而且有害。《凤凰琴》受青睐的事实本身，给作家大概也传递了一个信息。

《凤凰琴》的结局是一个悲剧。明爱芬在填写全校教师让出的民办教师转正表时，走到了自己生命的尽头，她是含着笑意去的。然而，余校长也好，邓教导主任也好，孙四海老师也好，还有文教站的万站长也好，他们仍都活着，他们仍在山区偏僻的小村与孩子们相依为命，他们还要为自己的生存价值和后代的命运拼搏、奋斗；既为逝去的一切，也为将来的一切。

由于工作关系，也由于有一定的共同文学爱好关系，刘醒龙同我有较多的交往，而他向我提要求，总共只有两次。第一次是1991年冬的一天晚上，他来到我家，开门见山地要我帮他向组织上说说，他要求参加地委农村工作队，到某一个山区去，一边做点工作，一边深入生活。开这个"后门"难度不大。于是，他参加了地委驻黄梅县大河工作队。过了几天，我到大河想找刘醒龙聊聊。那里的干部说，他一到大河就钻进山沟沟去了，只有派人去找。结果找了大半天，连他的"人毛"也没有找到一根。过了两天，我终于见到了刘醒龙，一见面，表现得十分兴奋。他说大河这里也是大别山的一部分，山沟里生活真是太多太多了，太有趣太有趣了。吃山里的腌菜、锅巴粥有味,与山里人聊天、拉家常更有味。他还告诉我,他已经做了一本采访笔记,将是他文学创作的重要素材。他拿出了几本笔记本,边翻给我看,边跟我讲解:这是某某支书说话时的手势记录;这是某村长给群众讲话脸部变化情况的记录;这是某某农民同我座谈时额头皱纹变化情况的记录;这是某山区一名青年打工回乡时的记录……真是够奇特,够新鲜的。刘醒龙就是这样留心观察乡下和乡下人,就是这样来记录乡下和乡下人,然后创作文学作品中的乡下和乡下人。他的《村支书》是这样诞生的,他的《凤凰琴》也是这样诞生的。艺术美不正是来源于现实生活吗!

他第二次向我提个人要求,这是前不久的事。其时,他的名声,随着他的幽深、朴实的《凤凰琴》的琴声,震撼文坛,震撼全国。《凤凰琴》先后有七八家电影制片厂和电视台争相拍摄影视片。后来被一家电影制片厂拍成了电影,并作为唯一的一部国产片送进上海国际电影节参加评奖。据说改编者在未征求原作者刘醒龙意见的情况下,将其中的人物给改了,男的改成了女的,于是一些人物关系、矛盾设置和情绪变化,都改了些。片头上署有原作者的名字,但介绍文章、评论文章有不少似乎忘记了原作者。于是舆论界、文艺界一些好心人,打抱不平,一些传媒在"炒"官司。一时间沸沸扬扬。就是在这个时候,这样的舆论环境下,刘醒龙找到了我。他简单地向我说了说《凤凰琴》的一些事,自然也有些不快活。然后,向我提要求:他要请三个月的创作假。"到哪?"——我问。"钻山。"——他答。我说,那好,我支持。两天后,我因为一个事打电话找他。接电话的是他单位的同事,告诉我说,刘醒龙进山了。在哪里,连他的爱人也没有告诉。我缓缓地放下电话听筒,口里说了一句:"这小子!"心里不由生出一番崇敬之情。——我又深一层地认识了刘醒龙。

打开文学殿堂之门,我觉得那里头全是一座一座的山,每座山头上站立一位文学匠人。我仿佛见到了刘醒龙,他带着他的《威风凛凛》《村支书》,抱着他的《凤凰琴》,一步一步地向着一座座山头攀登着。我反复品味他的作品,品味着他的生活,品味着他的为人,品味着他的美学追求,觉得最值得品味的还是他那腾起的轨迹。

　　刘醒龙弹响了凤凰琴,日后还用什么来震撼文坛?只有留待他自己来作答了。

(《文艺理论与批评》1994年03期)

乡村教师的生命赞歌
——读《凤凰琴》

郭大章

中国文学自五四以来就形成了关注现实，与时代主潮共生共荣的传统。这一传统在新时期文学中所表现出来的直面现实的忧患意识，直接作用于90年代的文学思潮演变和文学创作主题。针对九十年代以来市场经济初期物欲高扬、人心浮躁、精神被物化的现实，刘醒龙的小说关注着人的生存本质的勘探、个性生存困境的表现。"作家的内心是自己的，作品是社会的，要对社会负责，责任感很重要……在这个社会变革时代，我们应承担起责任，通过写作承担责任和表现这种责任。"刘醒龙的这段话体现了他作为一个著名作家面对并非理想的社会现实的一种难得的艺术良心。刘醒龙是一个社会责任感极强的作家，他的作品总是对社会底层人民的生活给予深切的关注。其代表作品中篇小说《凤凰琴》就是这其中的典范。

小说描写了一群山村小学民办教师的工作和生活状况，真实地反映了我国偏远山区教育的落后和民办教师生存的艰难，高度赞扬了他们辛勤耕耘，默默奉献的精神，是一曲乡村教师的生命赞歌。笔者从小就生活在一个乡村教师家庭，对于乡村人民特别是乡村民办教师的生存状况有着深刻的体会。说得准确一点那是一种悲惨的生活。他们名义上是一个教师，实际上却是一个农民，但又比一般意义上的农民更辛苦。他们不仅要做一个普通农民该做的事，而且还要上课，还要培养一代人的希望。读者可能要说，那是有报酬的啊！确实，那是有报酬，可是那么一点微不足道的酬劳甚至连杯水车薪都算不上,还称得上报酬吗?纯粹当一个农民兴许比一个民办教师的收入还高些。那他们图的是什么呢?笔者曾听一位民办教师说过:图个什么,这有什么好图的,有什么可以图的,我们只是本着自己的良心在做事,真要说图点什么,那就是图我们的下一代有知识有学问,能够改变他们的命运,不要再像他们的父辈那样过着悲惨的日子。这里没有豪言壮语,也谈不上有什么高尚的理想,而正是这普普通通的信念,支持着他们孜孜不倦地工作着。

　　文学作品中关注乡村教师生活的不多,而把这种生活写得真切感人的更是凤毛麟角。刘醒龙的《凤凰琴》就是这样一部成功的作品,从其文本中所流露出来的那种真情实感,深深地震撼着读者的心灵。余校长家的经济本来就很拮据,但他还是让几十个学生在他家里吃住,甚至还说:"我不是党员,没有党性讲,可我讲个做人的良心,这么多孩子不读书怎么行呢?拖个十年八载,未必村里经济情况还不会好起来么?到那时再享福吧!"这或许就是界岭小学民办教师们的心声吧。虽然不是那么响亮,但是却体现了他们内心一种庄严的责任感。听到这句话,笔者不知道现在的某些党员作何感想。

　　经济上的贫穷算不得什么,只要有一种精神支撑着就会感到很满足。余校长他们虽然经济上相当贫困,但是在他们的内心自有一股严肃、崇高的精神存在。尽管磨难重重,营养不良,数月领不到工资,而且还受到村干部的凌辱,但他们依然用他们的忍性和韧性,用那"大骨节的手""枯瘦的手"朝朝暮暮地在悲壮的国歌声中升降国旗。"九月的山里晨风大而凉,队伍最末的两个孩子只穿着背心裤头,四条黑瘦的腿在风中瑟瑟着。张英才认出这是余校长的两个孩子。国旗和太阳一道,从余校长的手臂上冉冉升起来。""张英才站在这个队伍的后面,他看到一溜儿瘦干干的小脚都没有穿鞋。这边余校长见还有好多破褂子在等着他,就着罢了。这时,太阳已挨着山了。余校长猛地一声厉喊:立正——奏国歌——降国旗!在两支笛子吹出的国歌声中,余校长拉动旗杆上的绳子,国旗徐徐落下后,学生们拥着余校长,捧着国旗向余校长的家走去。"一个被迫退学的十二岁的孩子曾说,他家那儿可以望见这面红旗,望到红旗他就知道有祖国、有学校,他就什么也不怕。这一幕幕画面太感人了,精神上的崇高得到了淋漓尽致的体现,这是一种信仰,是对我们伟大祖国的信仰。此时此刻,我们还能说什么呢,唯一能够做的就是向这些可敬可爱的教师和孩子们致敬。

界岭小学的民办教师们是一群小人物,一群可怜的小人物,他们的生存状况和精神状态、他们的命运遭际令人唏嘘。然而正是他们,在那种严酷的环境中,发动并带领学生们勤工俭学,艰苦创业。捡草药、蛇蜕,挖茯苓,甚至为了这些微不足道的收入走很远的路,还碰到了狼群。这是一种怎样的生活啊!看着李子写的作文《我的好妈妈》,听着那带有哀伤调子的《我们的生活充满阳光》,读者感想如何呢?这一首又一首的生命赞歌在一群可怜的小人物身上尽情地演绎着,生活在大都市而又觉得空虚没有依托的人们又作何感想呢?在这里,笔者不想多说什么,从这鲜明的对比之中,也无须去多说什么,因为什么语言在这里都会显得苍白无力的。

现实主义作品的可贵之处就在于它对现实的批判和揭露。刘醒龙的《凤凰琴》也是这样,在歌颂乡村教师们默默奉献的同时又对这个社会的阴暗面作出了相当强烈的控诉。作品并不只是一首赞歌,同时也是一曲悲歌。界岭小学的民办教师们是一群小人物,他们有时所做的事也不是那么光明正大,甚至有时还体现出了小人物的种种卑微:钩心斗角,暗自较劲,卑躬屈膝,弄虚作假,爱占小便宜。为了转正,他们自顾自地复习,互相猜忌。为了迎接上级检查,弄虚作假,谎报入学率。最为突出的要数余校长的老婆明爱芬了,她与人争夺转正名额,刚生产的第二天,硬撑着趟冰水去参加转正考试,不幸染病,瘫痪在床,宛如一具僵尸,"完全是一张白纸覆在一具骨架上",最终在填写转正表时含笑离开人间。作者在这里想要表达一种什么呢,显然不是为了贬低这群可怜的人的作为。在这里,作者实际上就是对现实社会进行了无情的批判。界岭小学的民办教师们为什么要这么做,是他们想这么做呢,还是现实生存的艰难逼迫他们这么做呢?民办教师们在这么艰苦的条件下还如此敬业的工作着,为什么社会就不待他们好一点呢,甚至连那么一点微薄的工资都还要拖欠,那些领导都干什么去了?为了转正这么一点区区小事，竟然搞得如此艰辛，这究竟是谁的错呢？贫困山区的教育问题是一个很现实的问题，哪怕是现在人类已经步入了二十一世纪，贫困山区的教育现状也同样是不容乐观的。如何振兴，还不是得靠乡村教师？但我们的政府为什么就不能增加一点乡村教师的待遇呢，难道振兴乡村教育就不关他们的事吗？

作家的作品只是揭示一个现实，去启迪人们作更深层次的思考。笔者读完《凤凰琴》心情很沉重，为那些还在生存线上挣扎的乡村教师，为那些充满渴望而又没有条件实现的乡下孩子，为贫困山区的教育以及中国教育的发展。

刘醒龙的中篇小说《凤凰琴》是一部成功的作品，它是一首关于乡村教师的生命赞歌，体现出了作家难得的艺术良心以及由作家内心发出的微弱的正义呼声。

(《语文学刊》2008 年 14 期)

从《凤凰琴》说起

杨海波

《凤凰琴》的创作经过与感受

1993年，我和何群一起将刘醒龙的中篇小说《凤凰琴》拍成电影。当时产生拍这部影片的想法既简单，也复杂，那就是试验一条拍现实题材影片的新路。从当时的情况看，大家拍这类影片，或是为了完成任务，或是只看重题材和主题，基本上排除了靠这种影片赢利的可能，谁投拍这类影片，都抱着赔本赚名的念头。（当然，拍这类影片实际上并不亏本，起码不会比拍烂商业片更亏本，但那不是靠市场，属另外一个问题。）以这样一种心态去拍现实题材，显然是不利于贯彻"突出主旋律，坚持多样化"这一创作思想的，也不符合电影规律，因此，我想通过自己的亲身实践去证明下面这个问题："主旋律"是不是非赔钱不可？于是，我开始找题材、找导演、找资金、找厂家，开始分析各种创作要素相互组合的利弊，测算筹划影片的宣传发行。说实话，拍这部戏的时候，无论是我，还是何群，都未想过得奖的问题，我想得最多的是怎样使这部影片在电影市场上卖回本来；何群想的最多的是怎样把片子拍得令观众能看下去。其实这两点在本质上是相通的，即怎样赢得观众，因为任何不能赢得观众的电影创作型态或主张都是没有生命力的。但在赢得观众方面，不同的型态所使用的方法是不同的，对于现实题材创作来说，仅仅依靠一般性的电影商业元素——如明星、卖点，等等——怕是行不通的，因此我们为《凤凰琴》定的创作重点是一个

"真"字，即用何群的话说：讲点老百姓的事，说点老百姓的话，靠这个东西去打动人。我当时的设想是，只要何群把片子拍得能使观众在电影院里坐住，而且看完出来以后不骂娘，再能说句"这片子还行"之类的话，何群就算完成任务了。至于怎样把观众吸引到电影院里面，那不是导演应该完成的任务，那需要靠电影宣传。我觉得这样的策划思路对导演来说是公平的。因为作为投资者、作为策划人，你选导演的时候所要考虑的是他能否完成既定的创作任务，而不是能否完成影片的市场回收；如果将创作和经济任务一起压在导演头上，那是不公平的。一个选题投多大资本、预期收回多少，这应该是投资人和策划人考虑的事。这些问题考虑得比较清楚以后，我们拍出了这部影片。《凤凰琴》的市场效果，与我们预期的差不多，不仅回本，而且略有盈余（天津厂的实际收入不仅仅是略有盈余）。出乎我们意料的只有一点，即这部影片会得那么多奖。做这部戏——用一些记者朋友的话来说"经营一把主旋律"——给我最深的感受是，拍什么电影都必须事先有一个明确的目的与达到目的的计划，应尽量减少盲目性，拍现实题材尤其需要这样。我们的资金有限，市场发育不完全，如不加大智力投入（无论前期还是拍摄期的），我们在创作现实题材影片时不可避免地会遇到许多困难，进而影响到这类题材的电影创作。

创作心态和舆论环境

艺术创作总要直接间接地反映出创作者的心态，没有一种良好的心态，是很难创作出真正动人的影片的。由于政府一直提倡电影反映现实，由于现实题材创作比较容易获得资金和其他方面的支持，有些创作人员便自觉不自觉地产生了一丝投机心理，觉得拍这种影片既能争取拍片机会，又不必承受过大的经济压力。在这种心理的支配下，往往容易出现题材决定的倾向，即只要有一个好题材、一个好的主题，就匆匆忙忙开拍，结果拍出来的影片在艺术和市场上都没有好的结果。单纯从政治的角度，以完成任务的心态去拍现实题材，是极其不利于现实题材创作的。另外一种心态，觉得政府提倡的自然没有意思，便不屑于拍，不屑于看，甚至不屑于与拍这类影片的人为伍。在他们眼里，只有在国际影展上获了奖才算好样的。这两种心态一起构成了一种不利于现实题材创作的舆论环境。我以为，若想使现实题材电影创作真正进入良性循环，必须有一种良好的风气，一种愿意并善于表达人民心声的风气，一种关心社会、关心国家和民族命运的风气。其实，这种风气无论在艺术还是在商业上都与电影的命运息息相关，只有把观众的观赏需要当作电影的第一需要，中国电影才能唤回流失的观众，使自己在艺术和商业上立于不败之地。

十部大片对现实题材创作的影响

从去年开始实行的引进"双基本片"，对我国的电影市场和电影创作产生了巨大的影响，对现实题材创作也是如此。从目前的情况看，我以为影响有以下三个方面：一是现实题材影片丧失了一些最好的放映时空。十部大片虽然只在二百家左右的影院作首轮放映，但这些影院都是我国最好的影院，可以称之为"超级黄金院线"。这些影院每月放映一部大片，耗时半个月，剩下的那半个月基本上属于调整期，很难产生理想的放映效益，因此，现实题材影片很难在这些影院中卖得红火，而这些影院是电影市场的带头羊，它们的放映成绩对别的影院是有很大影响的；而且这十部大片目前还有全面铺开的趋势。二是现实题材影片的宣传难度加大。十部大片因以票房分成的方式发行，必然加大宣传投入，这使我们过去的宣传方式和投入立即相形见绌。而现实题材影片的宣传照大片的样子来做，基本上是不可能的，即使最简单地在主要媒体上做做广告，其资金投入量也相当于一部现实题材影片总预算的三分之一到二分之一。三是十部大片令观众对现实题材电影创作产生新的期待与要求，而这种期待与要求从目前情况看，一时难以得到满足。比如说，我们也像《真实的谎言》那样拍一部有关我特工人员的影片行吗？我们也像《阿甘正传》那样拍一部涉及我国近三四十年历史的影片行吗？这都是问题。

但是无论如何，现实题材电影还是要拍的，而且在年产量中还是要占有相当大的比例。因此，只要我们不愿意把中国的电影市场拱手让予好莱坞或其他外来影片，我们就应该好好总结现实题材创作中的经验，认真研究创作和商业动作中的新老问题，力争把这类创作搞得更好。这是一条艰难的路，但我们不能不走。

(《北京电影学院学报》1995年01期)

以真诚直面崇高
——从《凤凰琴》说起

胡 彻

都说艺术离不开生活,但这几年的电影,分明是愈来愈有意地躲避着真实的人和真实的生活,而孜孜不倦地以声光电画诸般手段营造着一个与真实无关的另一重世界及存在于这世界的另一重"生活"。而且这一番努力是由几乎所有的电影工作者(不管是被逼抑或自觉,其结果并无区别)共同进行着,于是成果也就分外地显著,竟真的使无数相似的影片共同演绎出一个自成一体且自成一局的虚幻的真实,譬如武侠片中的神奇功夫与邪不压正或艺(功夫)不胜义(道德)的训诫相辅相成,共同构成长盛不衰令人心向往之的"武林世界";而枪战片则以现代风范的孤胆英雄形象与武器致胜的暴力原则相结合,繁衍出一个弱肉强食的银幕世界——尽管最后的胜利终是属于正义的英雄,但这一选择当属创作者强令银幕世界向现实世界所作的退却让步,而在银幕上,邪恶的强人与正义的英雄有着同样的魅力,所谓"言情片",自然为人们,尤其是恋中或幻想着热恋的人们,幻化出一个以"情"为最高原则的世界,在这个世界中,真挚的爱情战胜重重困难而成正果,是最高的公理……

或许电影理应进行上述的营造,或许为了生存,电影也必须投大众之所好,为他们进行虚幻的营造,或许已经或继续有人为上述营造活动的合理性进行着合理的论述,以求使电影人在营造过程中不至于心有忐忑——然而只要电影还是一门艺术,不管第七抑或第八，它就理应与其他艺术门类一样，有责任、有必要、有信心、有可能以一种真诚的态度面对真的生活，描摹它、反映它、分析它，进而可能干涉它，使它变得更好。

正是在这一前提下，影片《凤凰琴》的出现令人鼓舞。《凤凰琴》的故事其实简单，不过是一个高考落榜的农村姑娘，通过关系当上了一个山村的民办教师，而后又再次高考而中榜，离开了这所学校。而我们差不多就是在这位姑娘的来与去之间，跟着她的视线，看到了一所山村小学，看到了一个真的世界。而正是这短暂的一瞥，迫使我们直面一种真的人生，一种真的崇高。我们都曾感受过贫困，现在则是更多地怜悯或痛心于别人的贫困，但我们往往忽略甚至有意回避着物质的贫困对人的精神可能造成的戕害，及人在身受这种戕害之时仍能保持的那一份崇高，是多么的令人敬仰。正如我们从影片中所见，无论是几位教师为了一个民办转正的名额的斤斤计较甚至钩心斗角，还是后来大家一同颇为慷慨的推让，都让人为他们在物质与心灵上的双重窘迫而痛心，尤其是当我们更深地体味到他们心灵的窘迫竟源于物质的窘迫时，这种痛切也就分外强烈。与此恰成对照的，是每天由一支笛子与一支口琴伴奏所进行的升旗仪式。任何一个外人如我们，大约都会从这简陋而认真的仪式中感到几分滑稽，当人们纷纷执迷物质的膨胀而将崇高放逐之时，竟有人日复一日地重复着一个简陋到寒酸却又纯粹意义的仪式，大约太容易被人视作迂腐。然而当那面国旗终于在那几间草舍上空瑟瑟地飘扬起来时，当那几张仰起的脸上没有了平时的琐屑与无奈，而分明地浮现出一种可以称作崇高的庄严时，我们体味到了这一仪式的意义——这是可以使教师们摆脱生活之窘迫的一股精神力量，每日的温习，支撑着他们的精神不因物质贫困的重压而彻底地堕入灰色。

据说《凤凰琴》的投资不过100余万，于是在制作上不免粗糙；或许是由于客观环境所能允许的极限，影片《凤凰琴》较之原小说，在直面的勇气与力度上都大为逊色。但无论如何，它在电影界的一片虚幻朦胧之中，以一种真实的力度，给我们以冲击，而且它的 100 余个拷贝的发行量,也给我们以新的信息,观众并不拒绝真实。电影也无需一味躲避崇高。重要的是直面它,写出它的真相。

(《大众电影》1994 年 04 期)

心如明镜台
—— 刘醒龙作品联想

周 毅

记得是在一个假日的晚上，朋友的聚会风流云散后，深夜回到家里摁电视，摁出来的是一个《凤凰琴》。

别的频道正在播一部外国电视剧，声色华丽，对比之下，《凤凰琴》无论哪儿到哪儿，都透着贫穷。当时的心境，贪恋着繁华，不接受这刺眼的景象，遂把着个遥控器频频更换频道。最后怎么定在这个节目上，一直看到结束，现在也想不起来了。

只是记得结束那当儿，看着小张老师转过盘盘曲曲的贫瘠山道，回头去看已看不完全的界岭小学，心里突然咯噔一下，就呆在那里了，说不出话来。看不完全的界岭小学，看不见的余校长、孙四海、邓有米，似乎都已得庄严菩萨像，超脱而去，现在轮到小张老师独自下山，去修炼他未满的功业去了。

回头念及在万事中挣扎的自我，正是被余校长他们打发到尘世中来的小张老师，泪水不由得一下就下来了。还未及成形，却又爆发出抑制不住的笑声来。因为想起刚才的聚会上，我们那一群没有房子，住单旁宿舍、单人床的朋友，一个画油画的姑娘在抱怨，就两个人睡单人床，弄得她经常睡梦中一翻身，就在旁边的书桌上撞出个大青包来。一笑一哭都收不住，在记忆中是唯一的一次。不过到最后，哭和笑都风流云散了，心里是无声的感动和安慰。其实要准确地描绘当时的感受，得用一个已比较稀用的词：升华。

因此，今天择其要点的评述和联想，也许都可看作那个晚上的延续和对《凤凰琴》的报答。

江汉一带的写实风格

尽管写实一直被作为一个时间性的概念来描述某一阶段中国文坛的整体走向，我还是认为把它老老实实地交还为一个地域概念更为"写实"。

几乎不用更多的思考，凭印象就能看出，江汉一带的风土在滋长、培育着一种近似的写作风格，池莉、方方、刘醒龙、邓一光……这些先先后后的作家作品，合在一起，能比较出和江南丝竹繁弦般的"写实"、中原神话寓言般的"写实"的差别。江汉一带的作品，更为老实地呈现着"写实"所要求的分类学上的特征——他们留意所见到的一切东西。

与他们同时不同地的伙伴相比，显得更开放没有结论，更复杂而缺乏一些简洁的抒情感染力，也许还更粗糙，但却以一种有时令人茫然失措的方式让同时代人感到休戚相关。《凤凰琴》之前，刘醒龙那种对生活事务化的描写及事务化的描写方式并未引起我更多或更深的注意。实际上，刘醒龙的小说中缺乏突兀的玫瑰花般的形象，也几乎从不营造什么弥天大雾般的氛围，换句话说，他的作品缺乏能让我们这个时代的读者容易感到认同的主观性或个性化特征。我想一直到通过《凤凰琴》，刘醒龙才获得了足够的力量来让人注意他的追求和努力。可以说只有在刘醒龙及江汉一带作家的作品里，我们被提醒，想起了一种朴素的信念，那就是对人和人关系的信念；他们那里，人和人的关系既没有被简单地否定，也没有被简单地肯定。他们只是认为，不管肯定还是否定，都必须发生在人群之中。

《菩提醉了》《秋风醉了》这类以官场进退、利益得失为题材的作品是刘醒龙作品中常见的一部分，用官场来展示人性异化的作品，我们其实已见得不少，刘醒龙的作品最容易让人感到和这类作品的接近。但在他的作品中，有一种很奇怪的东西，即对复杂世界的感受是第一位的。权力的得失尽管重要，也是主人公行动的线索，可是作为写作对象的主人公又常常显得怀有比获得权力更大一些的目的，即"求知欲"：认识权力、了解权力。很难说有单纯的失败者或单纯的成功者，主人公用切身的经历在展示人在追求权力的同时，权力也作为客体对人进行需求、掠夺、取舍的"知识"，这让刘醒龙的主人公常常在失败时少一份绝望，得到时也没有庸俗的狂喜，在最困苦处也显示出对待权力的一种非功利态度，对待既成事物的一种尊重。

如果不了解这种信念所置身其中的大的背景，可能很难理解坚持这种信念的特异和危险；可以说我们这个时代所有优秀的作家，都联合在共同维持对人与人关系的警惕，特别是对现实关系的警惕这条战线上。一方面，是历史的教训，我们有着对放弃个人立场、放弃个性的漫长记忆，另一方面，是现实的与人联合的市侩性令人感到恶心。当然，在这两者之外，还有着作为创造性和本质自由存在的人对公众性本能的反感和反抗，而在这三者之外，还有一点更重要的原因，即它是一种"时代风气"。在这些情感的共同作用下，现实的人与人关系被有意地排斥和忽略了。即使还有——像在刘震云等人的作品中——它也是作为被整体否定的对象而存在的。其实一旦当现实作为整体被否定，它就已经改变了性质，变成了精神活动的产物，在它被表现的那一时刻，它同时已丧失了作为精神活动二元对立一方的性质——这也就是我们已经习惯的接受和面对现实的一种方式。

不过，这既是我们所习惯的方式，却也是我们所习惯怀疑的方式，个人精神的阅历究竟在多大程度上突破了个人的限度，而包含了其他或整体？个人的精神阅历又在多大程度上可以被信赖？人和人的关系，像一个黑暗的怪兽，隐性地存在于我们精神前进的路上。

如果要给"市侩"下一个定义，我认为应该是：它认为所有问题都是可以通过人和人关系的努力而获得解决和改善的，它将人和人的关系看成了被某种简单原则所约束的有限体，不承认精神的内在性、不可沟通性及世界的无限性。

刘醒龙行走于现实却未被市侩气污染和淹没，我想是缘于他的写实对现实整体所作的突破工作：现实也许是一个整体，可是这个整体比我们通常理解的那个要大得多，复杂得多，可以说是无限的。"无限"这一概念作为基本背景在作品中的引入，是江汉写实的珍贵独有之处。

在《暮时课诵》一篇里，刘醒龙曾讲了这么一个故事：地区财政局几个小青年，一男二女，个个都有点闹家庭矛盾的意思，相约着到附近山里的灵山寺去春游。灵山寺香火有些败落，几个没受戒的老尼姑嫌给的钱少，敲磬问签时也没给好脸色。幸好灵山寺旁有个灵山林场，林场的人为贷款的事好好招待了他们一番；但林场的饭刚吃罢，寺里的慧明和尚来了，弯腰作个揖请他们回去，重新打了一堂佛。做完法事，却眼睁睁看殿前闹了一场事，一个中年男人在佛前毒打他女人，因为她把钱都拿来捐了功德，女子却任他怎么打，只忍着不在菩萨面前发悲声。正不可开交时，听见殿后面传来一声："阿弥陀佛！"声音虽低，但强烈得像空山里的回声。慧明说："显光师父往外一站，我就觉得自己连糠秕都不如。"三人留在寺里吃了一餐斋席，说定了以保护舍利子为理由向财政局贷五千元款的事。这一趟春游，仿佛谈定了两笔贷款，三人中还隐约滋长着一些情愫，可是回来后，事如春梦了无痕。两笔贷款都不用了，显光师父来了个大动作，把寺里偷闲耍懒的人都撵跑了，将积蓄的 20 多万元借给了林场；一个似乎要发展起来的婚外恋也在女子"你的胆子只有芝麻大"的怨声中收了场。

整个故事由"如是我闻"、"如是我见"的方法串成一线，刘醒龙不动声色地就涉及了凡间、佛门、情欲、信仰、官僚机构、计谋、特异功能等题材，在凡俗的画面和凡俗的叙事中，又不弃不离、互相裹挟地呈现着善意和信仰。在这篇小说中，很多地方都可看成小说的"非本质成分"、"非主流因素"，像法殿上的那场大闹，善女人的朴素坚韧，三人欲进不进的暧昧关系等，但又几乎没有一个可以看作题外之话，事态中的因果含蓄隐藏，几乎不是凡眼所能窥探。刘醒龙在"留意一切"的叙事中，用多重因果的叠加，构成了一个不做交易的世界。

大约是在张爱玲《倾城之恋》之后，那种"也许就因为要成全她，一个大城市都倾覆了"的轻佻的因果论甚为流行，本来要说的无常，失去广阔深邃的内涵，变成逃脱责任、自我欣赏的戏话而已。像刘醒龙这种对复杂因果的尊重、谦逊已很难见到，他的好多作品都像是对那种简单因果论的逆反。

说起逃脱的这个责任，不是那个要救国救民的责任，而是人作为智性生物对自己"智性"的责任。人如果不努力去认识世界，去思考命运，只是过一种"不问也罢"的日子怎能说不是残缺的人生与人性？

世界已经太复杂了，复杂得缺乏任何现成的逻辑解释，并由于这难以把握的复杂，世界正在摆脱我们，离人远去，这是刘醒龙大部分写作时面临的基本背景。因此，刘醒龙的作品常是关于"事实"的作品，同时又是关于"无限事实"的作品。他只有靠一种实际的行动去努力抓住这世界，才能考虑从其中去吸取营养，决定取舍。这就构成支撑江汉写实的一种罕见的写作动力——求知欲。

世界是人和人组成的，人也是人和人组成的，即使这关系已经变得令人绝望地纠缠、陌生、远离人的理想，但是离了它，一切却都无从谈起。所以，首要的就是：认识这世界。

美学显然不是写实者们追求的目标，他们是想用写作来认识世界。刘醒龙用写实压抑提问，压抑对个人抚慰的窃窃私语，推迟人精神的对象化：如何提问？如果不充分了解我们周围的世界，我们的问从何来，问又何益？如果我们不在各条路上都认真地走一走、试一试，怎么说得出什么是真正的精神危机？

这种风格不断唤起我内心一种难言的心痛感受，提醒我想起，生活在此时此地的中国，我们最为深刻的精神困难就是"认知"的困难。我把它称为困难，而不称为悲剧，是想突出这种精神状态的客观性，尽管这困难也委婉地表达着认知过程中精神所遭受的情感摧残。近一百年来，我们祖先拥有的认知体系瓦解了，新的认知体系有待建立，在对权力的严酷服从和对生存的荒凉追求中，人的内心世界只渴望着抚慰。我们确实也有了各式各样的抚慰：英雄主义的、理想主义的、遁世的、感伤的，但有一个地方是空白：认知的世界。抚慰是发生在个人领域之内的精神活动，开始于个人，亦终端于个人，它无助于建立任何人与人、人与世界的关系；只有认知的力量才会有助于正视和建立这些关系，而我们却恰恰缺少对真理性的认识，由此整个内心变得悲屈不伸，我们在一次次地付出感情、消耗感情之后，世界反而越来越陌生，人越来越孤独。我们认识这个世界吗？我们的悲惨的、过于庞大的生活究竟是被什么力量支配？

若要追溯这整体风格的缘由，我只能找出这块土地上曾生活过的先人屈原，他的《天问》，就是这样叫着天的名字、地的名字，叫着日月星辰，叫着世间万物，要问出个道理来。屈原的作品繁丽幽深，同样具有分类学的色彩。百代之后，这块土地上的人似乎是没有选择地承袭了他，身备万物方谈自由，认识世界解脱忧愁。

善与普通人的超越

能够毫无矫揉造作地描写善，在我们这个时代是一桩奇迹，而刘醒龙又一再地显示了这个奇迹。《村支书》《白雪满地》《凤凰琴》《孔雀绿》等一系列作品中都留下了善的印迹。刘醒龙打破了善的图囿，打破了善是一种特殊的人格境界、常混同于英雄行为的习惯做法，将它扩展为我们这个无边人生苦苦思辨所能得到的唯一正果。

在因果混乱的世间谋求生存，这并不是刘醒龙一个人才有的认识，只是《凤凰琴》带给人的悲喜交集昭示了刘醒龙显然走着一条与众不同的超越之路，并且也为我们打开了一条新路。

星期六的下午，是各老师分头送学生回家的日子。那一天老师自家返回的时候，却各自演出了一场险情。邓有米撞着了一群狼，狼群迎面冲来，吓得他不知所措，站在路中间一动也不动，"那狼也怪，像赶什么急事，一个接一个擦身而去，连闻也不闻他一下"。余校长却遇见了鬼，"送完学生天就黑了，路过一个出垅，明明看见一个人在前面走，还叼着一只烟头，火花一闪一闪的，他想走快几步撑个伴，到近处，一拍那人肩膀，觉得特别凉，像石头，他仔细一打量，果然是块石头，不仅是块石头，还是块墓碑。他心里一慌，脚下乱了，一连跌了几跤，将膝盖摔得稀烂"。等到大家惊魂未定地聚在一起，各说各的，说到底，大家都笑了。一个说遇到狼没被吃掉是"穷光蛋也有个穷福分"，一个说山里遇鬼是常有的事，不用大惊小怪。

这场经历似乎已暗伏了后来余校长、孙四海、邓有米统统得大解脱的玄机。在惊险危难、怪状叠出的情况下，每一种抒情的倾向都还是被抵制了，没有得出任何个别性的结论，大家的结论其实都没对事件本身作出推理、解释和解决，有一种品性在根子里要求人与种种惊险危难、与理性或迷信、与公平或不公平、贫穷或繁华"共存"，这样的品性，才是善，善完全正视人自身的局限，同时也正视人可以尽大可能地容纳万物的无局限。

善不是特殊性，善是容纳普遍性的普遍性；善与知浑然一体，标示出一种心的境界——"心如明镜"。心温润、明亮，印证万物而保有自身。这让我大胆猜测，善是人类从原始思维到启蒙时代的产物，在这一时期，人类还朴素地保存着对知性的信仰，而当人们不再起码地信仰知识时，善意也就失落了，或者难免地显得做作。

知性对善的介入而出现的"心如明镜"这境界，颇让人想起一句被人列为次等的偈语："身为菩提树，心是明镜台。时时勤拂拭，莫使染尘埃。"由于有一句比它高明的"菩提本无树，明镜亦非台。本来无一物，何处染尘埃"，它的意义常常韬光不显，其实我倒愿意将一看为过程，一看为结果，如果没有"时时勤拂拭"哪里来的"本来无一物"的清明天地呢？"明镜亦非台"只不过是说打扫了追求之心后，镜与万物宛然自现的客观状态罢。

有时能感到，刘醒龙自身的写作行为就是对善的实践。文中人物的善意是通过与刘醒龙的写作相辉映相交织而存在的。刘醒龙对复杂世界的描述不是要得出复杂的结论，而是通过对它的复述来进行对它的探索，他是在锻炼"时时勤拂拭"的能力，考验这能力能否穿越那异常复杂的迷宫。

刘醒龙将自己放逐到这复杂世界中经受考验，形成他作品中始终能让人感受到的一种独特的人性力量，尽管这人性是以服从、无言，甚至无形的方式来表达的。刘醒龙的写作像一种苦役，还有点像修炼，在他做得不够好的时候，还会给人碎片充满的印象，一点也不聪明；可是他用这种不聪明维持了对这个世界的不理解，维持了自己的立足点，实际上又维持了对这世界保留批评可能性、保留超越可能性的权力。

由《凤凰琴》带来的温暖和感动是长久的，因为这一时刻将在一个更广大的经验整体中保存下来，它不仅保存了自身，同时还唤醒了这个经验整体，将它拖入到一种深沉的感情状态中。这个经验整体无以名之，暂且将它称作"普通人状态"吧。而在这之前——也许还不仅对我个人而言——这一经验领域是废墟，已长久被忘却。

在别人的作品包括许多优秀作品中，受到鼓舞的常常是某种特殊性；冲破令人窒息的混乱，靠的是才华、灵性、特殊的经历与遭遇，人们依靠对生活作新的解释和批判，或依靠对特灵性的炫耀性表达，来企图超脱生活；而刘醒龙显示了完全相反方向的一种态度，他不在写作中放纵情感、想象，不要求从生活中获得本来没有的东西，他的所有写作都在向我们表明，人只能依靠最基本的东西，依靠最普遍地存在于人身上的善根才能得到苦难人生的解脱。

不得不再一次地面临这个问题：个性与普遍性在我们这个时代显示出怎样的诡异的循环关系。文明的前瞻性已让我们对整体的命运怀有如履薄冰的顾虑，如马尔库塞在《单面人》中所说，一方面，"技术文明既不靠压服，也不靠劳动的冷酷，仅靠作为纯粹工具的地位就把人降到物的地位"，剥夺了人个性和创造性的存在，但另一方面，"这个社会每日为它的效率和生产所宽恕，已经取得了超人的力量，它同化了它的对立，同化了它所接触的一切，以玩弄矛盾来证明其文化上的优越性"，每一种个性表达都可能因其被包容而失去真正的理性和力量。这种双面的难境让个性处于进退两难的维谷，我们在坚持个性立场的同时，又不得不在内心追问，个性能带领我们走多远？它能否真正带领我们晋升超越之境？

在这种情况下，刘醒龙走的无疑是一条危险的"反其道而行之"的路，他不朝特立独行的高峰寻问，而是到众生中求解，以坚固不坏的善意来容纳自相矛盾的整体，在最困苦处也始终不放弃对人类总体超生、人人皆有佛性、与人可以沟通的希望。说到这里，遗留下的问题已经不是刘醒龙的了,问题在于我们,我们是否有足够的勇气接受这一切,接受他人,接受沟通的可能性?

"普通人"也许应该包含着这么一连串的意义:生活是有意义的,生活中有我们值得为之生活的终极目标——解脱,不论处于什么样的世界,这目标不变。解脱,最终来自对我们生活于其中的庞大复杂的现实的清醒认识,来自于对这庞杂的忍受和体会,还有,保留着被无限所没有亦不能消耗掉的心灵之爱。

贫穷:欲望的本相

我的论述仿佛走着一条倒三角的路径。最后来说到的"贫穷",这是刘醒龙小说中一个最无意识的背景,也是由作品带来的直观的第一感受,这本来应该是文章的第一部分的,不过竟因思绪如潮,被挤到最后来了。

偏僻大山里赤贫的生存状态,半倒闭小厂里拘谨的生活算计,是刘醒龙小说中经常出现的背景。是啊,我们天生有幸,没有出生在那个一顿饭里找不到一星油花的界岭小学,没有过那种"一家五口闷闷地低头将碗里的粥喝得哗啦一片响"、"筷子没处伸"的日子,但是刘醒龙的描写却以不可思议的力量直接打中了我们这些在奔腾红尘、繁华物欲中沉浮的心灵。这是为什么?

我们没有"那么穷",可是我们依然感到"穷"。

一个欲望膨胀的时代,欲望的强与弱其实并不在于所拥有物质的量化区别上,而是因为我们这个社会已经将人的欲望内化为了自身发展的结构性动力;现代社会制造了空前的物质繁荣,同时也制造了空前的匮乏恐惧。谁不抱怨穷,谁没有过被穷的感受像利剑一样伤害的时刻呢?人们为此忧虑不安、喋喋不休,但实际上并不清晰贫穷的真实含义。贫穷在现代人的嘴里,因为标准的不确定和永恒变更,不具备量化标准和视觉上的清晰,它只是一个欲望的代名词。由于来自社会深处的认同,欲望其实已成为最单向度的一个心理状态,人们羞于谈及它具体的方面,因此其实它已逐渐成为一个抽象的、无法满足也无法对象化的虚无,并连累人生也成为无法对象化的虚无。对欲望，即使我们诅咒它，我们也仍然不知道如何摆脱它，也许实际上当我们在追逐成功、诅咒城市、思念过去、怀疑现在、忧虑未来、放纵自我的时候，我们正是带着全部的欲望在诅咒欲望。在这空洞、炽烈、无限高涨的欲望之火映照下，生活永远贫穷，心灵永远贫穷。

而刘醒龙却克制了迷狂、物化了欲念，他的作品中出现了"真正的"贫穷，一种身外之物的贫穷，一种不存在于人自身，而是人可以对付、可以周旋的客观存在物。余校长他们可以为弄到一笔奖金修缮校舍，请客吃饭，假造学生作业和学生花名册，《孔雀绿》中的劳模吴丰因为家里"几天没有肉吃"，竟心惊肉跳地冒险从别人的麻将桌上拿了十块钱……刘醒龙小说中充满了不胜枚举的令人心碎的对贫穷的努力。

坐在被空调、墙纸、大玻璃、各种音响设备包围起来的大楼里，界岭小学很远，望天畈村很遥远，但心灵的地狱很近。

我这时就感觉刘醒龙的写实达到了地狱般的力量，本来我们被欲望煎熬，还被欲望与本质相分离的状态煎熬，刘醒龙对贫穷谨慎真实的写作却让这种内心状态获得了客观对应物，我们现在被身外之物煎熬了。

地狱有地狱的平静和秩序，也许这是我们现在最可以期望得到的平静和秩序了。我们必须获得一个客观环境，这样才可能有对自身进行反省的起点。

刘醒龙是在为我们描画这样一个对自身进行反省的起点吗？

(《上海文学》1996 年 01 期)

电影《背靠背脸对脸》与小说原著的互文性研究

刘海玲

小说转换成电影的过程是要进行体系转换的。转换了体系，完成的就是独特的电影世界①。

互文性是指一个文本与另一个文本之间的对话关系，也即"一个确定的文本与它所引用、改写、吸收、扩展、或在总体上加以改造的其他文本之间的关系，并且依据这种关系才可以理解这个文本"②。这段话准确地诠释了电影对小说改编所生成的对话系统的研究途径。

黄建新电影《背靠背脸对脸》改编自当代著名作家刘醒龙的小说《秋风醉了》。《秋风醉了》和《菩提醉了》《清流醉了》等一同构成了刘醒龙文化馆系列小说。小说故事几乎是现实生活的搬演。刘醒龙说："世界上没有什么学问比生活本身更深刻。"③黄建新也说过，"文化没有那么玄乎""它就存在于每个人的身上，每个人的行为、心理都是文化的反映。"④笔者在与黄建新导演探讨以何标准选择小说进行改编时，黄导说："我看中的是这篇小说它最吸引我的是哪一点，是否跟我能心灵相通，其他的我就不在乎。拍《背靠背

---

① 黄建新，刘海玲：《我的电影是我对中国的理解》，《电影评介》，2007年1期。
② 程锡麟：《互文胜理论概述》，《外国文学》，1996年1期。
③ 刘醒龙：《仅有热爱是不够的》，《当代作家评论》，1997年第5期。
④ 柴效锋：《黄建新访谈录》，《当代电影》，1994年第2期。

脸对脸》时，我的助手杨亚洲向我推荐的是《生命通道》。它后面就是刘醒龙的《秋风醉了》。""这篇小说我看了又看，就是舍不得放下。它写了所有中国人在传统意义上与政治的关系。其中最吸引我的，就是人在被权力欲望控制的时候，会变成一个非人。这点特别有意思。"①《背靠背脸对脸》既有对《秋风醉了》的同构，也有文化理解上的深化，更通过改写，在写实之中蕴含了黄建新一以贯之的"荒诞"色彩。

一、中国伦理纲常中的"人治为本"

以儒学为纲的中国传统文化的核心是"仁"。孔子主张"仁者爱人""克己复礼为仁"；孟子以"性善"论为据提出"仁政说"；至汉代儒学董仲舒由天"任德而不任刑"引出了"德教"思想。中国传统政体文化从根本上讲是"人治"而非"法治"。那么"人治"的国家、社会、单位、家庭是怎么样的状态呢？《背靠背脸对脸》与《秋风醉了》均描述了这种"人治"状态。

"君为臣纲"，上级领导一切。大到文化馆馆长任命，没有程序，没有依据，上级"说你行你就行"。因此，年富力强的王副馆长一直不能扶正，而不懂业务老实无能的马副乡长和年轻气盛、见风使舵的领导秘书小阎先后被空降为正馆长。这一情况可以小到文化馆进人。冷副部长的女儿要进文化馆，无须考核，更无民主，说进就进，不容商量。这种一级管制一级的"人治"规矩，使王副馆长在代理期也包揽文化馆的一切事务：办公楼、住宅楼、舞厅、放映厅的建设，临时工的聘用、开除，等等。"把文化馆的几个人盘得像猴子一样"，大家都听王副馆长的。

"父为子纲"，中国人生大道有五伦，皆本于情，非本于欲。父亲至尊无比的地位天已注定。虽然父亲年事已高，社会地位卑微，但在家里是王副馆长的主心骨。父亲不动声色，却知晓一切，

---

① 黄建新，刘海玲：《我的电影是我对中国的理解》，《电影评介》，2007年第1期。

并在关键时出手相帮。甚至父亲因为盼孙心切，竟然拿烟油泡水给孙女喝时，王副馆长对父亲也没有半句非议，给父亲小心涂药水时只自责自己没能圆父亲的心愿。

"夫为妻纲"，王副馆长虽然对妻子仿兰恩爱温和，但妻子对丈夫的尊重和服从却是先在的。在发现公公意图谋害女儿的突如其来的冲突中，王副馆长不由分说地责打仿兰——"你这个不行孝的女人！"妻子被打回娘家，再抱着女儿自己默默回来。家庭关系以传统的纲常伦理，而不是以公理、道理确定。

还有王副馆长的"跑"钱，需要有关系、有人情、有礼金，方跑得来本该正常的行政拨款。并通过同学关系提供虚假证明，使父亲无须再谋害亲生孙女而能遂了"续香火"抱孙子的心愿。

这种传统的伦理纲常成为人与人之间一切关系的准则，也是社会得以运转的传输带。处于尊位者拥有绝对的话语权，甚至其话语就是原则、法律、规定。"道见于群，德本于己"，在此只见"群"不见"道"，只见"己"不见"德"。

二、中国权谋之术的"治人为策"

中国人一个重要的性格特征是温良。"温良，是一种温和平静，庄重老成的神态""温良乃是同情与智能这两样东西相结合的产物"①。在王副馆长彬彬有礼的温良下，掩藏的是小小文化馆中的争权夺利、钩心斗角和其中显现的中国人的智慧，即"治人"的谋略和手段。

谋略之一是让李会计给老马腾房子，让老宋给冷冰冰让位置。这使文化馆里两个重要角色因为自身利益被侵害，而把新来的马馆长视为眼中钉。

谋略之二是和建筑公司石经理约定舞厅工程的进度。该慢则慢，该快则快，该停则停，一切全凭"治人"需要。马馆长如坐风口浪尖，对王副馆长的计谋一切都无从把握。

---

① 辜鸿铭：《中国人的精神》，海南出版社1996年版，第30页。

谋略之三是搞抗洪救灾展览遴选摄影作品，马馆长拍冷部长的10幅摄影作品全部入选。结果当冷部长陪同上级熊部长看展览时大为恼怒：马馆长所有镜头中的冷部长都是在雨伞下身着白衬衣"看"着"泥猴子"们雨中抢险。

至于整治反对王副馆长而拍马馆长马屁的老罗，挑唆李会计何时搬家、怎么搬家，不动声色地汇报老马买办公桌比别人多花了钱，怎么对待冷部长的女儿冷冰冰，等等，体现了在单位这个社会群体中，人与人之间的每一个细节处理无不透着机谋和策略。在特定目的下，怎么玩手段"整治"人成为两部作品共同的趣味所在。

如果说王副馆长善于"治人"之策，在中国传统文化圈内还有善"策"之高人，最令人叹服的当属王副馆长的父亲。

刘醒龙曾刻画了众多安贫乐道、勤劳朴实、隐忍节俭的父亲形象，如《生命是劳动与仁慈》里的父亲、《痛失》中的田细佰、《寂寞歌唱》中的林奇，等等。"父亲"们并非十全十美，也有恶行或者错误，但这些父亲得到的是宽容和理解。这不仅因儿子们"孝"，还有作家对父亲行为合理性的阐释，如王副馆长的父亲因为没有孙子而"毁了王家上千年的血脉"，做梦祖宗都骂自己"不仁不义不忠不孝"。但刘醒龙点到即止。

黄建新则赋予父亲更多的心计和谋略。"我一直认为中国的传统文化特别是宋代以后，中国世俗社会的价值观就是实用主义。而且这在中国民间表现得非常充分。生长的胡同里，常常那个最糟糕的人就是所说的最普通最老实最善良的那个人。今天实用主义比那时更严重，为了个人的利益什么都可以做。我电影中的父亲是一个非常传统的实用主义的老人。他为了有一个孙子可以干那样的事，为了维护儿子可以作假戏。所以政治不单单跟官僚阶层有关系，跟市民阶层关系更大，而且有时更令人恐惧。我就是想表现得更深刻一点。父亲形象倒了个个，跟小说不一样。"①

王副馆长暗讽小阎，"看来世上真的没有常胜将军，谁都会有

---

① 黄建新，刘海玲：《我的电影是我对中国的理解》，《电影评介》，2007年第1期。

克星的"。可世上还真有"常胜将军",那就是王副馆长苍老的父亲。

情节关键之笔是父亲与小阎的冲突。原著中鞋匠父亲"不知道现在的皮鞋越好,皮子越薄,越不耐穿"。"手上还没怎么用力,那皮子就哗地一下,被撕开一条两寸多长的口子。"王副馆长的父亲"一下子傻眼了","自己一生的名誉被这双鞋毁了"。面对小阎的责骂,王副馆长的父亲"哆嗦""埋头""痛心",心甘情愿地卖血卖皮,因为"损坏东西要赔,这是天经地义的"。但在影片里,父亲拿着小阎的皮鞋,一刀下去,故意将鞋戳破,还大吵大闹,继而到医院卖血。这是父亲整治小阎的策略。原著中的父亲是个老老实实的农民,他回乡养猪给"娘俩补身子用"。影片里的父亲听说儿媳妇怀孕后,高兴得扯开枕头,里面都是这辈子辛苦积攒的钞票。传统父亲的"诚实、善良、纯朴"的褒义形象一变而为"狡诈、心机、功利"的贬义形象。黄建新改编意图,不外突出了"治人"谋略的"祖传"和"最高境界"。但对传统文化则混杂不清地融合了敬重、畏惧与批判的多重态度。

黄建新选取了河南社旗的关帝庙山作为文化馆的办公地,古城墙成为几场重头戏中耐人寻味的场所。这些都是中国传统文化的典型符号,与中国的官本位、传香火的传统文化相呼应。黄建新用大升降车拍一些会馆围墙的俯拍镜头,让观众意会到,在改革发展阶段,人们想冲破传统的时候,有多少层墙壁在阻挡。

小说中的王副馆长终于因儿子降生使官场欲望获得了替代性满足时,却突然被任命为文化馆馆长。黄建新则在改编中把道家淡泊归隐、与世无争的胜利置换为王双利再次踌躇满志地来到飞檐雕瓦的文化馆,等待他的是正式任命还是继续代理?开放式的结尾隐喻着世界周而复始的循环,伦理纲常规约下的"人治"与"治人"的权谋之术仍将继续且没有终结。这也显示了黄建新对中国官场文化进行批判的尖锐和深刻。

(《开封教育学院学报》2013 年 07 期)

刘醒龙《分享艰难》对时代艰难的良知抒写

覃碧卿

对于幸福、快乐是一种分享，而对于艰难，却需要的是一种承担，而对于我们共同的任何时代转型期的艰难，确实需要一种勇于分担的心，风雨同舟，才能更快更好的共渡难关。我想这是刘醒龙把他的小说本是分担艰难却命名为《分享艰难》的由衷之言吧。而作家关注的这一现实也成为了近年中央提出建立和谐社会的主题。

一

20世纪90年代，一些作家放下如椽之笔，只用着时尚的笔触东涂西抹，使文学缺少了起码的精神光芒，丧失了一种发自人心灵深处的精神力量，作品一味表现对现实一种无能为力的屈从态度、表现一种无可奈何的出世的精神逃亡，使文学之于现实基本上丧失了匡时济世的现实精神，甚至消解道德、颠覆传统，以至仅仅沉溺于关注自我、只肆意叙写内心。而与此相反，刘醒龙等一批作家当时并没有随波逐流，放弃现实责任感，没有从良知的防线上撤退下来，放弃对"人"的追寻，把关注的目光投向正在急剧变化中的现实转型中的种种困境，描写在困境中挣扎苦斗的人们的生存境况和复杂心态。尤其是他1996年发表的中篇小说《分享艰难》，就表达了他对底层百姓生活的这种热切关注，提出了艰难分担的不易，希望能以分享的良好心态去共同走过坎坷，强调了作家的责任和良知。他在谈到小说的创作时说："对于一个真正的作家来说，必须以笔为家，面对着普遍的流浪世界，用自己的良知良心去营造那笔尖大小的精神家园，为那一个个无家可归的灵魂开拓出一片栖息地，提供一双安抚的手。"①事实上，"文学不能光是私生活性心理这套东西，更要关注社会关注现实。普通人身上有许多美好的东西，这是推动历史发展的一种因素"②。

刘醒龙以"大别山之谜"系列小说步入文坛，这奠定了他的小说的泥土气息。他也确实曾把自己小说的创作领地建立在大别山区，使他的创作就具有了特有的坚实的生活基础和文化底蕴。他曾说："乡土是一杯配制多年的陈酒，舍不得一口饮了它，唯恐难再，于是乡土就成了离乡人的难解情结。隐着乡情的苦难也好，隐着苦难的乡情也好，那份眷恋，那份不舍，那份痛得揪心爱得也揪心的感觉，总如醍醐灌顶一样，让人酣畅淋漓之后，视乡土为迷离中的又一家园"，流溢出对现实的浓情厚谊。③ 即使是经历了从"乡下人"到"城里人"的心理跨越后，作品中展现的贫穷的山村，艰难的生存环境及纯朴善良正直的人物形象，依然那么真切，作家始终返璞归真，而没有归"俗"。以《村支部》《凤凰琴》等一批反映现实生活的小说，以凝重的笔触写了纷攘时代的新"问题文学"。在这些作品中既表现平凡人物丰富特殊的个性，又着重写出了他们超越自我、超越生存环境的精神品质。那种甘于清贫、乐于奉献的精神显示了对传统道德的强烈皈依意向。他的作品里人物身上蕴含的那种纯朴善良的天性和真挚的爱心，可以看出他对传统道德的发掘，对在这种传统道德中孕育的理想人格的赞美，当然在表现道德理想的同时，也流露出对世风日下、人心不古的现实生活空间的忧愤和批判。

当刘醒龙将他的笔触从他熟悉的古老而神秘的大别山，转到日下新鲜而充满诱惑的城镇时，他依然表现了自己的坚守，他的《分

---

① 刘醒龙：《信仰的力量》，《延河》，1996年第4期。
② 韩耀禧：《雅曲乡音凤凰琴——近访作家刘醒龙》，《文学报》，1995年。
③ 刘醒龙：《内容与形式》，《小说家》，1995年第3期。

享艰难》以全景式的再现方式容纳复杂多变的现实，他的忧患意识显示的是现实主义的本色。

《分享艰难》对市场经济启动后的乡镇社会复杂的生存图景有着相当深刻的描绘。小说写一个乡镇——西河镇的困顿和发展。镇书记孔太平是作家重点描写的人物。作为该镇的头号人物他应该做出种种头号事情，与一方百姓共享艰难，共谋发展，但无论主观还是客观他都让人看出这种分享艰难的艰难。他有坐车喜欢坐前排的喜好，还有不动声色地联络在该镇驻队的上面工作人员孙萍搞公关活动等行动，他注重权欲并且还有"一手"。另一方面他作为镇书记逼筹集教育款项，抓泥石流救援，挽救乡镇企业等又显示了他作为一名改革者客观上尚有能和民众"分享艰难"的魄力和精明。

他原是县商业局副局长，到西河镇任职已有四年，先干了两年镇长，后当了书记。他的心思主要还是想回到县城落实一个好位置。他抓经济抓教育怕出漏子很大程度上也出于这种考虑。他在该镇的主要政绩："一是集资建了一座完全小学和一座初中，二是搞了这座养殖场。"他在为官一方期间与镇老百姓分享艰难的事显然并非全心全意：小说写他在夜晚的路上偶然听见镇完小的杨校长和教管会的徐书记说到胡老师发病住院的事，他还听到他们俩的一些牢骚话，"三个月没发工资了，医疗费还要学校先垫付"，"镇长书记只管自己升官发财，哪里会真心实意地关心教育"。于是他到医院探望了生病住院的小学教师，对教育问题才有些感触，设计将派出所抓赌的罚款补发了所欠教师的工资。其间又不动声色地让地区日报上登了一则消息说西河镇党委政府高度重视教育，还特别将孔太平去医院看望生病教师，千方百计组织资金，将拖欠的教师工资全部补发了等几个例子举出来。这一方官员理当应做的事成了涂脂抹粉的材料，积累晋升的资本。再是奔赴百来人口的垸子几乎完全被毁的救灾现场指挥救灾，对赵镇长能够在半天之内搞到五万元钱和一万斤粮食救灾不是高兴而是心中牵系思虑，为赵镇长在县里的潜力很大而保持警惕，还为关系到他的政绩和升迁的养殖场的客户嫖妓，被派出所扣下身份证和交代材料而费心，心中有私天地窄，这种种私心焦虑使他突然晕倒在地。于是这些分享艰难显得实在廉价和简单，没有作者呼唤的生命底蕴中的"慈和爱、宽广与容纳"。而小说故事的内在动力正是镇书记孔太平与镇长赵卫东的权势争斗和向上邀宠，虽然他也争创政绩，作品将孔太平竭力维护养殖场场长洪塔山与注重权势争斗连在一起，将为了摆脱镇经济的拮据与孔太平的职位的升迁连在一起，这就使小说中镇书记孔太平与百姓的分享艰难染上了浓浓的虚假色彩。对此作者的态度不是无可奈何乃至认可，而是流露着深深的忧患意识和评判色彩。中国农村的经济改革改变了农村固有的格局，阵痛矛盾便普遍地显现了出来。这实际上也使作家笔下的生活向前推进时遭遇到了真正的"艰难"。作为小说主人公——一镇之主的孔太平面对官场的腐败、生活的问题，客观上也经常显出一种无能为力之感。

二

《分享艰难》没有仅仅停留在展览生活中的种种"艰难"表象上。"艰难"是同我们每个人内心的客观对应物，因而是对我们每个人的人性挑战。孔太平无疑是作品中关于人性挑战反差最明显的代表。他既有抓教育、抓治安、保护乡镇企业的"善"举，但这一切的目的又是为了使他升官。人性对艰难不应当也无法躲避，应当去面对只能去"分享"。

刘醒龙在该小说被选入《中篇小说选刊》1996年第2期一篇题为《可能没说清楚的话》的创作谈中说："从分享幸福到分享艰难，我的声音也许太小太弱了，这样做也会是太难太难。无论是作为作者的我还是作为本质的乡土乡村的现实就是如此。分享幸福是一种善，它昭示作为人的无私，而分享艰难是一种大善，它是生命底蕴中的慈和爱、宽广与容纳，任何一种有关人与社会的进步，其过程必定少不了对艰难的分享。"我们在《分享艰难》中很难看出分享艰难的"大善"，更见不到那种"生命底蕴中的慈和爱、宽广与容纳"，这是作为作家的良好愿望与直面现实的尴尬。他在早期小说中刻画的人物在生存苦难中还不乏道德承担和以诗性理想化解生存苦难的激情。直面现实，作品中人物在生活原有的本质意义已节节败退。

孔太平为了地方经济，为了自己的政治前途，不仅违心地为嫖娼的大客户说情，并饶过了糟蹋自己表妹的暴发户洪塔山，而致富了的"能人"洪塔山们，就会将人性中的"恶"的东西释放出来，造成社会关系的无序和道德水准的下降。对此作者表现了应有的忧患，但情感无法超越生活，小说中"造恶的享富贵又寿延"并不是作者在作品中对丑屈从，对恶妥协，更不是故意放纵和随波逐流。作品中作者道德选择异常明确，要与群众分享艰难，共渡难关，承担社会转型期的磨难和痛苦，只能用包容的态度，忧患的眼光去作的痛苦的选择。作者曾这样讲："生活与人的本原往往是相背的，它默默承受起这最让人不能接受的艰难，生活又一次告诉我，仅靠情感是无法实现超越的，必须用自己的灵魂和血肉去作无情的祭奠。"他渴望"用灵魂和血肉写作……真诚地朝这个方向走去"①。

作者还说"写作者的灵魂和被写者的灵魂，一直是我触摸的方向。在《凤凰琴》等作品中，面对在人性的灵魂中苦寻生存的价值的弱势群体，我所用的方法是抚慰，到了《分享艰难》里，情况变得复杂起来。人的弱势无可奈何地让位于环境的弱势，在灵魂的天平上，我不得不选择包容"②。在小说《分享艰难》里作恶的乡镇企业家洪塔山最后确实被"善"感动。以善赎罪，将自己的桑塔纳卖了给教师发工资，又做成了几笔生意，将镇里各家企业积压的产品卖了出去，同时还搞回来几项加工的产品"所以镇的经济眼见就好起来"。

但毋庸置疑的是整部小说中，孔太平的心思全部放在与赵镇长的争斗和自己的升迁的方面，这是小说的主要内容。孔太平回县城工作是迟早的问题，关键是回去后上面给他安排一个什么位置。小镇里政治上是出不了什么大问题的，考核标准最过硬的是经济，经济上去了就是一好百好。他努力建树自己的政绩，眼光就瞄准经济，经济上镇里的财政收入很大一部分来源于他像保护大熊猫一样保护的养殖场。

---

① 刘醒龙：《内容与形式》，《小说家》，1995年第3期。
② 刘醒龙：《乡村弹唱·序》，群众出版社1997年版。

现在镇里的财政收入很大一部分来源于这座养殖场。所以他对养殖场格外重视，多次在镇里各种重要场合上申明，要像保护大熊猫一样保护养殖场。

实际上，这座养殖场也就自然关系到他今后的政治命运。养殖场场长洪塔山是这一方"能人"，孔太平对于颐指气使的洪塔山他百般纵容委曲求全，洪塔山经常用公款在外面嫖妓，被人联名检举，孔太平花一千元托人找朋友将检举信和材料抽出烧毁。因为他心里清楚："殖场一垮，全镇财政一瘫痪，自己的政治前途也就终结了"。为此，他有意让洪塔山当上县人大代表，并且争取让他当上省人大代表。孔太平心里十分赞成这样的说法："洪塔山不一样，养殖场实际上控制着西河镇的经济命脉，谁得到它谁就可以获得政治上的主动。"因此他把养殖场独自抓在手里。孔太平唯一不能容忍洪塔山的是经济问题，他说："别的问题他可以设法保洪塔山，如果是经济上有问题，保他还不如抓他，免得好好的一个企业被他搞垮了"。甚至连自己的表妹被洪塔山强奸了，他仍然设法保洪塔山，让他的舅舅不告洪塔山，让他继续当经理，为镇里多赚些钱，免得大家受苦。而镇书记是代表"镇"和"大家"的，经济是政绩，是升迁的主要希望。

三

小说在关注下层普通百姓的生活，在描写处于经济困境中人们的挣扎与奋斗时，努力写出基层干部孔太平客观的、部分的、也应当的、同时又是不够的与民众的分享艰难，使作品洋溢着平民色彩。而他的"经济上去了就是一好百好"，这种主观上为了自己的职位的升迁而对作恶多端的洪塔山的姑息纵容，抛开了一切道德伦理、礼义廉耻和人格人性，也使其丧失了自己的人格和良心。现在经济转型期的乡镇难道养育不出"好干部"了吗？当下百姓艰难的生存困境又急需要"干部"分享，或许才是走出困境的第一步。但乡镇里孔太平般的干部们为什么又不能与百姓去一心一意分享艰难，图谋发展呢！刘醒龙在他的九头鸟长篇小说文库《痛失》扉页上说,许多的该与百姓分享艰难的干部不是原本道德上的缺陷的人,也不是无能鼠辈,从任何意义上讲,他们都是乡镇里的精英。但用人机制的缺陷,以及官本位主义的盛行,使道德的水准"痛失","以民为本"的魂灵"痛失",以及良知的泯灭与救赎的无助。

事实上,刘醒龙在他许多作品中都以这种直面现实反映底层的创作,不虚美,不媚俗,坚持创作中的现实主义精神,坚持创作来源于生活,来源于普通人中间,以客观朴实的写实手法按照生活的本来面目描写生活现实,以其生动真切的对社会转型期生活的描写和反映,使文学创作贴近了现实生活。刘醒龙在回溯他的创作历程时说:"当我回过头来将身心投入到生活中,才恍然悟出自己总算找到了真正的老师,世界上没有什么学问比生活本身更深刻。如果说生活是一个巨人,那么哲学只能是它的头脑,而文学艺术则充其量是试图通过它的灵魂深处的血液与神经。生活的毫毛动一根就会使这样的血液与神经发生震颤。"①但刘醒龙超越了新现实主义仅表现对现实的去伪存真和灰色描写上,而表现了对美和善的追求,对恶和丑的贬抑,有明确的精神指向性。可以看出作者对他所描述的生活的热爱和关注,并能溶入其中去触摸它,一如触摸和描述自己心灵一样地赋予这生活以艺术的直觉和质感。因此他的《分享艰难》在对于实实在在现实生活的真切描写中,显示作品的丰厚真实,表现了其在创作取向中的独特意义和价值。

历史的转折时期,理想主义被实用主义、拜金主义所取代,甚至连基本的做人原则也被利益取而代之。社会进入了一种被金钱支配的机制之中,许多人在注重经济实利中往往忽视了人伦道德,重利而轻义成为一种社会现象。刘醒龙没有表现对时势的顺应、对流俗的迎合。而是不失先天下之忧而忧的现实责任感,匡时济世的现实热情,在"分享艰难"中提出农村基层干部必须与群众分享艰难的问题,尽管现实生活分享艰难是艰难的,但一定程度上呈现出社会转型期中的人文主义关怀,沉郁悲叹中沁出温馨的意味,表现一个作家应有的良知。作家关仁山说:"社会转型期,必然给社会带

---

① 刘醒龙:《仅有热爱是不够的》,《当代作家评论》,1997年第5期。

来各种各样艰难和问题。""在物欲畸形膨胀的时候,我们这个家的每个成员,如何搀扶、体贴,鼓励渡过眼前的难关。"①

不仅《分享艰难》,刘醒龙的后来小说《大树还小》等作品,都这样洋溢着现实生活的芳香,表现了作者直面现实、正视现实和敢于将当今现实中的矛盾不加粉饰地记录下来的勇气,从推动社会变革的善良愿望出发,关注现实生活,尤其是社会基层生活热点。有很强的关注百姓生活的真情,体现出体察民情的社会关怀精神。刘醒龙以对自己所生活的乡镇社会的熟知,描述了农民,教师,乡镇干部等平凡普通人的故事,以他与这些普通人同甘共苦的心态,去描写他们的痛苦与欢乐,表现他们的希冀与追求,不作居高临下的伦理教诲,而以平朴真切的人生经历的叙述;不作横眉冷目的道义指责,而以平平实实的社会现实的描述。对下层社会普通人们的关心和同情,对基层干部和平民百姓同甘共苦生活的描写与展示,使他的创作的内容尽管显出难以分享但力求呼吁分享的具有下层百姓生活的平民意识。使他的小说真切地反映了百姓的生活和情感,而不是作家个人内心情感的记录与宣泄。

(《湖北经济学院学报》2007 年 01 期)

---

① 关仁山:《我们共有一个家》,《当代作家评论》,1997 年第 2 期。

描画城市的眼影
——读刘醒龙小说集《城市眼影》

许 琦

当今的中国文坛,刘醒龙从早年大别山深处的《凤凰琴》一路走来,他那支饱蘸感情的大笔却并没有过多地将自己推至台前。相反地,他更多地纠缠于他作品当中的一些小人物命运,比如新近力作《城市眼影》。

在乡村与都市之间,在扑面而来的繁华景观面前,有着农村背景的人应该如何应对这一切?错位式的感觉是否永将存在?书名到内容,作者显现出对这些问题的着力思考。我们不妨一起去看看,他都开发出了一种怎样的城市理解话语。

一、城市是否真的就是城市?或者只是一种符号作用于人们的心头?

刘醒龙早年生活在农村,后慢慢过渡到城市,来到九省通衢的武汉。在农村和城市之间的交叉生活并没有消泯他骨子里淳朴敦厚的个性,在世俗化消费性社会里,他难能可贵地保持着那份对享乐主义和物欲追求的警觉,最突出表现莫过于他善于进行地域置换,去寻找散落在表象下不为人知的一面,好像是大城市里的拾垃圾者一般。

他首先以一种清醒的貌似局外人的眼光来不无揶揄地嘲弄了一把城市:

"我总是从'汉大'的称谓上,听出武汉这商贾之地人群中的随意性。这种随意性构成了这座城市生活中的方便。包括可以在车辆最多的解放大道上随意横穿。也包括可以在汉口绿化得最好的解放公园路旁随意小便,当然从市委大门左右各延伸两百米的地段除外。"(《城市眼影》群众出版社;以下引文,除注明出处外,皆出自本书)

仅因为农民清洁工人陈凯在打扫卫生时不小心搅扰了一些灰尘泥土,就被城里的人给群殴了一顿,而因为不是自己的出生成长地,被打的人还得忍气吞声——在刘的笔下,城市有它恶俗的一面,意外但实在地作用于人们心头。

不仅如此,在这里联防队员的工作成了只为应付投诉、只是要点辛苦费私了的官僚队伍。即使没有搜查证也可以理直气壮地执行公务,追究不存在的治安责任。在装虎吓羊却发现羊不是羊时,一切色厉内荏暴露无遗,这,似乎又是一个城市的特征。

应该说从外来乡村或是"亚城市"环境进入城市的人对城市原有着自己头脑中的一番预设理解的,而那种想象是超乎于自己的目前的现实生活的,姑且称之为"观念城市"。如果在实际情况面前推翻自己的期待想象时,那种心理反差会造成更显著的行为冲撞。人们会找到自己的定位和新的生活方式来回应一个他重新建构的城市。或者是和城市建立起某种因缘关系,在这个盘根错节的落脚处小心地安身立命,"而且,你从乡下来城里,要站住脚,首先得有根呀!"

但是保留着内心诗意的具有文人气质的人却不是那么容易就融入所处的环境之中的。蓝方在所处的杂志社不被重用,连后来的师思都排到了他前面,其主要原因是蓝方对所在城市的不喜欢。尽管蓝方认为这纯属个人问题,但领导却认为"一个人心胸不开阔,连自己居住的地方都不喜欢,又怎么能够全心全意地投入工作呢"?

事实是,人们更多地在这里受到了环境的逼仄与倾轧,因为没有房子和一些硬件,人们生活举步维艰,处心积虑。

"如果谁能给我一套两室一厅的房子,并配上空调,我若不喜欢武汉,那我就不是父母养的。"

然而城市生活的基本原则也许就是:哪怕自己的生活内容不尽

如人意，也得保持在乡下外来人口面前的一种优越感，小市民心态是要打压小农意识的。师思不肯跟蓝方走到一起的一个重要原因就是因为自己的自矜自夸，放不下架子同沙莎采取一样的手段或是竞争或是讨巧地去追求自己想得到的东西。她的不认同实质是无奈而无力的反抗。而有的人哪怕是在真正生活中不可能保持一种城市人应有的质量，还是可以端出一副架子或姿态来表明对这个城市的认同：即便是外来人口融入城市，最后也会换成一种"城里人应有的态度方式"来对待周围人，哪怕是自己也没完全被城市所接纳。"司机探头骂了一句，虽然用的是武汉话，那口音却是外地的。"来自黄州的蓝方不能同来自黄州的装修工人讨价还价，还得靠非地道武汉人沙莎来亮出杀手锏，这都是一种所谓城市情结在作怪。

城市就是在这样的情况下在外来人口面前敞开了自己虚伪狡猾的一面，人们认识到这点后，用同样的手段反攻时，它就失去了自己原本的正确内涵。

那么，在城里，低于城市生活水平线的人们或是外来人口如何保有自己的生活方式呢？

人们不能改变外在环境状况的时候可以改变的也许只有自己，那种改变是以韧性为代价、以外在紧张刺激为动力来强迫自己协调自己，要去务实而不是务虚，这是种本能式的生存哲学。正因为如此，尽管沙莎和蓝方并无牢靠的感情基础，但只是为了一套房子，他们还是在几天之内迅速打好了结婚证，申请到了房子。他们彼此都清楚这只是一个外在表象而已，但为了这种表面的符号形式，他们扭曲自我去竭力迎合这种改变。明知道蓝方真正喜欢的人是师思，沙莎还是与他经营生活，明知道蓝方和师思做了有违形式道德的事情，她仍是以相对宽容的态度来接纳并规束好一切。和蓝方一起以城市人的面貌出现在众人面前。"她说，在城市里要活下来很容易，要活出质量来则很不容易。在城市里，质量要靠物质来打基础。空有精神，只会是一个流浪文人的自慰行为。"

人们是在城市里找寻自己的理想，当一切不可得或是难以得时，最后的坚守也许只能放回内心，而得遵循外在的规则去反抗所谓秩序。如果这些以胜利的结局固定下来，当事人也许会怅然若失。追求的东西到手后，人们已受到越来越多的牵制，心的异化、物的强权，都是里面的必要内容。对蓝方来说，城市几乎可以与一套房子、一个空调、一张名片什么的相提并论。城市早就用商品的概念规定好了人们生活中的一切。

二、乡村是否就意味着落后？是城市的赘生物还是另类表现形态？

人们通常认为，城市的发展是以乡村的萎缩为代价的。这似乎是热爱乡村的作家所不愿看到的现实。城市生活的异质性、商品经济的内有属性是可以和古朴守成的乡村发生冲突的。与城市的世故深沉比较，乡村还是更多地凸显了自己人性化的一面。它当然有着城市的折射和参照，好在它能保持自己的一些固有理念超乎城市之上。如果说城市的敞开空间无尽欲望逼使人们将自己投入到浩瀚人海中茫然追逐，在城市中人际伦理多是突出一个"斗"字的话；在乡村发散的则是以"和"为主的亲民文化。乡村的地缘血亲和接近自然渗透在人们骨髓之中。小说中，我们看到正义的力量总是恪守尊严，从外到内洋溢着刚性的气质：

《民歌与狼》讲的其实是一个很简单的故事：民间艺术家古九思需要挑选一个合适的女歌手来演绎自己的作品，于是各方力量纷至沓来，各显神通，实际上事件性质已经被调换为艺术与商业与人性的交锋了，如题所示。这个过程里，古九思牢牢捍卫着自己的人格信条与艺术追求，虽历经打击未为悔也。终于迎来了自己的艰难成果。在城市的背景下，很难说这故事会有如此韵味和如此结果：艺术家古九思仍然被乡民们深深记挂着，以各种原初本真的尽力为之的方式支持他，帮他挺立在各种夹缝的中央。

其余的，《音乐小屋》中，农民万方和陈凯用略显过激的自以为是"其人之道"的方式好好"理解"了城市；《心情不好》（以从乡村走出去的女大学生杨梅的眼光为参照）、《路上有雪》《棉花老马》是"干部还乡"的翻版故事，设立的模式是外来"城里人"进入到自己工作生活的乡村或是小城镇里所发生的一系列故事。乡村给城市提供的往往是一种感伤情绪，外来者会发现乡亲们无形当中用他们那敦厚朴实的情性烘托出了自己原本不该有的高姿态。尽管有着良好地位和学识，我们这些在城里熏陶过的"洋"人其实并不比他们高明多少。最后我们良心未泯、返璞归真地真诚与乡民共体验共生活。

——好像这里的乡村不但不是城市的羁绊，反而是城市的大后方，对待它的城市人应有的态度是比邻而居，慢慢欣赏其中的内蕴之美，充分享有浓郁人情之后再来回报这个供养他的地方。将刘醒龙的描写城市的作品和描写乡村的作品进行比较的话，他的重心是在后者，但用意却是在前者。他的理想主义情怀总是在乡村上飞扬飘荡。刘醒龙是在一种近乎矛盾的状态下秉持道德热情完成他的城乡书写的。城乡之间不仅是地域转换关系，还有的是时间绵延联系。虽然乡村并不就是城市的中转垃圾站，但乡村的落后和城市的变质带出的是作者挥之不去的疏离感与焦灼感。比起城市里颠沛流离快节奏的生活，乡村田园生活显得有几分混沌与蒙昧。这也是它纯然善良的侧面反映。在"祛昧"中，它展现了它同城市般恶因子的存在，好在它的简单明了和实用理性的行为方式证明了乡村的封闭空间保留了历史承传下来的持久效应：对于丑的鞭挞、对于美的呵护。

肯定的是，刘醒龙并非用乡村来否定他亲眼所见的城市，他幻想在作品写作完毕之后建立起他的城镇平衡机制，也许必须具有城市生活的方便现代、智性开阔，又有乡村生活的感性浪漫、淡泊宁静。他期盼两者互动产生优良效果。至于城市的工具理性淹没人的良知、乡村宗法制农村带来的罪恶和愚昧则是他在摒弃之前先撕裂给人看的。所以在上述作品中，人们可以很明显地感受到弥漫其中的悲悯情怀。"即使是蜗居在整日喧嚣的都市里，我还是想听到有鞭子闪击而来，在头顶阵阵作响。"(《弥天》上海文艺出版社)刘醒龙是了解农民的，农民的私欲是可以随着眼界的扩大而繁殖增长的，这时的恋旧怀古不无意义，只能在自己独立王国里尚存那诗意的浪漫古典的情怀。

有心注意刘醒龙作品的读者很容易地发现：对于城市的爱痛缠

绵愁肠百结和对乡村的痴迷留恋积重难返是始终在作品中萦绕的一个主题。他将自身体验带入作品，写出来是那么真实可感。然而，还得继续，无论是欢乐还是忧伤。以前的作品中，刘醒龙总是和他所认为的城市保持着类似于对峙的格局。那么到了这里，他更多的是以暧昧而游移的态度辗转于城市之中，去挖掘城市里让他又爱又恨的东西。许是爱极而恨极，他有时带出的是一种求全责备的态度，反而有着一种单调城市、单调乡村所未能达到的效果。他的乡村古老而孕育诗意，他的城市依旧喧嚣而迷人，他自己也在两极摇摆的过程中踽踽前行。

(《长江文艺》2005 年 06 期)

《孔雀绿》解读
——刘醒龙小说又一面

赵怡生

　　一个作家到了一定的时候也许要对自己的创作进行一番估量与调整，尤其是在主要作品完成以后。我不知道刘醒龙是否处于这一状态，但他的中篇近作《孔雀绿》(《芳草》1994 年第 9 期)着实令人耳目一新。

　　所新之处，一是他忽然写起了车间小说，并以他独特的敏锐与快感，精粹地琢磨出了一种普遍真实又具有广泛特征的状态：在艰难特殊的经济形势下，厂长们为了撑住企业，闯过难关，弄尽良策，既要同躺在"公"字上活得并不累又生出些无聊的助手和管理人员们周旋，又要用智慧与真诚使工人们理解，以度过突如其来的"不景气"。"工厂"作为当代社会意象，曾经是工人们精神寄托与辛勤劳作的城堡，社会主人显示自我的天地。我们可以在这里找到很多神圣与辉煌。今天，这个意象的内涵显然扩大了。《孔雀绿》能比较准确地切入这一内涵，就在于它抓住了车间生活这一点，而牵扯到了它本身的里里外外上上下下，直接归纳了时下社会风云与状态。在这篇作品中，会计发放奖金看人打发的德性，管理人员麻将桌上侈谈工厂安危却又煞有介事的作风，车间工人除了对"官""管"的揶揄，也做出诸如偷铜换钱之类使人深感悲哀的事，等等，都被写得具有典型的特征。尤其是老工人吴丰那种依然保持奉献与顺化的精神，面对陌生又新生的状态，唯一自慰的是实干与忧患的性格，常常能引起我们许多思索。作者将各种生相统摄于"孔雀绿"之中，其意义也在于让我们思考如何去接近这当代社会新意象。

"孔雀绿"又称中国绿，是一种高级染料，给予一定的稀释还可以作防腐剂，用于鱼类饲养业可控制鱼卵鱼苗中寄生水霉属真菌的繁殖。这种解释恐怕不尽如人意，于是常常把它和宝石联系起来。作为宝石，一方面象征"不可战胜的造福者"，（波斯文义）一方面又会在受热后因长期暴露于干燥空气中造成脱水而变色、褪色。《孔雀绿》究竟是哪种意象？作品中有这样一个细节：

> 炉膛里，大块大块的铜都已熔化了，一片片绿色的火焰像云皮一样飘起来，汪雪盯着那些飘飘荡荡的火苗，一动不动地站着，那样子非常好看。
>
> 吴丰忍不住多看了汪雪几眼，心想这么好看的姑娘真不该当个车工，简直是浪费人才。
>
> 汪雪忽然说，这是不是叫孔雀绿？
>
> 她用小手指着炉火，手掌和手背上都有乌黑的油污。……

结果是工人们都不知道为何要叫"孔雀绿"，我们也不一定知道，这大概算是一件公案。由此，我们感到刘醒龙近作另一个新鲜之处是，运作新的车间文学，果敢地把"文学的乱毛剪了个干净"（海明威语）。他过去许多作品如《凤凰琴》等，直线性忧患精神高涨而明显，同情与批判、寻觅与突围始终作为二重情绪激发着小说意识的极度焦灼与悲凉，并希图用心修饰玄色重彩，加重现实主义精神分量，这种旧式悲剧美学特征不能不与作者生之寻之的精神家园有关。

《孔雀绿》写得不着急，好像删去了许多没有必要向读者直接传达的东西，我们都能从很多空隙中读出更沉重的力度。作者写车间，却很巧妙地把场景拉到已商化俗化的世面，在作品结尾处。作者写到当吴丰、周芳夫妇不满女儿唱流行歌曲《小芳》时，女儿反弹道：你们大人怎么越来越庸俗呢？今天生活的内容增添了许多许多，我们究竟属不属于其中，已不是由我们自己去抉择的，生活一旦组成新的状态，就自然会渲染每个生存于其间的人。

相关于许多受文化主义、生存学派等观照的文学创作及作品，不能不说刘醒龙近期小说克服了文学侈奢意识，从而使他的作品更贴近了生活贴近了读者贴近了我们深感忧虑的状态。从某种意义上说，《孔雀绿》以它新的审美经验激活了新车间文学在更广阔的生活背景里的生存与开拓。

我们读小说自然应在轻松闲适之中去品其美韵，但不妨去严肃而有心地体味与理解一下其内涵，这也是非常有意义的。"孔雀绿"既然为中国绿，当然希望它永恒于防腐之中，永恒于不可战胜之列，永恒于为人类，至少是现实众生的造福之中。文学之于读者就是这样：谁告诉我真话，即使他的话里藏着死亡，我也会像听人家恭维我一样听着他(莎士比亚语)。此时，我们眼前又会浮现"大块大块的铜"被熔化后那像云霞一样的片片绿火。

(《写作》1995 年 03 期)

居安思危与作家的某种预演
——读刘醒龙新作《心情不好》

刘安海

在读刘醒龙的中篇小说《心情不好》(载《长江文艺》1998年第3期)的过程中,"出事"的字眼或说法不时地跳入眼帘,如:

怕他心情不好开车时一不小心容易出事,
不去去火,早晚有一天要出点什么事。
再闹你会出大事的,
总有一天要闹出大事来,
是有点惹事的兆头,
问她垸里昨晚是不是出了事,
若被他们碰见说不定会生出什么事来,
杨梅不知道家里出了什么事,
问他是不是杨林出了事,
杨林出事虽然是迟早的事,但不是现在,现在杨林没有出事,只是出的事与杨林有关,
以为出了什么事,
她出了派出所,在镇上找了几圈,被太阳晒得昏沉沉的镇子哪儿也没有动静,不像是出了事,
杨梅有意放慢速度,跟在人群后面边走边听,想弄明白到底发生了什么事,听了一会儿才发现,别人也一样不知道有什么事,是发生了还是没有发生,
搞不好就会出事,

居安思危与作家的某种预演——读刘醒龙新作《心情不好》

> 死了人就复杂了，搞不好真的要出大事故……

这些字眼一次比一次有力地撞击着人的心扉，让人产生某种担心、忧虑和警觉。实在说来，作者正是以这样的担心、忧虑和警觉关注着改革开放背景下农村生活的现状和问题以及可能产生的某种后果，以再造一个新世界的小说形式给予了艺术表现和某种预演。

作品以回家度假的女大学生杨梅为视角展开叙述。这个杨梅在省城读书，因为和哥哥闹了一点不明不白的意见上学三年竟没有回过家，这使得她对农村的现实情况有前后的对照比较和不明就里的疑惑审视。她问母亲，外面那些长了多年的木梓树怎么一棵也不剩了，她发现家里垸里的许多事已经很陌生，她对一切觉得很不习惯，包括一家人之间的说话方式，看着母亲和嫂子大口大口地咀嚼苹果的样子，心情一下子又沉重起来，而且"回来的当天到现在，这样的心情一天要出现几次"。作者于轻描淡写和不经意中将题旨点明了。

难道是杨梅三年没回家一旦回来一下子难以适应才心情不好的吗？显然不是。作者让杨梅个人的心情与时代社会相联，让她个人的视角对应于时代社会，这样她的心情和视角就包容有广阔的涵盖面和深刻的概括性。作品以她的疑惑不解为线索编织了干部要种木梓树而群众反对种木梓树这一中心事件。围绕着这个中心事件作者以艺术家的敏锐眼光和胆识勇气，以对时代、社会和历史高度负责的精神，用敏感而尖锐的现实主义笔触在他所独创的新世界里展开了关于农村干群关系的真实生动的描写。

且看杨梅的村里几年之中干部与群众之间究竟发生了一些什么？杨梅上大学的那一年，镇上的江书记要显政绩，心血来潮办了一座木雕厂，本来只要砍十棵木梓树，可一夜之间几十棵包括木梓树在内的大树都砍倒了，原因是群众说干部们不能总是一手遮天，让砍让栽都是他们说了算。群众也要说了算几回，木雕厂办了半年就垮了，只卖出去百来块木板，而那个江书记还被提升为副县长；不仅如此，还经常发生诸如先是种桑树，后是种茶树，接着又是种板栗，先前的树苗不管死没死，新任务一来，便将它们就着土坑埋了再栽上让新领导见了眯着眼睛笑的新苗,"千个书记千个法,前面的书记叫栽,后面的书记叫挖";一些干部动不动就罚款,动不动就抓人,收老百姓的钱去喝酒,拿去买好房子买好车;去年年底,杨林家里的一头两百来斤的肥猪差一点被下来收费的一帮干部强行抢走;新近发生的一件事是税收干部要喝酒,群众二话没说就掏钱请,哪料到他们喝了之后将脸一抹,税还是照收不误;另一件事则是一个干部喝醉了酒后,冲着一个小孩的头上撒尿;而成为众人关注的焦点的则是孙书记要搞木梓树基地,要大家都种木梓树。

这次种木梓树按孙书记的说法他会吸取他人的经验教训,将木梓树基地的事一抓到底,若不见成效,他会请求上级将自己就地免职。用群众的话来说,"这回孙书记是在动真格,想为群众做件好事"。就是这个孙书记,他抓禁赌深受群众欢迎,他来了之后干的几件事也还得人心,因为他使今年的蚕茧卖得好,而且作品通过杨梅的回忆、周毅和王所长的介绍,让我们认识到孙书记的确"与别的干部不一样,是不会坑大家而只管自己升官发财"的干部,可是群众照样不买他的账,对于种木梓树形成了有组织有计划有预谋的反对,以致两者之间产生了势均力敌的对抗:干部对群众时而搞敲虎镇山,时而搞调虎离山;群众则对干部搞转移目标,"有意盯上镇里几个特别爱玩的干部,准备抓住他们的把柄,狠狠闹一闹,让孙书记无心再搞什么木梓树基地";镇里最终使出了撒手锏,下发了两个通知:一、不挖好符合规范的二十个木梓树坑,就拿不到二胎准生证;二、暑期后初中生报到必须持有村镇两级关于家里已经完成种植木梓树任务的证明书,否则由学生用义务劳动将任务补起来;而群众这一边的带头人杨林则"再三要大家沉住气,法不责众,再硬再狠的条律也拿他们没有办法",他的拖拉机同镇里的吉普车在暗里较着劲,都有一股"肃杀之气",群众同干部在互相跟踪,互相放哨,杨林父子更是或像地下党,或像汉奸特务,鬼头鬼脑的,不由得让人想起战争年代敌我双方的拉锯战或对峙情形来。

这一切究竟是因为什么呢?我们党的宗旨历来是干部是代表人民群众利益的,是为人民群众服务的,是人民群众的公仆。可现在为什么竟是这样势不两立?这一切都源于有些干部从根本上背离了

居安思危与作家的某种预演——读刘醒龙新作《心情不好》

干部的宗旨和由此而产生并愈演愈烈的恶劣作风。在作品中群众对农村干部有种种看法,说他们搞工作是"一哄二唬三打蛮","在老百姓头上拉屎拉尿",稍稍工作了几年的干部都被"关系网网住"了,"一个干部干了坏事,另一个干部就会拼命帮他掩盖……他一完蛋就会带出一串",有些单位是被"婊子"养着,有的群众甚至说,应该培养一批有自我牺牲精神的漂亮女人,专门去消灭干部,免得他们这个叫农民砍树,那个叫农民栽树,"现在的干部真可怕,连一个好一点的姑娘都不肯放过"……大概是因为这些先前的事实存在的缘故。现在弄得群众对干部的一言一行、一举一动都疑窦丛生,捕风捉影,添油加醋,弄得群众自己也是诚惶诚恐,草木皆兵,人人自危,以致把杨梅夜间因狗舔手而发出的一声尖叫一传十十传百地编排为被孙书记强奸,且编排得那样的煞有介事……由此可见某些干部背离宗旨太远,作风太恶劣,与群众积怨过深,太缺乏沟通。杨梅的父亲说:"只怪现在群众信不过干部,干部也信不过群众,大家隔着肚皮你猜疑我,我猜疑你。"杨梅的母亲说:"现在的事也怪,干部们哪怕是在做好事,大家也起劲地反对!"问题并非仅限于此。其严重程度在于群众中滋生了这样一些看法:说"当干部是职业玩心计的",还说什么将所有干部排队都杀会冤枉一些好人,而隔一个杀一个又会漏掉一些坏人,还说"当今时代,敢打干部的人应该授予英雄称号"。看来,成堆成堆的干柴已经高高堆起,只等一把大火那些高高堆起的干柴就会熊熊燃烧起来而成为漫天大火,卷起燎原之势。此情此景怎堪设想!

兴许作家所创造的那个世界是依据个别农村的个别情形吧?不明真情的读者可能会这样发问。作家紧扣杨梅的大学生身份,从现今实际和大学生生活及性格逻辑出发,自然而巧妙地写了她接到河南一个女同学的来信,信中说那儿农村情况不好,她心情很压抑,并约定打一次电话。在电话里那个同学说那边的情况还不如这边,村干部没等她回家坐热屁股。就要她为村里作点奉献,晚上去陪上面来的人跳舞消夜,她拒绝后,第二天早上就有人上门找茬罚她家的款。通过这个电话,作品一下子把读者的视线引向千里之外,由点到面,将天南地北有机地联成一片。这样,作品不仅在杨梅所生活的农村具体地写出了几年来干部背离宗旨和作风恶劣的深度,而且将笔触延展到河南农村增加了作品的广度,从而成功地赋予作品以典型性。

作品以疾徐有致的叙述节奏和平淡朴实的白描手法塑造了孙书记、周毅、杨林、杨梅等人物形象。孙书记是从老师转而当干部的,搞工作如在学校一样认真负责,他抓禁赌,抓治安,抓干部作风,他不搞短期行为,不做立竿见影却后患不尽的事,他抓木梓树基地是想栽下一棵苗长成一棵摇钱树,挖下一个坑让它变成金银窝,真正想为老百姓办一点好事,可是他没有像禁赌那样"反反复复地耐心向大家讲道理",而是下发了那样两个通知,甚至向群众用心计,和群众搞起了捉迷藏那一套,最终把自己搭进去了;周毅才从公安学校毕业,有理想,有热情,实习期间就破了几个疑难案子,工作上也有成绩,还"同孙书记商量与地方党委政府配合,真正干几件实事,重新获得群众的信任",或许他负责的派出所偶尔不慎,叶茂吊死了,导致农民把派出所砸了,他也被调走了,是遗憾是气馁或别的什么,他不因此倒下才好;杨林是不能小觑轻看的人物,他爱妹妹,爱美,心疼一个苹果,舍不得吃,说那个苹果像个女孩的脸一样好看,他向往新生活,虽然有人议论说"像杨林这种人居然能成气候,完全是挖不尽抠不清的腐败造成的",但他确实已经成功地领导闹了两次事,而且似乎"斗争"也锻炼了他,他懂得有理有节,能够对周毅说出"我们现在还可以听你的,但假如你们不能够一碗水端平,对干部网开一面,我们是不答应的"这样的话来,他没有做过什么越格犯法的事,就喜欢遇事出来领头,风吹草动的情况被他一闹就成了好几级的风暴,他甚至主张用最原始的蛮办法对付干部,说"老子一急什么也不会怕","大不了与那些当官的同归于尽",正是这种人既具有极大的号召力,又具有极大的危险性。在"这一带方圆二十里,他的话管用的程度不亚于镇长书记",这是他的号召力所在,而这年头,大家心里都窝着各种各样的火气,只要谁当个出头鸟,什么东西都会生出翅膀跟着一齐飞,他的危险性也正在这里。引导得法,这种人将成为有用的人才,不引导或引导不得法,其后果将很难预料,好在杨梅上学的那

居安思危与作家的某种预演——读刘醒龙新作《心情不好》

一天,他一大早就背着锄头上山去了,那样子像是去挖种木梓树的坑,但愿他能够思索,能够进一步成长;杨梅是回家度假的,可她回家后心情一直不好。好一个"心情不好"!要是她心情好,那就糟了。在作品里她并不只是一个穿针引线的人物,她睥睨吕燕这样的败类,一听说周毅就主动地去找他,很想见一见孙书记,她也不止于把学校诸如女生洗澡的感觉告诉嫂嫂,她有自己的眼光,自己的思想,自己的追求,作品用于不写之写将她写得鲜鲜活活的,虽然这鲜活之外笼罩着一层薄薄的忧郁色彩。

终于出事了。虽然最终出的事有些叫人哭笑不得,有些叫人尴尬难堪。那些一心想抓住干部嫖娼把柄用以对抗栽木梓树并进而反对干部的农民,到头来,只是抓住了没有丝毫廉耻专事卖身勾当的吕燕和杨林的妻弟即逐臭之蝇的叶茂。是杨林自己搬起石头砸了自己的脚?还是如某些人所说的他这一次是让老鹰啄了眼睛,被镇里的干部耍了?必然里面有着某些偶然,偶然里面又蕴藏着必然。叶茂不过是一个小混混而已,他哪里经得住那种阵势,他在派出所里吊死了。于是,镇政府和派出所都叫人砸了,周毅、小胡都被打伤了,孙书记被大家推推搡搡几乎弄碎了,接着孙书记和周毅撤职调走,整个行动快得惊人。不该发生的事发生了。作家在他所再造的世界里预演了这样一个事件,然而它不是梦幻,不是童话,不是寓言。它究竟离我们有多远,天真的人可能难以测出,而知情者几乎一眼就可以量出个八九不离十。

面对《心情不好》这样一个作家所独创的艺术世界,我们生活在现实世界中的每一个人都可以扪心自问,自己到农村或是农村的亲朋到城里来,我们是不是都听说过农村的有关情况,有些情况是不是比这作品里所写的还要糟糕,还要严重,有些情况是不是非常地触目惊心,有些说法是不是非常地骇人听闻!我们常说要安定团结。我们常说要居安思危。我们没有谁不知道,我们的国家、我们的社会在目前这样一个转型期是怎样地需要稳定的、安定的国际环境、国内环境和周边环境。这种稳定安定的环境是要广大干部和群众共同营造维护的,特别是要干部来营造维护的。干部要营造维护这种环境就要努力地实践为人民服务的宗旨,切实改进工作作风,卓有成效地清除腐败,实行廉洁,至于群众,孙书记说得好,他们"对干部的要求并不高,都是最基本的、分内的,只要能做到他们就会很感激"。

可以把《心情不好》视同一面镜子,值得包括农村干部在内的每一个干部认真地照一照,从中是能够而且应该发现一点什么的。

(《长江文艺》1998年06期)

此心安处是吾乡
——刘醒龙散文创作论

张雪原　贺仲明

刘醒龙是著名的小说家,创作了《凤凰琴》《圣天门口》《天行者》等影响深远的作品。在辛勤的小说创作之余,刘醒龙也偶尔进行散文创作。自1997年7月写下《高山仰止》开始,十几年间,他先后出版了散文集《女儿是父亲前世栽下的玫瑰》《寂寞如重金属》《人是一种易碎品》,以及长篇散文《一滴水有多深》。虽然刘醒龙不是专门的散文家,但其创作颇具高度和特色,更能从一个侧面展示刘醒龙复杂的精神世界。

刘醒龙的散文创作并不集中。除长篇散文《一滴水有多深》是刘醒龙历时三年专心作文外,其他散文多是随意为文,因叙事、描写、议论、抒情等需要而作散文。但在刘醒龙的散文深处,贯穿着根本性的思想底蕴,那就是对"乡"的牵挂和寻觅。用一句苏轼的诗句来形容,就是"此心安处是吾乡"。

一

"乡"是一个永恒的书写母题,在刘醒龙这里,他的还乡颇有独特的意味。刘醒龙曾经说过自己是一个没有故乡的人,"我的身份一直十分可疑。而我亦更相信自己生来漂泊无定,没有真正意义上的故乡和故土……我就有了这个问题的最终答案:除了将心灵作为老家,我实在别无选择"①。他又说:"其实我已经流浪得太久了,只是从前自己不知道。当我有朝一日开始明白过来时,当我突然发现自己的灵魂一直无处安放时,我的精神几乎崩溃了。"②经历背井离乡的彷徨后,现实意义上的还乡依旧含有一种不在家感的痛苦。这种不在家感源于刘醒龙是站在乡村门槛上的离乡人,向门内看,他努力地介入客观的乡土世界,用深邃的情感温柔地回望。同时他终究漂泊在外,对乡土带有难以避免的距离,企图以寻找乡关何处建立一个与心灵互融的对话关系。刘醒龙是一个流浪者,有着浓浓的乡愁,他不局限于怀念一片土地,而且还追寻和建构精神上的家园,这个"乡"就具有了多层内涵:从浅层次看,"乡"的概念泛化成具象的家庭、故乡和自然山水(核心是乡土),从中挖掘的深层内涵是指心灵家园。

刘醒龙围绕家庭主题写了一些亲情散文,这是其散文中最为出彩的部分。其中既有从儿子角度写父亲、母亲和岳父,叙父子、母子之情,如《抱着父亲回故乡》《母亲》《果园里的老爸头》等。更多的是以父亲角度写天真无邪的女儿,述父女情深,如《大人们真不好玩》《女儿是父亲前世栽下的玫瑰》《我家的地震》《与五岁的女人共进晚餐》等。他擅长以细腻的笔触描写生活画面,写生活片段、生活场景,长于"一粒沙里见世界,半瓣花上说人情"。亲人的音容笑貌跃然纸上,用真情打动人,善于在最习焉不察的地方发现爱的光辉,诠释了家是温馨港湾的意蕴。

刘醒龙还写了部分怀念故乡的散文,这些作品密切联系着他的生活经历。刘醒龙生于湖北黄冈团风县,其后随父亲工作的调动走进大别山,定居英山县,人近中年才离开县城进入都市。出生地的文化熏陶和风物映像深深地附着在思维结构和情感特征中,随着命运转徙而对异地文化的接受则是重要的延续,所以刘醒龙在一篇采

---

① 刘醒龙:《血脉流出心灵史——与朱小如对话》,《刘醒龙自选集》,海南出版社 2008 年版,第 516 页。
② 程世洲:《血脉在乡村一侧——刘醒龙论》,湖北人民出版社 2000 年版,第 140 页。

访中说道:"我的灵魂与血肉是团风给的,而思想与智慧是在英山丰富的。"离开团风县就已让刘醒龙成为离乡人,离开大别山更成为离乡人难解的情结,双重的乡愁情感在散文中以对故乡的怀恋体现出来。《钢构的故乡》写团风的过去与现在,《与欲望无关》写令人念念不忘家乡的豆渣,《白如胜利》《高山仰止》《灿烂天堂》写居住过的大别山区的胜利镇、天堂寨,长篇散文《一滴水有多深》回忆童年时期的乡村生活。

刘醒龙还写了大量游记散文。他游历了许多城市和乡村,乡土的山川河流是其情感的象征,凝聚了他对乡土的观察、认识与独特感悟,表达了其美学理想——对自然美的推崇,这是他获取精神资源的途径。"行旅的过程就是一个观看的过程,景观文化想象的形象正是依托于观看行为之上的,'观看'的方式在很大程度上影响了行旅体验和文化想象的内质,最常见的即是以我观物。"①刘醒龙的"我"是土生土长的"我",以农村人的眼光游历,一旦进入自然之中,与自然融为一体的深厚情感便溢于言表。并且他注重在游赏过程中的文学体验,不仅写自然、写见闻,而且写历史、写意识,或睹物思往,或触景生情,在描写自然风景中完成了自我思想的建构。作者游九寨沟,在冬季体验它的极致仙境(《九寨重重》);游丽江,在酒吧听丑钢的歌,触景写下《在母亲心里流浪》;去昆明,品普洱茶,回忆少年时的茶香,将普洱茶饮成一场久违的乡村宿醉(《在记忆中生长的茶》);游三峡,在三峡的雄伟气魄中体悟到《真理三峡》,而后故地重游,在唯一尚存的九畹溪的遗憾中感喟《人性的山水》,踏在三峡的山路上,透过《一滴水有多苦》看山民缺水而备尝艰辛。他把属于自然标志的景物融为人文精神的一部分,善于在看似浅近的物事中发现深刻的道理,纵意而谈,旨在思辨,在山水中追寻生命的意义,构成了游记散文的意义世界。

---

① 李岚:《行旅体验与文化想象——论中国现代文学发生的游记视角》,中国社会科学出版社2013年版,第34页。

二

刘醒龙散文内容涉及多个方面，但在它们的背后，有着基本一致的内在灵魂，那就是对故乡的怀念和再度探寻。其感悟亲情、回忆故乡、游历山水，就是要寻找心灵的家园。沉浸在家庭、故乡和山水中，作者心灵得到慰藉，而在寻乡的过程中，他又进一步表达了对生活的理解和感悟，探求灵魂的诗意栖息。这是一种现实关怀和终极关怀的复杂交织，也体现了刘醒龙对"乡"的丰富理解。

现实关怀是其最基本的内涵。它首先表现在对日常生活的关怀上。作为现实生活中的普通人，刘醒龙的视线集中在家庭之中。他以热爱生活、热爱生命的眼光欣赏日常生活，从身边的点滴见闻出发讲求人生的意义和情爱的真谛。中年得女的欣喜，带给刘醒龙新的创作动力。他说："自从有了女儿，我越来越觉得，身为男人，其情感中最伟大、最动人的不是对女性的爱，而是对女儿的爱。"[①]这类叙事散文时而议论时而抒情，以小见大，传达出对亲情的感悟和对人生的深切体会。《与五岁的女人共进晚餐》中，女儿提出"人到底是不是用泥土造的"的问题，作者的回答是"人是由猴子变成的，又想出宗教的办法来惩罚做坏事的人"，因为他深谙"重要的是教育女儿去体会和感受的方法，而决非是对与错的结论"。刘醒龙以这份质朴、平实又伟大的爱为笔，悉心呵护女儿的成长，追求女儿精神的富足。在这个浮躁的时代，以爱和亲情净化心灵，温暖人心，这就是家成为刘醒龙散文中温馨之乡的原因。

作为一位生于乡土、长于乡土的社会人，刘醒龙还书写了深厚的乡土关怀，特别是情感上的认同。刘醒龙的乡土关怀从城乡冲突入手，关注农村的事实形态和意识形态，融合了文化批评与诗意审美，使他的散文苦涩与沉重并存。与有的作家所持的"城乡二元对立"的立场不同，刘醒龙在城乡互动中理性地探讨城乡关系，城市与乡村互为镜像。一方面，他坦诚地承认"城市是乡村毕生的梦

---

① 刘醒龙：《一滴水有多深》，地震出版社2014年版，第9页。

乡",城市是乡村人的欲望,正像瞎子三福偷电车车票表达对城市的向往(《地理属于情感》),乡村迈向现代文明是历史的选择与必然。在这一前提上,城市成为了"被男人宠爱着的女人",而正是因为有了乡村的依靠与支持,城市才具有了发展的动力;另一方面,城市以冷漠对待乡村母亲,乡村生活的苦涩艰难不被重视,并且乡村越来越被当成俗物受到歧视,显示了乡村的孤独无助。刘醒龙为乡村正名,他说"我最不能接受的观点是说,乡村愚昧无知,对现代文明有着天然的拒绝心理"①,他认为乡村现实之所以越来越凋敝,责任在于现代文明既对乡村实施掠夺,又以高姿态拒绝乡村对现代文明的渴求。

刘醒龙在寻"乡"的过程中,还表达了乡村的疼痛,体现了对生存苦难的深切关怀。他以饱含真诚与疼痛的赤子之心体察乡村,在物质和精神的双重层面上,展示了农民艰难活着的生存境遇和现实命运。《一滴水有多深》用大量篇幅揭开农村的累累伤疤,将乡村的疼痛曝光于大地之上。《像诗一样疼痛》《寂寞如重金属》《意识形态的煤》三篇散文,从物质层面讲述乡村的贫穷现状。农村在漫漫历史长河中一直备受轻视,漫山遍野灿烂的油菜花到头来化作一首《一碗油茶饭》苦涩的诗,一如农村的命运,"作为自然,乡村像诗一样美丽。作为人生,乡村像诗一样痛苦"②。农民为了养家糊口去矿山挖煤,天崩地裂的矿难牺牲也阻挡不了他们的步伐,"那些愈演愈烈的矿难,绝对不是普通意思上的安全意识与安全技术方面的问题。唯有看清生命如何在幽深的矿井里挣扎,感受到人性如何在金钱的血腥中摸索,我们才有可能清楚明白,煤矿之难,根源在于乡村有难"。③《在记忆在成长》从精神层面剖析乡村的艰难脚步。记忆中爷爷对林家大垸质朴的情感,大水井建筑起的人文堡

---

① 刘醒龙:《刘醒龙散文自选集》,新世纪出版社2010年版,第166页。

② 刘醒龙:《刘醒龙散文自选集》,新世纪出版社2010年版,第201~202页。

③ 刘醒龙:《刘醒龙散文自选集》,新世纪出版社2010年版,第238页。

垒，彰显着高贵乡村的中坚力量，但土改后的乡村人人都成为眼前利益的投机者。正如作者所言，"在我的写作中乡土早就是激情的所在，它已成为一种生命存在于我的写作中。乡土的未来就是我的未来，乡土的未来也是我们时代的未来"，刘醒龙站在现实与历史的交汇点上，关注当下农村的步履维艰，透视历史进程中的农村问题，表达了对现实的深切忧患。

除了现实关怀，刘醒龙还深入细微的内心世界，追问人的终极关怀，寻找生存的本源。海德格尔将著名诗人荷尔德林的诗句"人充满劳绩，但还/诗意地栖居于这块大地之上"予以深刻的哲学诠释，他基于现代人无家可归的生存状态，提出"诗人的天职是还乡，还乡使故乡成为亲近本源的接近"①，人离开故乡，是远离了生命的本质，违背了本性。通过诗和思，为寻求终极觉悟的现代人提供精神返乡和安妥灵魂的路径，实现理想与现实诗意的统一。在这个以浮躁迷惘命名的时代，刘醒龙以直面社会的责任感和生活激情寻找诗意栖居的答案。刘醒龙说："对于一个真正的作家来说，必须以笔为家，面对着遍地流浪的世界，用自己的良知良心去营造那笔尖大小的精神家园，为那一个个无家可归的灵魂开拓出一片栖息地，提供一双安抚的手。"②

在散文中，刘醒龙孜孜以求于构建精神家园。在《一滴水有多深》第一章中，他提出"在人生的旅途上忘乎所以地走了又走，最终也不会像一滴自天而降的雨水，化入江湖不见毫发，那是因为灵魂总是系着我们的痕迹之根"，并明确表示："乡土是灵魂的栖息地，失去乡土，我等将是精神分裂之人"③。刘醒龙所建构出来的乡村形象，除了少部分审视落后以拷问世人，大部分都具有超凡脱俗的性质，让人陶然忘忧，谛听天籁。以大别山为题材的《白如胜

---

① ［德］海德格尔著，郜元宝译：《人，诗意地安居》，上海远东出版社2011年版，第87页。
② 刘醒龙：《信仰的力量》，《延河》，1996年第4期。
③ 刘醒龙：《刘醒龙散文自选集》，新世纪出版社2010年版，第155页。

利》《灿烂天堂》等作品中，纯净无瑕的细沙滩，幽静的古巷，善感多情的罗田女子，构成了无与伦比的洁白世界；清亮的山溪山水，漫山燃烧的燕子红花儿，攀越利剑般的薄刀峰，到达的是现实中的灿烂天堂。这种人与自然、人与人、人与社会和谐统一的自然乡土，是作者的心灵家园。所以刘醒龙要回归乡土，为城市人寻找还乡的路，他发现"乡土并不真正属于乡土中人，它的真正主人是那些远离乡土的城里的读书人"，"原来天下的道路并非是用来前进，而是为了归宿"。还乡就是灵魂的漂泊者与生之、养之的乡土本源的亲近，在乡土意义上实现了现实与精神的完整统一，这是对人之生存的终极关怀。

刘醒龙脚踏大地，以悲悯之光照亮形而下的现实人生；仰望星空，以乡土之路通往形而上的灵魂家园。正如陈晓明所说，刘醒龙小说有一种"本质上的浪漫"，他把希望传递给读者。"对于笔下的人物，刘醒龙是宽容的，怀着'大善意'，更多地关注到每一个人在生活中的多角色性以及行为做事的合目的性。正是在这种宽容之中，刘醒龙缔造了仿真乡土上的种种现实，也于经意不经意中传达出内心的某种浪漫理想。"①这种浪漫在一定程度上削弱了小说的深度，但换一个角度，在从文体特征上看，"小说是戴了面具的写作，是利用角色在说话"②，而"散文始终和人的'性情'相联结，也可以说，散文就是作者的'性情'"③。摘下小说的面具，不必经过语言的二次编码，刘醒龙在散文中不受限制约束，在议论和表达上自由随意，他的笔触更洋溢着悲悯和温情，对自然的欢喜和对乡土的忧虑结合在一起升华到新的高度，构成了刘醒龙散文的审美品格，满怀现实关怀与终极关怀的赤子之心赤裸裸地袒露于天地之间，成为刘醒龙灵魂的底色。这样一位思想底蕴中充盈着人文关怀的作家，小说体现出温和、浪漫的气质便不难理解了。

---

① 程世洲：《血脉在乡村一侧——刘醒龙论》，湖北人民出版社2000年版，第43页。
② 谢有顺：《散文的常道》，广东人民出版社2014年版，第127页。
③ 范培松：《中国散文史》，江苏教育出版社2008年版，第1页。

三

　　刘醒龙与张承志、张炜、刘亮程等知识分子不同,他的作品"基本上是立足于平民的立场,以平民的视野和价值观来审查评判现实社会,刘醒龙基本上承担着为中国现代社会平民们代言的角色和任务"①。这就注定了主体"吾"不是个人化的,而是群体性的,即普普通通的离乡人。离乡人亦有几种,上文提到刘醒龙是站在乡村门槛上,既然一直在守望乡土,那么在文本层面看便偏向于传统,用传统的笔法和视域,书写离乡人的主体体验,用最深挚的爱意遮盖批评的话语,构建起质朴的乡,一往情深的乡恋是其普遍主题。

　　首先,作为一个站在乡村外的人,"路"穿梭于城乡之间,成为离乡人的意象标记,有独特而复杂的意义。一是路是乡土的起源。"河流与道路相互依存到不可能再割裂时,就会蜕变成一座漫不经心地村庄和一处涂鸦般随心所欲的小镇"(《寂寞如重金属》)。二是路是连接城乡的纽带。一边是乡的艰辛,正像《像诗一样疼痛》所说:"山路越细小越崎岖越是深深地插入乡村腹地",三峡的子民都是要跋涉崎岖的山路背一桶江水回家(《一滴水有多苦》);一边是城市的冷漠,城市的路口都有红绿灯和指示牌,农村人来到城市会迷路(《地理属于情感》)。所以农村人站在城乡交界的路口做着艰难的选择,《非苦不是灵魂》中的小保姆,在离家最近的小路口,或踏上回家的小路支撑重压的家庭,抑或是进城的路谋求经济条件的改善,路维系城乡之间的感情。三是在人生的旅途上,路更是回家的路。《故乡是一条路》道出"原来天下的道路并非是用来前进,而是为了归宿"的真理。所以作者抱着父亲走过回归故乡的小路,体现了落叶归根的家园情怀(《抱着父亲回故乡》)。由此可见,如果以现代文明和传统文明划分城乡,"路"是传统文明因进

---

　　① 贺仲明:《平民立场的现实审察——论刘醒龙近期小说创作》,《当代作家评论》,1997年第5期。

城而断裂和因回归而延续的矛盾体，刘醒龙怀念传统文明，把路看作是乡村的历史和未来，也是个人的历史与未来。

其次，回忆之后的当下言说，形成感性与理性交织的写作风格。刘醒龙乡村文化的原始积累停留在童年时期，其后离乡越远，乡情越切，对回忆的叙说是一种表现方式，相较回忆，他更注重的是对"吾乡"当下的观照，今非昔比下这片土地所发生的变化，基于现实体察的抒情、议论也浮现在文本表面。他常由生活中的点滴、行旅中的体验作为支点说开去，不局限于一人一事一地，在现实、历史、文化、自然等多重空间转换思维，纵横捭阖，以此架构整合全文，《一滴水有多深》便是最好的注解。诗歌、新闻报道、博客、法律条文杂糅于散文之中，摘取《选举法》的法律文本，列举"国家贫困县"名单，讲述《一碗油盐饭》、《高尔基土豆》诗背后的故事，直接说出心中所思所想，表达对人生和社会的看法。同时，借所写之事，种种情怀溢于笔端，物中、景中、事中、理中含情，抒情排比句式、排比段群的运用彰显感情的充溢，而其中的说理又有情感的节制，一字一句浸透作者的现实情感与文化情感。例如"母亲一样的乡村，乡村一样的母亲，都是只会抚养。母亲一样的乡村，乡村一样的母亲，都是无力护佑"①一句既以激烈充沛的诗情歌颂乡村母亲，又以苦涩沉重的思考指出乡村之难，掩映着一个痛苦求索的灵魂个体。刘醒龙常站在感性的角度体察他的"乡"，还站在理性的高度上思考和追问，在情与理之间表现怀"乡"的深度，这就在平实的基础上增添了纵深感。

最后，利用乡土情感作语言上的细腻表述，呈现温柔的叙事话语。正因为离乡土越来越远的刘醒龙对乡土的体验越来越奢侈，他身在城市，写作资源依靠另两种方式——回忆与采风，因而倍加珍惜留恋乡土，用审美性的眼光对乡土的丝丝缕缕做了细腻的描写，在乡土的细微之处感受乡土的温度，倾听乡土的声音，因此个人境遇、气质的契合形成了刘醒龙散文温情细腻的特色。若没有细腻的

---

① 刘醒龙：《刘醒龙散文自选集》，新世纪出版社 2010 年版，第 274 页。

诗情和想象，他怎能在《天香》开篇写道："一座山从云缝里落下来，是否因为在天边浪荡太久，像那总是忘了家的男人，突然怀念藏在肋骨间的温柔？"《抱着父亲回故乡》像是一首抒情诗，离乡人的乡情在此处升华——将亲情与故乡融于一体。父亲离世，抱着父亲走在家乡的小路上，父亲是朝云、家乡鱼丸、五分硬币、砣砣糖，追忆父亲的往事，体味再也得不到的父亲的温存，抓住细节，在细腻的感情描写中完成了寻根的目的。

刘醒龙不是一个职业散文家，但他以自己的方式参与时代精神的创造，以站在乡土门槛上的离乡人的写作姿态，廓清自己的乡的范围，接续传统散文的写作传统，展开乡的美学书写。在精神气质上，刘醒龙的创作是传统的、朴实的，在传统思想背后，是他宁静而追求独立精神的人格主体。他远离文体和语言的狂欢，远离喧嚣的文坛与社会表面，而沉入到生活与艺术的最深层，守住散文理性思索和诗性追求，传达出来自生活底部与灵魂深处的真实，从真切的生活内部辐射出作者对生活的严肃思索，体现现实关怀与现代忧思。刘醒龙以一个怀乡者的自剖与自省，铺设一条使人心安的还乡之路，建构了一个让漂泊者回到内心的精神家园。我们可以对未来刘醒龙的散文给予更多的期待。

(《新文学评论》2015 年 03 期)

一份消费时代的情商试卷
——读刘醒龙长篇散文《一滴水有多深》

吴平安

小说家刘醒龙,近年开始在散文领域游走了。开始是些轻灵短章,很为教育家看重,成为各地高考、中考阅读题的热门入选材料。2009年春,作家出版社又推出了一部长篇散文《一滴水有多深》,一时好评如潮,旋即入选文学出版工程"共和国作家文库",作为散文家的刘醒龙,面目逐渐清晰显影了。

我固执地认为,一个成熟作家,其体裁变换的后面,一定会有深层的驱动力。我曾想当然地将刘醒龙这一转身理解为一种精神的放松,在焚膏继晷殚精竭虑六个寒暑,奉献出一部一百二十万言的长篇小说后,状态的调整乃至于身体的休养不仅是合理的而且是必需的。因为按通常的理解,散文写作时的"闲适"心态,正好与史诗类小说写作时的焦灼、亢奋,互成一张一弛的文武之道。而与这一体认不无矛盾的阅读心态却是:对于刘醒龙这一"段位"的作家,读者有理由怀抱更为苛刻的阅读期待:你为中国散文,为中国文学,究竟输送了哪些新的元素?

披卷读来,似乎也在印证我最初的判断。作家对乡土的绵绵情丝,一如"晚来的炊烟","时而蛰伏","时而恍惚"[1],借助于绵长的语句,细针密线,连缀而来。或一人一事,或一物一景,不择死生之大,芥豆之微,皆敷衍铺陈,娓娓道来。其意之切,其心之

---

[1] 刘醒龙:《一滴水有多深》,作家出版社2009年版。以下引文均出于该书,不再注明。

诚，几修炼到万物有灵境界，以"神迹"的宗教情怀观照上述种种。这或许会招致科学论者、实证论者非难，但我相信，科学与实证总会有抵达不了的疆域，给"神迹"与超验留下一块地盘。换言之，倘若科学与实证征服了一切，诠释了一切，自然也便祛魅了一切。一个了无"神迹"与超验可言的世界，该是一个多么乏味的所在，那至少不是一个诗人的理想国。

议论乡土，自然躲不开与之相伴共生的城市了。我们读惯了那些抱怨城市、诅咒城市而倾吐"乡愁"抒发"乡情"的浅薄文章，其实都是坐在高楼品着咖啡写下的文字，我时常会对作者的真诚产生怀疑。刘醒龙却是真诚的，真诚的刘醒龙一针见血地道出了个中的秘密："乡土并不属于乡土中人，它的真正主人是那些远离了乡土的城里的读书人。"至于城市，作者毫无隐晦地坦言，"城市是乡村毕生的梦乡"，同样毫无隐晦地透露出自己便是怀揣乡土的梦想，一路向城市走来的。但这并不妨碍他对城市的体认："一座城市是一个地区里人都欲望的总和"，"城市是人趁上帝做梦时，匆忙发明的一种专门供人享受的东西"，"在温情脉脉地感动中，城市不动声色地夺走了一批又一批人的精神资源，使其更能和谐地共存于物化的旋律之中"。而对于乡土作家刘醒龙而言，"一个人无论走多远，乡土都是仍然要走下去的求索之路。一个人学识再渊博，乡土都是每时每刻都要打开重新温习的传世经典。一个人生命有长短，乡土都是其懿德的前世今生"。

诚如作者所言，"人的情感毕竟首先来自深的痛，并且咬牙切齿地拒绝看哪怕丁点的矫揉造作与娇媚嬉戏"。有无"深的痛"，的确是区分真情与矫情的试金石。然而在一个"生产快乐"与全民娱乐的时代，痛感的普遍缺失，却也是不争的事实。

书读至此，我开始感到前此自以为是的浅薄。如果套用一下儒家"老吾老以及人之老，幼吾幼以及人之幼"的古训，刘醒龙对铭刻着童年记忆的自家乡土（故乡）的一往情深，推而及于普天之下的乡土，欲"验证天下乡土是否存在着共鸣"，这一验证过程是沉重的，痛苦的，哪里有什么"闲适"可言！

于是我对"体裁变换"的动因便有了新的揣测：关于乡土（以及

作为其对立而存在的城市），刘醒龙心中积攒了太多的话需要倾诉。当然，作为以乡土文学饮誉中外的作家，这不仅是其艺术生命的源头与血脉，也早已内化在从《凤凰琴》到《圣天门口》的卷帙浩繁的作品中了。但文体特征的规约使小说家不敢率尔犯忌，许多理论的思考、情感的储备、知识的修养、资料的累积，至少难以用直接议论的方式传达出来，刘醒龙选择了散文这一无拘无束的文体，就是十分自然的了。换言之，如果说在小说中，刘醒龙是以一个作家的身份向世界说话，那么在这部散文中，刘醒龙便更多地是以一个知识分子的身份发言，并努力成为公共领域的话语力量了。

布希亚德告诫我们：媒体具有"敞开"（呈现）与"遮蔽"（误导）的二重性；媒体传达的事件，其实是打上了权力话语的烙印的；在传媒时代，人已经从接受的主体变为媒体的附属品，人即由思想的动物退化为储存信息的动物。将这位法国一流思想家的思想验之于中国每一间普通的客厅，大概不会否认，当人们在伊拉克战争和明星绯闻之间轻松切换着频道时，地球村所有的悲欢离合都变得虚拟而遥远，比如说，人们早已对隔三岔五的矿难报道熟视无睹麻木不仁了，能够关心并议论一下煤矿"安全问题"的，亦堪称道德良心了。就如马克思抓住了商品，从这个资本主义社会的细胞切入，揭示了资本主义社会的运行规律一样，刘醒龙抓住了煤，从"这个时代最深的乡村痛点"切入，精骛八极，心游万仞，穿透时空，上下求索。由"纯粹的煤"，到"被附着了神性的煤"，再到"失去神性的煤"，最终揭示出"意识形态的煤"，浓缩了一部中西煤炭开发史，而此一历史呈现出的，却是"在煤的背景下，对人的堕落危机的极度忧虑"。刘醒龙撕开了媒体与权力话语合谋的遮蔽，以杜鹃泣血般的语调呐喊："那些愈演愈烈的矿难，绝对不是普通意思上的安全意识与安全技术方面的问题。唯有看清生命如何在幽深的矿井里挣扎，感受到人性如何在金钱的血腥中摸索，我们才有可能明白：煤矿之难，根源在于乡村有难。"

这就是一个作家的眼光，以及比眼光更为重要的胆魄与良知，它保证了一个具有独立意识的作家对"使人只能如此看、如此听、如此想"的当下语境大声说不。展示了他对布希亚德所言后现代传媒加剧人们心灵异化、肢解社会心理和个体心性健全方面严重威胁的抵抗。

更为难能可贵的是，这种"首先来自深的痛"的乡村情感，没有停留在"深藏在骨子里与诗人一样的感时伤怀、悲天悯人"的层次，正如作者所言："当社会整体出现麻木不仁时，强调感情是必要的。然而，从长久来看，真正能保护乡村整体利益的反而是理智。"

倘从散文的为文之道说来，理智或曰理性常以一柄双刃剑面目出现，无此则难以使文章承载更厚重的话语意义，落入花前月下的浅薄吟唱或茶余饭后的琐屑谈资，有此则又容易耽于理性的直白呈现，以散文的名义作高头讲章，实则与学术论文无异。两种倾向，在当代散文界不绝如缕。

如何走出这一两难境地，用评论家周政保的话来说，要害在于是否具备"以感悟的审美方式呈现的判断力，以及那种基于沧桑变迁的感应之上的对于人事物理的穿透才能或把握的智慧"①。

刘醒龙基于正史的阅读和野史闲书的涉猎，回应"阶级"褪色之后时代语境的感召，更有祖父对林家大垸怀抱的"古典的乡村情感"的体悟，对鄂西大水井的细致考察，"历史中一些羞于示人的深度秘密终于露出可供重新察觉的痕迹：风雨飘摇的乡村有着从自身人文中脱颖而出的中坚力量，越是在统治者管制力辐射的远端，这种中坚性质越是突出。"而这种"中坚力量"，即是所谓"大户人家"，也即是"地主"，曾在几代人中被涂抹上浓厚意识形态色彩的一类人物，在作家眼里有了崭新的发现：

"大户人家的出现，实质上是人文乡村慢慢积淀起来，也是乡村对自身代言者的集体默认……在这些人看来，乡村的利益即为自身利益，由他们作为中坚力量代表地方。"

"经过土改后的乡村舞台上，富裕阶层消失了，斯文的读书人消失了，甚至老老实实勤扒苦做的农民也见不着了，浮现在各种事物之上的几乎都是眼前利益的投机者。"

---

① 周政保：《自尊的独语》，解放军文艺出版社2007年版。

周政保曾坦言，"'见解'是中国散文传统的支柱性因素，无论是含蓄委婉还是直言不讳。'见解'所体现的不仅仅是作家的功力，而且也是作家的人格或精神品位。一篇散文，不管选择了怎样的文体方式或叙述形态……见解的贯穿及不可或缺、不可淡薄的特点，却是一脉相承的。"①在我看来，倘若抽去了刘醒龙"对'地主'作为一个阶层存在与消失对乡村在社会发展过程中的影响何在"的思考及其独立的"见解"，即对中国乡村社会经济、政治、文化结构的深刻洞悉，这部以"乡土"为关键词的长篇散文的分量，恐怕就要大打折扣了。

刘醒龙这种"基于沧桑变迁的感应之上的对于人事物理的穿透才能或把握的智慧"，以及建立其上的独立意识、独立见解星布全书。为了进一步对乡村社会的考察向纵深拓展，作者又对历史上农民起义承担的骂名，对明末张献忠"屠蜀"的记载，进行了缜密的考订与辨伪，其出发点，恐怕还是心头郁结的乡村情结。是耶非耶，千秋功罪，殊难评说。当刘醒龙认识到"历史是那些不在历史当中的人，根据其生存需要而书写的。所以，历史反映出来的往往是书写者的心灵真实"时，或许正应和了新历史主义的历史观：历史的文本性与文本的历史性。历史本不是一种，而是有多少种理论就有多少种历史。人们只选择自己认同的被阐释过的历史，这种选择往往不是认识论的，而是审美的和道德的(海登·怀特语)。

至于对我另一阅读心态的回应，其实，在我的对文学对散文文体提供了什么新质的叩问中，就已经潜意识地包含了形式与技巧方面的期待了。尤其是"长篇散文"这一体式，已有周涛诸人辉煌在前，后来者能应对这一挑战，而不致徒生"崔颢题诗在上头"之叹吗？在我看来，刘醒龙的贡献是显而易见的：比之周涛国画"散点透视"式的"游牧长城"的行文方式，刘醒龙走的明显是另一条路径，不避以政论时评、法律条文、官方文件、乃至于正史辨伪、方志考证、记者踏访、网络下载、博客留言，等等手段，不拘一格，左右逢源；如果说周涛散文常从诗歌中获取滋养的话，刘醒龙散文

---

① 周政保：《自尊的独语》，解放军文艺出版社2007年版。

则汲取了许多小说笔法，行文中不时穿插一个个人与事的片断，皆可作一篇篇精彩的小小说来读（窃以为"山西煤老板"批量购买京城天价豪宅的场面，足以作为最经典而又最具时代性的细节描写援引于写作教学），令人或荡气回肠，或唏嘘扼腕，或沉思默然，有效地调控着读者阅读的情绪与节奏。因开阖得法，疏密有度，洋洋十七万言，读来便不致心生倦怠。只是待到浸透纸页的苦涩与沉重越来越使人难以呼吸时，一切形式与技巧便显得微不足道了。如果一定要问刘醒龙提供了什么的话，那就是作为作家的人格与良知。这些显然都不是新鲜的话题，只是在这个文学的公共性消失殆尽的当下，如同阿斯塔菲耶夫那样"看透同行之中道德操守的可怕"，便具有了不容低估的警策意义了。中国数以千计、万计的作家啊，当你们或以大众写作抢占市场，或以小众写作挺进文学史，或以精英写作对瑞典颁奖台心向往之的时候，可有过做"世界良心"的胸怀，可有过"为天地立心，为生民立命，为往圣继绝学，为万世开太平"的襟抱？有人说文学永远是人类人性重塑的心灵史，诚哉，斯言也！

古人有所谓"读《出师表》，不哭谓之不忠；读《陈情表》，不哭谓之不孝"一说，而今我把《一滴水有多深》视作一份消费时代的情商试卷，不敢奢望读者潸然落泪，但不妨做一个简单的自测：如果读完此书，你能心生一份怜悯，心生一份感动的话，那至少说明在这个红尘滚滚物欲横流的时代，你的情感世界还没有麻木与沙化。

（《长江文艺》2010 年 01 期）